Robert Girardi

Die Tochter des Piraten

Aus dem Amerikanischen
von Liselotte Prugger

btb

Die Originalausgabe erschien 1997 unter dem Titel
»The Pirate's Daughter« by
Delacorte Press, a division of
Bantam Doubleday Dell Publ. Group, Inc., New York

Umwelthinweis:
Alle bedruckten Materialien dieses Taschenbuches
sind chlorfrei und umweltschonend.

btb Taschenbücher erscheinen im Goldmann Verlag,
einem Unternehmen der Verlagsgruppe Bertelsmann.

1. Auflage
Deutsche Erstveröffentlichung November 1999

Umschlaggestaltung: Design Team München
Umschlagfoto: Photonica/Squillante
Satz: IBV Satz- und Datentechnik GmbH, Berlin
MD · Herstellung: Augustin Wiesbeck
Made in Germany
ISBN 3-442-72581-X

… und in jenen gottverlassenen Gewässern hatte ich die armseligen, verzerrten Erinnerungen an Traditionen und an Städte verloren.

HERMAN MELVILLE

THE COMPOUND INTEREST
Santa Barbara
(Später: THE DREAD,
Quatre Sables)

Werft: Newland Marine, Santa Barbara, Kalifornien. Gebaut für die Weltumsegelung von Dwight Ackerman.

Umgebaut von der Bruderschaft der Küste, Quatre Sables.

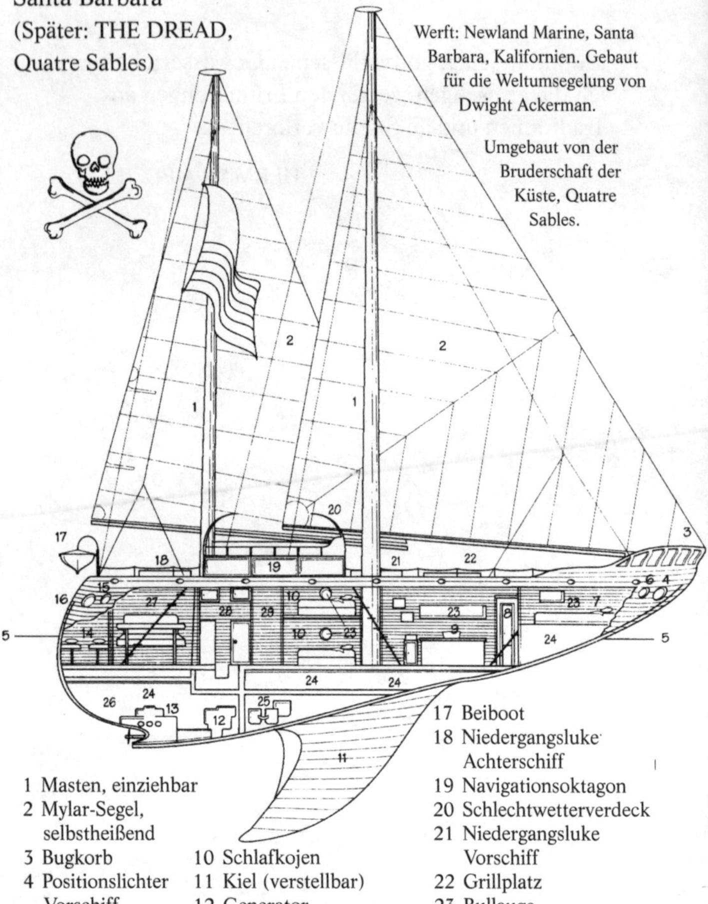

1 Masten, einziehbar
2 Mylar-Segel, selbstheißend
3 Bugkorb
4 Positionslichter Vorschiff
5 Wasserlinie
6 Bugkamera
7 Schlafkojen im Vorschiff
8 Telekommunikationskabine
9 Büro
10 Schlafkojen
11 Kiel (verstellbar)
12 Generator
13 Mercedes Benz Turbo-Diesel-Zwillingsmotor
14 Schlafkojen im Achterschiff
15 Heckkamera
16 Positionslichter Heck
17 Beiboot
18 Niedergangsluke Achterschiff
19 Navigationsoktagon
20 Schlechtwetterverdeck
21 Niedergangsluke Vorschiff
22 Grillplatz
23 Bullauge
24 Stauraum
25 Luftreinigungssystem
26 Maschinenraum
27 Messe
28 Pantry
29 Speisekammer mit Kühlung

TEIL EINS

Der Herrscher, der Page der Stäbe

1

Als Wilson Lander an einem Montag abend im August von der Arbeit nach Hause ging, sah er in einer Seitenstraße des Vorortes, in dem er wohnte, zwei Tarotkarten mit der Bildseite nach oben auf dem Pflaster liegen. Es waren der Herrscher und der Page der Stäbe. Im diffusen Licht des späten Nachmittags glühten die Karten förmlich vor versteckter Bedeutung: zwei helle Rechtecke auf dem matten Asphalt der Straße.

Wilson blieb stehen, lockerte seine Krawatte und bückte sich zu den Karten. Die leere Straße tickte wie eine Uhr. Der Herrscher, ein weißbärtiger alter Mann mit finsterem Blick, saß auf einem Thron vor dem Hintergrund einer kahlen Berglandschaft, die wie Afrika aussah. Über dem Kopf des geheimnisvollen Potentaten schwebte die römische Zahl IV am Himmel. Der Page der Stäbe, ein junger Mann, trug einen roten Umhang und hielt einen Vierkantstab in der Hand, aus dem junge Blätter sprossen. Hinter ihm in weiter Ferne die gleichen ausgedörrten, afrikanisch anmutenden Berggipfel.

Fast fünf Minuten lang betrachtete Wilson die Karten und verspürte dabei ein merkwürdiges Kribbeln im Nacken. Eigentlich war er kein irrationaler Mensch, aber eine tragische Kindheit hatte sein Erwachsenendasein mit einem allgegenwärtigen Gefühl des Grauens gezeichnet. Dieses Grauen überzog Wilson Lander wie eine zweite Haut. Er atmete es ein wie Luft; er trug das Grauen wie andere Männer ihre Unterwäsche. Kein Wunder also, daß er die Tarotkarten als Vorboten schrecklicher Ereignisse betrachtete. Fast geistesabwesend hob er sie auf und steckte sie in die Innentasche seines Blazers.

»Es könnte doch auch Glück bedeuten«, verkündete er den ausdruckslosen Fassaden der Lagerhäuser, dem Abgascocktail, der in der Luft hing. »Warum denn nicht, verdammt noch mal? Es kann ebensogut Glück bedeuten wie Unglück…« Aber normalerweise war er kein Mensch, der Selbstgespräche führte, und so glaubte er nicht an seine tapferen Worte. Wie waren die Karten überhaupt hierhergekommen? Tagsüber wimmelte es auf den Straßen des Rubicon-Viertels von muskelbepackten Fernfahrern in karierten Hemden und Fabrikarbeitern mit Stahlkappenschuhen – auf jeden Fall war es nicht die Sorte von Männern, die mit abergläubischem Hokuspokus etwas am Hut hatten. Wie eine riesige Glocke beim Angelusläuten dröhnte das Grauen in Wilsons Kopf. Später, in seiner kleinen Wohnung mit Blick auf die Werften der Black Star Line im Harvey Channel, versuchte Wilson, nicht mehr an die Tarotkarten zu denken. Er trank ein Bier, schaute sich im Fernsehen die Nachrichten an und machte sich zum Abendessen eine Quesadilla mit Salat. Er zog sich den Schlafanzug an und legte sich früh ins Bett. Fahles, blaues Licht sammelte sich in seinem kleinen Schlafzimmer. Das Grauen war mittlerweile so übermächtig geworden, daß er davon Magenkrämpfe bekam. Stundenlang lag er unter dem dünnen Laken, ohne ein Auge zuzumachen, lauschte dem Rattern der Klimaanlage vor dem Fenster und stellte sich vor, wie direkt hinter der dünnen Membran weltlicher Geschehnisse seine Sterblichkeit Gestalt annahm: wachsende Klauen, sprießende Federn und Schuppen – ein Monster auf der anderen Seite im eschatologischen Dunkel.

2

Am nächsten Morgen rief Wilson seine Freundin an und verkündete, daß er nicht zur Arbeit kommen würde.

»Und was ist es diesmal?« fragte Andrea genervt durch das knackende Handy. »Vielleicht wieder 'ne Angstattacke?«

»Ach, erspar mir Einzelheiten«, antwortete Wilson. Von den Tarotkarten wollte er ihr lieber nichts sagen.

»Weißt du, es gibt Medikamente gegen Angstzustände. Ich hab gelesen, daß sich dabei irgendwelche falschen Chemikalien im Kopf aufbauen. Sobald du eine Tablette schluckst, lösen sie sich in nichts auf wie eine Wolke.«

»Das stimmt einfach nicht«, wehrte sich Wilson.

»Ich mach mir echt Sorgen um dich«, sagte Andrea, etwas milder gestimmt. »Vielleicht solltest du wieder zu deinem Therapeuten gehen.«

»Komm, fang nicht schon wieder damit an.«

Andrea hielt Wilsons Grauen für eine Krankheit, ähnlich einer Grippe, die man durch eine ausgeklügelte Veränderung der Gehirnchemie mittels stimmungsverändernder Medikamente heilen konnte. Er sah das viel spektakulärer: Für ihn war es ein Familienfluch, der von einer Generation zur nächsten weitergereicht wurde: Wilson war neun Jahre alt gewesen, als sein Vater bei dem großen Eisenbahnunglück des Vier-Fünfundvierzig Expreß ums Leben gekommen war. Ein vollbesetzter Schnellzug war damals entgleist und in den Potswahnamee River gestürzt. Kaum ein Jahr später war seine Mutter bei einem bizarren Unfall zu Tode gequetscht worden. Und ein halbes Jahrhundert vorher verschwand ein Großonkel, der losgezogen war, um sein Glück in den Diamantenminen in Peru zu suchen – die genaueren Umstände seines Verschwindens konnten nie geklärt werden.

»Laß mir einen Tag Zeit zum Auskurieren«, bat Wilson. »Morgen bin ich bestimmt wieder auf dem Damm.«

Es folgte eine gespannte Pause, während der Wilson das leise Klappern der Computer in Andreas Büro, den Straßenverkehr unten auf der Commerce Avenue und ihre regelmäßigen Atemzüge hörte. Schließlich seufzte sie, preßte ein gequältes »Okay – dann also bis morgen früh« heraus und legte den Hörer auf. Andrea war Wilsons Chefin und zugleich seine Geliebte. Als Juniorchefin der Tea Exchange, einem kleinen, aber renommierten Maklerbüro auf der Finanzmeile, handelte sie an der Warenbörse mit Commodities Futures auf Mineralien am Meeresgrund, Viehherden in Bolivien, ganzen Schiffsladungen großer Tigershrimps aus dem Marianengraben, Gerstensilos in der Ukraine – mit allem möglichen, nur nicht mit Tee. Ein Jahr zuvor hatte sie Wilson, der damals arbeitslos war, zu ihrem persönlichen Assistenten erkoren, damit aber gegen den Grundsatz verstoßen, daß sich Beruf und Privatleben nicht miteinander vertragen. In letzter Zeit hatte sich ihr Verhältnis etwas abgekühlt. Der Job war ein Akt der Gefälligkeit gewesen, den beide inzwischen bereuten.

3

Wilson frühstückte nur ein einfaches Kleiemüsli, warf sich anschließend in schlichte, graue Klamotten und fuhr mit dem Elf-Uhr-Bus über die Brücke in die Stadt. Am Metropolitan Terminal stieg er aus und ging zwanzig Straßen hoch zu einem kleinen Kuriositätenladen. Das Geschäft lag in einer gerade in Mode gekommenen Gegend der Stadt in einer dunklen Straßenschlucht, eingezwängt zwischen einem neu eröffneten französischen Restaurant und einem Auslieferungslager für Gummibänder. Der einzige Hinweis auf den Laden bestand in einem orangeroten Banner in Form einer auf einem Besen reitenden Hexe. In dem kleinen Schaufenster waren ein paar antiquarische Bücher mit ausgeblichenen, vergoldeten Einbänden und mehrere Steinguttöpfe mit undefinierbaren Kräutern ausgestellt. Mitten drin, sozusagen als Blickfang, saß ein verstaubter ausgestopfter Affe mit Fez und einer roten Samtrobe, die mit Pentagrammen und Halbmonden bestickt war. Der Affe bleckte den Passanten schwärzliche Zähne entgegen; die Augen hatte man ihm zugenäht. Entweder die Räude oder Termiten hatten seinem Fell arg zugesetzt; an den kahlen Stellen glänzte schwärzliche Haut, hart wie Asphalt.

Wilson betrachtete dieses gräßliche Relikt durch die schmierige Schaufensterscheibe. Ein Streifenwagen der Polizei schlich hinter ihm an der Bordsteinkante entlang; ein mit Gummibändern beladener Lastwagen schwankte über ein Schlagloch. Über dem Eingang des benachbarten französischen Restaurants klapperte ein gelbes Schild mit einer aufgemalten Weinflasche und einer Knoblauchzwiebel geräuschvoll im Wind. Eine neue Gemeindeverordnung hatte den hiesigen Geschäftsinhabern ans Herz gelegt, ihre Läden mit solchen Aushängeschildern zu kennzeichnen, um dieser Gegend eine Atmosphäre mittelalterlicher Handelsgilden und emsiger Handwerkszünfte zu verleihen. Dann sah Wilson sein eigenes Spiegelbild im Schaufenster: Besorgt und gespenstisch bleich blickte es ihm entgegen.

Der Laden war ein höhlenartiger Raum in Form eines langgezogenen Dreiecks, das an seinem hinteren Ende zu einer Spitze auslief. Eine dicke ziegelrote Katze beäugte Wilson von ihrem Platz auf einem rosafarbenen Kissen neben der Tür, als er in den Laden trat. Von einer Wand hingen schmiedeeiserne Kessel unterschiedlicher Größe, Zinnamulette in kleinen Jutebeuteln, gebündelte, getrocknete Wurzeln. An der anderen Wand standen mehrere Bücherregale mit so einladenden Titeln wie *Runengießen leichtgemacht, Orgasmus mit der Göttin, Hexenzauber und Lesbentum, Hexerei in 101 leicht verständlichen Lektionen.* In der Mitte des Ladens hinter dem Ladentisch saß eine junge Frau auf einem Hocker und lackierte ihre Fußnägel. Wilson ging zögernd auf sie zu; er war der einzige Kunde im Laden. Ein lauter, sonorer Singsang schepperte aus dem Lautsprecher.

»Entschuldigen Sie, aber dürfte ich Sie wohl um einen Gefallen bitten?« sprach Wilson sie an.

Die junge Frau hob den Kopf, und Wilson vergaß, was er hatte fragen wollen. Sie war unglaublich hübsch: meergrüne Augen unter einem kupferfarbenen Wuschelkopf. Braungebrannt bis auf eine weiße Waschbärenmaske um die Augen, wo offenbar sonst eine Sonnenbrille saß. Rissige Lippen. Weiße, mit einer Kordel zusammengehaltene Baumwollhosen; Sweatshirt mit Kapuze und dem Schriftzug: USS *William Eaton* über der linken Brust. Alles in allem jedenfalls nicht eine Frau, die er in einem solchen Laden erwartet hätte. Viel eher hätte er sie sich an Deck eines Schiffes irgendwo vor den Kapverdischen Inseln vorstellen können, die Planken von Salzwassergischt übersprüht, während am dunklen Horizont ein gewaltiger Sturm aufzieht.

»Na, was ist?« fragte die junge Frau und runzelte die Stirn. »Sagen Sie schon, was Sie wollen.«

»Sind Sie – äh, können Sie – kennen Sie sich hier aus?«

Wilson warf einen hilflosen Blick auf die von der Decke baumelnden Liebestränke und Voodoopuppen.

»Dschungelrot«, murmelte die Frau, schraubte das Nagellackfläschchen zu. »Na, wie finden Sie's?« Sie streckte ihm ihre frisch lackierten Zehen entgegen.

»Hübsch«, sagte Wilson.

»Keine Bange«, meinte die Frau. »Ich kann Ihnen jede Frage beantworten.«

Wilson fischte die beiden Tarotkarten aus der Tasche und legte sie im rechten Winkel zueinander auf die Ladentheke.

»Die da hab ich auf dem Heimweg gefunden. Ungefähr so haben sie auf der Straße gelegen.«

»Der Herrscher, der Page der Stäbe«, sagte sie. »Große Arkana, Kleine Arkana.«

»Natürlich glaub ich nicht an so was«, beeilte sich Wilson klarzustellen. »Aber wer weiß? Vielleicht hat es ja doch irgendwas zu bedeuten, oder?«

Die junge Frau fixierte ihn einen langen Augenblick mit ihren Waschbärenaugen. Wilson wand sich unter ihrem forschenden Blick. Sein Intellekt sagte ihm, daß zwei Karten, die er zufällig auf der Straße gefunden hatte, ihm wohl kaum die Zukunft vorhersagen konnten, aber sein Grauen sah das etwas anders.

»Also gut. Bevor ich Ihnen darauf eine fundierte Antwort geben kann, brauche ich ein paar Informationen«, sagte die Frau und deutete mit dem Kopf auf die Karten. »Ihr Mondzeichen, Ihr Sonnenzeichen, Ihre Schuhgröße, Ihre Vorlieben und Abneigungen, Ihre Lieblingsfarbe, der genaue Tag, die genaue Stunde und Minute Ihrer Geburt, ob Sie an Ihrem Körper irgendwelche Male haben, ob Sie bei der Geburt mit dem Amnion über Ihrem Gesicht oder mit dem Hintern voraus die Gebärmutter verlassen haben.«

»Dem Amnion?«

»Ja. Das ist eine dünne Membran embryonalen Gewebes, das bei einem kleinen Prozentsatz von Geburten beim Austritt aus dem Geburtskanal über dem Gesicht des Neugeborenen liegt. Ein Amnion kann für ein Kind entweder Glück oder Unglück bedeuten, aber auf jeden Fall sind in einem solchen Fall gewisse Sensitivitäten inhärent.«

»Ein Amnion … keine Ahnung.«

»Fragen Sie Ihre Mutter.«

»Meine Mutter ist tot.«

»Und was ist mit Ihrem Vater?«

»Der ist auch tot«, sagte Wilson.

»Was war er von Beruf?«

»Ist das denn relevant?« fragte Wilson.

»Natürlich«, gab die junge Frau zur Antwort. »Alles ist relevant.«

Wilson zögerte. »Eigentlich war er Spieler.«

»Von Beruf?« Plötzlich erwachtes Interesse blitzte in ihren wachen Augen.

»Ja«, antwortete Wilson etwas verlegen.

»War er gut?«

Wilson zuckte die Achseln. »Auf jeden Fall hat er damit Geld verdient.«

»Wieviel Geld?«

»Also, wissen Sie...«

»Sind Sie auch Spieler?«

Wilson schüttelte energisch den Kopf. »Ganz bestimmt nicht. Ich arbeite in einem Büro.«

»Haben Sie noch nie gespielt?« Sie wirkte enttäuscht.

»Doch, ja, aber höchstens ein-, zweimal. Poker.«

»Auch verloren?«

»Wenn ich's mir recht überlege: nein.«

Die junge Frau lächelte. In diesem Lächeln lag etwas, das Wilson beunruhigte und gleichzeitig faszinierte. Der Kloß, den er im Magen spürte, wenn er sie ansah, hatte allerdings rein gar nichts mit seinem Grauen zu tun.

Mit den Fingerspitzen schob die Frau die Karten auf der Glasplatte der Ladentheke hin und her. Ihre Brauen runzelten sich voller Konzentration. Wilson hörte förmlich, wie sie die Gangart in ihrem Kopf wechselte. »Aber bleiben wir bei den Karten hier«, fuhr sie fort. »Tragen Sie eigentlich Boxershorts oder normale Unterhosen?«

»Boxershorts«, antwortete Wilson und merkte zu spät, daß sie sich über ihn lustig machte. »Vielen Dank noch für die Auskunft«, stammelte er, packte die Karten ein und ging schnell aus dem Laden. Dann sah er die Knoblauchknolle und die Weinflasche am Nachbarhaus im Wind flattern, und der Kloß in seinem Magen meldete sich wieder. Er machte kehrt und trat wieder in den Laden.

»Hätten Sie Lust, mit mir zum Mittagessen zu gehen?« fragte Wilson aus dem sicheren Abstand von der Ladentür her.

»Wenn's irgendwo in der Nähe ist«, sagte die junge Frau.

4

Das ganz in Weiß gehaltene Lokal war leer bis auf zwei alte Männer mit gebügelten Seersucker-Blazern und gestreiften Fliegen. Sie löffelten die gleiche kürbisgelbe Suppe, und sie hätten gut Brüder sein können, hätte nicht jeder von ihnen, eingehüllt in tiefes Schweigen, in einer anderen Ecke des Restaurants gesessen. Der Oberkellner im eleganten dreiteiligen Anzug führte Wilson und die Frau durch den Gastraum auf einen mit Rosenbüschen bepflanzten Patio hinaus, auf dem fünf kleine Tische gedeckt waren. In seinem Anzug sah der Kellner eher wie ein Geschäftsmann oder ein Anwalt aus als wie jemand, der in einem Restaurant arbeitete.

»Sie müssen schon entschuldigen, aber wir haben hier eine strenge Kleiderordnung«, erklärte er. »Deshalb kann ich Ihnen leider nur einen Tisch hier draußen anbieten. Ich hoffe, Sie verstehen das.«

Er ließ die beiden mit der Speisekarte und der Weinkarte allein. Hinter der Terrassentür plätscherte ein kleiner Brunnen leise vor sich hin. In den Efeuranken an der Mauer eines gegenüberliegenden Wohnhauses hatte ein Drosselpärchen sein Nest gebaut. Genau gegenüber von Wilson war in einer Backsteinwand eine antike, verwitterte Terrakottamaske aus Mexiko eingemauert, die ihn aus leeren, mexikanischen Augenhöhlen anglotzte.

Die junge Frau fuhr sich mit der Zunge über die rissigen Lippen und vertiefte sich in die Speisekarte. Die Gerichte waren samt und sonders französisch und samt und sonders teuer. Da gehört sie hin, dachte Wilson bei sich, hier in die Sonne und nicht in dieses muffige Gruselkabinett, umgeben von Schrumpfköpfen und Literatur über die Auferstehung von Toten und Geisterbeschwörung.

»Billig ist der Laden ja nicht gerade«, bemerkte Wilson.

»Dann bestellen wir uns eben nur etwas Leichtes«, meinte

die junge Frau und klappte die Speisekarte zu. »Salat, Suppe, Baguette und Käse.«

»Hört sich gut an.«

»Und eine Flasche Wein.«

»Mit Wein kenne ich mich nicht besonders aus«, bekannte Wilson.

»Ach, ich mach das schon.«

Sie warf einen Blick in die Weinkarte und klappte sie dann schnell wieder zu. Während sie die Bestellung aufgab, dachte er mit klammheimlicher Schadenfreude an Andrea. Bestimmt saß sie jetzt gerade im Büro, starrte gebannt auf den kleinen Bildschirm ihres Notebooks, ging die Schlußnotierungen vom Vortag durch, palaverte stundenlang in Konferenzschaltungen mit der Zentrale in Denver, während sich noch unsichtbare Fältchen Tag für Tag tiefer in ihr Gesicht eingruben, ihre Stirn sich streßgeplagt kräuselte und ihr Mund langsam, aber sicher einen mißbilligenden Zug annahm.

Als erstes brachte der Weinkellner einen Zweiundachtziger Mont Orgeuil Côtes du Rhône, anschließend brachte der erste Commis de Rang das Brot und danach der zweite Commis de Rang den Käse. Es war eines jener Restaurants, die sich für jeden Tisch ein halbes Dutzend Kellner leisteten.

Die junge Frau hieß Cricket.

»Wie der Rasensport?«

»Genau.«

»Ist das dein richtiger Name?«

»Nein. Eigentlich heiße ich Susan«, sagte sie. »Aber alle nennen mich Cricket.«

Unter ihrer kupferfarbenen Mähne baumelten massive Ohrringe, besetzt mit Perlen und Rubinen. Sie sahen spanisch aus und sehr alt, und wenn sie sich zum Essen über den Tisch beugte, klimperten sie leise. Im Cauldron Central, dem okkulten Laden, half sie einer Freundin aus, wie sie sagte, aber auch, um nebenher ein bißchen Geld zu verdienen.

»Cauldron Central ist nicht gerade meine Welt. Aber ich

hab einigermaßen Ahnung von dem Zeug und bin außerdem vermutlich ziemlich unvoreingenommen. Aber die Typen, die da reingehen, solltest du dir wirklich mal ansehen. Bei manchen hast du echt den Eindruck, sie wären unter einem Stein herausgekrochen.«

Wilson spürte, wie ihm das Blut in den Kopf schoß.

»Keine Angst, du bist nicht so einer, mein Lieber«, beruhigte ihn Cricket. »Auf mich machst du einen ziemlich normalen Eindruck, wenn man mal davon absieht, daß du dir um viel zu vieles Sorgen machst.«

»Wie kommst du denn darauf?«

Cricket zuckte die Achseln. »Nicht so wichtig. Auf jeden Fall warte ich im Moment auf ein Schiff.«

»Bist du bei der Handelsmarine?«

»Nein, ich heuere bei privaten Yachten an. Ich mach ein bißchen Navigation, kümmer mich um die Seekarten und schau den Jungs an Deck auf die Finger.«

»Hab ich mir doch gleich gedacht«, sagte Wilson, »daß du was mit Schiffen zu tun hast.«

»Das kann man wohl sagen«, meinte Cricket. »Ich bin schon rund um die Welt gesegelt. Wie Magellan.«

»Magellan hat's aber nicht geschafft«, gab Wilson zur Antwort. »Auf den Philippinen haben ihm die Eingeborenen den Garaus gemacht.«

»Mensch, bist du negativ«, sagte Cricket.

»Ich weiß.«

Ein dritter Commis de Rang brachte die französische Salatschüssel mit Endivien, Speck und zerbröseltem Ziegenkäse. Der Salat war schnell gegessen, die Weinflasche ein paar Minuten später leer getrunken. Ohne Wilson zu fragen, winkte Cricket dem Weinkellner und bestellte eine zweite Flasche – diesmal einen Siebenundsiebziger Château Maronne, einen weißen Burgunder mit vornehmem, goldumrandetem Etikett –, die der Weinkellner in einem Cooler mit Eiswürfeln servierte.

»Also, ich erzähl dir jetzt eine Geschichte, die dich schon allein im Hinblick auf deinen Vater interessieren wird«, begann Cricket und schenkte Wilsons Glas voll.

»Meinen Vater?«

»Er war doch Spieler, oder?«

Wilson zuckte die Achseln.

Während sie sich über die zweite Flasche Wein hermachten und die letzten Scheiben Brot dazu knabberten, erzählte Cricket von ihrer Kindheit auf den Palmetto Keys, einer kleinen Kette eiförmiger Inseln, fünfzig Meilen südöstlich der Stelle, wo der Mississippi in den Golf von Mexiko mündet. Inseln, die hauptsächlich aus Sand und Muscheln und vereinzelt ein paar Eichen bestanden.

»Am Outer Key gibt es eine kleine Stadt. St. George heißt sie. Meine Geburtsstadt. Mein Vater hatte dort ein Hotel und einen Charterbootverleih. Damit war er so ungefähr der einzige in dieser Gegend mit einem Beruf, der nichts mit dem Glücksspiel zu tun hatte. Ich hab gehört, daß der Tourismus mittlerweile die Haupteinnahmequelle auf den Inseln sein soll. Aber damals, als noch andere Gesetze herrschten, lebten dort fast alle vom Glücksspiel. Die Keys gehören zur einen Hälfte zu Florida und zur anderen zu Alabama. Auf der Alabama-Seite war es jahrelang erlaubt, Poker mit riesigen Einsätzen zu spielen. Vielleicht hat dein Vater ja auch da unten gezockt.«

»Er hat lieber auf Pferde gewettet«, sagte Wilson.

»Na ja, jedenfalls war es da unten erlaubt, um Millionen von Dollar zu spielen, vorausgesetzt, man hat kein Spielcasino betrieben«, erzählte Cricket. »Und das wiederum hieß, daß man keine Angestellten beschäftigen und nur in den eigenen vier Wänden spielen durfte. Auf jeden Fall sind die Zocker fast jedes Wochenende wie die Heuschrecken über die Keys hereingebrochen – aus New Orleans, aus Miami, und was weiß ich, woher sonst noch, ganze Gangstersyndikate mit dicken Geldscheinbündeln. In den schicken Privatvillen entlang der Lagune an der Leeseite der Keys sind Pokerrunden mit aberwitzigen Einsätzen gespielt worden. Nach der Scheidung meiner Eltern hat mein Vater oft mit Johnny Mazep, einem der einheimischen Spieler, dort herumgehangen. Bei Johnny Mazep waren von September bis Mai jeden Sonntag Pokerrunden mit Höchsteinsätzen angesagt.

Einmal, kurz vor Weihnachten – ich war damals vielleicht sieben –, tauchte mein Vater mitten in der Nacht betrunken vor meinem Schlafzimmerfenster auf. Er hat das Fliegengitter mit einem Taschenmesser herausgeschnitten, mich in einen Pullover gewickelt, in sein Boot gesetzt und ist mit mir durch die Palmetto Passage zwischen dem äußeren und dem inneren Key gedüst. Ich erinnere mich noch wie heute an den Dieselgeruch und an die Zigarette meines Vaters, und ich weiß noch, daß es stockdunkel war, kein Stern am Himmel, kein gar nichts.

An Mazeps Steg haben wir das Boot festgemacht und sind ins Haus gegangen, einen grellrosa Bungalow, riesig wie ein Parkhaus. Im Wohnzimmer saßen ungefähr fünfundzwanzig Leute, alle in piekfeinen Anzügen. Alle hatten Knarren vor sich auf dem Tisch liegen. Du konntest die Spannung richtig knistern hören. Ein aufblasbares Kinderplanschbecken voller Geldscheine stand auf dem Fußboden – an die zwei Millionen Dollar, wie mir Dad später erzählt hat; der Einsatz für eine einzige Karte, auf die Mazep und irgendein Gangsterboß aus Chicago gewettet hatten. Und weil beide sich darauf versteift hatten, nur einen Unbeteiligten die Karte ziehen zu lassen, und in der Runde niemand war, auf den das zutraf, ist eben mein Vater los und hat mich geholt.

Ich hatte vielleicht Schiß. Am ganzen Körper hab ich gezittert, aber geheult hab ich nicht. Jedenfalls haben sie ein neues Kartenspiel genommen und das Zellophan abgemacht – ich hör's heute noch knistern; den Biermief, die Körperausdünstungen, den Whisky und die dicken Gangsterzigarren hab ich auch noch immer in der Nase. Und dann hab ich eine Karte aufgedeckt – es war der Herzkönig. Sie hatten Hoch-Tief gewettet, Mazep tief, der Gangsterboß hoch. Johnny Mazep hat alles verloren. Seine Frau, eine Brasilianerin, die immer schon ein bißchen verrückt war, brachte sich um. Zwei Monate danach hat er sein Haus verkauft und den Palmettos auf Nimmerwiedersehen den Rücken gekehrt. Und das, wo doch seine Familie schon seit zweihundert Jahren auf den Inseln gelebt hat, zuerst als Strandräuber und Piraten, dann als Schmuggler und Glücksspieler. Immer so was in der Art.

Dieser reiche Typ aus Chicago hat mir vier Fünfhundertdollarscheine dafür geschenkt, daß ich die richtige Karte gezogen habe. Im Boot auf dem Heimweg hab ich die Scheine klein zusammengefaltet fest in meiner Hand gehalten. Der Mond stand hoch am Himmel und schien auf das dunkle Wasser. Am nächsten Morgen hat dann meine Mutter das herausgeschnittene Fliegengitter und die zweitausend Dollar unter meinem Kopfkissen entdeckt. Ich hab ihr erzählt, daß in der Nacht die Milchzahnfee gekommen wäre und das Geld dagelassen hätte. ›Ganz schön teurer Zahn.‹ Mehr hat sie dazu nicht gesagt, nur das Fliegengitter wieder eingesetzt und das Geld für mich auf einem Sparkonto angelegt. Sie hat nie wieder ein Wort darüber verloren. Sobald ich alt genug war – zehn Jahre später –, hab ich das Geld von der Bank abgehoben und bin zur See gefahren. Die Palmettos hab ich seitdem nicht mehr wiedergesehen.«

Inzwischen war auch die zweite Flasche Wein fast leer. Kleine Korkstückchen trieben auf dem letzten Rest der hellgelben Flüssigkeit. Wilson war in blendender Stimmung. Er schenkte Cricket den letzten Wein ein. Als sie das Glas zu ihren Lippen führte, stellte er mit Erstaunen fest, wie derb ihre Hände waren: abgebrochene Fingernägel, schwielig, rissig. Diese Hände wollten so gar nicht zu dem kupferfarbenen Haar und den Augen passen, die so grün waren wie die Lagune eines fischreichen tropischen Korallenmeeres. Cricket bemerkte, daß Wilson auf ihre Hände starrte, wurde rot und ließ sie schnell unter der Tischdecke verschwinden.

»Warum bist du nie mehr in deine Heimat zurückgegangen?« fragte Wilson, um die peinliche Stille zu überbrücken.

Cricket zuckte die Achseln. Ihr Haar schimmerte im Sonnenlicht. »Ich bin lieber auf dem Meer«, sagte sie. »Es verändert sich ständig; in einem Augenblick ist es stürmisch und im nächsten wieder glatt wie ein Bettlaken. Das Meer muß einfach so sein, und weil man das weiß, ist man für jede Eventualität gerüstet. An Land verfallen wir so leicht der Illusion von Stabilität. Aber das ist ein großer Schwindel: Alles kann von einer einzigen Karte abhängen. Auf See weiß man wenigstens immer, woran man ist. Ich sag dir mal, was einen richtigen Seemann ausmacht: Ein Seemann –«

Aber sie wurde vom Oberkellner im Anzug unterbrochen, der an ihren Tisch trat und die Rechnung auf einem schimmernden, schwarzen Tablett präsentierte.

»*L'addition*«, verkündete er mit der Feierlichkeit eines Kardinals, der den Segen spricht.

»Was macht es?« fragte Cricket.

Wilson winkte ab. »Das übernehme ich«, sagte er lässig.

Die Rechnung belief sich auf 178,29 Dollar, Steuern und Trinkgeld nicht eingeschlossen – mehr als sein Lebensmittelbudget für den ganzen Monat. »Scheiße, nur für Suppe und Salat... na ja, vermutlich war's der Wein...« Er zog nochmals die Weinkarte zu Rate und las, daß die erste Flasche, die Cricket bestellt hatte, 65 Dollar und die zweite 78 Dollar gekostet hatte.

Während er mit seiner Kreditkarte hantierte, stand sie schnell vom Tisch auf.

»Vielen Dank noch für die Einladung«, sagte sie. »Jetzt muß ich aber wieder zurück in den Laden.«

Er – vollauf damit beschäftigt, das Trinkgeld auszurechnen – hörte kaum, was sie sagte, und als er aufschaute, war sie verschwunden.

5

Zwei Tage später traf Wilson sich mit Andrea in der Marina zur Happy Hour im Marina's, einer großen, lauten Restaurant-Bar, beliebter Feierabendtreff der Finanzmeilen-Schickeria.

Das Marina's gehörte zu der Art von Lokalen, die Wilson eigentlich nicht mochte – exklusiv, chronisch überfüllt, mit strenger Hausordnung: Auf dem Patio durfte man nur sitzen, wenn man auch essen wollte; zwischen fünf und acht Uhr abends war es undenkbar, einen Tisch für weniger als vier Leute zu reservieren; an der Bar bestand Getränkezwang für mindestens zehn Dollar; Schecks wurden an der Bar nicht angenommen, außer man konnte sich mit Führer schein und zwei Kreditkarten ausweisen. Muskelmänner mit Bürstenhaarschnitt, blauen Shorts, einem roten Marina's auf ihrem T-Shirt und ausgerüstet mit Walkie-talkies, patrouillierten entlang der mit Seilen abgegrenzten Terrasse und hielten Ausschau nach Gästen, denen es wider alle Erwartung gelungen sein sollte, sich mit den überteuerten, verwässerten Drinks zu betrinken, oder nach Unbelehrbaren, die sich vielleicht erdreistet hatten, Platz zu nehmen, ohne sich vorher bei der Hosteß ordnungsgemäß angemeldet zu haben. Jedesmal, wenn Wilson im Marina's war, fühlte er sich wie ein Gefangener in einem faschistischen Staat der Reichen und Schönen.

Andrea saß an der oberen Bar und hatte ein sauertöpfisches Gesicht aufgesetzt. Auf der Theke neben ihr stand ihr praller Aktenkoffer mit Unterlagen, Kalkulationstabellen und dem Börsenbericht vom Vormittag. Seit drei Tagen hatte sie für Wilson eine Aushilfe kommen lassen. Aber der junge Mann war ganz offensichtlich überfordert. Weder wußte er, wo wichtige Vorgänge lagen, noch hatte er einen Schimmer von Büroorganisation und zu allem Übel auch beträchtliche Schwierigkeiten, auf dem PC an Wilsons Arbeitsplatz mit den Datenbanken zu arbeiten.

»Es ist allein deine Schuld, daß die letzten beiden Tage im Büro das absolute Chaos waren!« Mit diesen Worten begrüßte ihn Andrea, als er die Treppe zur Bar hinaufstieg. Wilson hatte sich eine halbe Stunde verspätet. Ein verwässerter Caipirinha wartete auf dem Tresen, das Eis im Glas war fast geschmolzen.

»Ist der für mich?« erkundigte er sich.

»Wir waren schließlich um sechs verabredet. Ich hab ihn dir bestellt, weil die Happy Hour seit einer Viertelstunde vorüber ist.« Über ihr bescheidenes Glas Hauswein hinweg funkelte sie ihn zornig an. »Ich hab die Aushilfe heute gefeuert.«

»Und weshalb, wenn ich fragen darf?« fragte Wilson überrascht.

»Weil er eine komplette Niete war. Nicht mal den Marti-Sugar-Vorgang hat er gefunden, obwohl er direkt vor seiner Nase gelegen hat –«

»Verdammt noch mal«, maulte Wilson, »du hast ihm ja überhaupt keine Chance gegeben. Der Junge war doch bestimmt noch ein Student.«

Sie ignorierte ihn geflissentlich. »– und außerdem kommst du morgen ohnehin wieder ins Büro. Du hast jetzt wirklich lang genug krank gefeiert. Also, ich finde, du siehst wie das blühende Leben aus.«

Wilson schüttelte den Kopf, schaute durch die grünen Fensterscheiben hinaus zu den weißen Booten, die in der Marina aus und ein fuhren, und sagte nichts. Die letzten beiden Tage hatte er in der Stadtbücherei in der Innenstadt zugebracht und Bücher über Interpretationen der Tarotkarten gelesen. Je nach Autor konnte eine Juxtaposition des Herrschers und des Pagen der Stäbe alles mögliche bedeuten: Gutes wie Schlechtes. Aber niemals gab es eine statische Auslegung; sie wechselte je nach der Position der beiden Karten zu den anderen Karten im klassischen H-Muster mit fünfzehn Karten, wie sie üblicherweise zum Wahrsagen gelegt werden. Alle Bücher blieben ihm allerdings eine Erklärung dafür schuldig, was es zu bedeuten hatte, wenn man am Ende eines Nachmittags auf dem Heimweg von der Arbeit in der Mitte seines Lebens zwei Karten auf dem Gehweg findet. Einfach so.

»Du kommst doch morgen, oder muß ich mir jemand anderen suchen?« fragte Andrea mit finsterem Blick.

»Die mixen die Caipirinhas doch tatsächlich mit Salz«, stellte Wilson fest und schwenkte die schmelzenden Eiswürfel in seinem Drink. »Ich hätte gute Lust, den Barmann über den feinen Unterschied zwischen einem Margarita und einem Caipirinha aufzuklären. Kein Salz. Kein Tequila. Nur Pitú, Limetten und Zucker. Basta.«

»Ich hab von Anfang an gewußt, daß das nicht gutgehen kann«, sagte Andrea. »Schlicht unprofessionell. Eine Frau mit meiner Verantwortung kann es einfach nicht bringen, ihren Freund zu ihrem Assistenten zu machen. Aber du warst ja völlig abgebrannt und hast dringend einen Job gebraucht. Wie üblich.«

Das Thema ihres Streits war fast so alt wie ihre Beziehung selbst, und nun schleppten sie ihn in ihrer Mitte wie einen kranken Freund – ins Taxi zu Andreas Wohnung im Pond Park Tower, in die Eingangshalle dieses modernistischen Monolithen und dreißig Stockwerke hinauf mit dem Expreßlift, während der Liftboy der verchromten Platte mit den Bedienungsknöpfen gelangweilt Grimassen schnitt und mit anhören mußte, wie sie wieder damit anfingen. Sobald die Stahltür der Wohnung Nummer 3017 hinter ihnen ins Schloß gefallen war, gönnten sie sich eine kurze Verschnaufpause, während Andrea die acht Anrufe aus dem Büro abhörte, die in den eineinhalb Stunden, seitdem sie das Büro verlassen hatte, hereingekommen waren.

Sechs Jahre zuvor hatten sich Wilson und Andrea im Börsenmaklerbüro von Straight & Straight kennengelernt, das zehn Etagen des Maas Tower in der Innenstadt belegte. Kurz zuvor hatte Wilson aus finanziellen Gründen sein Studium der Archäologie am Ashland College unterbrochen und einen Job bei Straight & Straight als Verwaltungsassistent für Warentermingeschäfte angenommen. Er wollte nur so lange arbeiten, bis er genug Geld verdient hatte, um sein Studium fortsetzen zu können. Andrea, eine junge, ehrgeizige Betriebswirtin, hatte mit ihren vierundzwanzig Jahren bereits eine leitende Position im Rechnungswesen inne und beste Karriereaussichten. Ihr damaliges Kapital waren zwei Dreihundertdollarkostüme und fünf Paar pseudoitalienische Schuhe gewesen, ein untrügliches Gespür für den lokalen Rentenmarkt, ein knackiger Arsch und ein sprühender Sinn für Humor. Das Stadtleben hatte auf sie nicht so abgefärbt wie auf viele ihrer Altersgenossinnen. Inzwischen war sie stellvertretende Geschäftsführerin der Tea Exchange, hatte sieben Sechshundertdollarkostüme und zweiundzwanzig Paar echte italienische Schuhe und war acht Wochen im Jahr Eigentümerin einer Ferienwohnung an der mexikanischen Atlantikküste bei Sangre de Oro, die sie mangels Zeit allerdings noch nie gesehen hatte.

Seit zwei Jahren drehten sich die Auseinandersetzungen der beiden hauptsächlich um Wilsons Lebensplan. Andrea wollte wissen, weshalb er nichts aus seinem Leben machte, weshalb er zum Beispiel nicht wieder aufs Ashland College ging, um sein Studium zu beenden, oder weshalb er sich nicht wenigstens einen karriereträchtigen Job bei der staatlichen Archäologischen Gesellschaft suchte, irgendwas, egal was. Wilson wußte es selbst nicht. Seine Gründe ließen sich nicht in Worte fassen, sie hatten mit dem Grauen zu tun, das ihn selbst an seinen besten Tagen heimsuchte. Er war kein Faulenzer, aber er befand sich im Wartezustand – wenngleich er nicht sagen konnte, worauf genau er wartete. Und um richtig warten zu können, war es unerläßlich, ständig auf dem Sprung zu sein, frei von äußeren Zwängen. Und abgesehen davon war er zu der Überzeugung gekommen, daß den Archäologen etwas Furchterregendes anhaftete. Sie buddelten Sachen aus, die dazu bestimmt waren, verborgen zu bleiben, in Ruhe gelassen zu werden: Die Gebeine antiker Toter, in sandigen Gräbern zusammen mit ihren Beigaben bestattet – Krüge, Löffel, Kämme –, Dinge, die ihnen im Leben nützlich gewesen waren; verwitterte Reste von Denkmälern längst vergessener Gewaltherrscher; vom Erdboden verschwundene Städte gräßlicher Erinnerungen, von denen nur noch ein paar mit Schutt gefüllte Säulenfundamente zeugten und ein dunkler Fleck auf dem Lehmboden. Diese Wissenschaft hatte nach Wilsons Meinung weit mehr Schuld auf sich geladen als nur ein bißchen Grabräuberei. Die Zähne waren es, die das Faß schließlich zum Überlaufen gebracht hatten. Ein Jahr bevor Wilson sein Studium unterbrechen sollte, hatte er an einer Ausgrabung in Surinam in Asidonhoppo im Distrikt Brokopondo teilgenommen. Die Archäologen hatten eine heilige Höhle geöffnet, die Ampuka, dem Gott des Mundes der Warrou-Indianer, geweiht war. Als die Ausgrabungsarbeiten zwei Monate später beendet waren, hatten die Forscher ungefähr dreißigtausend Opferzähne aus dem modrigen Loch geholt – menschliche Backenzähne, Schneidezähne, Eckzähne –, zugegebenermaßen interessante Hinweise auf die Ernährungsgewohnheiten und die körperliche Konstitution ihrer ursprünglichen Besitzer, aber von Wilsons Standpunkt aus betrachtet das Grauenvollste, das er je gesehen hatte. Noch Jahre danach verfolgten ihn in seinen Träumen Millionen von Zähnen eines monströsen Mundes, der ganze Familien, Dörfer und sogar das Land selbst verschlang und zu Brei zermalmte.

Nachdem Andrea die acht Anrufe aufgeschrieben oder zurückgerufen hatte, ließ sie ihre Kleider zu einem bunten Arrangement aus Kostüm, Seidenbluse, Schuhen und Perlenschmuck auf den weißen Teppich fallen. Mit einer für Wilson bestimmten Geste, die vermutlich »warte« bedeuten sollte, tappte sie ins Badezimmer zu ihrer täglichen Feierabenddusche.

Er schaute zu, wie sich die Tür hinter ihr schloß, hörte das Wasser rauschen und schlich dann mit den Händen in den Hosentaschen durch ihre Wohnung. Er konnte sich nicht dazu überwinden, sich auf ihre ebenso mondänen wie unbequemen Designermöbel zu setzen, und wußte im Augenblick auch nicht, weshalb er eigentlich heute abend hergekommen war. Ohne ersichtlichen Grund hockte er sich auf den Fußboden und legte eine Hand auf Andreas teuren, weichen Kleiderhaufen, der auf dem Teppich lag und noch immer ihre Körperwärme ausstrahlte. Dann ging er auf den mit Granitplatten gefliesten Balkon hinaus, stellte sich an die Brüstung und betrachtete das Panorama, das sich unter ihm ausbreitete.

Vom dreißigsten Stockwerk des Pond Park Tower bot sich eine grandiose Fernsicht – vom Harvey Channel im Osten bis zu den diesigen Silhouetten der Hügel des Warinocco County nördlich der Interstate. Er hatte den letzten, langen Moment erwischt, bevor der Abend hereinbrach. Der Himmel über der City schwelgte in einer Orgie von Farben. In weitem Bogen versank das Festland im Meer, setzte sich fort zu fernen Inseln, eine jede mit ihrem eigenen, verborgenen Leben, mit ihrer eigenen, verborgenen Geschichte: Ein Haus an einer unbekannten Küste, im Schatten von Königspalmen und Tamarinden, ein Zimmer mit heruntergezogenen Rattanrollos vor den Fenstern als Schutz gegen den glutroten Sonnenuntergang, ein weißes Bett, eingehüllt von einem Moskitonetz, auf dem Tisch eine Holzschüssel voller Granatäpfel. Im Garten die breiten Blätter einer Bananenstaude, die leise im Wind fächeln, während eine wunderschöne Frau aus der Brandung steigt... Dieser Moment, wenn der Tag sich seinem Ende zuneigt, ist erfüllt mit kitschigen Sehnsüchten wie diesen. Und genau wie wir alle, so stand Wilson auch hilflos wie ein Kind vor der tragischen Unermeßlichkeit des Weltalls in der Abenddämmerung. Die Stadt, dahinter die vagen Silhouetten der Berge, das monotone Rollen des Ozeans, all die Gesichter, die ihm nie begegnen würden.

Als die Dusche im Bad schwieg, ging Wilson ins Wohnzimmer zurück und zog die schwere Glasschiebetür hinter sich zu. Andrea kam splitternackt aus dem Flur und rubbelte ihr dunkles Haar mit einem blauen Handtuch trocken. Auf dem Teppich blieb sie stehen und ließ das Handtuch auf den Boden fallen. Ihr Körper war perfekt. Immer wenn Wilson Andrea nackt sah – und ganz besonders um diese Tageszeit –, überkam ihn das Verlangen, mit ihr zu schlafen. Auch wenn sie diesen Körper bewußt gestylt hatte – mit unzähligen Stunden im Fitneßcenter unter Anleitung ihres persönlichen Trainers, auf dem Stair-Master, mit zweihundert Runden auf eine Meile auf der kleinen Tartanbahn –, im Endeffekt hatte sich ihre Mühe auf jeden Fall gelohnt.

»Du siehst umwerfend aus, Liebling«, sagte Wilson. »Du...« Die Worte blieben ihm im Hals stecken.

»Wird auch allmählich Zeit, daß dir das auffällt«, erwiderte Andrea. »Ich hab nämlich abgenommen. Seit Juli viereinhalb Pfund.«

In dem Schummerlicht konnte er ihre Augen nicht sehen.

»Neulich hätte ich mir so gewünscht, daß du vorbeigekommen wärst«, sagte sie zaghaft wie ein kleines Mädchen. »Ich war drauf und dran, dich anzurufen. Ich war zweimal knapp davor, den Hörer abzunehmen.«

»Und warum hast du's nicht getan?«

»Weiß ich auch nicht.«

»Wann haben wir eigentlich zum letzten Mal?«

»Vor acht, nein, zehn Tagen.«

»Entschuldige bitte«, sagte Wilson und ging auf sie zu, »das ist wirklich viel zu lange.« Über der Ledercouch verbreitete der automatische Timer weiches, gelbes Licht, und Andrea legte sich rücklings auf das feuchte Badehandtuch auf dem dichten, flauschigen Teppich. Sie spreizte die Beine, und ihr sauberes, nach Shampoo duftendes Haar ringelte sich feucht in Wilsons Händen.

Als sie später bei ausgeschaltetem Licht im Schlafzimmer

auf dem großen Bett lagen, küßten sie sich, sagten einander »ich liebe dich« in das hohle Echo der Wohnung und schliefen ein, während die Digitaluhr bernsteinfarben neben ihnen auf dem Nachttisch wachte.

6

Am Freitag ging Wilson wieder zur Arbeit in die Tea Exchange und wurde unmittelbar von dem täglichen Kleinkram zugeschüttet, der ein Jahr so nahtlos in das nächste gleiten ließ: Mailings versenden, Post austeilen, fotokopieren, verlegte Akten suchen, Software und Hardware, alles Arbeiten, die – wie er übelgelaunt konstatierte – von Bürokraten erfunden worden waren, um den Rest der Menschheit daran zu hindern, irgend etwas zu hinterfragen. Und eines Tages schaut man von der Arbeit auf, und es ist ein paar Jahre später, der Geist ist verkümmert, und keine einzige der lebenswichtigen Fragen wurde je angeschnitten.

Am Ende des Tages fühlte er sich ausgelaugt vom Aufarbeiten der Rückstände, von nichts Besonderem, vom täglichen Trott, davon, daß er auf Stühlen gesessen hatte, auf denen er schon vorher gesessen hatte. Er stieg in den Rubicon Bus, lockerte seine Krawatte und schlief ein, den Kopf an die schmierige, verkratzte Plastikscheibe des Busses gelegt.

Im Schlaf erhöhte sich Wilsons Körpertemperatur; er schwitzte in den Kragen seines Brooks-Brothers-Hemdes und begann zu träumen.

Ein schöner Nachmittag – im Vorfrühling, er ist zehn Jahre alt. Seine junge, hübsche Mutter, das schwarze, glänzende Haar zu einem französischen Knoten hochgesteckt, in einem dünnen Mantel mit Leopardendruckmuster, eine Pillbox mit Leopardenmuster auf dem Kopf, hält seine Hand fest im Griff, während sie die Straße überqueren. Sie kommen gerade aus dem Lazar-&-Martins-Kaufhaus, wo sie ihm eine Spielzeugpistole aus Blech gekauft hat, die surrende Geräusche von sich gibt, sobald der Abzug gedrückt wird. Der Maas Tower ist noch im Bau, ein Skelett aus schwarzen Trägern, die sich der Sonne entgegenstrecken. Als sie unter dem Baugerüst durchgehen, bemerkt er als erster den langen Schatten auf dem Gehweg. Er schaut nach oben, begreift ein paar Sekunden lang nicht, was los ist, und plötzlich ist vor dem tödlichen Schlag keine Zeit mehr zum Schreien, der Gehweg biegt sich wie ein Sprungbrett durch. Er wird hochgeschleudert und fliegt durch die Luft – in seinem Herzen das heimliche Glücksgefühl zu fliegen – hinweg über die Schlangen dahinschleichender Autos, über die Gaffer, über den Polizisten auf seinem Pferd. Aber er landet nicht mit einem dumpfen Schlag auf einem Sack Zement wie im wirklichen Leben, nein, er breitet die Arme aus, schwingt sich über die Dächer, vorbei an dem gerissenen Kranseil, vorbei an den zu Tode erschrockenen Bauarbeitern in ihren gelben Schutzhelmen, die fassungslos hinunterstarren auf die Frau, die wie ein zertretener Käfer unter dem Träger liegt; vorbei fliegt er an der Art-déco-Silbernadel des Rubicon Building, über den Harvey Channel, über Blackpool Island und hinaus über das graublaue Meer mit seinen weißen Schaumkronen und den Schiffen, die Kurs auf den Hafen nehmen. Und dann endlich – das Land hinter ihm ist schon außer Sicht – beraubt ihn der Wind seiner Kinderkleider, und eine Sekunde später ist er ein erwachsener Mann, der splitternackt einen Kilometer über dem Erdboden dahinsaust, hinein in eine näher kommende Dunkelheit, die kein Sturm ist und auch nicht die hereinbrechende Nacht, sondern der leere Raum am Horizont, von dem aus sich die Zukunft wie eine Gewitterwolke über den verzagten Herzen von Frauen und Männern entlädt.

7

Etwas benommen stieg Wilson aus dem Bus und stolperte die Overlook Avenue hinunter. Auf den Straßen des Rubicon Industriegebietes herrschte eine melancholische Stille, wie fließendes Wasser, das irgendwo in der Wildnis über Felsen gleitet. Sein Hemd, vom Traum völlig durchgeschwitzt, klebte ihm am Rücken. Wilson sperrte die Haustür auf, stapfte die ausgetretenen Stufen zu seiner Wohnung hinauf und entriegelte die doppelten Schlösser der Stahltür. Direkt dahinter führte eine weitere Tür mit bleiverglasten Scheiben in einen kleinen Vorraum, gerade groß genug für einen Schirmständer und ein leicht ramponiertes Telefontischchen. Auf dem Tisch lagen die Tarotkarten neben einem Bund mit Ersatzschlüsseln und ein paar Münzen. Wilson betrachtete die Karten, und dann spürte er es wieder, das altbekannte Gefühl des Grauens, das an seinen Eingeweiden nagte.

Die Luft im Wohnzimmer war stickig und roch nach ungewaschenen Socken, obwohl die Fenster zum Harvey Channel immer offenstanden; in der Wohnung hatte nur das Schlafzimmer eine Klimaanlage. Ein dünner Staubfilm lag auf Wilsons Leben wie auf seinen Büchern; sie stapelten sich an den Wänden bis zur Decke und auch im gemauerten Kamin. Zum ersten Mal wünschte er sich, eine Katze zu haben, die ihn beim Nachhausekommen hätte begrüßen können, aber für ihn war es Tierquälerei, ein Tier den ganzen Tag allein in der Wohnung zu lassen. Plötzlich überkam ihn das Gefühl, den nächsten Atemzug, die nächste Sekunde nicht mehr ertragen zu können. Er nahm ein Buch zur Hand – *Conquest of New Spain* von Bernal Díaz – wischte mit einem Finger den Staub vom Einband und legte es wieder zur Seite. Das Gefühl der Beklemmung verschwand. Er ging ins Schlafzimmer, zog sich um, holte ein Bier aus dem Kühlschrank und schaltete wie jeden Tag in der Woche den Fernseher ein.

Mitten in den Nachrichten, gerade als Wilson dabei war einzunicken, klingelte das Telefon. Aufgeschreckt setzte er sich im Bett auf. Andrea war auf dem Weg nach Denver zu einem Retreat für Manager – sonst fiel ihm niemand ein, der ihn anrufen könnte. Im Zuge veränderter Lebensumstände hatte er alle seine früheren Freunde aus den Augen verloren. Er wartete, bis es fünfmal geklingelt hatte, dann nahm er den Hörer ab; seine Handflächen waren schweißnaß vor Grauen.

»Ja?«

»Wilson?« Eine Frauenstimme.

Schweigen.

»Spreche ich mit Wilson Lander?«

»Ja, wer spricht denn?«

»Wilson, ich bin's, Susan Page.«

»Page?« wiederholte Wilson.

»Du weißt schon, Cricket – erinnerst du dich noch? Du warst doch am Dienstag in Nancys Laden. Wir haben im L'Aille zu Mittag gegessen. Ich war die, die den teuren Wein bestellt hat.«

»Ja, jetzt weiß ich's wieder«, sagte Wilson, bemüht um einen abweisenden Ton in seiner Stimme, aber er ertappte sich dabei, daß er sich ihr kupferfarbenes Haar im Sonnenlicht vorstellte.

»Na ja, und jetzt würde ich mich gern dafür revanchieren.«

Wilson zögerte. Er spürte, wie das Grauen tief in seinem Inneren an ihm zupfte. Und einen flüchtigen Augenblick lang dachte er an Andrea, die mit den Börsenberichten auf den Knien im Flugzeug saß, eine geschäftsmäßig besorgte Miene im Gesicht und die Finger auf dem Taschenrechner, um die Zahlen zu überprüfen. Dann strich er das Bild aus seinem Gedächtnis.

8

Am Abend war das allwöchentliche Samstagnachtspektakel voll im Gange. Ghettoblaster wummerten auf den Rücksitzen aufgemotzter Jeeps, die Stoßstange an Stoßstange auf der Cooper Avenue im Stau standen. An den schmutzigen Straßenrändern hatten Einwanderer aus Ländern, in denen Männer Turbane tragen und Frauen mit verschleierten Gesichtern herumlaufen, Sperrholzbuden aufgestellt, in denen sie billige Sonnenbrillen, Glasschmuck und T-Shirts feilboten. An der Ecke Morton und Fifth zupfte ein Mann mit verkrüppeltem Arm eine dreisaitige Gitarre mit den Zähnen. Gegenüber auf der anderen Straßenseite schmetterte eine Frau im Rollstuhl aus vollem Hals schottische Volkslieder, begleitet von einem Zwerg, der auf einer aus einer Kartoffel geschnitzten Okarina spielte. Zwischen den Verkaufsbuden sagten Zigeunerinnen auf zusammenklappbaren Kartentischen die Zukunft voraus. Die Luft war erfüllt von stinkenden, gelben Auspuffgasen.

Wilson kämpfte sich zwischen den Menschentrauben auf der McDermot Street zum Orion Hotel durch und betrat das Hotel durch den Hintereingang. Cricket saß schon an der Bar unter der großen Neonuhr.

»Hallo«, begrüßte er sie. »Wo ist mein Wein?«

Sie drehte sich um und lächelte. »Du meinst wohl Martini«, lächelte sie und zeigte auf ihren Drink. »Im Orion bestellt man keinen Wein. Man bestellt Martinis.« Dann beugte sie sich vor und gab ihm einen Kuß auf den Mundwinkel.

Die spontane Geste brachte Wilson etwas aus dem Konzept, aber Cricket schien es nicht zu bemerken. »Oh, jetzt hast du Lippenstift abgekriegt«, lachte sie, leckte mit der Zunge ihren Daumen an und wischte über seine Unterlippe.

Wilson bestellte sich einen Martini mit ein paar Oliven extra. Als der Drink gebracht wurde, hob er das Glas an den Mund und beobachtete Cricket über den Glasrand hinweg.

Das wenig schmeichelhafte Sweatshirt vom Dienstag hatte sie gegen ein engsitzendes, gestreiftes Top getauscht. Anstelle der ausgebeulten Leinenhosen trug sie nun eine topmodische Hose mit weitem Schlag aus einem durchscheinenden Stoff, der die grazile Linie ihrer Hüften und Beine erahnen ließ. Ein breiter Ledergürtel mit viereckiger Schnalle umschloß ihre schmale Taille. An ihren Armen klimperte ein halbes Dutzend Silberarmreife; ihre Lippen waren glänzend rot angemalt. Ihre kupferfarbene Löwenmähne hatte sie auf ihrem Hinterkopf zu einem französischen Knoten gebändigt. Abgesehen von den Arbeiterhänden und den muskulösen Armen, hätte sie ohne weiteres dem Titelbild der *Vogue* entstiegen sein können, dachte Wilson bei sich. Bei dem Gedanken, sie könnte sich nur für ihn so schön gemacht haben, spürte er ein hohles Ziehen in der Magengrube.

Sie schlürften ihre Martinis und schauten zu, wie sich das Lokal allmählich füllte. Das 1915 erbaute Orion Hotel war mehr als dreißig Jahre lang der Treffpunkt der Reichen und Schönen gewesen – Calvin Coolidge, der dreißigste Präsident der Vereinigten Staaten, hatte dort einmal in der Präsidentensuite übernachtet. Dann war der Stern des Etablissements im gleichen Maße gesunken, wie sich seine Umgebung wandelte, bis das Hotel Ende der sechziger Jahre zu einer billigen Absteige verkommen war, in der nur noch Prostituierte und Junkies verkehrten. In den frühen achtziger Jahren zogen dann Bohemiens und Homosexuelle in die großen Penthousewohnungen über dem Harvey Channel und in die Fleet Street ein. Vegetarische Restaurants, Ökoläden, Cafés und Antiquariate schossen als Folge dieser Migration wie Unkraut aus dem Erdboden. 1989 erwarb ein berühmter französischer Innenarchitekt das heruntergewirtschaftete Hotel, riß den alten, verschlissenen Plunder aus der Eingangshalle und stattete die Räume mit Stahlwaschbecken, schicken Wandleuchtern und mit gepolsterten Sitzmöbeln aus Haifischhaut aus. Für zwei Millionen Dollar restaurierte er die alte Bar nach Originalplänen mitsamt dem Wandgemälde aus dem Jahr 1928. Das Gemälde, ganz im Stil des Kinderbuchillustrators Maxfield Parrish gemalt, zeigte George und Martha Washington bei einem Glas Mint Julep während einer Rast am Mount Vernon.

Wilson betrachtete Martha mit ihrem neckischen Hütchen und den affektiert-selbstgefällig verzogenen Lippen; unwillkürlich fiel ihm dabei Andrea ein, und im gleichen Augenblick meldete sich sein schlechtes Gewissen. Er hatte Mühe, seine Augen von Crickets Brüsten unter dem engsitzenden, gestreiften Top abzuwenden. Bis jetzt hatte er seine Freundin noch nie betrogen. Sollte es nun soweit sein?

Ihre Unterhaltung schleppte sich dahin. Cricket trank ihren Martini aus, pflückte die drei Oliven mit den Lippen vom Plexiglasschwert und stellte ihr Glas mit einem entschlossenen Klacken auf den Tresen.

»Warum fragst du mich nicht, wie ich an deine Telefonnummer gekommen bin?« fragte sie.

»Stimmt eigentlich«, gab Wilson zur Antwort. »Ich hab mich schon gewundert. Ich dachte, ich hätte dir meinen Nachnamen nicht verraten.«

Cricket lächelte. »Ich bin sehr erfinderisch, was bedeutet, daß ich gefährlich bin«, sagte sie. »Das nur als kleine Vorwarnung. Am Dienstag bin ich nach der Arbeit noch mal ins L'Aille und hab dem Geschäftsführer erzählt, daß du mein Freund wärst und wir uns gestritten hätten und daß ich jetzt mit dir fertig wäre und mich aus Prinzip entschlossen hätte, die Rechnung selbst zu bezahlen. Er hat mir den Kreditkartenbeleg herausgesucht. *Et voilá.* Dein Name und die Telefonnummer.«

»Und, hast du die Rechnung bezahlt?« fragte Wilson.

»Nein«, meinte Cricket. »Es war ja nur ein Vorwand. Ich hab's mir vom Geschäftsführer ausreden lassen.«

Sie bestellten noch eine Runde Martinis, und allmählich wurde Wilson lockerer. Das Licht über der Bar reflektierte auf Crickets Silberschmuck. Mittlerweile hatten sich in der Bar vorwiegend attraktive Juppies in Designerklamotten versammelt. Wilson trug ein altes, kariertes Sportjackett, bequeme, ausgebeulte Khakihosen, ausgelatschte Turnschuhe und ein zerknautschtes, weißes Hemd mit abgewetztem Kragen.

»Wie ich sehe, bin ich hier etwas underdressed«, stellte er fest und warf einen Blick in die Runde auf perfekt sitzende italienische Anzüge und schillernde Cocktailkleider.

Cricket winkte ab. »Was willst du eigentlich?« sagte sie, »du siehst eben aus, wie du aussehen sollst.«

»Und wie soll ich aussehen?« wollte Wilson wissen.

»Tja« – sie überlegte einen Augenblick – »wie der junge Gregory Peck in *Valley of Decision.* Hast du den Film mal gesehen?«

»Nein«, sagte Wilson.

Sie versuchte, ihm die Handlung zu erzählen, dann schüttelte sie den Kopf. »Glaub mir«, sagte sie. »Es ist ein blöder, alter Film, aber Gregory Peck spielt einen durch und durch ernsthaften jungen Mann, und das sehr überzeugend. Ich geb gern zu, daß ich für Gregory Peck immer schon eine Schwäche hatte.«

Wilson wechselte das Thema.

Eine Weile unterhielten sie sich über Reisen und über das Leben auf See. Cricket hatte nicht nur auf Yachten reicher Leute angeheuert. Als Teenager war sie auf einem Trampschiff gefahren, dessen Eigner ein Freund ihres Vaters war. Wilson hatte noch nicht viel von der Welt gesehen, und so lauschte er fasziniert ihren Geschichten über Rangun und Maracaibo, über Santiago de Chile und Bangladesh. Sie hatte Messerstechereien in den Slums von Valparaiso miterlebt, Stammeskrieger in Borneo kennengelernt, die noch genauso lebten wie vor vierzigtausend Jahren und immer noch die Köpfe ihrer Feinde als Trophäen sammelten, Meutereien und Gelbfieber, atemberaubende Sonnenuntergänge, fremdartige, namenlose Fische und verheerende Stürme vor der afrikanischen Küste.

»Mann o Mann! Dein Leben ist verdammt aufregend.« Wilson war begeistert.

»Stimmt«, lächelte Cricket. »Und wenn ich zu lang an einem Ort herumhänge, werd ich fett, faul und langweile mich. Im Moment bin ich auf der Suche nach 'ner Koje. Sobald ich 'n Schiff hab, heißt's für mich nix wie weg.«

»Ja, wenn das so ist«, sagte Wilson, »mußt du mir aber eine Ansichtskarte aus Timbuktu schicken.«

»Mal sehen.«

»Die *Vorstellung* zu reisen reizt mich schon«, sagte Wilson, »aber das Reisen selbst nicht so sehr. Fakt ist, daß ich überhaupt nicht für längere Reisen geeignet bin. Ich kann nicht schlafen, ich kann nicht scheißen. Zum Scheißen brauch ich mein eigenes Klo zu Hause. Und das heißt, daß alles, was länger als drei Tage dauert, für mich extrem schmerzhaft werden kann.«

Cricket lachte.

»Und dann ist da noch was. Vor einiger Zeit war ich ein paar Monate lang bei einer Ausgrabung in Surinam dabei. Das Ashland College und die Deutsche Bank waren die Sponsoren – übrigens war das bisher meine einzige Reise nach Übersee. Wir hatten einen klimatisierten Wohnwagen mit allen Schikanen, sogar Kabelfernsehen über 'ne Satellitenschüssel, aber es hat alles nichts genützt; für mich war's trotzdem fremd. Ich bin überzeugt davon, daß jeder Ort seine eigene, unverwechselbare Seele hat. Sie sitzt im Wasser wie die Bakterien. Und man braucht verdammt lange, bis man sich an diese Seele gewöhnt hat: Du mußt lernen, wie die Luft nach einem Regen riecht, mußt zuschauen, wie die Sonne am Morgen über den Bäumen aufgeht, und zwar jeden Tag über viele Jahre hinweg, bis du's wirklich begriffen hast. Vielleicht wirst du den Ort, an dem du dich aufhältst, erst dann verstehen, wenn du deine Familie dort begraben hast. Und das kann Generationen dauern.«

»Du bist ja ein richtiger Romantiker«, neckte ihn Cricket.

»Vielleicht nur sensibel meiner Umwelt gegenüber.« Wilson hütete sich, ihr von seinem Grauen zu erzählen. »Und das ist einer der Gründe, weshalb ich die Archäologie an den Nagel gehängt habe. Die trampeln in der ganzen Welt herum und graben die Knochen wildfremder Leute aus. Ich les' lieber darüber im *National Geographic*.«

Als er ein paar Minuten später auf das beleuchtete Zifferblatt seiner Digitaluhr schaute, war es zehn Uhr zweiundzwanzig und die Bar gerammelt voll. Eine grölende Gesellschaft, allesamt in Smoking oder schwarzen Kleidern, drängte sie in eine Ecke – die Männer reich und ätzend, die Frauen solariumgebräunt und betrunken. Eine der Damen begann wie eine Hyäne zu lachen, sie quietschte direkt in Wilsons Ohr. Sie lachte so sehr, daß ihr etwas von ihrem Cocktail aus der Nase lief.

»Möchtest du noch woandershin gehen?« fragte Wilson. Er legte eine Hand auf Crickets Rücken und beugte sich näher zu ihr. In seinen Fingerspitzen kribbelte es, als wäre sie elektrisch geladen.

»Ja«, sagte Cricket. »Wenn wir uns beeilen, schaffen wir's gerade noch zu den letzten beiden Rennen.«

»Rennen?« fragte Wilson verständnislos.

9

Die Hunderennbahn im Mimosa Park hatte schon einmal bessere Tage gesehen. Grasgrüne Farbe blätterte von den stromlinienförmigen Türmen des Art-déco-Hauptgebäudes; die Neon-Silhouette eines Greyhounds flackerte über dem Haupteingang. Die große Uhr war vor gut dreißig Jahren an irgendeinem vergessenen, windigen Nachmittag um Viertel nach zwei stehengeblieben. Vom Parkplatz aus sah die Rennbahn wie ein Ozeanriese aus, der im Trockendock vor sich hin rostet.

Cricket bezahlte das Taxi, und sie gingen durch den betonierten, mit Eintrittskarten und Zigarettenkippen übersäten Seitengang in die Arena. Über ihren Köpfen surrten Karbonbogenlampen. Der Geruch von Zigaretten, Sand und Nacht, vermischt mit einem leichten Gestank von Hundepisse, hing in der Luft. Sie hatten gerade eine Pause zwischen zwei Rennen erwischt. Die Hundepfleger – schmächtige Kids mit bis zum Bauch hochgezogenen Shorts, Kniestrümpfen und eisenbeschlagenen Plastikschuhen – führten acht Greyhounds über die Sandbahn zur Startmaschine. Etwa zwei Dutzend Zocker lümmelten an der Barriere vor der Rennbahn und beobachteten die trostlose Parade. Wilson sah verdrossene alte Männer mit spitzen Ellbogen in kurzärmeligen Hemden und mit verknautschten Filzhüten, Frauen vom nahen Campingplatz mit hochtoupierten Frisuren, coole Teenies mit langen Koteletten und lässig über die Schulter geworfenen Lederjacken. Zwei schmutzstarrende Kinder kickten leere Blechdosen über das geteerte Vorfeld. Ein Chinese kaute an einem Stück Speck und starrte in die Dunkelheit hinter dem beleuchteten Band des Highway, der hier vorüberführte.

Die paar einsamen Mimosenbäume, die das Innenfeld zierten, schmolzen in dem leichten Wind wie Zuckerwatte unter einer Wärmelampe. Eine filigrane, rosafarbene Blüte landete auf Crickets kupfernem Haar.

»Bist du schon mal hiergewesen?« fragte Cricket.

»Nein«, sagte Wilson. »Ich hab's nur mal vom Highway aus gesehen.«

»Und? Wie findest du's?«

»Ganz schön abgefuckt«, konstatierte Wilson und ließ den Blick schweifen. »Hier vergnügt sich am Wochenende offenbar die andere Hälfte der Stadt.«

»Sei doch nicht so überkritisch«, sagte Cricket. »Oder besser: Sei nicht so'n Snob.«

»Hast ja recht«, meinte Wilson, »aber was machen wir hier eigentlich?«

Cricket legte eine Hand auf Wilsons Arm. »Ich will mich bei dir für die zwei Flaschen Wein revanchieren«, antwortete sie und führte ihn zur verglasten Haupttribüne.

Eine rostige, ehemals verchromte Blechverkleidung lief über die gesamte Länge der Bar hinter der Haupttribüne. Zwei alte Männer, mit Zigarren im Mundwinkel und von Whiskydunst umnebelt, waren die einzigen Gäste. Die Hunde standen in der Startmaschine. Ein Monitor übertrug live das Rennen für diejenigen Zocker, die nicht mehr rechtzeitig von ihren Barhockern kamen, um sich das Rennen draußen anzusehen. Wilson setzte sich an einen Tisch, während Cricket auf die Bar zusteuerte. Wenig später kam sie mit einem Programm und zwei Pints Colonial Lager in Plastikbechern zurück.

»Bei Hunderennen trinkt man das, was die Hunde trinken«, bemerkte sie und stellte das billige Bier auf den Tisch.

Wilson nahm einen Schluck und verzog angeekelt das Gesicht. Er fühlte sich an die High School erinnert – an betrunkene Spritztouren in aufgemotzten Autos, mit leeren, scheppernden Bierdosen auf dem Rücksitz.

Cricket schob ihm das Programm hin. »Der Typ hinter der Bar hat gesagt, daß noch zwei Rennen gelaufen werden. Wir haben noch sieben Minuten Zeit, die Wetten fürs nächste abzugeben«, berichtete sie. »Du suchst die Hunde aus, ich zahl den Einsatz. Du behältst den Gewinn. Hoffentlich gewinnen wir so viel, daß wir den Wein wieder reinkriegen, und vielleicht noch 'n bißchen mehr. Komm schon, es wird bestimmt lustig.«

Wilson starrte auf die bunten Kästchen in der Programmzeitschrift. Sein Kopf brummte noch von den Martinis, und er hatte Mühe, sich auf die Namen der Hunde zu konzentrieren: Darcy's Lord, Southwind, Honeysuckle Rose, Stinky, Mnemosyne, Battle, Crazy Eight. »Hunderennen«, mäkelte er. »Mein Vater würde sich im Grab umdrehen.«

»Denk nicht an ihn«, sagte sie. »Zeig lieber, was du drauf

hast.« Dabei lächelte sie, und Wilson fand ihr Lächeln so gefährlich und so unwiderstehlich wie nichts, was er bisher gesehen hatte.

»Das ist das reinste Lotteriespiel«, maulte er und vertiefte sich wieder ins Programm. »Bei den Pferden ist das wichtigste der Jockey. Aber hier gibt's nur die Hunde und die Bahn, und das einzige, was ich von Hunden weiß, ist, daß sie elend launisch sind und völlig unkalkulierbar.«

»Stimmt, aber du bist ein Zocker«, sagte Cricket.

»Bestimmt nicht«, gab Wilson zur Antwort, aber dann sah er sich noch einmal die Quoten an und entschied sich für Darcy's Lord und Mnemosyne im fünften Rennen. Cricket schaffte es gerade noch rechtzeitig vor Annahmeschluß, ihre Wette zu plazieren. Mit dem Programm und dem Colonial in der Hand gingen sie hinaus, um sich das Rennen aus nächster Nähe anzusehen. Mittlerweile wehte ein feuchter Wind vom Meer herüber. Die Hunde gingen in die Startmaschine und begannen zu bellen, zu japsen und gegen das Gatter zu springen.

»Und jetzt kommt Swifty«, verkündete der Platzsprecher, und einer der Stallburschen setzte das ausgestopfte Kaninchen auf die Seilrolle. Ein Schuß knallte, die Gatter sprangen auf, die Hunde purzelten übereinander und fegten in einem wilden Durcheinander aus Beinen, Pfoten, Startnummern und spritzendem Sand einmal um die Rennbahn. Wilsons Hunde kamen als zweiter und als erster ins Ziel. Cricket hatte zwei Dollar eingesetzt. Lächelnd kam sie vom Wettschalter zurück und drückte ihm sechzig Dollar in Zehndollarnoten in die Hand.

»So. Das wäre die erste Flasche«, verkündete sie.

»Anfängerglück«, meinte Wilson und versuchte, sich unbeeindruckt zu geben, konnte aber ein Grinsen nicht unterdrücken. Das letzte Rennen im Programm war der Mimosa Maidens' Cup über eine Runde mit einem Feld von acht jungfräulichen Weibchen. Wilson spürte ein merkwürdiges Ziehen in den Eingeweiden, das ihm bekannt und auch wieder nicht bekannt vorkam. Seine Handflächen waren schweißnaß; das Verlangen zu gewinnen registrierte er als metallischen Geschmack im Mund. Plötzlich ekelte es ihn vor sich selbst, und er warf das Programmheft in den nächsten Abfallkorb. »Komm, gehen wir«, sagte er. »Ich bin nicht in Stimmung.«

Cricket stellte sich ihm in den Weg und legte ihm eine Hand auf die Brust. In der grünlichen Beleuchtung der Karbonbogenlampen sahen ihre Augen aus wie leuchtende, grüne Steine.

»Nur noch dieses eine Rennen«, bat sie leise, und ihre Stimme klang ernst. »Bitte, tu's mir zuliebe.«

Die Fahnen knatterten laut im Wind. Wilson sah, wie sich Crickets nackte Arme mit Gänsehaut überzogen.

Er gewann die Dreierwette mit Mysore, Emma und Little Flower. Ausgezahlt wurde fünfzig zu eins bei einem Einsatz von drei Dollar.

Mit dem überschüssigen Geld mietete Cricket eine Limousine für die Rückfahrt in die Stadt, einen Lincoln Continental, Baujahr 1941, lang wie ein Hausboot, mit riesigen, geschwungenen Kotflügeln, jeder Menge Chrom und einem offenen Abteil für den Chauffeur. Die Rennbahn hielt sich dieses Relikt für professionelle Zocker, aber es kam so gut wie nie zum Einsatz, und folglich roch es im Innenraum nach Staub und Schimmel. Der Fahrer war schlecht rasiert; er trug weder Krawatte noch Jackett, nur ein weißes Hemd mit bis zum Ellbogen aufgerollten Ärmeln und eine Baseballmütze mit dem Mimosa-Park-Logo auf dem Schirm. Offenbar paßte es ihm nicht, daß er die beiden in die Stadt fahren mußte, und er grunzte etwas Unverständliches, als er ihnen die Gratisflasche Sekt nach hinten reichte.

Während das Schlachtschiff hinaus auf den Highway schwankte, erklang Swingmusik aus den vierziger Jahren über die vorderen Lautsprecher. Durch die Trennscheibe hindurch verbreitete die Instrumentenkonsole ein schwaches, grünes Licht, es streichelte Crickets Körper wie ein schüchterner Liebhaber, bis sie sich in die gepolsterte Schummrigkeit des Lincoln zurücksinken ließ. Noch bevor sie die Ausfahrt nach Palmyra und East Morea passiert hatten, hatte sich Wilson schon drei Gläser der Hausmarke hinter die Binde gekippt. Der Sekt hatte ein strenges, fischiges Bouquet, aber dessen ungeachtet genehmigte er sich noch ein viertes Glas und war plötzlich völlig betrunken.

»Ich hab dir ja gesagt, daß du's im Blut hast.« Crickets Stimme schallte geisterhaft von der breiten Sitzbank gegenüber.

»Den Alkohol?« lallte Wilson.

»Das Spielen«, sagte Cricket. »Kannst mir glauben, ich bin unter solchen Typen aufgewachsen. Und ich sag dir, das gewisse Etwas, Glück – oder wie du's auch immer nennen willst –, wird über Generationen hinweg vererbt. So wie du gespielt hast, war die Wahrscheinlichkeit gleich Null, etwas zu gewinnen! Und du hast das fünfte Rennen und den Maiden's Cup hintereinander gewonnen! Nicht zu fassen! Vermutlich hast du noch mehr drauf als dein alter Herr.«

»Merk dir eines, ich bin ein gescheiterter Archäologe«, sagte Wilson, dem die Worte nur widerwillig über dic Lippen kamen. »Knochen sind mein wahres Geschäft.«

»Wie bitte?« fragte Cricket.

»Tut mir leid«, murmelte Wilson. »Aber ich bin den vielen Alkohol einfach nicht gewöhnt. Normalerweise läuft mein Leben in ruhigcren Bahnen ab.«

»Aber nicht mehr lange«, sagte Cricket, und als sie lächelte, sah Wilson nur ihre Zähne, die ihn aus dem Dunkeln heraus anlächelten, genau wie bei der Cheshire-Katze aus *Alice im Wunderland*.

Draußen zog eine dunkle, formlose Landschaft vorüber. Bald zeigten sich die Lichter der Stadt als orangefarbener Schimmer am dunstigen Horizont. Sie passierten grüne Hinweisschilder mit weißer Schrift, die Lacey Memorial Bridge und den Overlook. Und später torkelte Wilson allein durch die leeren Straßen des Rubicon District, und das nächste, was er wußte, war, daß es Morgen war und er komplett angezogen mit einem fürchterlichen Kater auf der Couch in seiner Wohnung aufwachte.

Er wußte nicht mehr genau, wie er dorthin gekommen war, wußte aber plötzlich wieder, weshalb er nicht mehr soviel trank wie früher: Er war inzwischen einfach zu alt, um die Nachwehen nach durchzechten Nächten durchzustehen, und mußte bekennen, daß er nach fünf oder sechs Gläsern schon Erinnerungslücken hatte. Den ganzen Tag über hing er in der Wohnung herum, versuchte, sich zu regenerieren, schluckte Aspirin und Cola und zermarterte sich den Kopf in dem Bemühen, die letzten Stunden des vergangenen Abends zu rekapitulieren. Hatte Cricket noch etwas gesagt, hatte sie ihm einen Gutenachtkuß gegeben, ihre Telefonnummer? Er fand keinen Zettel in der Tasche, keine mit sieben Ziffern beschriebene Streichholzschachtel. Hatten sie sich wieder verabredet? Er wußte es einfach nicht mehr, und bei dem Gedanken daran, daß er sie vielleicht nie mehr sehen würde, war ein Teil von ihm erleichtert.

Aber der vage Verdacht, etwas Wichtiges vergessen zu haben, nagte noch die nächsten paar Tage an ihm, bis Andrea aus Denver zurückkehrte.

10

Eine Woche ging ins Land. Am Ende dieser Woche fuhr Wilson im Rubicon Bus nach Hause und legte sich schon kurz nach acht Uhr ins Bett. Dann zogen am Himmel die Sterne herauf und schienen so hell in sein Schlafzimmerfenster, daß er kein Auge zumachen konnte – ein Problem, das er in dieser Nacht mit Millionen anderer Menschen in der Stadt teilte. Es war, als schwebten die Sterne keine fünf Meter hoch über dem Hausdach. Der Mond war noch nicht aufgegangen, nur die Sterne leuchteten am Himmel wie große, gelbe Augen in der pechschwarzen Nacht – ein atemberaubender Anblick. In der Morgenausgabe des *Times Chronicle* hatte Wilson einen Artikel gelesen, der dieses Phänomen erklärte. Auf ein so überwältigendes Schauspiel war er allerdings nicht gefaßt gewesen. Es handelte sich um eine seltene atmosphärische Störung, bekannt als Klett's Mirage, die der holländische Forscher W. G. Klett am Nordpol anläßlich seiner verhängnisvollen Polarexpedition im Jahre 1911 zum ersten Mal beschrieben hatte. In dieser Nacht war Klett's Mirage an der ganzen Küste zu beobachten, wenngleich nicht unterhalb von Taneville oder oberhalb von St. Charles, also nördlich und südlich des zweiundvierzigsten Breitengrades, wo eine klar abgegrenzte Linie den Himmel in einen diesigen und einen sternenklaren Abschnitt teilte – jenseits Menschen, die in dieser Nacht in Finsternis wandelten, und diesseits solche, die mit gleißendem Sternenlicht gesegnet oder auch geschlagen waren. Dem Zeitungsartikel zufolge war die Ursache dieses Phänomens aus wissenschaftlicher Sicht nichts Besonderes – ein Aufeinandertreffen von atmosphärischen Gasen und industrieller Luftverschmutzung. Durch eine simple chemische Reaktion führte dies zu einer Intensivierung des Sternenlichts – aber dennoch rieselte Wilson angesichts dieser überdimensional großen Sterne, die vor seinem Schlafzimmerfenster hingen, ein kalter Schauer über den Rücken.

Wilson stieg aus dem Bett, stellte sich ans Fenster, beugte sich über den Kasten der Klimaanlage und starrte in den Himmel. Seit seinem Ausflug zur Hunderennbahn hatte er keine Ruhe mehr gefunden; seit Tagen schon zerrte das Grauen mit ungewöhnlicher Beharrlichkeit an seinen Eingeweiden, und obendrein verzehrte ihn eine Sehnsucht, der er nicht auf den Grund gehen wollte. Cricket hatte nicht mehr angerufen. Vielleicht hatte er etwas getan, das sie beleidigt hatte. Er konnte sich einfach nicht erinnern. Zu Wochenbeginn hatte er daran gedacht, noch einmal im Kuriositätenladen vorbeizuschauen; dann hatte er sich überlegt, besser doch nicht hinzugehen. Andrea war eine wunderbare Frau; sie beide machten gerade eine schwierige Phase durch: kein Grund, alles für jemanden hinzuwerfen, den er kaum kannte. Natürlich war an Schlaf nicht mehr zu denken, seit Cricket begonnen hatte, in seinem Kopf herumzuspuken. Die unermeßliche, sternenübersäte Nacht lockte.

11

Außerhalb der Hauptverkehrszeit fuhren die Busse vom Rubicon District aus nicht mehr über die Brücke, also ging Wilson zu Fuß hinunter zum Ferry Point und nahm den Zehn-Uhr-Expreßbus durch den Tunnel.

Um halb elf Uhr nachts wimmelte es auf den Straßen der Stadt immer noch von sternensüchtigen Fußgängern. Die Kneipen entlang der Esplanade platzten aus allen Nähten. Der Expreßbus, bis auf den letzten Platz besetzt mit salvadorianischen Hotelangestellten, die von der Arbeit kamen, schaukelte durch Fischmärkte und Werften hinauf zur Endhaltestelle am alten Alcazar District. Dieser District, einstmals fest in portugiesischer Hand, hieß inzwischen Buptown und war die neue Heimat von Tausenden von Flüchtlingen aus der vom Bürgerkrieg zerrütteten westafrikanischen Nation Bupanda. Wilson beschloß, zum Bend hinüberzuspazieren, sich bei Tony's einen Drink zu genehmigen und dann mit dem Einuhrdreißig-Bus durch den Tunnel zurückzufahren. An diesem Abend war in Buptown die Hölle los. Bupu-Männer hockten auf kleinen, rechteckigen Teppichen an niedrigen Tischchen auf den Terrassen ihrer zur Straßenseite hin offenen Cafés, die kaum größer waren als Löcher in der Mauer. Sie aßen ihr *kif* mit den Fingern, schaufelten das scharf gewürzte Essen mit *panu*, einem schwammigen Reisbrot, von polierten Messingtabletts und spülten das Ganze mit ihrem Nationalgetränk *tejiyaa* oder mit Kaffee aus eingeölten Lederbechern hinunter. Der Klang ihres afrikanischen Dialekts, ihre Lebensfreude und ihre hitzig geführten Auseinandersetzungen erfüllten die Nacht. An der Ecke Reeve/Middleton spielte eine Bupu-Tinkaband auf selbstgeschnitzten Flöten und trommelte dazu auf Fünf-Gallonen-Farbeimern. Alte Männer tanzten auf dem Gehweg unter dem Sternenhimmel. Das Leben der Bupus verlief in Buptown nicht viel anders als in ihrer fernen westafrikanischen Heimat. Alles spielte sich in der Öffentlichkeit, auf den Straßen ab, auch ihr Intimleben. Als Wilson, die Hände vergraben in den Hosentaschen, die Windermere zur Fifth hinunterschlenderte, mußte er fünfzehnköpfigen Familien ausweichen, die es sich vor den Veranden ihrer Mietwohnungen auf Decken gemütlich gemacht hatten. Sie kratzten sich, gähnten, stritten; sie zogen sich an und zogen sich aus. Junge Pärchen vergnügten sich ungeniert unter zerschlissenen Schlafsäcken, während nackte Kinder keine drei Meter neben ihnen Seilspringen übten.

Plötzlich sehnte sich Wilson nach Gesellschaft. Er steuerte die erstbeste Telefonzelle auf der Fifth an, wählte Andreas Nummer und unterhielt sich mit ihrem Anrufbeantworter. War sie ausgegangen, oder schlief sie schon? Dann rief er bei sich zu Hause an, um seinen Anrufbeantworter abzuhören, falls sie vielleicht doch eine Nachricht hinterlassen hatte, und tatsächlich begann die Maschine schon nach dem ersten Klingeln zu surren. Es war eine Nachricht auf dem Band, allerdings nicht von Andrea.

»Wilson, tut mir leid, daß ich mich verspätet habe. Bin grad zur Tür rein. Wir wollten uns doch treffen, weißt du noch?« Cricket. Die Haut in Wilsons Nacken begann zu kribbeln.

»He, wach auf! Wir wollten doch heute abend zu den Kämpfen gehen. Wenn wir uns sputen, schaffen wir's noch.

Und dann hab ich noch was mit dir zu besprechen. Komm schon, heb den Hörer ab. Wilson?« Er vernahm ein Seufzen, dann piepste die Maschine dreimal und unterbrach die Verbindung. Sie hatte keine Nummer hinterlassen.

Behutsam, fast zärtlich legte Wilson den Hörer auf die Gabel. Seine Hand zitterte ein wenig. Er brauchte nur Crickets Stimme zu hören, und seine Nerven spielten verrückt. Kämpfe? Er zermarterte sein Hirn, um Licht ins Dunkel seiner Erinnerung zu bringen, aber sein Kopf blieb leer. Hatte Cricket von einem Boxkampf, einem Restaurant oder einem Club gesprochen? Er versuchte es bei der Telefonauskunft – es gab zwanzig S. Page, aber keine Cricket –, dann versuchte er es bei der Sportansage und erfuhr, daß an diesem Abend nirgends in der Stadt ein Boxkampf angesetzt war. Er wählte abermals die Nummer der Auskunft und erhielt die Telefonnummer eines Fitneßclubs in Reevetown, der Fight Place hieß. Das konnte es auch nicht sein. Er fühlte sich von aller Welt verlassen. Sehnsucht und Schuldgefühle überfielen ihn abwechselnd wie Fieber und Schüttelfrost bei einer schweren Grippe.

Direkt gegenüber der Telefonzelle pries ein hellerleuchtetes Restaurant mit Terrasse namens Kifto ein komplettes, siebengängiges bupandisches Menü für elf Dollar fünfundsiebzig an. Aus einer Eingebung heraus überquerte er die Straße und setzte sich an einen der niedrigen Tische auf einen schmuddeligen, karierten Teppichflicken. Außer ihm war noch eine große Gesellschaft junger bupandischer Männer im Lokal; ihre Haut von der satten Farbe brauner Kaffeebohnen glänzte schweißnaß unter dem Licht schaukelnder Papierlampions. Drei hagere Bupu-Frauen in traditionellen, gewickelten Tüchern und mit der typischen Kopfbedeckung ihres Landes trugen riesige Tabletts mit Bergen von *kif* und *panu* auf. Gut zwei Dutzend leere blaue Glasflaschen *tejiyaa* standen in der Mitte des Tisches. Wilson saß da, bedauerte sich und schaute den Schwarzen beim Plaudern, Lachen und Essen zu. Nach einer

Weile schlurfte ein gelbäugiger alter Mann mit löcherigem T-Shirt und mottenzerfressenen Smokinghosen herüber.

»Wollen Sie etwas essen?« fragte er und kniff dabei die Augen zu.

»Gern«, sagte Wilson. »Riecht ja ziemlich gut hier.«

»Es gibt nichts mehr zu essen«, sagte der alte Mann, »die Küche ist geschlossen. Wir haben nur noch *tejiyaa*.«

»Dann bringen Sie mir ein Glas *tejiyaa*. Aber irgendeine Kleinigkeit werden Sie mir doch noch bringen können, oder?«

»Tut mir leid«, bedauerte der alte Mann.

»Gar nichts?« Der alte Mann deutete zu dem Tisch, an dem die Bupu-Männer saßen und sich das Essen schmecken ließen. »Alles, was wir hatten, haben wir den Leuten dort serviert«, erklärte er. »Sie feiern heute ein Fest.«

»Ja, wenn das so ist...« Wilson sah vermutlich enttäuscht aus, denn der alte Mann bedeutete ihm schließlich, sitzen zu bleiben.

»Warten Sie einen Moment, ja?« sagte er, drehte sich um und ging zum anderen Tisch hinüber. Nachdem er ein paar Worte auf bupandisch mit den Gästen gewechselt hatte, kam er zu Wilson zurück.

»Sie sagen, Sie können sich zu ihnen setzen. Aber Sie müssen Ihre eigene Flasche *tejiyaa* bestellen.«

»Das ist wirklich sehr nett von Ihnen«, bedankte sich Wilson, »aber ich möchte wirklich nicht stören –«

Einen Moment lang erwachten die gelben Augen des alten Mannes zum Leben. »Setzen Sie sich nur dazu«, sagte er. »Wir Bupus sind ein gastfreundliches Volk.«

Wilson konnte sein Angebot schlecht ablehnen. An dem ohnehin schon vollen Tisch wurde ein Platz für ihn frei gemacht, und im nächsten Augenblick saß er mitten in einer Bupu-Geburtstagsfeier. Der fein herausgeputzte Junge zu seiner Rechten feierte seinen einundzwanzigsten Geburtstag. Dem würdigen Anlaß entsprechend, trug er violette Bermudashorts, ein schwarzes Seidenhemd, bedruckt mit gelben

Fußbällen, und gewebte, schwarz-goldene Sandalen. Sein Name – falls Wilson richtig gehört hatte – war Kuji N'fumi. Sein Bruder, ungefähr zehn Jahre älter als er, saß links von Wilson und hieß Tulj Ra'au. Die anderen Männer – alles in allem mochten es ein gutes Dutzend sein – stellten sich nacheinander vor, aber Wilson bekam nur ein paar fremdartig klingende Silben mit. Die Männer waren blendender Laune, sie lachten und erzählten bupandische Witze; nur gelegentlich verfielen sie Wilson zuliebe in ein blumiges Englisch. Die blauen *tejiyaa*-Flaschen wurden herumgereicht, nach dem *kif* wurde *na'kif* und schließlich *kif'tu* aufgetragen – alles Variationen des gleichen, scharf gewürzten Schmorgerichts, einmal mit Kichererbsen, dann mit roten Beten und schließlich mit Hühnerfleisch. Erst als der vierte Gang aufgetragen wurde, bemerkte Wilson die Narben.

Alle Männer wiesen diese Narben auf, üble, rosige Schnittwunden, die sich deutlich von ihrer schwarzen Haut abhoben. Stammesnarben konnten es nicht sein; eher sahen sie aus wie verheilte Wunden, so als hätte jemand vor geraumer Zeit diese Leute mit einem langen Messer traktiert. Bei einigen von ihnen vermißte er die übliche Anzahl von Fingern oder Zehen. Bei Tulj Ra'au waren an der linken Hand nur noch der Daumen und der kleine Finger vorhanden. Den Stumpf des Ringfingers zierte groteskerweise ein protziger, aufwendig ziselierter Goldring.

»Gefällt dir mein Ring?« Tulj war aufgefallen, daß Wilson auf seine Hand starrte.

»J-ja«, stotterte Wilson wenig überzeugend.

Tulj zog den Ring vom Stumpf und legte ihn Wilson in die Hand, der ihn gegen das Licht hielt, höflich nickte und wieder zurückgab.

»Ganz schön … kunstvoll«, stotterte Wilson.

Tulj warf den Kopf in den Nacken und lachte … Dabei entblößte er gesunde, weiße Zähne mit Goldfüllungen. »Nein. Es ist Anda-Mist«, sagte er. »Gib zu, du wolltest nur höflich sein. Die Andas sind Wilde, Kinder. Sie lieben protzigen Kitsch wie den Ring da. Ich trag ihn nur, um immer an das Anda-Schwein zu denken, das ich getötet habe. Ich hab ihm die Kehle durchgeschnitten und den Ring genommen; dann hab ich ihm die Ohren abgeschnitten; und dann den Kopf – Genau so!« In einem plötzlichen Wutausbruch donnerte er seine verstümmelte Hand mit einem Karateschlag auf die Tischplatte, und in diesem Augenblick war die bis dahin so festliche Stimmung umgeschlagen. Tulj ließ einen bupandischen Wortschwall los und fuchtelte mit dem Ring vor seinen Begleitern herum. Einige der jungen Männer schlugen die Hände vors Gesicht und begannen, auf ihren Teppichen vor und zurück zu schaukeln. N'fumis Augen füllten sich mit Tränen. Andere standen abrupt auf, staksten wie Marionetten die Straße hinunter und wieder zurück. Es war, als hätte plötzlich jemand den abgeschnittenen Kopf, von dem Tulj erzählt hatte, auf den Tisch geworfen. Nach ein paar Minuten allgemeinen Lamentierens sagte Tulj etwas, und alle nahmen wieder auf ihren Teppichen Platz.

»Bitte, du mußt uns armen Bupus vergeben«, sagte er, an Wilson gewandt. »Aber alle hier stammen aus dem Dorf Lifdawa, und es war an diesem Ort an einem Samstag, als wir alle auf dem Markt waren, daß die Andas zum ersten Mal von den Bergen heruntergekommen sind mit ihren Gewehren, ihren Macheten und dem Töten. Sie haben alle getötet: Männer, Frauen, Kinder. Den ganzen Tag haben sie getötet und nicht aufgehört, bis der ausgetrocknete Erdboden vom Blut der Bupus aufgeweicht war. Alle, die wir hier sitzen, wurden verwundet und in dem Haufen abgeschlachteter Leiber zurückgelassen, weil sie glaubten, wir sind tot. Dann kam die Nacht, und wir sind in den Dschungel gekrochen. Viele Monate später haben wir die Boote erreicht, die nach Amerika gefahren sind. Dein Land ist gut zu uns, aber auch nicht zu gut. In Bupanda war ich auf der Missionsschule, und vor dem Großen Töten war ich Student an der Universität in Rigala.

Ich wollte Ingenieur werden. Jetzt« – er gestikulierte mit seiner verstümmelten Hand – »fahre ich Lastwagen.«

Wilson nickte höflich. Der Weltöffentlichkeit war das schreckliche Massaker in Bupanda vor fünf Jahren noch in lebhafter Erinnerung. Die Bupus und die Andas, zwei Stämme, die in jenem Teil Westafrikas tausend Jahre lang in Frieden miteinander gelebt hatten, hatten sich plötzlich erhoben und begonnen, sich gegenseitig mit der Urgewalt einer Naturkatastrophe abzuschlachten. Was letztendlich der Auslöser für dieses entsetzliche Massaker gewesen war, wußte niemand zu sagen. Eine vernünftige Erklärung gab es jedenfalls nicht – was ist das Motiv einer Springflut oder eines Vulkanausbruchs? –, aber die Auswirkungen waren unmittelbar. Eine Million Tote auf beiden Seiten, eine Million Flüchtlinge im Land und weitere, die noch kommen sollten.

Kurz nach Mitternacht hatten sie ihre Mahlzeit beendet, und die Frauen räumten den Tisch ab. Eine letzte Flasche *tejiyaa* wurde in die Becher verteilt und getrunken. Dieses hochprozentige Zeug schmeckte wie Kerosin. Wilson mußte sich überwinden, es hinunterzuwürgen, aber er machte tapfer mit, denn die Gesellschaft trank ein letztes Mal auf N'fumi, das Geburtstagskind. Über ihren Köpfen glitzerten die Sterne hell und klar, Menschentrauben wogten durch die Straßen, und Wilson spürte ein warmes, zufriedenes Gefühl in seiner Brust. Diese Bupus waren allesamt Pfundskerle. Er fühlte sich unter Freunden. Die Tragödie, die sie hatten erleben müssen, hinderte sie nicht daran, sich am Leben zu erfreuen. Davon sollte sich sein Grauen eine Scheibe abschneiden! Er hob den Blick zu den Sternen, schaute in seine eingeölte Ledertasse, und als er sich wieder seinen Freunden zuwandte, saß er plötzlich mit Tulj und N'fumi allein am Tisch.

»Wo sind denn die anderen hin?« fragte Wilson.

Tulj lachte. »Die sind zum Tanzen in die Nkifta-Diskothek, aber wir haben keine Lust zu tanzen.«

»Und was habt ihr noch vor?«

»Wir gehen zu den Kämpfen«, berichtete Tulj. »Heute nacht gibt es sehr wichtige Kämpfe.«

»Ach komm, du nimmst mich doch auf den Arm.« Wilson traute seinen Ohren nicht. »Ich hatte eigentlich auch vor hinzugehen, aber« – er warf einen Blick auf seine Armbanduhr – »jetzt ist's wohl zu spät dafür.«

»Ach was, es hat ja noch nicht mal angefangen«, sagte Tulj.

»Was dagegen, wenn ich mitkomme?« fragte Wilson.

Der Afrikaner lehnte sich im Stuhl zurück und lächelte.

»Wieviel Geld hast du dabei?«

12

Tulj fuhr einen alten, dreirädrigen Fiat-Pickup mit einer offenen Ladefläche von eineinhalb Metern und einem einzelnen, zitternden Scheinwerfer. Die Brüder quetschten sich nebeneinander ins enge Führerhaus; Wilson setzte sich auf die Ladefläche und hielt sich fest, so gut er konnte. Durch die Rostlöcher im Boden sah er den Asphalt unter sich vorüberflitzen, und sobald die Kiste langsamer fuhr, atmete er die stinkenden Auspuffgase ein. Die frische Luft und die Sterne taten ihm gut. Er lehnte sich mit dem Rücken gegen das Führerhaus und wurde allmählich wieder nüchtern, während sie über die Lacy Memorial Bridge auf die Interstate hinausfuhren.

An diesem Abend manifestierte sich Wilsons Grauen in seinen Eingeweiden als dumpfes, schmerzhaftes Pochen – ähnlich wie Zahnweh. Der Großteil seines Lebens war bestimmt gewesen von Zeitplänen und monotonen Tagesabläufen; er fuhr immer um die gleiche Zeit mit dem gleichen Bus, ging immer ins selbe Büro und beschäftigte sich fast immer mit den gleichen Dingen. Bis vor kurzem hatte es in seinem Leben nur wenige Überraschungen gegeben. Dieses Voodoo hatte er sich selbst verordnet, weil er hoffte, so sein Grauen im Zaum halten zu können. Aber seit der Entdeckung der Tarotkarten hatte er nicht mehr zu seinem geregelten Leben zurückgefunden. Er wußte, daß etwas Schreckliches im Anmarsch war, über ihn hereinbrechen würde; er erkannte es an der Art, wie sich seine Eingeweide zusammenkrampften. Selbst die verträglichsten Mahlzeiten, das Eiersalatsandwich beispielsweise, das er tagtäglich zum Lunch aß, bescherten ihm Magendrücken. Und in dieser Nacht – über ihm die Sterne und in seinem Haar der Wind – faßte er den Entschluß, daß es nun vermutlich an der Zeit war, sein Leben zu ändern.

Vorn im Führerhaus stritten Tulj und N'fumi lauthals miteinander, während eine Flasche *tejiyaa* die Runde machte. Der Fiat schlingerte abenteuerlich, als sie bei Lazarus vom Highway abbogen und sich auf der Route 27 in das Chaos des Überlandverkehrs einfädelten. Wilson setzte sich aufrecht hin und schaute zu, wie die Lichter der Stadt allmählich hinter den Bäumen verschwanden; bald war nur noch ein mattes Leuchten am Himmel zu erkennen. Zehn Minuten später verließen sie die 27, wendeten auf einer Feuerschneise, drosselten die Geschwindigkeit und holperten auf einem unbefestigten Weg in das undurchdringliche Dickicht des Falling Rock Naturschutzparks. Bald hatten die Baumwipfel die Sterne verschluckt, und Wilson hörte im Unterholz ein Krächzen und Scharren und das gleichmäßige, langnadelige Rauschen der Fichten. Knapp fünfzehn Minuten waren auf Wilsons beleuchteter Digitalarmbanduhr vergangen, als sich vor ihnen eine Lichtung auftat, auf der unzählige Autos geparkt waren. Mitten auf der Lichtung stand eine langgestreckte, gemauerte Baracke, aus deren Oberlichtern direkt unter der Dachtraufe gelbes, fahles Licht fiel.

Wilson sprang von der Ladefläche auf den lehmigen Boden und wartete mit den Händen in den Hosentaschen, bis sich die beiden Afrikaner aus dem engen Führerhaus geschält hatten. Der Fiat war wirklich winzig klein; Wilson kannte solche Fahrzeuge nur aus dem Zirkus, wo sie den Clowns als fahrbare Untersätze dienten. Aus dem Inneren der Baracke drang das gedämpfte Grollen von Männerstimmen. Dünne, silberne Rauchfahnen zogen aus den gelben Fenstern hinaus in die klare Nachtluft.

»Hilfst du mir bitte?« Es war Tulj, der noch immer am Führerhaus stand.

Wilson ging um das Auto herum zur Fahrerseite und sah, daß N'fumi eingeschlafen war; sein Kopf lehnte am Armaturenbrett, sein Mund stand offen.

»Zuviel *tejiyaa*«, erklärte Tulj. »Er ist noch jung, er weiß nicht, wie man mit Schnaps umgeht.«

»Was soll's«, entgegnete Wilson. »Er ist einundzwanzig. Mit einundzwanzig darf jeder mal trinken, bis ihm schlecht wird.«

»Ja, aber es paßt mir nicht, daß ihm auf dem Vordersitz meines Autos schlecht wird«, maulte Tulj.

Mit vereinten Kräften wuchteten sie N'fumi auf die Ladefläche, betteten ihn auf eine Matratze und deckten ihn bis zum Kinn mit einer alten Plane zu. N'fumis Beine ragten gut einen halben Meter nach hinten hinaus, eine der Sandalen baumelte verloren an seinem Fuß. Wilson war sich unschlüssig, ob er diesen Anblick komisch oder eher gruselig finden sollte.

»Mein unvernünftiger Bruder soll seinen Rausch ausschlafen«, meinte Tulj. »Und wir gehen inzwischen zu den Kämpfen. Hast du so etwas schon gesehen?«

Wilson wollte ihn erst anlügen, schüttelte dann aber doch den Kopf.

»Es macht wirklich Spaß«, sagte der Afrikaner, dann lachte er. »Ich habe meine Jugend an solchen Orten vergeudet, damals zu Hause, vor dem Großen Töten.«

13

Die Baracke war gerammelt voll mit Männern aller Nationalitäten. Wilson hielt Ausschau nach Cricket, konnte aber in der Menge keine einzige Frau entdecken. Es war ein buntgemischtes Volk, das sich hier drängte: Bupus, Nigerianer, Haitianer, Salvadorianer, Mexikaner, Brasilianer, Vietnamesen, sogar ein paar weiße, stiernackige Hinterwäldler waren da, in karierten Arbeitshemden und mit Baseballmützen aus Netzgewebe, vollgesteckt mit irgendwelchen Wimpeln. Sie alle scharten sich um eine Grube von gut zwölf Metern Durchmesser, deren Boden mit Blutflecken, Stroh und Federn übersät war. Die Federn flogen überall herum, schwebten in dem fahlgelben Licht auf Wolken von Zigarettenrauch. Wilson blieb fürs erste die Luft weg, denn es herrschte ein infernalischer Gestank. Doch allmählich gewöhnte er sich an die schwüle, stickige Luft.

Tulj arbeitete sich bis zum Geländer über der Grube vor, und Wilson stellte sich neben ihn. Von hinten reichten die Leute Zuckerrohrschnaps in schmierigen Essigflaschen nach vorn durch. Wilson trank einen Schluck, wischte sich mit dem Handrücken über den Mund – so hatte er es in einem Film gesehen – und gab die Flasche an Tulj weiter, der sich ebenfalls bediente und sie an seinen Nachbarn weiterreichte. Eine gefährliche, testosterongeschwängerte Atmosphäre schwebte über den Köpfen der Menschen, aber Wilson sah darin nichts Ungewöhnliches. Hier, an diesem Ort, konstatierte er, beschäftigten sich Männer mit dem, was sie am besten konnten: trinken, kämpfen und auf blutrünstige Sportarten wetten.

Nach einer Weile stiegen zwei vierschrötige Salvadorianer in den Ring. Die Menge johlte. Die T-Shirts der beiden Männer waren blutbefleckt, und sie hielten Drahtkäfige in der Hand, in denen zwei große, kräftige, blau gefiederte Hähne saßen. Die Vögel wurden aus ihren Käfigen geholt und Schnabel an Schnabel auf den mit Stroh bedeckten Boden gedrückt. Gefährlich aussehende Stahlsporen schimmerten matt an ihren Füßen. Die Hähne kreischten, scharrten und versuchten, aufeinander loszugehen, während um den Ring herum die Wetten abgeschlossen wurden. Sechs dunkelhäutige Kids unbestimmter ethnischer Herkunft drängten sich durch die Menge, kassierten die Einsätze und quittierten sie auf in zwei Hälften gerissenen Spielkarten. Der verdreckte Fußboden war übersät mit halben Spielkarten und fünfsprachigen, rosaroten Reklamezetteln. Glasscherben knirschten unter Wilsons Füßen.

Damit hatte Wilson nicht gerechnet. Er hatte erwartet, kämpfende Männer zu sehen und nicht Federvieh. Er kam zu dem Schluß, daß das hier vermutlich nicht die Kämpfe waren, von denen Cricket gesprochen hatte, aber andererseits: Vielleicht hatte sie doch diese gemeint. Bis zu dem Hunderennen vor zwei Wochen war Wilson nach dem Tod seines Vaters nie mehr auf einer Rennbahn gewesen. Und dies hier war nun innerhalb eines Monats schon die zweite Veranstaltung mit Wetteinsätzen. Irgendwie empfand er Cricket wie eine Stimme, die ihn in seine Vergangenheit zurückrief.

»In der Missionsschule hat unser Pastor einmal eine Geschichte über Kampfhähne erzählt«, flüsterte Tulj Wilson ins Ohr.

»Ach ja?« sagte Wilson.

»Im antiken Griechenland gab es einmal einen großen Feldherrn. Er hieß Themistokles. Er hatte den Auftrag, gegen ein Nachbarland in den Krieg zu ziehen. Ich weiß nicht mehr, welches –«

»Persien«, half Wilson aus.

»Ach, du kennst die Geschichte?«

»Erzähl weiter.«

»Also gut. Der antike Grieche Themistokles marschiert mit seiner Armee zur Front und kommt zufällig an einem Feld vorbei, auf dem zwei wilde Hähne auf Leben und Tod kämpfen. Er hält den Trupp an und zeigt seinen Soldaten die tapferen Tiere. ›Schaut zu, wie sie bis zum Tod kämpfen‹, sagt er. ›Auf in den Kampf, meine Krieger!‹ Am nächsten Tag hat die Armee die Schlacht gewonnen, eine bedeutende Schlacht, obwohl sie zahlenmäßig weit unterlegen war. Siehst du, so können wir uns von Tieren inspirieren lassen...« Dann erklärte Tulj Wilson, worauf er beim Wetten auf Hähne achten mußte: klarer Blick, stolze Haltung, Größe und – am allerwichtigsten – ob der Hahn kurz vor dem Kampf seinen Darm entleert. »Wenn er kurz vorher scheißt, ist das wirklich ein außerordentlich gutes Zeichen«, sagte Tulj. »Das macht ihn leichter, schneller, kampfbereiter...«

Tulj winkte einem der Jungen, der herbeieilte, um die Wetten entgegenzunehmen. Er war dunkelhäutig und hatte große Kulleraugen – vielleicht Guatemalteke oder Mexikaner. Für Wilson sah er aus wie Mogli, der kleine Junge aus dem *Dschungelbuch*.

»Señor?« fragte er Wilson.

Wilson drehte sich zu Tulj um, der die Achseln zuckte und seine leeren Hosentaschen nach außen kehrte.

»Alles für *tejiyaa*, *kif* und *panu* ausgegeben«, sagte Tulj und legte seine verstümmelte Hand auf Wilsons Schulter. »Die Ehre dieses Geburtstages meines Bruders wird mit dir sein, mein neuer Freund.«

Wilson zückte seine Brieftasche. Er hatte einhundert Dollar und noch etwas Kleingeld bei sich: das Haushaltsgeld, das bis zum fünfzehnten reichen sollte.

»Cuánto, Señor?« drängte der Junge. *»Ándale.«*

Wilson schaute in den Ring, und in diesem Moment ließ der kleinere der beiden Hähne zwei makellose, runde Scheißhaufen fallen.

»Auf den da«, sagte Wilson und drückte dem Jungen spontan sein ganzes Geld in die Hand. Der machte sich auf der Rückseite einer Spielkarte eine Notiz, riß sie in zwei Teile, gab einen davon Wilson und eilte durch die Zuschauermenge davon. Wilson schaute auf die zerrissene Hälfte seiner Karte. Der Karo-König. »Vergiß es«, sagte er zu Tulj.

Der Afrikaner lächelte. Einen Augenblick später ließen die Männer ihre Hähne aufeinander los, sprangen zurück, und der Kampf begann. Wilson sah kaum mehr als aufblitzenden Stahl, fliegende Federn und spritzendes Blut. In weniger als einer Minute war alles vorüber. Der siegreiche Hahn – einer seiner Flügel hing schlaff zur Seite herunter – schüttelte sich, schlug mit dem gesunden Flügel, und ein beängstigend krächzendes Geräusch entrang sich seiner Kehle. Dann begann er, auf die Leiche seines Gegners einzuhacken. Wilson gewann sechshundert Dollar auf seinen Hahn, dem Sechs-zu-eins-Außenseiter. Beim nächsten Kampf setzte er wieder alles ein und gewann erneut, diesmal mit sieben zu eins, dann einmal drei zu eins und zuletzt fünf zu eins. Er stopfte die Geldscheine in die Taschen seines Jacketts, in seine Jeans. Er war wie benommen, sein Gesicht glühte, sein Atem ging stoßweise, er wußte kaum, was er tat, aber er wollte gewinnen – genau dieses Gefühl hatte ihn schon auf der Hunderennbahn übermannt. Er hatte den gleichen metallischen Geschmack im Mund, die gleichen schweißnassen Hände. Er konnte es kaum glauben, aber der Geldregen hörte nicht auf.

Eine Stunde später – in einer Pause zwischen zwei Kämpfen – wurde sein Kopf allmählich klarer, und er trat einen Schritt von der Grube zurück. Er stellte fest, daß die Menschen um ihn herum Platz gemacht hatten. Er stand allein in einem Kreis rauhbeiniger, gefährlich aussehender Männer. Auf der anderen Seite des Raumes beobachteten ihn weitere Männer; Messer schimmerten an ihren Gürteln. Tulj war nirgends zu sehen. Wilson überschlug schnell im Kopf, daß er ungefähr achttausend Dollar in den Taschen haben mußte. Genau gegenüber, auf der anderen Seite des Rings, trommelte ein Mann in einem weißen Leinenanzug mit seinen langen Fingernägeln auf das Eisengeländer. Wilson hob den Blick. Die sandfarbene Haut des Mannes schimmerte wie eingeöltes

Holz. Seine Haare waren blauschwarz, die Augen von einem eigenartigen Dunkelblau. Sein Anzug weckte in Wilson Assoziationen von lauen Sommernächten an Orten, die sich kein Normalsterblicher leisten konnte.

»So, so, Sie haben sich also in den Kopf gesetzt, gegen meine Tiere zu wetten«, sagte der Mann mit einer Stimme, die kaum lauter war als ein Flüstern.

»Wie bitte?« fragte Wilson.

»Wer hat Sie geschickt?« erkundigte sich der Mann.

»Meinen Sie das im Ernst?«

Der Mann nickte langsam, als wüßte er etwas, das Wilson nicht wußte. Dann wedelte er vage mit einer Hand in der Luft und flüsterte »Viel Glück«, in einem Ton, der Wilson frösteln ließ.

Als der Junge wieder vorbeikam, um die Wetten für die nächsten Kämpfe anzunehmen, steckte ihm Wilson eine Fünfzigdollarnote zu.

»Der Typ dort drüben in dem weißen Anzug. Wer ist das?« Der Junge warf einen flüchtigen Blick über die Schulter, und sein Mund klappte nach unten. *»El Señor Hidalgo«*, flüsterte er und schüttelte den Kopf. *»Muy peligroso.* Ist besser, Sie verlieren diesmal.«

Wilson spürte, wie sich sein Magen zusammenkrampfte, und er beschloß, dem Rat des Jungen zu folgen. Im nächsten Kampf standen sich ein magerer Gockel mit nur einem halben Kamm und ein großes Tier mit schimmerndem Gefieder gegenüber, der wie der gallische Hahn aussah, das Wappentier Frankreichs, das auf französischen Briefmarken abgebildet ist. Merkwürdigerweise standen die Wetten nur zwei zu eins zugunsten des größeren Vogels. Wilson setzte sein ganzes Geld bewußt auf den mageren Hahn, um zu verlieren – und gewann prompt sechzehntausend Dollar. Ein wütendes Zischen erhob sich aus der Menge. Der Mann im weißen Anzug auf der anderen Seite des Rings grub seine langen Fingernägel in das weiche Holz des Geländers. Ein Nagel brach mit einem kurzen, schnappenden Geräusch, dann wandte er sich ab. Wilson sank das Herz in die Hose, als er den Jungen sah, der mit einem Berg von Geldscheinen in einer zerrissenen Schuhschachtel auf ihn zukam. Er wußte, daß er mit oder ohne die sechzehn Riesen diesen Ort nicht lebend verlassen würde. Niemand wird von seinen Mitmenschen so sehr gehaßt wie der Glückspilz. Er schaute sich um, und plötzlich stand Tulj an seiner Seite. »Wenn du von vornherein die Absicht hattest, so verdammt viel Geld zu kassieren«, giftete ihn der Afrikaner an, »hättest du dir besser eine Armee wie Themistokles mitbringen sollen.«

»Verdammt noch mal. Machen wir, daß wir hier rauskommen«, zischte Wilson, aber der Afrikaner wich zurück und beschrieb mit seinen Unterarmen ein X.

»Ich habe nicht das Große Töten in Bupanda überlebt, um jetzt für eine Schachtel voller Papier in einem Land zu sterben, das ich nicht liebe«, sagte er. »Tut mir leid.« Damit drehte er sich um und war bald in der Menschenmenge verschwunden.

Verzweifelt blieb Wilson am Geländer stehen. Er zählte die zerknautschten Banknoten in der Schachtel, sortierte sie zu handlichen Päckchen und stopfte das ganze Geld in die Taschen seines Jacketts. Aus den Augenwinkeln heraus sah er den Mann im weißen Anzug, der auf eine Gruppe zwielichtiger Gestalten am Eingang einredete. Zwei von ihnen trugen Cowboyhüte und Hemden mit herausgetrennten Ärmeln. Ein dritter mit wildem Bartwuchs im Gesicht bevorzugte dagegen einen Borsalino, eine in Gangsterkreisen gern getragene Kopfbedeckung, die früher einmal »Little Caesar« hieß. Nun hatte Wilsons Grauen endlich seine Daseinsberechtigung. Eine fremde Menschenmenge, ein Mann in einem teuren weißen Anzug, ein halbes Dutzend billiger Schlägertypen, sechzehntausend Dollar in bar. Fast hätte er laut aufgelacht. Diese Szene erinnerte ihn an die Fabel über das Treffen in Samarra: Ein reicher Mann erfährt, daß Gevatter Tod ihn holen will. Er flüchtet in die nächste Stadt, nach Samarra, um seinem Schicksal zu entrinnen. Aber natürlich wartet auf dem Marktplatz schon der Tod auf ihn.

Wilson blieb noch so lange stehen, bis fast alle Besucher die Arena verlassen hatten. Dann wandte er sich schweren Herzens dem Ausgang zu. Aber noch bevor er um den Kampfplatz herum war, stand der guatemaltekische Junge, der die Wetten angenommen hatte, neben ihm.

»*Señor, por favor*«, sagte er.

»Ja, was ist?« fragte Wilson.

»Komm mit zum Tür in Wald«, radebrechte der Junge. »Viel Baum, verstecken, *vámosnos*.« Und pfiff leise durch die Zähne.

Ohne zu überlegen, ging Wilson hinter ihm her. Durch einen Vorhang betraten sie einen kleinen Nebenraum, in dem zwei guatemaltekische Männer an einem Campingtisch die Tageseinnahmen zählten. An der Wand hinter den Männern klebte die Hochglanzseite eines Playmate des Monats und direkt daneben ein katholisches Heiligenbild, die Jungfrau von Guadalupe, auf ihrer Mondsichel stehend. Als Wilson an den Männern vorüberging, grunzten sie zwar, sagten aber nichts. Die rostige Hintertür schwang zum Parkplatz auf. Der Nachthimmel brannte förmlich unter den leuchtenden Sternen. Hinter den dunklen Silhouetten der parkenden Autos ragten die Bäume in den Himmel, ein dunkler, bedrohlicher Zufluchtsort. An der Türschwelle zögerte Wilson.

»*Vámosnos*, viel Baum, verstecken«, sagte der Junge und versuchte, Wilson in die Nacht hinauszuschubsen.

»Nur mit der Ruhe«, meinte Wilson. Er wollte sich nicht hineindrängen lassen in seinen letzten Himmel voller Sterne, in seinen letzten Atemzug. Als er auf den Parkplatz trat, schlug die Tür hinter ihm zu, und er wußte, daß er in eine Falle getappt war. Dennoch wanderte er ohne Hast zwischen den parkenden Fahrzeugen hindurch. Obwohl er sonst nicht viel rauchte, hätte er jetzt viel für eine Zigarette gegeben. Es ist viel leichter, solchen Momenten mit einer Zigarette in der Hand zu begegnen. Zwei Gruppen von Männern, alles in allem waren es vielleicht ein Dutzend, traten von beiden Seiten der Baracke auf den Parkplatz hinaus. Sie schwärmten aus und umzingelten ihn. Wahrscheinlich wollten sie ihn auf dem freien Feld direkt vor dem Waldrand abfangen. Ihre Schuhe produzierten auf dem weichen Boden schmatzende Geräusche. Wilson hörte ihre Atemzüge und von irgendwoher wie Hoffnung, die schwindet, das Pfeifen eines Güterzuges in der Ferne. Inzwischen waren sie nahe herangekommen. Wie ein Rudel Wölfe trotteten sie neben ihm her. Wilson erreichte eine kleine freie Fläche zwischen den geparkten Autos. Dort versperrten ihm zwei bullige, hünenhafte Männer mit vor der Brust verschränkten Armen den Weg. Bis zu dieser letzten Sekunde hielt sie an, diese Stille, der Wald, der auf ihn wartete.

Dann ein Geräusch berstenden Glases, Gewehrschüsse und ein Tumult direkt vor der Baracke. Ein schriller, unnatürlicher Schrei, dann weitere Schreie, die sich näherten. Wilson fuhr herum; die Männer, die Wilson gefolgt waren, fuhren herum. Im gleichen Augenblick rannte ein Schwarzer mit nur einer Sandale an den Füßen wie von Furien gehetzt um die Ecke, hinter ihm fünfzehn andere dunkelhäutige Männer. Wilson sah die gelben Fußbälle auf dem Hemd des Mannes, seine lila Bermudashorts. N'fumi. Weiter hinten zerrten zehn andere Männer Tulj mit sich. Die eine Hälfte seines Gesichts war blutig, seine Kleidung hing ihm in Fetzen vom Körper.

Die Männer bekamen N'fumi kurz hinter der letzten geparkten Autoreihe auf dem morastigen Boden zu fassen. Drei von ihnen packten ihn an den Beinen, zwei andere an den Armen. Es waren Afrikaner, soviel konnte Wilson erkennen, er hörte sie sprechen, es klang bupandisch. Einer der Männer zog ein langes Messer mit gezackter Klinge und hielt es N'fumi an die Kehle. Im Sternenlicht sah Wilson die vor Angst weitaufgerissenen Augen des Jungen. Im Nu hatte sich eine Menschenmenge versammelt. An die hundert Männer standen zwischen den Fahrzeugen und beobachteten die Szene mit leuchtenden Gesichtern, voller Erwartung auf ein weiteres blutiges Schauspiel. Auch Tulj wurde auf den Platz gezerrt und mußte sich neben seinen Bruder hinknien. Wilson wußte sofort, was hier gespielt wurde. Im Nachbardorf Parkerville gab es eine große Anda-Kommune. Wie die Bupus waren auch sie vor dem Haß und den Massakern in ihrem arg gebeutelten Heimatland geflohen, nur um all die Grausamkeiten in ihren Bäuchen und ihren schwarzen Herzen als Reisegepäck hierher mitzubringen. Jemand schaltete die Scheinwerfer eines Autos ein, und die Szene wurde in grelles, weißes Licht getaucht. Der Anda, der das Messer an N'fumis Kehle hielt, schrie eine letzte Obszönität und schickte sich an, das gezackte Messer über den Kehlkopf des Jungen zu ziehen. Ein Mann auf der gegenüberliegenden Seite leckte sich erwartungsvoll mit der Zunge über die Lippen. In diesem Augenblick wurde Wilson von einer übermächtigen Welle von Rechtschaffenheit überrollt. Ohne nachzudenken, setzte er einen Fuß auf die Stoßstange des nächsten Autos, es war ein zerbeulter Mercury aus den sechziger Jahren. Von dort sprang er auf die Motorhaube eines Chevy Impala ungefähr des gleichen Baujahres und stand nach einem weiteren, kurzen Schritt direkt über dem Geschehen. »Halt!« brüllte Wilson mit einer Stimme, die den Anda aufhorchen ließ. »Halt, sag ich! Weg mit dem Messer!« Ziemlich einfallslos, fand Wilson, aber etwas anderes war ihm nicht eingefallen.

Der Anda hielt das Messer immer noch an N'fumis Kehle und schaute unter halbgeschlossenen Lidern zu ihm hinauf. »Was wollen Sie hier, Mistah?« fragte er. »Sie haben Ihr Geld kassiert, nun gehen Sie nach Hause. Das heißt, falls Sie es bis nach Hause schaffen.« Dann kicherte er – ein böses, rasselndes Geräusch aus den Tiefen seiner Kehle.

»Beantworten Sie mir nur eine Frage«, sprach Wilson den

Schwarzen mit unveränderter Autorität in der Stimme an: »Wieviel ist Ihnen ein Menschenleben wert?«

Der Anda blinzelte, die Augen blutunterlaufen vom Trinken und dem Zigarettenrauch, die Lider runzelig wie altes Saffianleder.

»Ich habe Sie etwas gefragt«, setzte Wilson nach. »Wieviel?«

Der Anda zuckte die Schultern. »Das hier ist ein Schwein«, sagte er und schlug mit der flachen Seite des Messers gegen N'fumis Hals. »Ein Schwein und der Sohn eines Schweins. Ein stinkender Bupu. In meinem Land machen wir auf so was Jagd und schneiden ihnen die Kehle durch wie den Schweinen.«

»Das hier ist aber mein Land«, sagte Wilson. »Und in meinem Land ist ein Menschenleben immer noch etwas wert. Wieviel ist das da wert?«

Der Anda klappte die Augendeckel auf und wieder zu, träge wie eine Eule.

»Tausend Dollar, zweitausend Dollar, sechstausend Dollar?« fragte Wilson, holte eine Banknote nach der anderen aus der Tasche und warf sie dem Anda vor die Füße. Als sich ein beachtlicher Haufen angesammelt hatte, legte Wilson eine dramaturgische Pause ein und fragte: »Reicht das?«

Der Anda stieß mit einem Zeh gegen den Haufen Banknoten und lächelte freundlich. »Nein.«

»Okay«, sagte Wilson. »Hören Sie gut zu...« Er griff in seine Taschen und holte eine Handvoll Scheine heraus. »Ich habe hier ungefähr sechzehntausend Dollar«, verkündete er. »Ich gebe Ihnen das ganze Geld für beide.« Er deutete auf N'fumi und Tulj. Letzterer schaute zu ihm hoch, ein ungläubiger Ausdruck in seinen Augen.

Der Anda überlegte einen Moment und nickte dann langsam. »Abgemacht, Mistah«, sagte er.

»Du läßt sie gehen?« fragte Wilson.

Der Anda richtete sich auf. »Ein Anda hält sein Wort.«

Wilson öffnete die Hand. Im Licht der Scheinwerfer flatterten die Scheine zu Boden. Der Anda stieß N'fumi mit dem Gesicht voraus in den Schlamm und versetzte ihm einen kräftigen Tritt in den Hintern. Aus der Menge ertönte lautes Gejohle. Die Spannung löste sich. Tulj wurde losgelassen, blieb benommen stehen und rieb sich mit der gesunden Hand sein Handgelenk.

»Go!« herrschte der Anda die beiden auf englisch an.

Im nächsten Moment stolperten die beiden Brüder in den Wald.

Wilson schaute ihnen von der Motorhaube des Impala aus nach, bis sie in der Dunkelheit verschwunden waren, dann sprang er von der Motorhaube herunter. Die Menge machte ihm respektvoll Platz. Mit den Händen in den Hosentaschen ging er über den weichen Erdboden zum vorderen Parkplatz. Er hatte keine Ahnung, wie er nun nach Hause kommen sollte. Die Schlägertypen mit den Cowboyhüten versickerten in dem Lärm der aufheulenden Motoren und den Abgasschwaden in der Nacht. Nachdem das Geld nun weg war, hatten sie jegliches Interesse an ihm verloren. Neben ihm flammte ein Streichholz auf. Wilson hob den Kopf. Der Mann im weißen Leinenanzug lehnte dekorativ an der Karosserie einer nagelneuen, silberfarbenen Mercedes-Limousine. Er zündete ein dünnes Zigarillo an und schüttelte das Streichholz bedächtig aus, als Wilson an ihm vorüberging.

»Welch eine Geste«, sagte er. »So –«

Wilson blieb stehen, drehte sich um und schaute ihm ins Gesicht.

»– so hübsch.« Dann lächelte er ein müdes, wissendes Lächeln und nickte. »Wirklich hübsch. Über Menschenleben gebieten wie ein König. Ach, was sag ich? Wie ein Herrscher!« Zur Bekräftigung seiner Worte stupste er mit dem Zigarillo gegen Wilsons Brust.

»Ein Herrscher«, wiederholte Wilson bedächtig und ließ das Wort auf sich wirken.

Der Mann nickte. »Ja, ja, so sind sie, die wahren Spieler«, sagte er. »Manchmal spielen sie sich eine Nacht lang als Herrscher auf, und am nächsten Morgen, was sind sie dann?« Er drehte die Handflächen nach oben.

»Ich bin kein Spieler«, sagte Wilson. »Ich bin ein ganz gewöhnlicher Durchschnittsbürger.«

Der Mann zog an seinem Zigarillo und schickte den Rauch zu den hell leuchtenden Sternen. »Heute nacht habe ich fünfundsiebzigtausend Dollar verloren, weil ich gegen Sie gewettet habe«, sagte er. »Sie sind ein Spieler, mein Freund.«

Wilson wollte schon weitergehen, trat dann aber einen Schritt auf den Mann zu und streckte ihm die Hand hin. »Ich bin Wilson Lander.«

Überrascht trat der Mann im weißen Anzug einen Schritt zurück, nahm dann die ausgestreckte Hand aber doch entgegen. »Don Luis Gabriel Hidalgo de la Vaca«, stellte er sich vor.

»Luis, vielleicht könnten Sie mir einen Gefallen tun«, sagte Wilson.

14

Auf dem Weg in die Stadt saß Wilson auf dem Beifahrersitz neben dem Chauffeur, einem riesigem Filipino mit Aknenarben im Gesicht. In seinem früheren Leben war er Proficatcher gewesen und hatte auf den Künstlernamen »Killa von Manila« gehört. In Wirklichkeit stammte er aus einer kleinen Kommune von Reisbauern in den Vorbergen von Mindanao und hatte viele Jahre zuvor an einem Priesterseminar Theologie studiert. Sein Gesicht kam Wilson bekannt vor: Als Kind hatte er sich jeden Sonntag die Catch-Turniere im Fernsehen angesehen. Er hätte sich gern ein wenig mit dem Killa unterhalten, aber der war leider wenig kommunikativ.

»Kann ich das Radio einschalten?« fragte er, immer noch aufgewühlt von den Geschehnissen der Nacht.

Der Chauffeur schüttelte den bulligen Kopf. »Geht leider nicht«, sagte er. »Boss mag keine Musik.« Wilson warf einen Blick über die Schulter, sah aber durch die einseitig verspiegelte Scheibe nur die vagen Konturen von Luis de la Vaca.

Am anderen Ende der Brücke ließ sich Wilson absetzen. Die Sterne über den schlanken gothischen Kirchtürmen verblaßten allmählich, im Osten zeigte sich ein rötlicher Schimmer am Horizont. Wilson ging um die Limousine herum und klopfte an das hintere Seitenfenster. Nach einem Augenblick summte die Scheibe mit kaum hörbarer Melodie nach unten. Luis de la Vacas Gesicht erschien im Fensterrahmen, halb im Schatten, halb im Licht.

»Vielen Dank, daß Sie mich mitgenommen haben«, sagte Wilson. »Von hier aus hab ich's nicht mehr weit.« Er deutete in Richtung Brücke.

Der Spieler schwieg und sagte dann: »Es gibt kein Risiko, das so groß ist, daß die Hoffnung auf Belohnung nicht noch größer wäre.«

Wilson nickte und versuchte, den Sinn seiner Worte zu erfassen.

»Heinrich der Seefahrer hat das vor fünfhundert Jahren einmal zu einem meiner Vorfahren gesagt. Es war Gil Eannes, der erste Weiße, der die Westküste Afrikas bis nach Gambia umsegelt hat, was zu der damaligen Zeit als unmöglich galt. Und ich will Ihnen diesen Rat ebenfalls geben.«

»Vielen Dank«, sagte Wilson.

»Aber ich darf Ihnen versichern, Mr. Lander, daß das nächste Mal das Risiko ein weitaus größeres sein wird.« Damit summte das Fenster wieder nach oben, der Wagen wendete und schwankte über das Pflaster in die erwachende Stadt.

Wilson folgte den verblassenden Sternen über die Brücke und durch die verlassenen Straßen des Rubicon-Industriegebietes. Vor einigen Fabrikhallen herrschte bereits Betrieb; die Lieferwagen auf der Overlook Avenue ließen ihre Motoren warmlaufen. Als er seine Wohnung erreicht hatte, zeigte die

Uhr auf dem Kaminsims 5:20. In weniger als drei Stunden mußte er im Büro sein. Er zog Jackett und Schuhe aus, fischte Kamm, Brieftasche, Wohnungsschlüssel und die abgerissene Hälfte einer Spielkarte – Herzbube – aus seinen Taschen und fand noch etwas: zwei zerknüllte Fünfhundertdollarscheine. Das war mehr, als er nach zwei Wochen Arbeit an der Tea Exchange nach Hause brachte.

Als er eine halbe Stunde später aus der Dusche kam, klingelte das Telefon. Triefend naß stand er auf den Badezimmerfliesen und ließ es klingeln, bis sich sein Anrufbeantworter einschaltete.

»Wilson, ich weiß, daß du da bist«, schallte Crickets Stimme durch den Lautsprecher. »Geh schon ran.«

Er wickelte sich ein Handtuch um die Hüfte und ging ins Wohnzimmer. »Rufst du Leute immer um diese nachtschlafende Zeit an?« fragte er, nachdem er den Hörer abgehoben hatte. »Nein, aber es ist wirklich wichtig«, sagte Cricket. »Ich wollte es dir schon letzte Nacht sagen, aber da hast du mich ja leider versetzt.«

»Ich hab dich nicht versetzt, ich –«

»Ach, halt den Mund«, unterbrach sie ihn. »Ich hab ein Schiff. Ein Traum von Segelyacht, ein Testschiff. Sie heißt *Compound Interest* und ist aus Santa Barbara, Kalifornien. Sie gehört 'nem stinkreichen Investmentbanker, der gerade um die Welt segelt. Er ist gestern hier eingelaufen, um Lebensmittel zu bunkern. Zwei Leute von seiner Crew sind von Bord gegangen, weil sie heiraten wollen. Und jetzt brauchen sie 'ne Assistentin für den Navigator und 'nen Hilfskoch, und ich hab mir gedacht –«

»Gemach, Cricket, gemach.«

»Was?«

»Ich hab nicht die blasseste Ahnung vom Segeln, und ich hab Probleme mit dem Reisen. Das hab ich dir doch schon erklärt.«

Im Telefon knackte es.

»Hallo?« rief Wilson in den Hörer.

»Wilson«, sagte sie schließlich mit leiser Stimme, »weißt du, was ein Seemann ist? Ich wollte es dir an dem Tag sagen, an dem wir beim Mittagessen waren, aber ich bin nicht dazu gekommen. Weißt du, was ein Seemann ist?«

»Jemand, der zur See fährt«, sagte Wilson.

»Falsch. Ein Seemann ist ein Mensch, der nach einem Ausweg sucht.«

Wilson schwieg.

»Die Zivilisation frißt dich auf, Wilson«, meinte Cricket. »Ich riech sie in deinen Klamotten. Irgendwas nagt an deinen Eingeweiden. Wenn du mich fragst, ist es höchste Zeit, daß du dich aufs Meer rettest.«

»Das ist doch lächerlich«, verteidigte sich Wilson, aber seine Stimme zitterte ein wenig.

»Hast du dreizehnhundert Dollar flüssig?«

»Nein«, sagte Wilson.

»Dann leih ich dir das Geld. Du brauchst es für deine Ausrüstung und für deinen Schein als Hilfskoch. Du brauchst nämlich 'ne Prüfung, aber das ist im Moment noch nicht so wichtig. Ich hab Beziehungen zur Gewerkschaft. Kannst du Kartoffeln schälen, ein Ei braten? Mehr brauchst du nicht zu wissen.«

»Cricket –«

»Wir treffen uns heute um zwölf bei der Seefahrergewerkschaft in der Stadt. Ich kümmere mich um den Papierkram, du brauchst nur zu unterschreiben und das Geld persönlich abzuliefern.«

Wilson warf einen Blick auf die beiden zerknüllten Fünfhundertdollarnoten, die neben den Schlüsseln und dem Kamm auf dem Tisch im Flur lagen. Die Tarotkarten waren auch noch da; sie lehnten an einer Vase mit verwelkten Blumen, die einen Monat zuvor noch frisch gewesen waren, als Andrea sie ihm mitgebracht hatte. Er schloß einen Augenblick lang die Augen und sah Crickets Haar vor sich im Mondlicht schimmern, in den dunklen Nächten eines fremden und ungewissen Meeres, er hatte den Geruch von Regenwaldinseln in der Nase, die Salzluft einsamer Lagunen, und er sah das Kreuz des Südens über dem Horizont. Das Grauen zerrte ihn in die Wirklichkeit zurück.

»Nein, Cricket«, sagte er schließlich. »Ich kann nicht mitkommen.«

»Und warum nicht?« Sie klang enttäuscht.

»Weil ich nicht kann.«

»Überleg doch mal. Bist du glücklich mit dem, was du machst? Mit deinem Leben? Ich hab nämlich nicht den Eindruck –«

»Hier hält mich einfach zuviel.«

»Was zum Beispiel?«

»Das werde ich dir bestimmt nicht jetzt um sechs Uhr früh auf die Nase binden.«

»Komm schon, Wilson –«

»Nein.«

Nachdem er den Hörer aufgelegt hatte, ging er in die Küche und aß zum Frühstück eine Schüssel Vollkornmüsli. Er kaute langsam und bedächtig. Dann ging er ins Schlafzimmer, zog sich ein frisches, blaues Button-down-Hemd an, beigefarbene Hosen, eine Krawatte mit Blümchenmuster und Slipper mit Troddeln, die er mittels Spucke und Küchenrolle blank polierte. Er dachte an den vor ihm liegenden Tag. Büros verströmen einen unvergeßlichen, schalen Geruch; sie riechen nach beigefarbenem Kunststoff, nach Licht aus Leuchtstoffröhren und puderfeinem, unsichtbarem Staub.

Dann war es 7:00 Uhr. In einer halben Stunde würde Wilson sechs Straßen weit zur Kreuzung gehen und in den Bus steigen, der ihn in die Stadt bringen würde. Aber statt dessen holte er sich einen Schraubenzieher aus dem Werkzeugkasten unter der Spüle, ging ins Schlafzimmer, zog die Klimaanlage aus der Nische unter dem Schlafzimmerfenster und machte das Flügelfenster auf. Die leuchtenden Sterne waren mittlerweile verblaßt, an ihre Stelle war die dunstige Luft eines neuen Morgens getreten – wer konnte schon sagen, wann die Sterne wieder so hell scheinen würden? –, und die Stadt erwachte völlig unspektakulär in dem nun ganz normalen Licht.

Wilson saß lange Zeit am Fenster, ließ die Beine vom Fenstersims baumeln, spürte einen warmen Wind im Gesicht, versäumte Busse und schaute den großen Tankern der Black Star Line zu, die, lang wie Häuserzeilen, sich im Kanal unter ihm an ihren Murings hoben und senkten.

TEIL ZWEI

An Bord der *Compound Interest*

1

Die *Compound Interest* lag an ihrem Liegeplatz am Presidential Slip in der Harvey Marina tief im Wasser und schimmerte im Sonnenlicht.

»›... fünfundachtzig Fuß über alles, der radikal neue, karottenförmige Rumpf wurde in Kalifornien von NASA-Wissenschaftlern im Windkanal getestet‹«, las Cricket von der Fotokopie eines Artikels der Juli-Ausgabe der *Yachting News* vor. »›Ein Bordcomputer berechnet den Strom, Satelliten-Uplinks liefern genaueste Koordinaten‹, blah, blah, blah, ›die konisch geschnittenen Experimentiersegel aus starker, widerstandsfähiger Mylarfaser werden automatisch gesetzt und geborgen, als wäre eine Geistercrew am Werk.‹ Widerlich, findest du nicht?« Cricket faltete den Artikel zusammen und steckte ihn in die Gesäßtasche ihrer Jeans. »Und du solltest erst sehen, wie sie unter Deck aussieht. Ein Superluxushotel ist nichts dagegen. Richtige Kabinen, Büros, Duschen, was das Herz begehrt. Und das alles auf einem Segelboot, wohlgemerkt. Es gibt sogar einen begehbaren Kühlschrank, voll mit feinsten Spezialitäten aus aller Herren Länder. Ich vermute mal, daß der Eigner ein wahrhafter Gourmet mit einem Mordsappetit ist. Na ja, das wird dann ja deine Aufgabe sein.«

Sie standen in der Marina auf der Betonpier direkt unter dem Marina's, dessen Terrasse sich jetzt um die Mittagszeit allmählich mit Gästen füllte. Die Sonne hatte den morgendlichen Dunst mittlerweile zu einem strahlend blauen Himmel verdampft und stand über dem Harvey Channel im Zenit. Vor diesem sonnigen Hintergrund wirkten die seltsam geformten, konischen Segel der *Compound Interest* wie zwei zusammengefaltete, riesige, weiße Sonnenschirme.

»Klingt nicht schlecht«, sagte Wilson. »Je komfortabler, desto besser für mich.«

»Ach, du hast ja keine Ahnung«, sagte Cricket, machte sich aber nicht die Mühe, sich näher zu erklären.

Weil es nicht weit zu gehen war, setzten sie sich im Marina's auf die Terrasse zum Mittagessen. Eigenartigerweise landete Wilson immer irgendwann im Marina's, vielleicht gerade deswegen, weil er es nicht ausstehen konnte. Er bestellte sich das Tagesmenü mit Crabcake und Schinkenröllchen mit Spargel. Cricket orderte ein Glas Wein und einen Guacamole-Shrimps-Salat. Während sie auf ihr Essen warteten, breitete sich eine peinliche Gesprächspause aus. Er beobachtete die Geschäftsleute von der Finanzmeile, die sich regelmäßig hier zum Mittagessen einfanden, und war jeden Augenblick darauf gefaßt, Andrea in der Menge zu entdecken. Was würde er zu ihr sagen?

Crickets schwielige Hände waren auf dem gestärkten, weißen Tischtuch fehl am Platz. Sie zog sie zurück und legte sie in den Schoß. Mit dem Kopf deutete sie auf das elegante Segelschiff, das unter ihnen lag.

»Ich sag dir was«, begann sie. »Diesen scheußlichen Kahn hätten sie lieber ›Mißgeburt‹ taufen sollen. Schau dir nur an, wie sie im Wasser liegt. Viel zu tief. Sieht aus wie'n U-Boot.«

»Soll das vielleicht heißen«, fragte Wilson hörbar erleichtert, »daß du nicht darauf anheuern wirst?«

Cricket riß den Kopf herum. Eine Strähne ihres kupferfarbenen Haares löste sich und kringelte sich um ihren Hals. »Mir gefällt zwar nicht, wie sie aussieht, aber sie ist auf jeden Fall sicherer als ein Panzerkreuzer. Du hast doch den Artikel gelesen. Entwicklung und Bau haben um die hundert Millionen Dollar verschlungen. Es fehlt an absolut gar nichts, und alles ist nur vom Feinsten. Unsinkbar.«

»Das hat man auch von der *Titanic* behauptet.«

Hinter ihrer dunklen Sonnenbrille runzelte Cricket die Stirn und schüttelte den Kopf. »Also du bist wirklich ein ausgewachsener Pessimist«, bemerkte sie. »Du hast dringend Luftveränderung und eine neue Perspektive nötig.«

Vielleicht hast du ja recht, dachte Wilson bei sich, sagte aber nichts.

Ein paar Minuten später brachte der Kellner, ein blasser, schnurrbärtiger Jüngling mit weißem Frackhemd und Latzhose, das Essen. Wilson schob sich resigniert den Crabcake und den Spargel zwischen die Zähne, und als er wieder aufschaute, hatte Cricket ihren Salat schon aufgegessen, die Sonnenbrille abgenommen und fixierte ihn mit ihren grünen Augen, in denen ein unbehagliches Leuchten lag.

»Schon mal von Dwight Ackerman gehört?« fragte sie.

Wilson blinzelte. »Meinst du den Wall-Street-Hai?«

»Genau den. Alias Attila, der Hunnenkönig der Fusionen und Firmenaufkäufe.« Cricket beugte sich näher zu ihm und senkte die Stimme. »Es ist sein Schiff. In dem Zeitungsartikel steht nichts davon, aber ich weiß es aus sicherer Quelle. Er will damit über den Atlantik segeln, um das Horn von Afrika und hinauf in den indischen Ozean. Wird so um die neun Monate dauern. Wenn wir Anfang Herbst in Rangun festmachen, haben sich hier auf deinem Konto fünfundzwanzigtausend Dollar angesammelt. Und falls du auch noch die restliche Reise mitmachst und wir in San Francisco an Land gehen, gehören dir noch mal fünfundzwanzigtausend. Fünfzigtausend Dollar für achtzehn Monate Arbeit plus alle Auslagen. Das heißt fünfzig Riesen auf der Bank, wenn du wieder heimkommst. Nicht übel für einen gewöhnlichen Matrosen. Na, was hältst du davon?«

Wilson hörte auf zu kauen und dachte einen Augenblick darüber nach. Selbst dem verrücktesten Projekt waren positive

Seiten abzugewinnen, wenn nur genügend Geld im Spiel war. »Klingt nicht schlecht«, meinte er schließlich und wollte sich schon mit der neuen Situation anfreunden, als plötzlich eine Glockenboje im Harvey Channel dreimal hintereinander anschlug und dann abrupt abbrach. Eine Totenglocke, die an dem viel zu sonnigen Mittagshimmel unheilverkündend nachhallte.

2

Der Rest des Tages spulte sich wie ein Film ab, als wäre Wilson mitten in einem Traum. Er träumte von einem Mann, der im Begriff war, eine bürgerliche, gesicherte Existenz mitsamt Busfahrten, Faxgeräten und Dosensuppen gegen die unbekannten Gefahren des Meeres einzutauschen. Dieser Mann hatte so wenig Ähnlichkeit mit dem Wilson, den er kannte, dem Normalbürger, der geplagt war von Ungewißheit und Grauen – Empfindungen, mit denen er jeden Morgen aufwachte. Bald würde er den Traum abschütteln, sich im Büro vor seinem Computer wiederfinden und Andreas mißtrauischen Blick im Rücken spüren. Aber im Augenblick träumte Wilson weiter. Er fuhr mit Cricket im Rubicon Bus hinaus zu seiner Wohnung. Dort zog er Anzug und Krawatte aus und packte ein paar Sachen zusammen, die er auf der langen Reise vielleicht brauchen würde. Cricket lag auf der Couch und schaute sich auf Wilsons kleinem Schwarzweißfernseher eine Spielshow an. Sie interessierte sich nicht für seine Bücher, überwiegend alte Klassiker und archäologische Texte, die aus seinem bisherigen Leben nicht wegzudenken waren.

»Du solltest Gott dafür danken, daß du von der ganzen Scheiße hier nichts mitnehmen kannst«, bemerkte Cricket, als sie die schmale Treppe zur Straße hinuntergingen.

»Was für Scheiße meinst du?« fragte Wilson.

»Na, die ganzen Bücher«, sagte sie. »Sophokles, Aischylos und wie die toten Typen alle heißen. Bücher sind schlecht für die Seele. Hat einige Zeit gedauert, bis ich das begriffen hab. Weil du darüber nämlich das wirkliche Leben vergißt.«

»Und was wäre das wirkliche Leben deiner Meinung nach?« fragte Wilson.

»Ständig was unternehmen«, erwiderte Cricket. »Was sonst?«

Sie fuhren mit dem Bus zurück über die Brücke. Während das Vehikel mit ratternden Scheiben über die Schlaglöcher von Buptown holperte, erzählte Wilson Cricket von seinen Erlebnissen beim Hahnenkampf. Es widerstrebte ihm, ihr davon zu erzählen, es widerstrebte ihm, damit ihre Meinung über sich bestätigt zu finden – er war ein ganz normaler Mensch, kein Spieler oder Abenteurer –, aber bis jetzt hatte er eine solche Nacht in seinem ganzen Leben noch nie erlebt.

Cricket hörte ihm schweigend zu, ihr Gesicht spiegelte sich in der zerkratzten Scheibe als sonnenbeschienene Silhouette. »Ja, ich weiß«, sagte sie, als er geendet hatte. »Du warst echt Klasse. Ein wirklicher Held.«

»Wie? Warst du denn auch da?« fragte Wilson verblüfft. »Ich hab keine einzige Frau gesehen, geschweige denn dich.«

Sie schüttelte den Kopf. »Ich bin erst ganz spät mit ein paar Freunden hingekommen. Aber gerade noch rechtzeitig, um zu erleben, wie du dein Geld für diese zwei armen Bupus in den Kamin geschossen hast. Dann bist du vom Auto gesprungen und warst auf einmal wie vom Erdboden verschluckt. Ein paar Minuten später hat mir dann irgendein Typ erzählt, daß du in einer Limousine weggefahren bist. Und? Wieviel hast du abkassiert?«

Wilson wollte nicht mit der Sprache herausrücken. Auf einmal schämte er sich. »Sechzehntausend«, murmelte er.

Cricket grinste und drückte seinen Arm. Sie hatte einen eisernen Griff. »Ha!« sagte sie. »Der Mann, der nicht spielt.«

»Ich bin kein Spieler«, beharrte Wilson. »Ich möchte nicht, daß du einen falschen Eindruck von mir bekommst.«

»Verstößt Spielen denn gegen deine Religion oder was?«

Wilson zuckte die Achseln. »Bei meinen Eltern hat es deswegen ständig Reibereien gegeben. Meine Mutter wollte immer, daß mein Vater damit Schluß macht und sich einen richtigen Job sucht. Sein Tagesablauf war ja auch total daneben. Nie war er da, wenn man ihn gebraucht hätte – das ist mir noch am lebhaftesten in Erinnerung. Und wir waren entweder reich oder arm; ein Mittelmaß gab es nicht, keine Stabilität. Versteh mich nicht falsch, bei Dad war das Spielen nie zwanghaft. Für ihn war es ein Beruf. Er hat immer seinen Verstand eingesetzt, sich nie um Kopf und Kragen gespielt. Aber ich kann mich noch genau erinnern, wie meine Eltern hinter geschlossenen Türen gestritten haben, und ich weiß noch, daß meine Mutter oft geweint hat. Das war nicht gerade schön.« Ein paar Haltestellen lang schwiegen sie. Bupu-Frauen, die Köpfe mit farbenprächtigen Tüchern umwickelt und drei oder vier plärrende Kinder im Schlepptau, stiegen aus und ein.

»Muß ganz schön nervig sein, so ein Leben«, sagte Cricket, »ich meine, wenn man Kinder hat. Hast du eigentlich Kinder?«

»Nicht daß ich wüßte.«

An der Ecke Lowry und Cantor stiegen sie aus, spazierten zum Bend hinüber und betraten einen Laden für Armeeausrüstung an der Allen Street. Wilson erstand einen Kompaß, ein Klappmesser, eine Taschenlampe mit zwei Linsen, einen geräumigen Seesack, eine Wetterjacke, Segelschuhe, mehrere, mit einer wächsernen, wasserabweisenden Substanz imprägnierte Pullover, mehrere Flaschen Insektenschutzmittel und – weil Cricket darauf beharrte –eine Nachtsichtbrille aus Armeebeständen. Diese vorsintflutlich anmutende Brille erinnerte Wilson an ein Stereopticon, ein Gerät aus viktorianischer Zeit, durch das man dreidimensionale Bilder von Sehenswürdigkeiten und Menschen betrachten konnte. Dabei fiel ihm das Stereopticon und der Karton mit Dias ein, die er vor Jahren in Warwick auf dem Dachboden seiner Großtante ganz zuunterst in einer vermoderten Truhe gefunden hatte. Nach dem Tod seiner Mutter hatte ihn die Tante in eine katholische Waisenschule gesteckt und in den Ferien immer zu sich geholt. Während er sich nun die Nachtsichtbrille auf der Nase zurechtrückte, wäre er nicht überrascht gewesen, ein paar von den alten Sepiabildern vor der Linse zu haben: Königin Victoria, Präsident Taft, Fatty Arbuckle, die Sphinx in Ägypten, die Eingangshalle des Empire Hotels in Parkerville komplett mit Spucknäpfen, dick gepolsterten Sofas und Palmen in großen Blumentrögen.

Aber die Nachtsichtbrille gewährte ihm lediglich einen Ausblick auf vage, schemenhafte Umrisse.

»Die taugt nichts«, erklärte Wilson.

Cricket nahm sie ihm ab, fummelte hier herum und da herum und spähte durch die Gläser. »Die ist schon in Ordnung«, sagte sie, als sie an der Kasse standen, über der als Baldachin ein Seidenfallschirm aus dem zweiten Weltkrieg hing. »Aber natürlich muß es dunkel sein. Dann funktioniert sie bestimmt sehr gut.«

»Einhundertfünfundsiebzig Dollar?« Verdattert hielt Wilson das Preisschild zwischen den Fingern. »Wer weiß, vielleicht schleicht sich ja nachts jemand an uns an«, sagte sie und legte die Brille in den Einkaufskorb. Wieder draußen auf der Allen Street, blieb Wilson an einem Verkaufsstand für antiquarische Bücher stehen und wählte ein paar der dicksten Wälzer aus, die er finden konnte: eine alte bibliophile Ausgabe von *Don Quichotte*, Gibbons *Niedergang und Fall des römischen Reiches*, Caulaincourts *Mit Napoleon in Rußland*, Steadmans *Geschichte des ersten Weltkriegs* und eine zerfledderte Taschenbuchausgabe von *Manon Lescaut* aus den fünfziger Jahren – auf dem Schutzumschlag angepriesen als ein Roman über »Betrug und obsessive Liebe« –, verfaßt von Abbé Prévost, einem französischen Priester aus dem achtzehnten Jahrhundert.

Kopfschüttelnd stand Cricket mit verschränkten Armen dabei. »Alles nur unnötiger Ballast«, meckerte sie, als Wilson mit einer Tasche voller Bücher aus dem Laden kam.

»Auf jeden Fall werde ich nicht achtzehn Monate zur See fahren, ohne mir Lesestoff mitzunehmen«, sagte Wilson.

»Ach, und du meinst wirklich, du hättest Zeit zum Lesen?« meinte Cricket. »Sollte ich dich jedenfalls einmal beim Lesen erwischen, werd ich dir Putzeimer und Schrubber in die Hand drücken.«

»Du bist anti-intellektuell«, maulte Wilson.

»Nein«, widersprach Cricket, »aber ich bin anti den Scheiß, der dich so kaputtgemacht hat.«

3

Erst als sie vor den abgetretenen Steinstufen der Seefahrergewerkschaft standen, wurde er sich der Realität der Situation voll bewußt. Wilson spürte, wie sich sein Brustkorb zusammenzog. Nach Atem ringend, mußte er sich auf die unterste Treppenstufe setzen. Gereizt und zugleich besorgt, schaute Cricket zu ihm hinunter.

»Was ist denn jetzt wieder los?« fragte sie.

Wilsons aschfahles Gesicht spiegelte sich in ihrer dunklen Sonnenbrille. Er machte eine vage Handbewegung. Hinter ihm ragte das bemalte Gebäude der Seefahrergewerkschaft aus der Beaux-Arts-Ära wie die Ruine einer antiken Festung in den Himmel. Aus badewannenförmigen Nischen in der Fassade gafften mit Grünspan überzogene Statuen berühmter Seefahrer, ihre leeren Augen erfüllt vom Meer. Da stand Columbus mit der Erdkugel in der Hand, Magellan mit Astrolabium und Schwert, Sir Francis Drake, ein Modell des *Goldenen Kalbs* im Arm, Captain Cook, durch ein Teleskop spähend, das längst aus seinen Händen gerostet war.

Cricket seufzte, streifte den Riemen ihrer Tasche von der

Schulter und setzte sich neben ihn auf die Treppenstufe. »Alles ist für dich vorbereitet«, sagte sie. »Du brauchst nur noch hineinzugehen und über der punktierten Linie zu unterschreiben – Lander, Wilson, gewöhnlicher Matrose. Schiff *Compound Interest*, Kurs Rangun und dann weiter nach Osten –, und morgen um diese Zeit hast du die Scheiße hier hinter dir gelassen.«

Sie meinte die Stadt und ihre belebten Straßen, ein Leben voller Komplikationen und Landstraßen, die kreuz und quer die hügelige Landschaft durchschnitten – sie meinte Wilsons Leben als solches auf festem Boden.

»Ich kann nicht von hier fortgehen«, krächzte er mit heiserer Stimme. »Ich weiß nicht, was in mich gefahren ist. Tut mir leid.«

»Und was ist mit den Sachen, die du gerade gekauft hast?« fragte Cricket.

»Kannst alles behalten.«

»Tu's nicht«, bat Cricket.

»Beantworte mir eine Frage. Warum gerade ich?«

Cricket schaute ihn durch die dunkle Sonnenbrille an, dann wandte sie den Blick ab. »So lange Seereisen können ganz schön einsam sein«, sagte sie schließlich. »Keiner da zum Plaudern, keiner da zum ... Na ja, vielleicht hat mir einfach dein Gesicht gefallen, damals, als du mit diesen lächerlichen Tarotkarten in Nancys Laden hereingeschneit bist. Du bist mir so verloren vorgekommen. Vom ersten Augenblick an wollte ich dich mitnehmen. Und außerdem gibt es noch etwas. Einen praktischen Grund.«

»Welchen?«

»Rate mal.«

»Nein.«

»Mir fehlt zu meinem Glück noch ein wirklich guter Spieler.«

»Wofür?«

Sie zuckte vielsagend die Achseln. »Das erzähl ich dir später mal«, sagte sie. »Wenn ich dich besser kenne. Wenn du so willst, ist's meine Lebensgeschichte.«

»Cricket, ich bin kein –«

»Ich weiß, was du sagen willst«, unterbrach sie ihn. »Es war Anfängerglück. Okay, vielleicht hätte ich mir das letzte Woche beim Hunderennen noch einreden lassen, aber bei den Hahnenkämpfen letzte Nacht bestimmt nicht mehr. Verdammt noch mal, du warst einfach super.«

»Ja, beinahe hätte ich mich umgebracht.«

»Hast du aber nicht. Du warst mutig.«

»Ich hab mir vor Angst fast in die Hosen gemacht.«

»Genau das ist es, was Mut ausmacht.«

Wilson stützte seinen Kopf auf die Knie und sagte eine Weile nichts. Die Ausdünstungen der Stadt hatten sich als schmieriger Schmutz in den Ritzen des alten Steins abgesetzt. Von einer Baustelle auf der anderen Straßenseite drang lautes Hämmern herüber, die Sonne schien auf einen von einem Schaufelbagger aufgeschichteten Erdwall. Beim Anblick solcher Orte rieselte es ihm immer kalt über den Rücken. Er schloß die Augen und sah einen schwarzen Stahlträger vom Himmel fallen. Dann legte Cricket ihm die Hand auf die Schulter, und der Träger verschwand, noch bevor er auf dem Pflaster aufschlagen konnte. Wilson öffnete die Augen und schaute nach oben. Sie stand über ihm, die Sonne bildete einen Halo um ihre kupferfarbenen Haare, und sie streckte ihm eine ihrer derben Hände entgegen.

»Komm, steh auf«, meinte sie.

»Du weißt so gut wie nichts von mir«, sagte er.

»Keine Bange, dafür werden wir noch Zeit genug haben.«

Wilson stand auf, ergriff Crickets Hand, und sie zog ihn hinter sich her zu den bronzenen Seejungfrauen, die vor den Portalen der Seefahrergewerkschaft Wache hielten und deren Brüste blank poliert schimmerten, abgegriffen von Generationen von Seeleuten.

»Komm schon«, sagte Cricket. »Du mußt ihre Titten küssen. Die da heißt Stormy, und die andere dort ist Windy. Such dir eine aus.«

»Ach komm, verarschen kann ich mich selbst.«

»Nein, wirklich«, beharrte Cricket. »Du mußt sie küssen. Das tun alle, die zum ersten Mal zur See fahren. Bringt Glück auf der Reise.« Wilson kam sich albern vor, tat aber, wie geheißen. Er küßte die nackte bronzene Brustwarze der nächstbesten Seejungfrau; sie schmeckte leicht bitter, metallisch. Cricket lachte, nahm ihn wieder an der Hand, und gemeinsam traten sie über die Schwelle, hinein in das hohl hallende Halbdunkel des Gewerkschaftsgebäudes.

4

Am Abend blies ein kräftiger, gleichmäßiger Wind aus Südost. Wie mit einem Pinsel hingemalt, leuchtete der Himmel am Horizont grün und golden vor dem dunklen Hintergrund der Nacht. Die Brandung schlug gegen den Wellenbrecher. Der Mond befehligte die ansteigende Flut. Alle Wege schienen von zu Hause wegzuführen. Wilson, den Seesack geschultert, spürte, wie sich das Grauen in seinem Körper wie ein schlafendes Tier einrollte, aber er selbst war ruhig und entschlossen. Neben Cricket ging er auf Blackpool Island die Pier entlang. Schwarze Steine, einige von ihnen groß wie Felsblöcke, wiesen den Weg hinunter ins dunkle Wasser. Unter der Pier zerrten die Aluminiumrümpfe der Fischerkähne im Kabbelwasser unruhig an ihren Murings. Am Horizont entdeckte Wilson die schemenhafte Silhouette eines auslaufenden Tankers.

Sie waren auf dem Weg ins Bazzano's am anderen Ende der Blackpool Amusement Pier. Cricket wählte einen Tisch unter den Lampen auf der zum Meer hin offenen Seite der Loggia. Ein paar Jugendliche, gestylt wie in den sechziger Jahren, hingen an der alten, chromverkleideten Bar im Innenraum herum, tranken Espresso und pafften französische Zigaretten. Der Kellner, ein untersetzter Peruaner mit einem Gesicht, so rot wie rote Bete, war ganz offensichtlich verwirrt, daß Wilson und Cricket Steaks bestellten; kein Mensch käme im Bazzano's auf die Idee, Steaks zu essen, denn das Lokal war berühmt für seine italienischen Fischspezialitäten.

Bazzano's war eine Institution in der Stadt: Seit seiner Gründung im Jahre 1908 war es ununterbrochen in Betrieb gewesen; an den Wänden prangten Szenen des einfachen Lebens in einem sizilianischen Fischerdorf, ursprünglich in bunten, kitschigen Farben gemalt, mit den Jahren inzwischen verblaßt. Nach zehn mageren Jahren und einem ständig nachlassenden Touristenstrom war es dem Bazzano's schließlich gelungen, die junge Künstlergarde anzulocken, die in die Dachwohnungen und Lofts am Bend eingezogen war. Die Terminal Street Ferry karrte viermal am Abend die Boheme vom Bend herauf: Typen mit langen Koteletten, Secondhandklamotten, vagen Hoffnungen und wunderschön tätowierten Frauen, die auf der Flucht waren vor dem öden Leben in den Vororten. Erst kürzlich hatte Wilson im Feuilleton des *Dispatch* gelesen, das Bazzano's sei eines der letzten noch erhaltenen Relikte der Stadt aus jener Zeit, in der unsere Großeltern jung gewesen waren, eine Metropolis, in der Gangstersyndikate, die Reichen, geschmuggelter Gin, Zigaretten, Lippenstift und Liebesaffären das Stadtbild geprägt hatten. Nicht unbedingt realitätsnah, dachte Wilson, aber die heutige Zeit war so gnadenlos unromantisch, und das Bazzano's hatte es einfach geschafft, eine ganz bestimmte Atmosphäre zu konservieren. Die Steaks ließen lange auf sich warten. Der peruanische Kellner schickte einen peruanischen Jungen, vermutlich seinen Sohn, der verkündete, daß die Steaks, die man aus dem Gefrierschrank im Keller geholt hatte, hart wären wie Stein und noch aufgetaut werden müßten, bevor man sie auf den Grill legen könnte.

»Habt ihr denn keine Mikrowelle?« fragte Cricket. »Ihr

braucht doch die Steaks nur hineinzulegen, und die Auftauautomatik erledigt den Rest.«

»Mikrowelle – Fehlanzeige«, bekannte der Junge.

»Vielleicht sollten wir doch die Kammuscheln nehmen«, schlug Wilson vor. Cricket schüttelte den Kopf. »Bestimmt nicht«, sagte sie. »Hast du ’ne Vorstellung davon, wie viele Steaks wir die nächsten achtzehn Monate auf See zwischen die Zähne kriegen werden?«

»Was du nicht sagst! Ich dachte, daß auf jedem Segelboot, das auf sich hält, Freitag abend Steakabend ist«, scherzte Wilson.

»Sehr witzig«, meinte Cricket.

Eine Weile schwiegen beide. Die Dunkelheit vertiefte sich, aber noch immer war hinter der Skyline im Westen ein zartes Leuchten zu erkennen. Wilson war verlegen und wußte nicht, was er sagen sollte. Das Tier in seinen Eingeweiden regte sich und knabberte verstohlen an seiner Entscheidung. Dann wurden die Steaks serviert; außen ein wenig verkohlt, aber sonst ordentlich, und dazu gab es eine Karaffe des roten Hausweins und als Beilage dicke Spaghetti.

»Ich kann’s nicht glauben, ich tu’s tatsächlich«, murmelte Wilson.

»Wirf mal einen Blick in deine Brieftasche«, bat Cricket.

Wilson öffnete das Kreditkartenfach und fischte den neuen Ausweis heraus, der ihn als Matrosen auswies. Auf dem Foto sah er aus wie auf einem Fahndungsfoto oder wie jemand, der gerade aus dem Bett gestiegen war.

Cricket hielt das Bild gegen das Licht und lächelte ihn an. »Du träumst nicht.«

»Scheint so«, gab Wilson zur Antwort, »aber was ist mit meiner Wohnung, den ganzen Sachen, die mir gehören –«

»Nancy wird sich um deine Wohnung kümmern«, sagte Cricket. »Sie fährt am Samstag hin und packt deine Sachen in Kartons. Weißt du, die hat durch den Hexensabbath, den sie regelmäßig veranstaltet, ständig Leute zu Besuch. Lauter kleine Zauberlehrlinge. Sie wird die Wohnung wochenweise vermieten.«

Wilson spießte den letzten Bissen seines Steaks auf die Gabel und räusperte sich. »Cricket, da ist noch etwas«, sagte er.

Crickets Augen verengten sich. »Du bist doch nicht etwa verheiratet? Also, wie ein Ehekrüppel siehst du mir nicht aus. Oder ist deine Bude nur deine Absteige?«

»Ach wo«, sagte Wilson.

»Eine Freundin?«

»Fünf Jahre.«

»Scheiße.«

»Na ja, die letzte Zeit ist's zwischen uns nicht mehr so gut gelaufen.«

»Dann ruf sie lieber an. Ich bleib solang hier sitzen.«

5

Wilson ging zur Telefonzelle im Durchgang zwischen der Küche und den Toiletten, um Andrea anzurufen. Ein Koch mit schmuddeliger Jacke stand am Hintereingang und rauchte eine Zigarette. Mittlerweile hatten weitere Sechzigerjahre-Freaks die Barhocker an der Theke in Beschlag genommen. Eine junge Frau mit blaugefärbten Haaren tanzte mit seltsamen Verrenkungen, während zwei Männer mit Bodypiercing im Takt dazu klatschten. Im Gastraum saß ein blondes deutsches Touristenpärchen vor der Spezialität des Hauses, einer Schüssel Kammuscheln, geschmort in Knoblauch und Wein. Wilsons Gesicht fühlte sich heiß an, obwohl die Luft für einen Septemberabend recht frisch war.

Sechs-, siebenmal ertönte das Freizeichen. Er wollte schon auflegen und ihr vielleicht ein Telegramm aus einer fliegenverseuchten, staubigen Stadt an der afrikanischen Küste schicken, als Andrea den Hörer abhob.

»Hallo?« hörte er ihre atemlose Stimme.

»Andrea...«

»Sorry, Wilson. Bin grad zur Tür rein. Ich stell nur schnell meine Einkaufstaschen ab. Bleib einen Augenblick dran, ja?«

Mit schweißnassen Handflächen wartete er.

Als sie den Hörer wieder aufnahm, sagte sie hastig: »Hör zu, nicht daß du denkst, ich wär sauer, weil du heute nicht zur Arbeit erschienen bist. Wahrscheinlich mußt du einfach ein bißchen Abstand gewinnen. Ich hab dir in letzter Zeit wohl ziemlich zugesetzt, was?«

Einer der Möchtegern-Mods an der Bar fischte eine Mundharmonika aus der Tasche, und die blauhaarige junge Frau fing an, mit schriller, abgedrehter Stimme zu singen.

»Wo bist du?« fragte Andrea.

»Im Bazzano's.«

»Was machst du denn so weit draußen?«

Wilson wußte nicht, wie er anfangen sollte, und platzte dann unvermittelt heraus: »Andrea, ich gehe fort.«

Stille.

»Andrea, hast du gehört, was ich gesagt habe?«

»Ich hab's gehört«, sagte Andrea. »Es hat nur einen Moment gedauert, bis ich's kapiert hab.« Ihre Stimme war ruhig und tonlos.

»Zwischen uns hat's ja schon ziemlich lang gekriselt. Das ist ja nicht neu«, fuhr Wilson fort. »Im Moment gibt's in meinem Leben nichts, was mich glücklich macht. Wir streiten uns, wir vertragen uns, wir streiten uns und vertragen uns wieder. Es ist immer das gleiche. Ich sitze immer im gleichen Bus, die ewig gleichen Akten liegen im Büro auf dem Schreibtisch. Ich hab das Gefühl zu ersticken. Ich brauch dringend Tapetenwechsel.«

»Und wohin gehst du?«

»Ist das wichtig?«

»Nein, vermutlich nicht. Und wie lange?«

Wilson zögerte. »Ein Jahr oder zwei. Vielleicht auch länger.

»Am anderen Ende ertönte plötzlich ein lautes Krachen,

dann knackte es statisch in der Leitung, als sie wieder nach dem Hörer griff. »Du rufst also bei mir an, um mir zu eröffnen, daß du zwei Jahre lang die Fliege machst?« hörte er einen Augenblick später Andreas aufgebrachte Stimme durchs Telefon. »Nach allem, was wir zusammen erlebt haben, sagst du mir kaltlächelnd *am Telefon*, daß du mich verläßt?«

»Tut mir leid, daß es so enden mußte«, sagte Wilson. »Aber ich hab einfach keine Zeit mehr, alles persönlich mit dir zu besprechen. Weil ich in zwei Stunden schon unterwegs bin.«

Unvermittelt brach Andrea in heftiges Schluchzen aus. Wilson hörte ihr zu, und sein Magen krampfte sich zu einem Klumpen zusammen.

»Andrea, bitte. Es tut mir wirklich leid, ich fühl mich echt beschissen.«

»Du fühlst dich beschissen? Immer geht es nur um dich, ja? Du elender Mistkerl, du –« Der Rest wurde von Weinkrämpfen erstickt. Ein paar Minuten lang schluchzte sie ins Telefon, dann versiegten ihre Tränen. »Wilson, ich liebe dich«, sagte sie mit gefaßter Stimme. »Ich weiß, daß wir nie über unsere Probleme gesprochen haben. Wir müssen viel öfter darüber reden. Ich hab immer gedacht, daß wir einmal heiraten werden. Für mich war das gar keine Frage. Ich wollte nur warten, bis du dir endlich darüber klargeworden bist, wie du dein Leben gestalten willst. Das ist alles. Ich hab gedacht, daß du vielleicht irgendwann wieder studieren möchtest oder so. Das ist es nämlich, was dich in Wirklichkeit belastet! Nicht ich und auch nicht unsere Beziehung! Du weißt einfach nichts mit dir anzufangen. Davonlaufen ist aber auch keine Lösung.«

»Was anderes fällt mir aber im Moment nicht ein, Andrea«, sagte Wilson.

»Laß uns das doch noch einmal miteinander besprechen, ja? Vielleicht gehen wir zu einer Partnerberatung. Wir kriegen das wieder in den Griff. Ganz bestimmt.«

»Es ist zu spät«, meinte Wilson.

»Gibt es eine andere? Ist jemand bei dir?«

»Nein.«

»Du lügst«, sagte sie und fing wieder an zu heulen. Wie ein Messer schnitt ihr Weinen in seine Eingeweide. Als er eine halbe Stunde später den Hörer auflegte, stellte er fest, daß auch sein Gesicht tränenüberströmt war. Immer noch klangen Andreas letzte, verzweifelt gestammelte Worte in seinen Ohren: »Du kommst nie mehr zu mir zurück; du wirst nie wieder zurückkommen. Nach all den Jahren hab ich gedacht – ich hab gedacht, du –«

Aber Wilson hörte den Satz nicht bis zum Ende, weil die Leitung plötzlich tot war. Ob sie einfach aufgelegt hatte oder ob die Verbindung unterbrochen wurde, würde er nie erfahren. Er lehnte sich an die Wand der stinkenden Telefonzelle, kniff die Augen zusammen und versuchte, mit dem Handballen seine Tränen zurückzuhalten. Er hätte nicht gedacht, daß es ihm so nahegehen würde, daß er gegen Tränen würde ankämpfen müssen, aber er wußte nicht, ob er so reagierte, weil er Andrea verließ, oder ob es die Veränderung seiner Lebensweise an sich war. Auf einmal erkannte er, daß er nichts so sehr verabscheute wie Veränderungen. Veränderung war für ihn gleichbedeutend mit Tod und Traurigkeit. Er haßte Veränderung im gleichen Maße, in dem er sich davon angezogen fühlte. Plötzlich fiel ihm eine Urlaubsreise mit Andrea nach Maine vor drei Jahren ein. Damals waren sie noch ein Herz und eine Seele gewesen: Auf der Fahrt dorthin hatten sie irgendwo mitten auf dem Land in New England angehalten und die Nacht im Auto verbracht. Bei Tagesanbruch waren sie aufgewacht, aus dem Auto gestiegen und hatten in einer vom Morgentau benetzten Wiese miteinander geschlafen, umgeben von hüfthohen, roten und violetten Wildblumen, während sich über ihnen ein Himmel spannte, klar und rein wie die Hoffnung. Noch immer spürte er ihren Körper unter dem seinen, fühlte ihren Atem ganz nah an seinem Ohr. Nein. Lieber nicht daran denken. Er trocknete sich das Gesicht mit dem Hemdsärmel ab und ging wieder auf die Loggia hinaus.

Einen Arm hatte Cricket lässig über eine Stuhllehne gelegt, in der anderen Hand hielt sie eine starke ausländische Zigarette, die sie von jemandem an der Bar geschnorrt hatte. Auf dem Tisch stand eine weitere, inzwischen halbleere Flasche Rotwein. Sie schaute auf, als Wilson sich näherte, es war ein langer, abschätzender Blick mit einem gefährlichen Flackern in den Tiefen ihrer grünen Augen.

»Und, hast du alles erledigt?« fragte sie, als er sich neben sie setzte.

Wilson nickte niedergeschlagen. Er fühlte sich so mies, daß er kein Wort herausbrachte.

»Hey, Wilson«, sagte Cricket. Sie faßte ihn mit ihrer schwieligen Hand, die einem Landarbeiter alle Ehre gemacht hätte, am Handgelenk, zog ihn an sich und preßte ihre Lippen auf die seinen. Wilsons erster Impuls war es, sich von ihr frei zu machen, dann spürte er ihre Brüste durch das gestreifte Top, und dann dachte er nicht mehr daran, sich von ihr frei zu machen. Nach gut einer Minute lösten sich ihre Lippen von den seinen, sie keuchte ein wenig, blieb aber so nahe bei Wilson, daß er ihre Zigarette und den Weindunst in ihrem Atem riechen konnte.

»Okay«, sagte sie. »Das muß fürs erste reichen.«

»Was meinst du damit?«

»Zweierlei«, erläuterte Cricket. »Erstens bist du noch nicht bereit für mich. Du wirst noch eine Weile an deine Freundin denken, das kann ich dir jetzt schon sagen. Zweitens – und das ist noch viel wichtiger – müssen wir so tun, als wären wir Geschwister. Das steht in deinen Papieren, und das hab ich dem Skipper der *Compound Interest* gesagt. Dieser Amundsen, das ist der Skipper, ist nämlich knallhart. Wenn der spitzkriegt, daß wir ihn angelogen haben, setzt er uns bei der erstbesten Möglichkeit an Land, darauf kannst du Gift nehmen.«

»Du spinnst ja«, sagte Wilson.

»Durchaus nicht. Er hat doch gerade erst zwei Crewmitglieder verloren, weil sie heiraten wollten. Das hab ich dir doch erzählt, weißt du nicht mehr? Und die gleiche Erfahrung will er bestimmt nicht noch mal machen. Wenigstens bis zu den Azoren müssen wir so tun, als ob. Klar? Es sind ohnehin nur ein paar Wochen.«

»Wieso Azoren?« fragte Wilson, aber Cricket verweigerte ihm eine Antwort. Sie gab ihm noch einen Kuß, lehnte sich dann im Stuhl zurück und griff nach der Weinflasche. Sie zog Wilsons Glas über das Tischtuch zu sich heran, schenkte es voll und schob es ihm wieder hin. »Trink aus«, sagte sie. »Bei Flut um Mitternacht müssen wir an Bord der *Compound Interest* sein.«

Schnell tranken sie ihre Gläser leer, standen auf, schulterten ihre Seesäcke und trotteten die Pier entlang, hinein in den Lichtkegel der Lampen, heraus aus deren Lichtkegel, leise wie zwei Verschwörer, während in ihrem Rücken das Meer seine heimlichen Versprechungen in die schwarze Nacht flüsterte.

6

Fahle Lichter am dunklen Fluß. Der Dschungel verseucht von bleierner Stille. Wie Kinder zu Halloween halten sich kleine Männer im Unterholz Taschenlampen unters Kinn. Plötzlich quillt ein Schrei aus dem Nichts, der Fluß beginnt zu schäumen und zu brodeln, ein urzeitliches Geschöpf steigt an die Oberfläche, etwas Schreckliches –

Wilson schreckte hoch. Eine fremdartige Düsternis umhüllte ihn, er rang nach Luft, das T-Shirt klebte schweißnaß an seinem Körper. Er konnte nichts erkennen. Aus allen Ritzen drang eine tiefe, monotone Stille, vertraut und doch so fremd, und er spürte das unverkennbare Gefühl einer Bewegung um sich her. Sein Schlafplatz war stickig und fensterlos, irgend jemand atmete in der Dunkelheit neben ihm.

Wenn Wilson seine Lungen nicht bald mit frischer Luft füllen könnte, würde er ersticken.

In Panik sprang er auf den Fußboden und stolperte blind nach draußen. Sein Instinkt führte ihn durch einen engen Gang, eine Leiter hinauf und schließlich hinaus in die salzige Luft und die diesige Dunkelheit einer warmen Nacht auf See. Hier blähten sich seine Lungen auf, keuchend ließ er sich nach hinten gegen das Schott fallen, und die Ereignisse der letzten vierundzwanzig Stunden spulten sich wieder in seinem Kopf ab. Er war an Bord der *Compound Interest*, die mit Kurs Südsüdost über den Atlantik in Richtung Azoren segelte. Um Mitternacht hatte er sich eingeschifft, im Kielwasser einer schönen Frau, weil das Leben an Land für ihn unerträglich geworden war – und aus noch anderen Gründen, die er im Augenblick noch nicht klar definieren konnte. Daß seine Entscheidung richtig gewesen war, würde sich bestimmt herausstellen, sobald sich die momentane Angstattacke gelegt hatte, dachte er. Und war nicht letztendlich die Aussicht, in einem Sturm auf See zu ertrinken, besser als ein schleichendes Ertrinken im Trott des täglichen Lebens an Land? Als Wilsons Atem sich beruhigt hatte, öffnete er die Augen und stellte fest, daß er mit dem Gesicht zum Heck der Yacht stand, deren weiße, schäumende Heckwelle sich in der Schwärze des Ozeans im Nichts auflöste wie eine Straße in einem Schneesturm. Aber weder die Nacht noch der Ozean und auch nicht die Positionslampen des Schiffes schafften es, die riesige Landmasse des Kontinents in den Hintergrund zu rücken, dem sie davonsegelten. Ganz weit draußen, jenseits des Saums der dunklen Landmasse, eine noch dunklere Silhouette, über der die Lichter der Stadt sich als heller Schein am Himmel zeigten. Wilson dachte an Baseballplätze im Flutlicht, an Cocktails in einer überfüllten Bar, an ein Meer von Rücklichtern im Stau auf den Highways, er dachte an Andrea, die in dieser Nacht allein schlief, und er spürte die tonnnschwere Last der Dinge, die er hinter sich ließ.

»Hallo, Sie da, was haben Sie hier oben zu suchen?«

Wilson fuhr herum und sah sich einem kugelrunden, kleinen Mann gegenüber, der auf der anderen Seite des Niedergangs stand. Das wind- und wettergegerbte Gesicht des Mannes war von einem buschigen grauen Bart überwuchert, der wild in alle Richtungen wuchs. Er trug eine Kapitänsmütze, eine leuchtendgelbe Ölzeugjacke und blaue Bermudahosen. Stämmige, behaarte Beine endeten abrupt in einem Paar ausgelatschten Lederboots. Wilson war klar, daß niemand anderer als Kapitän Amundsen vor ihm stand.

»Ich habe Ihnen eine Frage gestellt, Mister!« Der Kapitän trat aggressiv einen Schritt auf Wilson zu. »Das hier ist meine Wache. Und das heißt, daß die wachfreie Crew in der Nacht hier oben nichts verloren hat.«

Wilson versuchte, sich zu rechtfertigen. Er hätte dringend an die frische Luft gemußt, erklärte er. Es täte ihm leid. Aber unter Deck hätte er geglaubt zu ersticken.

Der Kapitän trat einen Schritt näher, um ihn sich genauer anzusehen. Und plötzlich wurde sich Wilson seines eigenen, unpassenden Outfits bewußt: grüne, mit rosa Kaninchen bedruckte Boxershorts, die ihm Andrea einmal zu Ostern geschenkt hatte, ein verwaschenes, löcheriges, altes Ashland-College-T-Shirt. Unter seinen nackten Füßen spürte er die kalten, blankgescheuerten Decksplanken.

»Sind Sie heute abend mit Cricket Page an Bord gekommen?«

»Ja, Käpt'n«, gab Wilson zur Antwort.

»Sie sind der Bruder.«

»Ja, Käpt'n.«

Der Kapitän kratzte sich den Bart. »Das Mädchen ist eines der größten seglerischen Naturtalente, die ich je gesehen habe«, bemerkte er. »Und glauben Sie mir, ich weiß, wovon ich spreche. Ich hoffe, daß das für den Rest der Familie auch gilt.«

»Das hoffe ich auch, Käpt'n«, sagte Wilson.

»Was die Navigation anbelangt, hat sie allerdings noch viel zu lernen.«

»Ja, Käpt'n.«

Der Kapitän kratzte sich wieder am Bart. »Na ja, was soll's«, murmelte er. »Ich wollte mir ohnehin gerade eine Zigarre anzünden.«

Sie gingen über das Deck zum Navigationsoktagon, einem tieferliegenden Bereich mittschiffs zwischen den beiden Masten, von sieben Seiten durch eine dicke Plexiglashaube geschützt. Über ihren Köpfen falteten sich die Mylar-Sonnenschirmsegel auf und zu, während das Schiff unter den vorherrschenden leichten Winden mühelos Kurs hielt. Das Schlechtwetterverdeck war zurückgeschlagen und gab den Blick frei auf einen diesigen Himmel mit verschwommenen Sternen. Das Steuerrad, nicht größer als ein Lenkrad in einem normalen Auto, war eingerahmt von einer verwirrenden Zahl beleuchteter Radarschirme und Monitore mit gestochen scharfen, farbigen Digitalanzeigen. Keine Anzeichen von Tauwerk und Holz, von Messinginstrumenten aus vergangenen Seefahrerzeiten. Ein Computerbildschirm flimmerte still vor sich hin, die durchsichtigen Tasten des Keyboards waren von unten beleuchtet. Sie setzten sich auf eine mit wasserdichten Schwimmkissen gespolsterte Bank, die ein Segment des Achtecks überspannte. Nur mit Mühe gelang es dem Kapitän, seine kurzen Beine zu kreuzen, dann griff er in die Tasche seiner Ölzeugjacke und fischte eine kleine Holzkiste heraus. Darin eingebettet lag ein halbes Dutzend duftender, fingerdicker Zigarren, einzeln in Goldfolie verpackt.

»Kubaner«, sagte er. »Hab sie in Havanna gekauft.« Er nahm eine Zigarre aus der Kiste, schälte sie behutsam aus ihrer Hülle, biß ein Ende ab und zündete sie mit dem Zigarettenanzünder aus dem Armaturenbrett an. Dann reichte er Wilson eine davon. Eine Weile lehnten sich die beiden zurück, zogen an ihren Zigarren und schauten den Wolken beißenden Rauchs nach, die in die Nacht hinausdrifteten.

»Nichts geht über eine gute Zigarre«, meinte der Kapitän schließlich. »Alles andere läßt einen irgendwann im Stich oder wird langweilig, auch die Frauen. Aber eine gute Zigarre, Mann, das ist etwas, das man immer wieder aufs neue genießen kann.«

Wilson lächelte. Eine kühle Brise aus Westen strich mit sanfter Neugier über seine Wange. Bei Zigarren mußte Wilson immer an seinen Vater denken. Jahre, nachdem sein Vater im Wrack des Vier-fünfundvierzig-Expreß umgekommen war, hatte Wilson aus dem Nachlaß seiner Großtante einen alten Pappkartonkoffer mit den Habseligkeiten des Mannes geerbt. In dem Koffer lagen mit Gummibändern zusammengehaltene, vergilbte Renncoupons, sechs kleine Notizbücher, vollgeschrieben mit mathematischen Formeln für Wetten auf bestimmten Rennplätzen, Aktienzertifikate von Firmen, die inzwischen längst bankrott waren – aber auch eine Handvoll ausländischer Silbermünzen und eine schön gearbeitete Kiste mit importierten Zigarren. Sie waren das gesamte väterliche Erbe: fünfzig handgerollte Coronado Supremos, einzeln in luftdichten, mit Wachs versiegelten Glasphiolen verpackt. Im Lauf der Jahre hatte er sie nach und nach aufgeraucht, sich eine nach der anderen zu Ehren seines Vaters immer um genau vier Uhr fünfundvierzig in einem der Straßencafés in Buptown oder am Bend angezündet. Inzwischen war nur noch eine einzige Zigarre übrig, die in seiner Wohnung zusammen mit ein paar Socken gut verstaut in ihrer Hülse zuunterst im Schrank lag.

Wilson erzählte dem Kapitän von den geerbten Coronados und fügte mit einer theatralischen Geste hinzu, daß Zigarren für einen Gelegenheitsraucher durchaus eine Inspiration sein können. »Wenn ich, so Gott will, irgendwann wieder mal nach Hause kommen sollte«, sagte Wilson und zeichnete mit seiner Zigarre einen wehmütigen Bogen in die Luft, »werde ich mir auf der Terrasse des Cat and Cradle einen Fünfundsechzig-Dollar-Armagnac genehmigen und diese letzte Zigarre zelebrieren, jeden einzelnen Zug ganz langsam und bewußt genießen.« In der Dunkelheit glimmte die Zigarre des Kapitäns. »Wenigstens hat Ihr Vater Ihnen etwas hinterlassen«, sagte er. »Von meinem hab ich, abgesehen von einem Tritt in den Hintern, nie etwas bekommen. Mein Alter war Bischof der Reformierten Lutheranischen Dänischen Kirche. Man stritt sich nicht mit ihm, wissen Sie, man stritt sich mit Gott. Mit zwölf Jahren bin ich nach Kopenhagen abgehauen und hab auf einem Schiff nach Afrika angeheuert. Die See nimmt alle Waisen auf, Mister.«

Der Kapitän stammte aus einem kleinen Fischerdorf an der trostlosen friesischen Küste von Dänemark, wo es die meiste Zeit des Jahres regnet. Und wenn sich die Sonne doch einmal blicken läßt, brechen die Menschen in Tränen aus, betrinken sich, schlafen mit den Frauen ihrer Nachbarn und tanzen nackt auf den Straßen. Die Schönheit sonniger Tage ist einfach zuviel für sie, sie rasten aus, bis es wieder regnet. Dreißig Jahre lang hatte der Kapitän auf amerikanischen Schiffen gedient, sein Englisch war perfekt, und nichts deutete darauf hin, daß er seine Jugend an der grauen, schroffen friesischen Küste verbracht hatte.

»Amundsen«, sinnierte Wilson. »Sind Sie eigentlich mit dem Mann verwandt, der den Wettlauf mit Scott zum Pol gewonnen hat?«

»Ach wo«, sagte der Kapitän. »Seit Generationen hat meine Familie nur einen Haufen teiggesichtiger Kirchenmänner hervorgebracht. Ich bin seit hundertfünfzig Jahren der erste, dem der Wind durch die Haare bläst.«

Der Himmel über den Segeln klarte auf. Am Horizont erhob sich ein mattes Rot, und allmählich verblaßten die Positionslichter. Eine Anzeige auf der Navigationskonsole blinkte dreimal. Kapitän Amundsen rang die Hände.

»Diese verdammten Computer«, schimpfte er, »meinen, mich darauf aufmerksam machen zu müssen, daß der Tag anbricht, als könnte ich das nicht selber sehen.« Er stand auf, drehte an den Knöpfen und sagte dann zu Wilson: »Gehen Sie lieber wieder nach unten. Schlafen Sie noch ein bißchen. Für Sie beginnt der Tag noch früh genug.«

In dem Moment, in dem Wilson den Niedergang erreichte, frischte der Wind auf, die Segel entrollten sich über seinem Kopf wie Flügel, und in dieser nur vom Atmen des Windes und dem leisen Rauschen der Segel begleiteten Stille krängte das Schiff und segelte auf direktem Kurs in den anbrechenden Tag hinein.

7

Die *Compound Interest* war für einige Zeit die Heimat von vier Menschen und einem Gerücht namens Dwight Ackerman. Jeden Morgen schuftete Wilson stundenlang unter der eisernen Fuchtel eines winzigen vietnamesischen Kochs namens Nguyen, aber auf die Existenz des Mannes, für den sie kochten, deutete nichts hin als ein gewaltiger Appetit, zu dessen Befriedigung Wilson letztendlich angeheuert worden war.

Sie fütterten ihren unsichtbaren Herrn wie ein wildes Tier im Zoo. Einmal täglich, kurz nach Mittag, lieferte Nguyen ein mit Essen vollbeladenes Tablett in den Schlund von Ackermans Höhle – in die Suite im Vorschiff, bestehend aus Büro und Privaträumen, die der Milliardär niemals verließ. Die Schüsseln und Platten kamen eine Stunde später wie geleckt wieder heraus. Wilson stellte sich ein Monstrum von der Größe eines Hauses vor, eingekeilt im Vorschiff, einen Behemoth in einem Polohemd, groß wie ein Zelt, mit Armen wie Schinken. Oder ein gewaltiges Vakuum, eine alles verschlingende Leere.

Jeden Tag der gleiche Trott. Um fünf Uhr früh war die Nachtruhe zu Ende, und Wilson stolperte benommen durch die Dunkelheit in die Kombüse. Seine verschlafenen Augen bemühten sich, Anweisungen zu entziffern, die der Koch in kaum lesbarer Schrift mit gelber Kreide auf eine Tafel am Schott gekritzelt hatte. Die nächsten zwei Stunden waren unzähligen Vorbereitungsarbeiten für die bevorstehende Schlacht gewidmet. Wilson zündete Herdflammen an, wetzte Messer, hackte Zwiebeln und eine Vielzahl anderer Gemüse, verquirlte Eier, nahm Fische aus, pulte Shrimps aus ihren Schalen, entbeinte Hühner, klopfte Schweine- und Rindersteaks mit einem Lederhammer und warf die Abfälle den Haien zum Fraß vor, die dem Boot im Kielwasser folgten.

Um Schlag sieben Uhr erschien Nguyen in einer makellos weißen, doppelreihig geknöpften Kochjacke und beeindruckend hoher Kochmütze. Und mit ihm begann die wirkliche Arbeit des *menu du jour*, mit üblicherweise vietnamesischem Einschlag: An einem typischen Morgen bereiteten sie zu: Frühlingsrollen, Zitronenhuhn, Shrimp-Curry, gegrillte Spareribs, Rindfleisch in Zimt, Fischsuppe Saigon, Schalottenpfannkuchen, gekochte Klöße, doppeltgegartes Schweinefleisch – und das war nur ein kleiner Auszug aus der komplizierten Menüfolge, die mit Leichtigkeit das Repertoire eines gut ausgestatteten vietnamesischen Restaurants gebildet hätte. Ackerman war geradezu süchtig nach der raffinierten indochinesischen Küche geworden, als er in diesen Gewässern während des Krieges als Steuermannsmaat bei der Marine gedient hatte.

Wilsons Aufgaben hatten eher mit Kampf als mit Kochen zu tun. Der kleine Chefkoch bellte Befehle und schoß in der Kombüse herum, als wäre er in Khe Sanh unter Artilleriefeuer geraten. Die Kombüse – ein enger, stickiger Korridor – war eingequetscht zwischen der Messe und dem vorderen Vorratsraum. Nirosta-Gasbrenner, ein Konvektorbackofen und ein Kühlschrank nahmen gut die Hälfte des engen Raums ein. Die andere Hälfte der Kombüse wurde – ungeachtet Nguyens schmächtiger Statur – mit der Wucht seiner Persönlichkeit ausgefüllt. Er sah aus wie achtunddreißig, war aber vermutlich eher an die sechzig, mit einer Gesichtshaut, braun und dick wie Tierhaut; typisch für Menschen, die zu lange der Sonne ausgesetzt waren. Eine lange, gezackte Narbe teilte seine linke Augenbraue in zwei Hälften; den Handrücken seiner rechten Hand zierte die verblaßte Tätowierung des Wappens seines Regiments: eine fünfeckige Bombe; darüber stand das Regimentsmotto: *marche ou crève.*

Zu Nguyens offenbar angeborener Übellaunigkeit gesellte sich die Vorliebe des vietnamesischen Karrieresoldaten für strenge Disziplin. Er hatte sein Geschäft bei den Franzosen gelernt, in der Zeit vor Dien-Bien-Phu, und zwar im Regimentskasino der Fremdenlegion; später bekochte er die amerikanischen Streitkräfte, bis ihn Ackerman schließlich in einem Restaurant in Saigon vom Fleck weg engagiert hatte. Die weiß gestärkte Kochuniform paßte nicht so recht zu seiner Person. Viel eher hätte sich Wilson den Mann in Khakiuniform im Dschungel vorstellen können, mit Tarnfarbe im Gesicht und einem Sten-Gewehr über der Schulter.

Natürlich konnte Wilson dem Vietnamesen nichts recht machen. Er war beim Schneiden und Entbeinen zu langsam, konnte keine Zwiebel richtig andünsten, war nicht einmal in der Lage, die Töpfe richtig zu schrubben.

»In deine Familie alles Dummköpfe, was, Joe?« hatte Nguyen ihn schon an seinem ersten Tag in der Küche angeschrien. »Wo hast du bloß Kochlizenz bekommen? Glaub, du hören zuviel Buffalo Springfield! And Jimi Hendrix! Du paffen bestimmt Marijuana vor Arbeit und spielen laute Negermusik, statt denken an Kochen! Nix wie Nebel in dein Kopf, stimmt?«

Im Vietnamkrieg war der Koch offenbar zu der Überzeugung gekommen, daß sich die Amerikaner ihre Freizeit ausschließlich mit Drogenkonsum und ohrenbetäubender Rockmusik gestalteten. Nicht nur, daß diese Laster die Vereinigten Staaten damals den sicheren Sieg gekostet hätten, wie Nguyen zu behaupten pflegte, sie würden auch heute noch das Leben der Amerikaner verpfuschen.

»In Amerika nix als Haufen drogensüchtige Dummköpfe mit Knopf im Ohr«, pflegte er zu schimpfen. »Mich wundert, daß ihr pissen könnt, ohne Hosen naß zu machen.« Wilson hatte sich ein-, zweimal mit ihm angelegt, aber schon bald erkannt, daß es besser war, den Mund zu halten. Nguyens Theorien, etwa 1967 aus eigenen Erfahrungen entstanden, waren mittlerweile in Stein gemeißelt. Kein noch so vernünftiges Argument hätte diese Mauern niederzureißen vermocht. Und abgesehen davon war an dem, was der Koch von sich gab, genug Wahres, um Wilsons Streitlust einen Dämpfer zu verpassen. Er erinnerte sich noch zu gut an die klugen, exzentrischen Kids von der High School, die sich ihre Köpfe so lange mit Bong-Hits und Thai-Sticks vollgedröhnt hatten, bis sie apathisch, impotent oder gestorben waren oder – noch schlimmer – zu menschlichen Wracks verkümmert, bis an ihr Lebensende am Fließband Postpakete sortierten.

Nachdem er um zwei Uhr nachmittags die Küche fertig aufgeräumt hatte, ging Wilson an Deck und übernahm dort die Pflichten eines gewöhnlichen Matrosen. Die Stunden an Deck unter den sich blähenden Mylarsegeln und dem klaren Himmel ließen ihn bald die Hitzefolter in der Kombüse vergessen. Das Meer war für ihn wie ein riesiges Mohnfeld, dessen Farbe sich mit dem wechselnden Licht veränderte: von ultramarinblau um drei über irisblau um fünf, lavendelfarben bei Sonnenuntergang und schließlich schwarz mit Einbruch der Dunkelheit, einer Dunkelheit, die sich über die Masten senkte wie ein samtenes Tuch über einen Papageienkäfig. Wasser und Himmel dehnten sich schier unendlich vor ihm aus, nur ganz weit hinten, kaum zu erahnen, spannte sich als feine Demarkationslinie der Horizont.

Die Schönheit verschlug Wilson den Atem, er war hingerissen von Wind, Sonne und Sternen, von der immensen, wunderbaren Leere der Wellen. Wenn er im Bugkorb Wache hielt, erlebte er dieses hingerissene Staunen über seine neue Umgebung so intensiv wie eine tiefe Meditation, und fast schien es, als würde der von seinem Grauen besessene Wilson sich endlich ausleeren und mit einer neuen Persönlichkeit füllen können. Wie ein Golem entstieg eine unbekannte Seele der Meeresluft und dem Mulch aus Erfahrungen und Träumen.

So vergingen zehn Tage. Wie ein Pfeil schnitt die *Compound Interest* durch dieses strahlende Licht, die Segel falteten sich ein und falteten sich im Wind wieder auf, während unten in der engen Kombüse eine Mahlzeit in die nächste überging. Wilson und Cricket wechselten kaum ein paar Worte. Er hatte ihr Versprechen, daß nach den Azoren alles anders sein würde, und machte sich keine Sorgen. Sie schlief in einer anderen Kabine und verhielt sich ihm gegenüber unverändert schwesterlich. Aber es war kaum Zeit, sich über seine Situation Gedanken zu machen – an Bord gab es immer etwas zu tun. Das günstige Segelwetter hielt an mit rauhen Winden und schiebenden Strömungen. Wilson schlief den tiefen Schlaf von Seeleuten, geboren aus Knochenarbeit und Seeluft. Sanft atmete der Ozean unter dem dahingleitenden Schiff. Bald wichen der Sandgrund und die Muschelbänke des Kontinentalschelfs dem dunklen, unendlich tiefen, glasklaren Wasser des Atlantiks.

8

Am elften Tag auf See überquerte die *Compound Interest* am Morgen den siebenundzwanzigsten Breitengrad bei vierzig Grad West, ließ die frischen Winde und den klaren Himmel hinter sich und tauchte in einen Sumpf aus Seegras und strömungsbedingtem Treibgut, bekannt als die Sargassosee. In den schier endlosen Stunden nach zehn Uhr morgens geriet das Schiff in eine Flaute und lauerte auf den leisesten Windhauch. Die Strandschirmsegel fuhren aus, fanden nichts und fuhren mit einem mechanischen Seufzen wieder ein.

»So weit nördlich hab ich hier draußen noch nie Treibgut gesehen«, stellte Kapitän Amundsen fest. Für diese Breitengrade zeigten seine Tabellen gute Winde an, gutes Segelwetter. Wilson, der gerade die Kombüse auf Hochglanz polierte, schaute von seiner Arbeit auf, legte Fensterleder und Politur einen Augenblick beiseite und ging auf eine Zigarre hinauf ins Navigationsoktagon. Der Kapitän rauchte nicht gern allein. Auf See werden manche Männer ruhig, andere geschwätzig – der Kapitän gehörte zu letzteren.

»Ich fahre nun schon mein ganzes Leben lang zur See, und im Lauf der Zeit haben sich die Meeresströmungen verändert, die Sargasso ist schlimmer geworden.« Er deutete mit seiner Zigarre in Wilsons Richtung. »Früher mal gab es hier nur Seegras. Inzwischen liegt nur noch Müll herum. Petrochemischer Abfall schwimmt in rostigen Fünfziggallonenfässern ums Schiff herum, alles, was Sie wollen. Schauen Sie sich nur um. Das hier ist die Kloake des Ozeans.«

Wilson schirmte seine Augen mit der Hand gegen den diesigen, gelben Himmel ab. Bewegungslos hingen Seemöwen über den Masten. Ein kräftiger Gestank von totem Fisch stieg ihm in die Nase; wie riesige Scheißhaufen dümpelte verklumptes Seegras um das Boot. Eingedrückte Blechdosen, Plastikkanister, Sixpack-Plastikringe und anderer Müll verunstalteten das schwarze Wasser. Ein zerbrochener Eßzimmerstuhl schwamm aufrecht vorüber, die Stuhlbeine verheddert in einem Klumpen Seegras, groß wie eine Verkehrsinsel.

»Wie kommt der ganze Schrott nur hierher?« fragte Wilson. »Wir sind doch mitten auf dem Meer.«

»Ich hab einmal sogar ein kaputtes Klavier gesehen und, ob Sie's glauben oder nicht, auch einen ausgebrannten Volkswagen, der auf dem Seegras geschwommen ist«, sagte der Kapitän und suchte den Horizont nach einer Windbö ab. »Einmal sind sogar drei versiegelte Holzsärge vorbeigekommen. Wie Korken sind sie auf und ab gehüpft. Die Strömungen treiben das Zeug hinaus, und eure Müllschiffe fahren hierher und laden den Abfall direkt außerhalb der Zwölfmeilenzone ab, was natürlich illegal ist. Irgendwo muß der Müll hin. Und hier ist er.«

»Haben Sie die Särge an Bord genommen?« fragte Wilson, erwartete aber keine Antwort. Ein elender Verwesungsgestank zog von der Backbordseite über das Schiff und krampfte ihm den Magen zusammen. »O Mann, Käpt'n, Sie haben doch zwei kräftige Maschinen. Können wir denn hier nicht einfach herausdieseln?«

Der Kapitän schüttelte den Kopf. »Ackerman sagt nein. Er hat sich in den Kopf gesetzt, um die Welt zu segeln. Und das heißt, daß wir segeln und nicht motoren. Die Maschinen werden nur in Notfällen angelassen.«

»Und das bedeutet?« fragte Wilson.

»Das bedeutet warten«, sagte der Kapitän und wandte sich wieder seinen Tabellen zu.

9

Drei weitere Tage vergingen in bewegungsloser Trägheit. Die Sonne stand im Zenit und schien gelb durch den Dunstschleier, verbrannte die Wolken mit ihrer Glut, und die *Compound Interest* briet in der bleiernen Hitze. Nur ein paar einsame, schlaffe Wölkchen hingen am grellweißen Himmel.

Achtern vom Großmast gab es einen offenen Gasgrill, der normalerweise mit einer Aluminiumhaube abgedeckt war. Am Abend des dritten Tages versammelte sich die Crew auf Einladung des Schiffseigners um das gute Stück zu einem Barbecue auf hoher See. Als die Sonne über der Sargassosee unterging, nahm Nguyen die Haube ab, zündete ein Streichholz an und legte zehn Sirloinsteaks über das gelbblau flackernde Gasfeuer. Jedes Steak pinselte er sorgfältig mit Marinade ein und wendete das rote Fleisch mit professionellem Schwung über der Flamme. Bald war die ranzige Luft von dem vertrauten Duft einer heimischen Grillparty erfüllt. Für die Crew war dies ein besonderes Fest, denn sie ernährte sich hauptsächlich aus Dosen. Richtiges Essen war dem Milliardär vorbehalten.

Mit zusammengekniffenen Augen erschien Dwight Ackerman im Niedergang des Vorschiffs und streckte die Nase in die Luft.

Die Sargassosee, fast erträglich zu dieser Stunde der Abenddämmerung, stank wie ein großer Hund an einem heißen Nachmittag.

»Schön, daß Sie alle gekommen sind«, rief Dwight Ackerman leutselig, blieb stehen und blinzelte hinaus in die endlose Weite von Müll und Wasser, und fast schien es, als wäre er überrascht, sich mitten auf dem Meer wiederzufinden. Ein schlanker, schüchterner Mann von ungefähr fünfundvierzig Jahren, mit ungesunder Hautfarbe und dicken Brillengläsern, die seine Augen wie Lupen vergrößerten. Er sah aus wie ein Käfer aus einem Comic. Er trug ein Lakers-T-Shirt und ausgebeulte, bis zu den Waden aufgerollte Levi's Jeans. Darunter lugten weiße Schienbeine hervor. Durch die Brillengläser warf die untergehende Sonne halbmondförmige Schatten auf seine Wangen. Wilson war tief enttäuscht. Der Mann sah gnadenlos normal aus. Nichts, aber auch gar nichts deutete auf den geheimnisvollen Vertilger fünfzehngängiger Menüs hin, auch hatte er nicht die entfernteste Ähnlichkeit mit dem berühmten Finanzhai aus den Wirtschaftsmagazinen, dem eineinhalb Milliarden Dollar schweren Kaputtsanierer.

»Jetzt freue ich mich aber aufs Essen«, verkündete Ackerman und setzte sich einfältig grinsend links neben Nguyen. Er kreuzte die Beine und enthüllte dabei feingliedrige, feminin anmutende Knöchel, die aus einem Paar flacher, blitzsauberer, babyblauer Leinenschuhe lugten. »Machen Sie es sich doch gemütlich.« Er deutete auf das Essen. »Lassen Sie es sich schmecken.«

Als Beilage zum Fleisch gab es Wasserkresse-Walnußsalat, Reispilaf, Auberginenmoussaka und Knoblauchbrot sowie eine Flasche annehmbaren chilenischen Rotwein. Wilson hatte in der wie üblich stickigen, hektischen Kombüse bei den Vorbereitungen geholfen. Aber nun vergaß er fürs erste die Plackerei und dachte an das letzte Steak im Bazzano's zurück. Über den Grill hinweg versuchte er Crickets Aufmerksamkeit auf sich zu ziehen. Aber ihr Gesicht lag im Dunkeln; sie schaute auf das dunkle Meer am östlichen Horizont hinaus. Ackerman allein verschlang vier der zehn Steaks und fast die Hälfte der Beilagen. Er aß methodisch, drehte den Teller immer wieder herum und räumte das Essen vor sich ab wie die Zeiger einer Uhr. Wilson schaute ihm gebannt zu. Vermutlich hatte er einen stark erhöhten Stoffwechsel. Was für Mengen an Scheiße mußte dieser Mann produzieren! Keine Unterhaltung störte diese ernsthafte Tätigkeit des Essens; nur das Kratzen von Besteck auf dem Porzellan und das Klatschen des Seegrases gegen die Bordwand unterbrachen die Stille. Schließlich rülpste der Milliardär und schob seinen Teller zur Seite. Er schob die Brille auf die Nasenwurzel, blinzelte zu jedem einzelnen Mitglied der versammelten Crew und hob sein Weinglas.

»Nun denn! Erheben wir unsere Gläser auf, äh ... die Azoren. Na, wie finden Sie das? Unser nächstes Ziel, stimmt's, Käpt'n? Das heißt, falls wir je wieder Wind bekommen.«

Kapitän Amundsen nickte kaum wahrnehmbar.

»Und jetzt möchte ich zwei neue Crewmitglieder in unserer Mitte begrüßen. Willkommen an Bord! Vielleicht erzählen Sie uns ein bißchen von sich. Ich bin immer sehr daran interessiert, etwas von meinen Angestellten zu erfahren.« Er wandte sich zuerst an Cricket.

Cricket stellte ihr Weinglas ab und hob den Kopf. Ihre Augen blickten ausdruckslos und unschuldig. »Da gibt's nicht viel zu erzählen, Sir«, sagte sie. »Ich bin von Beruf Seemann. Bin nie was anderes gewesen.«

»Woher kommen Sie? Erzählen Sie uns ein bißchen.«

Sie zuckte die Achseln. »Die meiste Zeit war ich auf See.«

»Ich verstehe.« Er runzelte die Stirn und wandte sich an Wilson. »Sind Sie auch Seemann von Beruf?«

»Vor dieser Reise habe ich in der Stadt in zwei Börsenmaklerbüros gearbeitet«, sagte Wilson. »Straight & Straight und die Tea Exchange –«

Hinter der Käferbrille weiteten sich Ackermans Augen. »Sie waren Börsenmakler?« fragte er nach.

Wilson schüttelte den Kopf. »Nein, Sir. Ich war Assistent für den Bereich Warentermingeschäfte.«

»Das ist ja genau das, womit ich mich im Moment beschäftige. Warentermingeschäfte«, rief Ackerman begeistert. »Ist ein komplett neues Gebiet für mich. Die letzte Woche habe ich ausschließlich damit zugebracht, am Telefon mit Weizenfutures zu handeln. Kann Ihnen sagen, das war vielleicht eine Superwoche für Weizen.«

»Ja, Sir.«

»Kommen Sie doch einfach mal in mein Büro – äh, warum nicht gleich morgen nachmittag? Ich hab einen persönlichen Telekommunikationssatelliten, der in zwei Meilen Höhe hinter uns herfliegt. Ich bin an jeden Warenterminmarkt angeschlossen! Wir werden uns sicher gut verstehen.« Es schien ihm Ernst zu sein; er grinste übers ganze Gesicht wie ein Junge, der gerade einen neuen Freund gefunden hat. »Ja, warum eigentlich nicht? Ich habe eine Idee: Von jetzt ab bringen Sie mir mein Mittagessen. Nguyen kann mit seiner Zeit bestimmt etwas Besseres anfangen. Ein bißchen Gesellschaft kann nicht schaden. Wir könnten ja plaudern, während ich esse.«

»Ja, Sir«, sagte Wilson.

Die Crew blieb noch eine halbe Stunde um den Grill versammelt, bis die Weinflaschen geleert waren. Ackerman und Nguyen besprachen das Menü für den nächsten Tag; Kapitän

Amundsen hing schweigend seinen eigenen Gedanken nach. Die plötzlich hereinbrechende schwarze Nacht und die Weite des Meeres verleiteten zum Flüstern. Nach einer Weile spürte Wilson Cricket neben sich. Sie saß an seiner rechten Seite, ein Stück hinter ihm, halb im Schatten. Er warf einen Blick zurück und sah, daß die eine Seite ihres Gesichts in das bläuliche Gaslicht des Grills getaucht war. Sie trug ein Arbeitshemd aus grobem Stoff und ausgefranste, weiße Shorts. Wilson hatte ihre nackten Beine noch nie aus der Nähe gesehen; sie waren fest, muskulös und geschmeidig wie die Flanken eines Delphins. Die Haut in seinem Nacken begann zu kribbeln.

»Wilson« – Crickets Stimme war nur ein leiser Hauch – »Ich will nicht, daß du denkst, ich würde dich nicht beachten.«

»Ist schon gut. Ich bin ja auch andauernd beschäftigt.« Als er sich zu ihr umdrehte, sah er, daß sie den Kopf schüttelte.

»Sag nichts, hör mir einfach nur zu.«

Wilson drehte sich wieder zum Grill um.

»Wie ich schon sagte, ich möchte zumindest bis zu den Azoren auf Nummer Sicher gehen. Amundsen hat sich vorgenommen, mich in die Geheimnisse dieses Schiffes einzuweihen. Ich kann dir sagen, der Kahn ist genauso kompliziert wie ein Space Shuttle, aber« – Cricket legte eine dramaturgische Pause ein – »ich hab trotzdem über dich nachgedacht.«

»Was du nicht sagst!«

»Aber wir müssen Geduld haben. An der jetzigen Situation kann ich beim besten Willen nichts ändern. Du schläfst mit dem Koch im Mannschaftsquartier. Und ich liege in einer Hängematte in der Gerätekammer in Spuckweite der Kapitänskajüte. Es ist einfach zu gefährlich.« Einen Augenblick lang schwieg sie. Wilson spürte ihren warmen Atem an seinem Ohr. »Gib mir deine Hand«, flüsterte sie.

Wilson lehnte sich aus dem Lichtkegel zurück und streckte den Arm nach hinten aus. Sie nahm seine Hand, führte sie an ihren Beinen entlang hoch und umschloß sie mit ihren Schenkeln. Einen Augenblick später spürte er eine feuchte Wärme an seinem Handballen.

»Hab nur noch etwas Geduld«, flüsterte Cricket. Sie drückte die Oberschenkelmuskeln zusammen und gab dann seine Hand wieder frei. Im nächsten Moment war sie wieder auf der anderen Seite des Grills, ihre Augen verdeckt von der Dunkelheit, ein Glas Wein an ihren Lippen.

Kurz nach Mitternacht wehte ein frischer Wind den Dunst von der Wasseroberfläche, und die Sterne glitzerten wie kleine Frostkristalle im antiken Empyreum. Die Strandschirmsegel füllten sich mit Wind. Die *Compound Interest* überquerte den sechzigsten Längengrad bei vierzig Grad Nord und segelte nun auf direktem Kurs zu den Azoren.

Als sich Wilson eine Stunde später unruhig in seiner Koje herumwarf, war er wieder da, der vertraute Schmerz, gegen den es nur ein Mittel gab. Er schlief erst ein, als sich vor dem Bug der erste Schimmer der Morgendämmerung zeigte.

10

Ackermans Büro nahm fast das ganze Vorschiff in Anspruch. Abgesehen davon, daß sämtliche Möbel auf dem Fußboden festgeschraubt waren, hätte das Büro genausogut an Land in einem x-beliebigen Bürogebäude einer x-beliebigen Stadt stehen können. Es war ausgestattet mit einem großen, polierten Schreibtisch, einem PC mit Drucker, zwei Faxgeräten, einem Fernschreiber, Ablageschränken, einer kompletten Ausrüstung für Video-Konferenzschaltungen und einem im Steuerbordschott eingelassenen Fernseher mit einem Zweiundzwanzig-Zoll-Monitor. Auf Bücherregalen standen in Leder gebundene Hauptbücher und einige hundert Videokassetten. Diplome und Fotos in hübsch verzierten Rahmen hingen am Backbordschott über Ackermans Schreibtisch.

Ein großes, rechteckiges Bullauge ließ Licht vom Meer herein, aber eigentlich machte es keinen Unterschied: In dem Augenblick, als Wilson mit der täglichen Fuhre Essen auf dem Tablett durch die Tür in Ackermans Büro trat, fühlte er sich zurückversetzt – in die resopalbeschichtete, drangvolle Enge, den staubigen Mief von Büroräumen.

An den darauffolgenden Tagen saß Wilson jeden Nachmittag eine Stunde in diesem Büro und schaute zu, wie Ackerman die Mahlzeiten in sich hineinstopfte. Anschließend unterhielten sie sich über Basketball oder die Warenbörse und spielten auf Schreibpapier Criss-Cross oder Schiffe-versenken. Abgesehen von gelegentlichen verblüffenden Einblicken in Ackermans Finanzen, kam es Wilson vor, als besuchte er ein Schulkind. Hinter dem mit Kalkulationstabellen und Faxen überladenen Schreibtisch erlaubte sich der Milliardär, er selbst zu sein; hier war er viel gelöster als an Deck. Er maß sich mit Wilson im Armdrücken, erzählte pubertäre Witze oder andere schwachsinnige Storys, zielte mit Papierbällen in den Papierkorb. »Zwei Punkte!« jubelte er begeistert, wenn er in den Korb traf, und Wilson verdrehte insgeheim die Augen. Aber hinter den Späßen und dem Unfug, fand Wilson, hatte der Mann etwas Pathetisches, Verzweifeltes an sich. Und als er am fünften Tag seines Zimmerservice das Büro betrat, fand er Ackerman zusammengesunken über dem Schreibtisch kauern, den Kopf auf die Arme gestützt. Ein paar Sekunden lang stand Wilson unbemerkt in der Tür und räusperte sich schließlich leise.

»Sir? Haben Sie Hunger?«

Ackerman hob schwerfällig den Kopf. »Eigentlich nicht, aber vielleicht sollte ich doch etwas essen.« Seine Augen waren verquollen und gerötet. Er hatte geweint.

Wilson stellte das Tablett auf die Schreibunterlage und wandte sich zum Gehen.

»Nein, ist schon gut«, schniefte Ackerman kläglich. »Setzen Sie sich nur.«

Wilson nahm auf dem Stuhl neben dem Schreibtisch Platz und schaute Ackerman beim Essen zu. An diesem Tag gab es zur Abwechslung ein französisches Menü. Nguyen hatte einen Coq au vin zubereitet, Coquilles St. Jacques, Bœuf Bourgignon, Escargots in Knoblauchbutter, einen Salade aux écrevisses, und Canard à l'orange, gefolgt von Käse und Obst und begleitet von einer Flasche Châteauneuf du Pape. Ackerman schaffte nicht einmal die Hälfte der Mahlzeit. Er produzierte ein lautes Grunzen, ein Mittelding zwischen Seufzen und Rülpsen, und legte das Besteck zur Seite. »Wenn Sie möchten, können Sie den Rest essen«, meinte er. Es war das erste Mal, daß er ihm etwas von seiner Mahlzeit anbot. Wilson hätte sein Angebot nur zu gern angenommen – das Essen für die Crew schmeckte meistens wie Papier –, aber aus Prinzip verzichtete er darauf. Ackerman grunzte erneut und lehnte sich im Stuhl zurück. Er war aschfahl im Gesicht.

»Haben Sie Sorgen, Sir?« fragte ihn Wilson schließlich.

Ackerman starrte Wilson aus verquollenen Augen an. »In Anbetracht der hierarchischen Struktur unserer Beziehung«, bemerkte er steif, »Sie der Angestellte und ich der Arbeitgeber, halte ich es für unpassend, persönliche Dinge mit Ihnen zu diskutieren.«

»Selbstverständlich, Sir.«

»Aber verdammt noch mal, was soll's!« legte Ackerman plötzlich los. »Auf diesem Boot habe ich keine Menschenseele, mit der ich mich unterhalten kann!« Er stieß sich vom Schreibtisch ab, stellte sich ans Bullauge und lehnte den Kopf gegen die dicke Glasscheibe. »Sie wissen doch, daß ich die letzten beiden Wochen einen Haufen Geld verdient habe«, sagte er. »Zwanzig Millionen Dollar. Und das an der Warenbörse! Dabei bin ich, verdammt noch mal, Investmentbanker. Ich habe nicht die blasseste Ahnung von der Warenbörse! Und erst gestern hab ich mir ausgerechnet, daß ich bisher in meinem Leben so um die viereinhalb Milliarden Dollar netto eingenommen haben dürfte. Für die Steuer bin ich klarerweise knapp eine Milliarde wert, aber zwei weitere Milliarden liegen auf einem anonymen Schweizer Bankkonto, von dem das Finanzamt natürlich keine Ahnung hat –« Dann fuhr er wütend herum. »Na los, gehen Sie schon, erzählen Sie's den Blutsaugern. Vielleicht kriegen Sie ja Ihre zehn Prozent! Mir macht das nichts mehr aus. Weil ich nämlich endlich die Wahrheit erkannt habe. Mit keinem Geld der Welt kann ich mir ... kann ich –« Er schüttelte den Kopf; die Stimme versagte ihm. Tränen flossen ihm über die Wangen, und er ließ sich wieder auf den Stuhl hinter dem Schreibtisch fallen.

»– Glück erkaufen?« mutmaßte Wilson.

Der Milliardär rieb sich mit geballten Fäusten die Augen und nickte. »Claire hat mich nur des Geldes wegen geheiratet. Das liegt wohl auf der Hand«, schniefte er. »Damals dachte ich noch, daß sie mich liebt. Aber vermutlich habe ich falsch gedacht.«

»Claire?«

»Meine Exfrau. Die französische Schauspielerin Claire Denoyer.« Ackermans Gesicht hellte sich kurz auf. »Vielleicht haben Sie ja einen Film mit ihr gesehen – *Elena, Lust und Leidenschaft, Elena und die Junggesellen.* Davon gibt's eine ganze Serie.«

»Nein, ich glaube nicht«, murmelte Wilson.

»Ach so. Nun ja, vermutlich haben Sie sich schon gefragt, weshalb ich dieses Schiff gekauft habe, warum ich überhaupt diese Schiffsreise mache. Um die Welt. Ich hasse das Meer! Haben Sie bemerkt, daß ich so gut wie nie an Deck komme? Aber für mich war dies die einzige Möglichkeit, diese Frau zu vergessen. Manchmal, wenn der Markt boomt, gelingt es mir einen ganzen Tag lang, nicht an sie zu denken. Aber heute hab ich offenbar einen schlechten Tag erwischt.«

»Was ist passiert?« fragte Wilson freundlich.

Ackerman holte eine Fernbedienung aus seinem Schreibtisch.

»Das ist passiert!«

Der Fernseher auf der anderen Seite der Kabine schaltete sich ein, und Wilson fiel fast vom Stuhl: Auf dem Bildschirm flimmerte eine hochauflösende Standaufnahme von zwei nackten Menschen – ein schwarzer Mann und eine weiße Frau –, mitten im Geschlechtsverkehr erstarrt, in Hundestellung. Die Frau hing mit offenem Mund über der Lehne eines blumengemusterten Sofas, das Gesicht verzerrt zu einer Grimasse ekstatischer Geilheit; hinter ihr der Mann; ein Auge geschlossen, die Zähne gefletscht, beide Hände auf ihren sonnengebräunten Arschbacken abgestützt, Arschbacken, so perfekt modelliert wie die Hälften einer Birne.

»Hübsches Bild, nicht?« meinte Ackerman. Er drückte auf PLAY, und die beiden kamen mächtig auf Touren, begleitet von den unvermeidlichen Grunz- und Seufzgeräuschen eines schweißtreibenden Geschlechtsverkehrs.

»Ah ja«, stotterte Wilson, »ich verstehe –«

Aber der Milliardär hatte ihn offenbar nicht gehört. »Das sind Claire und ihr persönlicher Fitneßtrainer. Ein abgewrackter Footballspieler, der sich damals Ironhead Jackson genannt hat. Ich hab überall in meinem Haus in Santa Barbara Überwachungskameras installieren lassen und die beiden über Monate hinweg gefilmt. Ich habe auch Aufnahmen von ihr mit zwei anderen Männern und dem Dienstmädchen, einem siebzehnjährigen Mädchen aus Venezuela – übrigens eine ziemlich heiße Nummer, das kann ich Ihnen flüstern.«

Ackerman drehte die Lautstärke auf, und das auf Video gebannte Liebesstöhnen erfüllte die Kabine. Nach dem starren Blick und dem verzerrten Gesicht zu urteilen, litt er offenbar Höllenqualen, während seine Frau auf dem Bildschirm, quiekend wie ein Ferkel, allmählich zum Orgasmus kam. Ihr infernalisches Quieken war für Ironhead offenbar zuviel. Er gab ein lautes Grunzen von sich, zog seinen Schwanz heraus und spritzte über Claires Rücken ab. Dann fielen die beiden als schweißnasser, keuchender Haufen auf das Sofa.

Wilson war sprachlos.

Ackerman verzog das Gesicht zu einem idiotischen Grinsen und drückte einen Knopf auf der Fernbedienung. Der Bildschirm war wieder dunkel.

»Ich weiß«, sagte er. »Es ist nur ein billiger Pornofilm. Davon hat sie, weiß Gott, genug gemacht! Alles, was man dazu braucht, ist eine fetzige Hintergrundmusik aus den Siebzigern. Und einen Coitus interruptus! Geradezu klassisch! Das war damals bei Männern die bevorzugte Empfängnisverhütung. Ich habe ungefähr dreihundert Videobänder von der Sorte.« Er deutete traurig auf das Bücherregal. »Sie haben es sechs Monate lang ungefähr dreimal am Tag getrieben. Und in der ganzen Zeit hat sie mit mir auch noch zwei- oder dreimal die Woche geschlafen. Wir haben übrigens auch ganz schön gevögelt – vielleicht nicht so heftig wie eben, aber schlecht war's auch nicht. Ich brauche Ihnen nicht zu sagen, daß die Scheidung glatt über die Bühne gegangen ist. Bin sie ohne eine müde Mark losgeworden, und das ist in Kalifornien wahrlich nicht einfach. Soviel ich weiß, ist sie jetzt drogensüchtig und haust mit irgend 'nem Zuhälter in einem billigen Hotel am Sunset Boulevard in L. A.« Ackerman lehnte sich im Stuhl zurück und hielt sich die Hände vors Gesicht.

Wilson schwieg einen Augenblick und dachte nach.

»Wenn Sie mich fragen, Mr. Ackerman«, begann er schließlich, »so eine Videokamera ist eine teuflische Erfindung. Die Erinnerung dagegen ist eine sanfte, vergebende Empfindung. Die alten Griechen haben ihr sogar eine Göttin gewidmet und ihr den Namen Mnemosyne gegeben. Sie mildert mit der Zeit die schlimmsten Erinnerungen, schleift die schmerzhaften Kanten ab. Aber ein Videoband vergibt nicht. Auf dem Videoband ist alles ständig präsent, die gleichen Sünden, immer und immer wieder. Man kann die schlimmsten Momente seines Lebens immer wieder neu erleben. Darf ich Ihnen einen kostenlosen Rat geben, Sir? Sehen Sie zu, daß Sie diese verdammten Dinger loswerden. Lassen Sie zu, daß die Erinnerung, wie die Griechen zu sagen pflegten, auf Ihre Seele die heilende Salbe der Zeit aufträgt. Machen Sie sich frei von Ihrer Frau; trennen Sie sich von allen diesen Bändern.«

Ackerman kämpfte gegen seine Tränen an. »Ich kann nicht«, schniefte er. »Ich liebe sie noch immer. Diese Bänder sind alles, was mir von ihr geblieben ist.« Dann legte er den Kopf auf die Schreibtischplatte und rührte sich nicht mehr. Nach einer Weile ging Wilson leise hinaus und stieg den Niedergang hinauf in die strahlende Sonne. Er ging zum Bugkorb und setzte sich dort auf die Planken. Die salzige Gischt wehte über seinen Körper, die saubere Luft füllte seine Lungen. Hier oben im Wind erlebte er einen wunderschönen atlantischen Nachmittag. Die Sonne sank langsam zum Kontinent hinunter, auf den westlichen Horizont, und irgendwo vor ihm lag Afrika. Aber im Büro unter Deck, in der staubigen Düsternis, stand die Zeit still. Keine atemberaubenden atlantischen Nachmittage, keine sturmgepeitschten Nächte an Deck. Und während dort unten über das Faxgerät Weizenfutures aus aller Welt hereinratterten, wiederholte sich die immer gleiche, verzehrende halbe Sekunde, bis Ackermans Frau, genommen von einem anderen Mann, endlich ihren Orgasmus erreichte.

11

Am siebzehnten Oktober kam Corvo auf den Azoren in Sicht. Es erhob sich aus der grauen See als grauer, undeutlicher Schatten, eingehüllt in Wolken. Nach fast drei Wochen ohne Landsicht war es schwer, an die Existenz solcher Dinge zu glauben, an festen, unverrückbaren Felsen. Die *Compound Interest* umsegelte Corvo in vier Stunden – eine winzige Insel, keine fünf Meilen im Durchmesser –, und der Kapitän zeigte auf Rosario, das weit hinten im Dunst lag.

»Das soll eine Stadt sein?« fragte Wilson. Er beobachtete Rosario durch das starke Fernglas des Kapitäns. Er sah ein halbes Dutzend weißer, kubischer Häuser, wie eine Perlenkette aufgefädelt auf den vulkanischen Felsklippen, ein paar Fischerboote, die im winzigen Hafen vor Anker lagen.

»Ja, das ist eine Stadt«, bestätigte Kapitän Amundsen. »Und eine sehr alte noch dazu. Vor einiger Zeit hat dort ein Sturm eine große, alte Eiche auf dem Hauptplatz umgeblasen. In ihren Wurzeln fand man einen Krug mit phönizischen Münzen. Schon erstaunlich, wenn man bedenkt, wie todesmutig die Seeleute in der Antike gewesen sein mußten. Haben die ganze Strecke von Nordafrika bis hierher auf Galeeren mit Rahsegeln zurückgelegt. Das waren ja im Grunde nichts anderes als große Ruderboote. Und Afrika ist mehr als tausend Meilen entfernt von hier. Diese armen Schweine haben sich vermutlich nur vor einem gefürchtet, nämlich daß sie irgendwann über den Rand der Erde fallen könnten.«

Am Abend umrundeten sie das Kap und nahmen Kurs auf die inneren Inseln. Bald war Flores in der Nacht versunken, und von Süden her zog Nebel auf. Zwei Tage lang segelten sie in trübem, kaltem Wetter weiter bis Gomez Point auf Graciosa, wo der Kapitän wegen der Gegenwinde aus dem Westen den Kurs so änderte, daß das Schiff Fayal direkt anpeilen konnte. Bei Tagesanbruch entdeckte Wilson an der Landspitze Anzeichen von Siedlungen – die Lichter von Dörfern, aus deren Mitte Funkantennen als rote Punkte blinkten, und plötzlich überrollte ihn eine Erkenntnis in einer Woge von Wehmut: Wie einsam ist doch ein Leben auf See! Immer an fremden Küsten entlang, immer Kurs woandershin, um, sobald woandershin erreicht ist, wieder umzukehren und zurückzusegeln über den dunklen und unermeßlichen Ozean. Der Seemann, soviel verstand Wilson auf einmal, ist eine Seele auf Wanderschaft, er ist nirgendwo wirklich zu Hause.

Die Azoren sind ein unwirtlicher vulkanischer Archipel, auf dem es die meiste Zeit des Jahres regnet; seine Dörfer sind klein und arm. Aber als die *Compound Interest* am nächsten Abend auf Sicht in den Hafen von Angra do Heroismo auf Terceira einlief, war es Wilson, als hätte er noch nie in seinem Leben eine schönere Stadt gesehen: Vom Hafenbecken aus reihten sich weißgetünchte Häuser dicht an dicht einen steilen Hang empor, dazwischen gepflasterte Straßen und enge Treppen und ganz oben eine barocke Kathedrale, deren Kirchturm mit bunten Lichtern geschmückt war. Die Cafés und Restaurants an der Hafenpromenade waren voller Menschen, und von irgendwoher trug der Wind die Stimme einer Frau, die ein spanisches Lied trällerte. Weit hinten an Steuerbord entdeckte Wilson die Kräne und Ladebäume der Werften, die Frachter und Tanker, die an ihren Murings an der Pier lagen, die vertrauten schwarz-grünen Schlote der Containerschiffe der Black Star Line, den graugesprenkelten Rumpf eines Zerstörers der portugiesischen Marine.

Sie machten in der Marina neben einer großen Yacht mit dem blaugelben Wappen des schwedischen Königs fest. Die Crew erhielt vier Tage Landurlaub. Wilson packte seine Segeltuchtasche und machte sich auf den Weg zum portugiesischen Zoll, der in einem großen, mit rosarotem Stuck verzierten Gebäude aus dem neunzehnten Jahrhundert am Ende eines gepflasterten Kais lag. In dem Gebäude ging es zu wie an einer Bushaltestelle: Der schmutzige Marmorfußboden war übersät mit Papierfetzen, Seeleute verschiedener Schiffe warteten darauf, von den Beamten in die Freiheit entlassen zu werden. Kapitän Amundsen hielt einen Platz in der Wartereihe für Wilson frei.

»Der Schiffsverkehr über den Atlantik hat in letzter Zeit stark zugenommen«, sagte der Kapitän, als Wilson sich zu ihm gesellte und seinen Seesack auf den Boden stellte. »Aber erst in den letzten paar Jahren. Sehr merkwürdige Sache, das.«

Wilson betrachtete die Crews der anderen Schiffe. Dunkle und helle Gesichter waren darunter, Männer aus allen Kontinenten und aller Nationen. Viele trugen billige Anzüge, die Haare glatt nach hinten gekämmt; sie sahen aus wie Schlägertypen aus Gangsterfilmen. Ein bulliger Seemann hinter ihm spielte auf seiner Mundharmonika eine weiche Melodie, die bald in einen vertrauten irischen Rhythmus überging. »Rocky Road to Dublin«, sagte Wilson und klopfte mit dem Fuß im Takt dazu. »Kennen Sie das Lied?« Er war aufgekratzt: Das Bewußtsein, wieder an Land zu sein, bescherte ihm beste Laune. Die Schaukelbewegungen des Schiffes steckten ihm allerdings immer noch in den Beinen, in den Knochen.

Der Kapitän runzelte die Stirn. Er war von dem hier herrschenden Trubel eher irritiert.

»Kommen Sie, Kapitän! Wir haben Landgang«, ermunterte ihn Wilson und legte ihm seine Hand freundschaftlich auf die Schulter.

»Ich freue mich genauso wie alle anderen darauf, an Land zu gehen«, sagte der Kapitän. »Aber das hier kommt mir nicht ganz geheuer vor.«

»Wie meinen Sie das?« fragte Wilson.

»Ich steuere die Azoren nun schon seit dreißig Jahren an, aber einen so regen Schiffsverkehr wie in den letzten Jahren habe ich früher nie erlebt. Entweder ist die Weltwirtschaft aus den Fugen geraten, und man hat vergessen, es mir zu erzählen, oder irgend etwas anderes ist hier im Gange.«

»Was, zum Beispiel?« Wilson hörte nur mit halbem Ohr hin.

»Na, zum Beispiel illegaler Handel«, mutmaßte der Kapitän. »Drogen, Schmuggelware, wer weiß? Auf jeden Fall etwas Verbotenes. Etwas, das von Afrika herüberkommt. Immer ist es irgendwas aus Afrika. Und es sind ja nicht nur die Azoren allein; auf den Kapverden und den Kanarischen Inseln geht's genauso zu. Ribeira Grande war früher einmal ein trostloser Hafen, absolut tote Hose, und jetzt herrscht dort richtige Goldgräberstimmung. Und hier ist es genau das gleiche. Schon seltsam, finden Sie nicht?«

Wilson zuckte die Achseln. Er war mit seinen Gedanken ganz woanders.

12

Wilson und der Kapitän trennten sich eine Stunde später an einer Straßenecke im Baxia Distrikt. Der Kapitän setzte sich in ein Taxi und ließ sich zum Hotel Cristobal chauffieren, einem modernen Hochhaus in den Außenbezirken der Stadt. Ein paar Minuten lang schlenderte Wilson ziellos die gepflasterte Straße entlang, in der es vor Menschen wimmelte. In der Luft hing der Geruch von altem Gemäuer und Erde. Nach einer Weile stellte er sich in einen Torbogen und betrachtete von dort aus die Passanten. Gerade hatte das Festival von São Xoxsa begonnen, das zu Ehren eines portugiesischen Märtyrers begangen wird, den Berber-Piraten im fünfzehnten Jahrhundert den Haien zum Fraß vorgeworfen hatten. Gedrungene Bauern vom Hinterland mit heiligen Reliquien um den Hals schlurften an ihm vorüber und kippten sich immer wieder ein Schlückchen Grappa aus einer aufgeblasenen Haifischhaut hinter die Binde. Dunkelhäutige Frauen rollten Fässer voller gelber Calla-Blüten die Straße hinunter.

Die handschriftliche Wegbeschreibung in Wilsons Tasche führte ihn zu einem Café namens Arquipelago. Es war ein kleines, schmuddeliges, zur Straße hin offenes Lokal mit rußgeschwärzten Balken und einem ebenso protzigen wie überflüssigen amerikanischen Flipperautomaten. Wilson setzte sich an einen Tisch vor der Tür. Zwanzig Meter weiter die Straße hinunter, unter den schwarzen Blätterkronen der Bäume und den blühenden Palmen des Parque Citadino, hinterließen junge *Ilheú* Pärchen ihre Spuren im weichen Sand; ihre Stimmen wehten als leises Murmeln zu Wilson herüber. Der Kellner, ein junger Mann mit der drahtigen Statur eines Stierkämpfers und spitzzulaufenden Koteletten, trat an ihn heran.

»Señhor?«

Wilson überlegte kurz und deutete dann auf ein Plakat im

Fenster, das eine dralle Schöne mit blauschwarzem Haar im Badeanzug zeigte, die neben einer überlebensgroßen, etwas phallisch anmutenden Flasche eines alkoholischen Getränks posierte.

»Uma botelha de aguardente?« fragte der Kellner nach. Wilson nickte hilflos. Der Kellner stellte eine Flasche der gelblichen Flüssigkeit und ein kleines Glas auf den Tisch. Wilson probierte. Es war eine Art Brandy aus weißen Trauben, stark und herb. Er kippte den Brandy hinunter; er brannte in seiner Kehle.

»Na, demnach hast du's also gefunden?« Cricket setzte sich ein paar Minuten später zu ihm an den Tisch. Sie duftete nach Parfüm. Wilson starrte sie an.

»Du siehst umwerfend aus«, sagte er.

Sie lächelte ihn scheu an, drehte sich nach dem Kellner um und verlangte auf portugiesisch nach einem zweiten Glas.

»Ich trinke bei dir mit«, sagte sie.

An diesem Abend hatte Cricket ihre Haare zu einem lockeren Knoten aufgesteckt, etwas Lidschatten aufgelegt und sich die Lippen leuchtendrot geschminkt. Ihre Seglerhosen und das Sweatshirt hatte sie abgelegt und trug nun einen dunklen Bolero aus Wolle und ein kurzes, enges, seidig glänzendes Kleid, bedruckt mit blauen und schwarzen Blumen. An ihrem linken Handgelenk klimperte ein Dutzend breiter, mit Steinen besetzter Armreife aus einem weißlichen Metall, das viel heller glänzte als Silber – Platin? Wie kommt eine Seglerin wohl an so teuren Schmuck? fragte sich Wilson. Dann verdrängte er den Gedanken aus seinem Kopf. Sie sah heute abend wunderschön aus. Im Moment war es nur das, was zählte. Als ihr Glas gebracht wurde, schenkte sie sich von dem gelben Brandy ein und hielt ihn gegen die Lichter der Straße. »Wir haben es mit diesem Schiff voller Narren bis hierher geschafft«, sagte sie. »Trinken wir nun auf die nächste Etappe unserer Reise.«

»Nichts lieber als das«, sagte Wilson, und sie tranken. Nachdem sie die Flasche Aguardente zur Hälfte geleert hatten, ging Cricket zum Bezahlen ins Lokal. Als sie wieder herauskam, wollte Wilson etwas von den frischgedruckten portugiesischen Geldscheinen beisteuern, die er beim Zoll gegen seine Dollars getauscht hatte, aber sie winkte ab.

»Fühl dich eingeladen«, sagte sie. »Komm, gehen wir.«

»Und was ist mit der restlichen Flasche?«

»Nimm sie mit.«

Ohne einander zu berühren, liefen sie Seite an Seite durch die gepflasterten Straßen, vorbei an Häusern mit Steinfassaden und heruntergelassenen Rolläden, bogen in eine schmale Gasse ein und gelangten auf eine Plaza, auf der ein bronzener Reiter auf seinem Pferd saß und zum Meer zeigte. Hinter der Statue stiegen sie zwei Treppen hinauf und befanden sich nun in einer stillen Wohngegend über der Unterstadt. Manche der Häuser waren taubenblau gestrichen, mit weißen Ziersimsen, andere hellgelb mit blauen Ziersimsen. Hinter den Terracottadächern der Stadt erhaschte Wilson einen Blick auf den darunterliegenden Hafen. Wolken segelten am Mond vorbei. Eine schwarze Katze lief vor ihnen über die Straße, blieb stehen, fauchte und verschwand in einer Sackgasse.

»Das bringt Unglück«, murmelte Wilson und schüttelte sich.

Cricket legte die Arme um ihn und drückte ihn an die Mauer eines blauen Hauses. Sie küßte ihn, dann küßte sie ihn wieder.

»Okay«, sagte Wilson.

Am Ende der Sackgasse lag eine kleine, einstöckige Pension, deren glatte Fassade von drei großen Plastiklaternen in Form von Eulen beleuchtet war. Die Lobby war ein schmaler Flur mit einem dickgepolsterten Sofa und einem Strauß Calla in einem Messingkrug. Die Concierge, eine alte Frau in der Tracht der alten Frauen, einem schwarzen Kleid, darüber eine schmutzige, weiße Wolljacke, lümmelte auf dem Sofa und war über einer Ausgabe des *Courier Ilheú* eingenickt. Auf der Titelseite des Blattes erkannte Wilson ein Photo von Michael Jackson. Als Cricket die Tür zumachte, wachte die Concierge auf, und es folgte ein kurzer Wortwechsel auf portugiesisch. Mehrere Male zeigten die beiden Frauen auf Wilson und diskutierten schnell und mit erregten Stimmen. Nachdem sie weitere zehn Minuten verhandelt hatten, fischte die Concierge einen Schlüssel aus ihrer Strickjacke und gab ihn Cricket, die Wilson die Treppe hinaufführte.

In dem geräumigen Zimmer stand ein Doppelbett auf einem Podest. Das Fenster ging zur Sackgasse hinaus. In der Ferne waren zwischen den Häuserreihen der Hafen und das Meer zu erkennen.

»Das ist das einzige Zimmer in diesem Schuppen, das einigermaßen was taugt«, sagte Cricket. »Von den anderen hat man entweder einen wunderbaren Blick auf die gegenüberliegenden Hauswände, oder es hängt eine beleuchtete Eule im Fenster. Und außerdem ist das hier das einzige Zimmer mit einem Bett, das groß genug ist.«

Wilson nickte. Aus unerfindlichen Gründen war er nervös. Er legte seinen Seesack auf einen Stuhl mit geflochtener Sitzfläche, steckte die Hände in die Hosentaschen und wanderte durchs Zimmer. Nackter Holzfußboden, abgesehen von einem kleinen, ovalen Bettvorleger, an den Wänden eine farbige Kreidezeichnung der terrassierten Felder von São Miguel und ein gerahmtes Foto der Königin von England in der scharlachroten Uniform der Horse Guards aus den fünfziger Jahren. Im Bad eine tiefe Marmorbadewanne mit Raubtiertatzen.- Als er wieder ins Schlafzimmer zurückkam, hatte Cricket Bolero und Kleid ausgezogen und stand barfuß neben dem Bett. Die Arme hatte sie nach hinten verrenkt und mühte sich gerade ab, den Verschluß ihres Büstenhalters zu öffnen.

Wilson betrachtete sie von der Badezimmertür aus, die Hände noch immer in den Hosentaschen vergraben. In seinem Nacken bildeten sich Schweißperlen.

»Schau nicht so, hilf mir lieber, den BH aufzumachen.« Cricket verdrehte ihre Schultern.

Wilson ging zu ihr und fummelte mit zittrigen Händen am

Verschluß. Die eine Hälfte von Crickets Gesicht wurde vom Licht einer Plastikeule direkt unter dem Fenster in ein fahles Elfenbein getaucht. Ihr Rücken war weich und muskulös, die einzelnen Wirbel zeichneten sich wie Korallenköpfe unter der Oberfläche seichten Wassers ab. Der Büstenhalter fiel zu Boden. Wilson schlang die Arme von hinten um Crickets Oberkörper und umfaßte ihre Brüste. Einen Augenblick lang blieb er mit klopfendem Herzen regungslos stehen und spürte, wie sich ihre Brustwarzen unter seinen Handflächen aufrichteten. Dann beugte er sich zu ihr und biß sanft in die zarte Haut über ihrem Schlüsselbein. Cricket zuckte zusammen und zog ihn aufs Bett. Im nächsten Moment – Wilson wußte nicht, wie – war auch er nackt. Cricket öffnete die Beine, und sie wälzten sich auf dem Laken des Doppelbetts in einem Zimmer einer obskuren Pension auf einer entlegenen Insel, in jeder Richtung des Kompasses umgeben von der tiefen, dunklen atlantischen Nacht.

13

Zwei Tage lang blieben sie im Bett, liebten sich und erzählten einander die Geschichte ihres Lebens. Die Sonne ging auf, wanderte über Fayal und Pico, über São Miguel und Corvo, über all die Inseln der Azoren und die geheimnisvollen, fernen Kontinente, die wie winzige Einschlüsse im Edelstein der Welt verborgen lagen. Sie aber hatten keinen Blick für das wechselnde Licht; sie lagen aneinander, ineinander, Teil des gewaltigen, infamen Kompromisses, der den Übergang von einer Generation zur nächsten erst möglich macht.

Wilson war hingerissen von Crickets Körper. Er hatte das Gefühl, doppelt soviel von ihr zu haben wie von Andrea. Crickets Körper war hart an manchen Stellen, weich an anderen. Ihre Muskeln an Rücken und Armen waren das Resultat ehrlicher Arbeit, nicht von Aerobic – das letztendlich nur eine andere Form von Trägheit ist –, und wenn er sich auf sie legte, spürte er unter sich Kraft und Stabilität. Nur an ihre Hände konnte er sich nicht gewöhnen, wenngleich er kein Wort darüber verlor. Es war nicht leicht, solche Hände bei einer Frau zu akzeptieren. Sie waren breiter als seine eigenen und viel schwieliger. Sie hatten angepackt, was er nie anpacken würde; in ihnen stand eine lange Geschichte von Arbeit und Mühsal geschrieben.

Vielleicht spürte Cricket Wilsons Gedanken. Wenn sie miteinander schliefen, benutzte sie häufiger ihre Zunge als ihre Finger, und wenn sie sich anschließend aneinanderkuschelten, verbarg sie ihre Hände unter der Bettdecke. Wilson hatte deswegen ein schlechtes Gewissen, obwohl er ihre Schüchternheit, gerade weil sie im Widerspruch zu ihrer sonstigen Persönlichkeit stand, als durchaus reizvoll empfand. So haben wir alle, dachte er, unsere streng gehüteten Geheimnisse, unsere heimlichen Schwächen. Und dann, am Morgen des dritten Tages, nahm Wilson Crickets Hände zwischen die seinen und versuchte, sie zu küssen.

Erschreckt zog sie ihre Hände zurück.

»Komm schon«, bat Wilson. »Gib mir deine Hände.« Draußen ging ein stetiger Regen auf Terceira nieder. Vor dem Fenster war es so dunkel wie um acht Uhr abends in anderen Breiten.

»Nein, sie sind eklig. Ich hasse sie.«

»Aber Cricket, du kannst doch nicht etwas hassen, das ein Teil deines Körpers ist.«

»Kann ich wohl«, maulte Cricket, drehte den Kopf zur Seite, und der strömende Regen vor dem Fenster warf ein Muster auf ihr Gesicht.

»Ich möchte sie mir aber gern ansehen«, beharrte Wilson.

Langsam und widerstrebend drehte sich Cricket zu ihm um, zog eine Hand unter der Decke hervor und legte sie wie ein totes Stück Fleisch zwischen sich und Wilson. Ihr Blick war düster, auf dem Kissen wirkte ihr Haar glanzlos und braun.

»Ich weiß nicht, was du hast. So schlimm sieht sie nun wirklich nicht aus«, sagte Wilson. Aber sie sah schlimm aus, vernarbt und hart wie Stein. Sanft drückte er den Daumen auf ihren Venusberg, ihren Jupiterberg, dort, wo die Handleser unsere Wünsche und unser Schicksal vermuten. Diese Berge, auf anderen Händen weich und fleischig, waren bei ihr narbig wie eine Schuhsohle.

»Zufrieden?« bemerkte Cricket, zog die Hand zurück und drehte sich wieder um.

»Und wenn schon«, sagte Wilson. »Du arbeitest schließlich mit deinen Händen. Dein Leben ist eben anders verlaufen als meines. Das ist alles.«

»Anders? Mein Leben war die Hölle.« Es war eine Feststellung, kein Bitten um Mitleid. Wilson wollte sie streicheln, aber sie schüttelte ihn ab.

»Wie meinst du das? Ich dachte, du liebst das Meer«, fragte Wilson, der nichts anderes zu sagen wußte.

»Sei nicht blöd«, blaffte ihn Cricket an, dann warf sie sich herum und legte ihren Kopf auf seine Brust. »Tut mir leid«, murmelte sie und legte ihm die Hände auf die Schultern. Sie fühlten sich an wie die Pfoten eines Tieres. »Ich versuch ja, ein anderer Mensch zu werden. Ich war immer härter, als mir gutgetan hatte, und ich war verdammt einsam. Und ich hab ein paar Sachen geliefert, die mir heute noch in der Nacht den Schlaf rauben.«

»Was, zum Beispiel?« fragte Wilson und spürte, wie die Haut in seinem Nacken zu kribbeln begann.

Cricket zuckte die Achseln. »Ich erzähl's dir später mal«, sagte sie. »Wenn du mich besser kennst.«

»Aber was kann das schon gewesen sein? Sexorgien vielleicht? Hast du mit einer ganzen Schiffsbesatzung gepennt? Oder jemanden um die Ecke gebracht?«

»Ach was, mit Sex hat das gar nichts zu tun, und das wär mir im übrigen auch scheißegal. Wir sind schließlich beide keine Jungfrauen mehr, oder?«

Wilson mußte ihr zustimmen.

»Ja, vielleicht hab ich mit zu vielen Männern gepennt. Aber zu denken gibt mir eher die Tatsache, daß ich mich bis jetzt noch nie in einen verliebt habe. Bevor wir losgesegelt sind, hast du mich mal gefragt, warum ich ausgerechnet dich mitnehmen wollte. Es gibt noch einen anderen Grund dafür: Ich bin im Moment auf jemanden angewiesen, dem ich vertrauen kann, weil ich sonst innerlich austrockne. Und du hast eine solche Traurigkeit ausgestrahlt, daß ich dachte, ich könnte dir meine eigene Traurigkeit anvertrauen.«

Wilson nickte. »Es war nicht Traurigkeit«, sagte er, »sondern das Grauen.« Das gleiche hatte er schon früher bei Frauen festgestellt. Genau die Neurose, die ihm sein Leben so schwermachte, wirkte auf das andere Geschlecht durchaus anziehend. Manche Frauen flogen auf sein Grauen wie Bienen auf den Honig.

»Was hast du gesagt?« fragte Cricket.

»Na ja, das Gefühl, das ich habe, daß bald etwas Schlimmes passiert und hinter jeder Straßenecke eine Katastrophe lauert.«

»Das Gefühl kenne ich«, sagte sie, und es klang fast so, als verstünde sie ihn. »Man ist ständig darauf gefaßt, alles zu verlieren. Und genau aus diesem Grund bist du ein so guter Spieler.«

Wilson dachte eine Weile nach. »Tja, so kann man es natürlich auch sehen«, meinte er.

14

Zum ersten Mal seit zwei Tagen kleideten sie sich an diesem Nachmittag an und gingen mit knurrenden Mägen nach unten, um sich nach etwas Eßbarem umzusehen.

Die Concierge döste über immer noch derselben Ausgabe des *Courier Ilheú,* funkelte die beiden mißmutig an und deutete wortlos auf einen handgeschriebenen Zettel über ihrem Sofa. »Wir haben das Frühstück verpaßt«, sagte Cricket. »Leider auch das Mittagessen. Und das Abendessen ist erst in vier Stunden. Zwischen den Mahlzeiten gibt's nichts. So sind die Regeln hier im Haus.«

»O Gott«, jammerte Wilson. »Vier Stunden. Bis dahin bin ich bestimmt verhungert.«

Cricket nickte, verengte ihre Augen zu schmalen Schlitzen und begann, auf die alte Frau einzureden. Es entspann sich ein weiterer Wortwechsel auf portugiesisch, nur daß er diesmal zu einem regelrechten Streit ausartete, aber Cricket blieb standhaft. Am Ende rang die Frau die Hände, stemmte sich aus dem Sofa, auf dem ihr knochiges Hinterteil eine permanente Kuhle hinterlassen hatte, und stampfte durch eine schwere Tür in die Küche. Cricket und Wilson folgten ihr. »Was hast du zu ihr gesagt?« flüsterte Wilson in Crickets Ohr.

»Ich hab ihr angedroht, daß ich ihr die Faust ins Gesicht schlage, wenn sie uns nichts zu essen gibt«, gab Cricket zur Antwort.

Die Küche war ein großer, freundlicher, gut beleuchteter Raum mit offenem Kamin und einem weißen Emaillegasofen. An einer Wand stand eine wuchtige, altmodische Anrichte aus Holz. In den Töpfen auf dem Herd blubberte es, und ein verführerischer Duft durchzog den Raum. Eine Glastür führte auf einen verwunschenen kleinen Garten hinaus, in dessen Mitte die verwitterte Gipsstatue einer Nymphe stand, die im Regen glänzte.

»Sieht ganz so aus, als wär's dem Nymphchen da draußen kalt«, stellte Wilson fest.

Cricket verkniff sich eine Antwort.

Sie setzten sich an einen Tisch mit gefliester Platte. Die Frau schöpfte Essen aus den dampfenden Töpfen in Steingutschüsseln, knallte sie auf den Tisch und rauschte wieder aus der Küche hinaus. Cricket holte vom Sideboard Teller und Besteck, eine Flasche Wein und Brot. Es gab *Sopa de Peixes*, eine Suppe mit Fisch und Meeresfrüchten, Chicarrones, scharf gewürzte portugiesische Würste und dazu Safranreis. Der Wein, ein roter Verdelhoa, hatte einstmals, glaubte man dem Etikett auf der Flasche, sogar die Tafel der Zaren geziert.

»Hm, einfach göttlich«, schwärmte Wilson mit vollem Mund.

Cricket war zu sehr mit dem Essen beschäftigt, um zu antworten.

Als sie den Reis, die Suppe und die Würste aufgegessen hatten, blieben sie noch eine Weile satt und zufrieden am Tisch sitzen und tranken den Wein aus. Wilson kannte Cricket inzwischen gut genug, um zu wissen, daß ihr gutes Essen und Wein die Zunge lösten.

»Komm, erzähl mir noch ein bißchen«, bat er und schenkte ihr nach.

»Worüber?«

»Von dir.«

Sie trank einen kräftigen Schluck und senkte die Augen. »Interessiert's dich wirklich?« Ihr Stimme klang zaghaft und unsicher.

»Natürlich.«

»In meiner Jugend auf den Keys war ich'n richtiges Biest«, begann sie nach einer Pause. »Gleich im ersten Jahr an der Palmetto High School bin ich mit 'ner ziemlich üblen Clique rumgezogen. Du kennst das ja: biersaufende, vollgedröhnte Arschlöcher mit aufgemotzten Blechkisten, nur daß es auf 'ner Insel eben keine Autos sind, sondern Power-Boote mit hochgezüchteten Motoren. Ich bin immer wieder von zu Hause abgehauen – einmal nach New Orleans, einmal nach Miami –, zwischendurch ein paarmal im Jugendknast gelandet wegen Vandalismus, Trunkenheit und so weiter, na ja, das Übliche eben. Hab meine Jugend quasi auf der Überholspur hinter mich gebracht. Auf jeden Fall waren meine Eltern mit meiner Erziehung überfordert, und das hat meinen Vater auf die Idee gebracht, daß ich auf See vermutlich besser aufgehoben wäre. Als ich fünfzehn war, hat er mich als Matrose auf die *Jesus of Lubeck* geschickt, einen rostigen Frachtkahn, Heimathafen Rigala, Bupanda. Der Eigner, den wir alle nur den Portugiesen nannten, war ein guter Freund meines Vaters. Ein mit allen Wassern gewaschener Zocker, der ständig bei Mazep herumhing, wenn um viel Geld gespielt wurde. In dem besagten Jahr hatte der Portugiese aber ziemlich viel Pech beim Spielen gehabt, und deshalb ist er als Kapitän auf dem Schiff mitgefahren, um Abstand von den Karten zu kriegen. Ich kann dir sagen, meine erste Heuer war die Härte. Ein echter Knochenbrecher. Damals hab ich mir übrigens die Hände ruiniert. Der Portugiese hat mich unglaublich hart rangenommen, immer mußte ich an Deck schuften, bei jedem Wetter. Und unberechenbar war er noch dazu. Er hat ständig Opium geraucht – so schwarze, klebrige Paste, die er sich in Krügen aus Thailand hat kommen lassen. Vier Jahre lang war ich ihm auf Gedeih und Verderb ausgeliefert; er hat's wohl so gesehen, daß ich unter seinem Schutz stand. Ein merkwürdiger Typ! Eigentlich viel zu gebildet für ein Leben auf See. Er konnte sechzehn Sprachen. Wenn er ausnahmsweise mal nicht high war, langweilte er sich, und eines Tages beschloß er dann, meine ›Schulbildung etwas aufzumöbeln‹, wie er sich auszudrücken pflegte. Dazu mußt du wissen, daß ich nach der achten Klasse so gut wie nie mehr eine Schule von innen gesehen habe. Seine Kabine war mit Büchern vollgestopft. Alles war da – sämtliche Klassiker in Englisch, Französisch, Portugiesisch, Spanisch –, was du dir nur vorstellen kannst. Unterricht hatte ich täglich viereinhalb Stunden oder länger. Kurz vor Tagesanbruch ging's los. Wahrscheinlich stammt meine Abneigung gegen alles, was mit Büchern zu tun hat, aus dieser Zeit. Stell dir das mal vor: Griechisch um vier Uhr früh nach gerade mal zwei Stunden Schlaf, dann den ganzen Tag volle Wachen, und am nächsten Tag ist alles wieder von vorn losgegangen. Allerdings muß ich zugeben, daß ich, als ich an Bord kam, kaum eine Zeitung lesen konnte. Und vier Jahre später las ich immerhin Aristoteles, Plato, Dante, Shakespeare und Byron. Byron war für ihn der Größte überhaupt. Ich hasse Byron.

Eines schönen Tages befand der Portugiese schließlich, daß er mir nichts mehr beibringen konnte. Es wäre an der Zeit, meinte er, daß ich wieder auf eine richtige Schule ginge. Aufs College. Ich dachte, mich tritt ein Pferd. Ich hab mich mit Händen und Füßen gewehrt. Ich bin Seemann von Beruf, hab ich gesagt, etwas anderes will ich nicht werden. Aber als wir von Afrika aus über den Atlantik in Richtung Heimat unterwegs waren, hat er den Kurs auf Nordnordost in Richtung New York City geändert, und wir haben an der alten Pier 26 festgemacht, die früher der alten Flying Cloud Line gehörte. Er hat mich in ein Taxi bugsiert, das uns über den West Side Highway zum College St. Mary of the Flowers gefahren hat. Vor dem Tor zum College hat er mich mit meiner Reisetasche einfach auf dem Gehweg stehenlassen.«

Cricket trank ihr Glas leer und starrte in den bemoosten, nassen Garten hinaus. Das Moos leuchtete unvorstellbar grün; es sah weicher aus als das weichste Bett.

»Erzähl weiter…« Wilson mußte sie in die Wirklichkeit zurückholen.

»Da saß ich nun zwei Jahre lang im St. Mary's College, und der Portugiese bezahlte fleißig das Schulgeld für mich. Es war der reinste Horror, kann ich dir sagen, schlimmer als alles, was ich auf See erlebt habe. Ich wurde von allen geächtet. Eigentlich war es gar kein richtiges College, sondern eher ein Mädchenpensionat für reiche, doofe New Yorker Gänse, die genau wußten, wie sie jemanden fertigmachen konnten, der nicht in ihren Kreisen verkehrte. Ich war ja auch wirklich anders als die anderen Mädchen. Immerhin war ich direkt von Bord eines nomadisierenden Frachtschiffs gekommen, überleg mal! Und davor von 'ner x-beliebigen Insel im hintersten Winkel des Golfs von Mexiko, die kein Mensch kannte.

Die grausamsten Menschen auf der ganzen Welt sind reiche Leute, finde ich. Und genau das ist der Grund, weshalb sie so reich sind. Es hat jedenfalls nicht lange gedauert, bis mich die Mädchen auf dem Kieker hatten. Klar, daß mich meine Hände verraten haben. Ich bin mir vorgekommen wie in einem Roman aus dem achtzehnten Jahrhundert: Auch da verraten die Hände die Magd, die sich als Adelige ausgeben will. Ich hab wirklich alles versucht, hab mir die Hände massiert und manükiert, aber es hat alles nichts genützt. Also, stark war ich ja damals schon, aber leider auch sehr empfindlich. Immer wenn eine von diesen Galionsfiguren etwas gesagt hat, was mir nicht paßte, hat sie sich 'ne blutige Nase geholt. ›Hast Lust, an meiner Faust zu riechen?‹ hab ich gefragt und sie ihr dann direkt ins Gesicht geknallt. Am Ende war es so schlimm, daß niemand mehr mit mir gesprochen hat, nicht ein einziges Wort – Schweigefolter nennt man das wohl.

Irgendwann hab ich's dann nicht mehr ausgehalten. Knapp vor Weihnachten hab ich die Armenkasse in der Kapelle geknackt, die damals mit Spenden der stinkreichen Alten besonders gut gefüllt war, und bin abgehauen. Auf dem Schwarzen Brett des New York Yacht Club hab ich meinen Namen auf eine Liste geschrieben und bin solange in einem billigen Motel in Newark untergetaucht, bis ich auf einer Yacht anheuern konnte, die nach Valparaiso unterwegs war. Erst sechs Monate später, auf hoher See mitten in einem Sturm, hab ich mich zum ersten Mal wieder sicher gefühlt. Der Wind hat geheult, das Schiff ist in die Wellen gekracht, und ich habe dagestanden und hab mir die Seele aus dem Leib gelacht. Die Mannschaft hat echt gedacht, ich wäre übergeschnappt. Aber ich sag dir: Alles war besser als diese Ziegen im St. Mary of the Flowers, selbst der Tod durch Ertrinken.«

15

Nachdem sie den Wein ausgetrunken hatten, machten Wilson und Cricket einen Rundgang durch die Stadt. In dem diesigen Licht erschien ihnen Angra wie ein Traum. Nebel und Regen mattierten die pastellfarbenen Gebäude. Sie stiegen die nassen Stufen hinunter in die Unterstadt und schlenderten durch die Hauptgeschäftsstraßen.

Die Straßenbeleuchtung war schon eingeschaltet, obwohl es noch nicht einmal vier Uhr nachmittags war. Geräucherte Würste und Enten hingen in den Fenstern der Restaurants. Fischer in dicken, ölverschmierten Rollkragenpullovern standen in den Cafés am Tresen. Mit Augen, so unergründlich wie ein See im Winter, schauten sie durch die Fensterscheiben in den wolkenverhangenen Himmel. Cricket kuschelte sich an Wilson; der Regen hatte die Luft merklich abgekühlt. Er drückte ihre harte Hand mit seinen weichen Fingern. Es war eine wahrhaft grausame Welt, in der sie lebten.

Sie kehrten in einer Bar ein, über deren Eingang eine Seejungfrau auf den Besucher herunterlächelte und in der sich Fischer und betrunkene Bauern aus dem Hinterland drängten. Der Fußboden des Lokals war alt und abgenutzt, die ehemals weißen Wände gelblich von Zigarettenqualm. Sie fanden einen Platz in einer dunklen Nische. Wilson bestellte zwei *digestifs* – Doulm, ein Likör aus wilden Feigen, die überall auf der Insel zu finden sind. Er schmeckte bitter und war stark wie gebrannter Schnaps.

»Oh«, keuchte Wilson und klopfte sich auf die Brust.

Cricket kippte ihren Drink kommentarlos hinunter und stellte das Glas auf die zerkratzte Verkleidung des Tresens.

»Dreh dich um«, bat sie.

»Wie bitte?«

»Ich will nicht, daß du mich ansiehst, wenn ich dir sage, was ich dir jetzt sagen will.«

Verwirrt drehte sich Wilson zur Wand um. Cricket stellte sich dicht hinter ihn, ihr Mund war nur ein paar Zentimeter von seinem Ohr entfernt. Sie sprach schnell, und in ihrer Stimme lag eine Ernsthaftigkeit, die eine grausige, hohle Saite in seinem Inneren zum Klingen brachte.

»Egal, was bei unserer Weiterreise passiert: Du mußt bei mir bleiben«, sagte sie. »Du mußt bei mir bleiben und genau das tun, was ich dir sage.«

Wilson versuchte, sich umzudrehen und ihr ins Gesicht zu sehen, aber sie legte ihm ihre schwieligen Hände auf die Schultern und zwang ihn, weiter die Wand anzusehen.

»Wovon sprichst du eigentlich? Was soll denn passieren?« fragte Wilson, einen Anflug von Angst in seiner Stimme.

»Ssschscht! Keine Fragen! Wenn ich dir jetzt etwas verrate, mißbrauche ich das Vertrauen gewisser Leute, und das könnte mich das Leben kosten. Wenn du nicht bereit bist, ein paar Schwierigkeiten auf dich zu nehmen, wenn dein Herz schwach ist, dann geh bitte sofort, und dreh dich nicht mehr um. Jetzt hast du die Gelegenheit dazu.«

Wilson blieb voller Anspannung, aber bewegungslos stehen. Seine Handflächen fühlten sich klebrig an, sein Mund war ausgedörrt. Sein Grauen riet ihm, die Beine in die Hand zu nehmen. Aber was, wenn das Grauen ihm nur einen Streich spielte und er ihm geradewegs wiederum in die Arme lief?

»Cricket –«

Der Griff auf seiner Schulter verstärkte sich. »Keine Fragen«, sagte sie und fuhr dann mit sanfterer Stimme fort. »Wenn du jetzt gehen willst, bin ich dir nicht böse. Wir haben zwei wunderschöne Tage zusammen verbracht; viele Menschen haben nicht einmal das. Geh zurück in die Pension, wenn du willst, pack deine Sachen und flieg morgen früh zurück in die Staaten. Wenn dein Geld nicht reicht, kann ich dir was geben. Aber wenn du mit mir kommen willst, dreh dich um, küß mich, und erwähne dieses Gespräch nie wieder, weder jetzt noch später. Laß dir Zeit, atme ruhig durch, und wenn du ruhig durchgeatmet hast, entscheide dich. Ich weiß, es ist nicht fair, aber das ist alles, was ich tun kann.«

Wilson ließ die Schultern sinken. Unwillkürlich ging sein Atem in kurzen Stößen. Urplötzlich wurde ihm die rauhe Geräuschkulisse in der Bar bewußt, er hörte Männer, die sich unterhielten und lachten, hörte den Harmonikaspieler, der in einer Ecke die Melodie »Lady of Spain« spielte. Und genauso urplötzlich reduzierte sich diese Geräuschkulisse zu einem leisen Rauschen in seinen Ohren. Er schloß die Augen und versuchte in die Dunkelheit dessen zu spähen, was vor ihm lag, aber sein Intellekt war nicht fähig, den Nebel des Unwissens zu lichten. Von irgendwoher, ganz in seiner Nähe, hörte er das Geräusch zersplitternden Glases. Ohne weiter nachzudenken, drehte er sich um, nahm Cricket in die Arme und küßte sie auf die Lippen.

TEIL DREI

Die Tochter des Piraten

1

Zwölf Stunden nach Auslaufen aus dem Hafen von Angra do Heroismo und unmittelbar nachdem sie den kahlen Felsen von Formigas umrundet hatten, überzog den Himmel die Farbe getrockneten Blutes. Das Meer schimmerte braun gesprenkelt wie der Panzer einer Schildkröte.

Wilson hatte Meer und Himmel noch nie in solchen Farben gesehen – eine ganze Palette von Warnungen.

»Wenn man wie ich seit dreißig Jahren zur See fährt, stellt man fest, daß der Himmel so gut wie nie blau ist«, sagte der Kapitän und runzelte besorgt die Stirn. »Und wenn er sich so präsentiert, steht uns einiges bevor. Etwas für das Guinness-Buch der Rekorde. Das wird ein echter Killer.«

Die *Compound Interest* stampfte und rollte in der Dünung. Ihre Strandschirmsegel knatterten nervös im Wind. Urplötzlich überschlugen sich auf Kurzwelle weit entfernte Seenotsignale, ein Stimmengewirr in unverständlichen Sprachen brandete durch den Äther, dem nur eines gemeinsam war: die nackte Angst ums Überleben. Eine Gewitterfront mit Regenschauern, Hagel und Sturm in Orkanstärke zog von der Serengeti über den Atlantik herauf, wo sich eine dichte, graue Schlechtwetterbarriere zusammenbraute, tausend Meilen breit und zweitausend Meilen lang. Als ein Schwall von Morsezeichen über das Funkgerät ratterte, legte der Kapitän ein Ohr an den Empfänger, schüttelte den Kopf und schaltete das Gerät wieder ab.

»Es bleibt uns nichts anderes übrig, als den Sturm hier draußen durchzustehen«, sagte er. »Die Front kommt direkt auf uns zu, und zwar schnell. Wenn wir wenden, wird sie uns von hinten erwischen. Na, dann wollen wir mal den Motor anwerfen. Mal sehen, was der Kahn so alles in sich hat.«

Sie nahmen das Schlechtwetterverdeck aus Stoff ab, bargen die Strandschirmsegel und schalteten auf die Turbodiesel um. Dann gingen der Kapitän, Wilson und Cricket in den Geräteraum, holten die acht Plexiglassegmente an Deck und schraubten sie über dem Navigationsoktagon fest. Damit war die *Compound Interest* wasserdicht wie ein U-Boot. Das Luftreinigungssystem arbeitete mit beruhigendem, surrendem Geräusch unbeirrt weiter. Versiegelte Schotten teilten das Schiff in drei luftdichte Sektionen; jede von ihnen war mit einem eigenen Vorrat an Trinkwasser, gefriergetrockneten Lebensmitteln und einer Notsignalausrüstung ausgestattet. Falls das Schiff in schwerer See auseinanderbrechen sollte, würden die drei Sektionen schwimmen und in einem Radius von fünfhundert Seemeilen Notsignale über den Äther funken. Das Navigationsoktagon selbst, von unten durch ein eigenes Schott abgedichtet, konnte im Notfall zu einer Art Mini-Tragflächenboot umfunktioniert werden. Der Gasturbinenantrieb – ein Produkt der Newland Marine in Santa Barbara – war nicht viel größer als ein Koffer, hatte aber einen Aktionsradius von dreihundert Meilen. Sollte die Statik des Schiffes zusammenbrechen, wäre das Oktagon in der Lage, sich von dem sinkenden Schiff abzukoppeln und mit eigener Kraft nach Afrika zu düsen – eine winzige High-Tech-Seifenblase auf dem weglosen Meer.

2

Die Leuchtstofflampen an der Decke verbreiteten giftgrünes Licht im Raum. Das unverkleidete Schott war kahl bis auf einen italienischen Pinupkalender, den seit dem Juli niemand mehr abgerissen hatte. In der Messe – einer stickigen, engen Kammer – standen ein Tisch mit beschädigter Resopalplatte und eine Bank mit grünen Sitzpolstern.

Als das Unwetter das Schiff traf, hatte man Wilson in dieses grüne Verlies verbannt mit dem ausschließlichen Befehl, den Sturm hier unten auszureiten. Er holte sich ein Buch aus dem Seesack, zurrte sich mit seiner Rettungsleine auf der Bank fest und begann zu lesen: *Aufstieg und Fall des Römischen Imperiums* von Gibbon, die zerfledderte, einbändige Ausgabe, die er auf dem Wühltisch des Antiquariats am Bend ergattert hatte. Bald ermüdeten seine Augen von der klein gesetzten Schrift, aber er kümmerte sich nicht darum: nach Wochen knochenharter, körperlicher Arbeit verlangte es ihn nach geistiger Betätigung, nach Büchern und der Beschaulichkeit seines früheren, verträumten Lebens.

Jenseits der dicken Polymerspanten des Rumpfes donnerten die Brecher wie Berge auf das Schiff herunter. Zeitweise drückten sie es ganz unter Wasser. Während dort draußen der Sturm tobte, schwirrte Wilson der Kopf von Kaisern und Attentaten, von Aquädukten und Barbaren, von Straßen, die nach Rom führten, und grausamen Schicksalsschlägen, von den Taten der Zenturionen, von Kurtisanen und Sklaven – einer endlosen Prozession von Großen und Mittelmäßigen, von Verderbten und Vergessenen. Zweitausendzweihundert Seiten lang und viele Seemeilen durch schwere See widerstand die Stadt dem Chaos der Geschichte, bis am Ende von Rom nichts Greifbares mehr übrig war, nichts, abgesehen von ein paar zertrümmerten Ruinen und der wesentlichsten Komponente dieser Stadt, dem Konzept der Ordnung.

Vierzehn Stunden später schaute Wilson von seinem Buch auf. Er hatte sich kaum von seinem Platz in der Messe weggerührt. Hin und wieder hatte sich Nguyen an die andere Seite des Tisches gesetzt. Der vietnamesische Koch besaß offenbar einen ausgefeilten inneren Gleichgewichtssinn. Ohne sich die Mühe zu machen, sich festzuschnallen, saß er ruhig auf der Bank, legte Patiencen und paffte Gauloises bleues ohne Filter, die er aus einer verknitterten Packung fischte. Das Stück Asche, das gelegentlich von seiner Zigarette auf den Boden fiel, war gut zwei Zentimeter lang. Wenn das Schiff rollte, neigte sich Nguyen wie ein Gyroskop an einem Faden in die gleiche Richtung. Er legte die Karten zu akkuraten Reihen. Durch das Wunder statischer Elektrizität blieben sie genau dort liegen, wo er sie hingelegt hatte.

»Na, wie geht's?« fragte Wilson, als er sich endlich von seinem Buch losreißen konnte. Kleine Fältchen in den Augenwinkeln des Kochs zeugten von Schlafmangel. »Haben Sie auch alle Töpfe gut festgezurrt?« Es war eine dämliche Frage, aber das einzige Gesprächsthema, das Wilson einfiel. Außerhalb der Kombüse hatten die beiden noch nie ein Wort miteinander gewechselt.

Der Koch zuckte mit keiner Wimper.

»Und? Geht Ihre Patience auf?« Wilson setzte sein freundlichstes Lächeln auf.

»Nicht sprechen«, sagte Nguyen. Er dachte nicht daran, von seinen Karten hochzusehen.

»Warum nicht?«

Der Koch seufzte, schob die Karten zusammen und teilte sie wieder aus. »Ihr Joes alle gleich«, begann er, »großer, dummer Joe, der Kapitän ist, Joe, der frißt wie ein Schwein, und du, Joe, der immer Nase in Buch steckt. Seit die *Français* aus Cochin China abgezogen, ich sehe viele amerikanische Joes, sie fallen in mein Land ein wie Fliegen auf Scheiße. Joes kommen und bringen Helikopter, werfen Giftpulver auf Bäume, und alle sterben. Wenn Joe kommt zu dein Haus und sagt:

›Ich will dein Freund sein‹, ich gebe gute Rat: Lauf schnell, schnell in andere Richtung.«

»Und was wollen Sie mir damit sagen?« fragte Wilson.

»Das heißt, ich keine Lust zu sprechen«, sagte Nguyen.

»Was ist denn gegen ein kleines Schwätzchen einzuwenden?« beharrte Wilson. Er war ruhelos, nachdem er so viele Stunden den Staub der Geschichte eingeatmet hatte. »Mensch, wir sind doch hier zusammen auf einem Boot mitten in einem Sturm mitten auf hoher See und können nichts tun, außer uns zu unterhalten, und Sie sind stumm wie ein Fisch.«

Der vietnamesische Koch drehte sein Gesicht in das Licht der Leuchtstofflampen. »Hör gut zu, Joe«, sagte er. »Ich will nicht Freund mit dir sein. Weil auf Boot niemand weiß, was geschieht, und weil ich dich nicht will später bedauern.«

Wilson versuchte, aus Nguyen eine Erklärung herauszukitzeln, aber der Mann machte den Mund nicht mehr auf.

3

Am Nachmittag des folgenden Tages flaute der Sturm allmählich ab. Wilson entriegelte die Niedergangsluke und ging hinauf in das Navigationsoktagon. Von diesem Aussichtspunkt aus präsentierte sich die Gewalt der Elemente ebenso aufregend wie beängstigend. Es war, als brodelte dort draußen eine neue Welt, eine Landschaft, unentdeckt seit der Erschaffung der Erde, als Gott – wie uns die Theologie lehrt – die Gewalten der Ozeane über den leblosen Fels der Erde wachsen ließ.

Unter der Plexiglashaube hockten Kapitän Amundsen und Cricket über Seekarten und Instrumenten wie Scharfschützen einer Fliegerstaffel. Brecher donnerten gegen das Plexiglas und dämpften die Beleuchtung im Oktagon zu einem düsteren, wäßrigen Zwielicht.

»Was haben Sie hier oben zu suchen, Mister?« blaffte der Kapitän Wilson an, als jener die Luke hinter sich verriegelte.

»Bitte um Erlaubnis, auf der Brücke bleiben zu dürfen, Sir«, sagte Wilson. »Da unten krieg ich nämlich Platzangst.«

Der Kapitän grunzte. »Schauen Sie sich das hier an.«

Wilson trat vor den flimmernden Radarschirm. Der Sturm ähnelte einem sich windenden grünen Fleck von der Größe eines Kontinents, der die vertrauten Umrisse des atlantischen Ozeans überlagerte.

»Unserem Satellitenfix nach zu urteilen, sind wir ungefähr vierhundert Seemeilen von unserem Kurs abgekommen«, berichtete der Kapitän und blinzelte in den Radarschirm. »Wir befinden uns etwa auf dem zweiundzwanzigsten Längengrad westlich von Greenwich und auf einer Breite von zweiunddreißig Grad Nord. Im Moment bewegen wir uns mit rund sechzehn Knoten in südsüdöstlicher Richtung auf die Küste von Mauretanien zu.«

»Und wie lange wird es dauern, bis wir wieder da sind, wo wir eigentlich hinwollten?«

Der Kapitän blinzelte hinaus in das verschwommene Chaos auf der anderen Seite der Blase. »Schwer zu sagen. Ein paar Tage, eine Woche, vielleicht zwei. Das Meer ist unberechenbar. Alles ist möglich. Ich habe schon Springfluten erlebt, die ganze Städte verschluckt haben, einen schwarzen Himmel am hellichten Tag, Vulkane, die brodelnd aus dem Meer gestiegen sind und glühende Felsbrocken ausgespuckt haben, als wäre es Blut. Und dabei waren das noch lange nicht meine schrecklichsten Erlebnisse.« Der Kapitän hielt inne, als ein schnelles statisches Knattern aus dem Kurzwellensender kam. Wilson meinte, das Auf und Ab einer menschlichen Stimme gehört zu haben, dann war die Verbindung wieder unterbrochen. »Einmal bin ich zwei Jahre lang als Skipper auf einem englischen Forschungsschiff gefahren; das ist jetzt vielleicht zwanzig Jahre her«, fuhr der Kapitän fort, und seine Augen weiteten sich kaum merklich. »Es war die *HMS Ozymandias,* ein alter Kutter der Royal Navy, der für wissenschaftliche Zwecke umgebaut worden war. Irgendein Witzbold hat das Schiff später in *Sandra Dee* umgetauft, Sie wissen schon, das blonde Filmsternchen, das früher mal in diversen Beachmovies mitgespielt hat.«

»Ach ja, ich erinnere mich«, sagte Wilson, »das war noch, bevor das Fernsehen eigene Serien herausgebracht hat.«

»Na ja, jedenfalls hatten die Briten das Schiff mit allem technischen Schnickschnack ausgestattet.« Der Kapitän klopfte mit dem Fingernagel auf die Echolotanzeige. »Computer, Echolot, Radar und ein von British Leyland gebautes Roboter-Unterseeboot mit Videokameras, das über eine zwei Meilen lange Nabelschnur mit dem Schiff verbunden war. Unser Auftrag war die Erforschung von Tiefseetintenfischen. Von den Riesentintenfischen weiß man ja so gut wie gar nichts. Aber seit mehreren Jahrhunderten ranken sich wilde Gerüchte um diese Tiere – daß sie vom Meeresgrund aufsteigen und mit ihren riesigen Fangarmen Schiffe umschlingen; es soll sogar Augenzeugen gegeben haben, die über Kämpfe mit Walen berichteten. Natürlich war nichts davon belegt, und die Meeresbiologen haben alles für Humbug gehalten. Bis ein Fischer eines Tages vor dem Douglas Riff im Südpazifik in seinem Netz ein beachtliches Stück eines Knorpels heraufgezogen hat. Aus der Größe dieses Fundes hat man die Länge seines früheren Besitzers auf sage und schreibe hundertfünfzig Meter hochgerechnet. Natürlich war daraufhin die Aufregung groß, und im Januar sind wir aus Bristol ausgelaufen, um im Süden nach solchen Ungeheuern Ausschau zu halten.

Auf der Überfahrt war einiges los, schweres Wetter, Probleme mit der Maschine und so weiter. Einen Monat lang haben wir in Rorotan vor Anker gelegen, um besseres Wetter abzuwarten. Dann setzten wir unsere Reise fort. Zunächst verlief alles normal, keine Tintenfische, jedenfalls keine, die größer waren als die Tierchen, die man in italienischen Restaurants mit Knoblauchbutter serviert bekommt. Aber eines Nachts gegen Mitternacht – ich hatte gerade Wache – spielte das Echolot plötzlich verrückt. Kurze, schnelle Echoklicks, ungefähr zwei Faden backbord voraus. Ich holte einen der Meeresbiologen aus dem Bett, eine Französin, Adrienne Soundso. Wir machten schnell das U-Boot klar, schalteten die Scheinwerfer ein und ließen es mit laufenden Videokameras in das schwarze Wasser abtauchen. Nach ein paar Minuten begann es Bilder heraufzuschicken, und wir dachten, wir sehen nicht recht: Dort unten schwamm ein Tintenfisch von den Ausmaßen eines Sattelschleppers. Ein Auge von ihm war so rund und groß wie ein Swimmingpool in einem Reihenhausgarten.

Die französische Biologin wurde kreidebleich und begann regelrecht zu zittern. Es war nicht so sehr der Tintenfisch selbst, der ihr das Blut in den Adern gefrieren ließ, sondern das, worum er seinen Tentakel geschlungen hatte: ein riesiges, unbekanntes Etwas, ein im schwarzen Wasser um sich schlagendes, gigantisches, wurmähnliches Geschöpf. Sein langer, röhrenförmiger Körper verschwand irgendwo in der Tiefe des Meeres. Offenbar kämpften die beiden miteinander – Tintenfische sind wie Katzen, wissen Sie, sehr reviertreu, aber dieser Tintenfisch, so gewaltig er auch war, hatte nicht den Hauch einer Chance. Das andere Tier war das größte Lebewesen, das ich je mit eigenen Augen gesehen habe, und glauben Sie mir, ich habe schon Blauwale in den Gewässern vor Neufundland beobachtet, die so lang waren wie zwei Fußballfelder.

Wie hypnotisiert beobachteten wir den Kampf, wagten kaum zu atmen. Der Teil der Flanke dieses Geschöpfes war mit einer dicken Schicht Entenmuscheln und Algen bewachsen, als hätte es jahrhundertelang auf dem Meeresboden geruht. Dann stieß der Tintenfisch einen dichten Schwall von Tinte aus, und als sich die Wolke aufgelöst hatte, war der Spuk verschwunden. Nur noch leeres Wasser. Wir konnten lediglich vermuten, daß das unbekannte Ding den riesigen Tintenfisch mit sich in die Tiefe gezogen hatte.«

»Mann«, stieß Wilson beeindruckt hervor. »Was kann das wohl gewesen sein?«

Der Kapitän fingerte eine Zigarre aus seiner Tasche und steckte sie sich zwischen die Lippen, ohne sie anzuzünden.

»Der Krake«, sagte er leise.

»Der was?« fragte Wilson.

»Der prähistorische Wurm, der auf dem Meeresgrund lebt. Es heißt, daß der Weltuntergang bevorsteht, wenn er sich an der Oberfläche zeigt. Und in letzter Zeit hat es, weiß Gott, genügend Anzeichen dafür gegeben.«

»Ach, hören Sie auf, Käpt'n, Sie nehmen uns doch auf den Arm, lachte Wilson gequält.

Im gleichen Moment drehte sich Cricket mit sarkastischem Grinsen vom Navigationscomputer zu ihm um. »Natürlich nimmt er dich auf den Arm, sagte sie. »Es ist Seemannsgarn, aber zugegebenermaßen das beste Seemannsgarn, das ich je gehört habe.«

Wilsons Blick wanderte zwischen Cricket und dem Kapitän hin und her. Er wußte nicht recht, was er nun glauben sollte.

»Im Umgang mit Seeleuten mußt du eines lernen, Wilson«, klärte ihn Cricket auf. »Sie erzählen ständig Schauermärchen. Aus reinem Zeitvertreib.«

»Stimmt das, Käpt'n?« fragte Wilson.

Der Kapitän kratzte seinen verfilzten Bart und zuckte die Achseln. »Sie brauchen mir nicht zu glauben«, sagte er. »Sie auch nicht, Cricket. Aber ich kann Ihnen sagen, es gibt mehr Dinge im Meer und auf dem Meer, als Sie für möglich halten würden. Sie brauchen sich nur umzusehen...«

Mit einer Armbewegung wies er auf das aufgewühlte Meer, den von Gewitterwolken schwarzen Horizont, die Wellen, die sich zwei Stockwerke hoch über Ihren Köpfen auftürmten, und dann fixierte er Wilson mit einem bedeutungsschwangeren Blick.

4

Sie schraubten die Plexiglasblase ab und setzten das Schlechtwetterverdeck auf das Navigationsoktagon. Die Turbodieselmotoren verstummten. Die Strandschirmsegel fingen einen leichten, achterlichen Wind ein und entfalteten sich sanft über dem allmählich abtrocknenden Deck. Der Sturm hatte sich in den frühen Morgenstunden der vergangenen Nacht gelegt.

Zum ersten Mal seit sechs Tagen wurden die luftdichten Schotten geöffnet, und am frühen Nachmittag stolperte die Crew benommen den Niedergang hinauf. Wie Touristen lungerten die Leute an Deck herum und ließen den Blick über das ruhige blaue Meer und die harmlosen weißen Wolken am Horizont schweifen. Die Konstrukteure hatten gute Arbeit geleistet: Ein Sicherungskabel am vorderen Mast, das sich gelöst hatte, war die einzige Beschädigung, die die *Compound Interest* als Folge des verheerendsten Sturms seit 1935 auf dem Atlantik zu vermelden hatte.

Dem Kapitän gelang es, die BBC auf der Kurzwelle zu empfangen.

»Von der afrikanischen Westküste werden besonders schwere Orkanschäden gemeldet«, berichtete er Wilson. »Von Marokko bis nach Kamerun. Zwischen fünfzehn und zwanzig Schiffe hat's erwischt, darunter ein Containerschiff einer skandinavischen Reederei. Drei Fischerdörfer in Gambia sind ins Meer gespült worden. In Guinea-Bissau ist der Strom ausgefallen, und in Liberia mußten sie ein paar Tage lang den Bürgerkrieg unterbrechen. Vermutlich sind bei dem Sturm insgesamt fünftausend Menschen ums Leben gekommen. Und wir waren mittendrin, und uns ist nicht das geringste passiert. Hiermit nehme ich alles zurück, was ich je Negatives über den Kahn hier gesagt habe.«

Diese war eine von vielen Naturkatastrophen gewesen, die jedes Jahr unter der Weltbevölkerung Millionen von

Menschenleben fordern und den US-amerikanischen Abendnachrichten nicht einmal zwei Minuten Sendezeit wert sind. Wilson wußte wohl, daß er dankbar dafür sein sollte, daß er das Inferno zu Wasser überlebt hatte. Aber angesichts der Willkür, die einem solchen Ereignis anhaftet, empfand er statt dessen Wut und hatte ein elendes Gefühl im Magen. In einer Welt, in der ein einziger Sturm Tausende von Menschenleben wegfegen konnte, was machte es da noch für einen Sinn, noch einmal Luft zu holen? Menschen sind nicht besser als Ameisen, dachte Wilson, nur daß Ameisen ihren Geschäften nachgehen können, ohne die Last des Intellekts tragen zu müssen. Dann verwarf er diesen Gedanken. Nein, Menschen sind nicht wie Ameisen, sie sind einem anderen Insekt viel ähnlicher: Menschen sind wie Bienen in einem gläsernen Bienenstock, eifrig darum bemüht, Honig zu produzieren, voller Energie und voll von Plänen. Doch es bedarf nur eines einzigen Steines …

5

Tümmler begleiteten das Schiff. Wenn sie an die Oberfläche kamen, um ihre Lungen mit Luft zu füllen, gaben sie ein sanftes, blasendes Geräusch von sich, und das Wasser spritzte leicht auf, wenn sie wieder in die Tiefe abtauchten. Vom Osten her driftete ein Duft von Zimt, Erde und faulenden Früchten herüber. Der Kapitän war unter Deck gegangen, und Wilson hatte ihn zur zweiten Wache in dieser Nacht am Steuer abgelöst. Aber auch ohne daß der Kapitän es ihm sagen mußte, wußte Wilson, was dieser intensive Geruch zu bedeuten hatte: Afrika war nahe.

Nach einer Stunde im Wind, begleitet von den Tümmlern, spürte Wilson plötzlich eine Hand auf seiner Schulter. Es war Cricket. Die Nacht auf dem Meer verwischte ihre Gesichtszüge und ließ ihren kupferfarbenen Wuschelkopf schwarz aussehen. Als sie zu sprechen begann, hörte sich ihre Stimme hohl und weit entfernt an.

»Wir müssen uns heute nacht treffen«, flüsterte Cricket.

»Okay«, sagte Wilson.

»Nach der dritten Wache. Und paß auf, daß dich niemand sieht.«

Als der Kapitän wieder an Deck kam, ging Wilson nach unten und legte sich in die Koje, bis seine beleuchtete Digitalarmbanduhr 3:17 Uhr zeigte, dann schlich er ins Vorschiff und öffnete leise die Tür zur Gerätekammer. Cricket lag in ihrer Hängematte wie eine Spinne, die auf ihr Opfer lauert. Gedämpftes, vom Meer zurückgeworfenes Sternenlicht schien durch das Bullauge. Er konnte ihr blasses Gesicht kaum erkennen, ihre Lippen sahen aus wie eine schwarze Wunde. Wilson trat durch die Tür und machte sie geräuschlos hinter sich zu.

»Was ist hier eigentlich Sache?« begann Wilson. »Willst du mich nicht endlich aufklären?«

Lange Zeit schwieg Cricket. »Hast du schon mal in einer Hängematte gevögelt?« fragte sie schließlich.

»Nein«, gab Wilson zu.

»Es ist nicht ganz einfach«, sagte Cricket, »aber es ist machbar.«

Wilson zog T-Shirt und Hose aus und zwängte sich neben sie in die Hängematte. Die Nylonseile, über Stahlaugen im Schott verankert, quietschten leise. Durch das zusätzliche Gewicht gab der Baumwolldrell beängstigend nach, aber er hielt. Cricket war nackt, ihre Haut fühlte sich kühl an. Durch die Luke strich ein feuchter Lufthauch über Wilsons Rücken. Dieses Mal war es keine Frage von Stoß und Gegenstoß. Eingewickelt in die Hängematte wie in einen Kokon, erwiesen sich die sonst üblichen Bewegungen als wirkungslos. Sie liebten sich, als wäre die Schwerkraft aufgehoben. Sie bewegten sich ineinander, auseinander, und doch hatte Wilson das Gefühl, in ihr festgesogen zu sein. Wieder hörte er das kaum wahrnehmbare Geräusch der Tümmler, die auf der anderen Seite des Rumpfes Wasser aus ihren Blaslöchern schnaubten. Die Tiere folgten dem Schiff nun schon seit Stunden, Glücksboten oder Unglücksboten? So viele Seeleute, so viele Meinungen.

Anschließend lagen sie verschwitzt in der Hängematte nebeneinander, zwei Teile ein und desselben Körpers, dem gleichen unvorhersagbaren Schicksal ausgeliefert.

»Es wird langsam ernst«, flüsterte Cricket in Wilsons Ohr. Sie brauchten mindestens fünf Minuten, um sich aus der Hängematte zu schälen. Als sie sich barfuß und nackt auf den kalten Planken gegenüberstanden, waren sie genau gleich groß. Geistesabwesend streckte Wilson die Arme aus und legte seine Hände auf ihre Brüste. Cricket stellte ihre Ellbogen auf seine Schultern.

»Das, was jetzt kommt, wird weh tun«, sagte sie leise. »Ich muß dir leider ein Mal verpassen, das nicht mehr abgeht.«

Wilson verstand nicht, was sie damit meinte, aber ihrer Stimme entnahm er, daß es ihr ernst war.

»Es muß gemacht werden, weil sonst...«, sagte sie.

»Was sonst?« fragte Wilson.

»Frag nicht«, erwiderte sie, und er spürte, wie sie zitterte. »Weißt du noch, du hast mir versprochen, genau das zu tun, was ich dir sage, und keine Fragen zu stellen. Weißt du noch?«

»Ja«, gab Wilson widerstrebend zur Antwort.

Leise schlichen sie in die Kombüse und machten die Tür hinter sich zu. Cricket zog Wilson zum Gaskocher, zündete mit einem Streichholz eine Flamme an und nahm ein Tischmesser mit breiter Klinge aus dem Besteckkorb.

»Damit müßte es eigentlich funktionieren«, murmelte sie und hielt das Messer hoch. Der blaue Schein der Flamme schimmerte auf der matten Klinge.

»Moment mal!« rief Wilson.

»Schscht!« Mit einer Hand packte sie ihn am Nacken. »Es muß sein! Wenn du nicht genau das tust, was ich dir sage, müssen wir vielleicht beide sterben.«

»Willst du mir nicht endlich sagen, was hier gespielt wird?«

»Nein. Ich kann's dir im Moment noch nicht erklären. Was ist? Hältst du nun dein Wort? Denn falls nicht, setzt du nicht nur dein Leben, sondern auch meines aufs Spiel.« Sie nahm einen Topflappen von der Wand und hielt das Tischmesser mit der Klinge nach unten über dem Gasbrenner ins blaue Zentrum der Flamme. Nach ein paar Minuten begann der Stahl hellrot zu glühen; blaue Funken spritzten von den Kanten ab.

Wilson brach der Schweiß aus, und er zitterte. Plötzlich sehnte er sich nach den leeren Straßen seiner abgelegenen Wohngegend, nach den Gesichtern im Rubicon Bus, nach stillen Abenden zu Hause mit Andrea, und er bereute es, seine verstaubte, unscheinbare Existenz an Land für ein Leben auf See eingetauscht zu haben. Aber immer noch sagte eine leise Stimme in seinem Hinterkopf: *Damals warst du lebendig begraben, jetzt aber lebst du.*

»Gleich ist es soweit.« Cricket drehte das Messer in der Flamme. »Habt ihr hier irgendwo Butter oder Fett?«

Wilson holte eine Dose Pflanzenfett aus dem Vorratsschrank.

»Mach sie auf.«

Er öffnete die Dose und zog die Aluminiumfolie ab. Die runde Oberfläche des erstarrten Fettes war weiß wie eine unberührte Schneelandschaft.

»Und jetzt zieh dein Shirt aus.«

Er zog sich das T-Shirt über den Kopf. Cricket merkte, daß er Angst hatte.

»Take it easy«, beruhigte sie ihn. »Du mußt jetzt ganz still halten und darfst keinen Laut von dir geben.« Sie nahm einen Holzkochlöffel aus dem Besteckkasten und steckte ihn Wilson zwischen die Zähne. »Komm schon, beiß zu.«

Wilson biß zu; von dem trockenen, mehligen Geschmack des Kochlöffels bekam er eine Gänsehaut. Cricket zog die Klinge von dem Feuer zurück und legte die flache Seite auf Wilsons Schulter. Er spürte einen scharfen Schmerz, und gleichzeitig verbreitete sich in der Küche der widerliche Gestank verbrannten Fleisches. Einen Augenblick später linderte eine Handvoll Fett den sengenden Schmerz. Cricket entnahm dem Erste-Hilfe-Kasten unter dem Grill eine Mullbinde und bandagierte die Wunde professionell wie eine Krankenschwester. Danach half sie ihm ins T-Shirt. Als er den Arm hob, trieb ihm der Schmerz die Tränen in die Augen. Sie legte das Messer in den Besteckkorb zurück und schaltete den Brenner ab. Sie waren von pechschwarzer Dunkelheit umgeben.

»Tut mir leid, daß ich dir weh tun mußte«, flüsterte sie mit einer Stimme, die aus dem Nichts zu kommen schien. »Bitte laß niemanden das Mal sehen, bis ich's dir sage.« Sie drückte ihm einen flüchtigen, zärtlichen Kuß auf die Lippen.

»Cricket...«, begann Wilson, aber als er seine Hand nach ihr ausstreckte, war sie nicht mehr da.

6

Die *Compound Interest* segelte auf die riesige Landmasse von Afrika zu. Ihr Bug schnitt durch die grünlich schimmernden Wellen. Leicht wie Federn tanzten Landvögel auf der Morgenbrise.

Der Kapitän entdeckte es als erster. »Meine Augen sind nicht mehr so gut wie früher«, meinte er und reichte Wilson den elektronischen Feldstecher.

Wilson spähte durch das Fernglas und suchte den Horizont ab. Zunächst sah er nichts als Wasser und Himmel. Dann, plötzlich, war es da, ein vages Pünktchen am Horizont. Immer wieder verschwand es hinter der Dünung, um dann wieder aufzutauchen, ein winziger Schatten nur, kaum zu erahnen. Die nächste Stunde ließen sie es nicht mehr aus den Augen.

»Okay«, sagte der Kapitän schließlich, »ich glaube, jetzt sind sie in Reichweite unserer Sensoren.« Er setzte sich an den

Navigationscomputer und tippte einige Minuten lang auf die Tastatur ein. »Sie läuft einen parallelen Kurs, ziemlich schnell, vielleicht fünfundzwanzig Knoten.« Er tippte einen weiteren Befehl ein, und die Bugkameras schwenkten mit elektronischem Surren nach Steuerbord. Einen Augenblick später erschien das verzerrte Videobild eines Gebildes auf dem Bildschirm, das mit einiger Phantasie ein Schiff sein konnte. Für Wilson war es nicht mehr als ein Fleck, aber dem Kapitän war die Anspannung ins Gesicht geschrieben.

»Was ist es, Sir?« fragte Wilson.

»Kann ich noch nicht sagen. Keine Registrierungsnummer. Sieht aus wie ein Kreuzer der Marine, vielleicht ein Küstenwachboot von der Elfenbeinküste. Die haben in ihrer Flotte zwei oder drei rostige, alte Zerstörer und noch'n paar andere Kähne. Aber sehen Sie, da!«

Wilson beugte sich näher zum Bildschirm. Plötzlich spürte er ein flaues Gefühl im Magen; die Brandwunde auf der Schulter meldete sich wieder. Auf dem Monitor erschien ein undeutlicher grauer Tropfen, der aus der Vorderseite eines weiteren undeutlichen grauen Tropfens ragte.

»Sie ist bis an die Zähne bewaffnet«, sagte der Kapitän. »Das da sieht aus wie ein schweres Geschütz. Eine große Krupp-Marinekanone. Damit kann man Brandbomben abfeuern. Große Reichweite, ideal geeignet für Küstenbombardements. Und das« – der Kapitän zeigte auf einen dünnen, silbrigen Strich – »könnte ein Raketenwerfer sein. Vermutlich ein Davoust-Marschflugkörper. Absolut mörderisch.«

Der Kapitän schaltete den Autopiloten der *Compound Interest* aus und verschaffte damit Wilson zum ersten Mal das Gefühl, wie es ist, ein Boot eigenhändig zu steuern. Wilson spürte, wie das Ruder in seinen Händen ruckte und zerrte, wie das Schiff gegen die Wellen ankämpfte, und plötzlich konnte er verstehen, weshalb Seeleute ihre Schiffe als lebendige Wesen betrachteten. Der Kapitän überprüfte seine Tabellen und stellte ein paar kurze Berechnungen an.

»Wir sind noch immer ungefähr zwei Tage vor Conakry«, berichtete er. »Das ist der nächste Hafen. Wir sollten lieber mal einen Zahn zulegen.« Er zog die Strandschirmsegel ein, und einen Augenblick lang herrschte absolute Stille. Die *Compound Interest* dümpelte im Wasser. Eine Welle schlug mit lautem Klatschen mittschiffs gegen das Schandeck.

»Das verstehe ich nicht. Die Diesel sollten eigentlich automatisch anlaufen.« In der Stimme des Kapitäns lag ein Ton, den Wilson bislang noch nie gehört hatte. Ein einzelner Schweißtropfen bildete sich auf der Nasenspitze des Mannes und fiel in seinen Bart.

Der Kapitän stellte sich an das Handschaltpult, legte einen roten Hebel um und zog einen roten, mit »Choke« bezeichneten Knopf. Einen Augenblick lang begannen die Zwillingsdiesel harmonisch zu rumpeln, dann stotterten sie und gaben den Geist auf. Er warf Wilson einen besorgten Blick zu. »Ich seh mal unten nach«, sagte er. »Ich übergebe Ihnen solange das Kommando.«

7

Während der nächsten Viertelstunde beobachtete Wilson mit zunehmendem Grauen den Horizont. Das schemenhafte Schiff hatte seinen Kurs geändert und pflügte nun durch die Wellen direkt auf die *Compound Interest* zu.

Als es nahe genug herangekommen war, daß er durch das Fernglas Einzelheiten ausmachen konnte, zurrte Wilson das Steuerrad fest, holte sich das Buch *Jane's Fighting Ships* aus dem Seekartenschapp und blätterte die Abbildungen durch, bis er fand, was er suchte. Das Schiff, das sich auf Kollisionskurs mit der *Compound Interest* befand, sah aus wie ein amerikanisches Minensuchboot aus dem Koreakrieg, das allerdings schon einmal bessere Zeiten gesehen hatte. Aber die alten Registrierungsnummern des Schiffs waren übermalt worden, und die Bordwand war rostig und starrte vor Schmutz. Zwei ausländisch aussehende Ruderboote hingen lose in Davits, und auf dem Deck herrschte ein wildes Durcheinander. Zu beiden Seiten des Bugs starrten ihn gefährlich aussehende aufgemalte Augen an – ähnlich den Augen auf antiken griechischen Kriegsschiffen, die losgesegelt waren, um Troja auszuplündern. Nur das große Marinegeschütz auf dem Vordeck und der Raketenwerfer am Heck schimmerten frisch geölt in der Sonne.

Ein paar Minuten später erschien der Kapitän im Niedergang und stieß den vietnamesischen Koch vor sich her. Offenbar hatte es einen Kampf gegeben. Der Kapitän hatte eine Prellung im Gesicht; die linke Seite von Nguyens Kinn war geschwollen, auf seiner Stirn war die Haut aufgeplatzt. Seine Kochjacke war verschmiert von Motoröl und getrocknetem Blut. Die Handgelenke waren hinter seinem Rücken mit einem Stück Kabel gefesselt.

»Sabotage«, berichtete der Kapitän. »Ich hab diesen Scheißkerl erwischt, wie er sich an den Maschinen zu schaffen gemacht hat. Den Verteiler hatte er schon demoliert, und er wollte gerade Zucker ins Öl streuen. Ich hab nachgesehen. Alle Ersatzteile sind verschwunden.«

»Erschießen Sie ruhig Mechaniker«, grinste Nguyen und entblößte seine gelben Zähne, »aber Maschine trotzdem kaputt.«

Der Kapitän fuhr herum und schlug den Koch mit dem Handrücken ins Gesicht. Nguyen taumelte gegen die Reling, blieb wie durch ein Wunder aber auf den Füßen.

Der Kapitän warf einen Blick aufs Meer hinaus. Er brauchte kein Fernglas mehr, um zu sehen, daß sich das Schiff schnell näherte. »Ich kann mir denken, was uns jetzt bevorsteht, und es ist ein Jammer«, murmelte er vor sich hin. Dann seufzte er und straffte die Schultern. »Und dabei hätte ich nicht einmal mehr zwei Jahre bis zur Rente.«

Er fischte einen kleinen Schlüssel aus der Tasche und

drückte ihn Wilson in die Hand. »Mr. Wilson«, öffnen Sie bitte die Kiste mit den Handfeuerwaffen.«

Wilson ging zur Backbordbank im Oktagon und öffnete eine darunter verstaute Holzkiste. Sie enthielt zwei Mauser-Karabiner, ein Schnellfeuergewehr, eine 30/30 Marlin mit Winchester-Schaft und Hebelautomatik, drei halbautomatische Pistolen, ein paar tausend Rollen Munition, eine Leuchtpistole, eine Schachtel Leuchtmunition, ein Dutzend Handschellen und ein Stentorian-E-Polizeimegaphon.

Der Kapitän nahm ein Paar Handschellen und einen der Mauser-Karabiner aus der Kiste, lud die Waffe mit einem Neunzig-Schuß-Bananenmagazin, drehte sich dann zu Nguyen um und fesselte ihn mit den Handschellen an die Reling. Der vietnamesische Koch blieb davon sichtlich unbeeindruckt. Er machte es sich bequem und leckte sich das Blut von den Lippen.

»Ich habe Ihrer Schwester eine Pistole gegeben und ihr gesagt, daß sie sich in der Speisekammer einschließen soll«, sagte der Kapitän zu Wilson. »Vielleicht hat sie so größere Chancen. Es tut mir leid.«

Dann ging er nach unten und erschien einen kurzen Augenblick später mit goldbetreßter Kapitänsmütze und dem Jackett seiner Galauniform. Goldene Kapitänsstreifen und goldene Tressen, Insignien einer über fünfunddreißigjährigen Berufserfahrung, blitzten an seinen Ärmeln. Er trat an die Kommunikationskonsole, schlug mit der Faust eine kleine Glasscheibe ein und aktivierte den dahinterliegenden, gelben Schalter. Ein gelbes Licht begann auf der Konsole zu blinken. Es war das Notpositionssignal, das von diesem Augenblick an über alle Kanäle an alle Schiffe und festen Stationen im Umkreis von fünfhundert Meilen gesendet wurde. Dann ging er zur Waffenkiste und entnahm ihr die Leuchtpistole und die Schachtel mit den wurstähnlichen Leuchtpatronen. Wilson schaute dem Kapitän zu, wie er einen Schuß nach dem anderen nach Steuerbord abfeuerte. Silberstreifen aus Rauch stiegen in den Himmel und explodierten als Sternenregen am höchsten Punkt ihres Fluges. Wenig später war das Oktagon erfüllt vom schwefeligen Rauch der Treibladung. Wilson mußte husten, sein Mund war ausgedörrt. Er drehte sich zur Backbordseite, um Luft zu holen. Direkt über ihm blähten sich die Strandschirmsegel, nutzlos wie Kinderluftballons, im Wind. Der Kapitän reichte ihm das Schnellfeuergewehr.

»Ich weiß nicht, wie man damit umgeht, Sir«, sagte Wilson. Das Gewehr fühlte sich in seiner Hand unförmig und häßlich an.

»Es ist ein Gewehr«, sagte der Kapitän. »Sie zeigen damit in die ungefähre Richtung und schießen.«

Nichts in Wilsons bisherigem Leben hatte ihn auf den Schock dessen vorbereitet, was er sah, als er sich wieder nach Steuerbord umdrehte. Das näher kommende Schiff hatte inzwischen Farbe bekannt, eine schwarze Flagge mit weißem Totenkopf vor gekreuzten Knochen, auf der einen Seite flankiert von einem gehörnten, Rum trinkenden Dämon und auf der anderen von einer barbusigen Seejungfrau mit einem Dolch in der Hand.

»Ha! Hier haben Sie alle Antworten, die Ihnen bis jetzt gefehlt haben«, sagte der Kapitän. »Diese schwarze Flagge bedeutet: kein Pardon. Das heißt, daß vermutlich unser letztes Stündchen geschlagen hat.«

»Das meinen Sie doch nicht im Ernst, Sir«, protestierte Wilson mit zittriger Stimme. »So etwas gibt es doch nur im Kino, stimmt's?«

»Im letzten Jahr gab es auf hoher See eintausendunddreizehn Fälle von Piraterie, mein Freund«, berichtete der Kapitän mit grimmiger Miene. »Rufen Sie bei Lloyd's in London an. Die haben die Statistiken veröffentlicht. Aber auf dem Schiff da drüben hat vermutlich einer Sinn für Humor oder wenigstens für Geschichte. Diese Flagge kenne ich aus alten Büchern. Das war die Flagge eines berüchtigten Piratenclans aus der goldenen Zeit der Piraterie. Kapitän Elzevir Montague war der Grausamste von ihnen. Er plünderte zusammen mit Morgan Portobello. Über zweihundert Jahre lang haben sie dieses schmutzige Handwerk vom Vater auf den Sohn weitervererbt. Sie betrieben ein wenig Sklavenhandel und plünderten ein paar Schiffe aus, wissen Sie. Aber ihre Lieblingsbeschäftigung bestand darin, unschuldige Leute auf hoher See zu massakrieren. Sie haben die Schiffahrtsstraßen vom spanischen Mutterland bis hinunter nach Madagaskar terrorisiert, bis die britische Marine diesen blutrünstigen Bestien schließlich im Jahre 1805 das Handwerk legen konnte. Ihren Hauptstützpunkt, eine Gruppe entlegener Inseln im Golf von Mexiko, gar nicht weit von der Mündung des Mississippi, haben sie dem Erdboden gleichgemacht.«

Wilson spürte, wie sich eine kalte Hand um sein Herz legte. Das Piratenschiff war mittlerweile keine hundert Meter weit von ihnen entfernt. Er sah die rostigen Augen, die schimmernde Kanone, die mörderische schwarze Flagge, die im Wind knatterte.

Diese letzten Augenblicke verliefen merkwürdig ruhig.

»Können Sie sich noch an die Namen dieser Inseln erinnern?« hörte sich Wilson fragen.

Der Kapitän dachte einen Moment lang nach. »Ja«, sagte er. »Die Palmetto Keys.«

8

Bald darauf ging das Piratenschiff längsseits. Die rostige, schwarze Bordwand ragte wie eine steile Klippe über ihnen empor. Aber es sah aus, als wäre es verlassen – ein Geisterschiff. Nicht eine einzige Gestalt war an Deck zu sehen. Der Kapitän holte das Megaphon aus der Waffentruhe.

»Ich habe Ihren Mann hier bei mir«, rief er durch den Lautsprecher. »Den Koch. Keine Bewegung, oder ich puste ihm den Kopf weg!«

Nachdem seine Worte knackend aus dem Megaphon verhallt waren: Stille.

Der Kapitän legte das Megaphon zur Seite, hob den Mauser-Karabiner und schoß eine Garbe auf die Bordwand des Schiffes. Die scharfen, metallischen Explosionen klangen schmerzhaft in Wilsons Ohren. Er ließ sich auf das Deck fallen und steckte sich die Finger in die Ohren – eine instinktive Reaktion. Dann brach das Gewehrfeuer abrupt ab, und er öffnete die Augen.

Cricket stand neben dem Kapitän und hielt ihm einen nickelbeschlagenenen achtunddreißiger Revolver an den Hinterkopf. Der Kapitän krümmte den Finger um den Abzug des Karabiners. Einen Augenblick lang war unklar, was als nächstes passieren würde. Dann erschlafften seine Schultern, und er ließ das Gewehr polternd auf das Deck fallen.

Cricket verlagerte ihr Gewicht auf den anderen Fuß. »Hol ein Paar Handschellen«, rief sie Wilson zu.

Wilson starrte sie mit offenem Mund an.

»Mach schon, her mit den Handschellen!«

Wilson nahm ein Paar Handschellen aus der Waffentruhe. Dann schüttelte er den Kopf und warf sie wieder zurück.

»So etwas mach ich nicht mit«, sagte er.

Crickets Gesichtszüge verhärteten sich. Ihre Stirnadern traten hervor. »Wenn du dem Mann keine Handschellen anlegst«, zischte sie, »muß ich ihn töten.«

»Das würdest du nicht tun«, sagte Wilson. Er spürte, wie ihm die Schweißperlen übers Gesicht liefen; er zwinkerte Schweiß aus seinen Augen.

»Kapitän?« sagte Cricket und spannte den Hahn.

»Sie haben gehört, was die Lady gesagt hat«, stieß der Kapitän hervor. Wilson nahm die Handschellen wieder aus der Kiste und legte sie dem Kapitän um die Handgelenke.

»Tut mir leid, Sir«, sagte er.

»Du verräterisches Miststück«, fauchte der Kapitän Cricket an.

»Halt's Maul, Opa«, schnauzte Cricket zurück.

Wilson trat einen Schritt nach hinten und streckte abwehrend die Hände aus. »Egal, was du vorhast, ich mach da jedenfalls nicht mit.«

Cricket fuhr herum und funkelte ihn aus ausdruckslosen, stahlharten Augen an. »Zu spät für Gewissensbisse, mein Lieber«, sagte sie.

9

In weniger als zwei Minuten hatten die Piraten die *Compound Interest* geentert. Wilson mußte hilflos mit ansehen, wie dreißig braune Männer über die Reling auf das Schiff sprangen. Ein paar von ihnen hatten doch tatsächlich Messer zwischen den Zähnen. Die meisten waren Afrikaner mit Stammesnarben im Gesicht, aber Wilson sah auch mehrere Malaien mit roten Turbanen, eine Handvoll südamerikanischer Männer und den einen oder anderen Asiaten.

Sie zerrten Ackerman aus seiner Kajüte und banden ihn mit einem Nylonseil an den vorderen Mast. »Ich war gerade mitten in einem sehr wichtigen Konferenztelefongespräch«, beschwerte er sich, »Getreidepreise –«, aber bevor er zu Ende sprechen konnte, hatten sie ihm seine dicken Brillengläser mit einem Gewehrkolben von der Nase geschlagen.

Im nächsten Moment griffen zwei Afrikaner Wilson von hinten an und schlugen ihn nieder. Sie drückten ihn mit dem Gesicht auf die Decksplanken und zogen Kabelbinder um seine Handgelenke fest. Er war von seinem ruhigen Leben in der Stadt fortgelockt worden, um hier diesen letzten Augenblick von Ironie zu erleben. Was würde Andrea wohl sagen, wenn sie ihn so sehen könnte? Ein lächerlicher Gedanke. Pflegten diese Banditen nicht alle zu töten, um keine Zeugen zu hinterlassen? Mit wissendem Biß holte sich sein Grauen ein Stück aus der Innenwand seines Magens.

Der Anführer der Entermannschaft war ein großgewachsener, schmalgesichtiger Afrikaner, der in einer ölverschmierten, unter den Knien abgeschnittenen Gabardine-Anzughose steckte. Über seinen nackten Oberkörper verlief ein kompliziertes Netzmuster erhabener Narben. In der Hand hielt er eine lederne, mit Silberdraht umwickelte Reitpeitsche – allem Anschein nach ein Rangabzeichen. Nachdem seine Männer Stellung bezogen hatten, schritt er mit respektvoller Geste auf Cricket zu und sagte ein paar Worte in einer Sprache, die Wilson nicht verstand.

»Okay, Mustapha, gute Arbeit«, lobte ihn Cricket auf englisch, als der Mann ausgesprochen hatte. »Schön, dich wiederzusehen.« Dann nahm sie das Megaphon in die Hand. »Ahoi an Bord der *Storm Car*«, rief sie. »Hier ist alles klar. Ihr könnt jetzt herunterkommen.«

Mit lautem Rasseln fiel eine Kettenleiter an der Bordwand herunter.

Zwei Männer stiegen nach unten. Der erste, ein jüngerer Mann mit einem Helm germanischen blonden Haares, trug einen teuer aussehenden karierten Blazer, Khakihosen mit Bügelfalten und nagelneue Bootsschuhe aus Leder. Von einer Schulter baumelte ein Notebook in einem durchsichtigen, wasserdichten Gehäuse. Als die Schuhe des Mannes das Deck berührten, hörte Wilson, wie sie quietschten. Er war groß, gut proportioniert, und sein ernstes, arisches Gesicht hätte ausgezeichnet auf ein Propagandaplakat der Nazis aus den dreißiger Jahren gepaßt. Einen Augenblick lang blinzelte er in die Sonne und trat dann zur Seite, um seinem Begleiter Platz zu machen. Der zweite Mann war das krasse Gegenteil von ihm: ein kleiner, krummbeiniger, schmuddeliger Gnom mit grellbuntem Hawaiihemd und Riemensandalen, in denen er weiße, japanische Socken trug. Aus seinen ausgebeulten Hosentaschen quollen Tauwerk und verschiedene andere Utensilien. Ein Streifen Isolierband klebte an einem Hosenbein seiner ausladenden Shorts. Sein Hemd, das er offen trug, enthüllte ein halbes Dutzend protziger Goldketten. Wie Schlangen ringelten sie sich in seinem verfilzten Brustpelz.

Das Gesicht des Mannes kam Wilson bekannt vor: der starke Kiefer, die römische Nase, die entschlossenen Linien um den Mund. Eine vom Wind verwehte Strähne kupferfarbenen Haares saß mitten auf seinem Kopf wie der Schwanz einer Waschbärenfellmütze. Eine schwarze Augenklappe verdeckte eines seiner Augen. Das andere Auge, groß und böse, studierte die drei Gefangenen, die unter dem Mast saßen. Als er gesehen hatte, was er hatte sehen wollen, lächelte er das Lächeln des Leibhaftigen angesichts der Sorgen der Menschheit. Wilson gefror das Blut in den Adern, und er wandte den Blick ab.

Einen Augenblick lang war es still an Deck. Er hörte den Wind und die Tümmler, die ahnungslos vor dem Bug spielten, hörte, wie die beiden Bootsrümpfe aneinanderschabten – und er hörte ein lautes, klopfendes Geräusch: sein eigenes Herz. Cricket steckte die Achtunddreißiger in den Bund ihrer Jeans, ging auf den kleinen Mann zu und umarmte ihn. Sein Kopf reichte ihr gerade bis zur Brust. »Dad«, sagte sie.

»Na, wie geht es meinem großen Mädchen?« grinste der Mann und tätschelte ihr den Hintern.

»Gut«, lachte sie. »Obwohl es am Ende noch ganz schön brenzlig geworden ist. Der alte Stinker hat Noog erwischt, als er gerade die Motoren außer Gefecht gesetzt hat.«

»Wenn das alles vorbei ist, machen wir aber Urlaub, was, Kleines?« schmeichelte ihr der Mann. »Wo möchtest du denn gerne hin?«

Cricket überlegte eine Weile; unschuldig wie ein Schulmädchen hob sie eine Augenbraue in den blauen Himmel. »Ach, warum nicht wieder mal nach Paris?« schlug sie vor. »Ich würde zu gern mal wieder richtig Shopping gehen.«

»Gute Idee«, pflichtete er ihr bei und rieb sich die Hände. »Und wo ist nun unser preisgekrönter Truthahn?«

Wilson warf einen Blick auf Ackerman. Der Millionär zitterte in der heißen Sonne wie Espenlaub, sein Gesicht war aschfahl vor Angst. Der Schatten des Mastes fiel wie ein großes Gewicht über seine Schulter. Tränen rollten ihm über die Wangen und in den Kragen seines lächerlichen rosaroten Hemdes. Der Pirat, Crickets Vater, ging hinüber, baute sich vor ihm auf, stemmte die Hände in die Hüften und starrte ihn an. Ackerman heftete seine kurzsichtigen Augen auf die polierten Decksplanken und vermied es, nach oben zu sehen. Schließlich stupste ihn der Pirat mit einem weißbestrumpften Zeh an.

»Sie sind Ackerman?«

Der Milliardär blinzelte mit schmerzverzerrtem Gesicht; auf einer Wange prangte ein großer Bluterguß. »Nein«, sagte er mit leiser, weinerlicher Stimme. »Könnte ich bitte meine Brille wiederhaben?«

»Ich möchte Ihnen zu der Übernahme von Caltech Industries vor drei Jahren gratulieren«, sagte der Pirat. »Das schnellste, gemeinste Leveraged Buyout, von dem ich je gehört habe. Die Aktionäre wußten überhaupt nicht, wie ihnen geschah.«

»Sie haben davon gehört?« fragte Ackerman überrascht.

»Es stand ja in allen Wirtschaftsgazetten. Im *Wall Street Journal*, in der *Financial Times of London.* Beide brachten gute, ausführliche Artikel über Ihre Transaktionen.«

»Wer sind Sie?« fragte Ackerman.

»Ich bin Captain Page, Kommandant des schönen Schiffes, das sie dort drüben sehen«, sagte der Mann und deutete über die Schulter zu dem rostigen Kahn hinüber, der hinter ihm aufragte. »Langjähriges Mitglied der Bruderschaft der Küste. Mehr brauchen Sie nicht zu wissen.«

»Sie sind ein Pirat?« stammelte Ackerman.

Der Pirat zuckte die Achseln. »Sie sehen doch die Augenklappe, oder?«

»Ist die echt?« fragte Ackerman.

»Hab mein Auge beim Heimwerken verloren«, erklärte

der Pirat. »Ein Stück des Bohrers ist abgebrochen und direkt durch die Hornhaut. Leider hat es sich entzündet und mußte entfernt werden. Ich hätte ein Glasauge kriegen können, aber was soll's. Na ja, vielleicht bin ich ja Traditionalist, zumindest soweit es meine Arbeit betrifft.«

»Sie sind ein gottverdammter Raubmörder«, fuhr Kapitän Amundsen dazwischen, »ein Bandit, der unschuldige Menschen umbringt. Sagen Sie ihm doch, was die schwarze Flagge bedeutet. Sagen Sie ihm doch, was Sie mit uns vorhaben, sobald Sie gekriegt haben, was Sie wollen!«

»Was werden Sie mit uns machen?« kreischte Ackerman hysterisch. »Ich habe Geld, ich bezahle Sie. Bitte...« Seine Worte verloren sich in einem Winseln.

»Wir wissen, daß Sie Geld haben, Ackerman«, entgegnete der Pirat seelenruhig. »Fragt sich nur, wieviel.«

»Das ist nicht fair«, jammerte Ackerman.

»Was ist fair, Schlüber?« rief der Pirat über die Schulter nach hinten.

Der junge Mann im Blazer kam näher, nahm das Notebook von der Schulter und schälte es aus seiner transparenten Kunststoffhülle. Dann setzte er sich mit gekreuzten Beinen auf die Decksplanken, und Wilson hörte das leise Klicken und Sirren des anlaufenden Plattenlaufwerks.

»Eine Sekunde noch, Sir«, sagte er. »Muß erst die Datenbank aufrufen.« Er sprach das korrekte, leicht akzentuierte Englisch eines gebildeten Deutschen. Ein paar Sekunden lang spähte er mit seinen blaßblauen Augen auf den Bildschirm. Unter seinen Fingerspitzen produzierten die Tasten sittsame Klickgeräusche.

»Hier haben wir ihn«, sagte er schließlich. »Abgelegt im Verzeichnis ›Reiche Stinker‹. Ackerman, Dwight A. Geboren in San Luis Obispo, Kalifornien, am siebzehnten April 1946. Hat letztes Jahr auf insgesamt knapp über eineinhalb Milliarden Einkommen und Anlagevermögen Einkommensteuer gezahlt. Was bedeutet, daß er mindestens zwei Milliarden mehr im Kreuz haben dürfte, Sir. Blutsauger wie die haben immer erkleckliche Summen auf Banken in der Schweiz oder auf den Bahamas liegen.«

Ackerman fuhr sich mit der Zunge über die Lippen. »Das ist einfach nicht wahr«, begann er, aber Captain Page machte eine ungeduldige Geste, was Mustapha dazu veranlaßte, einzuschreiten und Ackerman mit der Reitpeitsche einen Hieb in den Nacken zu verpassen. Die Peitsche machte ein scharfes, schnappendes Geräusch, und der Milliardär fiel vornüber in die Nylonseile.

Wilson verdrehte die Augen zum gleißenden Himmel und strengte sich an, nichts mehr zu sehen oder zu hören. Die Mannschaft des Piraten lungerte im Hintergrund herum, sie rauchten Zigaretten und grölten wie Bauarbeiter in der Mittagspause. Der Schatten des vorderen Masts kroch langsam über das Deck.

10

Wilson wurde auf das Piratenschiff bugsiert und in einer kleinen, stickigen Kabine auf einem Deck unter der Wasserlinie eingeschlossen.

Nach ein paar Minuten gab die von der Decke baumelnde Glühbirne ihren Geist auf, und Wilson lag, eingerollt wie ein Embryo, in der nun dunklen Kabine auf einer nach Urin stinkenden Matratze. Durch einen Lüftungsschlitz im Schott sickerte ein schwacher Lichtschein in die Kabine. Leise, hastige Trippelgeräusche verrieten ihm, daß er sein Gefängnis mit Ratten teilte. Einmal brachte ihm jemand Wasser und einen Schokoladenriegel; die Tür öffnete sich nur kurz. Nach der Leuchtanzeige auf seiner Digitaluhr zu schließen, verging so ein ganzer Tag; jede Stunde, jede Minute, jede Sekunde tropften schwer wie Blei. Er starrte auf die winzige, grüne Leuchtanzeige, als wäre sie ein Fernseher.

Etliche Stunden dieser endlosen Zeit verbrachte Wilson mit Gedanken an seinen Vater. Die meisten Menschen assoziierten Spieler automatisch mit Gangstern oder Gaunern. Wilsons Vater aber war ein ruhiger, liebenswürdiger Mann gewesen, geradezu die Antithese zu dem typischen, großspurigen Rennbahnzocker. Er hatte das Gesicht seines Vaters immer noch klar vor Augen. Als wäre es erst gestern gewesen, erinnerte er sich an das schrille Läuten des Telefons in jener Nacht, als der Vier-fünfundvierzig verunglückt war, und immer noch hörte er durch die Schlafzimmerwand das herzzerreißende Schluchzen seiner Mutter.

Auf der Titelseite der Morgenausgabe des *Dispatch* waren die zertrümmerten Waggons des Expreßzuges abgebildet gewesen, die wie die Finger einer skelettierten Hand aus dem schwarzen, zugefrorenen Wasser des Potswahnamee stachen. Ein anderes Foto in der Sonntagsausgabe des *Telegraph-Journal* war noch im selben Jahr mit einem Fotojournalismus-Preis ausgezeichnet und immer wieder abgedruckt worden. Es zeigte verbrannte, gefrorene Leichen, steif wie Brennholz, die das Flußufer säumten, und im Bildvordergrund Polizei und Wasserwacht in schwarzen, regennassen Mänteln, die sich angeregt unterhielten – vermutlich über die Sportergebnisse vom Wochenende. Von den Zehen der Toten flatterten weiße Anhänger wie Gebete im Wind.

Noch eine Woche vor der Katastrophe hatte ihn sein Vater mit der alten Straßenbahn zum Turf nach Ardmore Downs mitgenommen. Wilson schloß die Augen und sah wieder das große, grüne, eingezäunte Oval vor sich, hinter dem sich die hübschen, kleinen Vororte ausbreiteten. Ein paar frierende Flamingos mit gestutzten Flügeln staksten herum wie herrenlose Hunde. Es war ein Steeplechase-Rennen. Die Pferde mußten Hindernisse aus Büschen oder Holzstämmen überwinden. Bei jedem Rennen wurden einzelne Jockeys abgeworfen und purzelten zwischen die Hufe der nachkommenden Pferde. Er roch den Duft von frisch gemähtem Gras, von Pferdeäpfeln und Pfeifenrauch. Er bestaunte die großen Flanken der Pferde, die enttäuschten Mienen der Zocker, wenn sie verloren hatten, und den großen, eindrucksvollen Homburg und die neue Tweedjacke seines Vaters.

Beim siebten Rennen legte sein Vater eine Hand auf Wilsons Schulter und hockte sich vor ihn hin. Ein Vater-Sohn-Ausflug ohne ein Vater-Sohn-Gespräch war undenkbar, und mit einem Seufzer schob der Mann den Hut aus der Stirn und gab sein Bestes.

»Ich weiß, daß du oft mit anhören mußtest, wenn sich deine Mutter und ich wegen Geld gestritten haben«, begann er und unterbrach nur kurz, als die Pferde in einer Staubwolke an ihnen vorüberdonnerten; bunt blitzten ihre Stallfarben vor dem leuchtendgrünen Hintergrund des Geläufs. »Sie ist eine wunderbare und sehr kluge Frau, aber manchmal bringt sie einiges durcheinander. Deine Mutter glaubt nämlich, daß es auf der Welt nichts Wichtigeres gibt als Geld, aber das stimmt nicht ganz. Natürlich braucht der Mensch auch Liebe, gar keine Frage, aber was er wirklich braucht, ist Würde. Jeder von uns braucht Würde, aber es gibt nicht genug davon für alle. Paß auf, ich verrate dir ein Geheimnis: Die Würde hat überhaupt keinen Preis. Kein Mensch auf der ganzen Welt könnte sich Würde kaufen, und wäre er noch so reich.«

Er fuhr fort, ihm zu erklären, daß er die Würde, nach der er in seinem Leben gesucht hatte, erst in seinem Beruf als Spieler fand. Dieser Arbeit haftete etwas Schönes an, denn es gab nur ihn und das Spielglück. »Selbst wenn es einmal für mich nicht so gut läuft, brauche ich niemanden um Almosen zu bitten«, sagte er. »Schau dir doch die Beamten und die Angestellten an: Tag für Tag um die gleiche Zeit huschen sie zu Tausenden wie die Ratten in die U-Bahn. Völlig abgestumpft. Wenn jemand zu ihnen sagt: spring, dann springen sie. Sie haben ihre Würde für finanzielle Sicherheit eingetauscht. Tu das niemals, mein Sohn. Versprich mir das.« Wilson hatte einen feierlichen Eid geschworen, obwohl er damals nicht wußte, was er da versprochen hatte. Und eine Woche später war sein Vater in den Vier-fünfundvierzig-Expreß zu einer anderen Rennbahn gestiegen, sein Glück hatte ihn verlassen, und der Zug war in das schwarze, eisige Wasser des Potswahnamee gestürzt.

Und zusammengekauert auf einer stinkenden Matratze tief in den Eingeweiden eines Piratenschiffes, das einen unbekannten Kurs steuerte, dachte Wilson an die Worte seines Vaters, und er fragte sich, wie er wohl selbst mit seinem Tod umgehen würde. Niemand konnte sagen, was sein Vater in diesen letzten paar Sekunden seines Lebens gefühlt hatte, als sich die Gepäckstücke selbständig gemacht hatten und die Waggons kreischend vom Viadukt hinab in die Unendlichkeit gestürzt waren. Ist es möglich, in solchen Situationen Würde zu bewahren? Höchstwahrscheinlich war der Unfall für ihn zu überraschend gekommen, um irgend etwas anderes als Panik empfinden zu können.

Wilson aber hatte einen ganzen Tag in der dunklen Kajüte Zeit, sich darauf vorzubereiten, sich ein geeignetes Konstrukt aufzubauen, daß er frei von Angst war, daß es nicht so sehr auf das Leben selbst ankommt als darauf, wie man es verläßt.

11

Der Pirat saß an einem Holztisch auf dem Quarterdeck der *Storm Car* und verdrückte sein Frühstück, bestehend aus Eiern, Speck, Würstchen und Toast. Rechts neben ihm auf dem Tisch stand eine halbleere Flasche Wodka. Ein schwarzer Boy mit blütenweißem Jackett und einer Serviette über dem Arm stand dienstbereit mit einem Krug Orangensaft hinter ihm. Unverschämt gelb leuchtete der Orangensaft in dem gleißenden Licht der Mittagssonne. Der Pirat trug einen zerlumpten roten Morgenmantel, der über seiner Brust weit auseinanderklaffte, dazu grüne Boxershorts und grüne, ausgelatschte Hauspantoffeln.

Nach der Dunkelheit in seinem Verlies im Bauch des Schiffes bekam Wilson angesichts dieser Überfülle von Farben und Licht unerträgliche Kopfschmerzen.

Wilson und Captain Amundsen kauerten, mit Handschellen gefesselt, nebeneinander an Deck in der prallen Sonne und warteten, bis der Pirat sein Frühstück beendet hatte. Waffenkisten, mit Stroh ausgepolstert und mit Jutegurten festgezurrt, warfen schwarze, sargähnliche Schatten auf die Planken. Der Pirat ließ sich Zeit beim Essen und vertiefte sich währenddessen in eine Ausgabe der *Financial Times.* Zwischen den einzelnen Bissen blätterte und faltete er das dünne Zeitungspapier sorgsam um. Mustapha, in der Hand die Reitpeitsche und über seiner narbigen, schwarzen Schulter ein Schnellfeuergewehr, bewachte die Gefangenen.

In den eineinhalb Tagen seit der Kaperung war die *Storm Car* mit der *Compound Interest* im Schlepp in ein neues, fremdes Seegebiet gedampft. An Backbord, zum Greifen nahe, lag eine Insel mit üppiger Vegetation. Das grüne Dickicht ging unmittelbar in einen schmalen Streifen weißen Sandstrandes über, und Wilson konnte in den Bäumen sogar einige Papageien erkennen und im Hintergrund, abgetrennt durch schilfbestandene Kanäle, weitere Inseln. In der feuchtschwülen Luft, die erfüllt war vom modrigen Malariageruch der Tropen, sirrten Myriaden von Insekten.

Dann hatte der Pirat sein Frühstück beendet, und der Tisch wurde abgeräumt. Cricket und Schlüber kamen die Kajütstreppe herauf und setzten sich auf eilig herbeigeschafften Deckstühlen zu ihm an den Tisch. Schlüber trug an diesem Tag einen Nadelstreifenanzug, eine rote, indisch gemusterte Krawatte und auf Hochglanz polierte Slipper mit Troddeln. Er klappte sein Notebook auf, das ein paar unverbindliche Piepser von sich gab, und machte sich mit der typischen, selbstzufriedenen Miene eines Computerfreaks daran, auf das Keyboard einzutippen. Cricket wirkte frisch und ausgeruht; ihre Haut strahlte rosig und gesund. Sie trug steife, weiße Seglerhosen und ein kurzes, blaues Marinejackett mit goldenen Epauletten und Tressen. Zwei Reihen Goldknöpfe verliefen senkrecht über ihre Brüste. Sie sah aus wie ein Kadett frisch von der Marineakademie.

Der Pirat gab ihr einen Kuß auf die Wange, als sie neben ihm Platz nahm. »Guten Morgen, Kleines«, sagte er.

»Du könntest dich übrigens mal rasieren«, bemerkte Cricket mit gerunzelter Stirn. »Und außerdem ist es nicht mehr Morgen, sondern längst Nachmittag. Und vielleicht ziehst du dir mal endlich anständige Klamotten an. Die Satzung schreibt nämlich ein dem feierlichen Anlaß entsprechendes Auftreten vor.«

»Auf diesem Schiff hier bin ich die Satzung«, brummte der Pirat und verdrehte mißgelaunt sein Auge. Aber er wickelte sich den Bademantel fester um den Körper und setzte sich aufrecht hin. »Jetzt sind Sie an der Reihe, Seemann«, richtete er das Wort an Kapitän Amundsen.

»Haben Sie noch Fragen, bevor wir anfangen?«

»Ja. Was haben Sie mit Ackerman gemacht?« fragte der Kapitän mit heiserer, krächzender Stimme. »Als Skipper der *Compound Interest* bin ich für diesen Mann verantwortlich. Habt ihr Schweine ihn umgebracht?«

Der Pirat verzog das Gesicht zu einem müden Grinsen. »Keine Sorge«, sagte er, »Mr. Ackerman ist sehr wertvoll für uns. Im Augenblick geht es ihm den Umständen entsprechend recht gut. Jedenfalls besser als Ihnen. Zu Ihrer Information: Die schwarze Flagge da oben ist eine Hommage an unsere Tradition, genauso wie die Planke, die Sie dort hinten sehen.« Er deutete in die Richtung, aus der gerade zwei malaiische Crewmitglieder mit einer Holzplanke die Kajüttreppe heraufkamen. Sie sah aus wie ein Sprungbrett in einem Schwimmbad. Sie steckten das Brett in einen Schlitz am Steuerbord-Schandeck und sicherten es mit einer Kette und mit Eisenstiften. Wilson zuckte beim Anblick der Planke zusammen. Sie war in einem unangenehmen Türkiston gestrichen und ragte gut sechs Meter über die Seite des Schiffes hinaus. Sie zitterte über der Wasseroberfläche, als die *Storm Car* im Schwell an ihrem Ankergeschirr zerrte.

»Es wäre ja glatte Verschwendung menschlicher Ressourcen, wenn wir jeden umbringen würden, den wir gefangennehmen«, sagte der Pirat. »Die Bruderschaft braucht Männer, und ganz besonders braucht sie qualifizierte Leute! Mr. Schlüber, erzählen Sie uns doch etwas aus dem Lebenslauf des Kapitäns.«

»Amundsen, Lars Olaf«, las Schlüber flüssig vom Bildschirm ab. »Geboren 1945 in Esbjerg, Dänemark. Eingebürgerter amerikanischer Staatsbürger. Sechsunddreißig Jahre aktiv im Dienst der Handelsmarine. Fünfzehn verschiedene Schiffe sind hier aufgeführt, darunter ein paar große Linienschiffe der United States Line. Zweiter Maat auf der *USS Constitution* 1967; erster Maat auf der *USS Independence* 1972. Fünf offizielle Auszeichnungen für herausragende Verdienste in Ausübung seines Berufes. Navigationspatent, zwei Sterne. Hervorragende Referenzen. Demnach haben wir einen erstklassigen Skipper in unseren Reihen.«

Offensichtlich war der Pirat beeindruckt. Er legte die Fingerspitzen aneinander und dachte einen Augenblick nach. Dann befahl er, Kapitän Amundsen von seinen Handschellen zu befreien. Der Kapitän stand auf und rieb sich die Handgelenke. Der Pirat bot ihm ein Glas Orangensaft an. Der Kapitän lehnte ab, obwohl er halbtot vor Durst sein mußte.

»Dann komme ich jetzt zum Punkt«, erklärte der Pirat. »Die Bruderschaft braucht gute Skipper, wie Sie einer sind. Wie Sie sich vorstellen können, kennt die Hälfte unserer Leute nicht den Unterschied zwischen einem Speigatt und einem Sextanten, und die andere Hälfte rekrutiert sich aus stinkenden, versoffenen Wilden aus den miesesten Gegenden der Erde. Letztes Jahr, zum Beispiel, haben wir ungefähr hundert Meilen vor der Küste Patagoniens einen recht kleinen Trawler aufgebracht, und ich habe zufällig einen meiner Männer dabei ertappt, wie er das Herz eines gefangenen Matrosen aß. Widerlich. Wenn Sie sich entschließen, für uns zu arbeiten, muß Ihnen klar sein, daß es ein lebenslanger Vertrag ist, aber ich kann Ihnen Reichtümer versprechen, von denen Sie nicht einmal zu träumen gewagt hätten. Früher oder später werden die Reichtümer der ganzen Erde durch Ihre Hände gehen.«

Er gab dem Kapitän fünf Minuten Bedenkzeit. Als die Zeit vorbei war, streckte sich Kapitän Amundsen und verkündete mit klarer Stimme:

»Satan hat Jesus in der Wüste ein ähnliches Angebot gemacht«, sagte er. »Es wurden ihm alle Reichtümer der Erde im Tausch gegen seine unsterbliche Seele versprochen. Ich spucke auf Sie, genauso wie unser Herr den Satan angespuckt hat«, und er räusperte sich und beförderte einen Pfropfen grünen Schleims auf das Deck.

Der Pirat seufzte. »Mustapha.«

Aber als Mustapha das automatische Gewehr anlegte, hob Kapitän Amundsen die Hand. »Warten Sie. Ich bin ein Seemann, und wie Sie halte auch ich auf Traditionen. Wenn ich also um die Planke bitten dürfte.«

»Wie Sie wünschen.« Der Pirat zuckte die Achseln.

Der Kapitän knöpfte seine Uniformjacke zu, die mittlerweile etwas mitgenommen aussah, und wandte sich zackig nach Steuerbord. Vor der Planke zögerte er einen Moment und blinzelte aufs Meer hinaus. Mustapha trat von hinten an ihn heran und stieß den Lauf des automatischen Gewehrs zwischen die Schulterblätter des Kapitäns.

»Das ist nicht nötig«, sagte der Kapitän mit ruhiger Stimme. Er stieg auf das Schandeck und ging hinaus auf die türkisfarbene Planke. In der Mitte des Brettes drehte er sich noch einmal um. Hinter ihm glitzerte das Meer; die Sonne stand hoch am Himmel. Der Horizont sah so blau aus wie ein Traum.

»Mr. Wilson«, sagte er.

Wilson hob den Kopf.

»Mein Vater lebt noch in Esbjerg. Er ist jetzt sechsundneunzig. Bischof Ingmar Amundsen. Falls Sie diesen Alptraum hier überleben sollten, sagen Sie ihm, daß ich als Christ gestorben bin. Und sagen Sie ihm, daß es mir leid tut, daß ich von zu Hause abgehauen bin.«

Dann drehte sich der Kapitän um und war in der nächsten Sekunde weg. Einfach in den wunderschönen Tag hinein verschwunden. Diesmal hatte Wilson nicht einmal den Aufschlag auf der Wasseroberfläche gehört. Mustapha trat eilig an die Reling. Schüsse peitschten, Wasser spritzte auf, dann war es still. Wilson senkte den Kopf und sprach ein Gebet für die Seele eines tapferen Mannes, der in diesem Augenblick die Erde verlassen hatte.

Dann war Wilson an der Reihe. Die Sonne schien ihm in die Augen. Seine Mundhöhle war ausgedörrt. Die Kunststoffhandschellen hatten die Haut seiner Handgelenke aufgerissen; er blutete. Die Sonne hatte seinen Nasenrücken verbrannt; die Schutzcreme, die er Tage zuvor aufgetragen hatte, hatte ihre Wirkung längst verloren. Nicht ein einziges Mal während dieses Tribunals hatte er zu Cricket hinübergesehen. Aber nun konnte er nicht anders und wandte den Blick von den Grabsteinschatten auf dem Deck ab. Mit ausdruckslosem Gesicht betrachtete sie ihn, ihre steingrauen Augen verborgen hinter einer schwarzen Sonnenbrille.

Schlübers Finger klapperten einigermaßen verdutzt über das Keyboard. »Von dem da gibt es null Informationen«, sagte er.

»Hat vermutlich erst nach Santa Barbara angeheuert.«

»Stimmt das, Kleines?« erkundigte sich der Pirat bei seiner Tochter.

»Ja«, antwortete Cricket mit ausdrucksloser Stimme.

»Wie heißen Sie, Mister?« fragte der Pirat Wilson.

Wilson kam mühsam auf die Beine, stemmte sich mit seinen gefesselten Händen vom Deck ab und richtete sich mit knackenden Kniegelenken gerade auf.

»Wilson Lander«, hörte er sich sagen. »Overlook Avenue

siebenundsiebzig, oberste Wohnung. Man fährt mit dem Rubicon Bus über den Fluß, geht ein paar Häuser die Grace Street hinunter und biegt dann nach rechts in Richtung Rubicon ab...« Seine Stimme verlor sich.

»Was ist denn das für einer?«

»In der Datenbank finde ich nichts über ihn«, sagte Schlüber. »Bei der Handelsmarine ist er jedenfalls nicht registriert. Ich seh mal bei der American Yachting Association nach...« Wilson hörte die Maschine ein »nicht gefunden« piepen. »Nichts. Nach dem, was hier steht, ist er jedenfalls kein Seemann von Beruf. Bei keiner Behörde in den USA registriert.«

Der Pirat überlegte kurz und runzelte die Stirn. »Was sind Sie?« fragte er Wilson. »Interpol? CIA?«

»Ich bin ein Mensch wie Sie«, gab Wilson zur Antwort und war überrascht, daß seine Stimme nicht zitterte. »Ich wurde ebenso wie Sie geboren und werde ebenso wie Sie sterben. Unsere Erde ist ein mächtig wundersamer Planet. Das ist alles, was ich zu sagen habe.« Als er geendet hatte, warf er einen Blick zu Cricket hinüber. Der leichte Wind spielte mit ihrem kupferfarbenen Haar, und Wilson sah plötzlich das Bild vor sich, wie sie beide auf den Azoren im Bett lagen. Selbst in diesem Augenblick, mitten in diesem Alptraum und angesichts der Tatsache, daß sie ihm ihre schwarze Seele, häßlich wie ein Geschwür, präsentiert hatte, fand er, daß sie wunderschön aussah.

»Irgendwelche besonderen Fähigkeiten, Matrose?« Es war Schlübers Stimme, die sich helfend anbot. »Irgend etwas, das der Bruderschaft von Nutzen sein könnte?«

Wilson zuckte die Achseln. »Ich habe ein Vorexamen in vergleichender Literatur und eine Klausur in antiker Archäologie am Ashland College in Beaufort anzubieten. Und so gut wie einen Magister im Fach Amerikanische Archäologie vom gleichen Institut. Wenn ich ein Buch gelesen habe, kann ich beurteilen, ob es gut ist oder nicht. Man sagt, daß ich mit Kindern gut umgehen kann. Und ich bin in der Lage, eine präkolumbianische Tonscherbe auf zweihundert Jahre genau zu datieren.«

»Das reicht«, schnitt ihm der Pirat das Wort ab. »Wir haben gehört, was wir hören wollten.«

Aus den Augenwinkeln heraus sah Wilson das matte Schimmern des Gewehrlaufs, die narbigen, schweißglänzenden Erhebungen auf Mustaphas dunkler Haut. Er drehte den Kopf in Richtung Meer und versuchte über Würde nachzudenken, aber seine Angst färbte den Horizont rot, und er hatte das Gefühl, gleich in Ohnmacht fallen zu müssen.

»Wilson!« Es war Crickets Stimme, gefolgt von dem Geräusch eines umfallenden Stuhls.

Wilson drehte sich zu ihr um. Cricket stand am Tisch, der Stuhl lag zusammengeklappt hinter ihr auf den Planken. Wie eine Göttin vor einer Gargyle baute sie sich vor ihrem Vater auf. Er kratzte sich am Kopf und blinzelte zu ihr hoch. »Kleines?« fragte er überrascht.

»Dieser Mann da gehört mir«, erklärte sie. »Ich melde hiermit Besitzansprüche an.«

Der Pirat bedachte Wilson mit einem unheilvollen, wütenden Blick; dann packte er seine Tochter am Arm. »Versuche bloß nicht, an meine Sentimentalität zu appellieren, Mädchen«, zischte er. »Für Leute, wie wir es sind, sind Gefühle gefährlich. Und im übrigen ist das unsere Satzung! Eine Mitgliedschaft in der Bruderschaft darf nicht aus persönlichen Gründen gewährt werden. Wir haben keine Wahl, wir müssen den da den Haien vorwerfen.«

Cricket machte sich von ihm frei. »Nein«, sagte sie, »er trägt mein Mal. Er gehört mir. Ich weise dich auf Paragraph einundzwanzig, Ziffer sieben der Satzung hin.« Sie ging zu Wilson und riß sein Hemd auf. »Hier. Das ist mein Mal«, sagte sie und deutete auf seine Schulter.

Über der Brandwunde, einem krakeligen, rosafarbenen C, bildete sich gerade neue Haut.

»Schlüber?« zischte der Pirat mit zusammengebissenen Zähnen.

Der Deutsche hackte eine schier endlose Zeit auf die Tastatur ein. »Mußte erst eine andere Datenbank aufrufen, Sir«, sagte er. »Warten Sie, da ist es. Der Unterabschnitt über Beute, Klausel 6A: ›Ein Beutestück an Bord eines gekaperten Schiffes, das von einem Mitglied der Bruderschaft entsprechend markiert oder mit seiner Unterschrift versehen wurde und auf diese Weise vor der Kaperung des Schiffes entsprechenden gekennzeichnet wurde –‹«

»Ja, und weiter?« Die geballte Faust des Piraten krachte auf die Tischplatte.

»Tut mir leid, Captain«, sagte Schlüber. Neugierig beäugte er Wilson, nahm ihn zum ersten Mal wahr. »Ihre Tochter kennt die Satzung. Der da gehört ihr.«

12

Crickets spartanisch eingerichtete Kabine an Bord der *Storm Car* war mit einer schmalen Koje, einem Stahlwaschbecken, einem winzigen Aubusson-Teppich auf dem Fußboden und einem mit rotem Saffianleder bezogenen Ohrensessel möbliert. Wilson sank in dieses völlig deplazierte Möbelstück, als hätte er seinen Geist aufgegeben. Durch das einzige Bullauge in der Bordwand fielen die Strahlen der heißen Nachmittagssonne als leuchtendes Oval in die Kajüte.

»Nur zu, mach mich ruhig fertig«, forderte ihn Cricket auf, nachdem sie die Tür hinter sich geschlossen hatte. »Aber du hast ja keine Ahnung, was ich in meinem Leben durchgemacht habe, zu welchen Entscheidungen ich gezwungen worden bin!« Wilson war wie betäubt und spürte dumpfe Erleichterung darüber, daß er noch am Leben war.

»Wasser . . .«, entrang sich seiner Kehle.

Einen Augenblick lang sah ihn Cricket fassungslos an,

ihre Unterlippe bebte. »O Gott, entschuldige bitte«, sagte sie dann. »Wie unaufmerksam von mir. Der bloße Gedanke, daß du mich für ein Monster halten könntest, hat mich völlig aus dem Konzept gebracht.« Sie holte eine Kaffeetasse und füllte sie mit bräunlichem Wasser aus dem Waschbecken. Es schmeckte rostig, aber Wilson war das egal.

»Wenn ich draußen bin, schließ die Tür bitte gut ab«, ermahnte ihn Cricket. »Mach sie nur auf, wenn ich es bin. Ich hol dir aus der Kombüse nur schnell was zu essen.

Allein bei der Vorstellung, sich auch nur einen Millimeter aus seinem Sessel bewegen zu müssen, wurde ihm schwindelig. Er schloß die Augen und lauschte dem leisen Rumpeln des Schiffes, spürte jede Vibration in seinen Knochen. Als er die Augen wieder öffnete, kniete Cricket vor ihm; eine Hand hatte sie auf sein Knie gelegt. Ihre Kadettenuniform hatte sie ausgezogen und trug nun ein T-Shirt und Jeans. Goldene Pünktchen des Mitgefühls funkelten in ihren grünen Augen: »Meinst du, du könntest etwas essen?«

Wilson nickte und versuchte sich aufzusetzen. Sie stellte ihm ein blaues Plastiktablett auf den Schoß. Darauf lag ein gegrillter Käsetoast, ein dick belegtes Eiersandwich, ein Berg Pommes frites und ein großes Glas mit eiskalter Limonade, das von außen beschlagen war.

»Da sind richtige afrikanische Zitronen drin«, sagte Crikket. »Echt gut. Trink langsam.«

Wilson trank die Limonade in kleinen Schlucken und aß das halbe Sandwich. Der Käse hatte einen ungewohnt scharfen Geschmack, war aber recht gut.

»Ziegenkäse«, erklärte Cricket. »Auf der Insel leben nur Ziegen und ein paar Schafe, keine Kühe. Ziegen fressen Abfälle, und davon haben wir jede Menge.«

»Die Insel?« fragte Wilson.

»Sobald wir angekommen sind, erzähl ich dir mehr davon.« Sie gab ihm eine kleine Pillendose mit Aspirintabletten.

Er schluckte drei davon. Danach ging es ihm sofort besser.

»Na, wie fühlst du dich jetzt?«

»Nicht schlecht, wenn man bedenkt, daß ich gerade dem Tod von der Schippe gesprungen bin.«

»Ich weiß, daß du erschöpft bist«, sagte Cricket, »und wahrscheinlich stehst du immer noch unter Schock, aber ich möchte auf keinen Fall…« Ihre Stimme versagte. Sie ging zum Bullauge, kam zurück und setzte sich mit gekreuzten Beinen auf die Koje. »Wie gesagt: Ich bin kein Monster.«

»So. Du bist also kein Monster«, erwiderte Wilson. »Aber viel besser bist du auch nicht. Du bist eine Piratin.«

»Wohl kaum.« Cricket sah ihn verständnislos an. Ich bin nur eine Frau, die ein paar unglückliche Entscheidungen hat treffen müssen. Ich habe keine Wahl. Ich muß dieses Leben leben. Etwas anderes habe ich nie kennengelernt.«

»Ach, und Kapitän Amundsen«, sagte Wilson. »War das auch eine deiner unglücklichen Entscheidungen?«

Cricket biß sich auf die Lippe und wandte den Blick ab. »Gestern nacht war ich bei ihm«, erzählte sie mit zaghafter Stimme. »Sie hatten ihn neben dem Maschinenraum an ein Dampfrohr gefesselt. Er hat sich weder hinsetzen noch hinlegen können. Ich hab ihm die Fesseln gelöst und ihm etwas zu essen gebracht. ›Machen Sie doch einfach eine Weile mit‹, hab ich zu ihm gesagt. ›Wenn Dad von Ihnen verlangt, daß Sie für die Bruderschaft arbeiten, sagen Sie einfach ja. Tun Sie so, als würden Sie mitmachen. In ein, zwei Jahren, wenn Sie nicht mehr so streng bewacht werden, finden Sie bestimmt eine Gelegenheit abzuhauen.‹ Und weißt du, was er gemacht hat?«

»Kann ich mir vorstellen«, sagte Wilson.

Er hat mir das Essen ins Gesicht gespuckt. Schwarze Bohnensuppe. Überall hab ich sie gehabt, in den Haaren, überall. Er ist mit voller Absicht von der Planke gesprungen. Wilson! Vielleicht wollte er etwas beweisen, vielleicht hatte er das Leben satt und wollte unbedingt als Märtyrer enden. Aber er hatte doch eine Wahl!«

»Und jetzt ist er tot«, murmelte Wilson.

»Ja.« Crickets Stimme bebte. »Und ich kann dir gar nicht sagen, wie leid mir das tut. Ich mochte den Alten wirklich gern. Und was alles noch schlimmer macht: Wir wollten eigentlich nur Ackerman entführen, der Kapitän war überhaupt nicht eingeplant.«

Wilson schwieg. Cricket starrte auf den ovalen Sonnenfleck, der über das Schott inzwischen in die hinterste Kajütecke gewandert war. Schließlich richtete sie ihren Blick auf ihn; ihre grünen Augen leuchteten dunkel und unergründlich. Dann fingen ihre Lippen wieder zu zittern an, sie senkte den Kopf, und ihre Tränen tropften dunkle Kleckse auf ihre Jeans.

»Wilson, bitte stoß mich nicht weg«, schluchzte sie. »Ich bin so allein. Nur du kannst mir helfen, diesem Alptraum zu entfliehen.«

Wilson schüttelte den Kopf. »Und wie stellst du dir das vor?« fragte er.

Cricket zuckte niedergeschlagen die Schultern. »Du bist ein guter Mensch. Ich brauche dich, weil du gut bist. Ich habe einfach oft Schwierigkeiten damit, zu unterscheiden, was richtig und was falsch ist. Wenn mein Vater etwas von mir verlangt, tu ich's, weil ich's schon immer getan habe, schon seit meiner Kindheit. Immer hat es geheißen: Die Familie und die Bruderschaft gegen den Rest der Welt. Was für die Familie richtig ist, kann oft für andere Leute falsch sein. Du bist anders. Du weißt genau, was für jeden einzelnen von uns im Leben richtig oder falsch ist.«

»Du erwartest also von mir, daß ich dein Gewissen spielen soll?« Wilson hob eine Augenbraue.

»Ja, so ungefähr«, gab Cricket zu.

»Man braucht keinen Abschluß in Moralphilosophie, um zu wissen, daß es keine gute Tat ist, einen Unschuldigen auf die Planke zu schicken«, sagte Wilson. »Wenn du nicht einmal das weißt, kann ich dir wirklich nicht helfen.«

»Aber du kannst mir auf eine andere Art helfen, die mir unglaublich wichtig ist.« Cricket schaute ihn an, von Tränen keine Spur: »Du bist ein guter Spieler.«

»Und wieso soll ausgerechnet die Zockerei so wichtig für dich sein?«

»Ach, unterhalten wir uns später darüber. Jetzt brauchst du erst mal Ruhe.«

Cricket stand auf und half Wilson in die Koje. Seite an Seite lagen sie nebeneinander, ohne sich zu berühren, bis die Abenddämmerung als purpurrote Kuppel über den grünen Inseln aufstieg. Weit hinten am Horizont lag Afrika, und dann kam die Nacht, voll von armseligen Sternen.

TEIL VIER

Quatre Sables

1

Zu beiden Seiten des Schiffes lagen kleine Inseln halb verborgen in der feuchten, malariaverseuchten Luft. Im dichten Schilf der Kanäle zwischen den Inseln lauerten Krokodile und Eisvögel auf Beute. Bäume mit knotigen Wurzeln, Heimat unzähliger Vogelarten, wuchsen bis hinunter in das schwarze Wasser. Schon um zehn Uhr morgens hatte die Sonne den Himmel in ein derart gleißendes, weißes Licht getaucht, daß es unmöglich war, aus dem Bullauge zu sehen.

Eine so drückende Schwüle hatte Wilson noch nie erlebt. Der Versuch, diese Luft zu atmen, kam dem Versuch gleich, Wasser zu atmen. Die altertümlichen Dieselmotoren der *Storm Car* dröhnten im Wechsel laut und leise – ein unregelmäßiger Rhythmus, der an den Nerven zerrte. Seit Stunden schon lagen Wilson und Cricket nackt und schweißgebadet in der Koje, eingelullt in erotischer Apathie. Sie drehten sich einander zu, schwitzten eine Weile miteinander, drehten sich wieder um und schwitzten in die durchnäßten Laken.

In der Abenddämmerung stand Cricket auf, feuchtete einen Lappen im rostigen Wasser des Beckens an und drückte ihn auf Wilsons Haut aus. Die willkommene Kühlung hielt nicht lange vor, dann war das Wasser verdunstet und stieg als Dampf in der feuchten Luft auf.

»Wie ich diese Inseln hasse«, fluchte Cricket. »Dort, wo wir jetzt hinfahren, ist das Klima zwar auch grausam, aber das hier schlägt alles um Längen.«

»Wo sind wir hier?«

»Im Mojango Archipel.«

»Ist das nicht Afrika?«

»Nein, aber wir sind ganz nah dran. Von hier aus sind es noch etwa sechzig Meilen bis zur Küste von Bupanda. Immer, wenn Dad Beute im Schlepp hat, fährt er durch die Mojangos. Weil hier absolut tote Hose ist. Die Inseln sind vor zwanzig Jahren von der UNESCO zum Schutzgebiet für wildlebende Tiere erklärt worden. Wegen der Vögel gibt es ein Überflugverbot. Und der einzige schiffbare Kanal, der durch diesen Sumpf führt, ist für die internationale Schiffahrt gesperrt. Komm mal her.«

Es kostete Wilson einige Mühe, sich aus der Koje zu winden. Er schaute aus dem Bullauge und sah unter sich dichte Haufen von Seegras vorüberdriften. Große Vögel mit rotem und gelbem Gefieder standen auf einem Bein im schlammigen, seichten Wasser und beobachten das vorbeiziehende Schiff aus glanzlosen, unbeeindruckten Augen. Blauschwänzige afrikanische Singdrosseln hockten auf der rostigen Reling der Kajüttreppe und putzten ihr Gefieder. Ab und zu platschten sie Guanokleckse auf das Deck. Über ihren Köpfen schwärmten rotgefiederte Zaunkönige in dichten Wolken in der stehenden Luft. Wilson schaute ihnen eine Weile zu. Ihr Geflatter erfüllte die drückende Schwüle mit pulsierendem Leben. »Mann, so viele verschiedene Vögel auf einem Haufen hab ich noch nie gesehen«, staunte er.

»Nach der letzten Zählung gibt es hier dreihundertfünfundsiebzig verschiedene Vogelarten, und die Hälfte davon gibt's sonst nirgendwo«, erzählte Cricket.

»Und warum gibt's die ausgerechnet hier?« fragte Wilson.

»Na ja, vermutlich wegen der Insekten. Die Vögel fressen die Insekten. Und die Insekten gibt's hier, weil das Schilf und die Tidenteiche ihnen geradezu ideale Lebensbedingungen bieten. Und das Schilf und die Tidenteiche gibt's hier, weil –« Sie zuckte die Achseln. »Hast du's verstanden?«

»Und was für Insekten gibt's hier?« wollte Wilson wissen.

»Heuschrecken, fliegende Kakerlaken, Termiten, Javakäfer, Köcherfliegen, Moskitos, Riesenmücken, geflügelte afrikanische Ohrwürmer, was du willst. Spitz mal die Ohren«, sagte Cricket. »Du mußt dich konzentrieren, dann hörst du sie.« Wilson blieb still am Bullauge stehen und lauschte. Nach ein paar Sekunden drang durch das monotone Rumpeln der Dieselmotoren ein anderes Geräusch, ein leises, durchdringendes Sirren, das überall und nirgends zu sein schien. Er strengte seine Augen an, und plötzlich sah er sie vor der im Dunst untergehenden Sonne am Horizont: Abermillionen schwarze Pünktchen ließen die Luft dick und grau erscheinen.

»Unglaublich«, flüsterte er.

»Ja«, meinte Cricket. »An Deck kannst du nicht den Mund aufmachen, ohne daß dir was hineinfliegt. Bei der Arbeit an Deck trägt die Crew deshalb Hüte mit Netzvisieren wie die Bienenzüchter. Nur Dad nicht. Er wedelt sie einfach mit der Hand weg, als wär's überhaupt nichts. Also, ich find diese Insekten eklig. Ich krieg schon 'ne Gänsehaut, wenn ich nur dran denke. Deshalb bleiben wir auf der ganzen Reise auch schön hier unten.«

»Wirklich nur deswegen?« fragte Wilson.

Cricket lächelte. In dem schwindenden Tageslicht sahen ihre Brüste fast transparent aus.

In der Nacht war es zum Schlafen zu heiß. Bewegungslos lagen sie in der lichtlosen Schwüle, ohne einander zu berühren. Wilson lauschte dem Tuckern der Maschinen und dem dumpfen Summen der Insekten und fragte sich, was die Zukunft wohl bringen würde. Wie würde er wieder nach Hause kommen? Wo würde er morgen aufwachen, wo in einer Woche? Was hatte sein Grauen als nächstes für ihn auf Lager?

Plötzlich sagte Cricket: »Mein Vater wird dich umbringen, wenn er eine Gelegenheit dazu findet.«

Wilson zuckte zusammen. Konnte sie seine Gedanken lesen?

»Und warum kommt er dann nicht einfach herunter und bringt es hinter sich?« fragte Wilson.

»Solange ich bei dir bin, wird er es nicht wagen. Er weiß genau, daß ich ihn dann bei den Thirty Captains anzeigen würde. Selbst wir Piraten leben nach bestimmten Regeln, mußt du wissen. Kraft der Satzung gehörst du mir, und bei uns ist die Satzung so gut wie Gesetz. Für einen Piraten gibt es nichts Heiligeres als Besitzrechte. Aber wir müssen höllisch aufpassen, bis er sich an deine Anwesenheit gewöhnt hat.« Cricket drehte sich zur Seite. Dann rollte sie wieder herum und legte ihm eine Hand auf die Hüfte. »Ich liebe dich«, sage sie mit einer so leisen Stimme, daß Wilson sich anstrengen mußte, ihre Worte überhaupt zu verstehen. »Du brauchst nichts zu sagen, wenn du nicht willst. Ehrlich.«

Wilson sagte nichts.

»Du glaubst mir nicht.«

»Okay, du liebst mich«, sagte Wilson verbittert. »Hast du mich aus diesem Grund gegen meinen Willen in diese Scheiße hier geritten? Ich bin kein Seeräuber, und ich bin auch kein Mörder« – sie zog ihre Hand zurück – »und du kannst Gift drauf nehmen, daß ich bei der ersten sich bietenden Gelegenheit verschwinde.«

»Das kannst du vergessen«, erwiderte Cricket ungerührt. »Wohin würdest du denn gehen?«

»Nach Hause«, sagte Wilson.

»Dein Zuhause ist jetzt hier bei mir. Hast du denn das Mal auf deiner Schulter vergessen?«

Bevor er antworten konnte, spürte Wilson, wie sie auf der feuchten Matratze nach unten rutschte, spürte ihre Brüste an seinen Beinen und bekam eine Erektion, als sie ihn mit ihrem Mund liebkoste.

Seegrashaufen, bewohnt von schlafenden Vögeln, glitten am Bullauge vorbei und verschwanden achteraus in der tropischen Dunkelheit. Über dem seichten, schwarzen Wasser standen vibrierende Wolken von Insekten. Kreaturen vom Anfang der Evolution, namenlos und robust, halb Fisch, halb etwas anderes, drängten nach oben, empor zum schwindenden Licht.

2

Überall auf dem dicht bevölkerten Betonkai hievten Kräne Paletten voll mit undefinierbarer Fracht in verrostete Seelenverkäufer, die weder eine Nationalflagge trugen noch eine andere Registrierungen aufwiesen. Auf dem Hafengelände herrschte ein wildes Durcheinander von Kisten, lebender Fracht und rostigem Alteisen. Einheimische Hafenarbeiter mit nacktem Oberkörper schufteten am Kai, ihre schwarzviolette Haut glänzte in der Sonne. Hinter einem fünf Meter hohen Stacheldrahtzaun erstreckte sich eine ausgedehnte Hüttenstadt über eine Anhöhe hinauf. Unbefestigte Wege aus roter Erde zogen sich in einem wirren Durcheinander durch das Elendsviertel wie das Netz einer betrunkenen Spinne, zwischen Holzbaracken hindurch, vorbei an Verschlägen aus Reisig und an mit Lianen verschnürten Pappkartonhütten. *Nein, als Stadt kann man diese abgrundhäßliche Ansiedlung wirklich nicht bezeichnen,* dachte Wilson. *Es ist eine Müllkippe, von Tausenden menschlicher Ameisen bevölkert.*

»Wo sind wir hier?« Er stand nackt am Bullauge und schaute durch das Fernglas. Die Sonne war erst vor einer oder zwei Stunden aufgegangen, aber es war schon so heiß, daß man auf dem Deck Spiegeleier hätte braten können.

Cricket gähnte und schnupperte.

»Dem ekelhaften Gestank nach zu schließen, würde ich auf Quatre Sables tippen«, sagte sie. »Keine Wasserleitungen, keine Kanalisation, kein gar nichts.«

»Das also ist Afrika«, konstatierte Wilson, und dieser Gedanke versetzte ihn unerwarteterweise in Erregung. »Welches Land?«

»Tut mir leid, aber das hier gehört noch nicht zu Afrika«, sagte Cricket. Sie setzte sich auf und kratzte sich am Kopf. »Wir liegen noch immer zirka fünfundzwanzig Meilen vor der Küste von Bupanda. Was du hier siehst, ist die Insel Quatre Sables, am südlichen Rand der Mojangos. Und es ist eigentlich gar kein Staat. Hat früher mal zu Portugal gehört. Jetzt gehört sie uns. Quatre Sables ist eine Seeräuberrepublik.«

»Kannst du mir das bitte genauer erklären?«

Cricket zuckte die Achseln. »Abgesehen von dem Totenkopf mit den gekreuzten Knochen, haben wir keine eigene Flagge. Wir regieren uns selbst, das heißt, die Konföderation der Thirty Captains regiert nach der Satzung der Bruderschaft. Jeder hat in der Befehlskette seinen festen Platz.«

Sie trat von hinten an ihn heran und drückte sich an ihn, schlang die Arme um ihn und legte ihm die Hände auf die Schultern. »Schau dort hinauf. Siehst du die großen Häuser ganz oben auf der Anhöhe?«

Wilson stellte sein Fernglas ein: Auf dem Bergkamm standen im Halbkreis mehrere weiße, prächtige Häuser, vom Slumgebiet durch eine Mauer abgetrennt. Er sah grüne Rasenflächen und Palmen und meinte sogar, einen Sonnenreflex auf der Windschutzscheibe eines Autos gesehen zu haben.

»Dort oben wohnen wir«, sagte Cricket.

»Wer ist wir?« fragte Wilson.

»Die Thirty Captains. Mein Vater ist einer von ihnen. Wenn ich gesagt habe, daß Quatre Sables eine Republik ist, stimmt das nicht ganz. Oligarchie trifft schon eher zu, finde ich. Uns gehören die Schiffe, wir planen die Einsätze, wir verdienen das Geld, wir stellen die Regeln auf.«

»Und was machen die anderen?« Wilson senkte das Fernglas und deutete auf das Elendsviertel auf dem Hügel.

»Die meisten sind Flüchtlinge. Vom Bürgerkrieg in Bupanda. Die gehören nicht zur Bruderschaft.«

»Was sind sie dann?«

Cricket zuckte die Schultern, ihre Augen blitzten grausam. »Kanonenfutter.«

3

Benommen stand Wilson am Kai, seine Haut war übersät mit Hitzepusteln. Hinter der Hügelkette im Westen der Insel ging der Tag mit einem leuchtend lavendelfarbenen Himmel zur Neige. Nach zwei Tagen in Crickets Kabine an Bord der *Storm Car* fühlte er sich schwach auf den Beinen. Beim Schlucken knackte sein Kiefer; die Knie taten ihm weh. Die Hafenarbeiter und die Crews von den Seeräuberschiffen strömten muskelbepackt und schwitzend an ihm vorüber.

»Du siehst grün um die Nase aus«, stellte Cricket fest.

»Mir fehlt nichts«, erwiderte Wilson, obwohl er im Innenohr ein leises Summen hörte.

»Ich muß noch einiges erledigen. Spätestens in einer Viertelstunde bin ich zurück«, verkündete Cricket. »Da, nimm...« Sie griff in den Seesack, holte ihre nickelbeschlagene Achtunddreißiger heraus und steckte sie Wilson in den Hosenbund seiner Jeans. »Falls dich jemand anmacht, erschieß ihn.« Dann war sie auch schon fort.

Wilson setzte sich auf eine kaputte Holzkiste und schaute dem Treiben auf dem Kai zu. Er versuchte, sich zu konzentrieren, und erkannte mit grausamer Klarheit, daß er von diesem gottverlassenen Flecken Erde vermutlich nie mehr wegkommen würde. Plötzlich wurde ihm speiübel. Er schloß die Augen und versuchte, gegen den Brechreiz anzukämpfen. Als er die Augen wieder öffnete, sah er eine Reihe Menschen von etwa hundert afrikanischen Männern und Frauen, die sich mit merkwürdig schlurfenden Schritten den Kai entlang auf ihn zubewegten. Als sie näher kamen, hörte er ein metallisches Rasseln, und dann sah er es: Sie waren mit Stahlketten aneinandergefesselt; weitere Stahlketten führten von eisernen Halsbändern zu Stahlmanschetten an Handgelenken und Knöcheln. Wachmänner, bewaffnet mit Maschinengewehren und Viehpeitschen, trieben die Leute zu einem großen Betonhangar am anderen Ende des Kais. Innerhalb der folgenden halben Stunde defilierten zehn solcher Menschenketten an ihm vorüber. In den Gesichtern jedes einzelnen Gefangenen sah Wilson die gleiche Verzweiflung, den gleichen gejagten Blick, und plötzlich fiel es ihm wie Schuppen von den Augen: Diese menschlichen Wesen waren die Opfer einer uralten, grausamen Maschinerie.

Als Cricket nach einer Stunde zurückkehrte, rappelte Wilson sich mühsam auf und blieb mit weichen Knien vor ihr stehen. Die Achtunddreißiger rutschte ihm aus dem Hosenbund und schlitterte über die betonierte Pier.

»Mensch, Wilson!« rief Cricket. »Sei vorsichtig damit. Sonst schießt du am Ende noch jemandem ins Bein.« Aber als sie den Ausdruck in seinen Augen sah, verschränkte sie die Arme vor der Brust und wandte den Blick ab. Die Pistole schimmerte silbern auf dem fleckigen Betonboden zwischen ihnen.

»Sklaven«, brachte Wilson mit krächzender Stimme heraus.

»Ach so. Ich dachte, das wüßtest du«, meinte Cricket und mied seinen Blick.

»Woher kommen diese Leute?« fragte Wilson.

»Aus Afrika.« Cricket zuckte die Schultern. »Die meisten aus Bupanda.«

»Und wohin bringt man sie?«

»Zunächst einmal in den Schuppen dort drüben.« Sie deutete auf die Betonhangars. »Dort finden dann auch die Versteigerungen statt.«

»Mein Gott«, murmelte Wilson, und ein Schauer rieselte ihm über den Rücken.

»So ist das hier eben«, murmelte Cricket. Als sie wieder zu ihm hinsah, lagen ihre Augen im Schatten. »Mir gefällt es auch nicht, aber im Augenblick kann ich nichts dagegen tun. Von der Seeräuberei allein kann man nicht leben. Heutzutage ist es nicht mehr so leicht, wir müssen mit zu vielen Schwierigkeiten kämpfen. Wir beschränken uns eigentlich nur noch auf ein paar Spezialeinsätze, gut organisiert und mit Unterstützung von Insidern, wie bei Ackermans Schiff. Das funktioniert. Aber die meiste Zeit gehen wir auf Raubzug in die Küstengebiete von Bupanda und löschen die Ware zum späteren Verkauf dort drüben bei den Schuppen.«

Der Himmel hinter der inzwischen im Dunkeln liegenden Hügelkette hatte die Farbe getrockneten Blutes angenommen.

»Wie bringst du es nur fertig, in der Nacht ruhig zu schlafen?« preßte Wilson heraus.

»Das ist es ja: Ich kann nicht schlafen, und deshalb brauche ich dich«, antwortete Cricket, legte ihm ihre schwieligen Hände um den Nacken und küßte ihn. »Ich weiß, daß ein Weg aus diesem Leben herausführt. Und ich möchte, daß du ihn mir zeigst.«

Widerstandslos ließ sich Wilson den Kai entlang durch ein Loch im Stacheldrahtzaun zu einem wartenden Auto führen. Es war ein verrosteter, alter Volkswagen ohne Stoßstangen und Windschutzscheibe, früher einmal vermutlich rot lackiert, mit Flower-power-Dekostreifen aus den späten sechziger Jahren. Mustapha saß auf dem Beifahrersitz, das Gewehr griffbereit auf dem Schoß; die Narben auf seiner Haut verkündeten eine unheilvolle Botschaft. Als Wilson auf dem Rücksitz Platz nahm, beobachtete ihn der Schwarze mit wachsamen gelben Augen.

»Hallo«, sagte Wilson ohne jeglichen Grund.

Der Mann trommelte mit zwei Fingern auf den Gewehrlauf. »Das nächste Mal bist du fällig«, flüsterte er.

Cricket ging um das Fahrzeug herum, stieg auf der Fahrerseite ein und ließ den Motor an. Sie schaukelten über einen ausgefahrenen, unbefestigten Weg und bogen nach einer Weile nach links auf eine breitere Straße ein, die auf die

Anhöhe führte. Die Hütten des Slums zeichneten sich undeutlich in der Dunkelheit ab, elektrisches Licht gab es hier nicht. Wilson dachte an die expressionistische, kubische Stadt in dem Film *Das Kabinett des Dr. Caligari,* und in diesem Augenblick bekam er erneut Kopfschmerzen.

Fremdartige Gestalten huschten vor dem Fahrzeug über die Straße. Ausgemergelte Gesichter starrten in den zitternden Scheinwerferkegel, Gesichter von Menschen, die im wahrsten Sinne des Wortes arm wie Dreck waren. Bis auf die Knochen abgemagerte Kinder mit riesigen Köpfen lagen auf der nackten Erde um Feuerstellen herum, die mit Holzresten und Dung gespeist wurden. In seichten Abwassergräben türmten sich Berge von Abfall und die abgenagten Knochen toter Tiere. Der Gestank war unerträglich.

»Die Leute kommen auf selbstgebastelten Flößen aus alten Reifen und Ölfässern über die Meerenge herüber«, versuchte Cricket den Lärm des spuckenden und stotternden Motors zu übertönen. »Die Kräftigsten unter ihnen sortieren wir für die Versteigerung aus und schicken sie in die Schuppen, aber der Zustrom reißt trotzdem nicht ab. Das elende Leben, das sie hier erwartet, schreckt sie anscheinend weniger ab als die anhaltenden Massaker in Bupanda.«

Schüttelfrost und Hitzewallungen überwältigten Wilson, und der Schmerz in seinen Knien wurde so übermächtig, daß er ein paar Sekunden lang den Atem anhalten mußte. Crickets Worte drifteten zu ihm nach hinten wie aus einem schwachen Radiosender, mal stärker, mal schwächer. Als er besinnungslos gegen die zerschlissene Rücklehne sank, war ihm, als ertränke er in einem Meer aus schmutzigem Wasser von der Farbe menschlichen Elends.

4

Wie ein Vogel schnatterte der Affe, der auf dem Fenstersims auf der anderen Seite des Moskitonetzes hockte. Er war ungefähr so groß wie ein Eichhörnchen, hatte seidiges, orangefarbenes Fell und einen schwarzen Schwanz. Mit dem schwarzen Haarbüschel, das senkrecht von seinem Kopf abstand, sah er aus wie ein Irokese. Mit schnellen, nervösen Bissen fraß er eine Mango und drehte die grüne Frucht dabei so in seinen Pfoten wie Menschen einen gebutterten Maiskolben. Wilson sah ihm zu und bemühte sich, keinen Laut von sich zu geben, dann hielt er die Schmerzen nicht mehr aus und stöhnte laut auf. Der Affe ließ erschreckt die Mango fallen, schnitt eine überraschte Grimasse und begann zu schreien. Ein ohrenbetäubender Ton, laut wie eine Sirene, zehnmal so mächtig wie das Tier selbst.

»Scheiß Brüllaffen!« hörte Wilson eine Männerstimme aus dem Raum nebenan fluchen. Er versuchte, sich in Richtung des Tons umzudrehen, konnte sich aber wegen der unerträglichen Gelenkschmerzen nicht bewegen. Als er wieder zum Fenstersims schaute, war der Affe verschwunden.

Ein paar Minuten später betrat ein großer Mann mit gebeugten Schultern in einem schmutzigen, weißen Arztkittel das Zimmer. Er war um die vierzig Jahre alt, mit langem, rotem europäischem Gesicht, schütterem braunem Haar, das ihm strähnig in die Stirn hing, und einer Nase mit so großen Poren, daß ein Lastwagen ohne Schwierigkeiten durchgepaßt hätte. Als sich der Mann ans Bett setzte, roch Wilson eine deutliche Alkoholfahne. Er legte eine schlaffe Hand auf Wilsons Stirn, schaute in seine Augen, klopfte ihm die Brust ab.

»Sind Sie Arzt?« fragte Wilson und war überrascht, daß seine Stimme sich so schwach und zittrig anhörte.

»Gut geraten«, erwiderte der Doktor, und ein Schwall Alkoholdunst begleitete seine Aussage.

»Sie sind betrunken«, stellte Wilson fest.

Der Doktor zuckte die Schultern. »Betrunken gerade nicht. Nur ein bißchen – Sie wissen schon.« Er wedelte mit der Hand vor Wilson herum. »Die einzige Möglichkeit, das Leben in dieser Piratenhölle zu ertragen.«

»Wo bin ich hier eigentlich?« fragte Wilson, aber seine Stimme versagte erneut, und beim Sprechen taten ihm die Halswirbel weh. Der Arzt legte eine Hand auf Wilsons Arm, nicht unbedingt eine freundliche Geste, aber auch keine unfreundliche. »Morgen«, beschwichtigte er ihn. »Jetzt müssen Sie sich erst mal ausruhen.« Von irgendwoher zauberte er eine Nadel, gab Wilson eine Injektion in den Oberschenkel und ging aus dem Zimmer.

Wilson fiel in einen tiefen, betäubten Schlaf. Er träumte, er wäre an einem Strand mit verschiedenfarbigem Sand an einer Palme angekettet. Der Sand türmte sich auf wie eine riesige Portion Softeis mit Schokoladen- und Vanillegeschmack. In seinem Traum kam ein Mann auf ihn zu, der dem Doktor ähnlich sah. In der einen Hand hielt er ein großes Skalpell und in der anderen ein fremdartiges Tier in einem Holzkäfig. Das Tier war eine Kreuzung zwischen Affe und Wolf und hatte Schwimmhäute zwischen den Krallen, eine kupferfarbene Mähne und große, feuchte, unschuldige Augen. Die Augen waren es, die das Tier gefährlich machten. Der Doktor schnitt mit dem Skalpell ein quadratisches Loch in Wilsons Bauch, holte das Tier aus dem Käfig, legte es in das Loch und nähte den Bauch wieder zu. Wilson wartete eine Weile, dann spürte er, wie das Tier kratzte, spürte seine kleinen, spitzen Zähne und wußte plötzlich, daß es nicht mehr lange dauern konnte, bis sich das Ding durch ihn durchgefressen haben würde.

5

Am nächsten Morgen schien die Sonne safrangelb durch die großen Fenster. Wilson lag auf einem quadratischen, weißen Bett unter einem Moskitonetzhimmel in einem Zimmer, das auf einen gefliesten Patio hinausging. Vom Patio aus konnte man auf das Slumviertel hinuntersehen.

Jalousien aus Rattanstäben klapperten vor dem Fenster im heißen Wind. Die Wände des Zimmers waren terracottafarben gestrichen, bis auf ein elfenbeinfarbenen Fries rings um die Zimmerdecke. Ausgestattet war das Zimmer mit einer antiken Anrichte, einem großen Frisiertisch und einem Holztisch mit Intarsienmuster, auf dem eine mit Granatäpfeln gefüllte Schüssel stand. Neben der Tür hing eine sehr gute Kopie eines französischen Gemäldes aus dem neunzehnten Jahrhundert, Léon Géromes *Le Bain au Harem.* Das Gemälde zeigte ein afrikanisches Sklavenmädchen, das eine weiße Konkubine in einem blau gefliesten Becken badet. Das Zimmer strahlte eine eindeutig feminine Note aus, die Wilson als angenehm und vertraut empfand. Er lag in der Sonne, streckte sich und stellte fest, daß seine Gelenke an diesem Morgen schon weit weniger schmerzten.

Als das Licht sich allmählich veränderte, kam eine große schwarze Frau mit einem Tablett zur Tür herein. Sie brachte kräftig gewürzte Suppe, Brot und ein Glas streng schmeckender Milch, Ziegenmilch vermutlich. Kurz darauf besuchte ihn der Doktor, der noch immer nach Alkohol roch. Er schaute in Wilsons Augen, fühlte seinen Puls und horchte erneut seine Lungen ab.

»Heute haben Sie ja schon ein wenig Appetit«, sagte der Arzt, auf dessen Nase eine Vene mäanderte. »Sehr gut. Und Sie sehen schon viel besser aus.«

»Danke«, antwortete Wilson. »Was ist mit mir los?«

»Macht es Ihnen etwas aus, wenn ich mir einen Drink genehmige, während wir uns unterhalten?« fragte der Doktor. Noch bevor Wilson antworten konnte, war der Doktor schon verschwunden. Ein paar Minuten später kam er mit einem großen Glas roséfarbenen Gins und Eiswürfeln zurück.

»Ich würde Ihnen ja auch einen Drink anbieten, aber in Ihrem Zustand...« Sprach's, trank gierig einen Schluck aus dem Glas und wischte sich mit dem Handrücken über den Mund. »Das ist der Grund, weshalb ich eigentlich gern hier oben arbeite«, berichtete er. »Gute Drinks. Dort unten ist kaum was Vernünftiges zu kriegen.«

»Kommen Sie schon zur Sache, Doktor«, drängte Wilson.

Der Doktor nickte, trank sein Glas leer und stellte es auf den Intarsientisch. »Sie hatten Dengue-Fieber, eine virulente Art, die in Äquatorialafrika besonders häufig auftritt. Die Eingeborenen nennen sie ka-dinge pwepe, wörtlich übersetzt ›steife Knie‹, weil das Fieber die Knie angreift und man dann wie ein Roboter herumstakst. Diese Abart des Dengue-Fiebers – das ich übrigens nach mir benannt habe, Dengue Boursaly – tritt, wie es scheint, nur auf dieser verfluchten Insel hier auf, denn anders als auf dem Kontinent, wo diese Krankheit von Bakterien hervorgerufen wird, sind es hier vermutlich Viren. Und im späten Stadium kann das Nervensystem befallen werden, wenn man nicht rechtzeitig Diuretika und Antibiotika verabreicht. Und das ist auch keineswegs typisch für Dengue. Ich würde darüber eigentlich gern einen Artikel für eine medizinische Fachzeitschrift schreiben, aber« – der Doktor zuckte hilflos die Schultern – »ich bin hier gefangen, und sie erlauben mir nicht zu veröffentlichen.«

Wilson versuchte, diese Neuigkeit zu verdauen. »Wie lange war ich krank?« fragte er schließlich.

»Ungefähr dreieinhalb Wochen«, sagte Dr. Boursaly. »Als man Sie heraufgebracht hat, haben Sie wie ein Wahnsinniger herumgetobt. Aber jetzt sind Sie fast wieder auf dem Damm, Gott sei Dank. Das hätte mich sonst den Kopf gekostet.«

Wilson verzog den Mund zu einem Grinsen, bis er merkte, daß es der Doktor durchaus ernst gemeint hatte.

»Ach, Sie übertreiben bestimmt...«, sagte Wilson.

Dr. Boursaly nahm das leere Glas erneut in die Hand, starrte einen Augenblick lang auf die schmelzenden Eiswürfel und stellte es mit einem Seufzen wieder ab. »Ihre Freundin, die kleine Page, hat es mir unmißverständlich zu verstehen gegeben. Sie ist mit ihrem Vater auf einen längeren Raubzug gegangen – die letzte Gelegenheit vor der Regenzeit, wissen Sie – und hat Sie in meine Obhut übergeben. Falls Sie bis zu ihrer Rückkehr nicht wieder gesund wären, hat sie gesagt, dann« – er zog die Handkante quer über seinen Hals – »würden sie meinen Kopf auf einen Zaunpfahl stecken. Und das war bestimmt kein Scherz. Der alte Doktor Raimee hat einmal einen bösartigen Tumor falsch diagnostiziert. Wissen Sie, was sie mit ihm gemacht haben?«

»Nein.«

»Sie haben das arme Schwein bis zum Hals eingegraben, ihm den Kopf mit Honig beschmiert und dann ein Glas mit roten Ameisen über ihm ausgeleert.«

»O Scheiße«, sagte Wilson.

»Er hat's überlebt, aber so wie früher hat er nicht mehr ausgesehen. Ich werde lieber jeden Tag nach Ihnen sehen, um mich zu vergewissern, daß Sie sich nicht einen Dorn eintreten oder ins Bett pissen und sich vielleicht einen Schnupfen holen.«

Als der Doktor gegangen war, blieb Wilson auf dem Bett liegen und starrte zur Zimmerdecke, auf der eine große, platte Kakerlake hin und her flitzte, bis sie auf eine feuchte Stelle geriet und mit lautem Knacken auf den Frisiertisch plumpste. Eine Weile zappelte sie noch mit den Beinen in der Luft und blieb dann regungslos liegen. Irgendwann schlief Wilson ein und träumte, daß der orangefarbene Affe zurückgekommen war und ihn von der anderen Seite des Moskitonetzes her anstarrte, während der Wind, der vom Meer heraufwehte, in seinem seidigen, orangefarbenen Fell spielte.

6

Das Haus war auf zwei Etagen in den Hang hineingebaut, die verputzten Wände erdfarben oder senfgelb gestrichen. Die niedrigen Zimmerdecken erinnerten Wilson an Laderäume von Schiffen. In der ersten Etage gab es ein Wohnzimmer mit antiken Möbeln aus dem achtzehnten Jahrhundert, ein Badezimmer mit Dachfenster und eine in den Fußboden eingelassene Marmorbadewanne, geräumig genug für zwei Personen, sowie einen begehbaren Kleiderschrank, der Crickets umfangreiche Garderobe beherbergte. Das Schlafzimmer, die Küche und das Eßzimmer lagen im Erdgeschoß und führten hinaus auf den gefliesten Patio mit schmiedeeisernen Gartenmöbeln und einer grünweiß gestreiften Markise. Auf einer niedrigen Mauer wuchsen riesige tropische Blumen in Terrakottatöpfen – dekorativer Rahmen für die Aussicht auf die Bucht, die zum Greifen nah in Blau-, Braun- und Grüntönen schillerte.

Wenn Wilson mit steifen Knien auf dem Patio unter der Markise in einem der Liegestühle ruhte, blieb ihm der Anblick der armseligen Hüttenstadt unter ihm erspart. In seinem Blickwinkel lagen nur die Blumen und das Meer, und wenn der Wind vom Atlantik heraufwehte und den penetranten Gestank des Slums vertrieb, konnte er sich sogar einen flüchtigen Augenblick lang in der Illusion wiegen, unter ihm wäre ein malerisches Dorf an der französischen Riviera und nicht dieses erbärmliche Krebsgeschwür von Wellblechhütten und krasser Armut auf einer gottverlassenen Insel vor der afrikanischen Küste. Abgesehen von der schwarzen Frau, die zweimal am Tag zum Kochen heraufkam, war Wilson allein im Haus und freute sich auf die täglichen Visiten von Dr. Boursaly. Der Doktor kam üblicherweise am Morgen herauf, ein oder zwei Stunden vor der größten Mittagshitze, und leistete Wilson bei einem Drink auf dem Patio Gesellschaft.

An diesem Tag trank Dr. Boursaly mit atemberaubender Geschwindigkeit drei rosafarbene Gläser Gin und war bereits um elf Uhr stockbetrunken. Er torkelte auf dem Patio herum, stieß gegen die schmiedeeisernen Möbel und hätte um ein Haar einen der Terrakottatöpfe von der Mauer gestoßen. Wilson begann sich allmählich Sorgen zu machen. Der Doktor hob mittlerweile seinen vierten Drink in Richtung Hüttenstadt, und zwar so heftig, daß Gin und Eis aus dem Glas schwappten.

»Finden Sie nicht, daß dem Panorama von hier aus fast schon etwas Romantisches anhaftet?« fragte er.

»Eigentlich nicht«, gab Wilson zur Antwort.

»Aus größerer Entfernung ist Armut immer romantisch«, fuhr der Doktor fort, ohne Wilsons Einwand zur Kenntnis zu nehmen. »Wenn Sie nächstes Mal in dieser *merde* da unten sind, nehmen Sie spaßeshalber ein Mikroskop mit, und passen Sie auf, wo Sie hintreten. Da unten lauert nämlich ein Sumpf aus Bakterien und gefährlichen Keimen, für die Afrika so berühmt ist. Ja, Afrika ist wirklich die Mutter aller Krankheiten, mein Freund! In den sechs Jahren meiner Gefangenschaft auf diesem schönen Fleckchen Erde habe ich alles erlebt – Elephantiasis, Hepatitis, Dysenterie, Malaria, Meningitis, Scharlach, Gelbfieber, Typhus, Beri-Beri, Skorbut, Tuberkulose, Cholera, Beulenpest, Lungenpest, zehn verschiedene Formen von AIDS, Dengue, sogar Ebola und das Blarh-Syndrom, ganz zu schweigen von Grippe, ordinärem Fieber, Rachitis und Wahnsinn. Und die konventionellen Medikamente erweisen sich zunehmend als wirkungslos. Ein Paradies für Virologen, könnte man behaupten. Nur daß ich leider kein Virologe bin, sondern Kardiologe.«

Der Doktor hatte eine traurige Geschichte hinter sich. Schweizer von Geburt, hatte er an der Universität von Lausanne und an der medizinischen Fakultät der Universität von Michigan studiert. Nachdem er fünfzehn Jahre in London und in Genf gutgehende Praxen geführt hatte, war er der kranken Herzen reicher Leute überdrüssig geworden und hatte beschlossen, ein Jahr lang Sozialdienst bei den geistlichen Schwestern am Cross-Krankenhaus in Tananarive auf Madagaskar zu leisten. Aufgrund der Ernährungsgewohnheiten der einheimischen Bevölkerung, hauptsächlich bestehend aus gepökeltem Rindfleisch, Kokosnußöl und einheimischen Nüssen, wies Madagaskar, verglichen mit dem Rest der Welt, die höchste Rate an Herzkrankheiten auf.

»Stellen Sie sich das mal vor: Ich war blitzsaubere Schweizer Kantone gewöhnt, wo die Bürgersteige um neun Uhr abends hochgeklappt werden«, fuhr Dr. Boursaly fort. »Ich kannte nur forstwirtschaftlich vorbildlich gepflegte Fichtenwälder. Vielleicht haben Sie schon mal davon gelesen, daß es in Genf einen Park gibt, in dem das Gesundheitsamt an die paar Dutzend Heroinsüchtigen, die dort herumhängen, saubere Spritzen verteilt. Und das sind nicht irgendwelche gewöhnliche Süchtige. O nein! Es sind, präzise ausgedrückt, eidgenössische Süchtige. Gegen acht Uhr abends setzen sich die Leute im Park die Nadel und halten sich dann bis um Mitternacht dort auf. Aber wenn die Kinder am nächsten Morgen auf dem Weg zur Schule durch den Park laufen, ist alles wieder porentief sauber. Sämtliche Spritzen, Löffel und so weiter sind aufgesammelt und entsorgt. Nicht etwa von den Straßenkehrern, ach wo, das machen die Süchtigen selber. Das ist typisch für die Schweiz. Können Sie mir folgen?«

Wilson tat so, als könnte er ihm folgen.

»Irgendwann ging mir dann dieser Sauberkeitsfimmel so auf die Nerven, daß ich beschloß, nach Madagaskar zu gehen, das für mich der Inbegriff reizvoller Fremdartigkeit war. In diesem Land graben die Einwohner nämlich jedes Jahr im Oktober ihre mumifizierten, in geteerte Matten eingewickelten Vorfahren wieder aus. Mit diesen klebrigen, verwesenden Körpern gehen sie zum Abendessen, zum Tanzen, fahren Taxi und legen sich neben ihnen schlafen. Das wollte ich unbedingt einmal mit eigenen Augen sehen. Also habe ich mich nach Madagaskar aufgemacht, viele Freundschaften geschlossen und war eigentlich ganz zufrieden mit mir und der Welt. Na ja, lassen Sie mich es mal so sagen – Madagaskar ist nicht gerade ein Land, in dem es sich problemlos leben läßt, und nach zwei Jahren war ich reif für einen längeren Urlaub. Also charterte ich mir zusammen mit ein paar Freunden eine arabische Dhau. Wir wollten über die Meerenge nach Sansibar segeln. Auf halbem Weg haben die Piraten der *Storm Car* dann unser Schiff überfallen. Ich bin als einziger und nur deshalb mit dem Leben davongekommen, weil die Bruderschaft dringend einen Arzt brauchte. Meine Freunde wurden an die Reling der Dhau gefesselt, und anschließend haben diese Schweine die Bodenventile geöffnet. Als das Schiff unterging, hab ich gehört, wie sie um Hilfe schrien, doch ich konnte ihnen nicht helfen.«

Der Doktor senkte den Blick. Seine vom Alkohol geröteten Wangen waren aschfahl geworden, und plötzlich wirkte er wieder nüchtern und schüttete den Rest Gin aus dem Glas in den nächstbesten Blumentopf. Eine Minute lang blieb er regungslos stehen, die Hände in den Taschen seines Arztkittels vergraben, und starrte in die Ferne. Dann drehte er sich mit bleichem, maskenhaftem Gesicht wieder zu Wilson um. »Ein Gefängnis braucht nicht unbedingt vier Wände und Gitterstäbe zu haben, um es als Gefängnis zu erkennen«, sagte er. »Das werden Sie bald selber feststellen. Und Sie werden auch zu trinken anfangen wie ich, wie jeder, der in diesem Paradies der Monster lebt.«

Etwas am Himmel, ein Hitzeflirren, eine dunkle Wolke, die den Horizont verfinsterte, bestätigte Wilson, daß der Mann recht hatte.

7

Allmählich ließ die Steifigkeit in Wilsons Knien nach. Nach ein paar Wochen war er in der Lage, mit Dr. Boursaly im Slumviertel umherzustreifen. Die erste Zeit waren es seine Augen, die sich nicht an den Anblick des dort herrschenden Elends gewöhnen konnten, und dann, eines Morgens, hatte seine ganze Person Schaden am Leiden anderer Menschen genommen. Ein heißer afrikanischer Wind preßte einen infernalischen Gestank auf die Insel, die Tropensonne hing wie eine gelbe Pampelmuse an dem gnadenlos blauen Himmel, und wie es der Doktor prophezeit hatte, begann Wilson zu trinken. Direkt an den Zaun der Betonhangars grenzte das Geschäftsviertel von Quatre Sables. Hier kreuzte sich eine zu beiden Seiten mit rostzerfressenen, blechverkleideten Rumbuden gesäumte Gasse mit einer breiteren Straße, an der sich Bordelle und Verschläge mit Dingen des täglichen Bedarfs aneinanderreihten. Es gab Zelte von Geldwechslern und Pfandleihern, Hütten, in denen Gemüsehändler ihre Ware feilboten, und ein Puppentheater, in dem am laufenden Band Schattenspiele aufgeführt wurden. Zweimal pro Woche breiteten alte Männer auf den Gehwegen links uns rechts von der Straße Decken aus, auf denen sie bergeweise *ruta* – riesige afrikanische Rüben, das Hauptnahrungsmittel der Insulaner – stapelten. Akzeptiertes Zahlungsmittel waren Kaurimuscheln, amerikanische Zigaretten und jede Art von Geld – dessen Wert sich bei den Einheimischen weniger nach den Zahlen auf dem Geldschein als nach Größe und Farbe richtete. Mit großen, bunten Banknoten aus Italien und Frankreich konnte man mehr *ruta* eintauschen als mit amerikanischen Dollar, auch wenn letztere zehnmal mehr wert waren als diese farbenfrohen Scheine.

Wilson und der Doktor verbrachten etliche Stunden des Tages im Black Spot, einer zur Straße hin offenen Rumbude.

Der Besitzer, ein jamaikanischer Exseeräuber, hatte sich zu Ehren seines Berufskollegen aus dem Buch *Die Schatzinsel* das Pseudonym Ben Gunn zugelegt. Der Tresen bestand aus einer verzogenen Sperrholzplatte, die auf rostigen Fünfzig-Gallonen-Fässern ruhte. Transportkisten und leere Fünf-Gallonen Farbeimer dienten als Tische und Stühle. Der Spezialdrink im Black Spot hieß Rum-Special und war eine zirrhoseverdächtige Mischung aus einheimischem Bier mit Rum und einer Art Sherry aus wilden Beeren. Für ein halbes Pfund Kaurimuscheln konnte man eine schmierige Plastikmilchflasche voller Rum-Special erstehen. Wilson trank seine Spezialmischung aus einem angeschlagenen, henkellosen Kaffeebecher. Der Doktor scherte sich wenig um diese Art von Thekenkultur und schluckte das Gesöff direkt aus der Flasche. Auf der gegenüberliegenden Straßenseite musizierte eine Bupu-Steelband auf einer aus Reifen und Pappkartons zusammengezimmerten Bühne. Die hübschen, rhythmischen Klänge stiegen zusammen mit der Hitze in den heißen, blauen Himmel.

Wilson lauschte der Musik und schaute den Menschen zu, die auf der Straße an ihm vorübergingen. Zu dieser nachmittäglichen Stunde waren außer ihm und dem Arzt nur noch zwei Betrunkene in der Bar, die mit dem Gesicht nach unten auf dem versifften Fußboden ihren Rausch ausschliefen. Ben Gunn lümmelte vollgedröhnt mit blutunterlaufenen Augen auf einem dreibeinigen Barhocker hinter dem Tresen; zwischen seinen Zähnen schwelte ein riesiger Joint. Von Ben Gunns Kopf hingen fettige Rastazöpfe, an den Spitzen zusammengebunden mit schmuddeligen, ausgefransten Stoffbändern, herab; seine Haut hatte die ungesunde Farbe verbrannten Kaffees. Kakerlaken, groß wie Wilsons Handteller, flitzten aus den rostigen Fässern und quer über den Sperrholztresen. Ben Gunn schien sie nicht einmal zu bemerken.

Dr. Boursaly beruhigte Wilson, daß das Dengue-Fieber die

Leber nicht nachhaltig schädigen würde, und bestellte eine weitere Milchflasche Rum-Special. Zwischen seinen Knien stand ein schwarzer, mit Isolierband verklebter Arztkoffer mit gut zehn Pfund Kaurimuscheln und verschiedenen italienischen Banknoten, den er wie seinen Augapfel hütete.

»Wie gesagt, das einzige, was Sie auf dieser Insel tun können, ist saufen«, erklärte Dr. Boursaly, als Ben Gunn mit dem Nachschub herüberschlurfte.

»Das mag auf Sie vielleicht zutreffen«, sagte Wilson. »Aber ich verschwinde auf jeden Fall von hier, sobald Cricket zurückkommt.«

»Das können Sie vergessen. Außer den Thirty Captains kann hier niemand verschwinden«, gab Dr. Boursaly zur Antwort. »Dafür ist das, was hier abgeht, viel zu geheim. Stellen Sie sich nur mal die Schlagzeilen in der *New York Times* vor: ›Piratenparadies vor der afrikanischen Küste entdeckt – Sklavenhandel blüht!‹. Die dekadenten westlichen Länder müßten dann nämlich was unternehmen. Und bestimmte Leute in bestimmten Kreisen in Europa, Amerika und Japan sind gewiß nicht scharf drauf, zumal sie an dieser Insel ja nicht schlecht verdienen.«

»Ich kann's immer noch nicht fassen.« Wilson schüttelte den Kopf und deutete auf das Treiben auf den Kais. »Alles Piraten! Tausende von Piraten! Und schon dieser Name ›Thirty Captains‹ klingt wie aus einem Seeräuberroman. Wer sind die Leute da unten eigentlich? Wo kommen sie her?«

»Das sind entwurzelte Menschen aus allen Nationen«, erzählte Dr. Boursaly. »Verfolgte Flüchtlinge aus Krisengebieten, alles Leute, die rein gar nichts mehr besitzen als Mut zum Risiko. ›Und wo ist da kein Elend und keine Verderbtheit in diesen unseligen Zeiten?‹ … Das ist zwar nicht von mir, aber Sie wissen, was ich damit sagen will. Das hier ist ja nichts Neues; solche Rattennester schießen in den Armenhäusern der Erde wie Unkraut aus dem Boden. Nehmen Sie zum Beispiel im siebzehnten Jahrhundert die bedeutende Seeräuberrepublik Port Royal, Jamaika; denken Sie an New Providence und Tortuga im achtzehnten Jahrhundert, Campeche und Key West im neunzehnten Jahrhundert. Jedenfalls kann sich ein Seeräuber im Rang unter dem eines Kapitäns, wenn er sich aus dem blutigen Geschäft verabschieden will, nur hier in Quatre Sables zur Ruhe setzen. Auf der anderen Seite der Insel gibt es eine Art Rentnerkommune, ein kleines Dorf mit Schwefelquelle, in der sich die Piraten auf ihr Altenteil zurückziehen können. Es heißt Pegleg Bay, was soviel wie ›Bucht der Holzbeine‹ heißt. Und sollten die Männer die besondere Ehre, dort leben zu dürfen, ausschlagen, bleibt ihnen nur noch eine Wahl: ein nasses Grab.«

»Yeah, Mann. Er hat recht«, grölte Ben Gunn von seinem Platz hinter dem Tresen. »Für uns Brüder der Küste gibt es nur ein einziges Land: Quatre Sables. Und wenn wir sterben, Mann, legt man uns in ein nasses Grab, wo wir in Frieden ruhen können. Steht in der Satzung. Tote Seeleute haben ein Recht auf ein Seebegräbnis.«

»Aber bei dir liegt der Fall anders, Wilson.« Dr. Boursaly beugte sich über die Flasche Rum-Special zu Wilson hinüber und senkte die Stimme. »Leider ganz fürchterlich anders. Ich mach mir echt Sorgen, daß du's vielleicht nicht mal bis zu deinem Ruhestand schaffen wirst.«

Wilson spürte die Haut in seinem Nacken kribbeln. »Scheiße...«, murmelte er.

»Es geht mich natürlich nichts an, aber soviel ich weiß, ist deine Freundin schon einem anderen versprochen.«

»Genau, Mann, sie ist nämlich die Braut vom Portugiesen«, pflichtete Ben von hinter dem Tresen bei. »Und mit dem ist, weiß Gott, nicht zu spaßen.«

»Halt's Maul, Ben«, fuhr der Doktor ihm über den Mund.

»Und wer ist der Portugiese?« fragte Wilson.

»Er ist der Vorstandsvorsitzende der Thirty Captains, er –«

»Ach komm, halt's Maul.« Wilson schnitt ihm mit einer Handbewegung das Wort ab. »Ich will's gar nicht wissen.«

Der Doktor zuckte die Achseln.

»Ein weiser Mann macht sich keine Sorgen, ob der Himmel ihm eines Tages auf den Kopf fällt«, dozierte Ben. »Weil es nämlich keinen Hut gibt, der seinen armen Kopf vor den großen Trümmern schützen könnte.«

8

Drei Tage später gegen Abend – Wilson nahm gerade ein kühles Bad in der großen Marmorbadewanne im Haus auf der Anhöhe – stürzte Dr. Boursaly ins Badezimmer. Seine Augen waren weit aufgerissen, seine Kleidung in Unordnung. Wie üblich zog er eine mächtige Alkoholfahne hinter sich her.

»Klopfen Sie eigentlich nie an?« erkundigte sich Wilson.

»War leider nicht möglich«, erwiderte Dr. Boursaly. »Weil's in diesem Haus nämlich keine Türen gibt. Kommen Sie, ziehen Sie sich an. Ich möchte ihnen etwas zeigen.«

»Gehen wir aus?«

»Ja.«

Wilson war bisher noch nie nach Einbruch der Dunkelheit zu Fuß im Slumviertel gewesen; der Doktor selbst hatte ihn davor gewarnt. »Ist das nicht ein bißchen gefährlich?« erkundigte er sich.

Der Doktor winkte ab. »Ach was. Hier ist alles gefährlich. Bei dem, was allein an Mikroben hier in der Luft herumschwebt, ist schon allein das Atmen lebensgefährlich.«

Sie gingen durch die menschenleeren Gassen zum Hangar hinunter; rechts und links des Weges hörten sie es im Dunkeln knistern und rascheln. Als sie durch das Tor im Stacheldrahtzaun auf das Gelände traten, stellte Wilson ungewohnte Aktivitäten in der Umgebung der Hangars fest, wo die Sklaven gehalten wurden. Männer in Anzug und Krawatte flanierten in der Nähe des Eingangs oder standen in Dreier- oder Vierergruppen beieinander und unterhielten sich mit gedämpften Stimmen. Die breiten Holztore standen weit offen, grelles Licht drang nach draußen. Flutlichtscheinwerfer strahlten die nackten Betonwände an. Wilson hörte die Generatoren spucken und rülpsen und roch den beißenden Gestank von Benzin in der Luft.

»Was ist hier los?« fragte er.

»Heute abend wird zum Tanz aufgespielt«, erzählte Dr. Boursaly. »Und ich hab Bereitschaftsdienst. Wäre ja immerhin möglich, daß sich einer den Fuß bricht.«

Im Inneren des Hangars beleuchteten an den Dachsparren angebrachte Spotlights die Szene. Die Luft war erfüllt von Schweiß, Bohnerwachs und Desinfektionsmitteln – ein Geruchscocktail, den Wilson von Turnsälen her kannte. An einer Wand gegenüber einer polierten Holzplattform waren Tribünen aufgebaut; die Plattform selbst war ungefähr so groß wie ein halbes Basketballfeld. Wilson und der Doktor setzten sich in die erste Reihe der Tribüne an den äußersten Rand und warteten. Schon bald stieg ein bestialischer Gestank in Wilsons Nase.

»Jetzt kommen sie aus ihren Pferchen nach oben«, berichtete der Doktor. »Man riecht es, wenn sie kommen. Du kannst hier noch so gründlich putzen und alles mit Chemikalien behandeln, diesen Gestank kriegst du einfach nicht raus. Wenn ich Christ wäre, würde ich sagen, daß die ganze Insel hier zum Himmel stinkt.«

Nach ein paar Minuten begannen sich die Tribünen zu füllen. Wilson drehte sich um und warf einen Blick in die Zuschauermenge. Er sah glattrasierte weiße Gesichter, die wie Halbmonde aus frisch gestärkten, mit Krawatten versehenen weißen Hemdkragen ragten; japanische Geschäftsleute beugten sich über ihre Computer, an den Fingern arabischer Händler in Savile-Row-Maßanzügen funkelten Diamanten. Und an Wilsons Ohr drang das gedämpfte, selbstgefällige Gemurmel in der Weltsprache, in der üblicherweise große Geschäfte abgewickelt werden.

Bald trat die erste Charge zur Versteigerung an: zehn junge Bupu-Männer, an Hals und Knöcheln aneinandergekettet. Wie Münzen blitzten die Kettenglieder in dem weißen Licht der Deckenlampen. Wilson saß kaum zehn Meter von den jungen Afrikanern entfernt, und so konnte er die Verzweiflung in den Augen der Männer sehen, die nackte Angst riechen, die sich in Wellen aus ihren Poren löste. Der vorletzte in der Reihe fiel plötzlich auf die Knie und begann mit lauter, hysterischer, sich überschlagender Stimme seinen Gott anzubeten, wurde aber mit der Peitsche schnell wieder zum Aufstehen gezwungen. Versteigert wurde in englischer Sprache, die Gebote kamen in amerikanischen Dollars, und alles wurde über tragbare Kopfhörer simultan in mehrere Sprachen übersetzt. Der Auktionator, ein untersetzter Engländer im Smoking, sprach ein gebildetes Englisch, aber mit dem gleichen nasalarroganten Tonfall, dessen sich seine Berufskollegen auf der ganzen Welt gern bedienen.

»Ein Los von zehn starken schwarzen Niggern für die Feldarbeit«, pries er an. »Was höre ich? Alle strotzen vor Gesundheit; Atteste von unseren hauseigenen Ärzten liegen vor. Wir garantieren sechs Monate harte Arbeit, Unfälle natürlich ausgeschlossen. Gute Bupu-Zucht, direkt aus dem Busch. Höre ich hunderttausend Dollar?«

Die Geschäftsleute auf den Rängen hoben diskret ihre Stifte, und die Versteigerungssummen kletterten in die Höhe. Das erste Los von zehn Männern wechselte für knapp über fünfundsiebzigtausend Dollar den Besitzer. Das zweite Los, sieben großgewachsene Anda von einem Clan in den Bergen, bekannt für ihre besondere Zähigkeit, wurde für das Eineinhalbfache dieser Summe versteigert. In den folgenden Stunden gingen mehr als achthundert afrikanische Männer, Frauen und Kinder an korrekt gekleidete Repräsentanten großer westlicher und östlicher Industrienationen.

Als Wilson seine Sprache wiederfand, drehte er sich bleich vor Entsetzen zu Dr. Boursaly um. »Wie ist so etwas nur möglich?« flüsterte er fassungslos. »Wie kann –« Seine Stimme versagte.

Dr. Boursaly zuckte die Achseln. »Sie erleben hier die globale Wirtschaft bei der Arbeit, mein Freund«, erklärte er. »Weltweit operierende, multinationale Gesellschaften – damit meine ich Hersteller sämtlicher Produkte, angefangen von Computerbausteinen bis hin zu Bluejeans –, sie alle brauchen billige Arbeitskräfte, um die Kosten niedrig zu halten. Und was ist schon billiger als ein Sklave? Man braucht für ihn keine Sozialabgaben zu zahlen und muß ihm keinen Urlaub geben und was sonst noch so anfallen würde. Vom wirtschaftlichen Standpunkt aus gesehen eine durchaus sinnvolle Investition.«

»Aber wohin bringen sie die Leute?« stammelte Wilson. »Wo sind die Fabriken, die Felder?«

Der Doktor beugte sich näher zu ihm. »Im Südpazifik gibt es ganze Fabrikinseln«, raunte er. »Und auch vor der afrikanischen und südamerikanischen Küste und in der Java See. Die Behörden dort sind samt und sonders korrupt und schauen gern weg, solange sie nur kräftig geschmiert werden. Sie werden sich vielleicht fragen, wie dieses Treiben vor der Gemeinschaft der zivilisierten Länder so lange geheimgehalten werden konnte? Es ist zwar richtig, daß niemand die Möglichkeit hat, Quatre Sables zu verlassen, um etwas auszuplaudern, aber undichte Stellen gibt es trotzdem immer wieder. Sehen Sie es doch mal von dieser Seite: Vielleicht ist es ja gar kein so großes Geheimnis. Vielleicht will es die Gemeinschaft der zivilisierten Nationen einfach nur nicht wahrhaben. Es mag zwar abgedroschen klingen, aber solange jeder seinen Fernseher und sein Auto hat und die sonstigen kleinen, netten Annehmlichkeiten, die sein Leben einigermaßen erträglich machen, interessiert es kein Schwein, was mit ein paar hunderttausend armen Teufeln im fernen Afrika geschieht. Und was mich selbst angeht: Mich interessiert auch nicht viel mehr als die Frage, wo ich meinen nächsten Drink herkriege.«

9

Nach der letzten Auktion bauten Männer in weißen Jacketts mit Fliege am Kai ein kaltes und warmes Buffet auf. Lange Reihen gedeckter Tische bogen sich unter dem Gewicht silberner Platten, auf denen Köstlichkeiten wie Hummer, Kaviar, Goldfasan, Spanferkel und Roastbeef aufgetürmt waren. Schwäne, modelliert aus Eisblöcken, tropften in der äquatorialen Hitze vor sich hin. Auch die Bar ließ keine Wünsche offen: Im Angebot gab es erstklassige Weine und Spirituosen. Champagner floß in Strömen aus einem Plastikbrunnen. Die Toppen der Yachten der Geschäftsleute waren mit farbigen Lämpchen geschmückt, die sich im dunklen Wasser des Hafenbeckens spiegelten. Zwischen dem Pulk der Yachten entdeckte Wilson die *Compound Interest*, die mit leichter Steuerbordschlagseite am Kai vertäut lag.

»Wann haben Sie auf dieser Scheiß-Insel eigentlich zum letzten Mal Kaviar gegessen?« fragte Dr. Boursaly und war im nächsten Augenblick schon in der Menge untergetaucht.

Wilson fühlte sich sterbenselend. Er kippte sich einen Bourbon pur hinter die Binde, um seine Nerven zu beruhigen, und schaute über die hellerleuchtete Ansammlung weißer Yachten hinaus auf das schimmernde Wasser in Richtung Afrika, dorthin, wo sich eine ihm vertraute Dunkelheit ausbreitete, eine Dunkelheit, die schon bald die ganze Erde bedecken würde: Zivilisationen markierten kaum mehr als einen Wimpernschlag im langen Tag der Erdgeschichte; Menschenleben waren im Namen der Ordnung so gut wie vergeudet. Und immer lauerte das Chaos – ein wildes Tier abseits des Lagerfeuers, verborgen im Dunkel der Nacht, das wartete, bis seine Zeit gekommen war. An einem Tag lag die Post noch pünktlich im Briefkasten, die Kirchen waren vollbesetzt, eine Drehbewegung am Schalter tauchte ein Zimmer in anheimelndes Licht – und am nächsten Tag schon lagen bedeutende Städte in Schutt und Asche, und das Heulen des Wolfes erhob sich wieder über dem Moor.

Wilson, mit melancholischen Gedanken wie diesen beschäftigt, merkte zunächst nicht, daß sich ein Mann mit Anzug und Krawatte neben ihn gestellt hatte. Dann registrierte er das Jackett aus feiner, marineblauer Seide, die rote Krawatte mit Paisleymuster und die goldene Rolex, und schließlich erkannte er das Gesicht.

»Na, wieder auf den Beinen, Wilson?« erkundigte sich der Mann. »Man hat mir berichtet, Sie seien krank gewesen.« Ackerman.

»Ohne Ihre Brille hätte ich Sie fast nicht erkannt«, stotterte Wilson, nachdem er seine Fassung wiedererlangt hatte. Eine lächerliche Feststellung, aber sonst fiel ihm nichts ein, was er hätte sagen sollen.

»Ich trage Kontaktlinsen«, lächelte Ackerman. »Wenn ich beruflich zu tun habe, setze ich nie eine Brille auf.« Er sah erholt aus; seine Wangen hatten eine gesunde Farbe. Mit väterlicher Geste legte er Wilson eine Hand auf die Schulter. »Wie werden Sie behandelt?«

»Gut«, sagte Wilson. »Und Sie?«

»Ach, ich kann auch nicht klagen«, berichtete Ackerman leutselig. »Dieser Mann, der Captain Page, ist ein Unternehmer von echtem Schrot und Korn. Ich hab ihn davon überzeugen können, daß ich die Milliarde, die er als Lösegeld für mich einstreichen wollte, zu unser beider Nutzen arbeiten lassen kann.« Dann sprudelte es aus ihm heraus, und aus seinen Augen sprühte reine Geldgier: »Das, womit die Bruderschaft hier Handel treibt, ist schlichtweg phantastisch, ein Geniestreich geradezu, und alle haben was davon. Wir werden reich, und gleichzeitig reduzieren wir den Bevölkerungsdruck in Afrika. Wunderbar. Das nenne ich reinen, unverfälscht gelebten Kapitalismus. Wenn Sie mich fragen –«

»Wissen Sie eigentlich, was die Piraten mit Kapitän Amundsen gemacht haben?« unterbrach ihn Wilson.

Das Lächeln erstarb auf Ackermans Gesicht. Er schaute in seinen Drink und blinzelte zur *Compound Interest* hinüber, die vertäut am Kai lag. »Ja, ich habe davon gehört. Er war ein guter Mann. Jammerschade, daß er sich uns nicht anschließen wollte.«

Als Ackerman sich wieder zu Wilson umdrehte, sah er einen Ausdruck in dessen Gesicht, der ihn zurückweichen ließ.

»Mörder!« schrie Wilson. »Sklaventreiber! Wir sprechen hier über menschliche Wesen und nicht über irgendwelche Handelsware!« Ein paar Geschäftsleute unterbrachen ihr Essen und drehten die Köpfe in Wilsons Richtung.

»S-Sklaverei ist ein ziemlich emotionsgeladener Begriff«, stotterte Ackerman, »ein Begriff, der im übrigen nicht genau den Punkt trifft. Wir ziehen es vor, von unvergüteter Arbeit oder unentgeltlicher Nutzung von Manpower zu sprechen oder von –«

Wilson wartete nicht ab, bis Ackerman ausgesprochen hatte. Er stürzte sich auf ihn, packte den Milliardär mit beiden Händen am Hals und drückte mit aller Kraft zu. Ackermans Augen verrieten Entsetzen, traten leicht aus ihren Höhlen, und eine der Kontaktlinsen rollte wie eine große, runde Träne von seiner Iris. Im nächsten Augenblick rissen zwei Barkeeper Wilson von Ackerman zurück. Nach Luft schnappend, taumelte Ackerman rückwärts gegen einen mit Spanferkeln beladenen Tisch und sackte dort zusammen. Wilson hörte, wie der Stoff seiner teuren Seidenhose riß.

Dr. Boursaly eilte herbei und legte Wilson einen Arm um die Schulter. »Kommen Sie, schnell«, flüsterte er Wilson ins Ohr und lief mit ihm rasch durch die Menge und die Anhöhe hinauf durch das unbeleuchtete Slumviertel. Auf halbem Weg blieb Wilson stehen, setzte sich auf den Erdboden, preßte die Fäuste auf seine Augen und weinte lautlos. Dr. Boursaly hockte sich neben ihn und zündete sich eine Zigarette an.

»Dem hier werde ich nicht tatenlos zusehen«, preßte Wilson heraus, als er zu weinen aufgehört hatte, und drohte mit der Faust in Richtung Sammellager. »Ich weiß zwar noch nicht, wie, aber dieser Schweinerei hier werde ich ein Ende setzen, das schwöre ich.«

»Genauso habe ich auch gedacht, als ich hierherkam«, sagte Dr. Boursaly resigniert. »Aber was kann ein Einzelner schon gegen diese Maschinerie ausrichten? Das einzige, was wir tun können, ist, am Leben zu bleiben. Es tut mir leid, daß ich Sie heute abend mitgenommen habe. Ich hatte ja keine Ahnung, daß ich eine solche *crise de conscience* bei Ihnen auslösen würde.« Dann schwieg er; es gab nichts mehr zu sagen.

Die Positionslichter der Frachtschiffe, in Erwartung einer frischen Ladung Menschenfleisch, durchbrachen den schwarzen Halbkreis der Bucht.

10

Die Regenzeit kündigite sich mit einem eigenartig grünlichen Leuchten am Himmel an. Schwere, rote Wolken sammelten sich vor dieser grünen Kulisse wie mißbilligende Gottheiten in einem griechischen Drama. Aber noch Tage danach fiel kein einziger Regentropfen, nur die Luft war so drückend schwül, daß man das Gefühl hatte, sich durch Treibsand zu bewegen. Hitzegewitter am Horizont blitzten unheilvolle Botschaften in den Himmel, und von irgendwoher aus der Ferne drang das monotone Schlagen von Stammestrommeln. Dann, urplötzlich, mitten in der Nacht, begann es zu regnen. Der Himmel öffnete seine Schleusen und ergoß eimerweise Wasser auf die Erde. Wilson erwachte vom Prasseln des Regens, lag schwitzend in dem großen Bett unter dem Moskitonetz und lauschte einem Chor von Schreien aus dem Slumviertel.

Als der Morgen anbrach, ging er ans Fenster und stellte fest, daß der halbe Hang abgerutscht und in die Bucht gespült worden war; eine Flut aus Schlamm und Müll hatte das schwarze Wasser des Hafens rot gefärbt.

»Es ist jedes Jahr das gleiche Spiel«, erzählte Dr. Boursaly, als er um zehn Uhr vormittags auf seinen Frühstücks-Gin heraufkam. »Zwischen fünf- und zehntausend Leute werden in den nächsten Monaten sterben, weil sie kein Dach mehr über dem Kopf haben. Im Mai werden sie ihre Hütten dann wieder aufbauen, es werden noch mehr braune Kinder auf Müllhalden geboren, wieder werden Tausende der Ärmsten der Armen mit Flößen von Afrika herüberkommen, und der ganze elende Zyklus fängt wieder von vorn an.«

Sie saßen am polierten Eichentisch im Eßzimmer. Der Regen hatte ausgefranste Löcher in die gestreifte Markise auf dem Patio gerissen, große Wasserflecken breiteten sich auf der Decke in der Küche aus, Kochtöpfe auf dem Fliesenboden fingen das von oben tropfende Wasser auf. Der Doktor trank sein erstes Glas Gin aus, seufzte melancholisch und schenkte sich ein neues ein – es war wie an jedem Morgen. Aber plötzlich empfand Wilson Abscheu gegen diesen Mann und meinte, ihn nicht länger ertragen zu können.

»Doktor, haben sie eigentlich jemals ernsthaft versucht, von dieser Insel hier wegzukommen?« fragte Wilson und konnte sich einen verärgerten Unterton in der Stimme nicht verkneifen.

Dr. Boursaly nahm den unausgesprochenen Vorwurf zur Kenntnis und seufzte wieder.

»Sie meinen fortgehen? Ja, wie denn?« fragte er zurück. »Die Insel hier ist besser abgeschottet als jedes Hochsicherheitsgefängnis.« Aber seine Hand, die wieder nach dem Glas griff, zitterte.

»Es muß doch irgendeine Möglichkeit geben«, sagte Wilson. »Verdammt noch mal, das hier ist eine Insel. Wenn die armen Schweine es schaffen, von Afrika auf Flößen herüberzukommen, muß es doch auch möglich sein, in entgegengesetzter Richtung abzuhauen und die Behörden auf dem Festland darüber aufzuklären, was hier los ist.«

Der Doktor sagte nichts; müde schauten seine blutunterlaufenen Augen unter den dicken, rotgeränderten Lidern hervor. Dieser Anblick erinnerte Wilson an eine Schildkröte, die unter ihrem Schild hervorlugt. Die Vene auf der Nase des Arztes pulsierte in einem leisen Rhythmus der Hoffnungslosigkeit.

Wilson bedauerte den Mann, aber es lag ein seltsamer Druck in der Luft, und er konnte sich nicht bremsen.

»Also, wenn Sie meine Meinung hören wollen, Doktor«, begann Wilson. »Ich glaube, Sie sind schon seit vielen Jahren Alkoholiker. Vermutlich war das der Grund, weshalb Sie die Schweiz verlassen haben, und das wird auch der Grund sein, weshalb Sie nie ernsthaft versucht haben, von dieser Insel hier wegzukommen. Sie gehören hierher. Wem fällt denn in dieser verkommenen Umgebung schon ein versoffener Arzt auf?« Sobald die Worte heraus waren, wußte Wilson, daß er den Nagel auf den Kopf getroffen hatte. Er bedauerte seine schonungslose Feststellung, aber es war gesagt.

So würdevoll er konnte, stand Dr. Boursaly auf und fuhr sich mit der Hand durch die schütteren braunen Haare.

»Ich verstehe«, sagte er. »Wir haben Regenzeit. Es gibt Studien darüber. Die ungewöhnlich dichte Atmosphäre übt auf bestimmte Chemikalien im Gehirn einen hydraulischen Druck aus. Ich stelle das auch an mir fest. Ich werde sarkastisch, leicht reizbar, und jeder geht mir auf die Nerven. Also dann, bis in drei Monaten, wenn das Wetter wieder besser geworden ist.«

Schnell trank er sein Glas leer und ging durch die Küche in den Regen hinaus.

11

Während der nächsten paar Wochen regnete es Tag für Tag von Sonnenaufgang bis Sonnenuntergang und noch bis in die Nacht hinein. Wilson las *Don Quichote,* Caulaincourts *Mit Napoleon in Rußland* und *Manon Lescaut* – das letzte der Bücher, die er aus seinem früheren Leben mitgenommen hatte. Das einzige interessante Buch, das er im Haus gefunden hatte, war eine Ausgabe von Rimbauds Gedichten mit einer Kurzbiographie des Dichters: Nach einer wilden und ausschweifenden Jugend war Rimbaud freiwillig ins Exil nach Afrika gegangen, hatte beim Sklavenhandel mitgemischt und eine abessinische Frau geheiratet. Irgendwie hatte dieser Ausbund eines Egotisten aus einer Nation von Egotisten unter der heißen afrikanischen Sonne jede Erinnerung an sein früheres Leben verloren. Zwanzig unbelegte Jahre später, als er an Krebs erkrankt auf dem Totenbett lag und als Schriftsteller berühmt war, konnte er sich kaum noch daran erinnern, auch nur ein einziges Gedicht geschrieben zu haben.

Es stimmt schon, Afrika übt auf den Stadtmenschen in der Tat einen solchen Einfluß aus, fand Wilson. Eine lähmende Lethargie senkt sich herab, man perfektioniert die Kunst, die Wand anzustarren, und ein Tag verschwimmt mit dem nächsten. Deshalb konnte er beim besten Willen nicht sagen, wie viele weitere Wochen vergangen waren, bis Cricket von ihrer Seereise heimkehrte. Eines Morgens – am Himmel über der Insel hingen schwere, rote Regenwolken, die schlammigen Straßen waren unpassierbar und von Müll überschwemmt – wachte Wilson von Geräuschen auf, die aus dem großen Badezimmer drangen. Er warf sich einen Morgenmantel über, ging den Geräuschen nach und entdeckte Cricket, die gerade in der Wanne unter dem Dachfenster ein Bad nahm. Das Licht des prasselnden Regens produzierte grüne Schatten im Badezimmer, und auf dem Wasser schwammen zartrosa und gelbe Rosenblätter.

»Hallo, Wilson, Liebling«, flötete Cricket, als er eintrat. Sie lächelte ihn träge an und produzierte mit ihren Fingern kleine plätschernde Geräusche. »Ich hab diesem versoffenen Element von Doktor versprochen, daß ich ihn einen Kopf kürzer mache, wenn du nicht wieder gesund bist, bis ich zurückkomme. Und? Bist du wieder gesund?«

Wilson schwieg und betrachtete ihren Körper durch das Wasser.

»Wie kommt man auf dieser Insel eigentlich an Rosenblätter?« fragte er schließlich.

»Die waren in einem Paket aus Frankreich«, sagte Cricket und räkelte sich in der Wanne. »Sie sind gefriergetrocknet und sehen erst mal wie kleine Scheißhaufen aus. Aber sobald sie mit Wasser in Berührung kommen – plop –, sind's auf einmal wieder Rosenblätter. Aber ist das alles, was du mir zu sagen hast? Ich war immerhin drei Monate lang fort. Freust du dich gar nicht, mich wiederzusehen?«

»Ja, schön, dich zu sehen«, sagte Wilson, rührte sich aber keinen Millimeter von der Türschwelle.

»Tut mir echt leid, daß es so lang gedauert hat, Schatz«, erzählte Cricket. »Wir hatten in Bupanda mit einigen Problemen zu kämpfen. Dort ist nämlich Krieg, weißt du. Und das macht es schwierig, Geschäfte zu machen. Und ein paar andere Sachen tun mir auch leid...« Sie streckte ihm die Arme entgegen, auf denen das grüne Regenlicht wie statische Elektrizität flackerte. »Während dieser ganzen widerlichen Reise«, schmeichelte sie, »hab ich mir immer nur gewünscht, so schnell wie möglich wieder zu dir zurückzukommen. Und ich hab gedacht, wie traurig ich wäre, wenn du stirbst.«

Wilson ließ den Bademantel fallen und stieg zu ihr in die Badewanne. Auf seinen Schenkeln spürte er die Wärme des Wassers. Cricket legte sich zurück. Wie Ophelia trieb sie inmitten der Rosenblätter; sie schloß die Augen und war ganz still. Wilson fühlte sich schuldig. Mit Cricket zu schlafen gab ihm das aufregende, aber gleichzeitig auch schuldbewußte Gefühl, mit der Frau eines anderen Mannes zu schlafen. Sie gehörte hierher in dieses Seeräubernest, sie war ein Teil davon. Und indem er ihren Körper nahm, wurde auch er ein Teil davon. Sein Kopf und sein Herz wußten es, aber er konnte nichts dagegen tun, und das Messer seines Bewußtseins, das tief in seine Seele schnitt, verlieh diesem Akt den unleugbaren Reiz von Schmerz. Danach lagen sie halb untergetaucht in dem lauwarmen Wasser. Rosenblätter klebten auf ihrer Haut.

»Cricket, wir müssen unbedingt miteinander reden«, begann Wilson.

»Nicht jetzt, Liebling«, sagte Cricket schläfrig. »Es ist so schön hier mit dir in der Badewanne. Hör doch, wie der Regen aufs Dach trommelt.«

»Jetzt sofort«, sagte Wilson.

12

Sie spazierten den Muschelkiesweg entlang, die einzige Straße, die zur Ansiedlung auf dem Bergkamm führte, vorbei an den hinter Tamarinden liegenden Privatvillen der Thirty Captains. Wilson hatte hier noch nie jemanden auf der Straße gesehen, und mit nur ein paar Ausnahmen waren die Häuser verschlossen und die Fenster verrammelt.

»Um diese Jahreszeit hängen alle in London oder in Miami oder sonstwo herum«, erzählte Cricket. »Nur mein Workaholic von Daddy kann auf die glorreiche Idee kommen, ausgerechnet dann auf Raubzug zu gehen, wenn die Regenzeit bevorsteht. Typisch.«

Es schüttete wie aus Eimern. Dann ließ der Regen etwas nach. An der Straße standen mehrere Autos, gut eingepackt unter Persennings. Wilson erkannte die vertraute Silhouette eines Mercedes Benz. Eine riesige, gefleckte Katze hockte unter dem Fahrzeug direkt hinter den Vorderrädern. Cricket miaute die Katze an, die ebenfalls miaute, sich aber nicht auf den nassen Kies hinauswagte.

»Das ist Petey«, erzählte Cricket. »War früher die Schiffskatze der *Esperance*, dem Zossen von Evan Matthews. Evan stammt wie Dad ebenfalls von den Palmettos. Vor einiger Zeit ist Matthews leider ein Kutter der argentinischen Küstenwache in die Quere gekommen. Nach erbittertem Kampf konnten sie zwar den Kutter versenken, aber leider ist die *Esperance* mit untergegangen. Captain Matthews und noch zwei Seeleute – mehr war von der Mannschaft nicht mehr übrig – sind mit Petey, die sie als lebenden Proviant mitgenommen hatten, eine Woche lang auf der Rettungsinsel im Meer getrieben. Sie waren gerade am Überlegen, ob sie Petey nun den Hals umdrehen sollten, als sie von einem Schiff entdeckt und aufgegabelt wurden. Na ja, auf jeden Fall hat Captain Matthews Petey in Rente geschickt, nachdem sie wieder heil zu Hause angekommen waren. Und weißt du, was verrückt ist? Ich glaub fast, die Katze hat Sehnsucht nach ihrem Leben als Seeräuber.« Cricket und Wilson spazierten schweigend nebeneinander her, bis der Kiesweg in einen holperigen, unbefestigten Weg überging, der sich durch ein Dickicht von Gestrüpp und Buschgras hangaufwärts wand und schließlich in einen kleinen Dschungel eintauchte. Wilson hatte das Gefühl, durch einen langen, grünen Tunnel zu gehen. Sie falteten ihre Regenschirme zusammen. Unter den dichtbelaubten Kronen der Urwaldriesen waren sie vor dem Regen geschützt. Kleine Affen mit orangefarbenem Fell huschten in der grünen Düsternis über ihnen hin und her; schwarzgeschuppte Eidechsen liefen behende die borkigen Baumrinden hinauf. Etwa fünfhundert Meter weiter führte der Pfad hinaus auf ein baumloses, felsiges Gelände, das vom Hügelkamm steil zur Mitte der Insel hin abfiel.

So weit oben war Wilson noch nie gewesen, und der Anblick, der sich ihm von hier aus bot, war überwältigend. Der Hang senkte sich in ein von Regenwald überwuchertes Tal, das fünf Kilometer weiter hinten in offenes Kulturland überging. Dort lagen Reisfelder und Obstgärten mit Mangobäumen und Bananenstauden, fruchtbare Rechtecke braungelber Erde, durch sorgfältig aufgeschichtete Steinmauern voneinander getrennt. Eine schnurgerade Straße führte zu einem massiven, aus alten Steinen errichteten Landhaus. Wilson hatte nicht viel Ahnung von Architektur, vermutete aber, daß Spanier oder Portugiesen dieses Gebäude im fünfzehnten oder sechzehnten Jahrhundert errichtet hatten – vermutlich die zur Trutzburg ausgebaute Residenz eines längst verblichenen kolonialen Gouverneurs. Gepflegte, grüne Rasenflächen führten hinunter zu einem glitzernden Pool und zu kegelförmig zurechtgestutzten Hecken eines klassisch angelegten Gartens. Wilson konnte sich schon denken, wem dieser Besitz gehörte, aber Cricket drückte seine Hand und erzählte es ihm dennoch. »Dort unten wohnt der Portugiese«, berichtete sie. »Villa Real. Das Haus ist schon seit über hundert Jahren im Besitz seiner Familie. Früher einmal waren sie die Hauptlieferanten von Sklaven für die Plantagen der Neuen Welt. Der König von Portugal hatte diese Insel vor ewigen Zeiten einem seiner Vorfahren zum Geschenk gemacht. Übrigens war dieser Vorfahre der erste Weiße, der um Westafrika herumgesegelt ist und das Glück hatte, lebend zurückzukehren, um seinem König davon zu berichten.«

»Ich weiß. Das war Gil Eannes«, sagte Wilson.

»Ja, stimmt genau!« Cricket war überrascht. »Woher weißt du das denn?«

»Keine Ahnung«, sagte Wilson mit einem flauen Gefühl in der Magengrube, und in diesem Moment wußte er es tatsächlich nicht.

»Auf jeden Fall ist der Portugiese eines unserer Probleme«, fuhr Cricket fort. »Und ein weiteres Problem ist mein Vater.«

Sie kehrten um und gingen durch den Dschungel zurück. Plötzlich schlug Cricket einen Haken nach links und führte Wilson durch das Gestrüpp. Etwa zwanzig Meter abseits des Weges breitete ein großer Banyanbaum seine weitverzweigten Äste aus, die bis auf den Boden hingen und um den Stamm herum eine Art wasserdichter Höhle bildeten. Auf der Erde unter der Baumkrone hatte jemand einen der Perserteppiche aus dem Haus ausgelegt. Darauf stand ein Silbertablett mit zwei Kristallgläsern und einer Flasche Champagner auf Eis, das noch nicht ganz geschmolzen war.

»Raffiniert eingefädelt, muß ich sagen.« Wilson war beeindruckt. »Eins zu null für dich.«

Cricket lächelte und gab ihm einen Kuß. Sie setzten sich auf den Teppich und legten ihre Regenmäntel ab. Der intensive Geruch feuchter Dschungelerde stieg in ihre Nasen. Über ihnen raschelten Affen in der Baumkrone. Cricket öffnete die Champagnerflasche. Der Korken schoß hinauf in die Zweige – ein unpassend zivilisiertes Geräusch im feuchten Schweigen des Urwaldes. Sie schenkte ein Glas voll und reichte es Wilson. »Champagner?«

Wilson hatte noch weniger Ahnung von Champagner als von Architektur, aber nach einem Schluck schätzte er den Wert der Flasche auf gut und gern fünfhundert Dollar.

»Sollen wir auf was trinken?« fragte Cricket.

»Von mir aus.«

Cricket zögerte. Dann verschwand das Lächeln aus ihrem Gesicht, und nervös leerte sie ihr Glas auf einen Zug. »Schau mich an, Wilson.« Ihre Stimme klang ernst.

Wilson hob den Kopf. Ihre Augen waren so grün wie der Dschungel, nur daß ein dunkler Schatten über ihrer Iris lag.

»Das ist meine Art, um deine Hand anzuhalten«, sagte sie. »Wenn du am Leben bleiben willst, wirst du mich heiraten müssen.«

Wilson wußte nicht, was er darauf antworten sollte. Ein orangefarbener Affe spähte durch die Blätter herunter. Mit seinem verhutzelten Gesicht sah er aus wie ein alter Mann. Dies war einer der merkwürdigsten Augenblicke in Wilsons Leben.

»Heirat ist der einzige Ausweg, Liebster«, flüsterte Cricket, »denn sonst werden sie dich umbringen.« Sie streckte den Arm aus, nahm seine Hand, drückte sie an ihre Wange und unterhielt sich von da ab nur noch mit seinen Fingerknöcheln. »Gemäß Satzung bist du mein Sklave, mein Eigentum. Ein Sklave hat auf dieser Insel keinerlei Rechte. Wenn jemand einen Sklaven tötet, muß er natürlich Schadensersatz zahlen, aber das ist nur eine Frage der Summe. Bei einem Ehemann ist es dagegen etwas anderes. In diesem Fall gehörst du zur Familie, zur Gemeinschaft der Thirty Captains. Und damit stehst du unter dem vollen Schutz der Satzung, kapiert?«

Wilson zog seine Hand zurück und verschränkte die Arme vor der Brust. »Eigentlich nicht«, sagte er ungerührt. »Warum erzählst du mir zur Abwechslung diesmal nicht einfach die ganze Geschichte?«

Vier Gläser Champagner später holte Cricket tief Luft und war bereit zu sprechen.

»Zuerst muß ich dir ein paar Hintergrundinformationen liefern«, sagte sie. »Als ich noch ein Kind war, ruhte die Wirtschaft der Palmettos auf einer einzigen Säule, dem Glücksspiel, und alle haben anständig dabei verdient... Dann hat leider die organisierte Kriminalität davon Wind bekommen, und am Outer Key haben ein paar Morde ziemlich viel Staub aufgewirbelt. Im Jahre 1976 hat der Staat Alabama schließlich unsere Pokerrunden mit Höchsteinsätzen verboten. Damit waren auf einen Schlag ungefähr dreitausend Menschen ohne Arbeit und mußten sich nach anderen Einkommensquellen umsehen. Bevor das Glücksspiel in den zwanziger Jahren aufgekommen ist, haben die Einwohner der Palmettos, so auch Daddy, vom Meer gelebt – logisch, sie lebten ja schließlich auf einer Inselgruppe. Schon die ersten Siedler waren übrigens Seeräuber gewesen. Und ihr Kapitän war der berüchtigte Elzevir Montague, der – nebenbei bemerkt – ein direkter Vorfahre von mir ist. Was lag also näher, als sich wieder aufs Meer zu besinnen?

Dad hatte genug Geld auf der hohen Kante und hat der Marine von Costa Rica die *Storm Car* abgekauft. Er hat sich auf Luxusyachten in der Karibik und auf Frachter aus Südamerika spezialisiert, die Rauschgift geladen hatten. Andere haben es ihm nachgemacht. Schließlich haben sie sich zu einer lockeren Interessengemeinschaft zusammengeschlossen – nicht anders als in der guten, alten Seeräuberzeit auch – und sich die ›Bruderschaft der Küste‹ genannt. Innerhalb von fünf Jahren hat sich die Bruderschaft an die zweihundert Schiffe unter den Nagel gerissen. Verschollen im Bermuda Dreieck – das war damals bei uns ein geflügeltes Wort, und wir haben uns königlich amüsiert, weil unzählige Journalisten doch tatsächlich magnetische Strudel und UFOs für das Verschwinden der Schiffe verantwortlich gemacht haben.

Und genau in dieser Zeit fing der Bürgerkrieg in Bupanda erst richtig an. Ein paar geschäftstüchtige libanesische Reeder kauften den Andas ihre Bupu-Kriegsgefangenen ab und den Bupus ihre Anda-Kriegsgefangenen und verhökerten sie an die Araber am Roten Meer. Dad war einer der ersten diesseits des Teichs, der das riesige Potential erkannt hat, das dort schlummerte. Er richtete auf Grand Terre, einer Insel im Nordwesten der Palmetto-Passage, nicht viel größer als ein Fliegenschiß, ein Sammellager ein. Dann rekrutierte er dreißig Kapitäne von der Bruderschaft und machte sich auf den Weg nach Afrika.

Es hat nicht lang gedauert, bis sich alle eine goldene Nase verdient hatten. Im zweiten Geschäftsjahr verhökerte Dad für rund eine Viertelmillion Dollar zweihundert Bupus an Dominion Sugar für die Arbeit auf den Zuckerrohrfeldern in Guyana. Aber in einer Nacht während eines Hurrikans ist sechs Bupus die Flucht gelungen. Einer, der Englisch konnte, hat sich bis nach Jamaika durchgeschlagen, und die Gerüchte sind allmählich bis in die Vereinigten Staaten durchgesickert. Dann fing die Küstenwache an herumzuschnüffeln, und damit war der Palmetto-Stützpunkt praktisch tot. Dad mußte sich zwangsläufig nach einem anderen Standort für das Bupanda-Geschäft umsehen. Und da hat ihm der Portugiese eine kleine, intime Pokerrunde vorgeschlagen. Nur sie beide. Falls Dad gewinnt, hat er gesagt, dürfte er den Sklavenhandel nach Belieben von Quatre Sables aus aufziehen, ohne einen Cent Provision löhnen zu müssen. Sollte er hingegen verlieren, würde der Portugiese es Dad zwar nach wie vor gestatten, Quatre Sables als Stützpunkt zu benutzen, nur würde dann der Portugiese die Fäden ziehen und fünfundzwanzig Prozent der Einnahmen kassieren, plus einer netten, kleinen Draufgabe. Oder Extraprämie, wenn du so willst –«

Cricket machte eine Pause und trank einen Schluck aus der Flasche. Als sie Wilsons Glas nachfüllte, verschüttete sie ein wenig Champagner. Wilson hörte, wie das Glas an ihre Zähne schlug, als sie die Flasche wieder zum Trinken ansetzte. Mit dem Ärmel wischte sie sich den Mund ab und fuhr mit zitternder Stimme fort.

»Der Portugiese ist der geborene Zocker; er ist so süchtig nach Karten wie andere Leute nach Drogen oder Alkohol. Ich hab dir schon mal von ihm erzählt.. Nur war das damals nicht die ganze Wahrheit. Ich kenn den Typ schon seit meiner Kindheit. Früher hat er immer bei Johnny Mazep gespielt und ab und zu bei uns im großen Haus in St. George übernachtet. Und wie es bei kleinen Mädchen oft so ist, hab ich ein bißchen mit ihm geflirtet. Er hat mir mit seinen makellos weißen Anzügen und seinen geschliffenen, europäischen Manieren wahnsinnig imponiert. Na ja, jedenfalls hat er mich eines Tages – damals war ich ungefähr elf – zu einem Picknick am Capstan Head eingeladen. Damals hatte er eine weiße Mercedes-Limousine mit Chauffeur, die er immer von Miami mit der Fähre auf die Palmettos brachte. Auf dem Rückweg vom Picknick hat er mir mein Kleid ausgezogen und mich überall auf der Brust und zwischen den Beinen betatscht. Dann hat er seinen Schwanz herausgeholt und sich vor mir einen runtergeholt. Ich weiß noch, wie puterrot sein Gesicht dabei angelaufen ist. Ich hab geheult, aber der Chauffeur hat sich nicht mal die Mühe gemacht, sich umzudrehen. Als er fertig war, hat er mich abgewischt und gesagt, ich soll zu flennen aufhören. Er hat so getan, als wär nicht das geringste passiert. Aus Angst und weil ich dachte, ich hätte ihn vielleicht provoziert, hab ich meiner Mama nichts davon erzählt. Ich wußte ja nicht, ob ich ihn nicht vielleicht mit irgendwas herausgefordert hatte. Also hab ich die Geschichte verdrängt, wie man eben schlechte Erlebnisse verdrängt, und hab versucht, nicht mehr daran zu denken.

Fünf Jahre später – es war übrigens genau in der Nacht, in der mein Vater mit dem Portugiesen um den besagten Einsatz gespielt hat – kam ich von Palmetto High vom Tanzen zurück. Ich war total zugekifft und hatte außerdem gerade mit irgend 'nem Wichser im Auto gevögelt. Es war so gegen drei Uhr früh. Als ich mich auszog, hatte ich den Walkman auf den Ohren. Deshalb bemerkte ich ihn erst, als er schon im Schlafzimmer stand. Er stieß mich rücklings aufs Bett, drückte mir ein Kissen auf den Kopf und vergewaltigte mich. Dann nahm er das Kissen weg und sagte, ich bräuchte keine Angst zu haben. Daraufhin hat er mich noch mal vergewaltigt. Ich war damals zwar keine Jungfrau mehr, aber trotzdem war's schrecklich. Irgendwann hab ich dann die Augen aufgemacht und Dad in der Tür stehen sehen. Er stand nur da, schaute zu und trank immer wieder einen Schluck Bourbon aus der Flasche.

Am Morgen, bevor der Portugiese ging, vergewaltigte er mich ein letztes Mal. Um zehn Uhr oder so hörte Dad, daß ich heulte, kam ins Zimmer und eröffnete mir, daß er mich beim Polkerspiel an den Portugiesen verloren hätte. Ich wäre ab sofort nicht mehr seine Tochter, sondern quasi die Sklavin des Portugiesen, und damit basta. Ich hab Rotz und Wasser geheult, aber meine Mama war damals schon tot, und es blieb mir nichts anderes übrig, als mich damit abzufinden. Ich hab mich nicht gewehrt. Wie denn auch? Ich konnte ja nicht schon wieder abhauen. Es war ja ohnehin jedesmal so, daß ich mich für 'ne Bleibe und was Anständiges zum Essen von irgend 'nem Arschloch flachlegen lassen mußte. Wie's den naiven Mädchen vom Land eben geht, wenn sie in der großen Stadt sind. Was hätte ich dadurch also groß gewonnen? Also ging ich eine Woche später mit dem Portugiesen auf sein Schiff, die *Jesus von Lubeck*; davon hab ich dir ja schon erzählt. Damals hab ich dir nur eines verschwiegen, nämlich, daß er mich von mittags bis nachts gevögelt hat. Ich war praktisch seine Leibeigene. Seit der Zeit betrachtet er mich als seine Frau. Dieser Mann ist geradezu besessen von mir. Immer wenn ich versuche, ihn zu verlassen, stöbert er mich auf und bringt mich zurück. Das war bis jetzt zweimal so. Das einzige, womit ich mich auskenne, sind Schiffe, sonst kann ich rein gar nichts, und er hat Beziehungen zu allen größeren Reedereien auf der Welt.

Für mich gibt's nur eine einzige Möglichkeit, den Portugiesen ein für allemal loszuwerden: Ich brauche einen guten Spieler. Du bist lieb, und du bist klug, und außerdem bist du ein guter Spieler, hab ich recht, Wilson? In dem Augenblick, als du damals in Nancys Laden gekommen bist, war mir klar, daß du etwas Besonderes bist. Bei mir war es jedenfalls Liebe auf den ersten Blick. Als du mir dann auch noch erzählt hast, daß dein Vater Berufsspieler war, hab ich dich nicht mehr aus dem Kopf gekriegt. Seit diesem Moment hab ich davon geträumt, dich hierher mitzunehmen.«

»Cricket –«

»Nein, laß mich ausreden. Jedesmal, wenn ich nach Quatre Sables heimkomme, bleib ich ein paar Tage in der Villa Real und laß mich vom Portugiesen vögeln. Es ist nicht gerade berauschend, aber ich hab mich daran gewöhnt. Bis du aufgetaucht bist, war ich mit meinem Leben einigermaßen zufrieden. Ganz so schlecht war's ja auch nicht. Immer was los auf den Schiffen. Abgesehen davon bin ich die meiste Zeit des Jahres ohnehin allein, und wenn ich mir irgendwo am anderen Ende der Welt jemanden anlache, kriegt das hier ohnehin keiner spitz. Aber seit einiger Zeit hat sich der Portugiese in den Kopf gesetzt, mich zu heiraten. Zwei Jahre ist es mir gelungen, ihn hinzuhalten, aber jetzt will er nicht mehr länger warten, und es ist ihm verdammt Ernst damit. Er sagt, er wird langsam alt, will sich zur Ruhe setzen und Kinder haben, die diesen alten Steinhaufen da unten im Tal mal erben sollen. Hör zu, Wilson, diese Ackerman-Geschichte war meine erste richtige Transaktion als gleichberechtigte Partnerin. Nach der Satzung steht mir aus diesem Geschäft ein satter Anteil zu. Bis jetzt war's immer nur Taschengeld – zehn Riesen hier, zwanzig da. Aber wenn der alte Geldsack endlich abkratzt, geht es um Millionen! Reichlich Moos, um von hier zu verschwinden und bis an unser Lebensende die Sau rauszulassen. Und zwar wo wir wollen: in Europa, Südamerika, worauf du Lust hast. Wir könnten wie normale Leute leben, ein Haus haben und was weiß ich noch, und wir –«

Crickets Stimme versagte. Sie ließ den Kopf hängen, vergrub ihr Gesicht in beiden Händen und begann haltlos zu schluchzen. Wilson war verlegen, er hatte keine Ahnung, was er tun sollte. Er wollte ihr sagen, daß er ihr nicht vertraute, daß er nicht von Geld leben könnte, an dem Blut klebte, wollte ihr klarmachen, daß man sein Glück niemals auf dem Leid anderer Menschen aufbauen könnte. Aber am Ende tat er das, was gefühlsbetonte Männer seit Menschengedenken tun, wenn sie verzweifelte, in Tränen aufgelöste Frauen vor sich haben: Er nahm sie in die Arme, drückte sie an sich und versuchte, ihr all die Geborgenheit zu geben, zu der er fähig war.

13

Der große blaue Lagonda kam aus einer Seitenstraße auf halber Höhe der Hüttenstadt und bog in die Hauptstraße ein. Wilson, der gerade auf dem Weg zum Black Spot war und sich im Regen zwischen triefend nassen Passanten hindurchschlängelte, trat zur Seite, um das chromblitzende Gefährt vorbeizulassen. Es war ein Lagonda Rapide aus den fünfziger Jahren, königsblau lackiert, mit einer wunderschönen Tickford-Karosserie und verchromten Speichenrädern. Ein solches Auto hatte er bisher immer nur auf Fotos gesehen. Der Regen perlte von der Oberfläche der auf Hochglanz polierten Motorhaube; der Motor schnurrte dezent wie ein Uhrwerk. Als er auf gleicher Höhe mit Wilson war, hielt der Wagen mit leise brummendem Motor an. Wilson hörte, wie die Regentropfen auf dem großen Kühlergrill zischend verdampften. Die vorderen Türen schwangen auf, zwei Männer stiegen aus und kamen auf ihn zu. Wilson erkannte Mustapha und Schlüber, die Hilfssheriffs von Captain Page.

»Machen Sie keine Schwierigkeiten«, zischte der Deutsche mit zusammengebissenen Zähnen. »Steigen Sie ein.«

Um Schlübers Worten Nachdruck zu verleihen, lüftete Mustapha seinen Regenmantel und ließ Wilson den Kolben eines fünfundvierziger Colts aus alten Armeebeständen sehen. Wilson ergab sich in sein Schicksal und setzte sich auf den Rücksitz des Lagonda. Hinter ihm fiel die Tür mit einem satten Klacken ins Schloß. Die gut eingesessenen Ledersitze verbreiteten einen angenehmen Duft; die Türen waren innen mit poliertem Mahagoni und silbernen Zierleisten besetzt. Der Fahrgastbereich war von der Chauffeurzelle mit einer dicken Glasscheibe abgetrennt. Das Armaturenbrett aus Mahagoni, die mit Perlmutt eingefaßten Instrumente und das Lenkrad aus massivem Kristallglas erinnerten Wilson an einen festlich gedeckten Weihnachtstisch. Mustapha ging um das Auto herum und setzte sich auf die rechte Seite hinters Lenkrad, Schlüber nahm auf der Beifahrerseite Platz. Der Wagen fuhr los und schaukelte sanft die schlammige Straße hinunter.

Nachdem sich Wilsons Augen an das schummrige Licht im Innenraum gewöhnt hatten, stellte er fest, daß er nicht allein auf dem Rücksitz saß; auf der anderen Seite, den Rücken gegen die Tür gelehnt, lümmelte der Seeräuberkapitän. An diesem Tag trug er einen verlotterten braunen Anzug mit einer gelben, fleckigen Krawatte. Die Augenklappe saß ihm schief auf dem Kopf. Ein Viertelliter-Flachmann mit Wodka lugte aus der Brusttasche seines Jacketts.

»Na, wie steht's? Werden Sie mich jetzt umbringen, Käpt'n?« erkundigte sich Wilson.

Der Pirat verkniff sich eine Antwort. Er grunzte, murmelte etwas Unverständliches, griff nach der Wodkaflasche und kippte sich einen kräftigen Schluck hinter die Binde.

Mittlerweile waren sie an den Docks angelangt und steuerten auf die linke Seite des Hangars zu. Die Scheibenwischer produzierten ein weiches, klopfendes Geräusch auf der Windschutzscheibe. Die Straße führte in einem weiten Bogen um die schäbigen Ausläufer des Slumviertels herum, wurde breiter und tauchte etwa eine halbe Meile hinter der letzten Hütte in den Dschungel ein. Eine Minute mochte vergangen sein, da spürte Wilson, daß die Reifen über holperigen Untergrund ratterten. Er drückte die Nase an die Scheibe und sah, daß sie über eine alte, gepflasterte Straße fuhren. Links und rechts am Straßenrand standen halbverfallene, neoklassizistische Statuen: Nymphen, Göttinnen, Satyrn und Heroen, samt und sonders von wildem Wein überwuchert und vom Dschungel fast verschluckt.

Schließlich hielt ihm der Pirat die Wodkaflasche hin. »Kommen Sie, trinken Sie einen Schluck, Zivilist«, schnarrte er, ohne Wilson eines Blickes zu würdigen.

»Das scheint die Hauptbeschäftigung der Bewohner dieser Insel zu sein«, bemerkte Wilson, trank einen kleinen Schluck aus der Flasche und reichte sie Page wieder.

»Wie ich höre, wollen Sie meine Tochter heiraten«, brummte der Pirat, drehte sich zu Wilson um und fixierte ihn mit seinem einen wäßrigen Auge.

»Nicht unbedingt«, gab Wilson zur Antwort.

»Gut. Zumal ich sie auch nicht hergeben könnte, denn sie gehört mir nicht«, sagte der Pirat. »Ich hab sie nämlich schon vor mehreren Jahren beim Pokerspielen an den Portugiesen verloren. Ich nehme an, das hat sie Ihnen verschwiegen.«

»Keineswegs«, antwortete Wilson. »Aber so, wie ich es sehe, gehört sie niemandem außer sich selbst. Sie hat das Recht, mit ihrem eigenen Leben zu machen, was sie will.«

Der Pirat grinste und entblößte einen Mund voller gelber Zähne. »Sehr witzig«, sagte er. »Diesen Witz sollten Sie dem Portugiesen erzählen. Das hier sind nicht die Vereinigten Staaten, mein Junge. Meine Tochter ist nicht irgendeine dahergelaufene Mittelklasseblondine aus Bumfuck, Illinois. In Quatre Sables gibt es – abgesehen von Eigentumsrechten – keine weiteren Rechte. Jeder gehört hier irgend jemandem.«

»Das ist übrigens auch nicht der Grund meiner Unentschlossenheit«, sagte Wilson.

»Äh?«

»Erstens werden Sie selbst zugeben müssen, daß die Umstände – gelinde ausgedrückt – sehr seltsam sind. Und zum zweiten bin ich – selbst für den Fall, die Umstände wären normal – der Ansicht, daß für mich im Augenblick eine Heirat nicht in Frage kommt.«

»Belieben zu scherzen, was?« meinte der Kapitän.

»Keineswegs«, fuhr Wilson fort. »Und es gibt noch etwas. Meiner Meinung nach ist eine wichtige Voraussetzung für eine funktionierende Ehe, daß zwei Menschen gemeinsame Interessen haben, mindestens aber ein ähnliches Temperament. Cricket ist eine faszinierende, schöne Frau, aber meine Toleranzschwelle für Mord, Sklavenhandel und Piraterie ist sehr niedrig angesetzt.«

»Sie sind vielleicht 'ne Marke, Zivilist!« Der Pirat setzte zum Lachen an, warf den Kopf zurück, heraus kam aber nur ein langgezogenes, betrunkenes Wiehern.

»Und es gibt noch etwas«, fügte Wilson hinzu. »Die angeheiratete Verwandtschaft nämlich.«

Der Pirat hörte zu lachen auf, und sein Auge verengte sich zu einem Schlitz.

»Schlicht ungustiös«, bemerkte Wilson. »Und das ist noch sehr vornehm ausgedrückt. In Wahrheit schüttelt es mich, wenn ich nur daran denke. Ich habe Gott noch nie um etwas gebeten, aber beim Anblick dieser armen Afrikaner in Ketten habe ich ihn darum gebeten, mir die Gelegenheit zu geben, eines Tages bei euch allen dafür Rache zu nehmen.«

»Ich will Ihnen mal was sagen«, meinte der Kapitän mit ruhiger Stimme. »Sie verurteilen den Sklavenhandel. Schön. Aber er hat Zukunft. Afrika hat nur eines zu bieten, und dafür hat der Kontinent wahrlich keine Verwendung – nämlich massenhaft Menschen. Es gibt, verdammt noch mal, zu viele davon. Nehmen Sie nur Bupanda als Beispiel. In den letzten zehn Jahren sind dort drei Millionen Menschen abgeschlachtet worden oder verhungert, und dieser Bürgerkrieg hat es nicht geschafft, auch nur einen kleinen Knick in die Bevölkerungskurve zu machen. Ich weiß von Stammesangehörigen der Bupus, die mit zehn Ehefrauen und dreiundsiebzig Kindern auf Müllhalden leben. Wußten Sie, daß Bupanda das am dichtesten besiedelte Land in Afrika ist? Jede kleine Niggerhure hat dort drüben im Durchschnitt zehn Kinder, im Durchschnitt, wohlgemerkt. So etwas verschweigt die Presse im Westen natürlich, oder haben Sie etwas darüber gelesen? Ich kann mich noch an Rigala vor dem Krieg erinnern: Um irgendwo hinscheißen zu können, mußte man erst über ein paar Leute steigen. Früher mal war Bupanda ein wunderschönes Land mit grünen Hügellandschaften und Wäldern – hat mich sehr an Irland erinnert. Und jetzt sind die Wälder, abgesehen von ein paar winzigen Flecken dichten Dschungels im Hochland, so gut wie verschwunden, und auf den Bergen verwesen die Leichen. Schon vor zweihundert Jahren hat Malthus gesagt, daß es nur zwei Möglichkeiten gibt, den Bevölkerungszuwachs zu kontrollieren: Hungersnöte oder Ausbeutung. Die Bupander sorgen für die Hungersnöte. Wir für die Ausbeutung.«

Der Pirat kicherte in sich hinein und genehmigte sich noch einen kräftigen Schluck aus seinem Flachmann. Wilson starrte zu den regennassen Scheiben des Lagonda hinaus und dachte über die Worte des Piraten nach. Draußen glitt der Dschungel vorüber, ein Dickicht aus Unterholz und moralischer Komplexität.

»In den paar Monaten, die ich jetzt hier bin, habe ich eine

Menge von Abscheulichkeiten gesehen«, sagte Wilson, nachdem er seine Sprache wiedergefunden hatte. »Und ich habe mir fest vorgenommen, so weiterzuleben, als gäbe es eine bessere Welt. Vielleicht ist das eine sehr romantische Lebenseinstellung, die einfache Lösung eines schwierigen Problems. Auf jeden Fall ist es für mich der einzige Weg, mein moralisches Gleichgewicht zu bewahren und nicht den Verstand zu verlieren. Mein Bauch sagt mir, daß Sklavenhandel ein schreckliches Verbrechen ist, und ich werde danach leben, was mein Bauch mir sagt – mit anderen Worten, ich werde nach meinen Prinzipien leben. Aber ich fürchte, daß es für Cricket schon zu spät ist. Fast ihr ganzes Leben lang hat sie sich in Ihrem Schweinekoben gesuhlt. Sie versucht zwar alles, um sich sauberzuwaschen, aber möglicherweise schafft sie es nicht mehr. Vermutlich wird sie den Dreck nie mehr los.«

Der Pirat setzte sich gerade hin, stöpselte die Wodkaflasche zu und steckte sie in die Tasche seines verlotterten braunen Anzugs zurück.

»Wissen Sie, was? Ich hätte gute Lust, Ihnen auf der Stelle die Kehle durchzuschneiden«, knurrte er. »Ihnen den Hals von einem zum anderen Ohr aufzuschlitzen und Ihren Kadaver in den Dschungel zu schmeißen, damit die wilden Tiere sich über ihre Eingeweide hermachen können.« Dann schlug er mit der Faust an die Trennscheibe, die sofort nach unten surrte. Schlüber drehte sich nach hinten um.

»Was ist los, Kapitän?« fragte der Deutsche.

»Laß dieses kleine Arschloch an deinem Messer riechen.«

Der Deutsche grinste, griff in den Mantel und zog ein Messer mit einem Heft aus geschnitzten Knochen heraus. Die lange Klinge war geschwungen wie ein sardonisches Grinsen.

»Das würde ich mir aber doch noch mal überlegen«, sagte Wilson. »Der Portugiese ist nämlich ein Freund von mir.«

»Scheißdreck«, giftete der Pirat und machte mit der Handkante eine eindeutige Geste quer über seinen Kehlkopf.

»Stich ihn ab, Schlüber.«

»Und was ist mit dem Wagen, Kapitän?« Schlübers Grinsen erstarb. »Was wird der Portugiese wohl dazu sagen, wenn wir seinen Wilton-Teppich mit Blut besudeln?«

»Du hast gehört, was ich gesagt habe«, herrschte ihn der Pirat an. »Stich ihn ab.«

Wilson versuchte, ruhig zu bleiben. Auf seiner Stirn bildeten sich Schweißperlen. Er schaute abwechselnd zum Piraten und zu Schlüber und lehnte sich dann unauffällig gegen die Tür. Der Dschungel war nur ein paar Meter weit weg. Aber er sah, wie das Gesicht des Deutschen alle Farbe verlor; ohne ein weiteres Wort drehte Schlüber dem Piraten den Rücken zu, und die Scheibe surrte wieder nach oben. Wilson stieß einen unhörbaren Seufzer der Erleichterung aus.

»Hast du das gesehen, du Arschloch?« ereiferte sich der Pirat.

Wilson schaute seine Füße an.

Der Pirat streckte eine gichtige Hand aus, und Wilson sah, daß sie vor Wut zitterte.

»Du hast es dem Feigling da vorn zu verdanken, daß du noch am Leben bist«, zischte er. »Wenn ich richtige Männer hätte und nicht solche Memmen von Studierten, wärst du bereits tot. Und jetzt halt gefälligst dein vorlautes Maul.«

Wilson drehte den Kopf wieder zum Fenster. Durch den Regen sah er im Unterholz des Dschungels eine Statue der Jagdgöttin Diana auf einem marmornen, von Ranken bedeckten Sockel stehen, zu ihren Füßen ein geköpfter Hirsch. Die Hand, die den Bogen hielt, fehlte und der halbe Arm ebenfalls; die andere Hand griff nach den Regentropfen. Moos wucherte aus ihren leeren, marmornen Augenhöhlen.

14

Auf dem Grund des ehemaligen Burggrabens grasten mehrere Schafe. Ein Bild des Friedens. Ein riesiges schmiedeeisernes Tor, vielleicht zehn Meter hoch, führte auf einen gepflasterten Vorhof, wo von einem Brunnen, eine Kopie der Fontana di Trevi in Rom, fast geräuschlos Wasser in ein mit Seerosen bedecktes Bassin plätscherte. Der Lagonda bog in den Vorhof und blieb vor dem Haupteingang stehen, einem barocken Portico mit in rosafarbenem Stein geschnitzten Heiligenfiguren, Engeln und Arabesken, einem Stein, der weicher aussah als Sand.

»Hoffentlich spucken sie dich hier in deinen Einzelteilen wieder aus, du unerträgliches Stück Scheiße, du«, giftete der Pirat, als Wilson aus dem dunklen Innenraum des Fahrzeugs stieg.

»Abwarten und Tee trinken«, sagte Wilson und wollte noch etwas hinzufügen, aber der Pirat hatte die Tür bereits zugeknallt, und der Lagonda fuhr leise knirschend über die gepflasterte Zufahrt auf das Maul des schmiedeeisernen Tores zu.

Wilson blieb im Regen stehen und schaute so lange zum Haus hinauf, bis die Schulterpartie seines Jacketts durchweicht war. Er fischte ein Taschentuch aus der Hosentasche und schneuzte sich. Einige Sekunden später ging die Eingangstür auf. Eine kleinwüchsige Frau im Hauskittel mit geblümter Schürze steckte den Kopf heraus und sprach ihn in einer ihm unverständlichen Sprache an.

Wilson schüttelte den Kopf. »Englisch«, sagte er. »Ein bißchen Französisch.«

»Sie werden ja ganz naß«, sagte die Frau. »Kommen Sie herein.«

Wilson lief über die breiten Marmorstufen zum Eingang hinauf, und nachdem er seine Füße sorgfältig auf einer Matte abgestreift hatte, auf der »Bienvenudo« stand, trat er ins Haus. Die Villa Real war irgendwann in den letzten hundert Jahren von Grund auf restauriert worden. Dunkle viktorianische Holzverkleidungen an den Wänden bildeten den Hintergrund für wertvolle Gemälde in reich verzierten vergoldeten Rahmen aus der gleichen Zeit. Wilson identifizierte eine nicht katalogisierte Madonna von Murillo und zwei Stierkampfszenen von Goya, die er vorher noch nie gesehen hatte.

Die Frau führte ihn in die Bibliothek, einen riesigen Raum mit gotischen Deckenbogen und Bücherregalen, die zwei Etagen überspannten. Rautenförmige Fensterscheiben gewährten einen Blick auf architektonische Gärten. Der Portugiese stand auf einer Leiter und suchte sich gerade ein Buch aus, als Wilson eintrat. Wilson erkannte den Mann sofort wieder. Don Luis Hidalgo de la Vaca hatte sich nicht verändert, seit er ihn zum ersten Mal beim Hahnenkampf getroffen hatte. Nur den weißen Leinenanzug von damals hatte er gegen ein rotes Smokingjackett aus Seide und gelbe, abgesteppte marokkanische Rauhlederslipper eingetauscht. Sein Chauffeur, der Killa von Manila, saß schweigend in einem Tudor-Lehnsessel am Fenster und las in einer Bismarck-Biographie. Er klappte das Buch zu und verfolgte mit seinen unter halbgeschlossenen Lidern verborgenen Augen Wilsons Weg durch das Zimmer.

»Herr«, räusperte sich der Ringer.

Don Luis warf einen kurzen Blick über die Schulter. »Kennen Sie den Dichter Byron, Mr. Lander?« fragte er.

»Nicht persönlich«, erwiderte Wilson. »Ich hab ihn in der Schule gelesen.«

Don Luis holte einen dicken Wälzer aus dem Regal und stieg vorsichtig von der Leiter. »Byron war ein leidenschaftlicher Schriftsteller, finden Sie nicht?«

»Ja, das erzählt man sich von ihm«, sagte Wilson. »Er soll sich quer durch die Bevölkerung Europas unter fünfzig geschlafen haben, egal, ob Mann, Frau oder Kind.«

Don Luis runzelte die Stirn. »Das habe ich nicht gemeint«, bemerkte er. »Ich spreche von seinen Gedichten.«

Er ging zu einem Lesetisch, auf dem schon mehrere Bücher lagen, zog einen Ohrensessel heran und rollte sich mit dem Buch auf dem Schoß auf ihm ein wie eine Katze.

Wilson zuckte die Achseln. »*Childe Harolds Pilgrimage* war sterbenslangweilig«, sagte er. »Das mußten wir in der Schule lesen. *Don Juan* gefiel mir schon besser. Ich mag allerdings Keats lieber.«

»Keats war sentimental und schwach«, erwiderte Don Luis. »Wenn ich nur an diese weinerlichen Briefe an Fanny Brown denke.«

Dann deutete er auf einen Hocker zu seinen Füßen. »Setzen Sie sich doch.«

Wilson schüttelte den Kopf. »Ich ziehe es vor zu stehen.«

Don Luis zupfte an seinem dünnen Schnurrbärtchen und musterte Wilson mit trägen Augen. Unmöglich zu erraten, welche Gedanken sich hinter diesem aristokratischen Pokerface verbargen. Wilson fühlte sich unbehaglich.

»Sagen Sie über Byron, was Sie wollen« – Don Luis klopfte mit seinen feingliedrigen Fingern auf den Band – »aber sein Leben entsprach seinen Gedichten. Er war heldenhaft, ein Mann der Tat im besten Sinn. Ein Aristokrat. Seine Gedichte spiegeln sein Leben wider und passen damit besser in unsere Zeit als die eher nichtssagenden Arbeiten zeitgenössischer Dichter.«

Wilson machte eine unbestimmte Geste, die Don Luis als Skepsis wertete. Er beugte sich vor, seine Augen leuchteten in Erwartung einer Entgegnung.

»Schauen Sie sich doch um, Mr. Lander. Wir sind dabei, eine neue Ära in der Geschichte einzuläuten«, sagte er, und seine Stimme nahm einen dozierenden Tonfall an. »Die Menschen haben von Gesetzen die Nase voll. Auf dem Meer tut sich wieder was, dank der Seeräuber. Wenigstens lassen wir das Unbedeutende, das Kleinbürgertum, die Bequemlichkeit hinter uns. Wir verlassen die Ära des Geschäftsmannes im Maßanzug und treten ein in eine Ära der Wölfe. Physisches Heldentum und rohe Gewalt werden die Tugenden der Zukunft sein. Persönliche Ehre, und ich meine damit die Ehre des Kriegers, wird die Lügen der internationalen, kommerziellen Kultur ersetzen. Schauen Sie doch nur Ihr eigenes Land an! Die herrschenden Klassen sind moralisch längst bankrott und so mit sich selbst beschäftigt, daß sie sich nicht einmal mehr vermehren. Sie legen größeren Wert auf Luxus als auf Macht, mehr Wert auf Sicherheit als auf ihre eigenen Seelen. Und was haben sie in Abwesenheit von Ehre geschaffen? Suburbia! Einen Lebensraum ohne Struktur, in dem alle originellen Charaktereigenschaften mit Beruhigungspillen unterdrückt werden, wo Schmeichelei als die höchste Tugend angesehen wird und wo es eines Menschen größtes Ziel ist, Anwalt oder Marketingberater zu werden. Ihr Amerikaner seid ein Volk von widerlichen Softies geworden, ein Volk, das weder Terror noch Tugend anstrebt. Gott sei Dank tritt jetzt ein Wandel ein. Eure verfallenden Städte brüten eine neue Rasse von Attentätern aus, deren Hände niemals müde werden, nach dem Schwert zu greifen. Eines nahen Tages werden sie sich erheben und euch im Schlaf die Gurgeln durchschneiden. Und dann...«

»Moment mal, Luis«, unterbrach ihn Wilson. »Vergessen Sie bitte für einen Moment Ihre Philosophiererei und die Dichter der Romantik. Sie wollen mich doch eigentlich umbringen, hab ich recht?« Plötzlich versagten ihm die Beine ihren Dienst, er sank auf den Hocker und stützte die Ellbogen auf den Tisch. »Wie werden Sie es machen?«

»Vermutlich werde ich Alfonso sagen, daß er Ihnen das Genick brechen soll«, sagte Don Luis nach kurzer Überlegung. »Das ist eine saubere Sache, geht am schnellsten und macht die wenigsten Umstände. Wenn Sie sich entspannen, haben Sie es in ein paar Sekunden überstanden.«

Wilson warf einen Blick auf den bulligen Ringer, der sich

wieder seiner Bismarck-Biographie gewidmet hatte. Er spürte förmlich die fleischigen Finger des Mannes um seinen Hals, die ihm die Luftröhre eindrückten. Plötzlich wurde ihm schwindelig, und er stützte den Kopf auf den Lesetisch. Eine geschlagene Minute lang starrte er auf den abgenutzten Marmorfußboden und auf die abgesteppten, gelben Slipper des Portugiesen. Als er den Kopf wieder hob, sah er, daß ihn Don Luis mit aneinandergelegten Fingerspitzen betrachtete.

»Bevor Sie mich umbringen«, sagte Wilson so ruhig, wie es ihm unter den gegebenen Umständen möglich war, »lassen Sie mich eine Geschichte von meinem Vater erzählen.«

Don Luis lächelte nachsichtig. Er hatte alle Zeit der Welt.

»Im zweiten Weltkrieg diente mein Vater in einer Einheit der US-Luftwaffe, die in England in der Nähe des Lancaster Field stationiert war«, begann Wilson. »Von dort aus flogen sie mit den großen B-17-Fliegern, den ›Flying Fortresses‹, Bombenangriffe auf Frankreich und Deutschland. Mein Vater war Funker, aber viele der Einsätze, die er flog, wurden ohne Funkunterstützung durchgeführt, deshalb saß er die meiste Zeit nur im Bauch der Maschine und wartete darauf, daß die Flak das Flugzeug erwischte. Vier- oder fünfmal die Woche flogen sie ihre Einsätze, die Verluste waren enorm, ungefähr neunzig Prozent der Soldaten der Luftwaffe wurden abgeschossen. In den letzten sechs Monaten des Jahres 1943 verloren die Alliierten mehr als zehntausend Mann im Luftraum über Europa. Je mehr Leute sie in den Himmel schickten, desto weniger hatten eine Chance zu überleben. Wenn einer fünfundzwanzig Einsätze überlebt hatte, brauchte er nicht mehr zu fliegen. Fünfundzwanzig. Das war die magische Zahl.

Mein Vater überlebte seine fünfundzwanzig Einsätze ohne den geringsten Kratzer, aber er wollte sich trotzdem nicht ablösen lassen. Statt dessen bat er um Versetzung in ein anderes Flugzeug für fünfundzwanzig weitere Einsätze. Die Luftwaffe hatte nie genügend erfahrene Leute zur Hand, also gaben sie ihm seine fünfundzwanzig Einsätze, um die er gebeten hatte, und anschließend die nächsten fünfundzwanzig. Schlußendlich hatte er im zweiten Weltkrieg mehr Einsätze für die amerikanische Luftwaffe geflogen als irgendein anderer Funker. Alle hielten ihn für total abgedreht. Aber er war kein Spinner. Er war ein Spieler, der wußte, daß er das Gesetz der Wahrscheinlichkeit überlisten konnte.

Vor dem Krieg war er Jurastudent am Ashland College gewesen. Bis dahin hatte er in seinem ganzen Leben noch nie gespielt, nie ein Kartenspiel angefaßt. Nach seinem ersten Lufteinsatz über Europa wurde er zum Spieler. Es war im übrigen ein berühmtes Luftgefecht; steht sogar in den Geschichtsbüchern. Eine ganze Schwadron flog damals ohne Unterstützung los, um eine Munitionsfabrik zu bombardieren, und geriet in einen Hinterhalt deutscher Kampfflugzeuge. Von siebenundfünfzig Flugzeugen kam nur eines zurück – seines. Unberührt wie eine Jungfrau, kein einziges Einschußloch. Danach haben sie den Namen des Flugzeugs geändert – der frühere Name war langweilig, patriotisch gewesen: *Winged Victory* oder so ähnlich – später nannten sie es *Lucky Linda* und malten ihm ein riesiges nacktes Mädchen auf die Flanke. Mein Vater hat immer gesagt, daß er schon bei seinem ersten Einsatz unwahrscheinliches Glück hatte; weshalb sollte er es also nicht weiter herausfordern? Er war geradezu süchtig danach, auf volles Risiko zu spielen. Einmal sagte er zu mir, daß wir erst dann zu menschlichen Wesen werden, wenn wir danach trachten, unser Glück immer wieder aufs neue herauszufordern. Und dazu brauche man keine besonderen Fähigkeiten, keine besondere Kunstfertigkeit, sagte er, es sei alles nur eine Frage des Stils.

Als sie ihn 1945 schließlich aus der Armee entließen, wurde er Berufsspieler. Am meisten faszinierten ihn Pferdewetten, aber er spielte auch Roulette, Poker, Würfel, alles, bis auf Hundewetten. Es war ihm immer klar, daß die Chancen gegen ihn standen, und es war auch so, aber er gewann trotzdem immer. Und wissen Sie, was, Luis? Ich bin genau wie er. Ich habe mein halbes Leben damit verbracht, es nicht wahrhaben zu wollen, habe versucht, sehr behutsam zu leben, mich mit Wahrscheinlichkeitsrechnungen vor dem Unbekannten zu verbarrikadieren. Jetzt kenne ich die Wahrheit. Wie mein Vater bin auch ich ein Spieler, und zwar ein verdammt guter. Wie mein Vater kann mich niemand in einem Spiel schlagen, in dem es allein auf Glück ankommt. Jedenfalls kein menschliches Wesen.«

Nachdem Wilson geendet hatte, schwieg Don Luis. Dann stand er auf, ging ans Fenster und schaute in den verregneten Garten hinaus.

»Um welchen Einsatz wollen wir spielen?« fragte er schließlich. »Was haben Sie, abgesehen von Ihrem Leben, noch anzubieten?«

»Cricket«, sagte Wilson. »Falls Sie gewinnen, wird sie nächste Woche Ihre Frau, und sie wird keine Fragen stellen.«

»Und wenn ich verliere?«

Wilson zuckte die Schultern. »Sie sagt, daß sie mich liebt.«

»Glauben Sie ihr?«

»Keine Ahnung. Aber niemand hätte etwas davon, wenn Sie mich jetzt und hier umbringen. Cricket wird Sie bestimmt nicht heiraten, wenn mein Blut an Ihren Händen klebt. Sie bat mich, Ihnen das zu sagen.«

Don Luis schaute immer noch zum Fenster hinaus.

Wilson wartete eine endlose Minute lang. Er schlug den Byron-Gedichtband auf und las die Strophe des *Manfred*: »Verfluchter! Was kümmern mich Tage? Sie dauern mir jetzt schon zu lange...« Dann klappte er das Buch zu.

15

Nachmittags um fünf wurde der Tee serviert. Die Haushälterin brachte Focaccia, Kanapees, einen Topf kräftig gewürzter, scharfer Suppe und als Nachtisch ein Tablett mit Süßigkeiten. Als sie eine halbe Stunde später das Geschirr hinaustrug, räumte der Killa von Manila alle Bücher vom Lesetisch und brachte zwei Stühle und eine Stahlkassette. Er öffnete den Deckel der Kassette, und Wilson stieß unwillkürlich einen Überraschungslaut aus. Sie war bis obenhin gefüllt mit Krügerrands aus Gold, die in ihrem eigenen Licht blitzten und funkelten. Einen solchen Piratenschatz hatte er bisher nur im Kino gesehen.

Don Luis griff in die Kassette und warf eine Handvoll Münzen auf den Tisch. Wilson hob eine der Münzen mit spitzen Fingern auf. Die Vorderseite zeigte eine Büste von F. W. Botha, dem Champion der Apartheid, die Rückseite einen unschuldigen Springbock, der vollführte eine Kapriole.

»Ziemlich protzig, finden Sie nicht?« meinte Don Luis.

»Aber sie eignen sich gut zum Spielen. Sind doch viel beeindruckender als Plastikchips.«

Sie teilten die Krügerrands in gleich große Tausenderstapel und fingen an, Poker zu spielen. Alle paar Spiele machte Don Luis eine neue Packung auf, die er in einem Renaissance-Schränkchen auf der anderen Seite des Raumes aufbewahrte. Später am Abend servierte die Haushälterin eine Platte mit kaltem Fleisch und Käse und zum Nachtisch Zigarren und Mangolikör aus Früchten von der eigenen Plantage. Danach rauchten sie, spielten weiter und wechselten währenddessen nur ein paar Worte. Hinter den Rautenfenstern waren keine Sterne zu sehen, nur Regen und pechschwarze Nacht. Nach sechs Stunden hatte Wilson fünfhundert Krügerrands gewonnen, nach zwei weiteren Stunden fünfzig verloren. Aber zu keinem Zeitpunkt machte er sich Sorgen. Das Glück war ihm hold, und er erkannte die nüchterne Wahrheit: Don Luis war ein Gegner, den er schlagen konnte.

Als sich die Morgendämmerung am Horizont ankündigte, holte sich Wilson vom Portugiesen die letzte verbliebene Münze. Rechts und links von Wilsons Ellbogen stapelten sie sich wie ein Goldschatz in einem Märchen. Es hätte ihn nicht gewundert, wenn sie sich im nächsten Moment in Kohlestücke verwandelt hätten.

Don Luis lehnte sich zurück, ein Anflug von Weisheit lag in seinem Blick. Wilson streckte sich, seine Wirbel knackten wie Popcorn.

»Nun muß ich mich entscheiden: Töte ich Sie, oder lasse ich es zu, daß Sie mir meine Frau wegnehmen?« sinnierte Don Luis.

Wilson zuckte die Schultern. Obwohl er übernächtigt war und seine Augen brannten, war er hellwach. »Ich halte Sie für einen Gentleman«, gab er zur Antwort. »Ich nehme an, daß Ihnen Ihr Wort etwas wert ist.«

»Da haben Sie leider recht«, bekannte Don Luis.

Sie standen vom Tisch auf und gingen nach unten in die Küche. Es war ein großer Raum mit nackten Steinwänden und schmalen Fenstern. Riesige, unförmige Kupfertöpfe hingen an Haken neben einem Herd, der groß genug war, um ein ganzes Pferd darauf zu braten. Über dem Kamin hing ein verstaubtes Lederschild, das einen Falken und zwei Sterne auf gelbem Grund zeigte.

»Dies hier ist der älteste Teil des Hauses«, erzählte Don Luis. »Wurde etwa um fünfzehnhundert gebaut. Werfen Sie mal einen Blick auf die roh gezimmerten Balken an der Decke.«

Wilsons Blick streifte über die Holzbalken, fand sie aber nicht sehr beeindruckend. Er schob einen Barhocker an die Küchentheke links von der Spüle und wartete, während Don Luis sich in der Speisekammer zu schaffen machte.

»Ich muß zugeben, daß ich eine Schwäche für ein herzhaftes amerikanisches Frühstück habe«, rief Don Luis aus der Pantry. »Aber ich komme nur selten hier herunter. Ich brauche also noch ein bißchen, bis ich alles gefunden habe.« Ein paar Minuten später erschien er mit Eiern, Kaffee, Brot, einem halben Laib Gruyére-Käse und einer Scheibe Frühstücksspeck.

»Soll ich Ihnen helfen?« bot sich Wilson an. »An Bord der *Compound Interest* war ich der Assistent vom Koch.«

»Ach was, Sie waren Küchenjunge, Mr. Lander?« staunte der Portugiese und hob eine Augenbraue.

»Ich war Assistent des Kochs«, berichtigte ihn Wilson.

»Auch gut. Wie Sie wollen.«

Wilson brühte den Kaffee auf afrikanische Art, schnitt den Käse und den Speck in Scheiben und schlug die Eier für die Omeletts in eine Schüssel. Er goß Olivenöl in die große Stahlpfanne und briet das Omelett.

Nachdem das Essen fertig war, setzten sie sich zusammen an die Theke. Das Brot war frisch, der Frühstücksspeck knusprig und gut geräuchert und der Kaffee heiß und stark. Wilson meinte, nie etwas Besseres gegessen zu haben. Schweigend beendeten sie ihre Mahlzeit, und anschließend beim Kaffee hingen beide ihren Gedanken nach. Von irgendwoher in der Villa drang das Geräusch eines Staubsaugers an ihr Ohr.

»Sagen Sie: Das, was Sie mir von Ihrem Vater und dem Zweiten Weltkrieg erzählt hatten – war das die Wahrheit?« fragte Don Luis nach einer Weile.

»Nein.«

»Sie hatten recht, Mr. Lander«, sagte Don Luis. »Sie sind wirklich ein guter Spieler.«

»Sie aber auch«, bemerkte Wilson anerkennend.

Der Portugiese winkte ab. »Ich hoffe nur, daß Sie wissen, worauf Sie sich einlassen.«

»Sie meinen mit Cricket?«

»Richtig. Ich war schon einmal verheiratet und habe drei wunderbare Kinder, zwei Jungen und ein Mädchen. Ich habe sie seit Jahren nicht mehr gesehen. Sie leben bei ihrer Mutter in Paris. Sie sind gute kleine Linke, die an der Sorbonne studieren. Ich schäme mich nicht zuzugeben, daß ich inzwischen ein Alter erreicht habe, in dem die Geborgenheit eines Familienlebens für mich erheblich an Attraktivität gewinnt. Aber leider hat meine ehemalige Frau ihren Kindern beigebracht, mich zu hassen. Sie besitzt genügend eigenes Geld und will nichts mit mir zu tun haben. Der ganze Besitz hier, die lange Tradition – die Linie der Hidalgos de la Vaca läßt sich mehr als tausend Jahre zurückverfolgen –, das alles wird mit meinem Tod ein Ende haben. Ich habe für Susan Page die Zukunft weggeworfen.«

»Wie konnte das geschehen?« fragte Wilson.

»Ach, wie so etwas eben geschieht.« Don Luis zuckte die Achseln. »Vor vielen Jahren war ich jedes Frühjahr auf den Palmettos, um Karten zu spielen, und wohnte damals oft im Haus von Susans Mutter. Susan war ein schönes Kind, vielleicht etwas frühreif für ihr Alter. An die erste Begebenheit erinnere ich mich noch sehr gut. Eines Nachts, nachdem ich vom Glücksspiel nach Hause kam, besuchte sie mich in meinem Schlafzimmer, hob ihr Nachthemd hoch und zeigte mir ihre sprießenden Brüste. Mein Gott, zu der Zeit war sie bestimmt nicht älter als zwölf. Ihre Haut war schneeweiß. Damals widerstand ich ihr, es war nicht schwer, sie war ja noch so jung – aber das nächste Mal war es nicht mehr so einfach. Sie war fünfzehn, eine gerade erblühte Blume, eine Schönheit, und sie erwartete mich in meinem Bett. Splitternackt. Ich hätte sie fortschicken sollen, aber« – Don Luis schüttelte traurig den Kopf – »diese Willensstärke hätte vielleicht ein anderer aufgebracht, ich leider nicht. Ein paar Augenblicke später hatte sich alles – meine Kinder, meine Frau, meine Ehre – zu Staub verwandelt. Ich habe viele Jahre meines Lebens an Susan Page verschwendet. Ich habe sie von ihrem Vater mit einem Paar von Dreien gewonnen und sie mit auf mein Schiff genommen. Ich habe für ihre Ausbildung gesorgt, mein ganzes Wissen an sie weitergegeben – über das Meer, über das Leben, über Bücher. Ich habe sie sogar auf die Universität geschickt. Es war alles ein schrecklicher Fehler. Jetzt will sie mich nur noch loswerden. Irgendwie bin ich fast froh, daß Cricket mit Ihnen aus meinem Leben verschwindet.«

Wilson stellte die Kaffeetasse ab, eine große, henkellose französische Schale. Der letzte Schluck schmeckte scharf und bitter auf seiner Zunge. »Cricket hat mir die Geschichte natürlich anders erzählt«, sagte Wilson ruhig. »Nach ihrer Darstellung war es das genaue Gegenteil. Sie erzählte mir, daß Sie sie vergewaltigt und anschließend in eine Art sexuelle Sklaverei gezwungen hätten.«

»Hätte ich mir denken können«, murmelte Luis. »Perfekt!« Er wollte noch etwas hinzufügen, legte aber nur eine Hand über die Augen und begann zu lachen.

Dieses Lachen zerrte an Wilsons Nerven: ein schrilles, metallisches Rasseln in der gähnendleeren Küche.

16

Cricket lag auf dem Patio im Regen, splitternackt bis auf ein Paar Socken und völlig zugekifft von einem Stoff, der nach verbrannten Orangen roch. Wie nasse Schlangen ringelten sich ihre Haare um ihre Schultern, und die Socken hingen als durchweichte Lumpen von ihren Füßen. Wilson kniete sich vor sie hin und nahm ihre Hand, die sich kalt und naß anfühlte. Ihre Pupillen waren geweitet; offenbar erkannte sie ihn nicht. Nur mit Mühe wandte er den Blick ab von dem kupferfarbenen Flaum zwischen ihren Beinen, und bei dem Gedanken daran bekam er rote Ohren.

»Komm, laß uns ins Haus gehen«, redete er auf sie ein. »Ich werde dich abtrocknen und ins Bett bringen.«

Cricket gab ein zusammenhangloses Gurgeln von sich, und Wilson blieb nichts anderes übrig, als sie sich wie einen Sack schmutziger Wäsche über die Schulter zu werfen und ins Schlafzimmer zu schaffen. Eine Stunde später war sie nüchtern genug, um in schnellen, abgehackten Sätzen loszusprudeln.

»Du lebst.« Ungläubig starrte sie ihn an. »Du hast alles riskiert. Du hast den Portugiesen besiegt.«

»Richtig«, sagte Wilson und konnte sich ein Grinsen nicht verkneifen. Dann hielt er ihr ein Töpfchen mit einer klebrigen, nach Orangen riechenden schwarzen Paste vor die Nase, das er auf dem Eßtisch gefunden hatte.

»Was ist das?«

Verschwitzt und wie ein Häufchen Elend lag Cricket im Bett, die Decke bis zum Kinn hochgezogen. Wilson mußte seine Frage wiederholen.

»Opium«, murmelte sie schließlich.

»Wo ist die Pfeife?« fragte Wilson.

Cricket schüttelte den Kopf. »Es gibt keine Pfeife«, flüsterte sie. »Ich hab's gegessen. Auf Crackers.«

»Du hast's gegessen?« wiederholte Wilson ungläubig, und wie zur Antwort drehte sie sich auf die andere Seite und kotzte über die Bettkante. Er rannte ins Bad und holte einen Abfalleimer und einen nassen Waschlappen. Dann wusch er behutsam ihr Gesicht, stellte den Eimer neben das Bett und zog einen Stuhl heran.

»Er hat gesagt, daß sie dich umgebracht hätten«, stammelte Cricket. »Dad … er sagte –«

»Mach dir um mich keine Sorgen«, sagte Wilson. »Wie du siehst, bin ich sehr lebendig.«

»– daß du tot bist«, plapperte sie weiter, ohne seine Worte wahrgenommen zu haben. »Daß der Portugiese dir den Kopf abgeschlagen hat, genau wie meinem armen Webster. Armer, armer Webster. Hat ihm den Kopf abgeschlagen und mitten in der Stadt auf einen Pfahl gesteckt.«

»Wer ist Webster?« fragte Wilson. Sein schweißnasses Hemd klebte wie eine kalte Hand auf seinem Rücken.

Cricket wackelte mit dem Kopf. »Webster – er war mein letzter Liebhaber. Ich fand ihn wirklich süß. War'n hübscher Kerl. Muskeln wie'n Ochse, aber strohdumm. Nicht wie du. Hat sich tatsächlich eingebildet, sie mit ihren eigenen Waffen schlagen zu können. Sie haben ihm den Kopf abgeschnitten. Ohne Kopf war's dann schwer, ihn zu lieben.«

»Komm, jetzt reicht's«, sagte Wilson.

»Ich glaub, mir wird wieder schlecht«, jammerte Cricket, beugte sich mit Unterstützung von Wilson über den Abfalleimer und erbrach eine übelriechende, schwarze Flüssigkeit.

»Scheiße«, sagte Wilson, als sie keuchend den Kopf hob. »Du bist ja völlig hinüber.«

»Das ist das Opium«, murmelte Cricket. »Hab zuviel davon gegessen. Jetzt geht's mir aber wieder besser, glaub ich.«

Wilson wischte ihr Gesicht ab, und sie fiel in das Kissen zurück. Ein paar Minuten lang war sie offenbar eingeschlafen, dann riß sie mit einer Plötzlichkeit die Augen auf, daß er erschrak. Als sie zu sprechen begann, klang sie fast nüchtern; nur ihre irren Blicke straften sie Lügen.

»... weiß jetzt, wie einsam ich ohne dich bin«, brabbelte sie, als setzte sie eine Unterhaltung fort, die in ihrem Kopf begonnen hatte. »Nicht wie bei Webster. Der war witzig und wirklich gut im Bett, aber hinterher hatte ich immer das Gefühl, daß ein kalter Wind über uns hinwegbläst. Dad hat mir immer eingetrichtert, daß ich hart sein muß – eben der Tochter eines Piraten würdig. Bei dir, Wilson, ist alles anders. Bei dir hab ich das Gefühl, ein menschliches Wesen zu sein. Ich brauche dich. Unbedingt. Wir müssen nur über den Besen springen, und das war's. Eine Piratenhochzeit. Wie die Sklaven, einfach über den Besen springen.«

Wilson betrachtete ihr Gesicht, aufgedunsen und grünlich lag es auf dem weißen Kissen. Ihre Augen waren rotgerändert und vom Opium verschleiert. Hektische Flecken auf den Wangen zeugten von der Anstrengung beim Erbrechen. Und dennoch spürte er, wie sich sein Herz zusammenkrampfte.

»Ich weiß noch immer so gut wie nichts von dir«, sagte er zärtlich. »Du hast mir nicht die Wahrheit erzählt. Immer wenn wir miteinander sprechen, erzählst du mir etwas anderes. Die Wahrheit ist irgendwo backbord voraus, zappelt quasi im tiefen Wasser. Wir bemühen uns zwar, auf sie zuzuhalten, erreichen sie aber nie ganz, stimmt's?«

Cricket brachte ein schwaches Lächeln zustande. »Aus dir spricht der wahre Seemann«, sagte sie. »Ich hab dich immerhin aus deinem muffigen Bücherwurmdasein herausgeholt. Dafür könntest du mir auch mal dankbar sein.« Plötzlich streckte sie die Hand aus und packte ihn so fest am Arm, daß es weh tat. Ihre Finger gruben sich in sein Fleisch. »Du willst die Wahrheit hören? Ja? Ich liebe dich! Das habe ich noch nie zu jemandem gesagt. Ich liebe dich, aber darauf kommt es nicht an. Du mußt mich heiraten! Wenn du weiterleben willst, hast du keine andere Wahl!«

Wilson entzog sich ihrem Griff. Ihre Finger hinterließen auf seinem Arm kleine, rote Abdrücke. »Okay, dann werde ich dich eben heiraten, um meinen Arsch zu retten«, sagte er und rieb sich den Arm. »Aber eines sag ich dir klipp und klar: Diese Ehe wird nur auf dem Papier existieren. Und sie wird nur so lange dauern, bis ich eine Möglichkeit finde, dieses Dreckloch hier auf Nimmerwiedersehen zu verlassen. Hast du mich verstanden, Cricket? Kannst du damit leben?«

Aber sie war schon wieder weggedämmert.

Wilson wartete ein paar Minuten ab, seufzte, stülpte sich einen Regenponcho über, ging hinaus in den Nieselregen und wanderte über den Muschelkiesweg durch den Dschungel hinauf zur Anhöhe. Dort blieb er stehen, schaute ins Tal hinunter zur Villa des Portugiesen, und seine Gedanken stiegen auf wie die feuchten Nebelschwaden aus dem Dschungel. Der Regen wurde heftiger. Bald sah er nichts mehr von der Landschaft, nur noch den Regen, der wie ein dichter Vorhang vor seinen Augen vom Himmel strömte. Gerade als er wieder umkehren wollte, hörte er hinter sich ein lautes Geräusch, als würde ein Kind schreien. Seine Muskeln spannten sich, er fuhr herum und sah eine Horde triefend nasser Brüllaffen mit glanzlosem, orangefarbenem Fell, die ihn aus der Baumkrone eines mächtigen Urwaldriesen anheulten. Er blinzelte, und im nächsten Augenblick waren sie verschwunden. Nur der Dschungel hallte noch lange von ihren Schreien nach.

TEIL FÜNF

Der schwarze Kontinent

1

Im Juni hörte es zu regnen auf.

Passatwinde fegten den Gestank von Quatre Sables hinüber nach Afrika. Der blaue Himmel über dem Dschungel füllte sich mit paarungsbereiten Vogelschwärmen. Der Morgen vor der Zeremonie präsentierte sich klar und strahlend, am östlichen Himmel deuteten sich erste Vorboten eines heißen Tages an. Im Garten des Portugiesen wartete Wilson allein und einigermaßen verwirrt im Zentrum eines akkurat zurechtgestutzten Labyrinths englischer Buchsbaumbüsche. Man hatte ihn mit verbundenen Augen zu diesem Ort geführt – ein perfektes, grünes Grasoval, allseits umgeben von hohen Hecken. Ein roter, samtähnlicher Baldachin blähte sich über seinem Kopf und knatterte wie ein Segel im warmen Wind. Ein Besen, geschmückt mit einer schwarzen Schleife, lag vor seinen Füßen. An seiner Seite, etwas weiter hinten, zwitscherten gelbe afrikanische Schwalben in zwei filigranen Käfigen aus Schilfrohr in der Sonne. All dies war Teil einer Tradition, die er nicht ganz nachvollziehen konnte. Von der anderen Seite der Hecke hörte er Gelächter, Stimmen und die leisen, metallisch klingenden Akkorde einer Bupu-Steelband. Der geliehene weiße Leinenanzug spannte im Schritt und warf Falten unter den Achseln. Er wartete eine weitere Viertelstunde, und allmählich brach ihm der Schweiß aus. Schließlich hörte er ein leises Rascheln in der Hecke und drehte sich um. Mit gesenkten Augen, schüchtern wie eine Jungfrau, trat Cricket aus der grünen Wand. Ihr Anblick raubte ihm den Atem. Sie war barfuß, und ihre Zehen hinterließen kleine Eindrücke in dem elastisch federnden Gras.

Ihr Kleid war aus einem Ballen changierender javanischer Seide gearbeitet worden, der ursprünglich für die Frauen im Harem des Maharadscha von Puj bestimmt war, den aber die Piraten vor der Malabarküste von einem Handelsschiff geraubt hatten – ein phantastischer Stoff, dessen absolute Weiße durchaus nicht weiß war, sondern vielmehr ein seidig-zartblaues Geraschel, ähnlich der Farbe von Licht, wenn es auf einer Wasseroberfläche reflektiert. Mehrere Lagen dieses Gewebes waren zu Petticoats genäht worden und ergaben einen weichfließenden Rock, und die dazu passende Weste ließ Nabel und Arme frei. Im Nabel trug Cricket eine schwarze Perle, aufgefädelt auf einem silbernen Reif. Ihr Haar hatte sie unter einem mit winzigen Perlen besetzten Spinnennetz aus Silberfäden hochgesteckt. In der Hand hielt sie ein Bukett afrikanischer Korallenlilien.

Ohne zu wollen, lächelte Wilson Cricket bewundernd an, obwohl wie stets Ungewißheit und Grauen an seinem Herzen nagten und obwohl er wußte, daß jenseits dieses Augenblicks raschelnder Seide, grünen Rasens und blauen Himmels Elend und Gewalt die Welt regierten und er und Cricket in diesem Spinnennetz zappelten wie hilflose Insekten.

»Und was soll ich jetzt tun?« erkundigte er sich, als Cricket sich auf die andere Seite des Besens stellte. Sie verbarg ihr Gesicht hinter den Lilien und gab keine Antwort. Wilson bekam heiße Ohren, seine Handflächen schwitzten, und sein Nacken prickelte, obwohl er nicht wußte, weshalb. Die Vorstellung von sich als Bräutigam empfand er reichlich lächerlich. Der Baldachin über ihren Köpfen knatterte laut im Wind.

»Wo sind denn die Trauzeugen und der Pfarrer?« fragte Wilson. In seinen Ohren klang seine Stimme dünn und nervös.

Cricket schaute ihn an. »Es ist niemand hier, nur wir beide und das, woran wir glauben«, sagte sie.

»Und woran glaubst du?« fragte Wilson.

Cricket zuckte die Schultern. »Im Moment an dich«, flüsterte sie.

»Reicht das?«

»Ich wünschte, meine Mutter könnte hier sein. Wäre schön gewesen.«

»Und wo ist sie?«

»Tot. Hab ich dir doch gesagt. Genau wie deine.«

»Ach ...«

Cricket nahm die Blumen vom Gesicht und holte tief Luft.

»Bist du bereit?« fragte sie, und nach kurzem Zögern ging sie um den Besen herum und nahm Wilson am Arm. »Ich zeig's dir. Es ist wirklich ganz einfach. Wir müssen beide über den Besen steigen, und zwar gleichzeitig.«

»Warte«, sagte Wilson. Er schüttelte ungläubig den Kopf und legte ihr eine Hand auf die Wange. »Du siehst bezaubernd schön aus.«

»Jede Braut sieht schön aus«, lächelte Cricket, stellte sich auf die Zehenspitzen und gab ihm einen Kuß. Und während sie sich noch küßten, stiegen sie, fast ohne es zu merken, über den Besen.

Als sie auf der anderen Seite standen, spürte Wilson keinerlei Veränderung. Einen Augenblick lang dachte er an die katholischen Ikonen, die im Haus seiner Großtante an der Wand hingen – das Herz Jesu, die Madonna, auf einer silbernen Wolke schwebend, umgeben von Cherubinen –, und er dachte an die heilige Messe, als ein Studienfreund von ihm geheiratet hatte, an den Weihrauch, die Kirchenlieder und die Predigt von der Kanzel, alles dazu angetan, den Segen Gottes zu erflehen, ein Sakrament zu zelebrieren. Und wie er so mit Cricket im Arm auf der anderen Seite des Besens stand, fühlte er sich einen Sekundenbruchteil lang verloren.

»Ich weiß.« Crickets Stimme klang wie aus weiter Ferne an sein Ohr: »Du hättest dir mehr Brimborium gewünscht.«

»Vielleicht«, sagte Wilson.

»Deshalb hab ich die Vögel dort hingestellt. Meine persönliche Note.«

Sie nahm ihn an der Hand und führte ihn hinüber zu den Schilfrohrkäfigen, in denen die Vögel saßen. Aus jedem Käfig zwitscherte es in einer anderen Tonlage.

»Das hier sind die Männchen und dort die Weibchen«, erklärte sie. »Du kannst sie nur an ihren Stimmen unterscheiden. Die mit den höheren Stimmen sind die –«

»Weibchen?« riet Wilson.

»Die Männchen«, korrigierte ihn Cricket. »Die Regenzeit ist vorüber, und jetzt sind sie in Hochzeitsstimmung und sehnen sich danach, hinauf in die Bäume zu fliegen und das zu tun, was Vögel in der Paarungszeit eben tun.«

»Von den Bienen ganz zu schweigen«, sagte Wilson.

»Es wäre grausam, sie noch länger voneinander zu trennen«, meinte Cricket. »Ab mit euch.«

Sie zupfte an dem Band, das die Käfige an der Spitze zusammenhielt, es löste sich, und die Rippen des Käfigs fielen auseinander. Wilson und Cricket schirmten mit den Händen ihre Augen vor der Sonne ab und schauten den Vögeln nach, die in einer gelben Wolke in den strahlend blauen Himmel flatterten.

2

Die Steelband spielte sentimentale Melodien; schöner hätte eine Kalliope auch nicht spielen können. Ein paar Pärchen tanzten etwas linkisch auf der Wiese. Eine dicke, betrunkene Frau in rosarotem Kleid tanzte allein und drehte sich mit ausgebreiteten Armen im Kreis. Nach dem Tanz gab es Champagner und Kaviar und anschließend einen Lunch mit gebratenem Hähnchen, geräuchertem Schinken, Spargel, neuen Kartoffeln, Salat, Käse und Obst. Während der Nachtisch serviert wurde, jagten drei dunkelhäutige Kinder – in ihren Anzügen mit Hemd und Fliege sahen sie aus wie Erwachsene in Miniaturausgabe – einen kleinen weißen Hund in das Buchsbaumlabyrinth, wo sie sich prompt verirrten. Eine indische Frau im Sari, im Arm ein Baby und in der anderen Hand ein Glas Champagner, lotste die Kinder wieder in die Freiheit. Ein paar wohlbeleibte Männer mittleren Alters hielten sich vornehmlich an der Punschkaraffe fest und schlürften einen Rumpunsch nach dem anderen, während sie sich angeregt über den Nikkei-Index unterhielten.

Wilson kannte keinen der Anwesenden.

»Rat mal, wer die da sind«, raunte Cricket ihm zu, als sie nach dem Essen die Honneurs entgegennahmen. »Vor dir stehen die Thirty Captains plus Ehefrauen und Familien. Der Portugiese hat sie eingeladen, und alle sind gekommen.«

»Ach was, tatsächlich?«

»Klar. Alle sind da bis auf Dad«, sagte Cricket. »Der hat sich irgendwohin in den Schmollwinkel verkrochen. Vermutlich bist du nicht gerade der Schwiegersohn seiner Träume.«

»Soll mir recht sein, solange er mich nicht auf die Planke schickt.«

Die Thirty Captains stellten sich als enttäuschend weltlicher Haufen heraus. Sie klopften Wilson väterlich auf die Schulter, gaben ihm gutgemeinte, höfliche Ratschläge mit auf den Weg, als wäre soeben eine ganz gewöhnliche, bürgerliche Hochzeit vollzogen worden. Wilson hatte hinterlistige, grausame Augen erwartet, Ohrringe, Papageien, samtene Kniehosen; statt dessen standen ihm Vertreter des mittleren Managements in leicht aus der Mode gekommenen Cardin-Anzügen gegenüber. Ganz normale Leute, deren Leben auf dem Meer als Sklavenhändler und Seeräuber keine sichtbaren Zeichen in ihren Gesichtern hinterlassen hatte.

»Das ist typisch für das Böse«, sagte Dr. Boursaly später vor dem Hintergrund eines leuchtenden Abendrots über dem Dschungel, »daß es eigentlich gar nicht existiert. Es besteht nicht nur theoretisch die Möglichkeit, im einen Augenblick hundert Menschen zu ermorden und eine Stunde später ohne Gewissensbisse bei Tee und Toast miteinander zu plaudern – ich habe es sogar schon mit eigenen Augen gesehen.«

»Das sehe ich aber anders, Doktor«, entgegnete Wilson. »Das Böse existiert durchaus, und insbesondere hier. Um das festzustellen, brauchen Sie nur an einem x-beliebigen Tag von der Anhöhe hinunter zum Hafen von Quatre Sables zu laufen.«

»Das ist es, was ich an Ihnen so schätze«, sagte der Doktor. »Sie haben sich Ihre moralischen Grundsätze nicht von der Hitze austrocknen lassen...« Dann warf er einen Blick nach links und rechts, beugte sich näher zu Wilson und verschüttete dabei eine halbe Tasse des rosafarbenen Punsches über seine Schuhe. Die Steelband intonierte gerade die blecherne Variante eines Beatles- Songs. »Für mich ist es zu spät«, raunte der Doktor. »Aber ich habe darüber nachgedacht, was Sie mir zu Beginn der Regenzeit gesagt haben. Sie haben immer noch Feuer im Arsch, Wilson. Darf ich Ihnen einen wohlüberlegten Rat geben? Unternehmen Sie etwas. Warten Sie den richtigen Zeitpunkt ab. Und wenn Sie es nicht mehr aushalten, schlagen Sie so unbarmherzig zu, wie Sie nur können.«

Rote und gelbe Sterne explodierten in der Dunkelheit über dem Garten; sie tauchten die barocke Fassade der Villa Real in gleißendes, farbiges Licht. Don Luis hatte sich den ganzen Tag im Hintergrund gehalten. Wie ein trauriges Gespenst war er in seinem eigenen Haus herumgegeistert. Um Mitternacht entdeckte ihn Wilson und schüttelte ihm die Hand. Der Mann wirkte müde; älter, als ihn Wilson in Erinnerung hatte.

»Ich möchte Ihnen danken«, sagte Wilson. »Sie haben diese Situation mit großer Würde gemeistert. Vielen Dank für das Fest und danke, daß Sie mir Ihren Anzug geliehen haben.« Don Luis machte eine unbestimmte Geste, die sowohl Erschöpfung als auch Resignation ausdrückte. Im flackernden Licht der Fackeln sah es so aus, als hinge sogar sein Schnurrbart traurig nach unten.

»Das war die Hochzeit, die ich mir für Susan und mich immer vorgestellt hatte«, sagte er, nachdem er tief Luft geholt hatte. »Das Feuerwerk und die Seide für Susans Kleid hatte ich schon lange für dieses Ereignis aufgehoben. Was hätte es für einen Sinn, jetzt alles vermodern zu lassen?«

»Immerhin haben Sie Wort gehalten –«

»Na und?« fiel ihm Don Luis ins Wort. »Ich bin ein Adeliger! Das einzige, was mich von« – er zögerte – »Ihnen und dem übrigen Pöbel unterscheidet, ist mein Wort oder, wenn Sie so wollen, mein Sinn für persönliche Ehre. Das ist in meiner Familie schon seit tausend Jahren so. Mein Pech war es, in eine Welt hineingeboren zu werden, die mit dem Begriff Ehre nichts mehr anfangen kann.«

Ein Geräusch splitternden Glases lenkte Wilsons Aufmerksamkeit einen Augenblick lang ab, und als er sich wieder umdrehte, war der Portugiese verschwunden, eingetaucht in die barocke Dunkelheit seines Gartens.

Einen Augenblick später raschelte Cricket herbei, eingehüllt in den Traum von Seide, ihre Haare hatten sich aus dem silbernen Spinnennetz gelöst, das Gesicht war vom Hochzeitspunsch gerötet.

»Ich hab dich überall gesucht«, lallte sie.

Wilson sah, daß sie betrunken war.

»Nun hast du mich gefunden.«

»Liebst du mich?«

Einen Herzschlag lang wußte Wilson nicht, was er darauf antworten sollte. Er konnte nicht leugnen, daß er Leidenschaft für sie empfand – aber Liebe? Wilson zweifelte, ob er dieses Gefühl überhaupt kannte. Diese Heirat war für ihn aus der Vernunft geboren. Besser, mit Cricket verheiratet zu sein als gehängt und in kleine Stücke gehackt. Solange er am Leben war, konnte er nach einer Möglichkeit zur Flucht suchen. Vielleicht würde er sie sogar mitnehmen können. Vielleicht könnte er in einem anderen Teil der Erde, weit weg von den moralischen Unwägbarkeiten von Quatre Sables, lernen, sie so zu lieben, wie er Andrea geliebt hatte, bevor ihre Beziehung verbraucht war und sein Grauen ihn besser als jedes Hochsicherheitsgefängnis von der Außenwelt abgeschottet hatte. Cricket schien seine Gedanken zu lesen. Sie biß sich auf die Unterlippe und senkte den Blick. »Schon gut. Ich hätte dich nicht fragen sollen. Die Situation gibt ja nicht gerade zu Freudensprüngen Anlaß. Es war ja wohl eine Mußheirat. Aber paß auf, eines Tages kehren wir dieser Insel den Rücken und gehen auf eine andere Insel – auf die Ile St. Louis, mitten auf der Seine, mitten in Paris, und kaufen uns ein großes, altes Stadthaus mit hohen Räumen und verstaubten Kerzenleuchtern. Dort werden wir glücklich sein. Du wirst dich hoffnungslos in mich verlieben, weil wir frei sein werden und du dann gar nicht mehr anders kannst.«

»Ja«, sagte Wilson und wünschte sich sehnlichst, ihren Worten glauben zu können.

Um drei Uhr früh lag der beißende Geruch des Feuerwerks immer noch in der Luft. Cricket nahm Wilson an der Hand und führte ihn über den mit den Resten des Hochzeitsfestes übersäten Rasen. Sie überquerten die Steinbrücke über dem Burggraben, in dem die Schafe zu dieser frühen Stunde noch schliefen, und betraten den Hof der Villa. Das alte Haus war wie ausgestorben, wie leere Augenhöhlen starrten die Fenster zu ihnen herunter. In dem dunklen, gepflasterten Hof plätscherte der Brunnen leise vor sich hin. Im Eingang roch es immer noch nach warmem Gußeisen und dem Wachs von Kerzen, die längst erloschen waren. Cricket tastete sich die Treppe hinauf, durchquerte einen dunklen Korridor und die unbeleuchtete Ahnengalerie, deren Ausmaße Wilson nur erahnen konnte. Durch eine Doppeltür gelangten sie in einen großen Raum, der bis auf ein großes, weißes Bett mit Moskitonetz und einem einzelnen Stuhl mit gerader Lehne unmöbliert war. Kassettenfenster, deren Flügel offenstanden, gingen auf den darunterliegenden Garten, ein paar Moskitos tanzten schwerelos in der kühlen Nachtluft.

»Du hast vergessen, mich über die Schwelle zu tragen«, sagte Cricket. Mit einem einzigen Handgriff entledigte sie sich ihrer Röcke. Die Seide schimmerte zu ihren Füßen wie ein vom Mondlicht beschienener Teich.

Wilson zog seinen geliehenen Anzug aus und faltete ihn sorgfältig über der Stuhllehne zusammen. Dann hob er Cricket hoch und trug sie zum Bett. Wie Rauchschwaden teilte sich das Moskitonetz, und im nächsten Augenblick lagen sie nebeneinander, und ihre Hände berührten ihre Körper. Als er in sie eindrang, hörte Wilson aus dem Dschungel den Schrei einer Raubkatze. Danach dachte er an den Äquator, der nicht einmal hundert Meilen unter ihrem Fenster das Meer und das Festland durchschnitt, eine unsichtbare Linie, die die ganze Erde umspannte.

3

Eine Woche später verließen Cricket und Wilson das Zimmer mit dem einzelnen Stuhl und dem großen Bett, stiegen in ihren alten Volkswagen und fuhren die Straße entlang, durch die Obstplantagen und Felder des Portugiesen und durch den Dschungel in die Stadt. Die Hitze hatte in den letzten Tagen wieder mit voller Wucht zugeschlagen und die Insel in einen Hochofen verwandelt. Durch den Hosenstoff hindurch verbrannte der Vinylbezug des Fahrersitzes Wilsons Beine. Cricket trug einen zerfledderten Strohhut mit einer Krempe vom Durchmesser eines Fahrradreifens, ein ärmelloses Shirt, Shorts und eine Schweizer Sonnenbrille mit speziellen schwarzen Gläsern, die selbst das grellste Licht der tropischen Mittagssonne zu einem trüben, grünen Zwielicht verdunkelte.

»Die Brille ist zwar toll«, meinte Cricket, »aber sehen kann man damit leider gar nichts. Hoffentlich macht's dir nichts aus, wenn du fährst.«

»Ist schon okay«, sagte Wilson.

»Das hier ist die schlimmste Zeit im ganzen Jahr«, erzählte sie. »Der Sommeranfang. Ideal für einen Tapetenwechsel. Was hältst du von einem kleinen Ausflug?«

»Wohin?« fragte Wilson.

»Kannst es Arbeits-Flitterwochen nennen«, sagte Cricket und wollte noch etwas hinzufügen, als die Straße in den Dschungel eintauchte und die Hitze unter den Baumkronen sie wie ein Faustschlag traf, der ihr die Sprache verschlug. In der Hüttenstadt war es kaum besser. Überall auf den Straßen lagen stinkende Haufen verfaulenden Mülls. Menschliche Oberschenkelknochen stachen aus dem Abfall, so unspektakulär wie andernorts Hühnerknochen.

Nach Crickets Anweisungen steuerte Wilson den Volkswagen hinunter zum Hafenkomplex, um den Hangar herum und in eine Gasse, die zu beiden Seiten von mit Glasscherben gekrönten Backsteinwänden gesäumt war. Vor einem mit Wellblech verkleideten Stahltor hielten sie an. Cricket griff ans Lenkrad und drückte auf die Hupe, zweimal lang, einmal kurz. Während sie warteten, ließ Wilson den Motor im Leerlauf laufen; es klang wie Herzklopfen. Nach ein paar Sekunden scheuerte Stahl an Stahl, das Tor schwang auf und gab den Blick auf eine Bootswerft frei. Mustapha winkte sie herein. Wilson parkte das Fahrzeug neben einem schäbigen Wohnwagen mit Klimaanlage, der nicht anders aussah als die Wohnwagen, die in seiner Heimat auf billigen Campingplätzen standen.

Die *Compound Interest* lag im Trockendock am anderen Ende der Werft. Ein Gerüst aus rohen Holzpfählen stützte das Schiff auf der betonierten Rampe ab, die sanft in das schwarze Wasser des Hafens abfiel. Ein Trupp von Arbeitern schuftete in der prallen Sonne an Deck. Wilson versetzte es einen Stich, als er erkennen mußte, daß das ehrgeizige, weiße Projekt einer Atlantiküberquerung ein für allemal Geschichte war. Die selbstheißenden Mylar-Strandschirmsegel waren verschwunden, ebenso wie der offene Grillplatz und die blitzenden Messingteile. Der Rumpf hatte einen blaugrünen Tarnanstrich erhalten, und achtern des Bugkorbs war eine Marinekanone unbestimmten Typs an Deck festgeschraubt. Eine Stahlhaube mit Schlitzen, gerade groß genug, um die Läufe automatischer Waffen durchzustecken, überspannte das Navigationsoktagon. Auf einem hinter dem Heck an Seilen abgesenkten Holzbrett hockte ein Mann, der sich alle Mühe gab, mit einem stumpfen Schraubendreher die Walnußholzplatte mit dem *Compound-Interest*-Namenszug abzuschrauben.

»Wie konntet ihr dieses schöne Schiff nur so verschandeln?«

Wilson schüttelte den Kopf, als er aus dem Auto stieg. Cricket, die seine Betroffenheit merkte, ging um das Fahrzeug herum und legte ihm eine Hand auf die Schulter.

»Das war Dads Idee«, sagte sie. »Sie wollen sie zu einem Piratenschiff umbauen.«

»Das ist ja lachhaft. Findest du nicht, daß sie für diese Drecksarbeit ein bißchen zu gut ist?«

Cricket schüttelte den Kopf. »Du solltest erst mal sehen, was sie unter Deck alles gemacht haben. Sie haben die ganze Inneneinrichtung herausgerissen, alle Möbel, alle Beschläge, die Antiquitäten und die Teppiche. Alles außer der Küche und der Messe.«

»Grauenhaft.«

»Ich weiß, aber Dad hat etwas ganz Besonderes mit dem Schiff vor.«

Über eine topographische Karte von Bupanda gebeugt, stand der Pirat an einem langen Arbeitstisch im Wohnwagen. Schlüber hatte sich neben ihm postiert und nickte wie ein Spielzeughund mit dem Kopf. Wilson, dessen Körper sich allmählich an die äquatorialen Klimaverhältnisse gewöhnt hatte, fand die künstlich abgesenkte Temperatur im Wohnwagen unangenehm. Fast ein Jahr war es nun her, seit er zum letzten Mal die arktisch anmutenden Temperaturen klimatisierter Räume erlebt hatte, und nun reagierte sein Körper prompt mit Frösteln und Gänsehaut. Er rieb sich die Arme und schaute sich um. Der Wohnwagen diente sowohl als Büro als auch als Schlafstelle, und sowohl das eine wie das andere versank im Chaos. An einer Preßspanwand über dem überquellenden Schreibtisch hing eine Kollektion antiker Stichwaffen – zwei gewichtig aussehende Entermesser, ein Rapier und ein kurzes Schwert mit breiter, starrer Klinge, das wie ein Bowiemesser aussah. Hinter dem Durchgang standen ein ungemachtes Bettsofa und ein karierter Liegestuhl unter einem schmierigen Plexiglasfenster, das einen undeutlichen Blick hinaus auf den Hafen gewährte.

Cricket näherte sich auf Zehenspitzen dem Arbeitstisch.

Wilson hielt sich hinter ihr.

»Hallo, Dad«, sagte Cricket.

Der Pirat fuhr hoch, bemerkte Wilson und funkelte ihn böse an. Cricket bedeutete Wilson, näher zu kommen, nahm seine Hand, woraufhin sich der finstere Blick des Piraten in schäumende Wut verwandelte. Seine Augen verfärbten sich schwarz, sein Gesicht lief puterrot an.

»Du wagst es, diesen dreckigen Hundesohn in mein Haus zu bringen?« Wie Wolfsgeheul klang seine Stimme.

»Wilson ist mein Ehemann«, sagte Cricket mit zaghafter Stimme. »Er ist dein Schwiegersohn.«

Wutschnaubend schlug der Pirat die Faust auf die Tischplatte, daß die Bleistifte durch die Gegend spritzten. Cricket zuckte zusammen. Auf Wilson machte sie eher den Eindruck eines ungehorsamen Schulmädchens in Erwartung einer Tracht Prügel als den einer erwachsenen Frau. Schlüber sammelte ein paar Blätter Papier vom Fußboden auf und verdrückte sich in den Wohnbereich des Wagens. Drohend machte der Pirat einen Schritt in Wilsons Richtung.

Wilson ließ Crickets Hand los und baute sich vor dem Seeräuber auf. »Zu schade, daß du nicht bei der Hochzeit dabei warst, Paps«, sagte er. »Ich kann dir sagen, es war einfach –« Bevor er den Satz beenden konnte, sprang ihn der Pirat, behende wie ein Pavian, mit geballten Fäusten an. Der Angriff traf Wilson nicht unvorbereitet, und er ging in dem Augenblick in Deckung, als der Pirat zu einem satten linken Haken ansetzte. Die Faust des Piraten donnerte in die Preßspanwand über dem Schreibtisch, und durch die Wucht des Aufpralls fiel das Schwert mit der kurzen Klinge vom Haken. Der kleine Mann fing die Waffe in der Luft auf und machte einen Ausfallschritt nach vorn. Unter einem Wortschwall geistloser Obszönitäten ließ er das Schwert kreuz und quer durch die Luft zischen.

Wilson sah zu, daß er auf die andere Seite des Schreibtisches kam, um sich aus der Gefahrenzone zu bringen. Und im gleichen Moment löste sich bei ihm ein uralter Instinkt wie eine Ladung Container in schwerer See. Er streckte den Arm nach dem Brett aus, riß eines der Entermesser vom Haken und holte aus. Aber das Entermesser war leider schwerer, als er gedacht hatte; der Schwung riß seinen ganzen Körper mit, und die Spitze des Entermessers ritzte das Hawaiihemd des Piraten in Höhe der Brusttasche. Mit einem dumpfen Ratschen riß der Stoff unter dem Messer. Der Pirat schnappte nach Luft, taumelte und fiel rücklings auf den Boden. Wilson sprang hinter dem Schreibtisch hervor und hielt die Spitze des Messers an den Kehlkopf des Piraten.

Cricket stieß einen unterdrückten Schrei aus und hob zitternd eine Hand. »Wilson –«, stammelte sie. Sie war kreidebleich geworden. Im Wohnwagen herrschte Totenstille. Wilson hörte seinen eigenen, schweren Atem und die Rufe der Männer, die draußen in der Hitze damit beschäftigt waren, die *Compound Interest* auszuweiden. Er blickte an der Messerklinge vorbei ins Gesicht des Piraten, in dessen Augen der blanke Haß blitzte.

»Hör gut zu, Cricket«, sagte Wilson, als er sich wieder in der Gewalt hatte. »Du wirst diesem elenden Wurm da klarmachen, daß ich es ein für allemal satt habe, mich von ihm wie ein Schuljunge behandeln und mich bedrohen zu lassen. Falls er mich auch nur einmal anfaßt, nur ein einziges Mal auch nur in meine Richtung spuckt, werde ich ihn töten. Sag ihm das.« Dann warf er das Entermesser auf den Fußboden, verließ den Wohnwagen und setzte sich auf die Fahrerseite des Volkswagens. Er legte die Unterarme aufs Lenkrad, saß lange unbeweglich in der Sonne und versuchte, wieder zur Ruhe zu kommen. Aus dem Wohnwagen drangen erregte, wütende Stimmen. Wilson schaute den Arbeitern zu, die die *Compound Interest* von einer Luxusyacht in ein Kriegsschiff verwandelten, und plötzlich überwältigte ihn die Sehnsucht, in See zu stechen, dieses gefährliche Leben an Land hinter sich zu lassen, seine Existenz auf die fundamentalsten Bedürfnisse zurückzuschrauben – auf Wind, Meer, Himmel und Sterne.

Eine halbe Stunde später kam Cricket aus dem Wohnwagen und setzte sich auf die Beifahrerseite. »Es tut mir so leid«, sagte sie. Sie legte ihre von der Klimaanlage eisgekühlte Hand auf sein Knie. »Ich finde, daß Dads Reaktion nicht ...« Ihre Stimme versagte.

»Könnte es sein, daß dieser Mann es sich in den Kopf gesetzt hat, alle deine Freunde um die Ecke zu bringen?« fragte Wilson. »Oder gilt das nur für mich und Webster, wer immer dieses arme Schwein gewesen sein mag.«

»Du bist nicht mein Freund. Du bist mein Mann. Weißt du nicht mehr?«

»Ach ja, stimmt«, sagte Wilson.

»Eine halbe Stunde habe ich versucht, Dad klarzumachen, daß wir jetzt rechtmäßig verheiratet sind. Ich sagte ihm, daß ich dich liebe und daß er mich beleidigt, wenn er dich beleidigt. Und ich habe ihn auch daran erinnert, daß du als mein Ehemann jetzt unter dem Schutz der Satzung der Bruderschaft stehst ... Na ja, immerhin hab ich ihn zu einem Waffenstillstand überreden können. Wärst du auch damit einverstanden, ja?«

Wilson zuckte die Schultern in Richtung Horizont.

»Ja?«

»Meinetwegen«, brummte Wilson, und Cricket holte ihren Vater aus dem Wohnwagen. Sie blieb im Schatten auf den Stufen des Anhängers sitzen, während der Pirat zu Wilson herüberkam. Das Hemd hing ihm in Fetzen vom Leib. Die dicken Goldketten schimmerten auf dem grauen Filz seiner behaarten Brust.

»Du hast mein Hemd ruiniert«, knurrte der Pirat.

Wilson schaute von oben auf den Kopf des Piraten, auf dem sich das Haar lichtete, und schwieg.

Der Pirat blinzelte und wandte den Blick ab. »Man hat mir gesagt, daß ich mich mit den Fakten abfinden muß«, fuhr er fort. »Wir hatten schon früher Zivilisten in der Familie. Crickets Mutter war auch so eine, dieses gesetzestreue Luder. So was geht normalerweise nicht gut.«

»Zivilist?« fragte Wilson.

»Alle, die keine Piraten sind, nennen wir Zivilisten«, erklärte der Pirat. »Und du vermittelst mir beileibe nicht den Eindruck eines Piraten. Zuviel Gewissen. Steht dir mitten ins Gesicht geschrieben. Na ja, wir werden ja sehen, wie du dich entwickelst. Dort, wo wir jetzt hingehen, gibt's nicht viel Platz für Gewissen.«

»Und wo soll das bitte sein?« erkundigte sich Wilson.

Der Pirat setzte ein wölfisches Grinsen auf. »Der Schwarze Kontinent«, sagte er und deutete in Richtung Afrika.

In diesem Moment stieg ein weiterer Arbeiter mit einem Eimer schwarzer Farbe auf das Holzbrett hinter dem Spiegel des Schiffes. Inzwischen war die Walnußtafel abgeschraubt, die Stelle abgeschliffen und vorgestrichen worden. »Wie sollen wir sie denn nennen, Käpt'n?« rief der Arbeiter herüber. Der Pirat drehte sich zu Wilson um. »Na los, Zivilist, du gehörst ja jetzt zur Familie. Du wirst ihr einen Namen geben.«

Der Arbeiter wartete mit dem Pinsel im Anschlag.

Wie nannte der das Gefühl des Grauens, das ständig an ihm nagte? Er besann sich nur kurz: »Ach ja. Nenn sie doch einfach *Dread*.«

4

Steuerbord voraus ragte die Skyline von Rigala wie ein schadhaftes Gebiß in den Himmel. Eine halbe Meile vor dem Hafen lag die *Dread* und rollte in der Dünung. Selbst aus dieser Distanz konnte Wilson mit bloßem Auge die zerfallenen Fassaden moderner Geschäftshochhäuser erkennen. Die Nachmittagssonne spiegelte sich in den zerborstenen Fensterscheiben, und immer wieder stiegen weiße Wölkchen explodierender Granaten in den Himmel, die von den Hängen des Mount Mtungu auf Ziele in der Innenstadt abgeschossen wurden.

»Das da haben sie früher einmal das Paris von Zentral-Westafrika genannt«, erzählte Cricket. Sie war hinter Wilson an den Heckkorb herangetreten und drapierte ihren braungebrannten Arm um seine Schultern. Ich erinnere mich noch, daß ich als Kind dort einkaufen war. Es gab einen *Bon Marché* und einen *Au Printemps*, das sind große französische Supermärkte. Ich kaufte mir damals einen verrückten französischen Badeanzug. Es hat zwar damals schon gegärt, aber ich weiß noch, daß die Leute eigentlich ziemlich gut drauf waren.«

»Für mich der Beweis, daß du überhaupt keine Menschenkenntnis besitzt, Tochter«, grunzte Captain Page von seinem Platz hinter dem Steuerrad im Navigationsoktagon. »Die Bupus waren schon immer ein blutrünstiges Gesindel. Damals war übrigens auch das Massaker im Oluzu-Distrikt. Ein ganzes Anda-Viertel ist von den Regierungstruppen abgeschlachtet worden – Männer, Frauen und Kinder. Ich höre heute noch ihre Schreie. Es ging die ganze Nacht durch. Und mein Töchterchen hat friedlich im Hotelzimmer geschlafen.«

»Das Hotel war echt super«, fuhr Cricket fort, ohne die Bemerkung ihres Vaters zur Kenntnis zu nehmen. »Es hatte übrigens einen tollen Namen: Stern von Afrika. In der Eingangshalle hing ein altes Panoramafoto aus der Kolonialzeit, auf dem alle Hotelangestellten in ihren weißen Uniformen auf den Stufen zum Haupteingang posiert haben.«

»Diese Zeiten sind unwiederbringlich vorbei«, schnaubte der Pirat verächtlich vom Oktagon her. Er kam aufs Achterschiff und drückte Wilson ein elektronisches Fernglas in die Hand.

»Schau mal da durch.«

Wilson schwenkte das Fernglas über die zerstörte Skyline. Der Hafen war in einem desolaten Zustand. Die Docks nur noch ein Haufen Schutt. Die Schornsteine und die Aufbauten gesunkener Schiffe ragten aus dem schwarzen Wasser des Hafenbeckens. Der schwarze Rauch von Ölfeuern verschmierte wie ein fettiger Fingerabdruck den Horizont.

»Der größte Teil der Anda-Rebellen kontrolliert das westliche Hinterland«, berichtete der Pirat mit ausladender Handbewegung. »Auch den Mount Mtungu, nicht aber den Mount Nbuni, der von den Bupu-Kriegern gehalten wird. Kurz und gut: Die Situation ist völlig verfahren und wird mit jedem Tag noch verfahrener. Mittlerweile hat sich der Krieg zu einer Auseinandersetzung zwischen den einzelnen Clans ausgewachsen, und jetzt kämpfen Andas gegen Bupus, die mit Andas sympathisieren, und umgekehrt. Nach der letzten Erhebung sind es sechs größere Fraktionen, die um die Macht kämpfen: Die Bupu Patriotic Front Militia, in der Angehörige der alten Nationalgarde von Bupanda vertreten sind; die Anda National Militia, die alle Gebiete im Hochland kontrolliert; die Bupu People's Party, marxistische Hardliner, deren Aktionsgebiet die Universitätsstadt Seme mit den umliegenden Gebieten ist. Dann ist da noch die Anda People's Party, die vor dem Ende des kalten Krieges von Kuba unterstützt worden ist, und schließlich die konservative Bupu National Congress Militia, die den Industriekorridor im Nordosten zwischen Cangulu und Nevrongo kontrolliert. Dann gibt es in jedem Stamm noch eine Handvoll weiterer Clans, die aber kein politisches Programm verfolgen und nur darauf aus sind, sich gegenseitig die Köpfe einzuschlagen. Und nicht zu vergessen das Volk der Iwo im Regenwald.«

»Und was sind das für Leute?« fragte Wilson.

»Das ist nicht so sehr ein Volk als vielmehr eine Delikatesse, ähnlich wie teure Pilze oder Kaviar. Sie leben nur zu dem Zweck, von den anderen ausgebeutet zu werden.«

»Was, zum Teufel, meinst du damit?«

Der Pirat zuckte die Achseln. »Es sind Buschmänner. Pygmäen, ungefähr so groß. Die Frauen sind bei den Andas und den Bupus als Sexualobjekte gleichermaßen hoch begehrt. Sie sagen, es wäre so, als würden sie eine Zehnjährige mit voll entwickelten Brüsten vögeln. Scheint die Typen mächtig aufzugeilen. Die Männer werden entweder umgebracht oder nach Cangulu zur Arbeit in den Kupferminen geschafft. Die Kinder werden zu Haussklaven erzogen. Aber den größten Reibach machen sie mit den Arabern. Die lassen glatt fünfzigtausend Dollar für eine Iwo-Jungfrau springen. In Quatar gibt es Bordelle, in denen ausschließlich Iwo-Frauen arbeiten. Nun ja, bis jetzt mußten wir immer über Zwischenhändler der Bupus oder Andas gehen, wenn wir ins Geschäft kommen wollten. Aber diese Nuß werden wir jetzt knacken.«

Wilson verzichtete auf einen Kommentar und konzentrierte sich darauf, die Ruinen der Skyline nach einer Flagge, einem Zelt des Roten Kreuzes abzusuchen, irgendeinem Anzeichen einer Oase der Hoffnung und Ordnung. Er senkte das Fernglas und drehte sich zum Piraten um, der neben ihm stand und ihn angrinste wie der Leibhaftige.

»Und wofür soll das alles gut sein?« fragte Wilson. »Weshalb bringen sie sich seit Jahren gegenseitig um?«

Der Pirat ließ ein kurzes, bellendes Lachen hören. »Weshalb?« fragte er zurück. »Mach dich nicht lächerlich. Die

Leute bringen sich gegenseitig um, weil es ihnen Spaß macht, weil es das ist, was sie am besten können. Das war schon immer so. Schon seit der erste Urmensch dem zweiten Urmenschen mit einem Knochen eins über den Schädel gezogen hat. So haben sie jeden neuen Tag etwas, worauf sie sich freuen können.«

5

Als die Abenddämmerung hereinbrach, beruhigte sich das Meer. Sanft hob und senkte sich die *Dread* unter einem rosagefärbten Himmel. Im schwindenden Tageslicht versammelte sich die Crew des Schiffes im Oktagon zu ihrer letzten Mahlzeit vor der Landung in Afrika. Der Pirat war da, Cricket, Wilson, Schlüber, Mustapha und Nguyen. Seit der Kaperung der *Compound Interest* vor fast sechs Monaten hatte Wilson den vietnamesischen Koch nicht mehr gesehen. Jener traumatische Nachmittag haftete in seiner Erinnerung nur noch wie ein verblichenes Foto aus einem anderen Leben.

Es gab kalte Linsensuppe mit Brot und Käse. Dazu machten drei Flaschen kräftigen Rotweins die Runde. Wie dünne Schleier drifteten geheimnisvolle Wolken auf einem zartrosa Himmel am Neumond vorbei. Aus dem Kurzwellensender kamen leise, klagende Klarinetten- und Saxophonmelodien, eine Direktübertragung aus einem unvorstellbaren Ballsaal einer unvorstellbaren Stadt, vielleicht aus dem weitentfernten Kapstadt. Wilson spürte das Deck des Schiffes unter sich und den sanften Schwell der Wellen, roch die frische Luft und war glücklich, wieder auf See zu sein, auf dem Weg zwischen nirgendwo und irgendwo, ein Zustand, den man Reisen nennt, wo Entscheidungen so lange aufgeschoben werden, wie die Reise dauert.

Nguyen hatte vom Wein bläulich schimmernde Zähne bekommen. Gedankenversunken betrachtete Wilson diese

Zähne und erschrak fast, als der kleine Mann ihn plötzlich ansprach.

»Bist Glückspilz, Joe«, sagte er. »Weil heiratest Tochter von Kapitän. Andere sagen, gerissene Hund, hat sein Arsch gerettet. Nein, sag ich. Was, wenn Tochter von Kapitän kein Bock auf Heirat? Also doch Glückspilz.«

Wilson produzierte ein schwaches Lächeln.

»Ich hab eher das Gefühl, daß sich mein Glück jede Minute wieder verabschieden könnte«, sagte er.

»Dein Glück nicht«, erwiderte der vietnamesische Koch.

»Dein Glück ist wie Wind. Manchmal weht Wind, manchmal nicht, aber niemals geht weg. Dein Glück viel stärker als unser Glück, glaub ich. Kapitän muß verrückt sein, daß er dich mitnimmt.«

»Halt's Maul, Noog«, schnauzte ihn der Pirat an.

»Nenn's von mir aus Glück.«

Schlüber, der auf seinem Kissen auf der Bank saß, mischte sich ins Gespräch ein.

»Ich glaube allerdings, daß das Leben rein auf Statistik beruht, auf Wahrscheinlichkeiten und Unwahrscheinlichkeiten. Daß Wilson Cricket geheiratet hat, war kein Glück. Es war nur eine Unwahrscheinlichkeit. Es gibt mathematische Gleichungen, mit denen man die Wahrscheinlichkeit ausrechnen kann. Schau mich an: Ich hab auf eine Anzeige in der *Frankfurter Allgemeinen* aufgegeben – hohes Einkommen, spannendes Aufgabengebiet, Reisetätigkeit, Qualifikation Universitätsabschluß –, und jetzt bin ich Seeräuber. Für jeden gibt es Unwahrscheinlichkeiten.«

»Du bist kein Seeräuber«, konstatierte der Pirat. »Du bist ein gottverdammter Buchhalter.«

Mustapha warf den Kopf in den Nacken und brüllte vor Lachen. Die letzten Sonnenstrahlen des Tages hoben die Narbenwülste auf seinem Gesicht reliefartig hervor.

Während der nächsten Stunde kehrte an Bord Ruhe ein. Cricket kuschelte sich in Wilsons Arme und legte den Kopf an seine Schulter. Er konnte sich noch immer nicht an den Gedanken gewöhnen, daß sie nun seine Frau war. Nachdem das Licht im Westen verblaßt war, blieb ein schwarzer, schmutziger Himmel zurück. Die Lichter der Stadt zeigten sich in der Ferne als zwei oder drei schwankende Punkte. Es würde noch Stunden dauern, bis sie in den Hafen von Rigala motoren konnten. In Anbetracht nicht existierender Gesetze und Zollbestimmungen war zum Einklarieren der richtige Mann im richtigen Hafen vonnöten und der richtige Geldbetrag, der den Besitzer wechselte. Und ihr Mann würde erst gegen Mitternacht seinen Dienst antreten. Die Nacht auf dem Meer war so schwarz, daß Wilson nicht einmal Crickets Hand erkennen konnte, die sie auf die seine gelegt hatte.

»Dieses Seegebiet hab ich noch nie leiden können«, konstatierte der Pirat. Eine körperlose Feststellung von irgendwoher aus der Finsternis.

»Ist doch alles ruhig hier«, sagte Wilson. »Was soll hier schon anders sein?«

Jetzt, da er den Mann nicht sehen konnte, fiel es ihm leichter, einen lockeren Ton anzuschlagen.

»Ihr habt euch über Glück unterhalten«, meinte der Pirat. »Dieser Küstenstrich hier bringt den Seeräubern kein Glück. Hier liegen die bleichen Gebeine so manches Piraten auf dem Meeresgrund.«

Unwillkürlich lief Wilson ein kalter Schauer über den Rücken.

»Nicht weit von hier, bei ungefähr dreißig Grad Nord, haben sie den berühmtesten aller Piraten, Bartholomew Roberts, am Arsch gekriegt«, erzählte der Pirat. »Dieser Mann war ein wahres Naturtalent eines Seeräubers. In gerade mal drei Jahren hat er sich über vierhundert Schiffe unter den Nagel gerissen. Nicht mal mein Vorfahre, der große Elzevir Montague, hat das geschafft. Aber letzten Endes war es genau dieser Erfolg, der Roberts schließlich das Genick gebrochen hat. Der König schickte eine Schwadron der britischen Marine unter dem Kommando von Captain Ogle mit der *HMS Swallow* los. Ausgerechnet an diesem Tag hatte Roberts ein spanisches Handelsschiff gekapert, das Madeira geladen hatte. Die ganze Mannschaft war am Saufen, als die *HMS Swallow* das Schiff von Roberts, die *Royal Venture*, aufgebracht hat. Roberts selbst war zwar nüchtern, aber die Besatzung leider sternhagelvoll. Keine Chance, seine Crew rechtzeitig auf die Posten zu bringen. Pech für ihn. Das arme Schwein hat gleich die erste Ladung volle Breitseite abgekriegt. Die Mannschaft war wie gelähmt. Da hat er gelegen, der große Captain Roberts mit seinem hohen Federhut, seinem Markenzeichen, dem roten Mantel, seinen Hüftstiefeln, und war nur noch eine Leiche. Der anschließende Kampf war nach weniger als einer Stunde beendet. Mit Roberts Tod hatte die Mannschaft auch ihren Mumm verloren. Ogle ließ alle Männer aufknüpfen und hätte Roberts Leiche gleich noch daneben aufgehängt, wenn die Jungs ihn nicht schon vorher seinem Wunsch entsprechend über Bord gekippt hätten. Seit damals hat es nie wieder einen besseren Piraten und mutigeren Mann als ihn gegeben.«

Als der Mond aufging, holten sich Wilson und Cricket einen Schlafsack aufs Vorschiff und legten sich unter den Stahlflügeln der Marinekanone an Deck. Sie kuschelten sich aneinander. Wilson spürte ihren Atem auf seiner Wange.

»Warum ist dein Vater eigentlich so, wie er ist?«

»Wie meinst du, ›so‹?« fragte Cricket.

»So durch und durch unmoralisch. Ich würde ja amoralisch sagen, aber er ist ein intelligenter Mann. Er kennt den Unterschied zwischen Recht und Unrecht. Wie rechtfertigt er sein Leben als Mörder und Sklavenhändler vor sich selbst? Und nebenbei bemerkt, wie rechtfertigst du es vor dir selbst?«

»Ach, hör auf, ich mag's nicht, wenn du mir so ernste Fragen stellst«, maulte Cricket.

»Komm, sag schon«, drängte Wilson. »Ich bin doch dein Gewissen, weißt du noch?«

»Wir haben's eben im Blut«, sagte sie, »genau wie du das Glücksspiel im Blut hast. Wir sind Piraten, und zwar seit Anfang des siebzehnten Jahrhunderts. Gegen die Stimme des Blutes kann man nicht ankämpfen.«

»Um mich zu überzeugen, mußt du dich schon ein bißchen mehr anstrengen.«

Cricket überlegte eine Weile. »Es ist die gesellschaftliche Ordnung«, sagte sie. »Wir Pages haben nie daran geglaubt. Die Vorstellung, daß du deinen Nächsten so behandeln sollst, wie du selbst behandelt werden willst, ist für uns nichts als ein Haufen Bockmist. Wir glauben nicht daran, denn wenn wir die Augen aufmachen, sehen wir, daß die Welt ein Ort ist, an dem dir dein Nächster wegen eines lumpigen Dollars eine Kugel in den Rücken schießt. Ich weiß auch, daß es ab und zu mal kurze Lichtblicke gegeben hat, in denen man sich sicher fühlen konnte, weil Gesetz und Verstand regiert haben – während der Pax Romana zum Beispiel oder in den fünfziger Jahren. Aber das alles war nur eine Seifenblase. Vielleicht sind ja die Züge fahrplanmäßig gefahren, und vielleicht hat sich die Zahl der Rechtsanwälte auch stark erhöht, aber alles war doch nur dazu angetan, das wirkliche Chaos zu verschleiern.«

»Du redest genau wie Don Luis«, sagte Wilson und spürte, wie Cricket sich versteifte.

»Von mir aus. Aber geh doch mal nach Einbruch der Dunkelheit in bestimmten Gegenden deiner Stadt durch die Straßen«, sagte sie. »Was ist dann von deiner gesellschaftlichen Ordnung noch übrig? Nichts mehr!«

»Mal angenommen, die Welt wäre wirklich böse«, sagte Wilson, »woran ich im übrigen nicht glaube. Das gibt dir aber immer noch nicht das Recht, dich mit dem Bösen zu verbrüdern. Wir dürfen nicht nachlassen, für das Gute zu kämpfen, Cricket. Zumindest aber dürfen wir niemandem etwas zuleide tun. So. Soeben hast du deine erste Lektion in Moralphilosophie erhalten.«

Cricket schwieg und überlegte. »Mein Leben war zu schwer, um noch an das Gute im Menschen zu glauben«, sagte sie. »Ich hab immer nur erlebt, daß die großen Fische die kleinen fressen. Du brauchst nur ein bißchen an der Oberfläche zu kratzen, um zu sehen, daß die Leute für ihre Taten die denkbar schlechtesten Motive haben. Aber wart's nur ab. Ich hoffe noch immer, daß dein Gottvertrauen in das Gute im Menschen in nicht allzulanger Zeit einen ordentlichen Dämpfer kriegen wird. Wetten?«

»So lange werde ich bestimmt nicht warten«, sagte Wilson. »Denn ich werde dich aus dem Sumpf herausholen.«

»Nicht so hastig«, murmelte Cricket. »Dazu brauchen wir Geld, und wir müssen den richtigen Augenblick abpassen.«

»Und wann wäre deiner Meinung nach der richtige Augenblick?«

»Ach, halt den Mund«, flüsterte Cricket und nahm Wilson in die Arme. Während sie sich küßten, schoben sich Wolken vor den Mond, und der Himmel verfinsterte sich.

6

Unter dem gleichen schwarzen Himmel lief die *Dread* um Mitternacht mit gedrosseltem Motor in den Hafen von Rigala ein. Rostige Skelette gesprengter Ladekräne ragten über den Werften in den Himmel, von den Bombardements am Horizont in gespenstisches Licht getaucht. Aus halbversunkenen Schiffsrümpfen sickerte Öl in schillernden Rinnsalen in das schmutzige Wasser. Ein Suchscheinwerfer tastete sich über tiefhängende Wolken wie der Finger eines Blinden über Braille-Schrift. Dann verlosch er.

Der Pirat übernahm das Ruder und steuerte die *Dread* zum hinteren Ende des Handelshafens. Von einem Stromkabel baumelten in großen Abständen nackte Glühbirnen und markierten die Länge der am südlichen Hafenende gelegenen

Pier, die mit alten Autoreifen abgefedert war. Cricket sprang ans Ufer und machte die Bugleine an einem an der Pier einbetonierten, rostzerfressenen Eisenpoller fest. Ein paar Minuten später verteilte der Pirat mit feierlicher Miene Waffen an seine Crew. Er entnahm sie einem schweren Leinensack, der aussah, als hätten früher einmal Golfschläger darin gelegen. Schlüber und Nguyen hängten sich Kalaschnikows chinesischer Herkunft über die Schulter, Mustapha griff sich eine Pumpgun und eine Machete, die in einer Holzscheide steckte. Cricket entschied sich für eine MAC-10-Maschinenpistole, ein Jagdmesser und eine Vinyltasche voller Munition. Der Captain wählte ein halbautomatisches 12-Kaliber-Gewehr und eine 9-mm-Beretta.

Wilson zögerte. Ihm gefiel nicht, was er sah.

»Wozu soll das alles gut sein?« fragte er schließlich.

Der Pirat runzelte die Stirn. »Dieses Land ist eine gottverdammte Schlangengrube«, sagte er. »Nichts als ein Haufen Banditen und so'n Gesocks. Komm, benimm dich nicht wie'n Scheiß-Zivilist. Such dir lieber 'ne Waffe aus.«

Wilson warf einen Blick in die Tasche. Da lagen ein Sturmgewehr, mehrere Pistolen und Bajonette in Scheiden, die grüne Patina angesetzt hatten. Er nahm eines der Bajonette heraus, befestigte es an seinem Gürtel und suchte sich dann noch einen altertümlichen Revolver aus, der in einem Lederhalfter steckte. Ein zerrissenes Stück Lederschnur baumelte von einem Ring am unteren Ende des Knaufs.

Der Pirat grinste, nahm Wilson den Revolver aus der Hand, drückte die Kammer heraus und ließ sie kreisen.

»Macht Sinn«, sagte er. »Eine alte Achtschuß Webley-Vickers aus dem ersten Weltkrieg. Schau, was da auf dem Halfter steht.«

Wilson drehte das Halfter um. »Ubi bene, ibi patria. Lt. J. F. Hooks, 12th Rgt. 2nd Btln. Royal Welsh Fusiliers. Flanders, 1917.«

Wilson las laut vor.

Der Pirat nickte. »Bescheuerte Offiziere wie der da haben sich damals ins Kampfgetümmel gestürzt, mit nichts bewaffnet als mit einer Pistole und einer Trillerpfeife. Für Gott und Vaterland und so'n Scheiß. Natürlich sind sie aufgerieben worden. Genau das richtige für dich.«

Er gab ihm die Waffe zurück und holte noch einen Lederbeutel mit Ersatzmunition aus dem Sack. Solcherart ausgerüstet, marschierte die Truppe auf ein schmuckloses Betongebäude am anderen Ende der Pier zu.

Etwa ein Dutzend Soldaten der Bupu-Miliz in zerlumpten Drillichklamotten lungerte vor dem Gebäude um ein Feuer herum. Gut geölte Sturmgewehre baumelten von ihren Schultern. Sie kauten etwas, das aussah wie getrockneter Tabak. Reihum bedienten sie sich aus einem ausgefransten Schuhkarton, in dem ein Haufen schwarzgrüner Blätter lag. Sie glotzten ins Feuer, kauten und spuckten den schwarzen Saft auf das brennende Reisig. Als sich die Landungstruppe näherte, stand einer der Soldaten auf und hob sein Gewehr. Die anderen machten sich nicht einmal die Mühe, sich umzudrehen. Kapitän Page gab Cricket sein Gewehr zum Halten und trat in den Schein des Feuers. Nach einem kurzen Wortwechsel in der Sprache der Bupu, unterstützt durch heftiges Gestikulieren, wurde der Pirat in das Gebäude geführt. Der Rest der Landungstruppe stand mit mulmigem Gefühl in der Magengrube in der Dunkelheit und wartete.

Aus der Ferne hörte Wilson das Dröhnen von Artilleriebombardement in den Vororten, und er hörte die leisen Spuckgeräusche der ums Feuer versammelten Männer.

»Was ist, wenn unser Freund heute abend dienstfrei hat?« flüsterte Schlüber.

»Dann sie machen kurzen Prozeß mit uns«, antwortete Nguyen, »und alle Probleme erledigt.«

Mustapha grinste.

»Beruhigender Gedanke«, bemerkte Schlüber.

»Was ist das eigentlich für Zeug?« fragte Wilson.

»Was für Zeug?« wollte Cricket wissen.

»Die Soldaten da«, präzisierte Wilson. »Was kauen die?«

»Das ist eine Herde Rindviecher, die ihr Futter wiederkäuen, wenn du mich fragst«, meinte Schlüber.

»Qat«, erklärte Mustapha. »Wenn du das kaust, kannst du mit Gott sprechen.«

»Dieses Kraut ist mitverantwortlich dafür, daß hier alles drunter und drüber geht«, erzählte Cricket. »Es ist ein Narkotikum. Als Tee wäre es nicht so gefährlich. Hab selbst schon mal Qat-Tee getrunken – es ist ein mildes Stimulans, ungefähr wie Espresso mit 'nem Schuß Brandy. Aber die Typen da sind schon seit heute mittag am Kauen und haben, abgesehen von einer Flasche *tejiyaa*, nichts im Magen. Nach ungefähr sechs Stunden fangen die Halluzinationen an. Die meisten Kämpfe finden hier während der Nacht statt, wenn alle total meschugge sind und Geister und Dämonen sehen, von denen sie in der Dunkelheit angegriffen werden. In diesem Zustand haben sie keine Ahnung, auf was sie schießen, und im übrigen wär es ihnen auch scheißegal.«

Eine Viertelstunde später kam Kapitän Page aus dem Betongebäude heraus, an seiner Seite ein junger Offizier der Miliz in blitzsauberer Khakiuniform. Der Soldat schüttelte dem Kapitän die Hand, ging zu seinen Männern hinüber und sagte etwas zu ihnen. Ein Murren erhob sich, und das Spucken wurde heftiger. Der Offizier streckte den Arm aus, schnappte sich den Schuhkarton mit dem Qat, hielt ihn über das Feuer und belferte mit hoher, scharfer Stimme einen Befehl. Einer der Soldaten stand ächzend auf und rückte sein Sturmgewehr zurecht. Vier andere folgten seinem Beispiel, und dieser bunte Haufen eskortierte die Landungstruppe über die Pier, durch ein Loch in einer Mauer aus Sandsäcken und hinaus in die dunkle Nacht von Rigala.

7

Wilson sah die Überreste von Straßen, die übersät waren mit Bombenkratern, ausgebrannten Bussen und Autos. Auf den Gehwegen türmte sich der Schutt. Vor einer baufälligen Mauer lagen übereinandergestapelt mehrere verwesende Leichen, durch die Leichenstarre zu makaber-komischen Posen versteinert. Und wohin man auch blickte: Ratten. Umgeworfene Telefonhäuschen und Straßenlaternen waren auf den Kreuzungen zu Barrikaden zusammengeschoben worden.

Soviel Wilson in der Dunkelheit erkennen konnte, stammte dieses Viertel noch aus der Kolonialzeit, ein Gebiet, in dem früher einmal schmiedeeiserne Balkone, zartgetönte Kollonaden und Straßencafés – ähnlich wie zu Hause in Buptown – das Stadtbild geprägt hatten. Jetzt waren die Häuser verlassen und dem Verfall preisgegeben. Grabesstille lag über der Stadt. Gelbäugige Katzen schauten mit distanzierter Neugier aus leeren Eingängen. Die Soldaten sprachen kein Wort. Sie trotteten dahin wie Wölfe, bei jedem Schritt quietschten die ledernen Riemen ihrer Gewehre.

»Und dabei war das früher eine so bezaubernde Stadt«, sagte Cricket leise. »Jetzt ist sie so gut wie ausgestorben. Entweder sind die Leute tot oder im Busch oder rüber nach Quatre Sables, um sich dort wie Schweine zu suhlen.«

Die Soldaten führten sie durch eine schmale Gasse zwischen den Ruinen zweier ehemals großer Gebäude, deren Überreste wie wild durcheinandergewürfelte Legosteine aussahen. Sie überquerten ein leeres Grundstück und steuerten hangaufwärts auf eine Wohngegend zu. Hier folgten sie einem breiten Boulevard durch einen Park, in dem nur noch ein paar verbrannte, schwarze Stümpfe davon zeugten, daß hier früher einmal Palmen gestanden hatten. In der Mitte des Parks posierte auf einem mit Einschußlöchern gespickten Sockel die beeindruckend große Statue eines Afrikaners in einem etwas aus der Mode gekommenen Zweireiher aus den sechziger Jahren. In einer Hand hielt er ein aufgeschlagenes Buch, in der anderen ein traditionelles *ashtzisi*, einen geschnitzten Stab mit Büffelhorn, das Herrschaftssymbol eines Bupu-Häuptlings. Die Statue war vielleicht zwanzig Meter hoch und an den Schultern etwa sechs Meter breit. Von der Nase fehlte ihm ein Stück, und Einschußlöcher verunzierten sein Sakko, aber sonst war er relativ unbeschädigt.

»Das ist Präsident Sequhue«, erklärte der Pirat über die Schulter. In der leeren Stadt hallte seine Stimme nach. Bei der Nennung des Namens warf ihm einer der Soldaten einen feindseligen Blick zu, aber der Pirat fuhr unbeirrt fort: »Neunzehnhundertsechzig arbeitete Sequhue mit Großbritannien die Bedingungen für den ersten Schritt in die Unabhängigkeit aus. Man nannte ihn damals den Gandhi von Bupanda. Er war ein kleiner Mann, schrieb Gedichte und war in den dreißiger Jahren Student in Cambridge gewesen. Seiner fortschrittlichen Politik war es zu verdanken, daß für Bupanda zwischen neunzehnhunderteinundsechzig und neunzehnhundertfünfundsiebzig wahrlich goldene Zeiten anbrachen. Es war ein blühendes Land, sehr westlich geprägt für afrikanische Verhältnisse.

Dann erkrankte Sequhue an spinaler Meningitis und machte danach eine Art spiritueller Offenbarung durch. Als Konsequenz daraus verbot er die freie Marktwirtschaft, eliminierte rechtsstaatliche Prinzipien und stellte sogar Biertrinken, das Tragen von Hosen und Hemden und die Verwendung von Reißverschlüssen unter Strafe – für solche Vergehen sind sogar einige hingerichtet worden. Er warf alle Ausländer aus dem Land, mästete sich ungefähr hundert Kilo auf die Rippen und legte sich einen Harem mit gut tausend Frauen zu. Dann verbot er das Christentum und versuchte die alten animistischen Religionen wieder aufleben zu lassen. Man erzählt sich, daß es mitten in der Medina von Rigala Menschenopfer gegeben haben soll. Bald darauf brach dann der Bürgerkrieg aus. Unglücklicherweise waren es ausgerechnet die schlechten westlichen Grundsätze und die Rechte des Individuums, die die Bupus und die Andas vorher davon abgehalten hatten, sich gegenseitig an die Gurgel zu gehen. Aber schon nach kurzer Zeit verlegten sie sich wieder auf das Abschlachten von Menschen und auf den Sklavenhandel. Das hatten sie tausend Jahre bevor die Briten in den siebziger Jahren des achtzehnten Jahrhunderts ins Land kamen, nämlich auch schon gemacht.

Nicht, daß du denkst, Sequhue wäre verrückt gewesen. Keineswegs! Er war nur Idealist. Und das sind die Schlimmsten. Er hat behauptet, daß die westliche Lebensweise egoistischen Materialismus und persönliche Korruption fördert, die Menschen aber trotzdem nicht glücklich macht. ›Geht doch nach New York oder London‹, sagte er einmal in einer berühmten Rede. ›Sucht dort nach nur einem einzigen guten, glücklichen Menschen, und bringt ihn her zu mir!‹ Verdammt noch mal, dieser alte Schweinehund hatte gar nicht so unrecht. Aber genau das konnte sein Land nun wirklich nicht gebrauchen. Millionen Menschen starben im Bürgerkrieg, und noch immer ist kein Ende in Sicht. Nicht, daß ich mich beklagen könnte. Das Geschäft blüht.«

»Wo ist Sequhue jetzt?« fragte Wilson und erschrak, als er hörte, wie dünn und quäkend seine Stimme in dem leeren Park hallte.

»Man hat ihn vor ungefähr fünfzehn Jahren im Präsidentenpalast während einer Orgie ermordet«, erzählte der Pirat. »Als sie in seine Gemächer eindrangen, erwischten sie ihn in flagranti mit einer Prostituierten, einer Anda, bei einer unglaublichen Schweinerei. Aber das hinderte die Leute nicht daran, Sequhue für einen Heiligen, einen Märtyrer zu halten, und zwar sowohl die Andas als auch die Bupus. Für mich ist das nur der Beweis, daß selbst objektive Wahrheiten die Leute nicht von ihrem Glauben abbringen können.«

Die Landungstruppe durchquerte im Eilschritt den Park

und bog anschließend nach links in eine andere breite Straße ein, die einstmals zu beiden Seiten von Dattelpalmen und prunkvollen alten Villen mit Veranden und Rosengärten gesäumt gewesen war. Die Dattelpalmen sahen krank und verkrüppelt aus; die prunkvollen alten Häuser und ihre Gärten lagen in Schutt und Asche. Nach der zweiten Kreuzung hinter dem Park sahen sie in einer stark beschädigten alten Villa Anzeichen von Leben. Fahles, gelbes Licht schien aus leeren, mit Sandsäcken verrammelten Fensterhöhlen. Stacheldraht und Wachposten zirkelten ein kahles Stück Land ein, auf dem einst Rosen, Tulpen und Narzissen geblüht hatten.

Die Soldaten führten sie an den am Haupteingang postierten Wachmännern vorbei und zum Haus hinauf über eine breite, links und rechts von schlafenden Soldaten gesäumte Freitreppe.

Aus der Ferne drang das Rattern von automatischen Waffen. Sie durchquerten Räume voll mit kaputten Möbeln und auf dem Boden verstreuten Papieren und kamen schließlich in einen riesigen Ballsaal, der von einer Anzahl nackter Glühbirnen beleuchtet war. Sofas mit aufgerissener Polsterung und mehrere Dutzend Stühle standen willkürlich im Raum herum. In einer Ecke lehnte ein zertrümmerter Konzertflügel auf zwei Vorderbeinen. Er sah aus wie ein sitzender Hund. Überall lungerten Milizoffiziere herum, kauten Qat und tranken *tejiyaa*. Einige von ihnen lagen ohnmächtig in ihrem eigenen Urin auf dem Fußboden. Ein Auf und Ab männlicher Stimmen erfüllte den Raum.

Ein Afrikaner, groß wie Frankensteins Monster, lümmelte auf einer gelben Samtcouch im hinteren Teil des Raumes. Sein Oberkörper war nackt, auf seiner Brust wucherten rabenschwarze Haare. Auf den Aufschlägen seiner Uniformjacke, die er über den nächstbesten Stuhl geworfen hatte, prangten ein Stern und verschiedene Rangabzeichen. Ein eleganter, schwarzer Schriftzug auf einem blitzenden silbernen Namensschild über der rechten Brusttasche wies den Mann als »Col. Bwultuzu, Bupu Patriotic Front« aus. Auf seinen Knien balancierte er eine Vierliterflasche *tejiyaa.* Flankiert war er von zwei nackten jungen Mädchen, die kaum älter waren als zehn Jahre. Jede von ihnen hatte ihre eigene Vierliterflasche *tejiyaa*, die in ihren kleinen Händen geradezu riesig wirkten. Als Wilson sich mit den anderen näherte, sah er, daß diese Mädchen keine Kinder mehr waren. Es waren junge Frauen in Miniaturausgabe, etwa einen Meter zwanzig groß, mit glänzender, violettschwarzer Haut, perfekt geformten Brüsten und Brustwarzen, die wie kleine, schwarze Käfer aussahen.

Colonel Bwultuzu sprang auf und drückte Captain Page mit seinen riesigen Bärentatzen an seine Brust. Alle vier, der hünenhafte Afrikaner, der Seeräuber-Napoleon und die beiden zwergenhaften nackten Frauen, hätten gut und gern Mitglieder einer perversen Zirkusnummer sein können.

»Mein Freund!« polterte der Colonel mit dröhnender Stimme. Er grinste und entblößte dabei Zähne, so groß wie Briefmarken. »Schön, Sie nach Ihrem letzten Besuch so unverhofft wiederzusehen!«

»Hab selbst nicht geglaubt, daß ich es noch vor September schaffen würde, Colonel«, sagte der Pirat und brachte sich außer Reichweite der Hände des massigen Mannes. »Ich hätte ein Angebot, über das ich gern mit Ihnen sprechen würde.«

»Immer in Geschäften, *comme d'habitude*, Captain, was?« Mit gespielter Enttäuschung wedelte Colonel Bwultuzu mit seiner riesigen Pranke. »Aber Sie müssen wissen, daß meine Soldaten noch nicht genügend Feinde beieinander haben, um die Laderäume Ihres Schiffes zu füllen. Die Sommeraktion läuft ja erst in zwei Wochen an. Diesmal werden wir Seme selbst angreifen. In drei Monaten garantiere ich Ihnen viele starke Männer aus den Bergen. Anda-Verräter natürlich. Aber auch ihr Blut ist rot, und sie werden viele Monate in der Sonne arbeiten können, bevor sie sterben.«

»Es sind nicht die normalen Geschäfte, weswegen ich hier bin«, sagte der Pirat. »Mein Angebot ist erklärungsbedürftig.«

»Dann trinken wir *tejiyaa*, plaudern eine Weile, und wenn wir uns ausgesprochen haben...« Der Colonel entblößte erneut seine Briefmarkenzähne und vollführte eine bühnenreife Geste in Richtung der beiden kleinen Frauen auf dem Sofa. »Welche wollen Sie haben?«

»Iwo-Frauen, was?« Der Pirat lächelte maliziös und taxierte die beiden. »Ich hatte bis jetzt noch nie eine Iwo.«

Die kleinen Frauen schauten mit den traurigen, flehenden Augen gefangener Tiere zu ihm hoch.

»Wär doch gelacht, wenn wir aus Ihnen nicht einen richtigen Bupu machen, was, Captain?« bellte der Colonel.

Der Pirat beugte sich zu der Frau, die ihm am nächsten saß, und strich ihr mit einer Hand über die Brüste. Sie zitterte, zögerte einen Augenblick und biß ihn dann blitzschnell in den Arm. Er zuckte zurück und schlug ihr mit der flachen Hand über den Mund. Cricket sog scharf die Luft ein und verbarg den Kopf an Wilsons Schulter.

»Ich glaub, ich nehm die da«, sagte der Pirat. »Ich werd ihr ein, zwei Sachen beibringen.«

»Ich warne Sie, mein Freund«, sagte Colonel Bwultuzu und lächelte. »Wenn Sie einmal eine Iwo-Frau gehabt haben, werden Sie nie wieder Spaß an der Normalgröße finden.«

»Dieses Risiko nehme ich gern auf mich«, grinste der Pirat.

»Ich verbeuge mich vor dem wahren Connaisseur. Sie sind ein Mann von exzellentem Geschmack.« Der Colonel neigte vornehm den Kopf.

Der Pirat trat ein paar Schritte zurück und rieb die Bißwunde auf seinem Arm. »Äh, das sind übrigens meine Leute, Colonel...«, bemerkte er und machte eine ausladende Armbewegung.

»Natürlich.« Colonel Bwultuzu verbeugte sich wiederum. »Ich werde meinen Dienstboten ihr Wohlergehen ganz besonders ans Herz legen.«

8

Wilson und Cricket bekamen ein großes Zimmer im ersten Stock zugewiesen. Auf dem durchgetretenen Teppich lagen wild verstreut zerrissene Bücher und Unterlagen. Das übrige Mobiliar bestand aus einem erstaunlich gut erhaltenen Lehnsessel, einem Doppelbett mit schmutziger Bettwäsche und einem alten Kleiderschrank, in dem immer noch zwei Paar ordentlich zusammengelegte Socken und ein vergilbter Stapel unbenutzter Taschentücher lagen. In einer Tischlampe brannte eine nackte Glühbirne. Sie tauchte die Sandsäcke vor dem Fenster in grellweißes Licht.

Während Cricket sich auskleidete, kickte Wilson, die Hände in den Hosentaschen, den herumliegenden Müll mit den Fußspitzen zur Seite. Es waren französische und schwedische Bücher. Er entdeckte die *Mystères de Paris* von Eugéne Sue, Flauberts *Education Sentimentale* und ein paar Bücher von Pøar Lagerqvist mit für ihn unaussprechlichen Titeln. Hinter der Anrichte auf dem Fußboden lag ein Foto, das einen Mann und eine Frau zeigte. Der Mann, mittleren Alters, leicht untersetzt, hatte sich eine Tricolore-Schärpe umgebunden – offensichtlich war er Franzose. An seinem Arm hatte er eine weißgekleidete, gertenschlanke Blondine, die höchstens halb so alt war wie er. Vermutlich war das Foto auf einem Cocktailempfang oder einer Hochzeit aufgenommen worden, denn die beiden hielten Champagnergläser in den Händen. Wilson bückte sich und nahm das Foto aus seinem zerbrochenen Rahmen. Ein handschriftlich an den Rand geschriebenes Datum besagte: 3. Fev. 67.

»Also, ich vermute mal folgendes«, sagte er. »Das war früher bestimmt das Haus des französischen Botschafters. Und wir sind hier vermutlich im Schlafzimmer des Hausherrn. Und nach den Büchern und diesem Foto da zu schließen, würde ich sagen, daß er die jüngste Tochter des schwedischen Botschafters geheiratet hat. Macht Sinn. Würde genau zu einem Franzosen passen.«

Er drehte sich um und wollte Cricket das Foto zeigen, aber sie war mit ihren Gedanken woanders. Nackt saß sie im Schneidersitz auf dem Bett und malträtierte ihre Zehennägel mit einer Nagelschere. Ihr Gesichtsausdruck zeigte eine Mschung aus Ekel und Verachtung. Vermutlich war sie in Gedanken gerade bei ihrem Vater und den beiden Frauen im Ballsaal. Wie lange hatte sie solche Perversionen wohl schon miterleben müssen? Er blieb stehen und betrachtete sie bei ihrer wenig reizvollen Beschäftigung. In dem grellen, weißen Licht wirkten ihre Gesichtszüge hart und häßlich. Dann glitt sein Blick zwischen ihre Beine, und ein lüsterner, kleiner Stachel bewegte sich von seiner Großhirnrinde bis ins Rückenmark und erfüllte ihn mit einem solchen Verlangen, daß er weiche Knie bekam.

»Cricket«, sagte er zärtlich.

Finster hob sie den Kopf.

»Geht's dir gut?«

»Warum soll's mir nicht gutgehen?« antwortete sie mit zusammengepreßten Lippen und widmete sich weiter ihren Zehen. »Wilson, ich möchte gern ein bißchen allein sein. Dreh doch einfach 'ne Runde, oder schau mal nach, ob du irgendwo ein Badezimmer findest.«

»Möchtest du mit mir über deine Probleme sprechen?«

»Nein.«

Wilson ging in den dunklen Korridor hinaus und zog die Tür leise hinter sich zu. Auf dem ersten Treppenabsatz hockten zwei Milizsoldaten und warfen Würfel gegen eine abgewetzte Fußleiste. Auf einem Sideboard zu ihrer Linken lagen die Scherben einer Vase und Stuckteile, die von der Decke heruntergefallen waren. Wie lebendige Schlangen hingen stromführende Kabel lose in den Raum. Die Soldaten schauten auf, als Wilson sich ihnen näherte. Einer von ihnen kaute eine beinahe faustgroße Qat-Kugel. Die schwarzen Blätter hingen ihm aus dem Mund, schwarzer Saft lief ihm übers Kinn.

»Ich bin auf der Suche nach dem Badezimmer«, sprach Wilson die beiden an.

Derjenige mit der Qat-Beule in der Wange blinzelte nur und drehte sich wieder weg. Der andere schüttelte den Kopf. Wie Staubwedel lehnten ihre Sturmgewehre an der Wand.

»Zum Klo«, versuchte es Wilson. *»La toilette, WC.«* Mit einer eindeutigen Geste unterstrich er seine Worte.

»Ah!« Der Typ ohne Qat-Beule in der Wange sprang auf, nahm Wilson am Arm und zog ihn durch den dunklen Korridor. Sie wandten sich nach links, dann nach rechts und traten schließlich in ein großes, europäisch anmutendes Badezimmer mit Emaillebadewanne und einem Bidet. Es herrschte ein infernalischer Gestank. Die Toilette lief über«, der Fußboden war mit Urin und Kot bedeckt. Der Soldat führte Wilson an dieser Fäkaliengrube vorbei und durch eine Flügeltür hinaus auf einen breiten Balkon. Er schob Wilson an die Brüstung, deutete über das Geländer und machte mit den Lippen Pinkelgeräusche.

»Schon kapiert«, sagte Wilson. Er zog den Reißverschluß seiner Hose auf und starrte auf die schwarze Ruinenstadt von Rigala, die sich unter ihm ausbreitete. Vor dem ständig flackernden Artilleriefeuer am Fuß des Mount Mtungu hob sich die unregelmäßige Silhouette der zerschossenen Hochhäuser der Stadt ab. Irgendwo in der Nähe hörte er eine Frau wimmern und im Hintergrund das Stakkato automatischer Waffen. Der Soldat stand direkt hinter ihm. Wilson versuchte zu pinkeln, konnte aber nicht. Die Situation war ihm peinlich. So etwas war ihm auch schon an Busbahnhöfen und auf Flughäfen passiert. Weshalb ließ ihn der Mann nicht allein? Wilson versuchte, sich zu konzentrieren, räusperte sich, stieg von einem Fuß auf den anderen, dachte an triefendnasse Bäume nach einem Gewitter, an fließendes Wasser, aber es nützte nichts. Dann räusperte er sich wieder.

»Wie dumm von mir«, sagte der Soldat nach einer Weile. »Sie wollen sicher ungestört sein.« Er sprach englisch mit amerikanischem Akzent. »Ich geh solange eine Zigarette rauchen. Lassen Sie sich nur Zeit.« Er stellte sich ans andere Ende des Balkons. Wilson hörte das Ratschen eines Streichholzes, starrte in die Schwärze des unter ihm liegenden Hofes, zählte bis zehn und schaute zu, wie der Strahl in hohem Bogen wie ein Gebet in der Nacht verschwand. Wenig später hörte er von unten ein zartes Trommeln und stellte sich vor, daß er auf ein Autodach pinkelte. Erst in dem Augenblick, als Wilson sich umdrehte und den Reißverschluß seiner Hose zuzog, kam ihm zum Bewußtsein, daß ihm die Stimme des Soldaten irgendwie bekannt vorkam.

Der Soldat stand am anderen Ende des Balkons im Dunkeln und lehnte sich gegen die Hauswand. Alles, was Wilson von seinem Gesicht sehen konnte, war das glimmende Ende der Zigarette. »Zigarette?« fragte die vertraute Stimme, und eine dunkle Hand hielt eine Packung ägyptischer Zigaretten in das gelb erleuchtete Viereck eines nahe gelegenen Fensters.

Während Wilson auf dem Balkon zu ihm hinüberging, versuchte er sich zu erinnern. In diesem Moment rumpelte ein großer Militärlastwagen die Straße herauf und hielt vor der Villa. An die dreißig Soldaten sprangen von der Ladefläche und kamen langsam die Treppe herauf.

»Wachwechsel«, sagte der Soldat. »Ich hab jetzt Feierabend.«

Wilson nahm die ihm angebotene Zigarette entgegen, als wüßte er nicht, was er damit anfangen sollte. Der Soldat hielt ihm ein Streichholz hin, und im Schein der Flamme sah Wilson ein Gesicht, das er kannte, aber nicht einordnen konnte. Die ägyptische Zigarette schmeckte bitter wie Schilf, und er sog den Rauch tief in die Lungen.

»Ich habe auf eine Gelegenheit gewartet, mit Ihnen zu sprechen«, sagte der Soldat. »Ich war bei den Leuten, die Sie vom *Nikongi Jetty* abgeholt haben.«

»Ich dachte mir schon, daß ich Sie schon mal gesehen habe«, sagte Wilson.

»Und vor dieser Nacht? Können Sie sich wirklich nicht mehr erinnern?« fragte der Soldat.

»Davor?« Wilson spürte ein Kribbeln im Nacken. »Wie meinen Sie das?«

»Sie erinnern sich tatsächlich nicht an mich«, meinte der Soldat. »Das ist sehr komisch.« Er lachte. Auch sein Lachen kam Wilson bekannt vor, er wußte aber immer noch nicht, woher er den Mann kannte.

»Ich geb's auf«, sagte Wilson.

Da hob der Soldat plötzlich die linke Hand, und Wilson sah ihre Umrisse vor dem mattroten Feuerschein über Rigala. Die drei mittleren Finger fehlten, den Stumpf des dritten Fingers zierte ein protziger Goldring mit Durchbruchmuster.

Wilsons Erinnerung näherte sich wie ein langsam fahrender Zug. Dieses Zusammentreffen war schier unglaublich, aber er hatte sich inzwischen daran gewöhnt, daß auf diesem Planeten jeden Tag erstaunliche Dinge passierten. Allmählich stellte sich seine Erinnerung an den Mann wieder ein, an den Hahnenkampf in jener Nacht mit den riesigen, hell strahlenden Sternen.

»Du heißt Tulj«, sagte er mit ruhiger Stimme. »Hab ich recht?«

»Und Sie sind Wilson, und Sie haben mein Leben gerettet!« Tulj streckte den Arm aus und legte ihn um Wilsons Schulter. »Und nicht nur das haben Sie getan. Sie haben mir mein Leben zurückgegeben, und Sie haben das Leben meines Bruders gerettet! Damals hatte ich keine Zeit, Ihnen zu danken. Ich war ein Feigling. Dafür habe ich mich seither immer geschämt. Seit damals habe ich verzweifelt nach Ihnen gesucht, konnte Sie aber zu meiner großen Schande nicht finden. Aber nun hat Gott Sie mir zurückgegeben, und ich kann wieder fröhlich sein! Aber Sie sind in Gesellschaft sehr schlechter Menschen, die meine Landsleute in die Sklaverei schicken.

Ich habe gehört, daß schlechte Menschen auch Gutes tun können, aber das glaube ich nicht. Sind Sie ein schlechter Mensch?«

»Ich glaube nicht«, gab Wilson zur Antwort.

»Dann müssen wir sprechen.«

»Okay.«

Tulj nahm Wilson wieder am Arm und führte ihn die Treppe hinunter durch das Haus. Überall in der Eingangshalle trafen sie auf Soldaten, die Qat kauten und *tejiyaa* tranken. Andere hatten inzwischen den Platz derer eingenommen, die bis dahin auf den Treppenstufen geschlafen hatten. Der Wachposten schaute in die andere Richtung, als die beiden durch das Tor hinaus zum Lastwagen gingen.

»Steigen Sie ein, Mr. Wilson«, bat Tulj.

»Nur Wilson, Tulj«, sagte Wilson. »Das ist mein Vorname.«

Sie stiegen ein. Tulj richtete ein paar kurze Worte an den Fahrer und gab ihm vier Zigaretten. Der Fahrer zuckte die Achseln. Ein paar Minuten später füllte sich der Lastwagen wieder mit Soldaten und rumpelte die Straße hinunter und in die Nacht hinein.

»Sie bringen die Leute in den siebten Distrikt an die Front«, erläuterte Tulj und deutete mit dem Daumen durch das kleine Drahtgitterfenster nach hinten zu den Soldaten, die auf der Ladefläche saßen. »Im Augenblick ist die Front an der Lugluwanougu Street. Als ich noch an der Universität war, hab ich dort immer die Reifen für mein Fahrrad gekauft. Letzte Woche verlief die Front durch den Garten der ehemaligen Sequhue-Nationalbibliothek. Fünfundsiebzig Männer sind bei den Kämpfen zwischen den Steinbänken gefallen.

»Bei wem dienst du?« fragte Wilson.

»Bei der BPFW«, gab Tulj zur Antwort.

»Welche Armee ist das?« fragte Wilson.

»Die Bupu Patriotic Front«, erklärte Tulj. »Aber eigentlich kommt es nicht darauf an. Genausogut könnte es die

ANM oder die BPP oder die APP oder die BNCM sein. Alles der gleiche Sumpf. Ein Haufen gewissenloser Killer, die nur an einem interessiert sind, nämlich soviel zusammenzuraffen, wie sie nur können. Was mit dem Land passiert, ist ihnen scheißegal.«

Über von Granaten gerissene Krater holperte der Lastwagen den Abhang hinunter in Richtung Stadtmitte. Erst vor kurzem hatten hier Kampfhandlungen stattgefunden. Wilson sah verlassene Gefechtsstände, verbarrikadierte Straßen mit frisch ausgerolltem Stacheldraht. Unbekleidete Leichen lagen direkt vor ihnen mitten auf der Straße. Der Fahrer machte sich nicht die Mühe, um sie herumzufahren, und Wilson kam die Galle hoch, als es holperte und er ein entsetzliches Krachen und Knacken hörte.

»Sag mal, wohin fahren wir eigentlich?« fragte Wilson.

»Hab keine Angst. Es geht zur besten Bar der Stadt«, beruhigte ihn Tulj. »Ich hab das Gefühl, daß ich dir einen Drink schulde.«

Der Lastwagen rumpelte auf einen von Ruinen umgebenen Platz mit einem zerschossenen Brunnen in der Mitte und schwenkte dann in weitem Bogen auf eine breite Straße mit Grünstreifen, auf dem sich Schuttberge türmten. Tulj tippte dem Fahrer auf die Schulter, der Lastwagen hielt an, und Wilson und Tulj stiegen aus. Sie standen in der blauen Abgaswolke und schauten einander an, während der Lastwagen davonfuhr. Tulj konnte sich ein Lächeln nicht verkneifen. Wilson wußte nicht, was er sagen sollte.

»Heute ist mein Glückstag«, lachte Tulj, »mein ganz besonderer Glückstag.«

Wilson überlegte einen Augenblick. »Sag mal, findest du es nicht merkwürdig ...« Seine Stimme verlor sich.

»Hast du schon mal von Carew und Rawlinson gehört?« fragte Tulj.

»Von Carew hab ich gehört«, gab Wilson zur Antwort. »Das war doch ein berühmter Forscher.«

»Ja, sie waren beide englische Forscher, die hierhergekommen sind, um uns armen Afrikanern zu erzählen, wie man Seen und Flüsse findet, die wir schon längst gefunden hatten. Aber darauf will ich eigentlich nicht hinaus. 1824 haben sie Bupanda bereist, ohne voneinander zu wissen und mit völlig unterschiedlichen Missionen. Im März des gleichen Jahres trafen sie sich rein zufällig auf der Straße nach Bongola. Sie waren damals die einzigen Europäer in ganz Äquatorialafrika. Jung hat das Synchronismus genannt. Also, wir hatten Jung ja während meines Studiums durchgenommen, und wenn du mich fragst, ist er ein Dummschwätzer. Jetzt aber genug davon. Ab in die Kneipe.«

Er legte Wilson die Hand auf die Schulter, und gemeinsam gingen sie über den Platz davon.

9

Vom Stern von Afrika, einst das eleganteste Hotel zwischen Kapstadt und Fez, war nicht mehr viel übriggeblieben. King Edward VII. war – damals noch als Prince of Wales – in den Tagen vor Victorias Tod dort abgestiegen; Stanley hatte sich nach den Strapazen seiner Suchexpedition nach Livingston hier erholt, und Elizabeth Taylor und Richard Burton waren während der Dreharbeiten zu *Cleopatra* ebenfalls Gäste in diesem Hotel gewesen. Die oberen Stockwerke, schon in den ersten Tagen des Bürgerkriegs von Granaten getroffen, starrten leer und blicklos auf die Avenue 16ème Juillet 1960 hinunter. Die berühmte Veranda war unter dem Gewicht von Sandsäcken und schweren Stacheldrahtrollen abgesackt, die Holzsäulen halb von Termiten zerfressen.

Aber wie durch ein Wunder hatte der Colonial Room die Kriegswirren unbeschadet überstanden. Wilson traute seinen Augen kaum, als er durch einen schweren Samtvorhang das Chaos der Lobby hinter sich ließ und in das plüschige Dämmerlicht der Bar trat. Kellner in weißen Jacketts und Fliege balancierten mit Drinks beladene Tabletts zwischen polierten Tischen und ledergepolsterten Nischen, begleitet von leiser Musik, gedämpfter Unterhaltung und dem leisen Klirren von Eiswürfeln. Über den Köpfen der Gäste bewegten Deckenventilatoren mit breiten Propellerblättern die heiße Luft mit kaum hörbarem, schläfrigem Summen. Die Theke selbst war aus Rosenholz und Mahagoni mit hineingeschnitzten Eingeborenen, Krokodilen und Schlangen mit Augen aus Silber. Ein Bild der Queen Victoria in ihrem Krönungsstaat als Kaiserin von Indien hing an einer verstaubten goldenen Kordel über einem beeindruckend großen Sortiment von Flaschen. Europäische Geschäftsleute in hellen Anzügen frequentierten die Bar ebenso wie lokale Honoratioren und schwarzhäutige, fein herausgeputzte Soldaten. Zigarrenrauch zog in dichten Schwaden zur zinnbeschlagenen Zimmerdecke empor.

»Wir müssen uns beim Oberkellner Jacketts und Krawatten ausleihen«, sagte Tulj. »ohne das kommst du hier nicht rein.«

Angetan mit blauen Schurwollblazern und überdimensionalen, gestreiften, fleckigen Krawatten aus den siebziger Jahren wurden sie ein paar Minuten später zu einer Nische in der Nähe der Theke geführt.

»Unglaublich«, staunte Wilson. »Als ob die Zeit stehengeblieben wäre.«

»Stimmt schon«, meinte Tulj. »Man könnte für ein paar Minuten glatt den Krieg vergessen. Hier findest du den letzten Rest an Zivilisation, der unserem armen Land noch geblieben ist. Vor der Unabhängigkeit war mein Vater hier Kellner gewesen, damals war die Bar für Schwarze verboten. Der Präsident auf Lebenszeit, Sequhue, hat neunzehnhundertvierundfünfzig übrigens hier drin ein Sit-in veranstaltet. In den sechziger Jahren ist er dann jeden Mittwochabend Schlag acht mit schwarzer Krawatte und weißem Abendjackett erschienen und hat ein paar *Gin and Bitters* getrunken. Er ist selbst dann noch gekommen, als er westliche Lebensweisen längst unter Strafe gestellt hatte. Zu Ehren dieses großen Mannes ist die Bar in dem Zustand erhalten worden, wie du sie jetzt siehst.«

Tulj winkte einem der Kellner, der herbeieilte und ihm die Hand schüttelte. »Das ist mein Schwager Ranji«, sagte er. Ranji schüttelte Wilson die Hand. Er war ein Bupu mit rötlicher Hautfarbe und kahlen Stellen auf dem Kopf.

»Versuch doch auch mal *Gin and Bitters*«, sagte Tulj.

»Bestellst du dir das auch?« fragte Wilson.

»Immer«, gab Tulj zur Antwort.

»Hört sich gut an.«

Ranji ging an die Theke. Tulj schaute ihm nach und deutete dann auf das Portrait der Queen Victoria, das durch den Qualm der Zigaretten nur schemenhaft zu erkennen war.

»Draußen im Busch glauben die Leute noch immer, daß die alte Queen noch lebt«, erzählte er. »Sie nennen sie *Nu Wan-Jazi* – die Große Mutter –, und sie glauben, daß sie zusammen mit der Göttin Buzu, das ist nach unserer alten Religion die Schutzpatronin für Geburtswehen, über Geburten und über den Herd wacht. Ich bin ein gebildeter Mann, wie du weißt, und lehne deshalb Aberglauben dieser Art ab, aber soviel möchte ich doch sagen: Victoria hat unser Land während einer bedeutenden Ära regiert. Damals wurde der Mpwanza-Kanal gebaut, der den Lake Bupu mit dem Meer verbindet. Viele Straßen wurden durch den Dschungel geschlagen, auch die Eisenbahn, die es heute immer noch gibt, und auch viele Krankenhäuser und Schulen sind unter ihrer Regentschaft entstanden. Die besten von uns sind auf Staatskosten in Missionsschulen geschickt worden und anschließend nach England auf die Universität, wo sie eine hervorragende Ausbildung als Verwaltungsbeamte erhielten. Mein Großvater hat auch zu diesen Auserwählten gehört. Es ist zwar richtig, daß dieses Land während der Kolonialzeit ausgebeutet wurde. Diamanten, Tropenholz, Zinn und Kupfer wurden uns geraubt. Aber andererseits haben wir zur Entschädigung ein ganz besonderes Geschenk bekommen. Und dieses Geschenk war ein funktionierendes Rechtssystem, das uns die Segnungen des Friedens bescherte. Und jetzt ist alles dahin. Jetzt ertränken wir Bupander einander in unserem eigenen Blut.«

Ranji brachte die *Gin and Bitters* auf einem zerbeulten Silbertablett, und eine Weile widmeten sich Wilson und Tulj schweigend ihrem Drink. Wilson betrachtete die Gäste an der Theke, die unter dem prüfenden Blick der Victoria tranken und plauderten, als wäre es die Zivilisation selbst, die ein wachsames Auge auf sie hatte – und einen Augenblick lang war er selbst versucht, zu glauben, daß es sie wirklich noch gab, das Recht und die Ordnung, und daß sie nicht nur die Illusion waren, für die Cricket sie hielt. Tulj seufzte und beugte sich zu Wilson. Aus seinen Augen sprach große Niedergeschlagenheit. »Ich werde dir erzählen, was seit den Hahnenkämpfen in deinem Land mit mir geschehen ist.«

»Schieß los.«

»Nachdem du uns vor den Anda-Banditen gerettet hast, sind mein Bruder und ich durch den Wald geflüchtet und über die Interstate nach Hause gelaufen. Wir haben unter diesem ganz außergewöhnlichen Sternenhimmel viele Stunden für den Heimweg gebraucht, und allmählich verschwand meine Angst, und zum ersten Mal seit vielen Jahren begann ich ernsthaft, mir über meine Situation Gedanken zu machen. Ich habe begriffen, daß ich nirgendwo auf der Erde in Sicherheit bin – nicht einmal in Amerika, selbst dann nicht, wenn ich mich in meinem eigenen Schlafzimmer in meinen eigenen vier Wänden verbarrikadiert hätte –, solange der Bürgerkrieg andauert und solange noch ein einziger Anda am Leben ist. Hier auf dem Land gibt es ein Sprichwort: Im Jahr des Löwen ist der sicherste Platz bei den Löwen. Also habe ich mich entschlossen, zurückzukehren und meine Landsleute in ihrem patriotischen Kampf zu unterstützen.

Ich habe alles verkauft, was ich besaß, und stieg in ein Flugzeug nach Bujumbola. Von dort aus überquerte ich zu Fuß die

Grenze. Ich schloß mich der BPF an, die damals im Dschungel östlich von Seme stationiert war. Fünf Monate lang kämpfte ich an ihrer Seite, und ich erlebte viel sinnloses Morden. Einmal – und bei dem Gedanken daran krampft sich noch heute mein Herz zusammen – kamen wir in ein Anda-Dorf, in dem nur Frauen und Kinder waren. Die Kinder haben wir als Sklaven genommen, die Frauen vergewaltigt und ermordet. Ich werde den Anblick nie vergessen, als einige meiner Kameraden einem sechzehnjährigen Mädchen bei lebendigem Leib das Herz herausschnitten, es unter sich aufteilten, verspeisten und sich schließlich an ihrem toten, blutüberströmten Körper vergingen. Vielleicht bin ich in Amerika zum Schwächling geworden, aber dieser Stammesbrauch muß unbedingt ausgemerzt werden. Diese Tat hat mich so getroffen, daß ich auf der Stelle einen weiteren Entschluß faßte. Diesmal gelobte ich, einen Weg zu finden, eine Annäherung zwischen den Bupus und den Andas zu erreichen, aber bevor ich dir mehr erzähle, mußt du mir ein paar Fragen darüber beantworten.«

»Gern, wenn ich kann.«

Tulj holte Luft, griff in die Tasche seines Jacketts und fischte die Packung ägyptischer Zigaretten heraus. Es waren noch zwei übrig. Eine davon bot er Wilson an, der den Kopf schüttelte. Dann zündete er sich selbst eine an und legte das Streichholz in einen Keramikaschenbecher, auf dem in goldenen Buchstaben »Stern von Afrika« prangte. Als er wieder den Kopf hob, war sein Blick hart geworden.

»Erstens, warum bist du mit diesen schlechten Menschen zusammen?« fragte er.

»Ich habe mit diesen schlechten Menschen nichts zu schaffen«, gab Wilson zur Antwort. »Es ist die Frau mit den roten Haaren, mit der ich zusammen bin. Ich bin mit ihr auf einem Schiff über den Atlantik herübergekommen. Aber das ist eine lange Geschichte. Jetzt ist sie meine Frau.«

»Ach, es ist also eine Frau«, sagte Tulj, als hätte er verstanden.

»Sozusagen«, sagte Wilson.

Tulj dachte einen Moment nach. »Gehörst du zu den Männern, die in meinem Land Sklavenhandel betreiben, Mister Wilson?«

»Bestimmt nicht freiwillig«, sagte Wilson.

»Aber du genießt das Vertrauen der Männer, die dazugehören?«

»Mehr oder weniger.«

»Du gehörst aber nicht zu ihnen, bist du dir sicher –«

»Ich werde versuchen, mich so klar wie möglich auszudrücken«, sagte Wilson. »Vermutlich wußte ich schon immer, daß es auf der Welt viel Böses gibt. Aber bis vor nicht allzulanger Zeit habe ich ein völlig normales Leben geführt, mich nur um meine eigenen Angelegenheiten gekümmert und so getan, als gäbe es das Böse überhaupt nicht. Ich bin nach wie vor davon überzeugt, daß das Böse keine naturgegebene Eigenschaft der menschlichen Rasse ist, aber vielleicht bin ich ja auch ein unverbesserlicher Optimist. Der Seeräuber Page und seine Mörderbande haben jedenfalls noch niemandem etwas Gutes getan. Wenn ich die Macht hätte, etwas zu unternehmen, um sie unschädlich zu machen, würde ich es ohne Zögern tun. Und wenn ich selbst dabei draufgehe.« Seine markigen Worte waren ihm selbst peinlich, aber sie entsprachen der Wahrheit, und als er sie formulierte, spürte er ein leises Kribbeln in den Zehen.

Tulj nickte zufrieden. »Sehr gut«, sagte er. »Dann ist es nicht nur purer Zufall, sondern göttliche Vorsehung, die unsere Wege wieder zusammengeführt hat. Einige meiner Freunde haben eine Theorie. Sie sagen, daß es im Moment für die Bupus und für die Andas recht profitabel ist, gegeneinander zu kämpfen, denn dann kann jede Seite Sklaven machen und an Geschäftsleute aus Industrienationen verkaufen. Meine Freunde meinen, daß, falls es uns gelingt, dem Sklavenhandel Einhalt zu gebieten, es uns auch gelingen wird, den Krieg zu beenden. Und ich denke genauso.«

»Wer sind deine Freunde?« fragte Wilson.

»Zuerst sag mir, ob du uns helfen wirst.«

Wilson warf einen Blick über die Bartheke auf die Queen Victoria und straffte die Schultern. »Hast du jetzt eine Zigarette für mich?«

10

Dunkel wie getrocknetes Blut floß der Mwtutsi durch das grüne Zwielicht des Dschungels. Prächtig gefiederte Vögel und Affen mit flauschigen, weißen Schwänzen äugten aus den weitverzweigten Baumkronen am Flußufer. Vom Brummen der Motoren abgesehen, herrschte absolute Stille; selbst die Moskitos verhielten sich ruhig. Es war der geräuschloseste Regenwald, den Wilson bisher erlebt hatte. Wie eine fremdartige, grüne Kathedrale kam er ihm vor, obwohl er nicht hätte sagen können, welcher Gottheit sie wohl geweiht war: einem unbekannten Gott einer absurden Fruchtbarkeit und eines plötzlichen Todes vielleicht? Von Krokodilen angefressene Soldatenleichen trieben am grün gestrichenen Rumpf der *Dread* vorüber und schaukelten auf den Wellen auf und ab auf ihrem Weg zum zweihundert Meilen entfernten Meer.

Dreißig Kilometer hinter der alten Holzfällerstation Ulundi ging der Fluß fächerförmig in ein Sumpfgebiet aus schlammigen Inseln und von Seerosen zugewucherten Kanälen über. Nur mühsam kamen sie voran. Das für tieferes Gewässer ausgelegte Sonarsystem der *Dread* spielte in diesem von dichtem Regenwald umschlossenen Gebiet verrückt, und so blieb dem Piraten nichts anderes übrig, als auf das bewährte, alte Bleilot an der Nylonleine zurückzugreifen, um in dem Morast die Wassertiefe der Kanäle auszuloten. Die nächsten beiden Tage verbrachte Wilson im Bugkorb, damit beschäftigt, die Lotleine dieser primitiven Vorrichtung ins Wasser zu senken und wieder heraufzuholen. Diese Arbeit war ihm ganz recht, er konnte sich von den anderen absondern und seinen eigenen Gedanken nachhängen. Die meiste Zeit der Reise begleitete ein Baumwürger mit schwarzen Flügeln und langen, weißen Schwanzfedern das Schiff und ließ sich ab und zu auf dem Heckkorb oder der Reling nieder. Aber ebenso wie die anderen Vögel, die Wilson in den Bäumen sah, gab auch er nicht den leisesten Ton von sich.

»Wäre ich Afrikaner, würde ich sagen, daß dieser Vogel ein schlechtes Omen ist, ein böser Geist.« Schlüber war aufs Vorschiff gekommen, um eine Zigarette zu rauchen. Der warme Wind zerzauste seine sandfarbenen Haare, und in seinen blaßblauen Augen spiegelte sich das Grün des Dschungels. Er beugte sich über den Bugkorb und schaute dem Baumwürger nach, der einmal das Schiff umkreiste und dann in den Bäumen verschwand. »Haben Sie eigentlich bemerkt, daß dieses verdammte Vieh schon seit Ulundi hinter uns herfliegt?«

»Hab ich«, sagte Wilson. »Aber inzwischen müßtet ihr doch eigentlich gegen jede Art von Unglück immun sein.«

»Wie meinen Sie das?«

»Wie viele Sklavenjagden haben Sie bis jetzt mitgemacht?« erwiderte Wilson. Er senkte die Leine des Bleilots ins Wasser und holte sie wieder ein. »Siebzehneinhalb Fuß«, meldete er nach achtern.

»Aye, aye«, antwortete Cricket aus dem Oktagon. Kurz danach brummten die Zwillingsdiesel der *Dread* eine Oktave höher, und das Schiff arbeitete sich weiter voran.

»Sechs Jahre bin ich jetzt dabei«, berichtete Schlüber. »Wenn man drei Fahrten pro Jahr rechnet, dürften es demnach achtzehn, zwanzig Einsätze gewesen sein.«

»Sehen Sie«, sagte Wilson. »Falls Pech, das Schicksal oder die Gerechtigkeit – wie Sie das Kind beim Namen nennen, ist letztendlich egal – euch hätte ereilen wollen, hätte es euch schon nach drei oder vier Einsätzen erwischt. Aber jetzt, nach dem fünfzehnten Einsatz, habt ihr, wie ich das sehe, vermutlich bis zum Jüngsten Gericht nichts mehr zu befürchten.«

»Bis jetzt mag das ja zugetroffen haben«, sagte Schlüber. »Aber diesmal liegen die Dinge anders, denn bisher sind wir noch nie ins Landesinnere vorgedrungen, und, ehrlich gesagt, mir geht der Arsch auf Grundeis. Die alte *Storm Car* war zu groß für Flußfahrten. Der Kahn hier hat aber so wenig Tiefgang, daß wir es bis ganz hinauf zum Lake Tsuwanga schaffen werden, eine verdammt gottverlassene Gegend, sag ich Ihnen. Bis jetzt war unser Ziel immer Kemal oder Brass oder ein anderer der sechs Handelsstützpunkte an der Küste im Norden von Rigala gewesen, wo wir die Fracht von einheimischen Großhändlern übernommen haben. Das war eine saubere Sache mit entsprechend hoher Gewinnspanne, bis zu zweihundertzehn Prozent pro Einheit. Aber jetzt hat Captain Page es sich in den Kopf gesetzt, die Zwischenhändler auszuschalten. Wir sind auf direktem Weg zur Quelle, mein Freund. Riskant, wenn Sie mich fragen, aber dementsprechend fett wird auch der Gewinn ausfallen.«

Wilson ließ das Bleigewicht ein paar Fuß tief ins Wasser fallen. Dumpf schlug es gegen den Bootsrumpf. Der schwarze Baumwürger flog über das Vorschiff.

»Nehmen wir denn Sklaven an Bord der *Dread*?« fragte er gespielt ruhig.

»Auf jeden Fall haben wir es vor«, gab Schlüber zur Antwort. Der Rauch seiner Zigarette hing in der schweren Luft.

»Was meinen Sie? Wie viele Menschen mögen wohl in unseren Laderaum passen?« fragte Wilson beiläufig. »Zwanzig, dreißig? Das dürfte den Aufwand, den wir hier treiben, doch wohl kaum rechtfertigen.«

Schlüber schnipste die Zigarettenkippe ins schwarze Wasser.

»Wir sprechen hier nicht von voll ausgewachsenen Menschen. Ich würde die Iwos eher als eine seltene Tierart bezeichnen. Diese Winzlinge haben ja nicht mal 'ne richtige Sprache. Alles, was sie von sich geben, sind komische Klicklaute, die mich immer an Eichhörnchen erinnern.«

Wilson sah die verstörten, ausdruckslosen Augen der Iwo-Frauen in Rigala vor sich, und es rieselte ihm kalt über den Rücken. »Wie viele von denen könnte man da unten wohl zusammenpferchen?« hörte er sich fragen. Das schlammige Wasser des Mwtutsi schmatzte leise am Bootsrumpf.

Schlüber zuckte die Achseln. »So fünfundachtzig bis hundert, schätze ich.«

»Ihr verdammten Dreckschweine!« preßte Wilson zwischen zusammengebissenen Zähnen hervor.

Schlüber trat einen Schritt zurück und schüttelte den Kopf. »Ich weiß, was Sie denken«, sagte er. »Aber ich habe damit jedenfalls keine Probleme. Alles ist besser als das Leben, das ich vorher geführt habe.«

»Und was wäre Ihrer Meinung nach noch schlimmer als Sklavenhandel?«

»Erinnern Sie mich bei Gelegenheit daran, daß ich Ihnen meine Lebensgeschichte erzähle«, antwortete Schlüber. »Im Augenblick will ich nur soviel sagen, daß ich einen guten Job bei einem der erfolgreichsten Wirtschaftsprüfer in Frankfurt hatte, eine schöne Freundin, einen tollen Porsche 911 und eine schicke Wohnung. An den Wochenenden hab ich mit meinen Freunden Fußball gespielt, in teuren Restaurants beste deutsche Küche genossen und ausgezeichnetes Bier getrunken. Ab und zu hab ich mir einen Joint reingezogen, aber ich kann Ihnen sagen: Nichts, aber auch rein gar nichts hat bei mir eine einzige Saite zum Klingen gebracht. Ich war faktisch tot. Und genau das ist es, was die zivilisierte Gesellschaft für dich bereithält, mein Freund: Sie macht dich tot. Es gibt einfach kein Risiko. Hier dagegen« – er deutete mit dem Kinn zum Dschungel – »spüre ich wenigstens mein Herz schlagen.«

Wilson drehte sich wieder zum Fluß um und holte die Lotleine ein. Aus seiner angespannten Körperhaltung sprach Verachtung. Schlüber wollte noch etwas hinzufügen, stieß dann aber nur einen Fluch aus und verdrückte sich wieder ins Navigationsoktagon. Aber in Wahrheit verstand Wilson den Mann nur zu gut. Er selbst hatte den gleichen Überdruß erlebt, bis er, einem Wirbelsturm gleich, sein Leben aus den Fugen gerissen hatte, heraus aus der Geborgenheit von Andreas klammernden Armen, aus seiner armseligen Wohnung, in der er acht Jahre lang unbehelligt gelebt hatte. Es hatte ihn hinausgetrieben auf eine ungewisse Reise über das Meer, mitten hinein in das Herz von Afrika, in die Gesellschaft von Menschen, die er schlechter nirgendwo auf der Welt hätte finden können.

Ein paar Sekunden später bildete sich auf der glatten Oberfläche des Mwtutsi steuerbord voraus eine Beule, und ein urzeitliches Auge blickte träge zu Wilson herüber. Einen Augenblick nur tauchte der ledrige, maiskolbenähnliche Rücken eines Krokodils auf, um gleich danach wieder vom schwarzen Wasser des Flusses überspült zu werden. Und erneut senkte sich die geheimnisvolle Stille des Dschungels über den Mwtutsi.

11

Die Morgensonne beleuchtete eine geschundene Landschaft. Bei Anbruch der Dämmerung hatten sie den Dschungel und die Sümpfe des Ulundi-Gebietes hinter sich gelassen. Der Fluß durchschnitt nun ein zerstörtes Land, das übersät war mit ausgebranntem Kriegsmaterial. Schwarze, tote Erde breitete sich bis zum schmutzigen Horizont aus. Selbst das Wasser des Flusses roch beißend nach verbranntem Gummi.

»Das hier ist das Werk der Andas«, erzählte der Pirat. »Vor ungefähr fünf Jahren haben sie mit Entlaubungsmitteln aus Restbeständen des Vietnamkrieges eine vierzig Kilometer breite Schneise in den Dschungel geschlagen, um den Vormarsch der Bupus nach Seme aufzuhalten. General Ature von der APP war damals ihr Oberbefehlshaber. Ein gerissener Halunke, sag ich euch. ›In einem Krieg‹, hat er mir einmal gesagt, ›gibt es nur ein Ziel: den Sieg. Wenn der Krieg vorbei ist, interessiert es keinen Schwanz mehr, wie's hinterher aussieht.‹«

Wilson spähte über die heiße Stahlarmierung des Navigationsoktagons. Längs des Flußufers erstreckte sich ein Wirrwarr verbrannter Baumwurzeln und verrosteter, schwarzer Eisenteile. Wie Fragezeichen interpunktierten menschliche Knochen die Landschaft.

»Wann, glaubst du, werden hier wieder Bäume wachsen?«

»Wieder wachsen?« Der Pirat ließ ein wölfisches Lachen hören. »Als die Römer Karthago eingenommen haben, streuten sie Salz auf die Erde, damit nichts mehr wächst. Hier ist es ähnlich. In den nächsten tausend Jahren wird es in dieser Gegend bestimmt keine richtige Vegetation mehr geben.«

Um die Mittagszeit fuhren sie an einem verlassenen Bupu-Dorf vorbei, das zugleich den Rand der geschundenen Landschaft markierte. Dann tauchten sie wieder in den Dschungel ein, wo sich der Fluß auf eine Breite von weniger als zwanzig Metern verengte. Das Blätterdach über ihnen war so dicht, daß sie den Himmel nicht sehen konnten.

»Halte deine Augen offen«, sagte der Pirat. Es klang wie ein Befehl. Wilson ging an den Waffenschrank, um sich ein Fernglas zu holen.

»Dazu brauchst du kein Fernglas.« Der Pirat scheuchte ihn vom Schrank fort. »Amüsieren kannst du dich auch so.«

Eine halbe Stunde lang starrte Wilson wie ein Idiot auf das gegenüberliegende Ufer, bis er endlich schwache Lichtstreifen aus der Dunkelheit zwischen den Bäumen schimmern sah.

»Das sind Iwos«, sagte der Pirat auf Wilsons Frage. »Diese primitiven Dinger beten das Licht an.«

»Du meinst die Sonne?«

»Nein. Sie beten Licht an, speziell Taschenlampen. Keiner weiß, warum. Vielleicht, weil es im tiefen Dschungel, wo sie leben, so gottverdammt finster ist. Für zwei Taschenlampen würden die glatt ihre eigene Großmutter verkaufen. Und jetzt rat mal, was wir unten im Laderaum haben.«

»Keine Ahnung.«

»Zehn Kisten billige Plastiktaschenlampen, made in Taiwan. Die Batterien halten höchstens zwei Wochen. Für die Iwos sind die Lampen wie eine Droge: Sie brauchen immer mehr davon.«

Eine Stunde vor Einbruch der Dunkelheit paddelte ein Iwo-Krieger in einem Einbaum, kaum größer als ein Küchenspülbecken, an der *Dread* vorüber. Lange, schwarze Federn hingen von seinen mit Schlamm beschmierten Haaren. Weiße Farbstreifen zierten Brust und Arme; weiße Kreise umrahmten seine Augen. Eine rote Plastiktaschenlampe baumelte an einer Schnur um seinen Hals. Als er mit der *Dread* auf gleicher Höhe war, hörte er zu paddeln auf, hielt sich die Taschenlampe unters Kinn und knipste sie an. Der schwache Lichtstrahl hob die weiße Farbe in seinem Gesicht hervor, das vor dem Hintergrund des dunkelgrünen Dschungels wie ein Totenschädel wirkte. Ganz still saß der Iwo da, hielt sich die Taschenlampe unters Kinn und ließ sich von der Strömung achteraus tragen, bis er um die nächste Flußbiegung war.

12

Wie flüssiges Gold schimmerte der Lake Tsuwanga in der Nachmittagssonne. Eine kühle Brise wehte von den Hängen des Mount Mosumbawa, dessen blauer Gipfel hinter den vorgelagerten Bergen hoch in den Himmel ragte. Wilson stand im Bugkorb der *Dread*, füllte seine Lungen mit der frischen Bergluft und schaute zu, wie sich die Schilfkolben im Wind wiegten und rotgefiederte Vögelschwärme über den See zogen. Dunkle Stellen auf der Wasseroberfläche zeigten die Anwesenheit von fliegenden Fischen an. Wenn sie durch die Luft sausten, sah es aus, als würde jemand eine Handvoll Silbermünzen in den Himmel werfen. Pelikane und Kormorane tauchten nach den Fischen und zankten sich auf den Wellenkämmen anmutig um die Beute. Vor dem dunstigen Horizont blähte sich das gelbe Segel eines Bupu-Fischerbootes im Wind und rauschte dem Ufer entgegen.

Der See war für seine landschaftliche Schönheit ebenso berühmt wie für die Tatsache, daß nur wenige Weiße ihn gesehen und lebend heimgekehrt waren. In der hundertfünfzigjährigen Geschichte der Erforschung Afrikas durch Europäer mochten es kaum mehr als ein paar Dutzend gewesen sein. Wilson fiel ein Artikel im *National Geographic* über die Entdeckung des Sees im Jahre 1830 durch Sir Alwyn Carew ein. Dieser hatte nach der Quelle des Niger gesucht – damals noch einer der größten weißen Flecken in Afrika. Nach eineinhalb Jahren voller Entbehrungen war Carew, dem Hungertod nah und nur noch mit Fetzen bekleidet, mit letzter Kraft ans glitzernde Ufer des Lake Tsuwanga gestolpert. Nach den schrecklichen Erlebnissen im Dschungel, so schrieb er später, empfand er diesen unvergeßlichen Moment so, als wäre er unvermittelt in eine Orgie von Licht getreten.

Ja, Carew hatte recht, dachte Wilson, das Licht hier war tatsächlich glasklar und märchenhaft. Aber eine Stunde später beschlich ihn ein merkwürdiges Gefühl: Irgend etwas störte den Frieden, ohne daß er hätte sagen können, was es war. Ein beunruhigender Ton lag in dem blauen Schatten, den die Sonne auf das Deck warf. Ja, hier war eine Schönheit, die der Betrachtung durch den Menschen nicht bedurfte. Der ganze See vibrierte förmlich vor Selbstgenügsamkeit. Wilson schaute auf die blaue Wasserfläche und glaubte zu begreifen, was mit Carew geschehen war: Es war das makellose Licht gewesen, das ihn schließlich in den Wahnsinn getrieben hatte. Auf seiner zweiten Expedition, den Mwtutsi flußaufwärts, hatte der Forscher auf seiner Bark-*HMS Alexander Pope* nicht nur die Standardausrüstung, sondern zusätzlich hundertfünfzig Brieftauben mitgenommen. Zwei dieser loyalen Vögel hatten es geschafft, die britische Küstenstation in Williamsport zu erreichen. An ihren Füßen waren wirre Botschaften befestigt. Es war die Rede von Riesenschlangen, Zwergen und Schmetterlingen, so groß wie Papierdrachen. Carew selbst blieb spurlos verschwunden.

Fünfzig Jahre später, im Jahre 1882, erstand ein Beamter der West African Company auf dem Markt in Bongola von einem Bupu-Häuptling eine ledergebundene englische Ausgabe der Komödien von Goldoni im Tausch gegen ein Jagdmesser. Er war überrascht, einen solchen Gegenstand ausgerechnet mitten im Dschungel zu finden, und erkundigte sich bei dem Häuptling nach der Herkunft des Buches. Ein weißer Mann habe das Buch zu Lebzeiten seines Großvaters den Iwos geschenkt, gab der Häuptling zur Antwort. Anschließend sei der Mann ins Wasser gesprungen, um bei den Fischen zu leben. Auf dem Vorsatzblatt des Buches entdeckte der Beamte zwei Worte in Carews Handschrift, geschrieben mit dunkler Tinte, die aussah wie Blut: »Aufsteigende Angst.«

Eine Farbe von leuchtendem Lavendel überzog mittlerweile den Himmel über dem Lake Tsuwanga. Vor diesem melancholischen Hintergrund präsentierten sich die Berge und das Wasser des Sees in atemberaubender Schönheit. Wilson dachte an die Gebeine des großen Carew, die im tiefen Wasser direkt unter dem Kiel der *Dread* ruhten. Von kalten Strömungen saubergewaschen, leisteten sie nun namenlosen Mollusken und fremdartigen Anemonen auf dem Grund des Sees Gesellschaft – ein weiterer Engländer, den Afrika mit Haut und Haaren verschluckt hatte.

13

Mit gedrosseltem Motor fuhr die *Dread* in eine kleine Bucht am Westufer des Sees, wo sich eine armselige Bupu-Siedlung über eine Länge von einem Kilometer am Ufer ausbreitete. In der Abenddämmerung sah Wilson Armeezelte und rostige Wellblech-Nissenhütten einträchtig neben *haotas*, den traditionellen Stammeshütten der Bupus, stehen. Die *haotas*, sandkuchenähnliche, geteerte Schilfhütten, drängten sich um einen Innenhof aus grünem, festgetretenem Dung. Am nördlichen Ende des Dorfes stand auf einem Erdhügel eine Palisade aus Holz, in ihrem Umkreis mehrere niedrige Käfige. Anstelle einer Flagge hielt ein Dutzend abgeschnittener Köpfe auf Pfählen über dem Dorf Wache. Der Wind blies Schwaden von Moskitos und blutsaugenden Köcherfliegen auf den See heraus.

»Dieses Dorf heißt bei den Bupus M'Gongo epo«, erzählte Cricket. »Der Ort der Tränen. Das hier ist die einzige Bupu-Siedlung im Iwo-Gebiet.«

Wilson schwieg.

»Es gibt an die zweihundert verschiedene Iwo-Clans, die ständig im Krieg miteinander liegen. Ich weiß schon, was du sagen willst: Wir sind dran schuld, daß die Iwos gegeneinander kämpfen und sich gegenseitig als Sklaven verkaufen, nur weil sie auf die Taschenlampen scharf sind, die wir im Laderaum haben. Dazu will ich dir sagen, daß die Iwos schon seit Menschengedenken gegeneinander Krieg führen und es auch dann noch tun werden, wenn wir längst von der Bildfläche verschwunden sind.«

Cricket zupfte verbrannte Hautfetzen von ihrem Handgelenk. Auch auf der Nase hatte sie einen starken Sonnenbrand. Zwei Tage nach Auslaufen aus Rigala war ihr die Sonnenschutzcreme ausgegangen. Als sie die Sonnenbrille absetzte, sah Wilson Sorgenfalten in der weißen Waschbärenmaske rund um ihre Augen.

»Mir paßt das genausowenig wie dir«, sagte sie nach einem Moment des Schweigens. »Aber wir müssen noch eine Weile mitmachen.«

»Das sagst du immer wieder.«

»Wenn wir noch zwei Jahre aushalten, sind wir in Paris, das verspreche ich dir. Versuche, in den nächsten beiden Tagen nur daran zu denken.«

»Na gut«, meinte Wilson. »Aber wie viele Knochen müssen wir noch überwinden, bis wir endlich auf den Champs-Élysées sind?«

Cricket drehte den Kopf zur Seite und verzichtete auf eine Antwort.

Die *Dread* krängte nach Steuerbord, als Mustapha das motorisierte Beiboot zu Wasser ließ und über die Reling von Bord kletterte. Der Pirat und Schlüber taten es ihm nach, und bald zerschnitt das Dröhnen des fünfundsiebzig PS starken Evinrude die jungfräuliche Stille über dem See.

»Wir setzen über«, brüllte der Pirat über das monotone Brummen des Außenborders. Dann wedelte er ärgerlich mit der Hand, woraufhin Mustapha das Gas wegnahm und das Boot zu Cricket und Wilson ans Heck der *Dread* treiben ließ. Von seinem Sitz im Schlauchboot schaute der Pirat mißgelaunt zu den beiden hinauf.

»Die Situation könnte gefährlich werden, und ich möchte, daß sich dein Ehemann dessen bewußt ist«, knurrte der Pirat mit Blick auf Wilson.

»Ist gut, Dad«, gab Cricket zur Antwort.

»Also keine Zimperlichkeiten, keine bürgerlichen Moralpredigten, keine weibischen Hysterieanfälle, wenn ich bitten darf. Verstanden, Zivilist?«

Wilson drehte sich betont langsam zum Piraten um und schaute ihm direkt in die schwarzen Augen. »Fick dich ins Knie, Alter.«

Der Pirat bedachte ihn mit einem vernichtenden Blick. »Mustapha«, befahl er, der Afrikaner gab Gas, das Schlauchboot machte einen Satz und preschte in voller Fahrt auf das Ufer zu.

Wilson schaute dem Boot nach. In dem schwächer werdenden Licht sah er dunkle Gestalten, die auf dem steinigen Strand auf die Ankömmlinge warteten.

Eine Stunde später setzten sich Cricket, Wilson und Nguyen zu einem kalten Abendessen ins Navigationsoktagon. Die

Digitalinstrumente des Armaturenbrettes verbreiteten ein anheimelndes Licht, fast wie Kerzen auf einem Weihnachtsbaum.

Wilson aß ein Käse-und-Tomatensandwich und aus einer Plastiktasse Kartoffellauchsuppe vom Vortag. Cricket aß ein paar Reiskuchen mit Honig und dazu Salat. Der vietnamesische Koch schaufelte mit einem Holzlöffel kaltes Falafel aus einer Schüssel. So, wie er auf der Reling hockte und von oben auf die beiden herunterglotzte, sah er aus wie eine hinterlistige Eule. Über die Kurzwelle kamen heisere statische Geräusche, gelegentlich unterbrochen von dem hektischen Burst einer Morsenachricht.

»Captain Amundsen konnte solche Morsenachrichten wie eine Zeitung lesen«, sagte Wilson geistesabwesend.

»Denk nicht an ihn«, flüsterte Cricket. »Im Moment geht es darum, nach vorn zu schauen.«

»Captain Amundsen mausetot«, stellte Nguyen fest. »Futter für Haifische.«

»Lieber wär's mir gewesen, wenn's dich erwischt hätte«, sagte Wilson. »Dein Arsch hätte sich als Haifischfutter bestimmt gut gemacht.«

»Ich gern wissen, wie lang du noch machst, Joe«, stichelte der Koch. »Du hier nix willkommen. Riech Unglück in Luft. Dein Glück vielleicht bald nix mehr wert.« Dann begann er zu kichern, ein unheimliches, schrilles Gegacker auf dem nächtlichen See.

»Nguyen!« Cricket stieß ihm einen Finger in die Seite. »Ich kann diese Scheiße nicht mehr hören –« In diesem Moment ertönte von der Küste her ein gellender Schrei, unmittelbar gefolgt von einem schaurigen, vielstimmigen Singsang. Die drei wandten die Köpfe und schauten zum Dorf hinüber, einer schemenhaften Ansammlung von Lagerfeuern und Rauch am Rand einer undurchdringlichen Dunkelheit.

»Sie haben angefangen«, sagte Cricket leise. Ihr Gesicht lag im Schatten. »Ich werd mir das bestimmt nicht die ganze

Nacht anhören. Geben Sie Gas, Mr. Nguyen. Mit dem ersten Licht motoren wir wieder zurück.«

Der Koch zögerte, zuckte dann die Achseln und machte sich an den Knöpfen zu schaffen. Bald begannen die Dieselmotoren beruhigend zu tuckern, und Cricket steuerte das Schiff etwa eine Meile hinaus auf die Mitte des Sees. Dort stellte sie den Motor ab und ließ den Anker ins schwarze Wasser fallen. Er fiel in die kalte Tiefe wie in den Weltraum, ohne den Grund des Lake Tsuwanga zu berühren, der eines der tiefsten Binnengewässer der Erde ist. Mit leichter Schlagseite hing die *Dread* vor der schwarzen Silhouette des Mount Mosumbawa.

»Wir werden wohl die ganze Nacht Wache gehen müssen, damit sie nicht an die Felsen schlägt«, sagte Cricket. »Aber ich hatte ohnehin nicht vor zu schlafen. Und du?«

»Ich auch nicht«, sagte Wilson.

»Ich schon«, bemerkte der Koch und verschwand unter Deck.

Über die elektrische Ankerwinsch holten sie den Anker wieder ein, hievten ihn in den Ankerkasten, und die *Dread* driftete durch die Nacht in den Morgen hinein. Abgesehen vom unregelmäßigen Flackern der Sterne und dem matten Schein des Armaturenbretts, lag der See in tiefer Dunkelheit.

Cricket knöpfte ihr Hemd auf und entledigte sich ihrer Shorts. Nackt stand sie unter den fahlen Sternen. Von ihrem Körper ging ein phosphoreszierendes Leuchten aus.

»Falls du's vergessen hast: Das hier sind unsere Arbeits-Flitterwochen.«

»Stimmt«, sagte Wilson.

»Und deshalb möchte ich jetzt mit dir schlafen«, sagte sie ein wenig leiser, legte sich zurück und spreizte die Beine.

»Stellen wir uns doch einfach vor, es wäre jetzt fünf, zehn Jahre später und wir sind gerade auf einer Urlaubsreise. Wir liegen mitten auf einem stillen See, auf dem Genfer See zum Beispiel, oder noch besser, auf dem Lago di Como. Es ist eine schöne Spätsommernacht, unsere Kinder schlafen unter

Deck. Ich bin deine Frau, und ich liebe dich, und du liebst mich –«

»Halt den Mund«, sagte Wilson, ging zu ihr und sank zwischen ihren gespreizten Beinen auf die Knie.

14

Gegen Mittag des folgenden Tages fuhren zwei lange, offene Motorboote über das kühle Wasser des Sees zur *Dread* hinaus. Sechs Soldaten der BPF, ausstaffiert in einer abenteuerlichen Kombination aus Kampfanzug und traditionellem Schmuck, kamen an Bord. Einer von ihnen trug eine Halskette aus getrockneten Früchten; allerdings waren es keine getrockneten Früchte, sondern verschrumpelte menschliche Ohren. Andere hatten Stirnbänder aus Zähnen und Fingerknochen umgebunden. Einer der Soldaten bellte ein paar knappe Befehle auf bupandisch und gestikulierte in Richtung Küste. Die anderen schlurften gelangweilt über das Deck; sie sahen gefährlich aus.

»Was ist hier eigentlich los?« erkundigte sich Wilson, der nicht verhindern konnte, daß seine Stimme zitterte.

»Nur keine Panik«, beruhigte ihn Cricket. »Wir gehen an Land. Es wird ein kleiner Empfang zum Abschluß einer, äh, erfolgreichen Transaktion gegeben, und da ist unsere Anwesenheit gefragt. Dieser Empfang ist hier so wichtig wie bei euch zu Hause die Unterschrift unter einen Kaufvertrag. Mach dich bitte darauf gefaßt, daß es 'ne ziemlich scheußliche Angelegenheit sein wird. Und tu mir bitte einen Gefallen: Mach nichts Unüberlegtes, und paß auf, daß du bloß nicht kotzt.«

»Ach komm, du übertreibst doch.«

»Na, dann wart's mal ab.«

Wilson schnallte sich die Pistole und das Bajonett um, steckte zusätzliche Munition in seinen Gürtel und kletterte in das vordere Boot. Ein Geruch von Blut lag in der Luft, als sie auf den glänzenden Steinen des Strandes landeten und durch das Dorf gingen. Niemand sprach ein Wort. Rötlicher Dunst hing in der Luft wie ein leiser Seufzer, und der ätzende, süßliche Geruch gebratenen Fleisches stieg Wilson in die Nase. Ein gelber Hund lag mitten auf der Straße und nagte an einem langen Knochen. Hinter der letzten Nissenhütte bogen sie in eine schmale Gasse ein, die zu beiden Seiten von kleinen, aus rohem Holz gezimmerten Käfigen gesäumt war. Wilson mußte zweimal hinsehen, um zu erkennen, daß in diesen Käfigen Menschen saßen. Männer und Frauen, nicht größer als einen Meter zwanzig, schauten die vorübergehenden Soldaten aus flehenden Augen an. Einige von ihnen streckten die Hände zwischen den Gitterstäben heraus. Die Luft war erfüllt von traurigen, vorwurfsvollen Klicktönen. Als sie die Palisade erreicht hatten, sah Wilson, daß sie nicht aus Holz erbaut war, wie er angenommen hatte, sondern aus Menschenknochen, die an fest im Boden verankerten Eisenträgern festgebunden waren. Über dem Haupttor hingen mehrere Totenköpfe in Form eines invertierten Pentagrammes. Wilson schätzte, daß für diese schauerliche Konstruktion die Knochen Tausender von Menschen verbaut worden waren. Blankes Entsetzen schnürte ihm den Brustkorb zusammen. Der Erdboden im Inneren der Palisade war rot und sah glitschig aus. Eine nackte Iwo-Frau saß in sich zusammengesunken an einem Pfahl vor einem ausladenden Steintisch. Zu ihren Füßen humpelte eine Ziege mit gebrochenen Beinen im roten Schlamm.

Captain Page und die anderen erwarteten die Neuankömmlinge unter einer aus einem alten Fallschirm gebastelten Markise. Schlüber hockte mit leerem Blick auf der Erde. Weiter hinten hatte sich eine Gruppe von BPF-Offizieren unter einer noch größeren Markise um einen nackten Afrikaner versammelt, der auf einem alten, geblümten Lehnsessel thronte. Der Afrikaner trug drei Ketten aus aufgefädelten menschlichen

Backenzähnen um den Hals und einen fast eineinhalb Meter hohen Kopfschmuck aus Federn und menschlichen Rippen. Seine Haut war übersät mit Tätowierungen und Narbenwülsten; aus seinen Augen blitzte der blanke Wahnsinn. In der rechten Hand hielt er ein mit Goldfolie umwickeltes *ashtzisi* aus geschnitzten menschlichen Knochen. Zwei nackte junge Männer standen dienstbeflissen hinter seinem Stuhl. Ihre unbeschnittenen Penisse waren mit verzierten Lederriemen an den Schenkeln festgebunden.

»Endlich ist auch deine Familie gekommen, Captain«, tönte der Afrikaner in geschliffenem, britisch gefärbtem Englisch. »Wir haben sie schon erwartet. Bitte machen Sie uns bekannt.«

Der Pirat trat mit Wilson und Cricket vor den Lehnsessel. Wilson konnte sich des Eindrucks nicht erwehren, dem Leibhaftigen persönlich seine Aufwartung zu machen.

»Major Charles Mpongu und Gefolge«, stellte der Pirat vor. »Meine Tochter und mein Schwiegersohn.«

»Ja, sehr erfreut, Sie kennenzulernen«, sagte der Major und verdrehte die Augen wie ein Schauspieler in einem Stück von Oscar Wilde, der sich gerade über das letzte Gurkensandwich hermacht. Wilson zögerte kurz und trat dann mit ausgestreckter Hand auf den Mann zu. *Wie oft*, dachte er, *hat man schließlich Gelegenheit, den Teufel persönlich kennenzulernen.*

»Wilson Lander, Sir.«

Der Major schaute etwas verdutzt. Seine Leibwächter wollten sich schon auf Wilson stürzen, aber er scheuchte sie fort und reichte Wilson eine schlaffe Hand. Er lächelte, aber in seinen Augen lag ein irres Flackern.

»Der Name kommt mir bekannt vor«, sagte er. Kennen wir uns?«

»Ich wüßte nicht, woher.«

»Vielleicht aus London?«

»Ich war noch nie in London«, antwortete Wilson.

»Wunderbare Stadt, wenn es ausnahmsweise mal nicht regnet«, plauderte der Major. »Recht angenehm im Frühjahr.«

Als Wilson zur Seite trat, wedelte der Major mit dem *ashtzisi*, die Leibwächter applaudierten ergeben und setzten sich auf die Erde.

»Nehmen Sie doch bitte Platz«, bat der Major seine Gäste mit ausgesuchter Höflichkeit. Wilson, Cricket und der Pirat arrangierten sich zu seinen Füßen. »Es gibt noch etwas, das ich mit Ihnen besprechen möchte, bevor die Feierlichkeiten beginnen.«

»Das kann dauern«, flüsterte der Pirat Wilson ins Ohr. »Wir haben diesem Arschloch schon die ganze Nacht zugehört. Am besten rauchst du solange 'ne Zigarre.« Er bot Wilson eine kubanische Zigarre mit dunklem Blatt an; es war eine aus Captain Amundsens persönlichem Vorrat. Wilson wollte erst ablehnen, dann nahm er sie als Andenken an den Mann aber doch an. Während er sie anzündete, stand der Major auf und begann seine Festrede.

»Vor einigen Jahren gebot der große Sequhue – Ehre sei seinem Namen – der Nation, sich auf die alten Gebräuche, die Gebräuche unserer Vorfahren, zu besinnen. Der göttliche Sequhue wußte, was wir tief in unseren Herzen fühlten. Wir Bupus sind anders als die saft- und kraftlosen Europäer, die den Verkauf von Menschen mit einem Handschlag besiegeln, dann zur Bank gehen und ihr Geld zählen. Wie unmoralisch – nein, schlimmer: wie banal! Uns Bupus ist wohl bewußt, daß wir unseren nach Blut dürstenden Gott unseren alten Bräuchen entsprechend mit Opfergaben, Tanz und Leidenschaft besänftigen müssen, wenn wir Blut unseres Blutes in die Sklaverei schicken.«

Und wieder schüttelte er sein *ashtzisi*, und seine Leibwächter beeilten sich, ihm gehorsam zu huldigen. Wilson blies Rauchringe in den blauen Himmel. Eine Wolke, die George Washington ähnelte, driftete über ihn hinweg, gefolgt von einer weiteren, die wie ein alter Buick aussah.

»Ich kenne das Leben im Westen gut«, fuhr der Major pathetisch fort. »Ich war ein Gefangener in euren Städten, ein Fahrgast in euren Bussen und Taxis. Einst war ich ein Student an der London School of Economics, wo ich die Ebbe und Flut der Weltwährungen studierte, so wie ich heute die Leber von Jungfrauen studiere, um den Willen Gottes zu erkunden. Ich habe mit vielen eurer Frauen geschlafen, eure faden Speisen gegessen, eure Bratwurst mit Kartoffelbrei, eure Frikadellen. Und so wahr ich hier stehe, sage ich euch, daß die Welt, die ihr euch aufgebaut habt, hohl ist! Jawohl! Eure Herzen sind hohl; eure Frauen sind hohl, es sind leidenschaftslose Kreaturen, die nicht einmal mehr von dem Wunsch beseelt sind, Kinder zu gebären. In Ungnade seid ihr gefallen bei euren Ahnen, die einst Straßen und Schulen bauten, das Land ihrem Willen unterwarfen und die Sprachen der Welt enträtselten. Euch ist nichts heilig, ihr glaubt an nichts. Euer Gott hat sich von euch abgewandt ...«

In diesem Tenor schwadronierte der Major die nächsten zwei Stunden weiter. Die Hälfte der Zeit hüpfte er auf einem Bein, fuchtelte mit den Armen, seine Stimme schwankte zwischen Knurren und Flüstern, schwoll an zu einem Kreischen, um schließlich wieder abzuflachen. Wilson schlief immer wieder ein. Die Frau am Pfahl erwachte aus ihrer Lethargie und fing schrill zu schreien an, in einer Tonlage, die wie ein schauerliches Echo die Worte des Majors untermalte. Irgendwann hatte er dann alles gesagt, was er hatte sagen wollen, und als er wieder mit seinem *ashtzisi* fuchtelte, ging das Tor auf, Soldaten und nackte Bupu-Frauen strömten auf den Platz, und der Tanz war eröffnet.

Als hätte jemand einen Schalter ausgeknipst, erlosch das Leuchten auf dem Lake Tsuwanga im Westen, und Tausende von Tänzern bewegten sich im Schein der Fackeln nach einem ohrenbetäubenden Rhythmus von Trommeln, Kürbisrasseln und einem vielstimmigen Singsang der Menschen. Nach den ersten drei Stunden konnte Wilson keine Einzelheiten mehr erkennen. Die Tänzer und der Tanz vermengten sich zu einem schweißtriefenden Alptraum aus Leibern und Schweißtropfen. Die Luft war zum Schneiden und stank wie der Atem der Hölle. Über dem Licht der Fackeln funkelten rot die Sterne. Eine Flasche *tejiyaa* machte die Runde. Wilson trank einen Schluck, und sofort stellte sich in seinen Zehen ein Taubheitsgefühl ein. Er kämpfte gegen die Wirkung der Droge an, wehrte sich dagegen, sich von der in Trance verfallenen Menschenmenge mitreißen zu lassen. Wie ein großes, rotes Fragezeichen hing der Mond über dem Mount Mosumbawa.

Plötzlich streifte sich Cricket ihre Bluse über den Kopf, stand auf und mischte sich unter die Tänzer. Bleich und obszön lebendig wirkten ihre Brüste in dem roten Mondlicht. Wilson zog sich in den Schatten zurück. Die Nacht war wie ein Leichentuch, das sich gnädig über die Greueltaten der Menschen senkte. Mittendrin entfuhr Major Mpongu ein grandioser Furz, er warf den Kopf in den Nacken und lachte – ein langgezogenes, monotones Heulen. Dann: plötzliche Stille. Die Tänzer hielten mitten in ihrer Bewegung inne. Wilson hörte den Wind, der vom See heraufkam, und das Keuchen der Tänzer. Fackeln tauchten die Knochenmauer in ein gespenstisches Licht.

Kurz darauf schwang das Totenkopftor auf, und die Soldaten trieben einen traurigen Haufen von etwa hundert Iwo-Männern und -Frauen in den Kral. Die Plastiktaschenlampen, die sie als Kette um den Hals trugen, waren längst erloschen. Leises, anklagendes Seufzen und Klicken erhob sich aus dem Dunkel des Krals.

»Was für eine Verschwendung von Pferdefleisch«, hörte Wilson die Stimme des Piraten aus der Menge. »Aber was soll man machen. Das ist eben ihre Kultur. Wir haben kein Recht, ihnen vorzuschreiben, was sie zu tun und zu lassen haben.«

Wilson fiel ein, was der Pirat über Karthago gesagt hatte; den Rest der Geschichte kannte er aus alten Geschichtsbüchern: Wie damals die Römer von Grauen gepackt wurden, als sie über die Felder von Tanith schritten – Meter um Meter bedeckt von Kinderleichen, die die Karthager einem blutrünstigen Gott geopfert hatten –, und wie die Römer diese bedeutende Stadt daraufhin dem Erdboden gleichgemacht und in den Boden Salz gesät hatten.

Dann hörte er Crickets Stimme, die ihm ins Ohr flüsterte: »Du kannst ruhig Mitleid mit ihnen haben. Aber erst letzte Woche waren sie es, die ihre Nachbarn verschachert und dem gleichen Schicksal ausgeliefert haben.«

»Welchem Schicksal?« wollte Wilson wissen, aber im gleichen Augenblick sprang der Major von seinem geblümten Lehnsessel hoch und reckte sein Knochen*ashtzisi* in den schwarzen Nachthimmel. Die Tänzer zerstreuten sich. Ein Soldat mit einer Machete trat an den Pfahl heran und schlug der Frau mit einem einzigen Hieb den Kopf ab. In hohem Bogen spritzte das Blut aus ihrem Hals; mit erstauntem, verständnislosem Ausdruck im Gesicht kollerte der Kopf über den Erdboden. Der Major stieß einen gutturalen Schrei aus. Dies war das Signal. Klickend und quakend wie kranke Frösche, wurden die Iwos zum Steintisch gezerrt, und das Schlachten begann. Ein blutiger Nebel durchdrang die Luft. Wilson versuchte, sie nicht zu hören, die schrillen Schreie, die brechenden Gelenke, die herausrutschenden Eingeweide – alltägliche Geräusche des Berufs eines Schlachters. Hinter dem geblümten Liegestuhl des Majors verfolgten seine jugendlichen Diener fasziniert und mit offenen Mündern dieses grausige Schauspiel, und ihre unbeschnittenen Penisse ruckten an den ziselierten Lederriemen.

Wilson verdrückte sich in die Dunkelheit. Niemand bemerkte es, als er die Palisade entlang hinaus durch das offene Totenkopftor schlich. Die Sklavenkäfige waren unbewacht. Mit einem Eisenhebel löste er die Gewichte, und die Käfigtüren glitten nach oben. Wilson zog sein Bajonett aus dem Gürtel und machte sich über die Fesseln der Gefangenen her. Die Iwos blinzelten ihn an, ängstlich und verständnislos wie schläfrige Kinder. Die ersten mußte er hinaus auf die Straße tragen und anschubsen. Er deutete auf den Dschungel, der keine zwanzig Meter weit von den Käfigen entfernt war. »Geht«, sagte er. »Macht, daß ihr wegkommt. Geht nach Hause.« Er redete ihnen zu, wie man streunenden Hunden zuredet.

Die Iwos verstanden immer noch nicht. So behutsam er konnte, nahm Wilson die Plastiktaschenlampe vom Hals eines kleinen, alten Mannes, knipste sie an und schwenkte den schwachen Lichtstrahl in Richtung des grünen Dickichts des Waldes. »Geht nach Hause«, wiederholte er. »Geht und sündigt nicht mehr.«

Langsam drehten sich die Iwos um und tappten auf den Wald zu. Es dauerte ungefähr zwei Stunden, bis Wilson alle Gefangenen befreit hatte. Etwa fünfhundert zählte er, dann hörte er auf zu zählen. Als die Arbeit getan war und die Käfige leer waren, setzte er sich erschöpft auf den Boden und lehnte sich mit dem Rücken gegen den letzten Käfig. Der Himmel war immer noch schwarz, aber die Sterne verblaßten allmählich, und der rote Mond war untergegangen. Bald würde der Morgen anbrechen.

Ein Nachtfalter, dessen Körper bedeckt war mit weichem, rosagelbem Flaum, kam aus dem Nichts zu ihm heruntergeflattert. Wilson zog die Webley-Vickers aus dem Halfter. Er lud die Kammern mit Patronen, spannte den Hahn und legte die Waffe vor sich auf die Knie. Gedankenverloren nahm er die Iwo-Taschenlampe in die Hand, hielt sie sich unters Kinn und knipste sie an. Wie ein Segen berührte das fahle Licht seine Wangen.

TEIL SECHS

Blockadeschwadron

1

Der rosagelbe Nachtfalter weckte ihn auf.

»Sie kommen«, sagte der Falter mit einer Stimme, so glasklar wie Wasser, und als die blutbesudelte Menschenmenge durch das Totenkopftor drängte, stand Wilson mit wackeligen Beinen auf.

Die Morgendämmerung über dem dunklen Massiv des Mount Mosumbawa hatte die Farbe von überreifen Pfirsichen angenommen. Die leere Weite des Lake Tsuwanga glänzte wie ein blankpolierter Speer. Wilson zwinkerte ein paarmal, um den Schlaf aus den Augen zu verjagen, und entdeckte Major Mpongu, der den Trupp anführte und den Arm um des Piraten Schultern gelegt hatte. Direkt hinter Cricket schlich Schlüber wie ein geprügelter Hund daher. Hinter dieser Vierergruppe stolperte ein Trupp Soldaten, erschöpft von den Strapazen der zurückliegenden Nacht.

Sie hatten noch ungefähr zwanzig Meter bis zur Allee der Käfige zurückzulegen. Zeit genug für Wilson, die Webley-Vickers vom Erdboden aufzuheben, die ihm im Schlaf aus den Händen geglitten war. Er ließ die Kammer einmal kreisen und schaute ratsuchend über seine Schulter, aber der Falter war nicht mehr da. Fortgeflogen, um sich in eine Raupe zu verwandeln – oder war es andersherum? Der Schlaf steckte Wilson immer noch in den Gliedern. Bleischwer lag die altertümliche Waffe in seiner Hand, und er ließ den Arm hängen. Wie einst das Felsengrab standen die Käfige hinter ihm sperrangelweit offen. Ungläubigkeit und Wut breitete sich in den Gesichtern der Ankommenden aus. Der Pirat wurde aschfahl, dann krebsrot, fuchtelte wild mit den Armen und brüllte Major Mpongu an, der als einziger die Ruhe bewahrte.

Wilson schien unsichtbar zu sein. Niemandem fiel auf, daß er mit der Pistole in der Hand mitten auf der Straße stand. Er wurde ungeduldig, war des Wartens müde, das sein Leben bedeutete. Er sehnte sich nach dem Ende dieses Dramas, danach, sich dem Schicksal in die Hände zu geben, das ihn all die Jahre über verfolgt hatte, seit seine Mutter in der Commerce Street von einem vom Himmel gefallenen, schwarzen Stahlträger zerquetscht worden war. Er richtete die Webley-Vickers zum Himmel und drückte den Abzug. Die Pistole bockte und rauchte, und ein ohrenbetäubender Knall rollte hinaus auf den See. In der darauf folgenden Stille rief Wilson den Leuten zu: »He, ihr! Habt ihr was verloren?«

Einen weiteren Augenblick lang rührte sich nichts, dann war er plötzlich von Menschen umringt, und Cricket stand neben ihm. Wilson schaute in ihr Gesicht: Ihre Augen waren matt, sie hatten jeden Glanz verloren. Vom Tanzen waren ihre Brüste mit einer dünnen Staubschicht bedeckt.

»Na, hast du dich letzte Nacht gut amüsiert?« erkundigte er sich.

Cricket starrte ihn verständnislos an.

»Wie fühlt man sich, wenn man auf den blutigen Eingeweiden von Hunderten kleiner Männer und Frauen tanzt?« fragte Wilson.

»Wilson, was ist hier passiert?« fragte Cricket mit belegter Stimme. »Wo sind die Iwos?«

»Entschuldigen Sie, Mr. Lander.« Major Mpongus Stimme klang zuvorkommend wie die eines Butlers. »Aber haben Sie vielleicht unsere Sklaven gesehen? Fünfhundertfünfundzwanzig Iwos, um genau zu sein. Sie sind offensichtlich verschwunden.« Er lächelte, ein perverses, vom Wahnsinn gezeichnetes Lächeln.

»Aber natürlich. Ich habe sie ja schließlich befreit«, sagte Wilson. »Jeden einzelnen.«

»Das ist doch nicht dein Ernst!« Aus Crickets Stimme sprach nackte Angst. »Du machst doch nur Spaß, oder?«

»Ich mache keinen Spaß, Cricket«, sagte Wilson. »Das ist übrigens Lektion zwei in Moralkunde: Sklaverei ist Unrecht.«

Der Pirat stieß einen unartikulierten Schrei aus und riß seine Beretta aus der Hosentasche. Wilson war klar, daß der Mann ihn diesmal umbringen würde. Instinktiv hob er die Webley-Vickers, und eine weitere ohrenbetäubende Explosion schallte über den See. Der Pirat fiel leblos nach hinten. Ein pulvergeschwärztes Loch von der Größe eines Golfballs zierte seine Stirn, einen Zentimeter über der Augenklappe.

»Scheiße!« hörte Wilson Schlüber sagen. »Jetzt hat das Schwein doch tatsächlich den Captain erschossen!«

Die erste Zuschauerreihe hatte Blutspritzer abbekommen.

Crickets Blick wechselte vom Lauf der rauchenden Pistole in Wilsons Hand zu ihrem Vater, der tot auf der Erde lag. Zu ihren Füßen bildete sich eine rote Blutlache. Vom Kinn aufwärts entgleiste Crickets Gesicht, sie fiel auf die Knie und begann zu schluchzen. Im nächsten Augenblick richtete Wilson den Lauf der Pistole zwischen Major Mpongus Augen und spannte den Hahn. Der Afrikaner blinzelte und starrte irritiert in den Lauf, als säße eine Biene auf seiner Nasenspitze.

»Keiner rührt sich«, bellte Wilson. »Das Ding hier geht verdammt leicht los.« Major Mpongus Männer erstarrten zu Salzsäulen. Wilson hörte sie atmen. Sie standen keine zwei Schritte von ihm entfernt. Er spürte, wie seine Hand zitterte, die Pistole wog immer schwerer.

»Als der tapfere Cortez zum ersten Mal in die Ebene von Mexiko ritt, in seinem Gefolge zweihundert tapfere Spanier«, sagte Wilson, nach Atem ringend, »wissen Sie, was er da vorfand?«

Major Mpongu starrte ihn aus weitaufgerissenen Augen an.

»Nun? Wissen Sie, was er da vorfand«, wiederholte Wilson

und tippte mit der Spitze des Pistolenlaufs an die Stirn des Afrikaners.

»Nein, das weiß ich nicht, Mr. Lander.«

»Nun, er fand die Götzenbilder der aztekischen Götter vor, besudelt mit dem Blut von Tausenden menschlicher Wesen«, erzählte Wilson. »Er fand die Leichen von Männern, Frauen und Kindern, die man in riesigen Haufen übereinandergeworfen hatte. Die Herzen waren ihnen mit Steinmessern herausgeschnitten worden. Er fand die aztekischen Priester, eingehüllt in die Häute der Menschen, die sie umgebracht hatten, so selbstverständlich, als würden Sie oder ich einen Maßanzug tragen. Und wissen sie, was Cortez angesichts dessen, was er sah, getan hat?«

Major Mpongu schwieg. Wilson warf einen Blick nach links. Die Bupus waren näher gerückt.

»Er hat ihre Götzenstatuen zertrümmert.« Wilsons Stimme klang gepreßt. »Und er hat die Priester den Schwertern überantwortet.« Dann schloß er die Augen und drückte den Abzug. Der Afrikaner schrie, und seine weibische Stimme überschlug sich. Es gab einen lauten Knall, als hätte jemand mit der Faust auf eine Schulbank geschlagen, und eine sengende Hitze raste über Wilsons rechte Hand. Als er die Augen wieder öffnete, lag die Pistole auf der Erde, schwarzer Rauch und gelbe Flammen kräuselten sich aus der Kammer. Wilsons Hand war versengt und blutete; ein tiefer Schnitt trennte seine Lebenslinie in zwei Hälften, und das erste Glied seines Daumens hing nur noch an einem blutigen Fetzen Haut.

Major Mpongu schaute auf Wilsons blutende Hand, dann auf die rauchende Pistole, die auf der Erde lag, und begann zu lachen, schrill, abartig gackernd. Einen Augenblick später stimmten seine Männer mit ein, und donnerndes Gelächter erfüllte den stillen Morgen.

Wilson schloß seine Hand zur Faust und rammte sie in die Hosentasche. Blut sickerte durch den Stoff und lief an seinem Bein hinunter. Vor Schmerz wurde er beinahe ohnmächtig.

Als Major Mpongu fertig gelacht hatte, grinste er Wilson freundlich an und beugte sich nahe zu ihm. Er stank entsetzlich aus dem Mund.

»Sie wollten mich umbringen, aber Sie können mich nicht umbringen«, belehrte ihn der Afrikaner. »Ihre Waffe explodiert wie ein Spielzeug. Mein blutdürstiger Gott schützt mich. Er schlägt Ihnen das Schwert aus der Hand. Wissen Sie, wer mein blutdürstiger Gott ist, Mr. Lander? Ich bin Christ, müssen Sie wissen. Mein blutdürstiger Gott ist Ihr blutdürstiger Gott! Sie mögen sich zwar wünschen, mich im Namen der göttlichen Gerechtigkeit zu töten, aber wer ist es denn, der für die Gerechtigkeit auf der Welt sorgt? Doch nicht wir armseligen Würmer! Es ist Gott selbst. Vielleicht hat er für mich ein anderes Ende vorgesehen als das, welches Sie mir bereiten wollten. Vielleicht sind Sie ja gar nicht sein Instrument, für das Sie sich halten. Vielleicht erfülle ich ja seinen Willen besser als Sie.«

Dann trat Major Mpongu einen Schritt zurück, und sein Gesicht verzerrte sich zu einer Fratze. Die Narbenwülste auf seinem Bauch formten Worte, die Wilson schon einmal gelesen hatte: Waren es die Worte »Aufsteigende Angst«? Wilson schaute Cricket an, die auf dem Boden kniete und ihre blutigen Hände auf die Stirn ihres Vaters preßte, und es tat ihm leid, sie leiden zu sehen. Ihre Blicke trafen sich, ihre Lippen sagten lautlos: »Du bist ein toter Mann.«

»Schlagt ihn zusammen, und werft ihn in einen der Käfige«, befahl Major Mpongu. Die Schläge, die auf ihn niederprasselten, nahm Wilson kaum noch wahr.

2

Ein leises Klickgeräusch sickerte durch die Dunkelheit. Der Schmerz in Wilsons Hand zog bis hinauf in die Schulter. Sein Gesicht glühte. Das Klicken wurde beharrlicher. Mit einiger

Mühe öffnete er ein Auge und nahm die Holzstäbe des Käfigs als dunkle Silhouette vor dem grellen Sonnenlicht wahr. Dann drehte er den Kopf in die Richtung, aus der das Klicken kam, und sein Blick streifte ein sich krümmendes, schleimiges Etwas, das zwei Zentimeter von seiner Nase entfernt auf seinem Gesicht hing. Er stöhnte und versuchte, es abzuschütteln, aber das kleine Monster blieb an ihm haften, während sich gleichzeitig das Klicken in ein Krächzen und Seufzen verwandelte.

»Halten Sie bitte still, Sir.« Diese Stimme kam von rechts. »Ihr Gesicht ist so dick wie ein Flaschenkürbis. Er legt die Mswimbe an, damit sie das Blut absaugt. Mswimbe ist häßlich, aber sie ist ein nützliches kleines Wesen.«

Wilson spürte Hände, die ihn niederhielten, dann ein kaltes, feuchtes Etwas auf seiner Wange und einen leichten Stich. Sie öffneten seine Faust – zwischen seinen Fingern schlängelte sich ebenfalls ein Wurm –, und Wilson sank erneut in tiefe Bewußtlosigkeit.

Eine Weile später – Wilson wußte nicht, wie lange er ohnmächtig gewesen war – wachte er auf und fühlte sich besser. Draußen vor dem Käfig war es hell. Er setzte sich auf, schaute sich um und stellte fest, daß er sein Gefängnis mit zwei anderen Bewohnern teilte: Der erste, ein verschrumpelter Iwo-Mann, hockte einen Meter von ihm entfernt und beobachtete ihn mit einem Ausdruck äußerster Konzentration. Er war höchstens einen Meter groß, selbst nach den Maßstäben seines eigenen Volkes ein kleiner Mann, und er trug drei Plastiktaschenlampen an Schnüren aus geflochtenen Zweigen um den Hals und einen helmartigen Kopfschmuck aus getrocknetem Schlamm. Ein ungegerbter Lederbeutel baumelte an seiner Hüfte. Der andere Mann, der in der gegenüberliegenden Ecke saß, war ein normal groß gewachsener Afrikaner. Er war eingehüllt in khakifarbene Lumpen, die früher vermutlich eine Uniform gewesen waren. Er hatte ein langes, dünnes Pferdegesicht, eine gebogene Nase und blutunterlaufene, gelbe Augen, ein sicheres Zeichen dafür, daß er längere Zeit nichts mehr gegessen hatte. Mit hastigen, gierigen Zügen zog er an einer stinkenden Zigarette. Als er bemerkte, daß Wilson die Augen aufgeschlagen hatte, machte er eine vage Geste und beugte sich zu ihm.

»Dein Gesicht sieht heute schon viel besser aus«, stellte er fest. »Und wie geht es deiner Hand?«

Wilson schaute auf seine mit frischen, grünen Blättern bandagierte Hand. Er wackelte mit den Fingern. Die Schmerzen waren nur noch ein leiser Nachhall der Höllenqualen, die er zu Anfang durchgemacht hatte.

»Gar nicht so übel«, sagte Wilson. »Wer hat mich verbunden?«

Der Soldat deutete auf den Iwo.

Wilson winkte mit seiner beblätterten Hand in die Richtung des kleinen Mannes. »Danke, Mister.«

Der Iwo sagte nichts und starrte ihn nur unentwegt an.

»Ich habe nur noch zwei Zigaretten«, sagte der Soldat zu Wilson, »aber in Anbetracht dessen, was du durchgemacht hast, geb ich dir gern eine davon ab. Willst du jetzt sofort eine rauchen oder später?«

Wilson schüttelte den Kopf. »Ist schon okay. Ich bin kein starker Raucher. Eigentlich hab ich bis vor kurzem überhaupt nicht geraucht.« Schließlich bemerkte er die Rangabzeichen am zerfransten Kragen des Soldaten. »Was machen Sie eigentlich hier drin?« fragte Wilson und deutete mit der bandagierten Hand Richtung Käfigstäbe. »Sie sollten doch bei denen da draußen sein.«

Der Soldat nahm den Kragen zwischen die Finger, damit Wilson die Abzeichen besser erkennen konnte. »Das hier ist das Stabsabzeichen mit dem Halbmond«, sagte er. »Nicht das Stabsabzeichen mit dem Stern. Ich bin Colonel Jokannan Saba von der Anda Patriotic Front. Mein Trupp ist vor ungefähr zwei Monaten auf der anderen Seite des Lake Tsuwanga in der Nähe von Imbobo in einen Hinterhalt dieser

Bupu-Drecksäcke geraten. Einigen unserer Männer ist offenbar die Flucht gelungen, ich hatte leider nicht soviel Glück.« Niedergeschlagen zuckte er die Schultern. »Alle, die sie nicht verkaufen konnten, haben sie beim Blutopfer in Lungwalla umgebracht. Ich bin der ranghöchste Offizier, deshalb haben sie mich zur Spezialbehandlung hierhergebracht. Sie werden mich bei lebendigem Leib kochen – ein Privileg, das nur Leuten meines Ranges zusteht, weißt du. Aber um ehrlich zu sein, es ist mir egal. Ich hab vom Krieg endgültig die Nase voll. Schon seit einigen Jahren. Irgendwo muß ich ja mit dem Leben abschließen. Und hier kann ich es genausogut tun wie irgendwo anders.«

»Ja, das Gefühl kenne ich«, sagte Wilson und wollte noch etwas hinzusetzen, als er von einer Serie Klick- und Krächzgeräusche des Iwo unterbrochen wurde. Der kleine Mann watschelte im Entenschritt zu ihm herüber und holte eine Handvoll Blätter aus seinem Lederbeutel. Fünf schwarze, glänzende Blutegel ringelten sich in ihrer feuchten Behausung.

»Nicht schon wieder!« ächzte Wilson.

»Der Iwo sagt, daß es Zeit für deine Medizin ist«, sagte Colonel Saba. »Wir müssen die Mswimbe wieder anlegen.«

»Du verstehst dieses Klicken?« fragte Wilson.

Colonel Saba zuckte die Achseln. »Mehr oder weniger. Ich war drei Jahre lang für den Hruke Forest District zuständig. Damals hatte ich viel mit Iwos zu tun. Ihre Sprache ist gar nicht so schwer zu verstehen. Sehr primitiv. Man lernt, die Zunge und den Gaumen auf eine Art zu benutzen, die man nie für möglich gehalten hätte.«

»Sag ihm, daß es mir allmählich reicht«, meinte Wilson. »Sag ihm, er soll die Blutegel wegpacken.«

Der Colonel produzierte ein paar zögerliche Krächzer, und der Iwo trillerte zurück.

»Er sagt, er ist dein Arzt. Und dein Arzt sagt, daß du die Mswimbe jetzt nehmen sollst«, sagte der Colonel. »Sonst fault dir dein Gesicht weg. In diesem Klima kannst du dir leicht eine Infektion holen.«

Resigniert legte sich Wilson zurück und ließ die Behandlung über sich ergehen. Er zuckte zusammen, als er spürte, wie sich die glitschigen Würmer auf seinem Gesicht schlängelten, und unterdrückte gewaltsam Bilder seiner schlimmsten Alpträume.

Der Colonel rückte näher, um einen Blick zu riskieren. »Du solltest wirklich sehen, wie diese kleinen Dinger sich abrackern«, sagte er. »Wirklich erstaunlich.«

»Nein. Vielen Dank.«

»Als sie dich hier hereingeworfen haben, war dein Gesicht eine einzige blutunterlaufene Masse. Jetzt sieht es schon wieder fast normal aus.«

»Na, wunderbar«, sagte Wilson. »Dann bin ich wenigstens schön, wenn sie mich bei lebendigem Leib kochen.«

»Tut mir leid, dieses Schicksal ist ausschließlich Offizieren vorbehalten«, sagte der Colonel. »Und es soll gar nicht mal so übel sein. Die Hitze macht einen schon ohnmächtig, bevor es wirklich zu brennen anfängt.«

»Und was haben sie mit mir vor?« fragte Wilson, und das Grauen krampfte seine Eingeweide zusammen.

»Denk lieber an was anderes«, sagte der Colonel. Er setzte sich wieder in seine Ecke und fischte eine weitere Zigarette aus der verknautschten Packung, die er unter seinen Lumpen versteckt hatte. »Der Iwo da ist ein tapferer Mann«, sagte er, während er sich die Zigarette anzündete. »Er ist zu alt für die Sklavenhändler; er weiß, daß die Bupus ihn umbringen werden. Aber kaum eine Stunde nachdem sie dich hergebracht haben, ist er aus dem Urwald gekommen, hat sich vor den Käfig gesetzt und ein Lied in seiner Sprache gesungen, bis sie gekommen sind und ihn auch zu uns gesteckt haben.«

»Wieso hat er das gemacht?«

»Wenn ich dir sage, wie das Lied heißt, das er gesungen hat, wirst du wissen, wieso«, gab der Colonel zur Antwort.

»Es heißt: ›Der Geistermann aus der Ferne, der den Waldmenschen in der Nacht der roten Sterne die Freiheit gab‹. Das ist natürlich nur eine sinngemäße Übersetzung. Dieses Lied werden ihre Kinder und auch noch ihre Urenkel singen. In dem Lied geht es um dich, mein Freund. Du bist jetzt für sie ein großer Held, wie Sequhue oder Odysseus. Der Stamm hat diesen Iwo hier ausgewählt, sich um dich zu kümmern, bevor du stirbst. Wenn du Glück hast, hat er vielleicht einen Trank in seiner Tasche, der die Schmerzen der Folter lindert.«

Wilson wußte nicht, was er sagen sollte, dann glitt der Blutegel über seine Lippen, und er hielt den Atem an. Als seine Lippen wieder frei waren, bat er: »Sag ihm, daß ich ihm für seine Hilfe danke. Aber sag ihm, daß nicht ich der Held bin, sondern er.«

Colonel Saba verkündete Wilsons Botschaft in abgehackten Klicklauten.

Plötzlich lächelte der Iwo, und dieses Lächeln war so schön und so fremdartig wie das Lächeln auf dem Gesicht eines Leoparden tief im Herzen des Dschungels.

3

Als die Dämmerung hereinbrach, trug der Wind wehmütige Melodien zu Wilson herüber. Er meinte, das Lied zu kennen: »Amazing Grace«, rhythmisch intoniert von einer Tinka-Band. Dann färbte sich der Himmel hinter den Käfigen blutrot, und er konnte seine Mitgefangenen nur noch schemenhaft erkennen. Vom See her wehte das entfernte Donnern von Kanonen.

»Was meinst du, was das bedeuten könnte?« sagte er, halb zu sich selbst.

Colonel Saba blies den Rauch seiner letzten Zigarette durch die rohen Holzstäbe des Käfigs in die flüchtige Freiheit. »Nichts, was für uns ein gutes Zeichen sein könnte«, sagte er. »Bereite dich lieber wie ich auf das Unausweichliche vor.«

Wilson dachte an die blutgeschwängerte Luft in der Knochenpalisade, und Verzweiflung breitete sich in seinem Brustkorb aus.

»Du hast recht, wir müssen alle sterben«, sagte er, aber seine Stimme klang dünn und kläglich. »Früher oder später. Es macht ohnehin kaum einen Unterschied. Wie hat es ein Dichter mal so schön formuliert? ›Verflucht! Was scheren mich schon Tage?‹«

»Für die Lumpen macht es schon einen Unterschied«, bemerkte Colonel Saba bitter. »Diese Bupus sind ein Haufen gottverdammter Wilder!« Dann beruhigte er sich und seufzte. »Obwohl die Andas vermutlich auch nicht besser sind. Wissen Sie, ich war damals dabei, als im Fußballstadion in Bandali an einem einzigen Tag sechzigtausend Bupus umgebracht wurden. Das ist schon einige Jahre her, zu Beginn des Krieges. Mit einem kostenlosen Fußballspiel Bitumac gegen die Seme All Stars haben wir sie ins Stadion gelockt. Beide Mannschaften waren damals sehr bekannt. Wir gingen in die Bupu-Dörfer und haben Eintrittskarten verteilt. In der obersten Sitzreihe im Stadion hatten wir zwei Dutzend Maschinengewehre Kaliber fünfzig aufgestellt, verborgen unter Segeltuchpersennings. Als das Stadion mit Bupus voll besetzt war, eröffneten wir das Feuer. Es waren auch viele Familien darunter, Kinder – kannst dir ja vorstellen, wie verrückt Kinder auf Fußball sind. Als uns die Munition ausgegangen ist, haben wir mit Knüppeln und Macheten weitergemacht. Als alles vorüber war, haben wir die Leichen in einem riesigen Freudenfeuer verbrannt.« Seine Stimme senkte sich zu einem schuldbewußten Flüstern. »Wenn man so etwas mitgemacht hat, sollte es einem eigentlich nichts mehr ausmachen, bei lebendigem Leib gekocht zu werden.«

»Hast du selber auch hinter einem Maschinengewehr gestanden?« fragte Wilson und war froh, das Gesicht des Mannes in der Dunkelheit nicht sehen zu können.

»Viel schlimmer«, sagte Colonel Saba. »Ich war es, der den Schießbefehl gegeben hat.«

4

Die zweite Nacht verlief ruhig und friedlich. Leise klatschten die Wellen des Sees gegen die glatten Steine des Ufers. Der Dschungel war erfüllt von leisen Vogelstimmen und dem dumpfen Schnarren von Insekten. Der Iwo produzierte ein paar kleine Klickgeräusche, die Colonel Saba allerdings nicht der Mühe wert fand zu übersetzen. Wilson strengte sich erfolglos an, nicht an sein bevorstehendes Martyrium zu denken.

Was würden sie wohl mit ihm machen? Er glaubte, nie wieder schlafen zu können; dann schloß er die Augen, und als er sie wieder öffnete, war es fast Mittag, und Cricket stand in der sengenden Sonne direkt vor den Käfigstäben.

»Wach auf, Wilson«, herrschte sie ihn an.

Wilson rührte sich. Als er sah, daß es Cricket war, versuchte er aufzustehen und knallte prompt mit dem Kopf gegen das niedrige Dach des Käfigs. Er humpelte an die Gitterstäbe, rieb sich den Kopf und blinzelte ins helle Licht. Ihre Augen hatte sie hinter großen, schwarzen Sonnengläsern verborgen, aber ihr Mund war hart, und ihre rechte Hand ruhte auf dem Knauf der Beretta ihres toten Vaters, die sie im Gürtel stecken hatte.

»Ich fahr in einer Stunde ab«, sagte sie, »und bring die *Dread* wieder nach Quatre Sables zurück.«

»Und was ist mit mir?« versuchte Wilson zu scherzen.

Sie ging nicht darauf ein. »Unser Projekt ist ja gründlich in die Hosen gegangen. Es dauert bestimmt ein Jahr, bis wir wieder die gleiche Anzahl Iwos beisammenhaben, die du Arschloch ja unbedingt freilassen mußtest.«

»Sehr gut«, sagte Wilson. Sonst fiel ihm nichts Passendes ein. In der peinlichen Gesprächspause flatterte ein schwarzflügeliger Vogel in das grüne Dickicht des Dschungels. War es derselbe, der ihnen den Mwtutsi hinauf gefolgt war als Vorbote der Ereignisse, die sie hier erwartet hatten?

»Sonst noch was?« erkundigte er sich.

»Allerdings«, sagte Cricket, und ihre Unterlippe zitterte. »Letzte Nacht haben wir Dad beerdigt.«

»Tut mir leid für dich«, sagte Wilson. »Schließlich war er dein Vater. Aber er war auch ein verdammter Killer, und er war drauf und dran, mich zu erschießen.«

»Das wäre auch die gerechte Strafe für dich gewesen, nach dem, was du getan hast. Schade nur, daß ich nicht dabeisein werde, wenn sie dir den Rest geben.«

»Na, das war's dann wohl«, sagte Wilson, verzweifelt bemüht, seine Angst zu verbergen. »Du wirst mir hier also nicht heraushelfen.«

»Selbst wenn ich es wollte, könnte ich es nicht«, gab Cricket zur Antwort. »Du hast in diesem Teil der Welt ein geheiligtes Tabu gebrochen. Du hast ihnen ihren Profit vermasselt. Und du hast versucht, Major Mpongu umzubringen. Dieser Mann ist in dieser Gegend ein verdammt hohes Tier. Ich brauch wohl nicht zu betonen, daß ich hoffe, daß du leidest. Und du wirst bestimmt leiden. Wenn sie's richtig machen, kannst du bis zu drei Tage ohne Haut überleben. Ich hab sowas schon mal gesehen. Diese Leute sind wahre Künstler. Am Ende bist du kein Mensch mehr, sondern nur noch eine zuckende, fleischfarbene Masse, die von einer Stange hängt.«

»Ich seh schon, du liebst mich nicht mehr«, meinte Wilson.

»Du Dreckskerl«, preßte Cricket zwischen den Zähnen hervor.

»Ich hab dich vom Portugiesen gewonnen, Cricket. Weißt du noch? Du hast einen guten Spieler gebraucht, und deswegen hast du meinen Kopf riskiert. Und im Moment hab ich schlechte Karten, das weißt du. Nur Asse und Achten. Verliererkarten. Aber du bist meine Frau. Wir gehören zusammen. Ich brauche jetzt deine Hilfe.«

»Ich gehöre niemandem außer mir selbst«, sagte sie tonlos. »Das war schon immer so. Wichtig bin nur ich. Der Rest der Welt besteht ohnehin nur aus beschissenen Arschlöchern.«

»An dieser Ansicht ist wohl auch der alte Webster gescheitert, was?«

»Scheißkerl«, zischte Cricket. Sie biß sich auf die Lippen und wandte den Kopf ab. Wilson erhaschte einen flüchtigen Blick auf ihre Augen hinter den dunklen Gläsern und sah Tränen auf ihren Wangen.

»Ich hab gedacht, daß wir es zusammen schaffen können«, sagte Cricket, und ihre Unterlippe zitterte. »Ich hab wirklich daran geglaubt. Ich weiß, daß du mir das nicht glaubst, aber ich hab noch nie für jemanden soviel empfunden wie für dich. Ich muß jetzt sehen, daß ich ohne dich zurechtkomme. Ich muß einfach kapieren, daß es mit uns nie im Leben etwas werden kann. Wir sind einfach zu verschieden –«

»Das ist doch lächerlich«, fiel ihr Wilson ins Wort und packte die Holzstäbe so fest mit den Händen, daß er sich einen Splitter einzog. »Wir sind hier nicht bei Bazzano's und machen bei einer gemütlichen Tasse Espresso Schluß miteinander. Diese Schweine werden mir bei lebendigem Leib die Haut abziehen. Du mußt mich hier rausbringen.«

Cricket zögerte und senkte den Blick. »Unmöglich«, sagte sie. »Ich hab's versucht.«

»Ach, wirklich?« Unwillkürlich machte sein Herz einen Satz.

»Oh, Wilson...« Cricket trat näher an den Käfig heran, schob die Sonnenbrille auf die Stirn und legte ihre Hände auf die seinen. Ihre Augen waren feucht, an diesem Morgen unergründlich blaugrün, wie die Farbe des Lake Tsuwanga in den langen Abendstunden. Eine einzelne Träne fiel auf seine zerschundenen Fingerknöchel. »Warum konntest du nicht warten? In zwei, drei Jahren hätten wir genug Geld beisammen gehabt und bis an unser Lebensende in Saus und Braus in Paris leben können.«

»Ich konnte nicht warten«, sagte Wilson. »Ich hab's nicht geschafft, den Tod zu schlucken, mit dem du mich füttern wolltest. Ich konnte mein Glück nicht auf Seeräuberei, auf Sklavenarbeit, auf Bergen von Leichen bauen!«

Cricket seufzte und trat einen Schritt zurück. Sie schob die Sonnenbrille wieder über ihre Augen und preßte die Lippen aufeinander. In den dunklen Gläsern spiegelte sich Wilsons geschundenes Gesicht.

»Du bist ein Idiot«, sagte sie. »Ein Arschloch, genau wie all die anderen Arschlöcher. Ich hätte gar nicht erst kommen sollen.«

»Warum bist du denn gekommen?« fragte Wilson. Als er sie mit halbzugekniffenen Augen ansah, war ihm, als sähe er sie von ganz weit weg wie durch das falsche Ende eines Fernglases.

»Ich hätte nicht kommen sollen«, wiederholte Cricket und trat zögernd vom Käfig zurück.

»Werde ich dich wiedersehen?« fragte Wilson verzweifelt.

»Nein.«

»Werde ich dir fehlen?« fragte Wilson, aber Cricket gab ihm keine Antwort. Sie machte kehrt und verschwand in der leeren, unversöhnlichen Helligkeit des Mittags.

5

Wilson drückte sich an die Gitterstäbe und starrte lange in die Richtung, in der Cricket aus seinem Blickfeld verschwunden war.

Als er begriff, daß sie nicht zurückkommen würde, sackte er auf dem stinkenden Boden des Käfigs in sich zusammen, als hätte ihn jemand erschossen. Hinter seinem Rücken, dort, wo es dunkel war, stahl sich ein noch dunklerer Schatten über sein Herz, und seine Gedanken richteten sich auf den Tod. So würde er also enden. Welch merkwürdiges Schicksal. Ganz allein in den Händen von Folterknechten in einem gottverlassenen Winkel von Afrika, so unendlich weit entfernt von dem Leben, das ihm bis dahin vertraut gewesen war. Zum ersten Mal seit Monaten dachte er an Andrea: Zweifellos schlief sie in diesem Moment in ihrem großen, sauberen Bett in ihrer schicken Wohnung im dreiunddreißigsten Stock des Pond Park Tower. Was war er doch für ein Narr gewesen! Er dachte daran, wie sie in jener Nacht am Telefon geweint hatte, als er abgereist war. Er dachte daran, daß sie ihn geliebt hatte, und Selbstmitleid wallte über ihn wie Wasser aus einem verstopften Abfluß, und aus seinen Augenwinkeln sickerten Tränen, tropften über seine Wangen und versickerten als dunkle Flecken in der Erde.

Die heftigen Schnarchlaute von Colonel Saba, die sich anhörten, als läge er in einem Pappkarton, setzten einen absurden Kontrapunkt zu Wilsons Tränen. Nach ein paar Minuten rappelte er sich auf und wischte sich mit dem Handrücken über die Augen. Ein heißer Wind fegte durch die Gitterstäbe. Vor dem Käfig brannte sich ein versengter, stiller Nachmittag in den afrikanischen Staub. Der Bupu-Wächter lag schlafend auf der gegenüberliegenden Straßenseite auf einer Bastmatte, den Kopf nur notdürftig von einem an einem Stab befestigten Fetzen Leinwand vor der Sonne geschützt. Der gelbe Hund döste in dem schmalen Streifen Schatten an seiner Seite. Wilson stellte sich die *Dread* vor und wäre beinahe wieder in Tränen ausgebrochen. Dann drehte er sich zufällig um und sah ein Paar leuchtender Tieraugen auf sich ruhen. Es war der Iwo, der regungslos wie eine Gottesanbeterin im hinteren Teil des Käfigs verharrte.

»He, du«, herrschte Wilson den Iwo verärgert an. »Wie lange beobachtest du mich schon?«

Der Iwo legte den Kopf zur Seite und gab eine Anzahl leiser Klicklaute von sich.

»Saba«, rief Wilson, und der Soldat regte sich. »Was will dieser Zwerg?«

Colonel Saba gähnte und stützte sich auf seinen knochigen Ellbogen. Er gähnte erneut, räusperte sich und produzierte ein oder zwei halbherzige Klicklaute.

Der Iwo legte den Kopf schief, deutete mit einer vogelartigen Geste auf Wilson und stieß einen Schwall Klick- und Krächzlaute aus. Wilson beobachtete den hüpfenden Kehlkopf des kleinen Mannes, der diese Symphonie orchestrierten, und fühlte sich an die Aluminiumstäbe im Hals des Abraham-Lincoln-Roboters in Disneyland erinnert, den er als Kind gesehen hatte. Damals hatte ihn dieses Ding in Angst und Schrecken versetzt. Denn ein menschlicher Hals bewegte sich ganz anders, und vor allem produzierte er nicht solche Geräusche. Damals hatte er befürchtet, Abraham Lincoln könnte ihn bei lebendigem Leib verspeisen.

Als der Iwo geendet hatte, schaute er Wilson mit schiefgelegtem Kopf an und wartete darauf, daß Colonel Saba die Übersetzung lieferte. Der Colonel kratzte sich am Kinn und dachte einen Augenblick lang nach.

»Er sagt, daß du sehr krank bist«, übersetzte Colonel Saba. »Du bist natürlich schwer zusammengeschlagen worden, aber das ist es nicht, was er meint. Er meint, daß du innerlich krank bist. Nicht dein Körper, sondern dein Geist. Er sagt, du hast ein Geistertier in dir, das seit vielen Jahren an deinen Eingeweiden nagt und dir dein Leben zur Hölle macht.«

»Gottverdammich«, fluchte Wilson.

»Der Iwo möchte wissen, ob du hier einen starken Druck spürst«, und der Colonel legte seine große Hand flach auf Wilsons Solarplexus. »So eine Ahnung, daß bald etwas Schlimmes passieren wird.«

Wilson war überrascht. Woher wußte der kleine Mann von seinem Grauen? »Ich trage ein ständiges Angstgefühl mit mir herum«, erzählte er schließlich und kam sich albern dabei vor. »Zu Hause war ich deswegen häufig in psychologischer Behandlung. Es ist eine Art unspezifischer Paranoia in Verbindung mit grundloser Angst. Was das betrifft, habe ich einige Therapien hinter mir. Keine Sorge. Ich hab alles im Griff.«

Colonel Saba übersetzte dem kleinen Mann, was Wilson gesagt hatte.

Der Iwo schüttelte den Kopf und watschelte zu Wilson. Er wischte mit der Hand eine Stelle des Erdbodens glatt, fischte einen Zweig aus seinem Beutel und begann, eine Zeichnung in den Sand zu kratzen. Eine Viertelstunde lang arbeitete er an dem Bild. Wilson beobachtete, wie ein ängstliches Tier allmählich Form annahm: teils Affe, teils Waschbär, teils Ratte – mit scharfen Klauen und Reihen von rasiermesserscharfen, haifischähnlichen Zähnen. Als die Zeichnung fertig war, begann der Iwo zu krächzen und zu tschilpen. Wilson schaute sich die Zeichnung an und spürte ein vertrautes Zusammenkrampfen in seiner Brust.

»Das ist ein Bild des Geisterwesens, das im Moment mit deiner Seele ringt«, sagte Colonel Saba. »Der Iwo sagt, daß dieser Geist seit Generationen schon in der Geisterwelt mit den Seelen von Mitgliedern deiner Familie ringt. Er sagt, daß du seit deiner Kindheit ganz allein mit ihm kämpfen mußt. Es ist ein Lebewesen, das vor vielen Jahren in einen deiner Vorfahren gefahren ist, der im Land hinter dem Hruke Wald lebte. Das heißt in seiner Sprache soviel wie Afrika. Sind deine Vorfahren jemals in Afrika gewesen?«

»Keine Ahnung«, erwiderte Wilson.

»Erkennst du das Ding wieder?« fragte Colonel Saba und zeigte mit seinem knochigen Finger auf das Bild im Sand.

»Ja«, sagte Wilson, der seine eigene Stimme kaum wahrnahm.

»Der Dämon«, sagte Colonel Saba, »fährt durch eine Träne oder durch eine Wunde in deine Seele, die durch eine Tragödie in der Kindheit gerissen wurde. Hast du eine solche Tragödie erlebt?«

»Ja«, antwortete Wilson mit fast unhörbarer Stimme.

Der Iwo legte Wilson eine Hand auf den Arm. Seine Handfläche fühlte sich an wie die Rinde eines Baumes. Wilson drehte sich um und schaute ihm in die Augen. Sie waren alt und schwarz, aber in ihren Tiefen glitzerten Farbsprenkel wie in einem fernen Gewitter. Der kleine Mann seufzte und zeigte auf Wilsons Nase. Er griff in seinen Beutel und holte ein kleines Röhrchen aus glänzendem, schwarzem Holz und zwei kleine, grüne Kügelchen heraus, die an Ziegenköttel erinnerten.

»Yonowpe«, sagte ein ganz offensichtlich beeindruckter Colonel Saba. »Welche Ehre. Er möchte es dir geben. Yonowpe ist eine sehr wirksame Medizin, und sie ist sehr selten. Sie wird dir helfen, gegen den Dämon anzukämpfen.«

Wilson blinzelte in das gleißende afrikanische Sonnenlicht. Der Wächter bewegte sich im Schlaf. Der gelbe Hund stand auf und trottete davon. Wilson spürte, wie ein eigenartiges Gefühl seinen Körper durchlief, ein Gefühl von Übelkeit, wie es alle zum Tode Verurteilten empfinden. Er drehte sich wieder zum Iwo um. »Zu was soll das gut sein, verdammt noch mal?« sagte er. »Heute, morgen oder übermorgen oder in drei Tagen bin ich ohnehin tot. Man wird mir bei lebendigem Leib die Haut abziehen, hab ich gehört. Sehen wir's doch mal positiv: Wenn ich tot bin, wird der Dämon mit mir sterben.«

Der Iwo räusperte sich und spuckte einen Pfropfen trokkenen, grünlichen Schleims durch die Stäbe hinaus in die Sonne. »Der Iwo sagt, daß die Oper erst vorbei ist, wenn die dicke Frau singt«, sagte Colonel Saba. »Der Iwo sagt: ›Im Kampf zwischen dir und dem Leben sollst du das Leben unterstützen‹.«

Wilson wehrte sich nicht, als der Iwo ihn wieder mit dem Rücken auf den Boden drückte. Der kleine Mann steckte eines der grünen Kügelchen auf ein Ende des Rohres und stopfte es dann hinein. Danach setzte er das Rohr an die Lippen und steckte das andere Ende in eines von Wilsons Nasenlöchern. Wilson ahnte Unangenehmes.

»Moment mal«, wehrte Wilson ab, aber es war zu spät. Der Iwo füllte seine Lungen mit Luft und blies. Der grüne Köttel traf Wilsons Nasenloch mit der Wucht einer Explosion. Mit einem bitteren Geschmack im Mund zuckte Wilson zurück. Er hatte das Gefühl, als dehnte sich die knöcherne Leiste hinter seinem Ohr aus. Dann mußte er zweimal heftig niesen.

Nach dem zweiten Niesen machte er die Augen auf und befand sich plötzlich auf dem Grund des Lake Tsuwanga. Doch das Wasser dort war gar kein Wasser, sondern gelatineartiger Schlamm aus Eis und noch etwas anderem. Er verharrte einen Augenblick lang in dem Schlamm und in der Kälte, die Knochen des großen Carew lagen zum Greifen nah neben ihm, und dann sah er sie kommen: fremdartige, phosphoreszierende Fische, vom Wasserdruck zu ultimativer Härte zusammengepreßt, und durch die Dunkelheit trugen sie ihr eigenes Licht mit sich wie ein Geheimnis.

6

Langsam ging Wilson auf dem belebten Gehweg der Commerce Avenue entlang. Von der nahen Baustelle drang ein monotones, dumpfes Hämmern. Er spürte die Erschütterung des Preßlufthammers unter seinen Füßen. Der Himmel über der silbernen Nadel des Rubicon-Gebäudes strahlte in makellosem Blau, nicht ein Wölkchen war zu sehen. Ein schöner Vorfrühlingstag.

Minuten vergingen, bis ihm die alten, großen Karossen auffielen, die an der Ampel der Kreuzung Commerce und Rubicon warteten. Dann erst bemerkte er, daß die Straße voll war von diesen anachronistischen Fahrzeugen – chromblitzende Schlachtschiffe mit geschwungenen Kotflügeln aus einer anderen Ära. Riesige Cadillacs, De Sotos, Ramblers, Studebakers mit Stahlkarosserien, in Babyfarben lackiert, mit abgesteppten, gepolsterten Vinylsitzen, tuckerten neben dem Randstein auf dem sauberen Asphaltbelag dahin. Einen Augenblick später fiel sein Blick auf die Fußgänger: Geschäftsleute mit schmalkrempigen Hüten, schmalen Krawatten und glänzenden, altmodischen Anzügen; Sekretärinnen mit grellrot angemalten Lippen, hochtoupierten Frisuren, Stöckelschuhen, bauschigen Röcken, weißen, kurzen Handschuhen und weißen Kunstlederhandtäschchen.

Wilson beschlich das flaue Gefühl eines Déjà vu. Bestimmt war er schon einmal hiergewesen, an diesem Nachmittag, in dieser Minute, in genau dieser Sekunde. Er schaute nach oben und sah den nackten Stahlrahmen des Maas Tower, der wie ein Skelett dort oben hing, sah den roten Kran und den Stahlträger, der zwanzig Stockwerke über ihm am Seil schwebte. Dann bemerkte er, wie eines der Seile nachgab, er hörte ein widerliches Schnappen, das offensichtlich keiner der anderen Passanten wahrnahm. Dieses Schnappen hallte laut in der Straßenschlucht aus Glas und Stahl wider.

Die Frau in dem Mantel mit Leopardenmuster und dem Kind an der Hand ging direkt vor ihm. Über ihnen, wie ein langer, schwarzer Finger, der Schatten des herabstürzenden Trägers. Das Kind wandte den Blick von seiner Spritzpistole, schaute nach oben und sah den Träger mit schicksalhafter Macht nach unten fallen. Lähmendes Erstaunen überzog sein kleines Gesicht. Es trug klobige, schwarze Schuhe, einen viel zu großen Tweedmantel und eine lächerliche Mütze mit Ohrenklappen. Es war nicht mehr genug Zeit, ein paar lächerliche Sekunden nur, die das Kind für den Rest seines Lebens erstarren lassen, seine Flügel wie die eines rosa-gelben Falters auf einem Stück Pappe festnageln sollten.

Wilson sprang nach vorn und erwischte die Frau mit der Schulter voll im Rücken. Sie strauchelte, stürzte aus dem Gefahrenbereich heraus, und er fiel im tödlichen Schatten des Eisenträgers auf den Gehweg, drehte sich um und sah das Ding, das keine sechs Meter über ihm kreischend herabstürzte, mit jedem Zentimeter schneller werdend, während ihm die Erdanziehungskraft das Gewicht eines Berges verlieh. Dann war es plötzlich still auf der Straße. Der Stahlträger machte kein Geräusch mehr; der Verkehr war zum Erliegen gekommen.

»Nun sieh bloß, was du angestellt hast! Du hast meine neuen Strümpfe ruiniert!« Es war die Stimme seiner Mutter.

Wilson stand auf, seine Gelenke knackten. Er erinnerte sich plötzlich daran, daß er im Alter von drei Jahren einmal ein Rasiermesser aus dem Apothekenschränkchen seines Vaters genommen und ohne ersichtlichen Grund sämtliche Lampenschirme im Haus damit aufgeschlitzt hatte. In diesem Augenblick sah seine Mutter genauso aus wie damals, als sie ihn beim letzten gelben Lampenschirm erwischt hatte, an dem er gerade sein Werk vollenden wollte.

»Komm her, Wilson«, sagte seine Mutter. »Du benimmst dich wirklich unmöglich!«

»Mama…« Wilsons Stimme stieg zu einem kindlichen Quengeln an. Er zeigte auf den Träger, der wie ein riesiger, schwarzer Vogel keine fünf Meter über seinem Kopf in der Luft hing.

»Ja, ja, ich weiß«, sagte sie, ohne sich die Mühe zu machen, nach oben zu sehen. »Komm sofort von da unten heraus. Das ist kein Platz für dich.«

Wilson ging folgsam zu seiner Mutter. Sie gab ihm einen Kuß auf die Wange. Dann runzelte sie die Stirn.

»Stell dich gerade hin.«

Wilson stellte sich gerade hin, sie zog einen ihrer kurzen, weißen Handschuhe aus, leckte mit der Zunge ihren Daumen ab und wischte etwas Schmutz von Wilsons Wange. Dann holte sie ein Erfrischungstuch aus einer kleinen Packung in ihrer Tasche. Sie riß die Hülle auf und rieb damit sein Gesicht ab. Wilson verzog das Gesicht, weil das Tuch so intensiv nach Medizin roch, und versuchte, sich aus ihrem Griff zu winden. Er hatte dieses Zeug noch nie leiden können.

»Komm, stell dich nicht so an, Junge. Wie du wieder aus-

siehst«, schimpfte seine Mutter, und als Wilson an sich hinuntersah, stellte er fest, daß er nur blutbefleckte Lumpen am Leib trug und zudem am ganzen Körper blutverkrustet und von seinem Aufenthalt im Sklavenkäfig völlig verdreckt war. Dann betrachtete er seine Mutter und realisierte zum ersten Mal, wie schön und jung sie an jenem Tag gewesen war, an dem sie starb. Ihre Augen waren verblüffend blau, ihr Haar schimmerte blauschwarz wie die Flügel eines Raben. Mit ihrer Pillbox auf dem Kopf und ihrem leopardengemusterten Mantel sah sie Jacqueline Kennedy täuschend ähnlich. Aber vielleicht sahen ja alle Frauen in dieser Epoche auf die eine oder andere Weise Jacqueline Kennedy ähnlich.

»Wie alt bist du, Mama«, fragte er plötzlich. »Siebenundzwanzig, achtundzwanzig?«

Seine Mutter runzelte die Stirn. »Wie kommt ein kleiner Junge wie du dazu, eine solche Frage zu stellen?«

»Ich bin kein kleiner Junge mehr«, sagte Wilson. »Dieses Jahr werde ich vierunddreißig.«

Seine Mutter legte ihm wieder den Arm um die Schulter. »Ja, und das freut mich wirklich«, lächelte sie. »Wenigstens ist etwas aus dir geworden, und stark bist du auch. Aber« – erneut runzelte sie die Stirn – »du hast einige Fehlentscheidungen getroffen, Wilson. Deine Augen sehen traurig aus. Du solltest öfter mal draußen spielen, häufiger an die frische Luft gehen. Ich sage deinem Vater immer wieder, daß du zuviel liest. Ständig steckst du deine Nase in die Bücher. Das war schon so, als du zwei Jahre alt warst. Mike Mulligan und sein Löffelbagger, erinnerst du dich noch an dieses Buch?«

»Ja«, sagte Wilson. »Und dann die Affenbücher – da kam doch der neugierige Georg drin vor und der Mann mit dem gelben Hut. Immer wollte ich so sein wie der Mann mit dem gelben Hut.«

»Ich fand ihn auch nett, vor allem hatte er eine Engelsgeduld«, sagte Wilsons Mutter. »Hat immer auf diesen Rabenbraten von Affen aufgepaßt.« Dann schwieg sie.

»Mama ...«, sagte Wilson.

»Ja?«

»Ich hab dich wirklich nicht retten können. Ich war doch erst zehn. Ich hab nach oben geschaut und gesehen, wie er herunterfällt, war aber wie gelähmt. Ich hatte keine Ahnung, was ich sagen sollte, ich wußte nicht, wie ich dir sagen sollte, daß du zur Seite springen sollst. Und dann, wumm! ... Es tut mir leid.« Tränen liefen Wilson über die Wangen.

Seine Mutter griff in ihr Täschchen, holte ein Kleenex heraus und hielt es vor seine Nase. »Kräftig blasen«, befahl sie.

Wilson blies.

»Du hättest gar nichts machen können, Wilson, mein Kleiner«, sagte sie mit sanfter, mütterlicher Stimme und berührte mit einer Hand seine tränennasse Wange. »Dieser Träger ist schon immer gefallen, und er wäre immer wieder heruntergefallen, und ich wäre immer unter ihm gewesen. Es tut mir nur leid, daß du mit dabeisein mußtest. Für ein Kind muß es grausam sein, so etwas mitzuerleben. Aber denk an Nietzsche und an das Tor, vielleicht hilft dir das darüber hinweg: Zwei Straßen, die in entgegengesetzter Richtung in die Ewigkeit führen, treffen am Tor des augenblicklichen Moments aufeinander. Und wie hat dieser Mann das beschrieben? ›Ist nicht alles, was laufen kann, schon auf dieser Straße gelaufen? Muß nicht alles, was geschieht, schon geschehen sein?‹ Natürlich beschreibt er ein kreisförmiges Universum. Wenn du nicht an ein kreisförmiges Universum glaubst, meine ich, daß du an Gott glauben mußt, Wilson. Und ich meine, du glaubst an Gott. Das ist lieb und paßt zu dir.«

Wilson war verblüfft. »Du hast Nietzsche gelesen, Mama?« fragte er.

Seine Mutter führte ihre behandschuhte Hand an die Lippen und lachte ein leises Lachen. Es gibt vieles, was du von deiner alten Mutter nicht weißt«, lächelte sie.

»Schon möglich« sagte Wilson.

»Es war schön mit dir, aber jetzt wird es langsam Zeit, daß

du gehst«, sagte sie auf einmal ungeduldig. Dann nahm sie ihn in die Arme, eine Träne floß aus ihrem Auge, sie drehte sich um und stellte sich auf ihren Platz im Schatten des Trägers.

»Wohin gehe ich?« fragte Wilson.

»Dein Vater möchte dich noch kurz sehen«, sagte sie.

»Warte, Mama!« Wilson konnte das Zittern in seiner Stimme nicht verhindern. »Kannst du mir denn keinen Rat geben? Ein Körnchen Weisheit? Irgendwas?«

»Hat dir Nietzsche nicht genügt?«

Wilson zuckte die Achseln.

»Dann gebe ich dir einen ganz einfachen Rat«, sagte seine Mutter. »Hör auf, deine Zeit zu vertrödeln. Lebe!«

Im nächsten Augenblick setzte sich die Welt wieder in Bewegung: Auf dem Gehweg strömten die Fußgänger vorbei, die großen Autos rumpelten die Straße entlang, und ein schrecklicher Verkehrslärm erfüllte die Luft. Mit gewaltigem Krachen erreichte der Träger sein Ziel, zertrümmerte den Gehweg und zermalmte Wilsons Mutter zu einem blutigen Fleck. Wilson spürte, wie er hochgehoben wurde, und dann spürte er das Stoßen und Rattern eines Zuges, hörte die Räder auf den Gleisen und fand sich in einem Pullmanwagen wieder, neben ihm ein Mann in einem eleganten Maßanzug aus englischem Tweed und mit einem grauen Homburger auf dem Kopf. Ein gelbes Seidentaschentuch steckte in seiner Brusttasche, und er trug gelbe Socken und braun-weiße Schnürschuhe. Seine rechte Hand umfaßte das Kopfstück einer kalten Pfeife; eine Ausgabe der Racing News *lag sauber zusammengefaltet auf seinem Schoß über einem Exemplar des Buches* The Black Rose *von Thomas B. Costain. Gedankenverloren starrte er aus dem Zugfenster, während eine rote Sonne über der Potswahnamee Lagune unterging und der dunkle, eiskalte Fluß nur ein paar Meilen voraus wie eine schlafende Schlange im Tal lag.*

»Du hast Glück gehabt, daß du noch einen Sitzplatz ge-

kriegt hast«, sagte der Mann. »Dieser Schnellzug ist sonst immer rappelvoll.« Er drehte sich zu Wilson um und lächelte sein vertrautes, trauriges Lächeln.

»Bist du es, Dad?« fragte Wilson.

Sein Vater nickte. »Vermutlich hat dich deine Mutter geschickt.«

Wilson zuckte die Achseln. »Weiß ich nicht so genau. Vielleicht war es auch das Yonowpe.«

»Weißt du, woran ich gerade gedacht habe?« sagte sein Vater. »Ich hab gerade gedacht, daß ich bis jetzt noch nie etwas Schöneres gesehen habe als diesen Sonnenuntergang. Schau, wie die Vögel von der Lagune in das rote Licht hinauffliegen. Wahrscheinlich ziehen sie nach Süden.« Er klemmte sich die Pfeife zwischen die Zähne und schwieg eine Weile.

Wilson hörte das Rumoren und Hüsteln der anderen Passagiere im Zug, das gedämpfte Murmeln ihrer Gespräche. Er warf einen Blick auf die Armbanduhr seines Vaters, eine hübsche, goldene, automatische Elgin mit einem roten Pfeil als Sekundenzeiger. Es war Viertel nach fünf.

»Ist das der Vier-fünfundvierzig-Expreß, Dad?« fragte Wilson.

»Ja. Eigentlich wollte ich mit dem Fünf-dreißig fahren, aber ich bin zu früh am Bahnhof gewesen, und da hab ich gerade noch den Vier-fünfundvierzig erwischt. Glück gehabt, was?«

»Dad, wir müssen den Zug aufhalten«, sagte Wilson, so ruhig er konnte. »Er wird entgleisen.«

»Sprich nicht so laut«, mahnte ihn sein Vater. »Die Leute werden dich hören.«

Wilson stand auf und streckte den Arm nach dem roten Griff für die Notbremse neben dem Fenster aus, aber bevor er daran ziehen konnte, zerrte ihn sein Vater an den Gürtelschlaufen der Hose zurück auf den Sitz.

»Ich weiß genau, was mit diesem Zug geschehen wird, Sohn«, sagte sein Vater leise. »Es gibt nichts, was wir dagegen tun können. Und du weißt es auch. Ich möchte nur einen

Augenblick in Ruhe mit dir zusammen sitzen, bevor wir entgleisen. Hast du was dagegen, wenn ich den Arm um dich lege?«

Wilson sagte, es wäre ihm recht, und sein Vater legte einen Arm um seine Schultern. Friedlich saßen die beiden nebeneinander und betrachteten den wunderschönen, roten Sonnenuntergang.

»Wenn ich von dieser Geschäftsreise zurückkomme«, sagte Wilsons Vater schließlich, »hab ich vermutlich ein bißchen Geld flüssig. Und ich verspreche dir, daß ich dann bei deiner Mutter und bei dir bleiben werde und nicht mehr weggehe. Wenn ich's mir recht überlege, war ich nicht sehr nett zu ihr. Sie ist eine so schöne Frau. Sie hätte jeden haben können, aber geheiratet hat sie mich. Glücksspiel ist kein Beruf für einen Familienvater, denk daran, Sohn. Immer auf Achse, immer darauf aus, das Gesetz der Wahrscheinlichkeit zu überlisten. Aber ich hab ein hübsches Sümmchen auf ein paar Pferde gesetzt, die unten in New Orleans laufen. Eine todsichere Sache, ein Spaziergang. Dann komme ich für immer nach Hause. Weißt du, was ich dann tun werde?«

»Nein«, sagte Wilson.

»Ich werde wieder auf die Uni gehen. Ich hole meinen Abschluß in Jura nach und werde eine Kanzlei eröffnen. Ich kann dir sagen, das wird deine Mutter freuen! Sie hat immer schon gesagt, daß ich einen guten Anwalt abgeben würde, und weißt du, was? Ich glaub, sie hat recht. Verrat ihr aber bloß nichts davon. Das soll unser kleines Geheimnis bleiben, bis ich wieder zurück bin, okay?«

»Okay, Dad«, sagte Wilson.

Im nächsten Augenblick erreichten sie das offene Gitter der Trohog-Brücke. Wie ein langgezogenes Heulen kreischten die Bremsen, und ein Schauer durchrieselte den Zug. Koffer mit stahlverstärkten Ecken fielen aus den Gepäcknetzen über den Sitzen.

»So, jetzt sind wir an der Reihe«, sagte sein Vater, beugte

sich zu Wilson und gab ihm einen Kuß auf die Stirn. Dann sprang er auf, und während der Waggon über dem Fluß zur Seite kippte, griff er in das Gepäcknetz und schwang die harten Hacken seiner zweifarbigen Schnürschuhe gegen das Fenster. Die Scheibe sprang in mehreren gezackten Scherben aus dem Rahmen.

»Ich kann dir keinen Rat geben, so wie deine Mutter«, sagte Wilsons Vater. »Ich war immer der Meinung, daß ein Mann tun wird, was er tun muß, wenn er ein richtiger Mann ist. Aus dir ist ein richtiger Mann geworden, Wilson. Versuch, selbst herauszufinden, was du tun mußt, und dann tu es auch.«

»Okay, Dad«, sagte Wilson.

»Und jetzt spring«, sagte sein Vater. Wilson schaute hinunter auf den Fluß, der tief unter ihm im letzten Sonnenlicht rötlich schimmerte. Der Zug begann aus den Gleisen zu schlittern, und ein Geräusch von reißendem Blech und schrecklichen Schreien zerriß die Luft.

»Ich glaub, ich schaff's nicht«, rief Wilson voller Angst.

»Du mußt«, sagte sein Vater. »Komm schon, spring.«

Wilson hielt die Luft an, und im nächsten Augenblick fiel er auf das schwarze Wasser zu.

7

»Um Himmels willen, Mr. Wilson, gib mir deine Hand!«

Wilson hörte die Stimme, als er zum zweiten Mal untertauchte. Er kämpfte sich an die Oberfläche und sah einen flüchtigen Augenblick lang grünen Dschungel, dann wurde er wieder nach unten gezogen, aber dieses Wasser war braun und warm wie Blut und hatte nichts gemeinsam mit der eisigen, schwarzen Glätte des Potswahnamee.

Er streckte den Arm nach oben aus und spürte einen festen Griff um sein Handgelenk, spürte, wie er ins Sonnenlicht gezogen wurde, wo er auf einer rohgezimmerten Holzbohle lag und wie ein Fisch nach Luft japste. Als er wieder zu Atem gekommen war, setzte er sich auf und rieb sich das Wasser aus den Augen. Er befand sich in einem flachbödigen Bupu-Einbaum, der stromabwärts auf einem schnellfließenden, zu beiden Seiten von dichtem Dschungel gesäumtem Fluß fuhr. »Falls du wieder Anstalten machen solltest, ins Wasser zu springen, Mr. Wilson, müssen wir dir für den Rest der Fahrt Hände und Füße fesseln, und das wäre bestimmt nicht angenehm für dich, weil wir noch eine lange Reise vor uns haben.«

Es war Tulj, der am Heck des Bootes saß und die triefnassen Paddel zu beiden Seiten des Bootes aus dem Wasser gezogen hatte.

»Ich werde einen Bericht an das *Bupandan Journal of Medicine* schicken«, sagte eine zweite Stimme. »Eine halbe Dosis Yonowpe reicht bei einem weißen Mann locker aus, um den Dämon zu töten.«

Wilson drehte sich um und sah Colonel Saba, der ihn vom Bug her angrinste. Er versuchte zu sprechen, brachte aber nur ein ersticktes Husten zustande. Ein paar Minuten lang starrte er stumm auf die üppige Vegetation zu beiden Seiten des Ufers. Er suchte die dunklen Stellen zwischen den Bäumen nach den hellen Körpern von Iwos ab, sah aber nur Schatten. Unbekannte Tiere streiften in dem grünen Dickicht umher wie Tiere in einem Traum.

»Das ist nicht der Mwtutsi«, stellte Wilson fest, als sich der Nebel in seinem Kopf allmählich gelichtet hatte. Er schaute nach oben, und im gleichen Augenblick berührte ein Sonnenstrahl seine Augenbrauen.

»Ich glaube, unser Freund weilt wieder unter den Lebenden.« Colonel Saba grinste ihn über die Schulter an.

»Du hast recht, Mr. Wilson«, sagte Tulj. »Das ist nicht der Mwtutsi, das ist der Hilenga.«

»Was ist passiert?«, fragte Wilson. »Wie sind wir hierhergekommen?«

»Du kannst dich wirklich an nichts erinnern?« fragte Tulj.

Eine grünrote Libelle schwirrte um seinen Kopf.

»Ich kann mich nur noch daran erinnern, daß mir diese Schweine bei lebendigem Leib die Haut abziehen wollten«, sagte Wilson.

»Ja, du bist wirklich ein Glückspilz«, bemerkte Tulj.

»Wo ist der Iwo?« fragte Wilson.

Tulj wedelte mit seinem Paddel in Richtung Dschungel. »Wer weiß? Zurück bei seinen Leuten. Ebensogut könntest du fragen, wohin die Vögel fliegen, wenn sie sich in die Lüfte schwingen.«

»Und bist du jetzt ein neuer Mensch?« erkundigte sich Colonel Saba. »Hat die Dämonenmedizin gewirkt?«

»Ich weiß nicht recht«, sagte Wilson. Er fühlte sich immer noch etwas benommen. Er beobachtete Saba, der das Paddel ins Wasser tauchte und wieder herauszog. »Eigentlich kann ich mich an gar nichts erinnern. Wir sind dem M'Gongo Epo entkommen?«

»Ja«, sagte Saba und spritzte ihn mit Wasser an. »Der Fluß hier ist echt, keine Yonowpe-Halluzination.«

»Wie haben wir das geschafft?« fragte Wilson.

»Ach, es war alles eigentlich ganz normal«, berichtete Tulj. »Ein bißchen Geld, ein oder zwei Stangen Zigaretten. Ich muß sagen, daß ein einzelnes Menschenleben hier nicht viel wert ist.«

»Aber du hättest beinahe alles verdorben, Wilson«, warf Saba ein. »Du hast einfach nicht die Klappe halten wollen. Letzte Nacht mußten wir dir einen Lappen in den Mund stecken, um dich zum Schweigen zu bringen. Du hast andauernd gequasselt. Total verrücktes Zeug. Wer ist eigentlich der neugierige Georg?«

»Ein Freund«, sagte Wilson, dann wandte er sich an Tulj. »Wie hast du uns gefunden?«

»Ich habe in Ulundi auf Nachricht gewartet, wie wir es abgesprochen hatten«, sagte Tulj. »Dann hat ein Iwo von Schwierigkeiten erzählt, und vor zwei Tagen hab ich mich auf den Weg stromaufwärts gemacht. Das, was du dort oben gemacht hast, Mr. Wilson, war sehr dumm von dir. Du hast deinen Deckmantel gelüftet. Jetzt können wir dich leider nicht mehr als Spion gebrauchen.«

»Ich hab nicht länger zusehen können«, sagte Wilson leise. »Keine Sekunde länger.«

»Hast du denn wirklich gedacht, daß die dich für das, was du getan hast, am Leben lassen werden?«

»Keine Ahnung«, sagte Wilson. »Ich hab überhaupt nicht gedacht. Ich bin einfach hinausgegangen und hab sie freigelassen, jeden einzelnen Iwo, den ich finden konnte –« Seine Stimme versagte.

Tulj nickte, als verstünde er.

Erst nach einer oder zwei Stunden fühlte sich Wilson kräftig genug, um die beiden an den Rudern abzulösen. Er übernahm das Paddel von Colonel Saba am Bug des Bootes, der sich aufs Ohr legte. Die körperliche Anstrengung tat Wilson gut, er spürte, wie seine Arm- und Schultermuskeln arbeiteten. Durch die Baumkronen fiel das Sonnenlicht auf seinen Rücken. Aber erst als die Abenddämmerung den Fluß in eine Farbe dunklen Lavendels verwandelte, wurde sich Wilson der Einzigartigkeit dieser Situation voll bewußt. Er hörte zu paddeln auf und drehte sich um. Colonel Saba döste mit offenem Mund, eine Hand baumelte im Wasser, und leise Schnarchlaute drifteten von seinen Lippen. Im Dämmerlicht des Dschungels konnte Wilson Tuljs Gesicht kaum ausmachen.

»Ihr beide...«, sagte Wilson.

»Ja«, gab Tulj zur Antwort, und er lächelte.

»Er ist ein Anda, und du bist ein Bupu.«

»Ja«, sagte Tulj.

»Wie kommt's, daß ihr euch nicht an die Kehle springt?«

Tulj legte sein Paddel kurz ab und dachte einen Moment lang nach. »Letzte Nacht, als ich dir helfen wollte zu fliehen, sah ich einen Anda-Offizier und einen Iwo auf dem Erdboden neben dir. Und ich sagte zu ihnen: ›Sind wir nicht alle

Brüder hier?‹, und ich nahm sie an den Händen und führte sie fort. Colonel Saba hat den Krieg und das Morden satt und ich auch. Er hat beschlossen, seinen Dienst bei der APF zu quittieren, und wird einer neuen Partei beitreten, die ich mit Unterstützung einiger meiner Freunde gründen werde. Meine neue Partei wird BUP heißen. Die Bupanda Unification Party. Und eines Tages, wenn der Sklavenhandel ausgemerzt ist, werden wir diesem Wahnsinn hier ein Ende bereiten. Die Bupus und Andas werden Bupanda wieder so aufbauen, wie es in den glorreichen Tagen von Sequhue gewesen war, als das Hinterland von blühenden Blumen bedeckt war, die Straßen von Rigala mit Musik und Gesang erfüllt waren und in jedem Hauseingang schöne Frauen standen.«

»Hört sich gut an«, sagte Wilson.

Als es so dunkel wurde, daß sie fast nichts mehr sehen konnten, paddelten sie ans Ufer und verbargen den Einbaum im Schilf. Vorsorglich verzichtete Tulj darauf, Feuer zu machen. So saßen sie im Dunkeln und aßen in der raschelnden Stille des Dschungels ihr Abendbrot: kaltes Cornedbeef aus der Konservendose. Dann bereiteten sie sich ihr Bett im Schilf. Wilson sah keine Sterne, nur die unbestimmte Schwärze des Blätterdaches. Schlaflos starrte er in diese Schwärze und lauschte dem Schnarchen von Colonel Saba und dem Flüstern des Flusses, der von irgendwoher nach irgendwohin eilte, hörte, wie Tulj sich auf seinem Schilfbett unruhig von einer Seite auf die andere warf.

»Tulj, bist du wach?« fragte er.

Der Mann grunzte.

»Wohin fahren wir eigentlich?«

»Den Hilenga hinunter«, sagte er. »Schlaf jetzt.«

»Wohin fließt der Hilenga?«

Es folgten ein, zwei leere Sekunden, und fast schien es, als wollte Tulj nicht antworten. »Zum Meer«, sagte er schließlich. »Früher oder später fließen alle Flüsse ins Meer.«

»Tulj...«, sagte Wilson.

»An einer bestimmten Stelle im Delta werden wir in drei Tagen ein paar Freunde von mir treffen. Sie möchten mit uns sprechen, und vor allem möchten sie sich mit dir unterhalten. Sie möchten alles über den schlechten Menschen erfahren, der mit Sklaven handelt. Wirst du es ihnen erzählen?«

»Klar«, sagte Wilson. »Wer sind deine Freunde? Sag's mir jetzt, damit ich weiß, was mich erwartet.«

»Nein, es ist nicht klug, wenn ich dir im Moment mehr Informationen gebe«, sagte Tulj. »Was ist, wenn man uns erwischt? Nur Geduld. Wart's ab.«

8

Drei weitere Tage paddelten sie auf dem Hilenga flußabwärts, ohne jemals einen Fuß auf trockenen Boden zu setzen. Allmählich verbreiterte sich das Flußbett und ging in das ausgedehnte Sumpfgebiet des Hilengadeltas über. Nur selten blitzte die Mittagssonne durch die dichtbelaubten Baumkronen. In großen Wolken sirrten Myriaden von Moskitos in der schwülen Luft; Wilson rieb sich jeden Zentimeter seiner ungeschützten Haut mit einer nach Zitronen duftenden Antimückenlotion ein. Affen mit orangerotem Fell hingen faul in Bäumen, die bis zu den Stämmen unter Wasser standen. Wasserschlangen und Bisamratten, groß wie Hunde, tummelten sich zwischen dem ausladenden Wurzelgeflecht der Affenbrotbäume. Weiter hinten sprenkelten riesige Schwärme azurblauer Aras den diesigen Horizont.

Einmal ließ Wilson seine Hand im grünen Wasser nachschleifen, und als er sie wieder herauszog, hatten sich mehrere Blutegel an ihr festgesaugt. Er pflückte die nützlichen kleinen Tierchen von seiner Haut und ließ sie behutsam in ihre schlammige Heimat zurückgleiten.

In der Abenddämmerung des vierten Tages steuerte Tulj das

Boot auf eine kleine, hinter Mangrovenwurzeln versteckte Insel zu. Auf einer Lichtung in der Mitte der Insel stand ein kleiner, mit einer Segeltuchpersenning abgedeckter Schuppen. Vor dem Eingang hing ein Moskitonetz. In dem Schuppen lagerten Kisten, gefüllt mit Konservendosen, und Plastikfässer voller Süßwasser. Mit dem Wasser wusch sich Wilson Gesicht und Hals und trug anschließend eine frische Schicht Insektenlotion auf. Dann öffnete er eine mit »Yorkshire Pudding« etikettierte Blechdose, auf der als Verfallsdatum der 30. 10. 2037 angegeben war. In der Dose wackelte eine glibberige, gelbbraune Pampe in einer zähflüssigen Soße, die entgegen ihrem ekligen Aussehen aber ganz gut schmeckte.

Als Wilson die Dose leer gegessen hatte, ging er mit Tulj zur Westseite der Insel, wo sein Freund auf eine Lücke zwischen den Bäumen zeigte. »Da drüben ist ein guter Beobachtungsposten«, sagte er. »Meine Freunde werden heute spät am Abend aufkreuzen. Vielleicht aber auch erst morgen.«

»Und wonach genau soll ich Ausschau halten?« erkundigte sich Wilson.

Tulj lachte kurz auf. »Wenn du sie siehst, wirst du wissen, daß sie's sind.« Sprach's und verzog sich wieder zum Schuppen, um im Schutz des Moskitonetzes ein Nickerchen zu halten.

Wilson verbrachte die folgenden Stunden damit, den Fluß zu beobachten.

Das grüne Licht des Dschungels veränderte sich kaum merklich. Allmählich verlor Wilson jedes Zeitgefühl. Seine alte Armbanduhr mit beleuchtetem Zifferblatt hatte schon während der Regenzeit in Quatre Sables ihren Geist aufgegeben.

Direkt unter seinem Ausguck bahnte sich der Fluß durch die zugewachsenen Kanäle einen Weg hinaus in ein breiteres Bett. Wilson meinte, einen Hauch frischer, leicht salziger Luft im Gesicht zu spüren, und dachte sofort an Meer. Einen kurzen Augenblick nur drehte er seinen Kopf nach einem schnappenden Geräusch in den Bäumen, und als er wieder zum Fluß hinunterschaute, hatte der Kanal eine erstaunliche Transformation erfahren. Die Sonne, die jetzt im Zenit stand, schien in dicken, rauchigen Lichtsäulen durch Lücken im Blätterdach. Ein geradezu spiritueller Moment: Es war so, als fielen Lichtstrahlen durch die bunten Glasfenster einer Kathedrale. Weißgefiederte Vögel stiegen vom Fluß auf und schraubten sich durch die dunstigen Lichtsäulen in den Himmel hinauf. Einige Minuten später meinte Wilson in der Ferne vage Umrisse zu erkennen.

Es sollte noch eine Stunde dauern, bis er diesen Schatten als Schiff identifizieren konnte, das sich der Insel näherte. Es schien nur langsam voranzukommen, aber Entfernungen täuschen in Afrika. Lange Zeit veränderte sich die Perspektive so gut wie gar nicht, doch dann hörte Wilson das rhythmische Rülpsen und Stottern eines alten Innenbordmotors, und auf einmal war das Schiff zum Greifen nah. Es arbeitete sich durch das schlammige Wasser des Kanals, der die Insel umgab, und Wilson glaubte zu träumen: In einem seltsamen, breitbäuchigen, türkisfarbenen Boot standen, regungslos wie Ölgötzen, drei Marineoffiziere in blütenweißen Uniformen. Sie sahen aus, als wären sie geradewegs der *Madame Butterfly* entstiegen. Die feuchte Brise hatte keine Chance, auch nur ein Härchen ihrer militärischen Kurzhaarfrisur zu krümmen. Auf zwei gepolsterten Sitzbänken hinter den Offizieren saßen sechs Marineinfanteristen in blau-roten Galauniformen. Vom Heck flatterte das White Ensign der British Royal Navy im Wind. Fasziniert starrte Wilson dem seltsamen Schiff nach, bis es an seinem Ausguck vorübergetuckert war. Der flache Boden des Bootes bestand allem Anschein nach aus Glas. Denn unter den Füßen der Offiziere sah Wilson monströse Karpfen schwimmen, deren granitähnliche Schuppen im grünen Wasser des Flusses aufblitzten. Dann war das Boot im dichten Schilf des Kanals untergetaucht.

Tulj und Colonel Saba hockten auf der Lichtung vor der

Hütte und spielten Würfel auf einem fleckigen Stück Segeltuch. »Hab ich mir leider bei der Armee angewöhnt«, versuchte sich Tulj zu rechtfertigen, als Wilson zwischen den Bäumen hervortrat. »Aber diesem Laster verfallen vermutlich die Soldaten auf der ganzen Welt. Denk nur an die römischen Legionäre, die um die Kleider von Christus gewürfelt haben –« Dann sah er den fragenden Blick in Wilsons Gesicht und stand auf.

»Und?«

»Äh, also vermutlich haltet ihr mich jetzt für vollkommen bescheuert«, begann Wilson und holte tief Luft. »Aber auf dem Fluß fährt ein türkisfarbenes Glasbodenboot voller Marineoffiziere in weißen Ausgehuniformen.«

Tulj nickte bedächtig. »Sie sind früh dran.«

9

Vom Deck der großen Motorbarkasse warf Wilson einen letzten Blick zurück auf den Hilenga, dessen braunes Wasser sich mit dem blauen Meerwasser vermischte. Bis drei Meilen vor die Küste färbte der letzte afrikanische Schlamm das Meerwasser rot, um sich schließlich als Sediment auf dem Kontinentalschelf abzulagern. Am Horizont zogen dunstige, zerrissene Wolken über den Nachmittagshimmel. Über Wilsons Kopf vollführten Seevögel gewagte Flugmanöver. Im Kielwasser hinter ihm blieb Afrika zurück. Unbegreiflich, unermeßlich.

Erst in diesem Augenblick gestattete sich Wilson, darüber nachzudenken, was er zurückließ. Er dachte an Cricket und an das dunkle Herz des Dschungels, an die sonnenlosen Lichtungen, die noch keines weißen Mannes Fuß betreten hatte, und er dachte an die Iwos, die dort lebten, verborgen vor der Welt, mit ihrer fremdartigen Sprache und ihrem magischen Wissen. Dann verdrängte er die Vergangenheit aus seinem Herzen, sog die salzige Meeresluft tief in seine Lungen und wandte sich dem großen Schiff zu, das elegant die Wellen durchpflügte. Es war die *HMS Gadfly*, ein neuer Kreuzer der Somerset-Klasse, kleiner als ein herkömmlicher Zerstörer, aber größer als ein Minensuchboot. Sie führte zwei Geschütztürme, bestückt mit 118-mm-Marinekanonen, eine komplette Abschußbasis mit Stinger-Boden-Luft-Raketen und – auf einer großen Plattform am Heck – drei Sea-Harrier-Senkrechtstarter, die mit ihren zusammengefalteten Flügeln an schlafende Vögel erinnerten. Am höchsten Punkt der Deckaufbauten drehte sich unablässig eine Radarschüssel, und Wilson konnte förmlich die unsichtbaren Signale sehen, die millionenmal schneller als die Brieftauben des großen Carew durch die Atmosphäre flitzten. Das White Ensign und die Kapitänsflagge – ein gelbes Seepferdchen auf blauem Grund – flatterten auf halbmast von der Vorbramstange.

Wilson drehte sich zu dem ihm am nächsten stehenden Offizier um, einem Leutnant mit bäuerlichen Gesichtszügen, dessen Namensschild ihn als »Bunsen« auswies.

»Ist hier irgend jemand gestorben?« fragte er und deutete auf die Flaggen.

»Sir?« fragte der Leutnant, der nicht ganz verstand.

»Weil Sie halbmast geflaggt haben«, präzisierte Wilson.

»Ich bin nicht autorisiert, Ihnen Auskunft zu erteilen«, bemerkte der Leutnant knapp.

»Mensch, Bunsen, das ist doch einer von uns.«

Die Worte kamen von einem anderen Leutnant, auf dessen Namensschild »Navigationsleutnant Peavy« prangte. Er hatte strohgelbe Haare, und mit seinen leuchtendblauen Augen ähnelte er Peter O'Toole in *Lawrence of Arabia*. Er trat auf Wilson zu, schüttelte ihm die Hand und bot ihm eine Zigarette an.

»Nein, vielen Dank«, wehrte Wilson ab, nahm dann aber doch eine, eine Westminster Navy Cut in der Goldpackung. Leutnant Peavy gab ihm Feuer aus einem alten Benzinfeuerzeug. Die Zigarette war stark, hatte aber den charakteristischen Geschmack türkischen Tabaks. Allmählich entwickelte sich Wilson zum Gewohnheitsraucher. Er blies den Rauch über die Schulter in den Himmel. Er zog hinüber nach Afrika.

»Es ist wegen unseres Kapitäns«, berichtete Peavy, zündete sich ebenfalls eine Zigarette an und machte den obersten Knopf seiner Galauniform auf. »Der arme Kerl ist letzte Woche gestorben, mitten in unserem Einsatz.«

»Was ist geschehen?« erkundigte sich Wilson.

»Das gleiche, was den Engländern seit Jahrhunderten in diesem gottverdammten Teil der Erde geschieht«, erzählte Peavy. »Irgendein Fieber. Er ist bei Zanda an Land gegangen und hat sich irgendwas geholt. Kein Mensch hatte eine Ahnung davon, daß er überhaupt krank war. Eines Morgens ist er nicht zum Frühstück erschienen. Und als wir in seiner Kabine nachgesehen haben, lag er da. Tot.«

»Das tut mir leid«, murmelte Wilson.

Peavy zuckte die Schultern. »Stabskommandant Worthington ist jetzt unser Kapitän vom Dienst. Ein fähiger Mann. Sie werden ihn bald kennenlernen.«

Leutnant Peavy tippte mit der Hand an seine Mütze und wollte sich gerade entfernen, als Wilson ihm nachrief: »Ich muß Sie noch etwas fragen!«

Der Offizier drehte sich um.

Wilson deutete auf das türkisfarbene Glasbodenboot, das als Beiboot am Heck in den Davits hing. »Sagen Sie, das blaue Boot da und die weißen Uniformen. Ist es bei euch Jungs üblich, in diesem Aufzug in Afrika einzufallen?«

Leutnant Peavy verzog das Gesicht zu einem Lächeln.

»Einfallen ist wohl nicht das richtige Wort«, sagte er. »Spähtrupp wäre schon eher angebracht, auf Befehl des Kapitäns. Wir sind mehr oder weniger inoffiziell hier, schleichen sozusagen um die örtlichen Behörden herum. Obwohl es eigentlich gar keine örtlichen Behörden gibt, sondern nur einen Haufen Stämme, die einander spinnefeind sind. Aber falls uns mal wirklich einer kassieren sollte, wird er sich angesichts unserer protzigen Uniformen schwertun, uns wegen Spionage zu erschießen. Und was das Boot betrifft: Das ist auf dem Hilenga Gold wert. Unsere eigenen Boote sind für eine Fahrt auf dem Hilenga denkbar ungeeignet – viel zuviel Tiefgang –, und für die Gummiboote ist der Grund viel zu unsauber. Ein paar Dutzend von den Glasbodenbooten haben wir letztes Jahr herrenlos in einem Lagerhaus in Port Luanga entdeckt. In den sechziger Jahren hat man sie von Disneyland in Amerika hierhergeschafft, weil sich ein kauziger texanischer Millionär eingebildet hat, in dieser Gegend eine Art Safariland auf dem Wasser einrichten zu müssen. Nur leider war ihm entgangen, daß der Hilenga viel zu schlammig ist, um viel mehr zu sehen als ab und an mal einen Karpfen. Der Millionär hat Konkurs gemacht und ist nach Texas zurückgeflogen. Seine Boote sind zurückgeblieben. Ein paar davon haben unsere Maschinisten wieder flottgemacht. Wirklich nützlich, diese kleinen Dinger. Und hübsch angestrichen obendrein.«

»Auf jeden Fall nicht alltäglich«, mußte Wilson ihm beipflichten.

»Und genau das ist beabsichtigt«, erklärte Leutnant Peavy weiter. »Falls uns die BPF oder die APF oder irgendwelche anderen Jungs hochnehmen sollten, können wir immer noch sagen: ›Seht ihr denn nicht? Wir haben unsere Ausgehuniformen an und machen in dieser Gegend nur ein bißchen Ferien auf einem hübschen, blauen Boot mit Glasboden.‹ Mit etwas Glück werden sie uns für exzentrische Engländer halten und uns laufenlassen. Nicht schlecht, der Plan, was?«

Auf diese Frage erwartete er ganz offensichtlich keine Antwort. Der Leutnant verzog sich wieder ans Heck, und Wilson ging unter Deck zu Colonel Saba und Tulj, die in ihren Kojen in der Mannschaftskajüte lagen. Sie waren grün im Gesicht, und in der engen Kajüte stank es erbärmlich nach Erbrochenem.

»Ich bin Offizier bei der Infanterie«, jammerte Colonel Saba mit schwacher Stimme. »Mit der Seefahrt hatte ich noch nie was am Hut.«

Tulj stöhnte und verdrehte die Augen. »Ich denke genau wie Saba«, ächzte er. »Die Marine ist wirklich nichts für mich.«

Wilson ließ sich in der Sanitätsstation ein Fläschchen mit Reisepillen geben. Damit wedelte er den beiden vor der Nase herum. »Schluckt ein paar davon.«

»Ich ziehe organische Medizin vor«, maulte Colonel Saba. »Die westliche Medizin ist nicht gut für die Seele.«

»Ich bin letztes Jahr zum Vegetarier geworden«, erklärte Tulj. »Und wenn in den Pillen tierische Fette sind ...«

»Ich will es mal so ausdrücken«, gab Wilson zur Antwort: »Diese Tabletten da sind vielleicht nichts für eure Seele. Andererseits ist Yonowpe aber auch nichts für euren Magen ...«

10

Als die Afrikaner von der Barkasse auf den Kreuzer umstiegen, ging es ihnen wieder besser. Aber sie wurden nicht mit der Bootsmannspfeife empfangen, und auch sonst gab es keine offizielle Begrüßung. Man lotste die drei lediglich an ein paar neugierigen Matrosen vorbei durch eine Tür und eine Leiter hinunter in einen fensterlosen Besprechungsraum im Bauch des Schiffes. An der einen Wand der Kajüte hing eine große Landkarte von Afrika, vollgesteckt mit bunten Pins; an einer anderen Wand prangte ein neueres Foto der Queen, die wie eine x-beliebige Großmutter aussah, was sie letztendlich ja auch war. In der Mitte der Kabine stand ein langer, dunkelbrauner Tisch, übersät mit kreisförmigen Rändern von Kaffeetassen. Tulj ließ sich auf einen Stuhl fallen und legte den Kopf auf die Tischplatte. Wilson ging auf und ab und betrachtete die Landkarte von Afrika und das Portrait von Elizabeth, sonst gab es nichts zu sehen. Unter ihren

Füßen brummten die atomgetriebenen Schiffsmaschinen. Colonel Saba wirkte nervös. Er setzte sich hin, stand auf, nur um sich gleich wieder hinzusetzen. Er zündete sich eine Zigarette an und drückte sie wieder aus.

»Das gefällt mir überhaupt nicht«, meinte er. »Warum brauchen die so lange?«

Tulj hob den Kopf. Er sah übermüdet aus; seine Augen waren gerötet. »Keine Bange, Saba«, beruhigte er ihn. »Die Jungs arbeiten auf die Vereinigung von Bupanda hin, genau wie wir auch.«

»Und warum tun sie das?« fragte Saba erschöpft. »Hast du dich das jemals gefragt, Ra'au? Worauf sind die wirklich aus?«

»Die wollen das, was sie vor hundert Jahren auch schon wollten«, erwiderte Tulj müde. »Sie wollen einen Markt, der aufnahmebereit ist für ihre Waren. Sie sind scharf auf unsere Rohstoffe, Zinn, Diamanten und so weiter. Und als Ausgleich dafür möchten sie, daß wir aufhören, uns gegenseitig die Köpfe einzuschlagen, damit wir glücklich und zufrieden für Hungerlöhne in ihren Fabriken arbeiten können. Haben sie dir in der APF denn nicht Karl Marx als Pflichtlektüre verordnet?«

»Du verwechselst die APF mit der MPD«, sagte Saba und wackelte mit dem Finger. »Die Anda Popular Front ist noch nie marxistisch gewesen. Wir waren immer schon Sozialdemokraten.«

»Es ist mir egal, was ihr wart«, meinte Tulj. »Und es ist mir auch egal, was die Briten diesmal wollen. Ehrlich. Nenn sie von mir aus Neoimperialisten oder Postkolonialisten. Mir ist alles recht, solange sie uns dabei unterstützen, den Sklavenhandel und den Massenmord zu beenden.«

Ein paar Minuten später kam Leutnant Peavy zur Tür herein, begleitet von einem schnittigen Offizier mit dem goldenen Merkurstab auf den Aufschlägen seiner Uniform.

»Das ist der Stabskommandant vom Dienst, Tombs, unser

Sanitätsoffizier«, stellte Peavy den Mann vor. »Zuerst werden Sie entlaust, und dann wird er Sie untersuchen. Anschließend wird der Kapitän vom Dienst, Worthington, jeden von Ihnen einzeln befragen.«

Peavy ging hinaus, und Tombs machte sich an die Arbeit. »Ich will verhindern, daß irgendwelche tropischen Krankheiten an Bord eingeschleppt werden«, erklärte Tombs sein Vorhaben. Alle drei wurden eingesprüht, geduscht, abgetastet und gepikst. Anschließend bekamen sie neue Unterwäsche und gestärkte Baumwolloveralls verpaßt.

Entsprechend der militärischen Rangfolge war Colonel Saba als erster an der Reihe.

»Mir gefällt das alles nicht«, maulte er, als Leutnant Peavy ihn zur Tür hinausführte. »Was ist, wenn sie mir Fragen zum Bandali-Stadion stellen?«

»Ach, komm.« Tulj winkte lässig ab. »Beantworte einfach brav ihre Fragen. Wir haben's hier mit Briten zu tun. Hinterher gibt's Tee. Garantiert.«

Besänftigt zog Saba ab.

»Nacht für Nacht verfolgen ihn in seinen Träumen noch immer die Schreie der Frauen und Kinder«, erzählte Tulj, nachdem sich die Tür hinter Saba geschlossen hatte. »Wird langsam Zeit, daß wir das alles aus unseren Köpfen kriegen und ganz von vorn anfangen.«

»Um das zu erreichen, kann ich dir Yonowpe wärmstens empfehlen«, lächelte Wilson.

Auch Tulj mußte grinsen.

Eine Stunde später, als Leutnant Peavy Tulj holte, ging der Afrikaner um den Tisch herum und nahm Wilsons Hand zwischen seine Hände. Er setzte zum Sprechen an, aber seine Augen füllten sich mit Tränen, und so schloß er Wilson nur wortlos in die Arme.

»Danke, daß du meine Haut gerettet hast«, sagte Wilson.

»Was hast du vor, nachdem du mit den Briten gesprochen hast?« fragte Tulj.

»Weiß ich noch nicht.« Erst in diesem Augenblick begann er darüber nachzudenken, was er mit seinem restlichen Leben anfangen wollte. »Vermutlich geh ich nach Hause zurück... Wart einen Augenblick, ich geb dir meine Adresse. Schreib mir, wie's bei euch hier weitergeht.«

Wilson borgte sich von Leutnant Peavy einen Bleistift und ein Streichholzheftchen und schrieb ihm die Adresse seiner alten Wohnung über dem Harvey-Kanal auf, in der im Augenblick, soviel er wußte, eine Hexe wohnte.

»Mein Freund«, lächelte Tulj und steckte das Streichholzbriefchen in die Brusttasche seines gestärkten Overalls. »Gott hat mir erlaubt, mich bei dir für mein Leben und das Leben meines Bruders zu revanchieren, und dafür bin ich dankbar. Vielleicht werde ich dich in diesem Leben nicht mehr wiedersehen. Aber ich gebe die Hoffnung nicht auf, daß ich dich eines Tages zu einem anständigen Essen einladen kann: *kif, na-kif, kif-tu* und viele Flaschen *tejyaa* in einem Bupanda ohne Krieg und ohne menschliches Elend.«

»Ich kann es kaum erwarten«, sagte Wilson.

Als Tulj hinausgegangen war, blieb Wilson allein im Besprechungsraum sitzen und starrte auf die mit Pins vollgesteckte Landkarte von Afrika. Geistesabwesend nahm er alle Stecknadeln ab und ordnete sie neu an, als großes Fragezeichen, das sich vom Westen durch den Kongo, über das Hilengadelta, über Fluß und See und Sumpf und Bergkette und Savanne und Wüste erstreckte – als hütete dieser Kontinent die Antwort auf seine Zukunft.

11

Die Kapitänskabine war geräumig, mit drei Bullaugen aus Messing und Teppichen auf dem Fußboden. Das Mobiliar beschränkte sich auf einen Schreibtisch aus blankpoliertem Teak von imposanten Ausmaßen und auf vergitterte Bücherregale, in denen dicke Wälzer standen. Alte, nachgedunkelte Gemälde mit Marinemotiven hingen festgeschraubt an den Schotten. Wilson sah Nelson bei Trafalgar in den Armen von Hardy sterben, sah die Schlacht bei Jütland und Sir Richard Grenville's *Revenge* allein gegen eine Armada von hundert spanischen Schiffen vor der Küste von São Miguel auf den Azoren.

Dem Kapitän vom Dienst, einem schlaksigen jungen Mann, kaum zwei Jahre älter als Wilson, war die Autorität, in die ihn das Schicksal und ein Virus gedrängt hatten, ganz offensichtlich unangenehm. Er war nur Haut und Knochen, und seine Uniform schlotterte ihm um den Körper. Seine Haare standen vom Kopf ab wie die Federn eines Vogels. Nur der durchdringende Blick seiner großen Augen, aus dem ein scharfer Verstand blitzte, hinderte Wilson daran, die Gestalt, die vor ihm stand, als reine Witzfigur zu betrachten.

»Mr. Wilson? Worthington. Kapitän vom Dienst, *HMS Gadfly*, Blockadeschwadron.« Er ging um den Schreibtisch herum und schüttelte Wilson die Hand.

»Ich heiße Lander, Sir. Wilson Lander.«

»Ach so?« Der Kapitän wirkte einen Augenblick lang verwirrt. »Lander… Der Name kommt mir irgendwie bekannt vor. Wo könnte ich ihn wohl schon gehört haben?«

»Sie sind in letzter Zeit schon der zweite, der mich das fragt«, gab Wilson zur Antwort. »Ich weiß auch nicht. Es ist kein häufiger Name.«

»Ach ja?« murmelte der Kapitän geistesabwesend.

»Entschuldigen Sie meine etwas unmilitärische Bitte, Kapitän«, sagte Wilson, »aber ich werde Ihnen jetzt eine Zeitlang zu einem recht schwierigen Thema Rede und Antwort stehen. Ein Drink wäre da sehr hilfreich.«

»Natürlich. Wir werden diese Befragung durchführen, wie es sich für zivilisierte Menschen gehört.«

Der Kapitän vom Dienst holte eine Flasche Scotch, einen

Siphon und Gläser aus dem Schreibtisch und mixte zwei Scotch mit Soda. Wilson nahm seinen Drink, machte es sich in einem roten Ledersessel mit Beschlagnägeln aus Messing gemütlich und begann zu erzählen. Er berichtete zwei volle Stunden lang. Er erzählte dem Kapitän vom Dienst alles, woran er sich erinnerte: von der *Compound Interest* und Cricket, von Quatre Sables und vom Sklavenhandel, von den Bupus und den Andas, den Iwos und der Sklavenstation in M'Gongo epo.

Der Kapitän vom Dienst Worthington hörte schweigend und mit ernster Miene zu. Er mixte zwei weitere Drinks, und als Wilson geendet hatte, bot er ihm eine Zigarette aus einem gravierten Silberetui an, und sie rauchten in nachdenklichem Schweigen. Hinter den Bullaugen verwandelte sich das Licht über Afrika von Grün zu Lavendel. Ein Sturm zog auf. Die *Gadfly* ruckte nervös in den Wellen wie ein Rennpferd in der Startmaschine.

»Erzählen Sie mir noch einmal von dem... Vorfall in M'Gongo epo«, bat der Kapitän vom Dienst. »Versuchen Sie sich an jede Einzelheit zu erinnern.« Wilson trank sein Glas aus und berichtete ein zweites Mal von seinen schrecklichen Erlebnissen. Der Kapitän vom Dienst holte einen gelben Block aus dem Schreibtisch und machte sich ein paar Notizen. Dann drückte er die Zigarette in einem Aschenbecher aus, der wie ein Zwieback geformt war, stand auf, kam hinter dem Schreibtisch hervor und schritt ruhelos auf und ab, während sich in der Kabine ein aggressives, lavendelfarbenes Licht ausbreitete. Hinter den Bullaugen sah Wilson weiße Wellenkämme, Vorboten des heraufziehenden Sturms.

»Das, was ich Ihnen jetzt sagen werde, dürfte ich Ihnen wahrscheinlich gar nicht erzählen«, unterbrach der Kapitän vom Dienst das Schweigen. Dann blieb er stehen und drehte sich zu Wilson um. »Sie wissen doch, daß Sie jede Information als streng vertraulich behandeln müssen.«

»Natürlich.«

»Kennen Sie den Auftrag der Blockadeschwadron?«

»Nein«, bekannte Wilson.

Der Kapitän vom Dienst holte tief Luft. »Der Name Blockadeschwadron geht auf eine Flotte britischer Kriegsschiffe im vorigen Jahrhundert zurück, die den Befehl hatten, dem Sklavenhandel ein Ende zu setzen. Die Schwadron stoppte verdächtige Schiffe, die aus Afrika kamen, und durchsuchte sie nach Sklaven. Wenn sie welche fanden, wurden sie beschlagnahmt und in Sierra Leone wieder auf freien Fuß gesetzt. Die Schiffsbesatzung wurde gefangengenommen und gehenkt, die Sklavenschiffe versenkt. Noch in den vierziger Jahren des vorigen Jahrhunderts wurden Tausende von Sklaven illegal von Westafrika nach Amerika ausgeführt. Als Folge des unermüdlichen Einsatzes der Blockadeschwadron hatte der Sklavenhandel in den sechziger Jahren des gleichen Jahrhunderts schon deutlich abgenommen und war bis zum Ende des neunzehnten Jahrhunderts schließlich völlig zum Erliegen gekommen – für alle Zeiten, wie wir hofften. Auf jeden Fall ist der Auftrag an die Blockadeschwadron offiziell niemals zurückgenommen worden. Es ist zwar eine reine Formsache, aber dennoch nicht zu unterschätzen und einer der Gründe, weshalb wir uns hier vor der bupandischen Küste aufhalten. Der Einsatzbefehl, unterzeichnet von Queen Victoria höchstpersönlich, wurde nie widerrufen und existiert demnach immer noch in den Archiven der Admiralität in London. Dieser Einsatzbefehl besagt, daß englische Kriegsschiffe jederzeit zu einem neuerlichen Eingreifen bereit sein müssen, falls der Sklavenhandel wieder aufflammen sollte. Die Schiffe können auch ohne direkten Auftrag durch das Parlament jederzeit losgeschickt werden. Nun, vor einigen Jahren haben unsere Agenten in Bupanda dem englischen Geheimdienst merkwürdige Berichte zugeleitet – einer dieser Agenten ist übrigens Ihr Freund Tulj Ra'au –«

»Moment mal«, unterbrach Wilson. »Tulj soll ein Spion sein?«

»Spion ist ein häßliches Wort«, korrigierte ihn der Kapitän vom Dienst. »Mister Ra'au verrät sein Land nicht, falls es das ist, was Sie meinen. Wir übermitteln für ihn Informationen an den englischen Geheimdienst. Ich denke, Sie sind mit seinen Beweggründen vertraut. Er möchte, daß der Krieg in Bupanda beendet wird, und Sie werden mir sicherlich zustimmen, daß die Ausrottung des Sklavenhandels der beste Weg ist, den Krieg zu beenden.«

»Vermutlich«, sagte Wilson.

Der Kapitän vom Dienst machte den Mund auf, um noch etwas zu sagen, aber als er zum Bullauge hinausschaute, klappte er ihn wieder zu. Hinter dem Fenster hatte sich der Himmel von Lavendelblau in ein leuchtendes Purpurrot verwandelt. Der Kapitän vom Dienst drehte dem hypnotisierenden Farbenspiel den Rücken zu, kam wieder an den Schreibtisch zurück und zündete sich noch eine Navy Cut an. Als er den Lichtschalter anknipste und es in der Kajüte plötzlich hell wurde, sah Wilson mit Erstaunen, daß die Augen des Mannes zornig funkelten.

»Die moderne politische Realität ist für uns eine große Enttäuschung«, sagte der Kapitän vom Dienst. »Ungeachtet unseres ursprünglichen Auftrages hat die Blockadeschwadron kein ständiges Mandat für einen Einsatz. Die momentane Interpretation von ›Eingreifen‹ ist ziemlich blutarm, wenn ich das so sagen darf. Wir hängen nur herum und beobachten. Faktisch sind uns die Hände gebunden. Sollte ich auch nur einen einzigen Schuß abfeuern, ohne daß Whitehall vorher dazu mit dem Kopf genickt hätte, würde die Schwadron auf der Stelle zurückbeordert und jeder einzelne Offizier vor ein Kriegsgericht gestellt werden. Glauben Sie mir, Mr. Lander, ich könnte weinen, wenn ich höre, welche Greueltaten Sie erleben mußten. Eine derartige Geringschätzung menschlichen Lebens kann nicht einfach so hingenommen werden. Aber meine Regierung betrachtet Bupanda als souveränen Staat. Jede Art von militärischer Aktion auf dem Hoheitsgebiet von

Bupanda muß bei den Vereinten Nationen beantragt werden, was erfahrungsgemäß endlose Diskussionen im Sicherheitsrat nach sich zieht. Bis sich die Politiker dann endlich entschließen zu reagieren« – er zuckte resigniert die Schultern – »haben sich die Piraten und Sklavenhändler längst aus dem Staub gemacht und ihre Zelte anderswo aufgeschlagen.«

Der Kapitän vom Dienst schluckte schwer. Wilson beobachtete, wie der Adamsapfel in seinem Hals auf und ab hüpfte. Dann rang der Mann buchstäblich die Hände.

»Wir stehen dieser Schweinerei einigermaßen hilflos gegenüber«, sagte er so leise, daß Wilson Mühe hatte, ihn zu hören. »Und ich bin nur der Kapitän vom Dienst. Vorige Woche war ich noch Stabskommandeur in einem der unteren Ränge. Ich habe nicht einmal die Kompetenz, aus diesem Bullauge zu spucken. Ich mache dieses Spielchen nun schon ein paar Jahre mit, aber wenn Sie mich heute fragen, muß ich gestehen, daß ich für ein Leben in der Marine nicht gerade die Idealbesetzung bin. Ich habe in Oxford Shakespeare studiert, wissen Sie. Hatte aber keine rechte Lust, Lehrer zu werden. ›Warum gehst du nicht einfach wie dein Vater ein, zwei Jahre zur See‹, schlug meine Mutter damals vor. ›Dann hast du Zeit herauszufinden, was du wirklich willst.‹ Also ging ich zur Marine, und jetzt bin ich noch immer da und komme mir vor wie ein hilfloses kleines Arschloch.«

Wilson sagte eine Weile nichts. Er schaute zum einarmigen, einäugigen Nelson hoch, der auf dem von Laternen beleuchteten Schießstand der *Victory* sein Leben aushauchte. Was hätte Nelson wohl an seiner Stelle getan?

»Aus wie vielen Schiffen besteht eigentlich die Blockadeschwadron?« hörte er sich fragen.

»Aus zwei«, sagte der Kapitän vom Dienst. »Die *Gadfly* und die *Hyperion*.«

»Und wie viele Männer sind es alles in allem?«

»An die sechshundert.«

»Hören Sie zu, Kapitän«, sagte Wilson und stellte sich vor,

daß seine Stimme Überzeugungskraft und Ruhe ausstrahlte. »Quatre Sables ist kein souveräner Staat, und es gehört nicht zum Territorium von Bupanda. Vor vielen Jahren, lange bevor Bupanda gegründet wurde, machte der König von Portugal die Insel dem Mann zum Geschenk, der sie damals entdeckt hatte. Ein Nachfahre dieses Mannes ist heute der Besitzer dieser Insel, die er als Stützpunkt für Sklavenhandel, Seeräuberei und andere Grausamkeiten verpachtet. Gewissermaßen ist Quatre Sables ein ruderloser, verfaulter Schiffsrumpf, voll von Ratten und Seuchen, der irgendwann von der Strömung angeschwemmt wird. Würden Sie diesen Rumpf nun versenken oder es zulassen, daß er an der nächsten Küste strandet?«

»Quatre Sables«, wiederholte der Kapitän vom Dienst.

»Ja«, sagte Wilson.

Worthington begann wieder, in der Kajüte auf und ab zu laufen, und als er endlich stehenblieb und sich umdrehte, sah Wilson die Antwort in seinen Augen.

»Lander«, sagte er erleichtert. »Ich glaube, ich weiß jetzt, wo ich Ihren Namen schon mal gehört habe. So hieß der Mann, der den Niger von der Quelle bis zum Meer erforscht hat: Richard Lander. Ein ruhiger Zeitgenosse, ein Bücherwurm aus Cornwall, der sich eines Tages kurz entschlossen nach Afrika aufgemacht hat. Wo andere vor ihm gescheitert waren, hatte er Erfolg. Achtzehnhundertzweiunddreißig ist er mit Clapperton nach Sokoto gegangen. Als Clapperton starb, schlug er sich auf eigene Faust bis zur Küste durch. Captain Morris müßte das Buch noch irgendwo...«

Der Kapitän vom Dienst ließ den Blick über die Bücher schweifen und holte schließlich einen dicken, in rotes Leder gebundenen Wälzer mit marmoriertem Vorsatzblatt aus dem Regal. Im gleichen Augenblick erinnerte sich Wilson wieder an das Buch, das in seiner Kindheit zusammen mit anderen Büchern in der Bibliothek seiner Großtante verstaubte. Er nahm es Worthington aus der Hand und schlug die erste Seite auf: *Die Reise Richard Landers von Kano bis ans Meer – Be-*

gleitet von einem Bericht über die letzte Afrika-Expedition von Captain Clapperton und den daran anschließenden Abenteuern des Autors. Der Band lag schwer in Wilsons Hand. Er versuchte, sich an etwas zu erinnern, das seine Tante ihm über seinen Vorfahren erzählt hatte, der weit gereist war und ein Buch geschrieben hatte, aber in seinem Kopf verblaßte ihre Stimme, eingenebelt vom Staub der Jahre. Gut möglich, daß afrikanisches Blut in ihm floß.

»Das wär ja 'n Ding, wenn Sie mit diesem Mann verwandt wären«, sagte der Kapitän vom Dienst Worthington. »Eine Ironie des Schicksals geradezu –«

Aus der Dunkelheit hinter dem Bullauge blitzte weißes Licht auf, und ein paar Sekunden später grollte entferntes Donnern. Zehn Meter hohe Wellen donnerten gegen den Rumpf des Schiffes, als der Sturm von Afrika heraufzog. Aber die *HMS Gadfly* war stark und schnell. Sie lichteten den Anker und liefen vor der Schlechtwetterfront auf das offene Meer hinaus.

12

Im Morgenlicht tauchte Quatre Sables als dunkler Fleck am Horizont auf. Kurz bevor es hell wurde, wehte ein leichter Wind von der Insel herüber, und als Wilson diesen vertrauten Gestank roch, krampften sich seine Eingeweide schmerzhaft zusammen.

Wie ein Phantom glitt die *HMS Hyperion* hundert Meter backbord querab neben ihrem Schwesterschiff, der *Gadfly*, dahin. Kodierte Signale blitzten zwischen den beiden Schiffen hin und her; Flaggen flatterten in der Meeresbrise. Mit einem Keuchen erwachten die Düsentriebwerke der Sea Harriers zum Leben, um sich nach dem Aufwärmen zu einem konstanten Kreischen zu stabilisieren. Männer in Tarnanzügen und Kampfausrüstung liefen zielstrebig an Deck umher.

Trotz des Lärms und des hektischen Treibens hatte Wilson Mühe, seine Augen offenzuhalten; er war noch nie ein Frühaufsteher gewesen – aber dann war er plötzlich hellwach, inhalierte die frische, kühle Meeresbrise und war bereit für alles, was da kommen mochte.

Um 05:00 Uhr klarte der Himmel im Osten allmählich auf. Der Kapitän vom Dienst Worthington versammelte seine Crew auf dem Hauptdeck unter den Aufbauten. Er trug einen Kampfanzug und Tarnfarbe im Gesicht. Im Gegensatz zu seinen schwerbewaffneten Marines hatte er sich nur eine Pistole umgeschnallt. Er sprach durch ein kleines, an seiner Uniformjacke befestigtes Mikrophon. Seine Worte wurden elektronisch zu der neben der *Gadfly* fahrenden *Hyperion* übertragen.

»Matrosen und Marines der Blockadeschwadron«, begann er. »Ich werde mich kurz fassen, weil wir heute etwas Wichtiges zu erledigen haben. Wenn wir um uns blicken, sehen wir eine Welt, die in Verderben und Gesetzlosigkeit abgleitet. Fünftausend Jahre Zivilisation – das sagen die Intellektuellen – sind am Ende angelangt. Unser Glaube ist erschöpft, unsere Errungenschaften Vergangenheit. Wir werden nur noch eine Fußnote der Geschichte sein, sagen sie, wir werden alle untergehen, zusammen mit unseren Maschinen, versinken in den Tiefen des Meeres mit unserem Gott und unseren Gesetzen, mit unseren Universitäten der Naturwissenschaften und der angewandten Wissenschaften, mit unseren Präsidenten und Königen, unserer Literatur und unseren Legenden, mit unseren Poeten, Malern und Musikern, unseren Kritikern und den Kritikern unserer Kritiker. Vielleicht ist es wirklich soweit, vielleicht ist unsere Zeit gekommen. Die Welt schafft Platz für etwas Neues, und wir dürfen hoffen, für etwas Besseres. Das zu beurteilen ist aber nicht meine Sache. Ich bin Soldat, das andere ist eine Angelegenheit für die Zukunft, wir jedoch stehen im Heute. Aber ich will Ihnen eines versprechen« – er drehte sich um und zeigte mit dramatischer Geste auf das White Ensign der Royal Navy, das an der Vorbramstange flatterte – »Solange diese Flagge jeden Morgen gehißt wird, um den auflebenden Wind zu begrüßen, so lange wird das Chaos einen Feind haben!«

Er machte eine Pause, hustete hinter vorgehaltener Hand, und ein allgemeines Husten und Schniefen machte die Runde unter seinen Männern. »Wie immer erwartet England nur eines von Ihnen: Daß jeder Mann seine Pflicht tut. Viel Glück.«

Der Kapitän vom Dienst wandte sich zum Gehen. Aber bevor er durch die Tür verschwand, rief jemand: »Ein dreifaches Hoch auf den Käpt'n vom Dienst!« und die Hurrarufe der Männer stiegen auf in den Morgenhimmel.

13

Es war 05.30 Uhr, als sich die Sea-Harrier-Raketen von ihren Abschußbasen lösten und knapp über den Wellen auf Quatre Sables zufegten. Während der nächsten Stunde sausten und schwirrten sie wie wildgewordene Bienen über dem Bollwerk der Piraten. Vom Deck der *Gadfly* aus, zwei Meilen vor der Küste, waren die Spuren der angreifenden Raketen wunderschön anzusehen. Flammenzungen schossen ins Himmelsblau; rote und grüne Rauchwölkchen stiegen wie Drachen in die Lüfte. Gegen 07:15 Uhr lagen die Piratenschiffe einen halben Faden tief im Wasser, die Sammellager und die Werften standen in Flammen, und eine grünliche Feuerfackel loderte auf der Hügelkette, wo die eleganten Häuser der Thirty Captains in Trümmern lagen.

Um 08:00 Uhr fuhr die *Gadfly* näher an die Küste heran und bombardierte die Insel mit ihren 118-mm-Geschützen. Wenig später setzte Wilson unter dem Kommando von Leutnant Peavy mit der zweiten Welle von Marines mit der Motorbarkasse über. Leutnant Peavy scherzte mit seinen Männern, die – offenbar in bester Laune – danach fieberten, nach den eintönigen Monaten des Patrouillendienstes an Bord endlich in Aktion treten zu können. Als die Barkasse in den Hafen einfuhr, sah Wilson etwas, das er gehofft hatte nicht sehen zu müssen: Die *Dread*, die an ihrer Muring in der Nähe der Werft lag, war gesunken. Nur ihre luftdichte mittlere Sektion mit dem Navigationsoktagon schwamm obenauf und brannte still vor sich hin; die Flammen spiegelten sich in dem öligen Wasser. Die Werften waren nur noch eine Schutthalde. Überall loderten Feuer. Die Leichen von Piraten und Dockarbeitern lagen blutüberströmt mitten im Chaos, die Unschuldigen Seite an Seite mit den Schuldigen. Wilson schloß sich den Marines von Leutnant Peavy an, die sich nun die Anhöhe hinauf vorarbeiteten. Im leichten Trab joggten sie durch die Hüttenstadt, die von den morgendlichen Raketen nicht getroffen worden war. Wilson sah die Kinder mit aufgetriebenen Bäuchen mit vom Hunger getrübten Augen zu ihnen herüberstarren, die gleichen Pappkartonverschläge, die gleichen verdorrten Leichen, die, halb begraben unter Müllhaufen, auf den Straßen lagen. Der Gestank dieser verwahrlosten Siedlung war ein Gestank der Verzweiflung, den nichts und niemand ausrotten konnte.

»Die Armen begleiten uns überall«, murmelte Leutnant Peavy. Wilson sagte nichts.

Die Tore zur Siedlung auf dem Bergrücken waren aus ihren Scharnieren gerissen. Von den Häusern der Thirty Captains standen nur noch zwei. Wilson lief auf dem Muschelkiesweg zu Crickets Haus, das nur noch ein schwelender Haufen aus verkohlten Ziegeln und Holzbohlen war. In böser Vorahnung dessen, was ihn erwarten würde, stieg er hastig über die Trümmer. Er entdeckte ein Stück der Marmorbadewanne und schwelende Berge verbrannter Kleidungsstücke. Crickets Gitarre hatte merkwürdigerweise keinen einzigen Kratzer abbekommen. Das Buch *Aufstieg und Fall des römischen Reiches* von Gibbon lag halb verkokelt unter einem verbogenen Eisenhaufen: den ehemaligen Gartenmöbeln. Es hatte keinen

Sinn. Es war unmöglich, herauszufinden, ob Cricket unter den rußgeschwärzten Trümmern lag. Vielleicht war dies hier ihre Grabstätte.

Er spürte, wie seine Knie nachgaben, setzte sich auf einen Rest der Grundmauern und stützte den Kopf in die Hände. War es ihre Schuld gewesen? Was konnte man denn von einem Mädchen erwarten, das zur Piratin erzogen worden war? Sie war so schön und so todbringend wie ein Hai im Meer. Und eben dieses Todbringende war ein Teil ihrer Schönheit; diese beiden Eigenschaften waren untrennbar miteinander verbunden. Der Wind blies den Rauch wieder vor die Sonne. Es roch nach Flugzeugbenzin und brennendem Gummi. Aus der Hüttenstadt unter ihm hörte er jemanden grölen.

»Ist das dein Werk, Lander?« Wilson drehte sich um und sah Dr. Boursaly, der den Trümmerberg heraufschwankte. Der Arztkittel des Doktors war zerrissen und schmutzig, sein Gesicht verdreckt. Er sah aus, als hätte er sich unter einem Auto verborgen. In der linken Hand hielt er eine Flasche Gin mit abgebrochenem Hals, seine Lippen, die er sich daran verletzt hatte, bluteten. Das Blut lief ihm übers Kinn. Wilson wußte zwar, daß der Mann Alkoholiker war, aber so betrunken wie jetzt hatte er ihn noch nie gesehen.

»Du hast es unbedingt tun müssen, Lander, was?« lallte der Doktor und stieß einen Finger anklagend gegen Wilsons Brust. »Wie ein kleiner, mieser Pfadfinder. Hast auch die Kavallerie mitgebracht, du selbstgerechter Dreckskerl!«

Wilson hatte gute Lust, ihn zu schlagen. Doch dann ertönte im Hafen der Knall einer Explosion, und sie hielten den Atem an; gleich darauf fegte ein heißer Wind die Anhöhe herauf.

»Wir haben's hier gut gehabt«, sagte Dr. Boursaly, als sich die Rauchschwaden wieder verzogen hatten. »Außerhalb der Scheiß-Gesetze der Scheiß-Bourgeoisie. Wo sonst kann ein Mann Arbeit finden, der gern ab und zu einen hebt? Ich hab zwar gesagt, daß du was dagegen unternehmen sollst, aber ich hab's, verdammt noch mal, doch nicht so gemeint. Es war nur so dahergesagt. Und du hast sogar bei den Thirty Captains eingeheiratet. Du warst reich!«

»Moment mal, Doktor. Sklavenhandel. Weißt du noch? Seeräuberei und Mord. Das konnte so nicht weitergehen.«

»Fängst du wieder damit an?« lallte der Doktor. »Mußt du unbedingt deine Pfadfinderehre einer anderen Kultur aufzwingen? Du Pfadfinder! Du Faschist, du!«

»Nur die Tatsache, daß ich mal Pfadfinder war, hindert mich daran, dir eine in die Fresse zu schlagen«, herrschte Wilson ihn an.

Der Doktor lächelte verbittert, trank einen Schluck aus der Flasche mit dem gebrochenen Hals und schnitt sich erneut. Blut und Gin liefen an der Flasche herunter. Wilson ekelte es vor diesem Anblick, er riß dem Doktor die Flasche aus der Hand und warf sie in hohem Bogen auf die Trümmer des Hauses, wo sie in tausend Teile zersplitterte.

Dr. Boursaly schnappte nach Luft. »Das war die letzte Flasche Gin auf dieser Insel«, jammerte er, und Wilson hätte sich nicht gewundert, wenn sich der Mann auf die Steine geworfen hätte, um die letzten, glitzernden Tropfen von den Scherben zu lecken. Aber er gurgelte nur hilflos und verdrehte die Augen. Wilson trat einen Schritt zur Seite, und Dr. Boursaly fiel vornüber auf die Erde.

»Brauchen sie Hilfe da oben, Mr. Lander?« Es war Leutnant Peavy, der mit zwei Royal Marines in diesem Moment über den Schuttberg aus zerbrochenen Fliesen und Ziegeln stieg, der einst Crickets Patio gewesen war.

»Hier hab ich jemanden für euch«, sagte Wilson. »Er ist Arzt. Er könnte Ihnen helfen, die Verletzten zu versorgen.«

Auf Befehl von Leutnant Peavy packten die Marines Dr. Boursaly unter den Achseln und schleiften ihn zum Muschelkiesweg hinauf.

»Mein Gott«, schüttelte der Leutnant den Kopf. »Sie sagen, dieser Mann ist Arzt?«

»Ja«, bestätigte Wilson. »In nüchternem Zustand sogar ein

ziemlich guter. Nur leider säuft er wie ein Loch. Solange Sie ihn aber trocken halten...«

Vor dem Hintergrund des weißen Straßenbelags sah es aus, als wäre Dr. Boursaly tot. Aber als die Marines sich anschickten, ihn auf eine Bahre zu legen, rollte sein Kopf zur Seite, und er begann wieder zu grölen, mit einer Stimme, die einem Bauchredner alle Ehre gemacht hätte.

»Denkst du vielleicht, deine Frau könnte hier unter den Trümmern liegen?« brabbelte der Doktor. »Falsch geraten, Pfadfinder! Kaum war sie da, ist sie auch schon wieder zu ihm gelaufen. Vermutlich fickt das Arschloch sie gerade!« Dann lachte er, aber dieses Lachen war nur ein im Blut ersticktes Gurgeln. Dann wurde er ohnmächtig. Die Marines trugen ihn davon.

Eine weitere Explosion am Hafen tauchte den Himmel über der Insel in weißes, gleißendes Licht. Leutnant Peavy schirmte seine Augen mit der Hand ab. Einige qualvolle Sekunden lang sog der heiße Wind den Sauerstoff aus der Luft.

»Das sind die Jungs vom Abrißkommando, die sich die Ölvorratstanks vorgenommen haben«, erklärte der Leutnant. »Sieht aus, als würden sie ganze Arbeit leisten.«

»Die Felder mit Salz säen«, sagte Wilson halb zu sich selbst.

»Nach dem zu urteilen, wie es hier aussieht, kein schlechter Vergleich«, meinte Leutnant Peavy. »Aber was hat er mit Ihrer Frau gemeint?«

Wilson antwortete ihm nicht sofort. Mit gerunzelter Stirn blickte er über die Muschelkiesstraße zum Dschungel hinüber.

14

Wilson bahnte sich einen Weg durch den Dschungel hinunter zur fruchtbaren Talsenke des Portugiesen. Der Weg war beschwerlich, und als er verkratzt und erschöpft die Straße erreichte, die zur Villa Real führte, stand die Sonne auf ungefähr vier Uhr nachmittags. In dem trägen Licht sah die barocke Fassade der Villa so rosarot aus wie ein Märchenschloß. Wilson lief es kalt über den Rücken, als er über den Rasen durch den verlassenen klassischen Garten eilte, in dem die Hecken lange Schatten warfen. Auf der Brücke über dem Burggraben warf er einen Blick nach unten. Die Schafe drängten sich aneinander. Eines von ihnen lag tot auf der Erde, zwei andere rochen dümmlich an dem aufgedunsenen Kadaver.

Im Hof, in dem trockene Palmwedel herumlagen, hallten Wilsons Schritte. Crickets Volkswagen parkte neben dem blauen Lagonda vor dem Brunnen, der inzwischen versiegt war. Im Licht des späten Nachmittags wirkte das elegante Fahrzeug des Portugiesen schäbig, ja fast klapprig. Es neigte sich auf zwei platten Reifen leicht nach einer Seite. Auf dem Chrom der Speichenräder hatte sich Rost angesetzt. Wilson ging die Treppe hinauf und lehnte sich gegen die Tür, die sofort aufschwang. In der Villa roch es wie üblich nach Staub, altem Wachs, Schimmel und Farbe, aber nun hatte sich ein neuer Geruch hinzugesellt, ein scharfer, süßer Duft, wie verbranntes Parfum.

»Cricket?« rief Wilson, und das Wort hallte in der Villa hohl wider.

Die Goyas und Murillos hingen nicht mehr in der Eingangshalle; die Möbel im Salon waren verschwunden. Er suchte im Erdgeschoß, im Obergeschoß, durchquerte leere Korridore und ging durch verlassene Räume. Hier jemanden zu finden könnte gut und gern eine Woche dauern, dachte er bei sich. Dann ging er die Treppe wieder nach unten und folgte dem süßlichen Geruch in die Bibliothek.

Die großen Fenster dieses Raumes führten nach Westen. Das fahle Licht der Nachmittagssonne schien durch die bunten, bleiverglasten Scheiben. Die Bibliothek lag in einem schummrigen, rosaroten und blauen Licht. So mußte früher die Kapelle, die an dieser Stelle gestanden hatte, ausgesehen haben. Cricket saß apathisch am großen Tisch, ein Bein hing lässig über dem Sessel des Portugiesen; eine seidene Robe gab den Blick auf ihre Brüste frei. Davon abgesehen trug sie nur einen roten Slip und feucht aussehenden roten Nagellack auf ihren Zehen, die sie mit Wattebäuschen auseinandergespreizt hatte. Auf dem Tisch lag eine langstielige Pfeife, aus der Rauch aufstieg, und die ausgepreßte Hälfte einer Orange. Ein Gefäß mit Opium und eine Flasche roten Nagellacks standen offen auf dem Buch der gesammelten Werke von Byron, das Wilson vor Monaten in der Hand des Portugiesen gesehen hatte.

Wilson ging langsam auf den Tisch zu. Crickets Gesicht glühte, ihre Augen waren glasig und rotgerändert. Sie war so weggetreten, daß sie offensichtlich nicht überrascht war, ihn zu sehen. »Hi, Wilson, Kleiner«, sagte sie träge. »Schön, daß du deine Haut noch an dir hast.«

Wilson trat langsam an den Tisch heran, betrachtete sie und steckte die Hände in die Hosentaschen. »Es ist vorbei, Cricket«, sagte er. »Das Spiel ist aus. Bald wird ein Trupp englischer Marines hier auftauchen. Vielleicht ziehst du dir besser was über.«

Cricket bedachte ihn mit einem schläfrigen Blick, kicherte und wackelte mit den Zehen. »Wie findest du das?« fragte sie. »Dschungelrot.«

»Wenn du die Wahrheit wissen willst«, sagte Wilson. »Die Farbe hat mir noch nie gefallen.«

»Du bist ein echtes Dreckstück«, giftete Cricket, schwang ihr Bein vom Sessel, im nächsten Sekundenbruchteil wechselte ihre Stimmung, und sie begann wie ein Kind zu schluchzen.

Sie heulte Rotz und Wasser, bis sie nicht mehr atmen konnte und unter heftigem Schluckauf nach Luft rang. Wilson ging um den Tisch herum und versuchte, sie aus dem Sessel zu ziehen. Sie fiel über die Seite des Sessels in seine Arme und sackte dann in sich zusammen.

»Laß den Quatsch«, fuhr Wilson sie an.

»Nein.« Cricket schniefte in Richtung Fußboden.

»Wie lange rauchst du das Zeug schon?« fragte er.

»Etliche Tage. Seit wir aus M'Gongo epo zurück sind«, jammerte sie. »Ohne dich wollte ich nicht mehr leben. Die wollten dir bei lebendigem Leib die Haut abziehen. Und ich hätte es zugelassen. Ich bin ein Monster. Eine herzlose Mißgeburt. Ich liebe dich.« Wieder begann sie zu schluchzen. Wilson ließ sie los, sie rutschte vom Sessel und rollte unter den Tisch.

»Steh auf«, sagte Wilson. »Wir müssen wirklich raus hier.«

»Laß mich«, jammerte Cricket unter dem Tisch. »Ich bleib hier liegen. Kümmer dich lieber um Luis. Er hat seine geliebten Bilder und jede Menge anderen Kunstkram vorige Woche in einem riesigen Container an seine Familie in Paris geschickt, obwohl die nichts mit ihm zu tun haben wollen. Heute morgen, als sie den Hafen bombardiert haben, hat er mich gebeten, nur noch ein einziges Mal mit ihm zu bumsen. Na ja, auf jeden Fall hab ich ihm erlaubt, mich in dem Sessel da zu ficken. Dann hat er Shit mit mir geraucht, obwohl er eigentlich schon vor zehn Jahren mit dem Kiffen aufgehört hat, dann hat er mir zum Abschied einen Kuß gegeben und ist nach oben. Schau lieber mal nach, was mit ihm ist.«

»Wo ist er?« fragte Wilson.

»Versuch's mal in seinem Zimmer«, sagte Cricket. »Erster Stock, zweiter Gang rechts, zweite Tür links. Ich warte hier solange.«

Wilson verließ die Bibliothek und stieg die breite Treppe hinauf in den ersten Stock. Das Schlafzimmer des Portugiesen war schlicht eingerichtet, nur ein freistehendes, vergoldetes Kruzifix aus dem sechzehnten Jahrhundert und ein schmales Bett, das einem Mönch alle Ehre gemacht hätte. Der schwarze Fliesenboden glänzte, und auf dem Weg ins Badezimmer betrachtete Wilson darin sein Spiegelbild.

Die Leiche von Don Luis trieb mit dem Gesicht nach oben

im Wasser der großen Marmorbadewanne, das hauptsächlich aus Blut bestand. Das Wasser dampfte noch, aber es war zu spät. Ein altmodischer Rasierer mit einem Griff aus poliertem Perlmuttinlay mit silbernen hebräischen Schriftzeichen lag ordentlich zusammengefaltet auf dem Marmorrand der Badewanne.

»Wenn man sich schon für diese Todesart entscheidet«, sagte Wilson zu der Leiche, »hat es zweifellos Stil, es damit zu tun.«

Der Portugiese starrte ihn aus großen, leblosen Augen an. Er gab keine Antwort, die Wilson hätte hören können. Wilson wartete einen Augenblick und sprach dann ein stilles Gebet für die Seele des Mannes. Dann ging er hinaus und schloß die Tür hinter sich.

Unten in der Bibliothek war Cricket unter dem Tisch wieder in Ohnmacht gefallen. Wilson fühlte ihren Puls – alles normal, bis auf die Tatsache, daß sie vollkommen hinüber war –, zerrte sie dann unter dem Tisch heraus und wuchtete sie sich über die Schulter. Er trug sie den Gang entlang zum Hauptportal und hinaus in den Hof. Dort warf er sie auf den Rücksitz des Volkswagens, startete den Motor und fuhr über die Brücke, wo er auf Leutnant Peavy und einen Trupp von Marines traf, die ihm auf dem Muschelkiesweg entgegenkamen. Wilson fuhr an den Straßenrand und stieg aus. Cricket rührte sich, wachte aber nicht auf. Peavy bot Wilson eine Navy Cut an, und beide betrachteten schweigend die Villa Real im letzten Licht des Tages.

»Erinnert mich irgendwie an den Buckingham-Palast«, bemerkte Peavy.

»Ist er aber nicht«, sagte Wilson. »Na, wie läuft's?«

»Nicht schlecht«, gab Peavy zur Antwort. »Hier und da ein paar Widerstandsnester, die wir bis Mittag ausräumen konnten. Anschließend haben wir damit begonnen, Lebensmittel an die Eingeborenen zu verteilen. Waren offenbar verdammt froh, daß wir gekommen sind.«

Wilson dachte einen Augenblick nach. »Was werden sie machen, wenn hier kein Pirat mehr übrig ist?« fragte er langsam. »So wie's aussieht, ist die Wirtschaft dieser Insel gerade dem Erdboden gleichgemacht worden.«

»Das ist nicht unsere Sache«, sagte Peavy und zuckte die Achseln. »Darum wird sich die UN kümmern müssen, denke ich.«

»Interessieren würd's mich trotzdem«, meinte Wilson. In diesem Moment gab Cricket ein leises, ärgerliches Stöhnen von sich.

»Ihre Frau?« fragte Peavy.

»Erraten.«

»Geht's ihr gut?«

»Mehr oder weniger.«

Die Marines traten von einem Fuß auf den anderen. Hinter ihnen wurde der Himmel über dem Dschungel schnell dunkel; die Abenddämmerung senkte sich leuchtend rot herab wie frisches Blut. Leutnant Peavy zog zum letzten Mal an seiner Zigarette und richtete seinen blauen Peter-O'Toole-Blick auf Wilson.

»Ist noch jemand da unten?«

»Nein«, sagte Wilson.

»Ich frage nur aus Neugier. Was würden Sie vorschlagen, was wir tun sollen?«

Wilson drehte sich wieder zur Villa Real um, die, von Geistern bewohnt, in der Dämmerung versank. Er dachte an die vierhundert Jahre Stein und Mörtel, an die architektonisch gestalteten Gärten, die bewirtschafteten Felder. Und alles war auf Sklaverei, Piraterie und Mord gegründet. Er dachte an die hundert Räume, die Hallen, einstmals behängt mit Ahnengalerien, Vorfahren, die trotz ihrer hohen, gefältelten Halskrausen und Samtwämse, ihren elegant gepuderten Perücken und Dreispitzhüten, trotz der Tatsache, daß ihre Finger auf einer Stelle eines aufgeschlagenen Buches von Voltaire ruhten, Sklavenhändler, Mörder und Piraten waren. Und er dachte an den Portugiesen, der bis zum Hals in seinem Blut schwamm wie ein Embryo in Formaldehyd. Er erschauerte und drehte sich zu Peavy um. In Anbetracht dessen, wie alt ein winziger Kieselstein war, waren vierhundert Jahre nun doch nicht so alt. Zeit, einen Schlußpunkt zu setzen.

»Also, ich würde eine Rakete abschießen«, schlug Wilson mit leiser Stimme vor.

»Wäre doch schade darum, oder?« meinte Peavy.

»Nein«, sagte Wilson. »Ich würde es eher Gerechtigkeit nennen. Nichts soll übrigbleiben.«

Dann stieg er wieder in den Volkswagen, legte einen Gang ein und holperte die Muschelkiesstraße entlang auf die Hüttenstadt zu. Gerade als er den Rand des Dschungels erreicht hatte, zischten die Sea Harriers über ihre Köpfe hinweg auf die Villa Real zu. Wilson schaltete die Scheinwerfer ein und schaute nicht zurück. Die Explosionen drangen als dumpfes Donnern durch das dichte Blätterwerk und das moosgrüne Schweigen des Dschungels.

15

Die kleine Insel maß gerade mal zweihundert Meter im Durchmesser, bei Flut schrumpfte sie sogar auf dreißig Meter zusammen. Es gab nicht viel mehr zu sehen als ein paar Scheite Holz, einige verrostete Blechdosen und eine eingebeulte Plastikflasche. Handtellergroße Krabben mit gesprenkelten Rückenpanzern flitzten durch die Brandung. Eine einzelne Düne erlaubte einen Blick nach Osten über die Bucht von Benin auf das zehn Meilen entfernte Festland.

Mit einer Dreitagesration Lebensmittel und Wasser für alle Fälle und einem Schlauchboot für die Überfahrt setzten sie Cricket auf der Insel ab. Sie stand auf dem Sand wie eine Katze, die man in den Regen geschickt hatte.

»Das ist gemein«, maulte sie. »Mich auf einer unbewohnten Insel auszusetzen.«

»Befehl des Kapitäns, Ma'am«, erklärte Leutnant Peavy.

Cricket schaute in den blaßblauen Himmel und beobachtete die über ihrem Kopf kreisenden Möwen.

»Lassen Sie mich ein paar Minuten mit ihr sprechen«, bat Wilson den Leutnant. »Sie ist immerhin noch meine Frau.«

Peavy nickte. »Fünfzehn Minuten, aber nicht länger. Sie erwarten uns schon an Bord der *Gadfly*.«

Wilson stieg aus dem Beiboot und half Cricket, das Schlauchboot über die Düne auf festen Inselboden zu ziehen. Dann standen sie nebeneinander, wußten nicht recht, was sie einander sagen sollten, und starrten auf die verschwommenen Umrisse von Benin am Horizont.

»Wird schon nicht so schlimm werden«, tröstete sie Wilson. »Vermutlich brauchst du nicht länger als ein paar Stunden. Und falls doch, hast du ja Essen und eine Wasseraufbereitungsanlage im Schlauchboot. Von der Küste aus sind es nur acht Meilen landeinwärts nach Porto-Novo. Ich hab auf der Landkarte nachgesehen. Du hast dort doch Freunde, oder?«

Cricket setzte sich in den Sand und legte ihren Kopf auf die Knie. Wilson betrachtete ihre Haare, in denen die Meeresbrise spielte, und setzte sich neben sie.

»Es muß leider sein, Cricket«, sagte er mit ruhiger Stimme. »Sie wollten dich eigentlich der UN übergeben und dir zusammen mit den anderen den Prozeß machen. Ich hab ganz schön Überzeugungsarbeit leisten müssen ...« Seine Stimme versagte.

»Ach, Scheiß drauf, ich will, daß du mit mir kommst«, fuhr ihn Cricket an. Sie hob den Kopf und warf ihm einen herausfordernden Blick zu.

»Ich kann nicht«, antwortete Wilson, ohne sie anzusehen.

»Warum nicht?« fragte Cricket.

Wilson machte eine resignierte Geste. »Cricket, du hast mich sehr verletzt.«

»Womit?« fragte sie.

»Denk an Webster«, erwiderte Wilson. »Das gleiche wäre mir beinahe auch passiert. Sie hätten mir fast die Haut abgezogen und mich wie eine Rinderhälfte auf einen Pfahl gespießt.«

»Das tut mir leid«, sagte Cricket. »Aber du hast Dad erschossen. Du hast meinen Vater umgebracht. Jeder von uns hat etwas, das er dem anderen vergeben muß. Und damals war mir noch nicht klar, wie sehr ich dich brauche –«

Wilson schnitt ihr das Wort ab. »Was muß man tun, um eine Piratenscheidung in die Wege zu leiten?«

»Das hier ist eine Piratenscheidung«, sagte Cricket. »Du setzt mich auf einer verlassenen Insel aus.«

Wilson wollte schon aufstehen und zu den wartenden Männern am Strand zurückgehen, aber sie übte immer noch einen starken Reiz auf ihn aus. Ein letztes Mal krampfte sich sein Herz zusammen. Er ergriff ihre schwielige Hand und drückte sie. Er wollte sie küssen.

»Du liebst mich«, sagte Cricket. »Ich spüre es.«

Wilson biß die Zähne zusammen. Er ließ ihre Hand los und starrte aufs Meer hinaus. »Du hast recht«, sagte er. »Ich liebe dich tatsächlich. Ich liebe dich so, wie Männer Kriege lieben und Besäufnisse und was es sonst noch alles gibt, was nicht gut für sie ist.«

Cricket schwieg.

Wilson blieb noch ein paar Minuten sitzen und schaute dem Meer zu, dessen Wellen sich wie ein Muskel am Knochen von Afrika bewegten und vibrierten. Als er sich zu Cricket umdrehte, hatte sie sich ihrer Shorts entledigt und lag nackt auf dem warmen Sand.

»Du mußt selber wissen, was du willst«, sagte sie. »Ich jedenfalls will mit dir schlafen. Du sollst schließlich wissen, worauf du verzichtest.«

»Nein«, wehrte Wilson ab, aber sie ließ ihn nicht aus den Augen. Augen, in denen sich das Wasser als helles Blaugrün spiegelte. Ihr Kupferhaar wehte im Wind, ihre Brüste waren übersät mit Sommersprossen, und Wilson tat, was sie wollte. Er öffnete den Reißverschluß seiner Hose und umfaßte ihre Brüste mit den Händen. Er hätte es nicht tun sollen. Als es vorüber war, hielten sie einander fest und heulten.

Dann ertönte ein langer, klagender Pfeifton von der *Gadfly*, die vor Anker lag, und kurze Zeit später die Stimme von Leutnant Peavy von der anderen Seite der Düne. »Wir müssen jetzt ankerauf gehen, Mr. Lander«, rief er.

Wilson stand auf, zog seine Hose hoch, setzte die Sonnenbrille auf und fuhr sich durch die Haare.

»Ich muß los«, sagte er.

Cricket blinzelte zu ihm hoch. Sand klebte auf ihrem nackten Körper.

»Ich muß los«, wiederholte er.

»Geh doch«, sagte Cricket.

»Paß auf dich auf.«

»Schon gut.«

Wilson spürte ihren Blick, als er sich zum letzten Mal abwandte und über die Düne zu den wartenden Matrosen ging.

Allmählich verblaßte der Himmel im Osten, und der große Stahlbug der *HMS Gadfly* schwenkte nach Norden in Richtung England. Wilson ging allein auf das Achterdeck, um darüber nachzudenken, was alles geschehen war, seit er vor so vielen Monaten an Bord der *Compound Interest* seine Heimatstadt verlassen hatte. Seine Erlebnisse reihten sich als aufwühlende Bilder aneinander wie bei einem Diavortrag über einzelne Begebenheiten aus dem Leben eines Mannes, der um vieles interessanter war als Wilson Lander. Ein Dia nach dem anderen holte er aus dem Magazin, hielt es gegen das Licht seiner Erinnerung, bis er schließlich das letzte, schwermütige, erotische Bild in der Hand hielt: Cricket, nackt auf dem Sand einer immer kleiner werdenden Insel, ein Rätsel auf ihren Lippen, das er niemals würde lösen können.

Er dachte noch eine Weile nach. Vier langsam gerauchte Zigaretten lang. Der Wind wehte ihm ins Gesicht; allmählich spürte er die Kälte in den Fingern und auf der Nase. Die Dunkelheit des Meeres war eine Maske, welche die ganze Erde überzog.

EPILOG

Wieder zu Hause

1

Die Stadt hatte sich nicht verändert. Der gleiche Verkehr und der gleiche Himmel, der gleiche staubige Herbstnachmittag und die gleichen Bohemiens, die von einer Happy Hour am Bend zur nächsten stolperten, die gleichen rostigen Tanker, die den Harvey Channel verstopften, und die gleichen blauen Hügel des Warinocco County, die im Dunst hinter der Interstate aufragten.

Wilson nahm sich ein Zimmer in einem billigen Hotel namens Rialto am unteren Ende der Commerce Street, nicht weit von Buptown, und bestellte beim Roomservice einen Bacon-Cheesburger. Er aß den Teller leer, schlief ein und wachte erst vierzehn Stunden später wieder auf. Als er aus dem Bett stieg, war es früh am Morgen, und es war Samstag. Er zog sich an, ging hinunter auf die Straße und schlenderte an desinteressierten Passanten vorbei. Um halb elf frühstückte er in einem Café, das er früher öfter besucht hatte, sah aber keine bekannten Gesichter. Dann ging er in einen Buchladen und kaufte sich einen ewigen Kalender – eine kleine Plastikkarte mit Plastikdrehscheibe –, zählte die Monate und Tage zusammen und stellte fest, daß er zwei Jahre, zwei Monate, sechs Tage und eine Handvoll Stunden fort gewesen war. Danach wanderte er ziellos in der Stadt umher, fühlte sich verlassen wie ein Soldat, der aus einem Krieg heimgekehrt war, den niemand interessierte. Er überlegte sich, ob er Andrea anrufen sollte, tat es dann aber doch nicht. Vielleicht war sie ja inzwischen verheiratet, hatte Kinder, lebte mitten in dem Leben, das er mit ihr hätte leben können. Aber dennoch versetzte es ihm einen Stich, als er sich eine Zukunft in dieser Stadt ohne sie vorstellte.

Irgendwann nach Mittag hob er den Kopf und war auf einmal in der Gegend, in der er Cricket in ihrem Laden kennengelernt hatte, und sein Herz schlug schneller. Ohne Schwierigkeiten fand er die Straße und auch den Laden, der noch immer eingezwängt lag zwischen dem Geschäft für Gummibänder und dem französischen Restaurant, aus dem inzwischen ein japanisch-kreolisches Restaurant namens Sushi New Orleans geworden war. Der ausgestopfte Affe im Fenster war verschwunden, und auch die rostfarbene Katze lag nicht mehr auf ihrem Platz auf dem Kissen neben der Tür, aber in den Regalen standen immer noch die gleichen gräßlichen Bücher, und an den Wänden hingen immer noch Flaschen mit Liebestränken, verstaubte Säckchen mit Kräutern und schwere, schwarze Eisenkessel.

Eine Frau Anfang Vierzig, mit strähnigen, schwarz gefärbten Haaren und unfreundlichem Gesicht, saß hinter der Kasse. Es war bereits ein Kunde in ihrem Laden, ein alter Mann in einem blauen Jogginganzug, der eilends den Laden verließ, als Wilson eintrat.

»Kann ich Ihnen helfen?« fragte die Frau.

»Sind Sie Nancy?« fragte Wilson zurück.

»Ja«, gab Nancy zur Antwort, und unter ihren Augen bildeten sich argwöhnische Falten.

»Ich will meine Wohnung wiederhaben«, sagte Wilson.

»Und wer sind Sie, wenn ich fragen darf?« blaffte ihn Nancy an.

Wilson sagte es ihr und erzählte ihr auch, daß es Cricket war, die ihr vor zwei Jahren die Wohnung untervermietet hatte.

»Und wo ist Cricket jetzt?« erkundigte sich Nancy.

»In Afrika, glaub ich.«

»Und Sie bilden sich tatsächlich ein, Sie können nach zwei Jahren so mir nichts, dir nichts aufkreuzen und Ihre Wohnung zurückfordern?« schimpfte Nancy und schnipste zur Bekräftigung ihrer Worte mit zwei Fingern.

»Ach, das ist in dieser Stadt nichts Ungewöhnliches«, sagte Wilson. »Das nennt man bei uns die Wiederkehr des eigentlichen Mieters.«

»Im Moment wohnt ein Freund eines Freundes in der Wohnung«, sagte Nancy. »Jemand vom Hexensabbat. Dann wünsche ich Ihnen mal viel Glück beim Rausschmiß!«

Wilson nahm den Bus nach Overlook und überquerte die Brücke. Die Gegend verströmte noch immer den gleichen Geruch nach Arzneimitteln und Industrie, die gleiche Melancholie, ein vergessenes Gefühl. Große Lastwagen rumpelten über die von Schlaglöchern durchsetzten Straßen, bullige Männer in karierten Arbeitshemden und Stahlkappenschuhen saßen hinter dem Steuer.

An seinem Haus Nummer zwölf angekommen, drückte Wilson auf die Klingel und wartete. Er warf einen Blick nach oben und sah unbekannte, verschossene rote Vorhänge vor den Fenstern seiner Wohnung. Nach ein paar Minuten kam ein blasses, mageres Mädchen von etwa zwanzig Jahren barfuß an die Tür. Sie trug einen langen Bauernrock, eine ausgefallene grüne Bluse und riesige Kreolen an den Ohren. Sie sah genauso aus, wie klassische Hexen in Büchern beschrieben werden.

»Bitte?« Unter ihren Augen hatte sie argwöhnische Falten wie Nancy.

»Also, das klingt jetzt vielleicht etwas überraschend für Sie, aber Sie wohnen in meiner Wohnung...«

Das Mädchen runzelte die Stirn und hörte Wilson mit wachsender Ungeduld zu. Er sei der ursprüngliche Mieter, erklärte er ihr, der Mietvertrag laufe auf seinen Namen, er wäre eine Zeitlang in Übersee gewesen, und nun sei er eben wieder da. »Keine Angst, ich lasse Ihnen Zeit, damit Sie sich nach einer anderen Wohnung umsehen können. Einen Monat oder vielleicht sogar zwei, falls Sie vorher nichts gefunden haben sollten. Aber spätestens im November möchte ich wieder einziehen.« Wilson hielt sein Angebot für sehr großzügig. Aber als er ausgesprochen hatte, knallte ihm das Mädchen die Tür vor der Nase zu. Er hörte, wie sie auf der anderen Seite den Riegel vorschob.

»Machen Sie, daß Sie hier wegkommen, sonst hole ich die Polizei«, brüllte das Mädchen durch die versperrte Tür, und Wilson hörte, wie sie die Treppe nach oben trampelte. Er läutete abermals an der Tür, aber sie blieb verschlossen. Dann überquerte er die Straße und stellte sich hinter die Mülltonnen, wo er mehrere Stunden in seinem stinkenden, rattenverseuchten Versteck warten mußte.

Um ungefähr halb acht Uhr sah er Licht hinter den verschossenen roten Vorhängen, und der Vollmond ging über dem Rubicon District auf. Eine Stunde später kam das blonde Mädchen, mit einem schwarzen Tuch auf dem Kopf und einem schwarzen Lederrucksack auf dem Rücken, aus dem Haus. Wilson ging über die Straße und betrat das Treppenhaus. Er zählte die Fliesen auf dem Fußboden ab und ertastete unter der dritten Fliese von der Wand in der dritten Reihe von vorn seine Ersatzschlüssel in einem Plastikbeutel, wo er sie vor über zwei Jahren hingelegt hatte.

Er sperrte die Doppelschlösser der Eingangstür auf, schob hinter sich den Riegel vor, ging nach oben, sperrte auch hier die Doppelschlösser auf und betrat die Wohnung. Die folgende Stunde verbrachte er damit, die Habseligkeiten der jungen Hexe auf den Gehweg vor das Haus zu tragen. Viel war es nicht: ein Schrank voller Kleider – lange Zigeunerkleider und Wollumhänge, merkwürdige, geschnürte Korsetts, zwei SM-Ledergeschirre, eines rot, eines schwarz mit einem Stahlring im Schritt genau über der Vagina –, übliches Okkultismus-Zubehör sowie einschlägige CDs, Make-up, Tarotkarten, ein Satansposter und ein Poster aus den siebziger Jahren mit einer kleinen Katze, an einer Stange hängend, und der Aufschrift: »Hang in there, Baby«, was offenbar ironisch gemeint war. Die paar armseligen, schäbigen Möbelstücke waren Wilsons Eigentum, ebenso wie die Handtücher, die Bettlaken und der Fernseher.

Der Kühlschrank war fast leer, aber Wilson fand trotzdem genug, um sich eine Quesadilla mit Salat zu machen. Er schaltete den Fernseher ein, bezog das Bett neu und legte sich schlafen. Am nächsten Morgen weckte ihn ein fürchterlicher Lärm an der Tür auf. Jemand hämmerte dagegen, und eine Frauenstimme erging sich in übelsten Obszönitäten. Er kratzte sich, gähnte, ging ans Treppenhausfenster, öffnete das Gitter und steckte den Kopf hinaus. Das Mädchen stand auf dem Gehsteig, um sie herum verstreut ihre Habseligkeiten.

»Du hast es ja nicht anders gewollt«, rief Wilson nach unten. »Zwei Monate war großzügig von mir, finde ich. Pech gehabt, Mädchen.«

Wutschnaubend schrie das Mädchen zu ihm hinauf: »Du Scheißkerl! Du elender Scheißer! Ich bin eine Hexe, hast du das gewußt? Ich verfluche dich, ich verwünsche dich! Dein dreckiger, kleiner Pimmel soll dir abfallen! Schau lieber, daß du die Beine in die Hand nimmst, denn wenn ich mit dir fertig bin, wirst du so viel Pech haben, daß du dir noch wünschen wirst, kein Glück zu haben!«

Wilson bekam einen solchen Lachanfall, daß er sich nicht mehr auf den Beinen halten konnte und sich auf dem Fußboden kugelte wie ein Kind, das gerade seiner Schwester einen Frosch ins Bett gesteckt hatte. Als er sich wieder gefangen hatte, wischte er mit dem Ärmel die Tränen aus den Augen, ging in die Küche und machte sich Kaffee und zwei Scheiben Zimttoast – Teekanne, Toaster und Geschirr gehörten ihm. Dann spülte er ab, zog sich Jeans und T-Shirt an und machte sich auf die Suche nach seinen Büchern, den Wintersachen und den Bildern, die er schließlich als vor sich hin schimmelnden Haufen im Keller fand. Den Rest des Morgens verbrachte er damit, seine Wohnung wieder bewohnbar zu machen. Um drei Uhr nachmittags kam ein Lieferwagen und holte die Sachen der Hexe ab. Wilson stand hinter dem Küchenfenster und beobachtete, wie die Hexe und ein großer Mann in schwarzer Motorradkluft die Ladefläche eines Pickup beluden. Als sie losfuhren, streckte der Mann die Hand aus dem Seitenfenster und zeigte Wilson den Stinkefinger. Wilson nahm es gelassen, denn nun war er sie endlich los.

Sonntag abend blieb Wilson zu Hause, schaute fern und weichte seine angeschimmelten Klamotten in der Badewanne ein. Nachdem er am Montag morgen aufgestanden war, rief er den Schlüsseldienst an und ließ alle Schlösser auswechseln. Dann ging er los und sah sich nach einer Arbeit um. Er war wieder zu Hause.

2

Eine nostalgische Sehnsucht trieb Wilson zwei Monate später auf die Fähre nach Blackpool Island hinaus. Mit dem üblichen Freitagabendpublikum wanderte er die Strandpromenade entlang, vorbei an jungen Machos vom Spanish Bend mit ihren stolzen Señoritas; an älteren, kugelbäuchigen Männern in Shorts und Sandalen an bestrumpften Füßen, die auf den Bänken der Strandpromenade im Sportteil der Tageszeitungen lasen; an stillen Kids aus den Vororten Glizzard und Point Broome, die am Karussell Schlange standen. Und gegen zehn Uhr abends fand er sich plötzlich auf der Loggia im Bazzano's.

Wie alles andere in der Stadt hatte sich auch im Bazzano's nicht viel verändert. Wilson saß allein an einem Tisch unter den Lampen und bestellte sich Cappuccino und einen Whiskey, hörte dem Wind zu, der vom Meer kam, und dem Klatschen der Wellen gegen die Mole, und plötzlich spürte er einen Kloß im Hals. Er sehnte sich nach etwas, das er nicht benennen konnte. Die Schönen und Reichen mit ihren gertenschlanken Frauen flanierten auf der Pier, und der Duft ihrer ausländischen Zigaretten und ihr melodiöses Lachen erfüllte die Luft, während fahle Sterne über die dunkle Silhouette der hinter der Meerenge liegenden Stadt wanderten.

Wilson schaute, trank seinen Cappuccino und nippte an seinem Whiskey. Er beneidete die Leute um ihr Leben, so frei von Konventionen und Langeweile – Maler oder Musiker, die kein Geld hatten, aber Talent, schöne Frauen und Freunde –, dann warf er einen Blick auf die Uhr, und auf einmal war es Mitternacht. Er verlangte die Rechnung, wartete eine Weile, die Rechnung kam nicht. Er wandte sich um und warf einen ungeduldigen Blick in Richtung Kasse. Wilsons Kellnerin, eine große, langbeinige Blonde mit Nasenring, stand dort und plauderte in aller Gemütsruhe mit einer kleineren, dunkelhaarigen Kellnerin, die ihm den Rücken zudrehte.

»Dieser Rücken kommt mir irgendwie bekannt vor«, murmelte Wilson zu sich selbst, dann drehte sich die dunkelhaarige Kellnerin um, kam auf ihn zu und setzte sich an seinen Tisch.

Einen langen Augenblick war er sprachlos.

Andrea hatte so gar keine Ähnlichkeit mehr mit der ewig gehetzten, streitsüchtigen Karrierefrau, mit der er vor zwei Jahren zusammen gewesen war. Sie war wieder die Unschuld vom Land, mit gesunder Gesichtsfarbe, und sah genauso aus wie vor acht Jahren, als sie als frischgebackene Abiturientin aus der Provinz in die Großstadt gekommen war. Inzwischen war sie zweiunddreißig Jahre alt und auf eine melancholisch urbane Weise unverschämt attraktiv. Ihre Augen waren groß, feucht und ausdrucksvoll. Ihr dunkles Haar hatte sie im Stil der zwanziger Jahre schneiden lassen, was Wilson ziemlich sexy fand; einzelne Strähnen kringelten sich wie zufällig um ihre Ohren. Das Personal im Bazzano's trug keine Uniformen. Andrea trug eine enge, weiße, bis zum Brustansatz offene Bluse, die einen Blick auf ihren Spitzen-BH gewährte, einen schwarzen Minirock und schwarze Strümpfe. Ihr Lippenstift von undefinierbarer Perlmuttfarbe glänzte im gelben Licht der Loggia.

»Du bist also zurück«, sagte Andrea.

Wilson blinzelte, und ihr früheres Zusammenleben lief vor seinen Augen in schneller, blitzender Abfolge ab.

»Und du sagst gar nichts?« fragte Andrea.

»Wie geht es dir, Andrea?« fragte Wilson schließlich.

»Ganz gut«, nickte Andrea mit ernstem Gesicht. »Und dir?«

»Arbeitest du hier?« fragte Wilson.

Andrea nickte erneut, und ihre dunklen Augen taxierten ihn.

»Was ist aus der Teebörse geworden?«

»Hab gekündigt.«

»Du warst doch stellvertretende Geschäftsführerin«, sagte Wilson. »Warum hast du gekündigt?«

Andrea zögerte, warf einen kurzen Blick auf die Gäste an der Bar. In diesem Moment stellte sich ein junger Mann mit Pferdeschwanz und einem Saxophon in der Hand an einen Tisch unter der mit Metallplatten verkleideten Decke. Einen Augenblick später begann er eine langsame, melancholische Melodie zu spielen.

»Es hat nicht funktioniert«, sagte Andrea so leise, daß sich Wilson zu ihr beugen mußte, um sie zu verstehen. »Nachdem du weg warst, hat alles keinen Sinn mehr gemacht. Von dieser Tretmühle hatte ich plötzlich die Nase voll, und ich hab kapiert, daß das Leben an mir vorbeigeht. Du weißt ja, daß ich außer meiner Arbeit nichts gekannt habe. Ich hatte einfach zu viele Zwölfstundentage hinter mir. Also hab ich gekündigt und meine Wohnung im Pond Park Tower verkauft. Dafür hab ich mir ein kleines Loft im Bend angeschafft.«

»Im Bend? Ach, komm.« Wilson mußte ein Lachen unterdrücken.

»Doch«, sagte sie und lächelte zum ersten Mal. »Und es gefällt mir wirklich gut da. Ich hab angefangen zu malen, und ich hab jetzt jede Menge Licht und Platz –« Dann schwieg sie und schaute zur Seite. »Eigentlich hab ich im Moment überhaupt keine Zeit. Ich muß noch ein bißchen arbeiten. Aber vielleicht hast du ja Lust, später mit mir auf einen Drink in ein Frühlokal zu gehen. Oder wartet deine Freundin oder deine Frau auf dich?«

»Ich hab keine Freundin und auch keine Frau«, sagte Wilson. »Es gibt nur mich.«

Andreas Gesicht hellte sich auf. »Dann treffen wir uns also später? Ich bin schon neugierig, was du alles zu erzählen hast.«

»Ich freu mich«, sagte Wilson.

Um Viertel nach zwei fuhren sie mit der Fähre zum Bend hinüber und gingen in eine rauchige, kleine Kellerbar namens Last Word, die eine Ausschanklizenz bis vier Uhr früh hatte und in der imitierte Schrumpfköpfe von der Decke hingen. Sie bestellten sich Daiquiries, aber um sich unterhalten zu können, war es zu laut, und im übrigen gingen Wilson die Schrumpfköpfe auf die Nerven. Kurz nach halb vier standen sie wieder auf der Straße, und am Himmel schimmerte eine unechte Morgendämmerung wie Falschgold.

»Tja, wo könnten wir um diese Zeit sonst noch hingehen?« überlegte Andrea. »Tony's hat schon zu. Das einzige andere Frühlokal wäre die Bar im Orion Hotel, aber da gefällt's mir nicht besonders.«

»Nein, ins Orion möchte ich auch nicht.«

»Meine Wohnung ist hier in der Nähe. Komm doch einfach auf 'nen Absacker zu mir.«

Was Andrea als kleines Loft beschrieben hatte, war das ganze Obergeschoß des alten Castle Lock Building, das ihr ein italienischer Architekt ausgebaut hatte, den sie extra dafür einfliegen ließ. Ein Hartholzfußboden von der Größe eines Baseballfeldes, nackte Ziegelwände, unzählige Glasbausteine, eine ganze Reihe von Bogenfenstern, von denen aus der Blick über die Lichter des Bend bis hin zu den Pieranlagen der Marina im Süden reichte. Die halbe Wohnung war in ein Studio verwandelt worden, und über zwanzig riesige Leinwände lehnten an den Wänden: großformatige Nackte in leuchtenden Farben, Stadtansichten, ein Apfel, eine Schlange. Wilson gefielen die Bilder auf Anhieb. Auf der Staffelei stand ein halbfertiges Portrait einer von der Taille aufwärts nackten Frau in einem langen, rosafarbenen Rock.

»Das da ist meine neue Freundin Pam«, berichtete Andrea. »Sie hat perfekte Brüste. Findest du nicht auch, daß sie perfekte Brüste hat?«

Wilson betrachtete das Portrait einen Augenblick lang und mußte ihr zustimmen, dann ging er durch den Raum und sah sich die anderen Bilder an.

»Verdammt noch mal, du kannst ja wirklich malen«, sagte er bewundernd, als er mit der Besichtigung fertig war. »Wann hast du damit angefangen?«

Andrea zuckte die Achseln. »Ich hab dir nie davon erzählt, aber ich hab schon auf dem College gemalt«, erwiderte sie. »An sich wollte ich Kunst studieren, aber mein Dad hat mich dazu überredet, Betriebswirtschaft zu studieren. ›Studier Betriebswirtschaft‹, hat er gesagt, ›malen kannst du immer noch nebenher.‹ Danach hab ich mich natürlich nur noch mit Betriebswirtschaft beschäftigt und versucht, nicht mehr an die Malerei zu denken, weil ich mir ja ohnehin nie mehr die Zeit dafür genommen habe.«

»Das hier ist wirklich stark.« Wilson blieb vor dem Bild mit der Schlange stehen und pfiff anerkennend durch die Zähne. »Das gefällt mir am besten.«

»Ja, ein paar davon sind gar nicht übel«, bestätigte Andrea, errötete und verschwand eilig in der Küche, die vom Wohnbereich durch eine Wand aus Glasbausteinen abgetrennt war. Sie mixte zwei Screwdriver und brachte sie ins Wohnzimmer.

»Ich dachte, ich hätte noch Gin und Tonic«, sagte sie. »Hab mich leider getäuscht. Dafür gibt's Wodka und O-saft.«

»Auch nicht schlecht«, sagte Wilson. Er nahm ihr seinen Drink ab, und sie setzten sich auf die Ledercouch vor dem Fenster und nippten schweigend an ihren Gläsern.

Andrea ergriff als erste das Wort. »Und wo hast du dich die letzten zwei Jahre herumgetrieben?«

Wilson stellte seinen Drink auf den gläsernen Beistelltisch.

»Wenn ich's dir erzähle, wirst du mir ohnehin nicht glauben.«

»Versuch's doch«, sagte sie.

»England, Azoren. Aber die meiste Zeit in Afrika«, berichtete er. »Bupanda. Ich hab sogar den Lake Tsuwanga gesehen. Und bin den Hilenga in einem Kanu hinuntergefahren.«

»Nicht schlecht«, sagte sie. »Wenn ich dran denke, daß ich dich früher sogar in einen Flieger nach Pennsylvania prügeln mußte.«

»Ich weiß.«

»Und was hast du in Afrika gemacht? Kaffee angebaut?«

»Ich war verheiratet.«

»Ach so.« Andrea bemühte sich, desinteressiert zu wirken. »Und jetzt bist du nicht mehr verheiratet?«

»Nein, es war ein Fehlgriff.«

Andrea verschüttete versehentlich etwas von ihrem Drink auf dem gläsernen Beistelltisch. »Hoppla!« sagte sie und ging in die Küche, um ein Tuch zum Aufwischen zu holen. Sie kam zurück, kniete sich hin und begann, den verschütteten Saft aufzuwischen, dann hielt sie inne. Der Orangensaft tropfte von der Tischplatte und sammelte sich als gelbe Pfütze auf dem Fußboden.

»Wenn ich ehrlich sein soll, hab ich den Job bei Bazzano's nur deshalb angenommen, weil ich dort immer an dich denken mußte«, sagte sie leise. »Von dort aus hast du mich nämlich das letzte Mal angerufen. Ich bin jetzt schon eineinhalb Jahre dort und versuch immer noch mir vorzustellen, an welchem Tisch du gesessen hast, als du mich angerufen hast. Oder warst du an der Bar?«

»Ich saß an einem Tisch auf der Loggia«, erklärte Wilson.

»Hab ich mir gedacht«, sagte sie. »Und du warst mit ihr da, oder? Mit deiner Frau. Ich hab an deiner Stimme gehört, daß du nicht allein warst.«

Wilson war beeindruckt. »Ja«, bekannte er. »Sie war da.«

Andrea schwieg, setzte sich auf die Fersen und schaute ihn mit geröteten Wangen an.

»Ich möchte dir etwas sagen«, begann sie. »Aber nur, wenn du mir versprichst, nicht zu lachen.«

»Versprochen.«

»Natürlich bin ich ab und zu mit Typen ausgegangen. Ich hab sogar ein paar Monate lang mit 'nem Maler zusammen gelebt. Aber es hat nie jemanden gegeben, der mir so nahegegangen ist wie du. Du warst immer so verloren, aber du warst freundlich und liebenswürdig. Du bist mir doch nicht böse, wenn ich das sage? Ich hab inzwischen feststellen müssen, daß es kaum noch liebenswürdige Menschen gibt. Ich hab immer gedacht, daß wir beide eine schicksalhafte Beziehung haben. Na ja, vermutlich hab ich mich getäuscht.«

Wilson räusperte sich. Er setzte zum Sprechen an und schüttelte dann den Kopf. »Es war gemein, dich auf diese Weise zu verlassen«, preßte er hervor. »Dafür möchte ich mich bei dir entschuldigen. Ich hab während der Zeit, die ich fort war, oft an dich gedacht. Hab eigentlich erst gewußt, wie sehr du mir gefehlt hast, als ich vor zwei Monaten zurückgekommen bin. Doch, es stimmt wirklich. Wir hatten eine so schöne, angenehme Beziehung. Ich mußte erst um die halbe Welt reisen, um zu erkennen, wie schön sie war. Tut mir wirklich leid, daß ich alles verdorben habe.«

»Ich möchte dir einen Kuß geben«, sagte Andrea leise. »Darf ich?«

Wilson spürte, daß er heiße Ohren bekam. Auf Händen und Knien kam sie um den Tisch herum, streckte den Arm aus und berührte sein Gesicht. Ihre Finger rochen nach Orangensaft. Er erkannte ihre Lippen wieder, als sie ihn küßte.

3

Ein Jahr verging.

Wilson wollte alles vergessen, was mit Cricket und mit Afrika zu tun hatte, und dann wollte er sich plötzlich wieder an jede Einzelheit erinnern. Das geschah etwa um die Zeit, als Nachrichten über den britischen Angriff auf Quatre Sables in den Medien durchsickerten. An einem Mittwoch abend schaltete Wilson den Fernseher ein und sah Kapitän vom Dienst Worthington in den Nachrichten von CNN, London. Worthington und ein paar weitere Offiziere der *Gadfly* waren wegen ihrer Rolle in diesem Fall unehrenhaft aus der Armee entlassen worden. Als dann das wahre Ausmaß des Sklavenhandels in Quatre Sables bekannt wurde, gab es einen öffentlichen Protest, und die Männer wurden rehabilitiert. Wie der Nachrichtensprecher verkündete, hatte man Worthington und Leutnant Peavy für ihre Tapferkeit mit dem Verdienstkreuz der Marine ausgezeichnet, und sie traten ihren Dienst auf einer auf sechs Schiffe erweiterten Blockadeschwadron an. Nach diesem Bericht schaltete Wilson den Fernseher wieder ab. Ein Kribbeln lief wie elektrischer Strom durch seinen Körper. Er holte ein Blatt weißes Papier aus dem Schreibtisch, nahm einen Füllfederhalter zur Hand und schrieb den folgenden Satz nieder: »Viele merkwürdige Geschichten wurden uns vom Bürgerkrieg in Bupanda zugetragen. Diese hier ist eine weitere.« Er schrieb die ganze Nacht hindurch und hatte bis Tagesanbruch fünfundsechzig Seiten geschafft. Seinen Bürojob gab er auf, borgte sich Geld von Andrea und igelte sich die nächsten vier Monate in seiner Wohnung ein, wo er – genau wie sein berühmter Vorfahre – ein Buch über seine Abenteuer in Afrika schrieb. Dieses Buch, *Zum dunklen*

Kontinent: Ein Bericht über meine Abenteuer bei den Piraten und Sklavenhändlern der Bruderschaft der Küste und über eine Reise von der Küste zum Lake Tsuwanga und zurück, kam in die Bestsellerliste der *New York Times*, und TrueSteel Pictures in Hollywood mußte tief in die Tasche greifen, um sich die Filmrechte zu sichern.

Obwohl Wilson Angst hatte, ein zweites Mal über den Besen zu steigen, ließ ihm sein Erfolg keine andere Wahl. Im darauffolgenden Juni heiratete er Andrea. Mit den Einnahmen aus dem Buch und einer hübschen Summe aus Andreas Ersparnissen kauften sie sich im Warinocco County, etwa siebzig Kilometer im Norden der Stadt, ein restauriertes Bauernhaus auf einer Anhöhe mit einem wunderbaren Blick auf das dunkle Wasser des Potswahnamee. Das alte Haus war Ende des achtzehnten Jahrhunderts aus Feldsteinen erbaut worden. Andrea fand, daß die sieben Zimmer des Hauses, samt und sonders mit Holzbalkendecken, genügend Platz für eine Familie boten. Bald standen Pferde in den alten Stallungen, und ein paar Felder waren mit Winterweizen bestellt. Sie genossen die kühlen Abende im Frühherbst unter dichtbelaubten Baumkronen, und bald schon zeigte sich der erste Morgenfrost auf den Weiden. Andrea richtete sich in dem umgebauten Stall ein Studio ein; das Jerome Martin Community College bot Wilson einen Lehrstuhl als Gastdozent zum Thema Afrika an. Danach nahm er den Vorsitz des International Committee for a United Bupanda, ICUB, an, das sich zum Ziel gesetzt hatte, der Ausbeutung dieses unglücklichen Landes ein Ende zu setzen, während der Krieg weiter tobte.

4

So ging ein Jahr geruhsamen Lebens ins Land. Bis Wilson eines Morgens im November zur Hauptstraße hinaus zum Briefkasten lief, um die Post zu holen. Unter dem üblichen Werɔekram und der Geschäftskorrespondenz lag ein ungewöhnlicher Brief, den ihm sein Verleger nachgeschickt hatte. Der blaue Briefumschlag aus billigem, dünnem Papier war an den Ecken ausgefranst und mit einem halben Dutzend farbenfroher Briefmarken aus der Republik Madagaskar beklebt, dieser seltsamen Insel von der Form eines Pantoffeltierchens, die im Indischen Ozean vor der Südostküste Afrikas im Meer schwimmt. Ein Absender fehlte.

Ein kalter Regen fiel auf die Stoppelfelder, während Wilson mit klopfendem Herzen die Post im Bauernhaus auf dem Küchentisch ausbreitete. Er nahm den blauen Brief in die Hand und drehte ihn in seinen Händen. Hinter ihm tropfte der Wasserhahn unheilverkündend in das Spülbecken. Das alte Haus ächzte im Wind. Ein angenehmes gelbes Licht schien aus dem Fenster von Andreas Atelier im Stall. Wilson schlitzte den Umschlag mit einem Küchenmesser auf. Wie ihm sein Herz schon gesagt hatte, war der Brief von Cricket. Im Umschlag ein kleines Automatenfoto von ihr, die auf dem Schoß einen kleinen Jungen von ungefähr vier Jahren hielt. Das Kind, das war eindeutig zu sehen, hatte Wilsons Nase und Mund, Crickets grüne Augen, hohe Wangenknochen und einen kupferfarbenen Haarschopf. Der Regen plätscherte auf das alte, undichte Schindeldach und tropfte auf den Dachboden, während Wilson verstohlen einen Blick auf Crickets krakelige, merkwürdige Handschrift warf:

Tananarive, 16. Mai

Lieber Wilson,

letzte Woche habe ich Dein Buch bei Battingly and Sons, dem englischen Buchladen in Nairobi, gesehen. Ich habe es nicht gekauft, ich mag es einfach nicht lesen. Aber ich habe mir die Adresse des Verlegers aufgeschrieben und hoffe, daß er diesen Brief an Dich weiterleiten wird, weil ich ein paar interessante Neuigkeiten für Dich habe. Du hast einen Sohn, den ich Elze-

vir genannt habe, in Andenken an meinen Vater und meinen Vorfahren, den großen Piraten. Er ist am 3. März geboren, ungefähr neun Monate nach der Nacht, in der wir uns an Bord der Dread *auf dem Lake Tsuwanga geliebt haben. Ich war also schon schwanger, als Du mich auf diesem elenden Inselchen ausgesetzt hast, wenngleich ich es damals noch nicht wußte.*

Der Junge ist einfach süß, er ist stark und sieht aus wie Du. Er hat Deine Art, obwohl er Dich noch nie gesehen hat – und ich befürchte fast, daß er auch Deine Skrupel geerbt hat. Aber er hat ja noch viele Jahre vor sich, und wir werden aus ihm schon noch einen richtigen, kleinen Piraten machen. Ich möchte, daß Du verstehst, daß ich das alles nicht schreibe, weil ich Dir weh tun möchte. Ich will Dir vielmehr klarmachen, daß trotz Deines Verrats unsere Lebensweise überlebt hat. Ein halbes Dutzend unserer Schiffe war damals gerade auf See, als die Briten Quatre Sables angegriffen haben – sechs Kapitäne und fünfhundert Mann. Wir haben eine neue Kolonie irgendwo in der Nähe von Madagaskar gegründet – aus verständlichen Gründen werde ich Dir nicht verraten, wo –, und jeden Tag kommen weitere Leute, die unter der guten, alten Totenkopfflagge dienen wollen. Du warst immer von Recht und Ordnung und den langweiligen Reizen des bürgerlichen Lebens angetan. Ich nicht. Die einzige Möglichkeit, diese Art der Existenz auszuhalten, ist, so viel Valium zu schlucken, daß Du Deine eigene Wut und Hoffnung nicht mehr spürst. Ich ziehe Feuer und Schwert vor, wie man so schön sagt, und ich segle immer haarscharf am Horizont entlang.

Und obwohl ich Dir das alles gesagt habe, möchte ich, daß Du weißt, wie sehr Du mir fehlst und – auch wenn Du mich für verrückt hältst – daß ich hoffe, Dich eines Tages wiederzusehen. Und ich möchte auch, daß Du Deinen Sohn siehst. Drei Monate im Jahr, während der Regenzeit, bin ich in Paris, meistens ab 1. April. Ich hab mir dort eine coole Wohnung uf der Ile St.-Louis gekauft, und für Dich und Deine Bücher t jede Menge Platz. Du kannst mich jederzeit über meinen nwalt erreichen: M. Gustave Leconte, 8 Rue Lamartine, Pais 00017 France. Denk darüber nach.

In Liebe

Cricket.

P.S.: Erinnerst Du Dich noch an das Mal auf Deiner Schulter? Nach den Statuten der Bruderschaft und nach meinem Herzen bedeutet das, daß du für immer mir gehörst. XOXO-C.

Wilson las Crickets Brief viermal und betrachtete das Foto eine halbe Stunde lang wie ein Besessener. Seine Hände zitterten, sein Hals war schweißnaß, und plötzlich spürte er einen leisen Salzgeruch in der Nase. Er schloß die Augen und sah vor dem Hintergrund eines sturmgepeitschten Horizonts grüne Wellen gegen den Rumpf eines Schiffes schlagen, und die schwarze Flagge flatterte wie ein Fluch von den Vorbramsegeln, während vom Süden her Piratenwind heraufzog. Er zwang sich dazu, diese Vision abzuschütteln, ging in den Hof und stellte sich in den Regen, bis er völlig durchnäßt war, die nasse Erde und die Pferde in ihren Ställen riechen konnte und alle Gedanken an Cricket und an das Meer von einem sauberen, versöhnlichen Regen fortgewaschen waren.

In diesem Jahr reiste Wilson nicht nach Paris, auch nicht im darauffolgenden Jahr. Es ist wahr, daß er in manchen Nächten, wenn er unter der Balkendecke des Bauernhauses neben seiner Frau im Bett lag, aus einem Traum erwachte, in dem er Crickets Haut auf seinem Körper gespürt hatte, und die ganze Kraft seines Willens aufbieten mußte zu bleiben, sich von den mitternächtlichen Straßen des Warinocco County fernzuhalten, sich fernzuhalten vom Flughafen und dem nächsten Flug über den Atlantik nach Paris und danach in die Wildnis vo[n] Madagaskar. Er ging nicht fort – es ist so gut wie sicher, da[ss] er niemals gehen wird –, aber wer kann das schon mit Be[-]stimmtheit sagen? Die Zukunft bleibt im Ungewissen.

Pascal Mercier
rlmanns Schweigen
Roman
640 Seiten
btb 72135

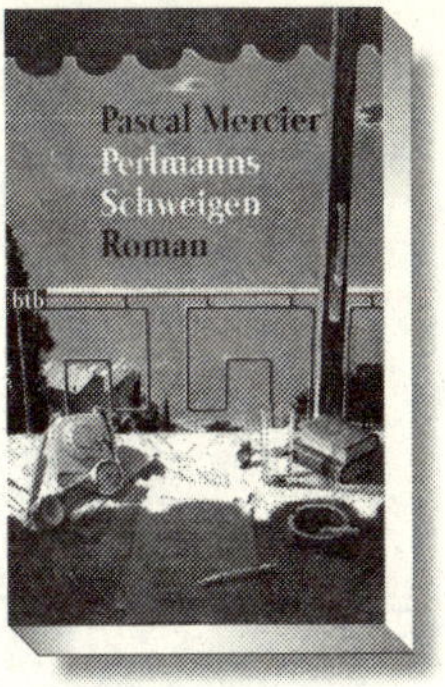

btb
Aus Freude am Lesen

Pascal Mercier

rlmann, dem Meister des wissenschaftlichen Diskurses, t es die Sprache verschlagen. Und während draußen r Kongress der Sprachwissenschaftler wogt, verzweifelt rlmann in der Isolation des Hotelzimmers. In ihm reift n perfider Mordplan... »Ein philosophisch-analytischer riminal- und Abenteuerroman in bester Tradition.«

Frankfurter Allgemeine Zeitung

Arturo Pérez-Reverte
Der Club Dumas
Roman
470 Seiten
btb 72193

btb
Aus Freude am Lesen

Arturo Pérez-Reverte

Lucas Corso ist Bücherjäger im Auftrag von Antiquaren, Buchhändlern und Sammlern. Anscheinend eine harmlose Tätigkeit, bis Corso feststellt, daß bibliophile Leidenschaften oft dunkle Geheimnisse und tödliche Neigungen nach sich ziehen. Für literarische Leckerbissen, die wie Thriller fesseln, gibt es in Spanien seit Jahren nur noch einen Namen – Arturo Pérez-Reverte.